www.einaudi.it

ISBN 978-88-06-25572-5

Melania G. Mazzucco

Silenzio

Le sette vite di Diana Karenne

Einaudi

Silenzio

È una questione di vita o di morte, quella di costruire la propria vita.

BLAISE CENDRARS

Una vita felice è impossibile. Il massimo che l'uomo può raggiungere è una vita eroica.

FRIEDRICH NIETZSCHE

Dina

1914-1915

Roma è la casa di un cittadino del mondo. E colui che ha uno spirito errante, i cui sensi non trovano nel mondo un angolo da chiamare casa, egli, se capita lí una volta, anela a Roma, alla quale è legato per sempre.

MICHAIL ANDREEVIČ OSORGIN

«Ave Roma». Rifugio agli errabondi.

VJAČESLAV IVANOVIČ IVANOV

A Roma, nell'ottobre del 1914, una giovane straniera, bionda, sola, prende alloggio nel piú lussuoso albergo di via Veneto, l'Hotel Imperial. Una specie di fortino bianco a cinque piani, che occupa quasi un intero isolato. La bandiera italiana sventola sul terrazzo, ma la clientela è cosmopolita. Si registra col nome di Dina Karren.

Esibisce un passaporto russo, ma non so – nessuno sa – da dove venga. Forse si trovava già in Italia, e vi è rimasta bloccata a causa della guerra – divampata in Europa alla fine di luglio. Forse invece è appena arrivata, inseguendo uno dei mille fulminei progetti sprizzati dalla sua intelligenza prismatica. Agisce sempre prima di calcolare le conseguenze. Per affrontarle, ci sarà tempo. In città trova un'atmosfera tesa e greve di sospetti, pure se gli abitanti ignorano che la bufera finirà per travolgere anche loro e riprendono pigramente le attività interrotte dall'estate: riaprono le scuole, ricomincia la stagione teatrale, poi quella mondana. Comunque l'Italia non interviene nella guerra. Non ci si viene a far politica. Ma per la bellezza dei luoghi e del vivere – i monumenti, l'arte, le terme, la villeggiatura, il dolce far niente, il clima mite, l'amore. Fin dal secolo scorso i suoi compatrioti piú ricchi o piú ribelli svernano in Liguria e fra Amalfi, Capri e Positano. La vegetazione, i cipressi, il mare, i colori, somigliano a quelli della riviera del Mar Nero. Deve sembrarle un posto tranquillo.

Non so se abbia già un piano, o se lo maturi durante l'ottobrata romana. L'alternativa sarebbe tornare a casa. Ma è l'ultimo dei suoi desideri. Quando le chiedono cosa siano per lei la casa, o la patria, risponde che sono un luogo che tutti associano all'infanzia ma in cui nessuno è mai stato. E poi chi può prevedere quanto durerà la guerra? Se rientrasse, rischierebbe di non poter uscire dai confini per mesi, anni, forse. Alla madre invia una cartolina postale che raffigura l'Imperial, scrive di essersi sistemata, e di non stare in pena per lei. Le Regie Poste funzionano.

Non è sfornita di denaro, tuttavia il costo di una sola notte all'Hotel Imperial supera lo stipendio mensile di un operaio. Ma la svilirebbe alloggiare in una pensioncina economica – pure se ne esistono migliaia: Roma è un gigantesco ostello e qualunque indigeno possieda una camera in piú la affitta, per quanto priva di vista, di servizi, elettricità, riscaldamento e di qualunque comodità moderna. Tutti penserebbero che è l'ennesima ballerina scalcagnata in cerca di un ingaggio – o peggio, di un protettore. Finirebbe a letto con un geloso tenente fuorisede, o un impresario di quart'ordine. La sua vita italiana non potrebbe nemmeno cominciare. Ha urgentemente bisogno di tre cose. Relazioni, soldi, un lavoro. Non le mancano il coraggio né l'ingegno né il talento. Ma deve farsi notare, distinguersi. Il nome già incuriosisce. Straniero, però facile da ricordare. E soprattutto generico. La kappa suona vagamente teutonica, ma lei potrebbe essere polacca, scandinava, baltica, olandese, slava, perfino americana. È alta e snella, bionda, con gli occhi verdi chiari e trasparenti come la giada imperiale, che quando si arrabbia virano al grigio metallo. Esotica, comunque.

La stagione dell'opera non è ancora iniziata ma il 19 ottobre al Teatro Costanzi è prevista una gran serata «a pro degli Emigranti», con Arturo Toscanini ed Enrico Caruso.

Il tenore manca dal 1903, il suo ritorno è annunciato come sensazionale. Il direttore d'orchestra poi è il piú quotato del momento. L'occasione è propizia. Il biglietto per la galleria costa solo una lira, ma Dina Karren non può appollaiarsi nel loggione. Una poltrona costa quattro lire e la platea è già esaurita. L'ambasciatore imperiale dello zar di tutte le Russie, Anatolij Krupensky, sarà in sala. Lo conosce, perché viene dalla sua stessa città. Al personale diplomatico sono stati donati numerosi biglietti omaggio. Ma scarseggiano le donne: solo il primo segretario Messoyedov e l'attaché navale barone Wrangel sono a Roma con la consorte.

L'elenco dei presenti circola sulla stampa già nei giorni precedenti l'evento (astuzia dei proprietari del teatro per vendere meglio i biglietti): ci sarà tutta l'aristocrazia romana. Quella «nera», fedele al Vaticano e ostile allo stato italiano, e quella recente, vicina alla monarchia sabauda e al governo. Dina Karren ha già capito che a Roma, come in Russia, e a differenza che in Francia, l'aristocrazia controlla ancora tutto. Editoria, imprenditoria, edilizia, spettacolo.

Ha parecchi abiti da sera, ma averli già indossati li priva di attrattive, e la prima mostra di toilettes femminili nei saloni dell'Hotel Excelsior, con la sfilata delle novità della stagione invernale e i cappelli delle sorelle Cafiero, è annunciata solo per il 5 e 6 novembre. E poi donne vestite all'ultima moda al Costanzi ce ne saranno centinaia. Avranno acconciature arzigogolate, gioielli e cascate di gemme rutilanti, abiti cuciti dalle migliori sartorie di Parigi. Dina Karren no. Sceglie una tunica classica, bianca, lunga fino ai piedi e fermata alla vita da una cintura: le lascia scoperte le braccia, che sa di avere incantevoli. E i capelli? Sacrificarli sotto un cappello monumentale come un lampadario? Sarebbe uno spreco, e poi guarderebbero tutti il cappello e non la testa. Serve qualcosa che i romani non hanno mai visto.

Per giorni sull'album disegna figurini e li acquarella con colori pastello. Ma poi una mattina, mentre gironzola nei corridoi dei Musei Capitolini fra i busti delle imperatrici romane – teste di marmo che sarebbero incredibilmente realistiche se non fossero bianchissime, in ogni particolare, le guance, le palpebre, le labbra, le pupille, le chiome – le torna in mente Maria Antonietta. Ha sempre avuto un debole per la frivola regina decapitata.

Cosí si presenta a teatro con un'abbagliante parrucca color neve. L'altezza dell'impalcatura è settecentesca, ma l'acconciatura è moderna, e originale. L'ha abbozzata a carboncino e riprodotta davanti allo specchio, con l'aiuto di una pettinatrice, una ragazzotta ridanciana scovata dalla cameriera al piano, che ha già sistemato teste impossibili: le clienti dell'Imperial non hanno mai capelli lucenti e folti come i suoi. La pettinatrice è la prima romana con cui ha trascorso qualche ora. Si sono divertite moltissimo, anche se comunicavano a gesti, manate e sorrisi, come due mute.

Quando incede nell'atrio del Costanzi, solleva il brusio della folla, che si apre al suo passaggio. Stupore, soprattutto. Conosce ancora malamente l'italiano (una manciata di frasi necessarie alla sopravvivenza) e decifra solo in parte quelle che pure percepisce. Ma ha una memoria sbalorditiva e le registra per quando potrà capirle. Venere. Atena. Diana. Nobile e perfetta come una statua scolpita nel marmo pario.

Anche a Roma, nonostante il malumore dei tradizionalisti, da poco è invalsa l'abitudine di creare il buio in teatro durante lo spettacolo: quando si abbassano e poi si spengono le luci in sala, nella platea gremita, tra il nero monotono dei frac e gli smorti veli degli altri abiti femminili, la sua testa neoclassica emana chiarore, come la stella di una galassia lontana, visibile nella notte mistica da qualsiasi punto del teatro – sempre, anche mentre il tenore si esibisce sul palcoscenico, anche mentre l'orchestra suona. Le lorgnette la inquadrano, i colli si voltano, i busti si sporgono dalle balaustre dei palchi. È la misteriosa donna statua il vero spettacolo. Assorbe sguardi e mormorii, raggiante. Nessuno sa chi sia, ma è unica, strana, diversa da tutte. Non la dimenticheranno.

Durante l'intervallo, nel foyer, dove è stato allestito il buffet, il barone Uxkull, attaché dell'ambasciatore dello zar, le presenta i diplomatici del ministero degli Affari esteri. Filogermanici per lo piú: la moglie di Krupensky, Leopolda Herds, è infatti viennese. L'Italia del resto è legata da un patto di alleanza politica e militare con Austria e Germania, detto la Triplice, ma è rimasta neutrale e aveva il diritto di farlo poiché al momento dell'ultimatum dell'Austria alla Serbia, che ha scatenato il conflitto, non è stata consultata. Tuttavia gli inglesi, i francesi e i russi premono perché intervenga al fianco dell'Intesa, e i sorrisi e gli omaggi alla signora Herds sono capolavori di equilibrismo e ipocrisia. Dina Karren è turbata perché nel suo paese, da quando è giunta notizia che due reggimenti, la Guardia imperiale, gli ussari e novantamila uomini sono stati uccisi o feriti nelle paludi di Tannenberg, impazza la germanofobia, che ha indotto il popolo ad assaltare i negozi e le fabbriche dei tedeschi e lo zar a cambiare il nome della capitale da San Pietroburgo a Pietrogrado: interdetta, senza neppure averlo previsto, resta algida e distante. Non mostra entusiasmo per i baciamano di rito, come fosse abituata a circondarsi di persone di rango ben piú elevato. Il suo snobismo accresce il fascino regale che le conferiscono la parrucca e la tunica da statua greca. Deliba appena qualche sorso di champagne e parla il meno possibile – in francese, come usa in tutta Europa nell'alta società. L'esiguità delle parole che distilla impedisce di percepire l'accento slavo. Non dice nulla di sé e non risponde a nessuna domanda diretta. Li esamina, però, uno a uno.

I diplomatici italiani – che indossano una giacca con bavero in velluto scarlatto ricamato in oro, ricami a forma di foglia pure sulla mostra delle maniche e delle falde, e pantaloni gallonati, con decorazioni diverse a seconda del grado – sono tutti nobili, hanno titoli e cognomi sonori, lunghissimi – scrosci ostili di sillabe. Agli anziani rivolge sorrisi condiscendenti, ostenta di non prestare attenzione ai giovani. Un vecchietto con una chiazza bianca di saliva nella piega delle labbra le chiede se abbia visto la *Norma*, proprio qui al Costanzi, a inizio mese. Cosa pensa della soprano argentina, Juanita Capella? No, non sono mai stata prima al Teatro dell'Opera di Roma, ammette. Degno dell'Opéra di Parigi, comunque, aggiunge con garbo, per compiacerlo.

In effetti, nei suoi primi giorni romani è uscita poco, ed è andata una sola volta al cinema. Non troppo lontano, nella sala piú elegante di Roma – cosí gliela hanno vantata in hotel: il Quattro Fontane, dietro piazza Barberini. Davano *Sangue bleu*, con Francesca Bertini. C'era lo sciopero dei vetturini: la Lega protesta contro i proprietari dei mezzi per il rinnovo del contratto di lavoro, ma non ha dovuto infangarsi le scarpe, si è unita ad altri ospiti dell'Imperial che avevano noleggiato una carrozza. Le avevano raccomandato di non mancare la première. Francesca Bertini, la protagonista della film (deve ricordarlo, anche se gli articoli si riveleranno il punto dolente nell'apprendimento della lingua: qui il cinema è femmina), è la stella emergente della cinematografia italiana. Il film è una storia di divorzio, con la protagonista screditata dal marito che le toglie la custodia della figlia e diventa un'attrice in un infimo café chantant. Durante la proiezione si pente di averlo scelto. Leggere le didascalie che intervallano le scene la affatica, ma non ne ha bisogno: la trama è elementare, i caratteri rudimentali – non ci sono sfumature.

L'ha meravigliata il delirio d'amore che il pubblico ha tributato all'attrice. All'ingresso in sala, durante ogni scena (accompagnata da battimani, pianti e sospiri, oltre che dalla musica di una vera orchestra, peraltro composta da validi strumentisti), e anche quando la luce sullo schermo si è spenta. Assai giovane (piú di lei, ma non saprà mai di quanto, esattamente, perché entrambe si diminuiscono gli anni), seducente, straordinariamente fotogenica, il corpo espressivo quanto il volto (e le mani, cosa riesce a fare con le mani!) Francesca Bertini era in platea, accanto al poeta Nino Oxilia, giovane autore della sceneggiatura nonché direttore del film. Si è alzata in piedi per accogliere gli applausi, ma senza tradire alcuna emozione: come una dea il tributo dei devoti. Napoletana, e di origini plebee, si mormora, eppure non meno aristocratica della principessa di Montvallon che interpretava nel film. Mentre salutava gli ammiratori, piovevano su di lei petali di rose. Dina non si aspettava che in Italia gli artisti del cinema godessero di una simile considerazione. Il teatro, l'opera, l'operetta, il balletto, certo – ma il cinema no. I clienti autoctoni dell'Imperial lo sviliscono come deplorevole passatempo popolare – per operai, sartine, bambini, studenti. E invece.

Giuseppe inizialmente lo sottovaluta. La mostra delle maniche e i ricami sul petto della divisa la inducono a liquidarlo come un diplomatico di secondo rango. Gli ambasciatori, i ministri plenipotenziari e i consiglieri ce li hanno infatti piú elaborati, e anche i galloni sui pantaloni sono diversi. E poi all'occhiello, pendente da un nastro rosso tramezzato di bianco, porta la croce dei cavalieri della Corona d'Italia. Un ordine minore. Gli italiani farfugliano sciattamente il francese, non riescono ad arrotare la erre, e infilano doppie ovunque: a volte la loro pronuncia claudicante le impedisce di capirli. Ma non lui. Quel giovane minuto, pallidissimo, coi baffetti neri, parla come un parigino. Gli scocca un sorriso, incoraggiante ma contegnosa. Lui aggira abilmente l'uomo cui si accompagna – dalla somiglianza, si direbbe il fratello – e riesce a ritrovarsi di fronte a lei.

Il loro primo dialogo non è brillante. Non lo sarà mai: spetta a Dina fare sí che le parole alludano a ciò che non può essere detto, rendere eloquente ogni sospiro, sonoro anche il silenzio. Giuseppe commenta l'esibizione di Caruso. Repertorio un po' andante per il tempio della lirica – canzoni popolari, ballate, romanze, insomma. Certo un bel timbro, voce di velluto. Ma lo trova sopravvalutato, un fenomeno imposto dagli americani – gente nuova, buzzurri senza gusto. Dina lo contesta con fermezza (se cede subito, lui la reputerà docile). No, ribatte, trova bello, addirittura commovente quello che Caruso – il piú celebre tenore del mondo, ormai – sta facendo per gli emigranti. Li consola. Chi è lontano dal suo paese, per scelta o per necessità, ha sempre il cuore diviso: la nostalgia, la colpa e il rancore non guariscono mai. Anche voi? chiede Giuseppe. Vi trovate lontano dal vostro paese per scelta o per necessità? Dina Karren non risponde, si limita a sbattere le palpebre. All'anulare, quel cavaliere bruno col naso d'aquila e il volto offeso da antiche cicatrici non porta la fede. Si sono già scelti. Giuseppe – ma glielo hanno presentato come marchese di qualcosa – si congeda con un inchino. Sabato andranno a passeggio a Villa Borghese.

Giuseppe lavora al ministero degli Affari esteri. È primo segretario di legazione (il quarto gradino della carriera diplomatica). La nomina è recentissima. Ma non è un novellino. Parla francese, tedesco e inglese, conosce il diritto internazionale, la storia moderna e la geografia. Ha una certa esperienza del mondo, il che offre qualche argomento di conversazione. Come addetto di legazione ha vissuto piú di due anni in Argentina, a Buenos Aires, e altri due in Turchia, a Costantinopoli. Grandi metropoli, milioni di abitanti. Roma, in confronto, è un villaggio. L'ambasciata nell'Impero ottomano è una delle piú importanti del Regno, ha dozzine di impiegati, e consoli e rappresentanti in tutti i vilayet, le province – da Valona a Baghdad, da Gerusalemme al Cairo. Allora l'Italia non era ancora la nazione nemica che avrebbe partecipato allo smembramento dell'Impero ottomano, prendendosi la Libia e poi il Dodecaneso: coi turchi andavamo d'accordo. Lui è sempre rimasto nella capitale, e sul Bosforo ha lasciato il cuore. Ma ormai è passato tanto tempo. Sono già quasi sette anni che è tornato. Quando Dina gli chiede perché non gli abbiano ancora assegnato un'altra destinazione, come mai lo tengano al ministero, e se non si sente sprecato, a Roma, lui si mordicchia l'unghia del pollice. Sta per dire qualcosa, poi arrotola la punta del baffo e cambia discorso. Non è pronto a dirle la verità.

Destinazioni marginali, una carriera lenta e ora ferma del tutto: deduce che la sua famiglia non è rilevante o, se lo era, è decaduta. Per essere un marchese, è anche troppo sparagnino. Quando non è in divisa da diplomatico, veste come un burocrate; ai camerieri lascia mance parsimoniose che essi accolgono impassibili, vagamente sprezzanti. Possiede un'automobile, ma perché è cresciuto a Torino e lí ci sono le piú grandi fabbriche automobilistiche d'Italia. I torinesi hanno capito subito che l'automobile rappresentava il futuro. I nobili romani invece ancora sperperano quattrini per ferrare i cavalli e far raccattare il loro letame.

Sono sulla terrazza del Pincio a guardare la folla che sciama dal Corso riversandosi nel vuoto siderale di piazza del Popolo, quando lui le dice di aver amato subito Roma. La luce calda, il vento occidentale, il fiume scontroso, le fontane chiacchierine, le cupole delle chiese dalle forme morbide come di donna... Ma ci è arrivato da adulto. È nato nel Sud. Per via del lavoro del padre. Roma è nel mezzo, fra le mie due vite. Forse mi fermerò e sarà qui il mio baricentro e punto di equilibrio. Sono un torinese nato in Lucania, in un borgo arroccato fra i monti, in parte ancora distrutto dopo un terremoto di piú di cinquant'anni prima, in cui i signori e i notabili vivono in palazzi austeri all'ombra della torre, e gli altri in tuguri primitivi, insieme alle bestie, come nel Medioevo. Niente elettricità, fogne, acqua corrente... C'è una stazione ferroviaria, ma i contadini hanno ancora paura del treno. L'Italia è minuscola a confronto del vostro paese, ma altrettanto varia. È un continente. Vi sorprenderà.

Anch'io sono nata nel Sud, si lascia sfuggire. Pure nelle nostre campagne i contadini vivono come nel Medioevo. Quando cala la notte non ci sono fanali, ci si orienta con le stelle, come i marinai. I mugiki lavorano la terra a mano, raccolgono le patate con la vanga, all'alba li vedi andare nei campi sui carri trainati dai buoi. Indossano abiti dai colori sgargianti, e spiccano nel mare di grano come fiori e farfalle. Giuseppe le chiede se li abbia visti nella tenuta di famiglia: ha letto (in francese) alcuni romanzi russi e non riesce a concepire un russo senza la sua dote di anime morte, la villa padronale distante molte verste dal capoluogo, circondata da boschi di betulle, stagni, alberi di sorbo. Dina si affretta ad annuire. Giuseppe dice che un giorno le mostrerà la tenuta della sua famiglia. Ne hanno varie, in verità, ma la principale è vicino alla reggia della Venaria. Come se fosse a Czarskoe Selo, aggiunge, per farle capire. Lei resta sorpresa. È la prima volta che fuori dalla Russia sente pronunciare il nome del villaggio dello zar.

La tenuta era in rovina, ma i suoi parenti l'hanno restaurata, sognano di trasformarla in un'azienda modello – moderna, tecnologica –, dice Giuseppe, con orgoglio. Le parla infervorato del progetto di un allevamento di bovini, dell'impianto di avveniristici sistemi di irrigazione. Da noi non ce n'è bisogno, nevica molto e i fiumi sono cosí larghi che non si vede l'altra sponda – scherza lei, che di agricoltura non sa nulla e non distinguerebbe l'orzo dal miglio. Comunque, insiste Giuseppe, sono cresciuto a Torino. L'ex capitale del Regno d'Italia. Una città severa, geometrica, ordinata. L'opposto di Roma. Per certi aspetti somiglia a Parigi. Un giorno mi piacerebbe mostrarvela, mademoiselle Karren. Vi farò da guida. Lei sorride. La commuove che quest'uomo conosciuto da pochi giorni già si immagini un futuro nel quale lei ci sarà.

A Torino, nella villa di famiglia, a via Moncalieri, ha vissuto fino alla laurea: in Giurisprudenza. Ma non voleva essere notaio, né magistrato né avvocato: sarebbe morto di noia in un tribunale. Nel 1902, a ventidue anni, ha fatto il concorso per entrare in diplomazia. Fin da piccolo voleva conoscere il mondo. Gliela racconta cosí, come una favola bella, la sua storia, perché si vergogna di dire a quella giovane donna indipendente, che si trova da sola, durante una guerra mondiale, a migliaia di chilometri da casa, di non avere avuto invece vocazione al viaggio né scelta. Non ha mai avuto scelta, il suo destino era scritto, le sue azioni prestabilite e manovrate dal padre, dai parenti, dai loro colleghi. Forse lo avrebbe superato lo stesso, il concorso. Ma gli è sempre rimasto il sospetto che senza la raccomandazione di Malvano, il potentissimo ex ministro degli Esteri e capo della diplomazia italiana, amico di suo padre, non avrebbe passato gli esami. E il dubbio ha minato la stima in sé stesso e le sue sicurezze, lo ha reso timido, irresoluto. E quando il 6 maggio del 1903 è salito sul *Savoia*, il vapore che doveva portarlo in Argentina, si è sentito perso senza i genitori e i fratelli: laggiú, oltre oceano, ha sofferto atrocemente la lontananza, e non è riuscito a credere davvero di essere un funzionario scrupoloso, «ottimo e intelligente» come pure asserivano i suoi capi. Invece romantica e avventurosa è la storia familiare che racconta a Dina Karren. Lo zio era un eroe del Risorgimento, che dopo l'Unità è diventato senatore: per il suo valore militare gli hanno conferito il titolo di marchese. Da giovane aveva combattuto in Sud America, con Garibaldi. Quanto ho fantasticato sulle sue imprese. Per questo al primo incarico ho chiesto di essere inviato in Sud America.

Dina ascolta, colpita. Allora, per non sfigurare, racconta di essere nobile pure lei. Un'antica famiglia con vasti possedimenti in Crimea e una dacia sulle montagne del Caucaso. Di avere studiato allo Smol′nyj, il collegio delle fanciulle dell'aristocrazia, a San Pietroburgo. Giuseppe accoglie la notizia con visibile sollievo. L'ingombrante padre è morto, ma non riuscirebbe a far accettare alla madre – nemmeno al fratello minore, che ha sposato un'ereditiera svizzera – la sua frequentazione con una straniera qualunque. A lei dispiace subito avergli mentito, ma per pentirsi ci sarà tempo.

Il venerdí Giuseppe le propone di accompagnarlo nel locale di via dei Due Macelli in cui, una volta la settimana, proiettano cinema documentario: film dal vero, ripresi fuori dai teatri di posa. Di solito si vedono scene di sport – equitazione, football, boxe – e paesaggi del mondo. Ora che la guerra sigilla i confini, dovranno viaggiare solo cosí. La guerra, la guerra, sospira lei, non si parla d'altro, non si riesce a dimenticarla un minuto. Ma lo capisce. Per gli uomini deve essere angoscioso. È di leva il 1895, ma hanno chiamato alle armi la classe 1891. Gli chiede se potrebbero mobilitare anche lui. Sono del 1880, minimizza Giuseppe, no, non penso proprio. Non vi libererete cosí presto di me, mademoiselle Karren.

Ma la sua espressione è cambiata, si è rabbuiato. Cattolici e socialisti – la maggioranza degli italiani – sono pacifisti e internazionalisti. Il fratello di Giuseppe, Luigi, però, è onorevole alla Camera dei Deputati. Milita nel Partito nazionalista, che preme per l'entrata in guerra dell'Italia. E non al fianco degli Imperi. La mobilitazione per preparare l'opinione pubblica al rovesciamento delle alleanze è già cominciata. Giuseppe non ha un'opinione in proposito. L'aveva, anzi, ma prima di incontrare Dina Karren. Ora pensa solo che se l'Italia entrasse in guerra, da una parte o dall'altra sarebbe lo stesso: gli toccherebbe offrirsi volontario.

È una sala aristocratica, per un pubblico selezionato. Al popolo i documentari non piacciono, preferisce *Rocambole*. A Roma ci sono non meno di quaranta cinematografi (contro i diciotto di Napoli, i diciassette di Torino, i dodici di Venezia e i sette di Milano, e le sale singole disseminate in ogni cittadina e paese, da Racalmuto a Barga fino a Canicattí). Di varie categorie, come i teatri. In alcuni

Giuseppe non la porterebbe mai. Al Cafiero, per esempio, danno drammi napoletani, sceneggiate e canzoni. Roba da cameriere, modiste, spazzini. Lei ridisegna mentalmente la topografia dell'intrattenimento. Il Cines di via Nazionale sí, l'Edison di via Celsa e il Trionfale di viale Giulio Cesare no. Il Prati e l'Odeon di Cola di Rienzo, il Reale e l'Olimpia cosí cosí. Al Regina proiettano spesso film internazionali. Il marchese saluta tutti. Molti gli ricordano il compianto padre Francesco, deputato del Regno, altri gli chiedono dello zio diplomatico, dell'altro zio senatore (malato, purtroppo), del fratello deputato. Portano tutti gli stessi nomi di battesimo, sono tutti in Parlamento, a Montecitorio o al Senato. Dina comincia a rendersi conto di essersi ingannata: il mite Giuseppe appartiene a una famiglia importante. Lui non sembra imbarazzato dal mostrarsi in sua compagnia, anzi la presenta a un conoscente del ministero degli Esteri come sua nuova amica. Non lo è ancora. Mai subito. Ha imparato la lezione.

La domenica passeggiano nei viali del Giardino zoologico. L'hanno inaugurato nemmeno quattro anni fa, sulla sommità di Villa Borghese. Le gabbie e i recinti sono distribuiti fra pini marittimi e siepi di rose. Ma nell'aria aleggia un afrore selvatico, quasi belluino. Giuseppe osserva con disappunto che lo hanno allestito sul modello dello zoo di Berlino, eppure a Roma i serragli di animali esotici ci sono sempre stati. Gli imperatori, e poi i papi, tenevano nei loro giardini leoni, orsi, elefanti. Li hanno dipinti perfino i pittori. Invece – che decadenza dello spirito nazionale – siamo dovuti andare a cercare un direttore in Germania, perché nessun italiano sa piú come catturare e domare una fiera della giungla. Hanno chiamato l'esperto di storia naturale che ha sistemato la collezione del principe di Piemonte. Ma Dina Karren non sa nulla di animali esotici. Non ha mai avuto nemmeno un cane. Solo una gatta guercia, tollerata nonostante le pulci e la pelliccia nera perché teneva lontani i topi. La diverte l'elefantino M'toto, capricciosa stella del Giardino zoologico, che inalbera la proboscide e sventola la coda a ciuffo per scacciare le zanzare. Chissà se c'è ancora la malaria, a Roma. I viaggiatori dell'Ottocento non arrivavano mai prima della fine di ottobre. D'estate avrebbero contratto le febbri. Roma era terribilmente malsana.

Tira manciate di becchime agli uccelli della voliera, e noccioline alle scimmie. Quando si avvicina alla rete che la separa dallo scimpanzé, Giuseppe – cui il nero primate antropomorfo incute un'inspiegabile inquietudine – l'abbraccia da dietro, quasi per rivendicarne il possesso davanti a quella creatura dall'espressione umana. Dina non si divincola. Lascia che le sue mani la stringano alla vita, e le labbra le depongano un bacio lievissimo sul collo, poco sotto l'orecchio. L'alito di Giuseppe ha un buon odore di menta. Lo scimpanzé non gradisce, e sputa la nocciolina verso di loro. Rimbalza sul bavero del mantello di Giuseppe, lasciandovi una chiazza viscida di saliva.

All'uscita, il marchese si complimenta col direttore, che ha saputo della sua visita ed è venuto a salutarlo. Theodor Knotterus-Meyer è tedesco. A differenza degli italiani, la inquadra subito. Ho molti amici russi, qui a Roma, dice, in francese. Una colonia vivace, hanno una bella biblioteca a via delle Colonnette, intitolata a Gogol′, la conoscete? No, non ancora – svicola lei –, sono arrivata da poco. In realtà c'è andata. Non si è iscritta né ha versato l'intera quota per il 1914 (non le avrebbero scontato i dieci mesi già trascorsi), ma si è affacciata nella sala di lettura. La Gogol′ ha i giornali russi recenti, le riviste politiche e culturali, la migliore letteratura contemporanea. Ma anche romanzi francesi. Ha preso in prestito *Les demi-vierges* di Prévost.

Triste momento per i nostri popoli, commenta Knotterus-Meyer. I nostri tre popoli, sottolinea. Sí, anche lei segue i bollettini di guerra. All'Imperial dispongono i quotidiani – «Il Messaggero», «L'idea nazionale», «Le Figaro», «The Times» – sui tavoli della colazione. In Galizia l'esercito dello zar ha sbaragliato quello degli Asburgo, è penetrato nella regione orientale dell'Impero austro-ungarico fino a Leopoli e ha catturato migliaia di soldati di etnia italiana, coscritti nell'esercito di Francesco Giuseppe. Non avevano vere motivazioni per combattere, si sono arresi in massa ai cosacchi: la divisione si è dissolta. Lo zar Nicola II ha inviato in Italia, in incognito e sotto copertura, funzionari e agenti segreti per trattare col governo l'eventuale consegna dei prigionieri. Giuseppe lo ha saputo dal fratello. Il Parlamento è in subbuglio. Lo zar sembra disposto a mandarne qui 5000. Però l'Italia dovrebbe garantirne la custodia: non dovranno combattere mai piú gli alleati. È una questione di diritto morale. Il direttore del Giardino zoologico dubita della parola degli italiani. Ma lo insinua senza ironia o acrimonia. Deplora la guerra fra europei, siamo tutti fratelli, e si sente italiano, ormai. Ha chiesto la cittadinanza. Ma l'iter si è bloccato, forse ha aspettato troppo. Metto la mano sul fuoco che se gli italiani si impegnano, manterranno la parola data – giura Giuseppe. Ci crede veramente. Dina trova delizioso il suo idealistico amor patrio. Piú tardi, in automobile, rassicurata dalla discrezione dello chauffeur, che in tanti giorni non si è mai voltato a rivolgerle uno sguardo, gli concede il primo vero bacio.

Il 3 novembre si costringe a partecipare alla liturgia per il genetliaco della granduchessa Ol'ga di Russia, nella chiesa ortodossa di piazza Cavour, a Prati di Castello. Un quartiere di recente urbanizzazione. Roma sta dilagando fuori dalle mura imperiali. Spuntano quartieri nuovi ovunque, pure lungo il fiume. Ma al Testaccio non è mai andata, anche se le hanno detto che lí, subito oltre Porta San Paolo, sorge l'unica piramide visibile fuori dall'Egitto: pare sia malfamato. Prati di Castello, oltre San Pietro, sulla riva destra del Tevere: palazzoni a cinque piani, una griglia di strade dritte, parallelepipedi e linee rette, geometria implacabile priva di sorprese. Sulla piazza incombe un mastodontico e nuovissimo edificio di travertino bianco, sovraccarico di statue, stemmi e sculture, talmente fuori scala che starebbe meglio a Pietroburgo (lo chiamano il Palazzaccio, ma si tratta del Palazzo di Giustizia). Altrove restano molti spazi vuoti, fruscianti d'erba verdissima. Pare ci facciano ancora le esercitazioni militari. Piuttosto lontano da via Veneto: ha dovuto prendere una vettura, e ha pagato troppo il tragitto.

Tra i figli dello zar Nicola e dell'imperatrice Alexandra, la primogenita Ol′ga – sei anni minore di lei – è sempre stata la sua preferita. Impulsiva, sportiva, capricciosa, disobbediente, ha la fama di essere l'unica, a corte, ad amare la lettura. I suoi parenti l'hanno intravista a Kiev, nel settembre del 1911, al Teatro dell'Opera nazionale dell'Ucraina. Una serata che nessuno dei presenti aveva potuto dimenticare, poiché avevano assistito non alla *Fiaba dello zar Saltan* di Rimskij-Korsakov, ma all'assassinio del detestato primo ministro Pëtr Arkad′evič Stolypin. I colpi di pistola avevano interrotto lo spettacolo. L'attentatore, il socialrivoluzionario ebreo Mordko Gerškovič, era stato catturato e impiccato pochi giorni dopo. Ma nel settembre del 1911 lei era già lontana. Non torna a Kiev da quasi nove anni.

Alla funzione è presente tutta la colonia moscovita di Roma: l'ambasciatore Krupensky arriva alle 12, quando lei è già incastrata nella folla, e non riesce ad avvicinarlo. In attesa dell'inizio della cerimonia, corrono pettegolezzi irriverenti sulla festeggiata, che compie diciannove anni. Pare che lo scorso anno la granduchessa si sia innamorata di un ufficiale di basso rango, che ovviamente non ha potuto sposare e che dovrà sposare un'altra. La figlia dello zar è meno libera della figlia di un Isay qualunque.

Si ritrova accanto Tat′jana, una pittrice che ha conosciuto in treno. In verità si chiama Deborah, ma trova il suo nome troppo ebreo e se n'è scelta uno migliore. Hanno diviso lo scompartimento e notti di vodka, confidenze intime e discorsi sull'arte. Hanno scoperto di amare entrambe Bonnard, Cézanne e Degas, anche se Tat'jana le loro opere le conosceva solo grazie a brutte riproduzioni in bianco e nero nei libri delle biblioteche. L'ha stecchita raccontandole di aver incontrato Degas: quasi cieco, ormai, ma sempre capace di riconoscere una bella donna. L'olfatto, pare. Tat'jana le aveva detto che a Roma c'è un'accademia di pittura che accetta anche le donne. C'è pure una comunità ebraica popolosa e bene integrata. Commercianti, per lo piú. Un po' come a Odessa. Però non parlano yiddish.

Tat'jana ha già lasciato i corsi, non ha venduto un solo quadro e neanche un misero disegno all'esposizione cui ha partecipato alla Biblioteca Gogol' (i russi all'estero sono conservatori, non capiscono niente di arte d'avanguardia), ed è sotto sfratto. Insomma, Dina, non ci giro intorno, sono nei guai, non posso neanche uscire di casa senza che qualcuno m'insegua, ti prego, devi prestarmi dei soldi. Ma lei non può aiutarla. Il conto da pagare all'Imperial è astronomico. Finora il proprietario non la sollecita, né le chiede il saldo. E per non insospettirlo, lei spende piú di prima. Lascia mance memorabili perfino al fattorino dell'ascensore, un bulletto riccioluto e strafottente che fischietta e si struscia la lingua fra le labbra ogni volta che la incontra. Ma non sa quanto potrà durare la recita.

Giuseppe s'annoia in piazza, appoggiato alla carrozzeria lucida, nera, funerea, dell'automobile. Fuma un sigaro, e aspetta, paziente. Chissà da quanto tempo è lí. Le messe ortodosse durano un'eternità. E lei non conosce neppure la liturgia, deve guardarsi attorno per imitare i gesti degli altri. È pallido, di una grazia malinconica, quasi crepuscolare – ancora giovane. Ricco, chiaramente. E pure innamorato. Il suo viso assume una sfumatura color barbabietola, quando la riconosce fra le donne col velo in testa che escono dalla chiesa. Sei fortunata, Dina, sospira Tat'jana. La fortuna non esiste, risponde.

Tre giorni dopo lo accompagna nella galleria di San Marcello, la sera dell'inaugurazione di una nuova sala cinematografica, il Modernissimo. Sarà di quelle che contano. Un fotografo riconosce il marchese, lo chiama a gran voce, gli chiede uno scatto per la cronaca mondana dell'inserto domenicale del quotidiano cittadino. Dina trattiene il respiro. Se Giuseppe rifiuta, non funzionerà. Ma lui la prende sottobraccio e si mette in posa davanti alla locandina del film. Sei piú bella, Dina, infinitamente piú bella di tutte le attrici di questo mondo – sussurra. Ha cominciato a darle del tu.

È tutto talmente prevedibile che le viene la nausea. Con la testa ronzante per la febbre e la gola in fiamme, si accoccola nella poltrona accanto alla finestra. Da piccola, ha passato mesi a guardare il mondo dietro i vetri. A immaginarne un altro, un'altra vita. Adesso quella vita è sua, eppure è sciapa. Osserva le bambinaie che scortano a Villa Borghese i figli degli avvocati e dei dottori, le rade automobili che arrancano sull'erta di via Veneto, le ronde dei poliziotti a cavallo, il tramway. I cagnolini al guinzaglio dei padroni, i gatti randagi. I passeri infreddoliti che becchettano sul davanzale. Quando apre la finestra, uno, arruffato e madido di pioggia, le zampetta sulla mano, senza paura. Lo tiene nella suite dell'Imperial, lo lascia svolazzare fra i mobili, e perdere piume sui divani. Brune, frangiate di bianco.

Non dovresti toccarlo – la disapprova Giuseppe, che viene a trovarla appena non corre piú rischio di contagiarsi. Gli animali selvatici portano malattie. Sembra ossessionato dalle malattie. Dina invece si ammala solo quando è infelice. Va bene, acconsente, lo lascerò libero, ma prima affidiamogli un messaggio. Giuseppe obietta che un passero non è un piccione, e nemmeno un uccello migratore. Non andrà lontano. Ma lei insiste talmente nella sua stramba idea che alla fine Giuseppe cede. Scrivono un biglietto, lo arrotolano e poi lo legano al collo dell'uccellino, con un fiocchetto nero. Nessuno dei due ha letto quello dell'altro. Il passero esita sul davanzale, non sembra attratto dalla prospettiva di tornare nella villa, a elemosinare briciole sui tavolini dei caffè e schivare la ghiaia che gli tirano i bimbi annoiati. Giuseppe però batte le mani per invogliarlo, e l'uccello arruffa le ali, saltella, e alla fine sparisce frullando nel viale.

Vuoi sapere cosa ho scritto? le chiede. No, lo delude Dina, chiudendo la finestra. Se è un messaggio tuo per me, prima o poi mi arriverà. E tu, s'incuriosisce Giuseppe, hai scritto un messaggio per me? Pretendi troppo, gli risponde, lasciandolo ammutolito. Ho scritto a Dio.

Giuseppe non partecipa alla caccia alla volpe. Dal mese di novembre fino a Natale è la principale occupazione dell'aristocrazia romana. Principi, duchi, baroni – i Rospigliosi, i Paliani, i Bandini – vanno a turno nella riserva di uno di loro. Si fanno lasciare lí dai domestici, coi fucili, le attrezzature e i cavalli. Poi cenano con la selvaggina (tirano anche ai fagiani, alle palombe e alle lepri, sono capaci di abbattere 365 capi in due giorni, perfino animali di specie non definita). Pernottano nelle stanze degli ospiti. Anche le donne. Soprattutto le piú moderne, che amano mostrarsi sportive e abili amazzoni. So cavalcare anche io, ride lei. Ma non uccido animali selvatici. Sono creature libere.

Nemmeno a Giuseppe piace cacciare la volpe, ma vuole che Dina conosca finalmente la campagna romana. Roma è come un'oasi nel deserto, o un'isola nel mare, vedrai. Non c'è niente, tutt'intorno... Escono dalla città in automobile, percorrendo la via Aurelia. Guida lui, ha lasciato a riposo l'autista. Dina gli chiede – impertinente – se le insegnerà a guidare. Giuseppe ride, non crede dica sul serio. Una donna al volante ancora non si è mai vista. La strada, le spiega, volta verso il mare proprio sotto le mura della villa di famiglia. Dove si è combattuto nel 1849, al tempo della Repubblica Romana. Lo zio ha guidato la difesa, per ordine di Garibaldi. Erano tutti giovani, volontari di vent'anni. Hanno tenuto la villa sotto i bombardamenti dell'artiglieria francese. Per un mese intero. Sono morti quasi tutti, si sono sacrificati per l'Italia e la libertà. Quando i francesi hanno occupato Roma e restaurato l'autorità del papa, lo zio è dovuto andare in esilio. Ma poi, quando finalmente Roma è stata annessa all'Italia, lo zio ha acquistato le macerie. L'ha ricostruita. Della villa originaria è rimasto solo il basamento. Una scogliera. La villa aveva la forma di un vascello.

L'Aurelia corre parallela alla costa, ma distante dal mare, da cui la separano un cordone ininterrotto di dune, paludi dove pascolano le bufale e tenute agricole sterminate. Sui prati biancheggiano le pecore, ma i campi sono bruni e brulli dopo la semina. Ceci, spinaci e fave non hanno ancora buttato un germoglio. A una ventina di chilometri da Roma si fermano in una fattoria. Lasciano l'automobile nell'aia e fanno sellare due cavalli. Giuseppe ne sceglie uno dal manto nero, lei bianco. Come Garibaldi, scherza Giuseppe. Dina si ripromette di scoprire chi sia, questo Garibaldi. Il fondatore dell'Italia, a quanto pare. Non uno zar né un re. Un guerrigliero che combatteva indossando un poncho e una camicia rossa. Gli italiani cominciano a sembrarle un popolo singolare.

Galoppano sul litorale, dalla foce del Tevere fino alla pineta di Passo Oscuro. Il cielo è nuvoloso, il mare agitato. Onde torbide, color terra, si rovesciano sulla riva. La sabbia – screziata di granuli neri, come polvere di lava – è un tappeto di tronchi, conchiglie e alghe, sospinti dalla mareggiata fino all'orlo delle dune. Non immaginava cosí il Mediterraneo. Non fosse per il colore, potrebbe essere una spiaggia della Pomerania. Non ci pensava da tempo finché proprio ieri, al cinema Regina, ha visto un film tedesco – *Mater dolorosa*. La protagonista, la danese Asta

Nielsen, è sempre stata la sua preferita. In Russia non ha mai perso un suo film. Un'attrice eccezionale, un modello, una maestra. Pallida, spirituale, intensa, il volto come una maschera. Niente smorfie, occhi strabuzzati e birignao, come usano le attrici in voga qui. Le basta muovere le palpebre, le labbra. Avrebbe sempre voluto ascoltare la sua voce. Ma forse è proprio il silenzio il segreto del cinema. Parla una lingua universale. Quella del corpo. Le lingue invece dividono. Sono come frontiere, confini.

Sei la mia cosacca! si entusiasma Giuseppe, stupito dalla sua abilità a schivare radici, saltare fossi, evitare le frustate dei rami e le spine dei cespugli che orlano il litorale subito dietro la linea delle dune. I cavalli, vorrebbe dirgli, hanno fatto la fortuna di mio padre. Li ho amati, li odio. Ogni volta che sento l'odore del cuoio, dei finimenti, della biada, del pelo bagnato, penso a lui. Quando – dense e pesanti – cadono le prime gocce, cercano istintivamente riparo sotto l'ombrello delle chiome dei pini. Ma la pioggia si infittisce, i lampi intarsiano il cielo, i tuoni bubbolano sempre piú vicini: gli alberi attirano i fulmini, restare là sotto è pericoloso, dovrebbero trovare un tetto piú sicuro. Non ci sono case, però, su questa costa desolata e quasi priva di insediamenti. Solo le palafitte di legno dei pescatori.

Annodano le redini ai pali delle fondamenta, sulla battigia. Giuseppe bussa, chiede permesso, mentre col suo mantello tenta di ripararla dal diluvio. L'acqua ormai le ruscella sul viso. È fradicia, la camicia si è incollata alla pelle, la gonna alle cosce. I piedi navigano negli stivali. Ma è abituata al freddo: è lui che trema, squassato dai brividi. Giuseppe bussa ancora. Non risponde nessuno. Il casotto è abbandonato, il proprietario tornerà a primavera, per la stagione della pesca.

C'è un materasso imbottito di foglie di granturco arrotolato contro il muro, un tavolo ingombro di barattoli vuoti, una scatola sventrata di sardine, un fiasco di vino, ovunque secchi di latta, canne da pesca, ami arrugginiti, nasse, e una stella marina rinsecchita e priva di una punta, ma ancora rosso sangue. Una finestra nuda, senza vetri né tela cerata – un rettangolo quasi metafisico – affaccia sul mare. Aperto, come un oceano. La linea dell'orizzonte, nitida come una cicatrice, separa l'acqua dal cielo, livido di nuvole plumbee. È lontano il Mar Nero, e le viene da piangere. Sei triste, Dina, si preoccupa subito Giuseppe. Sono felice, sussurra lei. Troppa bellezza.

Si abbracciano fra le pareti intrise di umidità, cullati dal ticchettio della pioggia sul tetto. Lui cerca di scaldarla frizionandole le braccia, le spalle, le mani. È premuroso, inesperto. Lo lascia fare, anche se è lui ad avere bisogno di calore. Poi la aiuta a togliersi gli indumenti bagnati – il mantello, la gonna, la camicia – e la depone dolcemente sul mucchio di reti, che esalano odore di salmastro. Non ha fretta, compie ogni gesto con lentezza, come volesse assaporare ogni istante. Le bacia l'orecchio, il collo, le labbra, i seni, percorre con le dita la clavicola, la curva appena accennata del fianco. Lei gli accarezza i capelli, lisci di brillantina, ma radi, e fragili. Giuseppe è asciutto, leggero, magro – troppo, forse. Il fragore della risacca che gorgoglia contro i pali copre i loro sospiri. Il marchese italiano e la principessa cosacca – lui crede cosí – si amano per la prima volta non nella pretenziosa, fasulla alcova di un grande albergo e nemmeno in una garçonnière, su lenzuola di seta. Sono liberi, soli e lontani da tutto. È un momento di assoluta intimità e libertà: autentico. Il momento di essere vera. Ma ormai è troppo tardi.

Trasloca la settimana dopo. Il conto dell'Imperial è stato pagato, il proprietario le ha augurato buona fortuna: non è riuscito a impedire che una smorfia maliziosa gli increspasse le labbra. Ne ha viste tante, di storie cosí. I fattorini, il portabagagli, i camerieri vengono a salutarla, grati. Non dimenticheranno Dina Karren. Donne di classe ce ne sono poche, anche in un grande albergo – soprattutto in un grande albergo.

L'appartamento, appena fuori da Porta Pinciana, nemmeno trecento passi dall'Imperial, è alquanto anonimo. Camera e salottino a piano terra, l'armadio vuoto come un confessionale, la specchiera accanto alla porta. Le finestre affacciate su un viale incatramato da poco e ancora puzzolente di petrolio. Il marciapiede e il percorso per i ciclisti – ai lati della corsia di scorrimento carrozzabile – sono stati appena ricoperti di ghiaia. Ogni volta che uscirà dovrà camminare sull'asfalto, perché la ghiaia rovina i tacchi delle scarpe. Sarà pericoloso. Rischierà di essere investita. Ma non gli lascia indovinare i suoi pensieri.

Il viale scorre lungo le mura aureliane, assecondandone il sinuoso tracciato, ma l'edificio è sull'altro lato, fuori dal centro storico. Tuttavia è sempre nello stesso quartiere di via Veneto, il Pinciano. Nuovo: alcuni isolati sono stati appena costruiti; altrove, verso la via Salaria, le impalcature ancora corazzano gli edifici incompiuti e la mattina nell'aria risuonano i canti dei muratori e i colpi dei picconi. È stato concepito per ospitare la borghesia dei ministeri e gli alti funzionari e burocrati del Regno. Le case del centro storico sono buie e prive di comodità. Solo gli aristocratici che vi possiedono gli antichi palazzi di famiglia possono abitarci. Il Pinciano è uno scempio edilizio, secondo gli esteti. Pare che per edificarlo sia stato sventrato il parco e distrutta Villa Ludovisi, una delle ville barocche piú belle di Roma. Ma lei non l'ha mai vista, e neanche Giuseppe. È piemontese, come i costruttori. Straniero anche lui in questa città, in fondo. Non conosce la storia di Roma. Altrimenti avrebbe pensato che non è elegante sistemarla nel luogo in cui fino all'età napoleonica i romani seppellivano le puttane – indegne di riposare nelle chiese consacrate. Neanche lei lo sa.

Il palazzo è alto, imponente, vagamente classico. Due colonne col capitello in stile corinzio ai lati del portone, quattro piani e terrazzo condominiale sul tetto piatto: a Roma non nevica mai. Una graticola di finestre, disposte con tetra simmetria, un solo balcone, al piano nobile. Intonaco giallo ocra e travertino bianco per i pilastri, gli architravi e i timpani triangolari. Potrebbe essere ovunque, anche a Kiev. Ma è una casa. Quando le porge le chiavi, non gli dice grazie. Sono già andati oltre.

Dina Karren entra nella nostra storia come una donna «elegantissima, originale, bizzarra», oggetto di un'indagine di Polizia che sarà lunga, implacabile, e dovrebbe restare segreta. Per ordine del ministero dell'Interno, due agenti sono incaricati dalla Questura di Roma di seguirla, pedinarla, ascoltarla e intercettare la sua corrispondenza: ma solo uno – di cui conosco l'identità in sigla – uscirà dall'ombra per rivelarsi. Mentre estraggo le carte da un faldone ricoperto da una nera patina di polvere, mentre leggo i telegrammi da cui le striscioline di carta si scollano alle estremità, e le note riservate dattiloscritte che riferiscono l'esito degli appostamenti e dei controlli – per settimane, mesi, anni –, mi rendo conto che il loro lavoro assomiglia al mio. Anche io inseguo la stessa donna – con identica insaziata volontà. Anche per me, come per loro, quella bionda misteriosa e sfuggente diventerà un'ossessione.

Ma per motivazioni opposte. Gli aggettivi che usano i suoi persecutori per definirla, e che servono ad avvalorare i sospetti su di lei, sono per me le qualità che la rendono diversa e unica fra le donne del suo tempo, e mi spingono a non arrendermi al suo silenzio.

Il discrimine tuttavia non è di metodo – analogo, in un certo senso – ma morale. Non sono un agente, non devo trovare prove di colpevolezza. Nemmeno dissiparle, semmai denunciare la vera natura delle accuse. La colpa di «Dina Karren» – già di per sé sospetta perché straniera – è la sua diversità. Questa donna è pericolosa perché originale: «bizzarra», scrivono. Lo stesso aggettivo avevano usato secoli prima, nel Seicento, per definire la mia architettrice, Plautilla Briccia. Ancora: è intelligente, e in una donna ciò deve apparire come un'anomalia. La bellezza, inoltre, rischia di renderla fatale. Gli agenti, il questore, l'alto ufficiale della Marina che la denuncia, il prefetto, il ministro dell'Interno: tutti la temono. Io no. Forse dovrei.

La letterina «riservata personale» del 21 novembre 1914, vergata a mano su carta intestata dell'ufficio del capo di Stato Maggiore del ministero della Marina, era indirizzata al cavaliere Siragusa. Lo scrivente riferiva che gli era stata segnalata come sospetta di spionaggio politico «con altri mezzi» la straniera russa Dina Karren, già dimorante all'Hotel Imperial. L'espressione usata, la sottolineatura e le virgolette sono frutto della censura pudibonda cui l'autore ricorre per evitare di scrivere parole sconvenienti per il destinatario. In sostanza, diceva che la spia era una cocotte o una puttana: faceva uso della propria persona – del proprio corpo – per avvicinare uomini politici e ricavarne informazioni riservate o segrete. Aveva cercato – spiegava infatti lo scrivente – di entrare in relazione col marchese Giuseppe Medici del Vascello, fratello di un onorevole, e segretario di legazione al ministero degli Esteri, e vi era riuscita.

«Non so dove la Karren stia attualmente. All'Imperial era elegantissima, bionda, slanciata, e riceveva numerosa corrispondenza. Appariva originale e bizzarra, non si sa come e da dove riceva denari. Forse è già nota a codesto ufficio. Se Ella avesse qualche notizia al riguardo, gliene sarò grato, perché metterei in guardia il marchese Medici, di cui sono buon amico. Con distinti saluti, suo devotissimo M. Gravina».

Il mittente è di riguardo. Lo stesso giorno il ministero dell'Interno scrive al questore di Roma informandolo che la straniera Dina Karren, segnalata come sospetta di spionaggio, alloggiava all'Imperial ma attualmente è irreperibile. Ordina quindi di rintracciarla.

Il questore ha ottimi agenti. Impiegano meno di una settimana a scoprire il suo nuovo domicilio. L'appartamento – riferisce al direttore generale di Pubblica Sicurezza – è in «corso Italia n. 6, pianoterra, di proprietà del sig. Angeli Angelo, fu Antonio, tenente di vascello nella riserva».

In quei pochi giorni l'hanno pedinata e osservata da vicino. «È anche ben conosciuta all'ambasciata di Russia, ove spesso si reca. Parla varie lingue, ha modi signorili e sinora nulla in suo confronto si è accertato di ritenere che essa compia atti di spionaggio a nostro danno».

Sarebbe il ritratto lusinghiero di una donna affascinante, istruita e libera, se non fosse preceduto da un pettegolezzo. «È raccomandata dal marchese Medici (fratello dell'onorevole), il quale pare che la conosca intimamente». Sanno perfino che un giorno di novembre, introdotta – anzi «raccomandata» – dal marchese, si è presentata alla Cines per chiedere lavoro. L'agente che l'ha seguita, però, si è fermato fuori dal teatro di posa. Io entro.

Gli studi della piú importante casa di produzione cinematografica romana si trovano al limitare della città, oltre Porta San Giovanni, sull'Appia nuova. In mezzo a palazzoni sgraziati appena tirati su, fra campi di carciofi e fraschette coi tavoli protetti da pergolati di vite, disadorni a novembre, sorgono varie costruzioni, che occupano un intero isolato, sparpagliate su un'area di piú di diecimila metri quadrati. Sul frontone d'ingresso si legge CINES. STABILIMENTI PRODUZIONE FILMS.

Dietro il muro che recinge la proprietà, sei imponenti teatri di posa in vetro e ferro; le officine meccaniche per la fabbrica e la riparazione delle macchine da presa, i laboratori di scenografia e attrezzeria – sartoria, cappelleria, falegnameria –, i magazzini per gli arredi, gli oggetti di scena, le armi. E poi i laboratori per la stampa dei negativi, lo sviluppo, il lavaggio, la perforazione della pellicola, il viraggio e la coloritura della celluloide, l'essiccatura, la revisione, il montaggio dei positivi, l'imballaggio delle scatole metalliche, prodotte in un reparto contiguo, dove vengono sigillati i film destinati alla distribuzione, i quali, se passano l'ultima revisione, vengono inviati all'ufficio spedizioni. Per quel che Dina riesce a vedere, dietro la cancellata, a quest'ora del mattino di un giorno feriale, tra i vialetti in terra battuta non circola nessuno ma, a quanto ne sa, in questa autentica cittadella del cinema lavorano piú di mille persone. Non potrà verificarlo: la indirizzano dall'altra parte della strada. Gli uffici della direzione sono in via Macerata.

La fanno attendere in anticamera, sotto lo sguardo rapace di una segretaria. Comprende di essere oggetto di esame. La segretaria l'ha annunciata subito, ma la porta dell'ufficio del direttore generale è rimasta chiusa. Dina conosce le regole, e si predispone a una snervante attesa. Chi detiene un qualunque potere su un altro essere umano, lo esercita. Questione di gerarchia. Si umetta le labbra, si arricciola una ciocca di capelli tra le dita, sfoglia una rivista – una gazzetta cinematografica. Ha scoperto che se ne pubblicano decine, e sono miniere di informazioni. Alcune contengono perfino gli indirizzi delle case di produzione e degli artisti. Dina ignora che gli articoli sono pagati dai produttori stessi, che le finanziano. Servono a fare pubblicità ai loro film o agli attori da loro stipendiati. I film sono tutti capolavori, gli interpreti irresistibili, il successo trionfale. Fantastica di vedere il suo nome e la sua fotografia, su quelle pagine. Potrebbe gioire di quelle lodi esagerate, pur sapendo che sono una menzogna. La realtà è sempre una finzione, e la verità un segreto, perfino un miraggio.

Nell'ufficio, riscaldato da un impianto modernissimo, la temperatura è dieci gradi superiore a quella esterna: si augura di non sudare, si rovinerebbe il trucco. Ne ha scelto uno sobrio – rossetto carminio, un velo di fard perlaceo, per enfatizzare la carnagione lunare, e uno strato lieve di ombretto acquamarina, per valorizzare i riflessi cangianti degli occhi. È un appuntamento di lavoro.

Ma è arrivata Dina Karren? La voce stentorea del barone Fassini la riscuote dal torpore. Corpulento, stempiato, orecchie ad ansa, fama non usurpata di dongiovanni, si piazza sulla soglia mentre dalla porta esce una donna avvolta in una pelliccia di volpe argentata. Il viso è occultato dalla veletta, ma deve essere Gianna Terribili Gonzales, l'attrice degli ultimi film della Casa. Escono anche tre uomini, parlottando fra loro. Ma solo il piú giovane coi capelli a onda sa chi sia. Il poeta Nino Oxilia.

Incantato, taglia corto Fassini, scansandosi e invitandola ad accomodarsi. Il mio buon amico marchese Medici del Vascello ha molto insistito perché vi incontrassi. En français, s'il vous plaît, si schermisce, porgendogli la mano. Il direttore generale vi depone un bacio arido, formale. Per quanto ne sa, è il motore e la mente della Cines. Anche se si occupa di molte altre cose. È un ex ufficiale di Marina, un finanziere, il principale produttore di seta artificiale in Italia, un imprenditore che ha fabbriche in tutta la penisola, e chissà che altro. Abituato a comandare, comunque. Piemontese pure lui. Piccola nobiltà recente. Non sa se ritenere inelegante che abbia precisato subito il motivo per cui la riceve – o se sia un segno di rispettosa deferenza nei confronti di Giuseppe.

Cosí siete russa, dice Fassini, scrutandola con sguardo carnivoro come dovesse comprarla al mercato degli schiavi (si sta chiedendo quanti anni abbia, se sia abbastanza procace). Non chiedetemi di piú, altrimenti vi annoierei con un trattato di geografia, scherza lei, vaga. Giuseppe le ha consigliato di restare misteriosa circa la sua origine. Le russe sono considerate delle vampire, dopo il caso della contessa Maria Tarnowska: dal 1907 in Italia non s'è parlato d'altro. Una femme fatale di Kiev che ha istigato il suo amante ad assassinarne un altro, a Venezia, dopo averli rovinati entrambi. Nemmeno la condanna e la detenzione nel carcere della Giudecca e ora a Trani hanno smorzato il fanatico interesse attorno a lei. Perfino il massimo poeta italiano, Gabriele D'Annunzio, ha seguito il processo e voleva scriverci un romanzo. Lo ha preceduto Annie Vivanti. Scrittrice scandalosa per femmine in cerca di brividi, secondo l'ambiente intellettuale, ma il suo libro si è venduto a centinaia di migliaia di copie. (Annie Vivanti, si è ripetuta mentre Giuseppe parlava: deve leggere questo romanzo, come si intitola?) Ormai per gli italiani tutte le russe sono mantidi ninfomani divoratrici di maschi, rovinafamiglie e potenziali omicide. Per un personaggio sullo schermo funziona. Ma prima bisogna arrivarci, sullo schermo. Maria Tarnowska. Ha già sentito questo nome.

Il barone non divaga, deve avere altri impegni. Le chiede subito come mai voglia dedicarsi al cinema. Oh, sorride, sollevata, poiché si aspettava la domanda, è stato un coup de foudre. Avevo cinque anni. In città si tenne una fiera commerciale e lí, credo per la prima volta nel mio paese, ci fu una proiezione cinematografica. I filmini dei fratelli Lumière, li avrà visti senz'altro. Ero una bambina, e anche il cinema era bambino. Un'attrazione, un fenomeno da baraccone – ma per me un incantesimo. Magia vera. Da allora ho sognato di essere a bordo del treno che faceva il suo ingresso alla stazione de La Ciotat. Innaffiare il giardiniere che annaffia, volare con un razzo sulla luna...

Il cinema è parecchio cambiato da allora, sospira il direttore generale, intenerito. Probabilmente anche lui ha lo stesso ricordo. Nessuno avrebbe mai immaginato che in soli diciannove anni sarebbe diventato ciò che è adesso. Un progresso tecnologico straordinario. E chissà cosa diventerà. Dina pensa che ora Fassini le chiederà dove abbia studiato recitazione. Appena sentirà che ha esordito nel cinema russo in un ruolo da protagonista assoluta, per giunta in una parte doppia scritta da lei, resterà impressionato.

La tragedia delle due sorelle, sfortunatamente, non è stata venduta in Europa.

Purtroppo Fassini non ci pensa affatto. Recluta già in blocco intere compagnie di teatro. Non si aspetta che le aspiranti attrici raccomandate dai suoi conoscenti aristocratici abbiano frequentato una scuola. Alle attrici si chiede di saper recitare, alle altre, mammiferi di lusso, di saper danzare, o gorgheggiare, ma, preferibilmente, amare. Quale è il suo film preferito? le chiede invece. Dina sa che per ingraziarselo dovrebbe rispondere *Julius Caesar*, l'ultimo successo della Casa, ma non lo ha visto – scoraggiata dalle file interminabili che si allungavano per un isolato davanti al cinema Cines –, e le sembra umiliante mentire.

La fuga del grande vecchio, di Jakov Aleksandrovič Protazanov, risponde senza esitare. Lo sguardo del direttore generale resta opaco. Il nome di Protazanov non gli dice nulla. La Russia è per lui un mercato primario, come gli Stati Uniti o gli altri paesi europei. Ma funziona in una sola direzione. Ci esporta pellicole dal 1911, ha un concessionario a Mosca, gli pare si chiami Andrej Čažontov. All'agente basta dire da dove viene il film per venderlo in centinaia di copie al miglior offerente, a scatola chiusa – per telefono. L'Italia avrà pure le colonie piú sabbiose e infruttifere in Africa, ma i film li distribuisce in tutto il pianeta, e almeno nel cinema siamo un impero. E noi al vertice della piramide. Nei film storici la Cines è prima al mondo. Ma anche col comico ci difendiamo. Dobbiamo migliorare nel dramma romantico e nel moderno. Se solo gli scrittorelli che strapaghiamo inventassero qualche storia decente invece di costringerci a pagare salati i diritti di commedie e romanzi nemmeno di prim'ordine. Un buon soggetto fa mezzo film.

Eppure Protazanov è il padre del cinema russo. Già nel 1909 girava un film tratto da un poema di Puškin, *La fontana di Bachčisaraj*. *La fuga del grande vecchio* racconta gli ultimi giorni di Tolstoj, il grande scrittore, gli spiega

Dina. Quando a ottantadue anni, in preda al presentimento della fine, abbandonò la sua casa di Jasnaja Poljana. Voleva fuggire da una vita in cui non si riconosceva piú, e che gli era diventata estranea. Lasciarsi dietro la fama, la ricchezza, la famiglia, la scrittura. Ma era già malato ed è dovuto scendere dal treno che poteva portarlo via. Si è spento nella stazioncina di Astàpovo. Un gesto di rivolta, e amore per la libertà. Tolstoj aveva tutto, voleva rinunciare a tutto. Sparire, cancellarsi. Sulla tomba non c'è nemmeno il suo nome, si è fatto seppellire nella nuda terra. Accanto ha voluto solo che il fratello deponesse il ramo verde. Ne avrà sentito parlare: c'era inciso il segreto della felicità. È morto come un santo, o un profeta. Il film aveva immagini bellissime, il candore della neve, i binari, il treno, il grande paesaggio russo, una storia raccontata con sublime poesia...

Poesia! sogghigna il direttore generale. Il cinematografo è un'industria. Non siamo benefattori. Dobbiamo vendere il prodotto e fare soldi. Se non convinco i consumatori che il rayon è piú vantaggioso della seta, e nessuno lo compra, chiudo la fabbrica. Se non capiamo quali sono i gusti del pubblico che paga il biglietto, e pensiamo ai nostri, allora meglio pubblicare libretti di poesie. Che possono vendere cento copie ad amici e parenti dell'autore.

Il resto del colloquio è breve, parlano di affari. Dina chiede un contratto di millecinquecento lire al mese. La cifra è alta, ma si è informata. L'anno scorso, per il contratto da prima attrice alla Celio, Francesca Bertini aveva ottenuto millecinquecento lire mensili il primo anno, duemila il secondo e duemilacinquecento il terzo: ma il contratto questa estate è stato cassato e la Casa le ha offerto di rientrare a metà paga. Bertini ha giustamente rifiutato e l'avvocato Mecheri, che era amministratore delegato della Celio, si è messo in proprio, ha fondato un'altra Casa, la Tiber, e il 4 settembre gliene ha offerto uno nuovo, con decorrenza triennale, da duemila mensili. Inoltre l'attesa in anticamera le ha permesso di scoprire che girano cifre anche piú alte. I francesi, per scritturarlo, avevano offerto sessantamila lire l'anno al famoso attore Alberto Capozzi, e il suo produttore italiano, tale Ernesto Maria Pasquali, per non perderlo, visto che è la sua gallina dalle uova d'oro, tanto che con gli incassi di un unico suo film ci si è costruito il teatro di posa, gliene ha garantiti altrettanti, e infatti Capozzi è rimasto con lui. Sono cinquemila lire al mese! Millecinquecento le sono sembrate quindi una richiesta equa.

E poi il denaro non è il fine, solo un mezzo. Nessun compenso può valere il tempo o la creazione di un artista. Il mondo però non ragiona cosí. E se ci diamo via per poco, le persone penseranno che anche noi valiamo poco. Ma quando ha scandito mille cinq cent, il barone ha avuto un sussulto. La luce che barbagliava nelle sue pupille le ha rivelato cosa stava pensando. Chi si crede di essere questa puttanella straniera? Ne incontro decine. Tutti i consiglieri della Cines, conti, principi e nobilastri, ci supplicano di impiegare le loro amichette, cosí potrebbero sborsare meno soldi per tenersele buone. Ti sto facendo un favore, anche solo a riceverti.

L'appuntamento è per domani. Si presenti ai cancelli degli stabilimenti alle sette del mattino: le riprese iniziano alle otto. Il provino durerà due giorni. Lei è piuttosto bella, mademoiselle Karren, e ha un'alta opinione di sé, la congeda Fassini. E mi fa piacere, significa che ha personalità. Ma anche la macchina da presa pensa. Vede, registra e sente. L'esperienza è utile ma non necessaria. Ho fatto esordire attrici che non erano mai state a teatro e non avevano mai messo piede neanche sulla pedana della sala parrocchiale per i quadri viventi del presepe. Sapersi muovere davanti all'obiettivo, accogliere sul proprio volto la luce e risplendere, è un dono, che non si impara e non si compra. Si possiede. Oppure no.

Mentre percorre il vialetto che conduce al teatro di posa, la frenetica attività attorno al basso edificio centrale, simile a un capannone o una filanda, le trasmette subito l'euforia gioiosa, quasi infantile, di lanciarsi in un'eccitante avventura. Si girano piú film contemporaneamente. Da quattro anni la Casa si è impegnata coi distributori a produrre un dramma, una commedia, due comiche e due documentari ogni settimana. Non sono numeri che possano impressionare Dina Karren: nel 1914 Aleksandr Osipovič Drankov ha prodotto 80 film, fra cui il suo, anche se circolano solo nei territori dell'Impero russo e qui il suo nome non significa niente. Fra l'altro questa estate a causa della guerra la Cines – come quasi tutte le case italiane – ha interrotto le riprese, perfino quelle di *Rapsodia satanica* con Lyda Borelli, sulla quale ha investito ingenti capitali; gli studi sono rimasti chiusi da agosto, e tutto il personale di stampa e sviluppo è stato licenziato; scarseggia la pellicola, importata dalla Germania, e le maestranze non sono state pagate. Si è ricominciato a girare da pochi giorni, ma non tutti i licenziati sono stati riassunti, peraltro con stipendi ridotti, e il nervosismo non si è placato. Nessuno sa cosa accadrà nei prossimi mesi.

Pioviccica, sicché cinque toreri in abiti da corrida – in attesa di iniziare il loro quadro (qui ancora si usa un termine pittorico per indicare la scena) – sgranocchiano la colazione in piedi, schiacciati contro il muro di cinta per ripararsi dalle gocce. Dall'interno si sente tuonare una voce che ripete «presto, presto, presto». Gli attrezzisti di un'altra troupe armeggiano con gli arredi: sostituiscono un pianoforte e un divano con balle di fieno e quel che sembra un abbeveratoio. Un cavallo sonnolento agita la coda per scacciare le mosche. Sarà un film comico? L'operatore discute con un uomo (il direttore del film in costume spagnolo?) indicando il cielo. Nuvole color cenere, gonfie, come balle di cotone. La luce è grigia, uniforme. Buona, a quanto pare. Il direttore della fotografia lamenta la lentezza di comprendonio dei toreri. Presto, presto. Stanno sprecando preziose ore di luce. Il costo delle riprese con la luce artificiale è alto e solo uno dei teatri di posa è attrezzato allo scopo. Gli altri film si girano con quella solare, che è gratis. Dall'altra parte due facchini trascinano un'agrippina fuori dal teatro di posa n. 2 – un locale tutto vetrate, come una serra. Quel coglione l'ha sfondata, impreca il capo macchinista, bisognerà rigirare tutta la scena, ma prima toccherà ripararla, perché non si può usarla cosí né restituirla rotta al proprietario. Il che significa pagare almeno altri tre giorni di noleggio e sforare coi tempi del piano di produzione. Ce l'avrà affittata già difettosa, quel marpione, insinua lo scenografo. Non funziona questo sistema di affittare i mobili di scena, bisogna finirla, organizzarsi in modo piú industriale, chi ne parla al barone Fassini? I camerini degli attori sono da quella parte, signorina Karren, la scuote la voce di un giovane occhialuto, con un fascio di fogli in mano. Può cominciare a cambiarsi.

Il provino è scrupoloso, ma la lascia estenuata, oppressa da un'impressione di scontento. Eppure non era ansiosa, anzi, in perfetto controllo di sé. Ha sempre saputo giocarsi le sue occasioni, perché consapevole che ne avrebbe avute poche. Essere nata in un villaggio polveroso privo di una stazione ferroviaria le ha insegnato che i treni passano altrove, e bisogna rincorrerli perché non fermano per te. Ha fatto intuire che recitare non è davvero il suo scopo? Lei si sogna compositrice e pianista d'avanguardia, come Eric Satie, pittrice come Natalija Gončarova, poetessa, come Mirra Lochvickaja, scrittrice come Colette… Per mascherare la frustrazione (perché la trattano come una sprovveduta? ha recitato davanti a una troupe di trenta persone!) è stata troppo disinvolta e sicura di sé? O erano i vestiti che le hanno fatto indossare? Un reggipetto di lustrini, una sottana di veli orientali – forse il costume di Hesperia nel film della stagione scorsa, nel quale interpretava una negra maltrattata dagli zingari, che muore perché non può coronare il suo sogno d'amore con un bianco. Quell'opulenta romagnola ex attrice di varietà tinta di nerofumo era una mora del Sudan meno improbabile di lei – bionda, esile, raffinata. Che un'africana vera l'ha vista solo al circo, e non sapeva come muoversi, consapevole di sembrare ridicola, perfino assurda. Invece il piacere dell'impostura è il presupposto dell'interpretazione, come ha potuto dimenticarlo?

O forse è stato il trucco che l'hanno costretta ad applicare sul viso? La carnagione d'avorio funziona solo nelle parti tragiche, qui la provano nel moderno, cioè nella commedia che volge al dramma solo nel finale. Le hanno bistrato gli occhi col carbone al punto che sembrava l'avessero presa a pugni fino a farglieli neri. O forse è stato il suo atteggiamento verso gli ordini del direttore di scena. Hanno commesso la scortesia di non presentarglielo, e solo dopo ha capito che era il famoso Enrico Guazzoni. Un pittore esperto, che padroneggia da maestro la tecnica fotografica e ha collaudato per primo la cinepresa leggera e la messa a fuoco veloce, e lei si è permessa di consigliargli di mettere alle sue spalle il disco di cartone bianco perché la luce riflessa le addolcisse i lineamenti! Fingere di non sapere nulla, di non avere un cervello, di non pensare, è la regola aurea, la conosce, l'ha imparata. Perché la viola sempre? Perché in qualunque occasione pretende di essere sé stessa?

Oppure è stata la mancanza di disponibilità verso le attenzioni esagerate dell'uomo calvo come un mandarino (purtroppo non ha intuito fosse uno degli azionisti) che alla fine del primo giorno di provini le ha offerto un passaggio «a Roma» con la sua automobile. Non ha saputo gestire l'imprevisto, non se lo aspettava, illusa di essere protetta dal nome del marchese. Ma il barone Fassini deve essere stato discreto. Sul set la vedono come una giovane bionda qualunque – e siccome non fa parte di una compagnia teatrale ma l'ha raccomandata qualcuno, pure disponibile. Sono impegnata, gli ha risposto, prevenendo l'invito a cena, o peggio. Di chi siete? si è incuriosito allora il mandarino, stupefatto dal rifiuto. Quando ha esclamato, arrossendo, di me stessa! lui non le ha creduto e l'ha piantata al cancello, stizzito.

Il giorno dopo l'hanno fotografata senza accendere la lampada – tenendo la macchina da presa sul cavalletto all'altezza che dovevano avere fissato per il cavallo, perché l'equino è l'attore principale nei teatri di posa della Cines, in questo momento. Il film si intitola *Rataplan*, e la produzione ci crede molto. L'inquadratura da sotto in su accentua le occhiaie, allunga il naso già ragguardevole, accorcia il collo. Lei cercava di concentrarsi, mentre poco piú in là il cavallo stronfiava, batteva lo zoccolo sul pavimento e poi mollava un escremento fumante a pochi passi dalle sue scarpine. Quell'odore. Quell'odore.

Le ripetevano: «bocca chiusa, bocca chiusa». E poiché non sembrava capire, qualcuno le ha indicato la museruola del barboncino di Guazzoni, che gironzolava nello studio. Bocca chiusa, siete un pesce nell'acquario. Le dicevano: sorridete, senza mostrare i denti. Uniche istruzioni: siate supplichevole, tenera, seducente, furiosa, come voleste picchiarmi o strapparmi il cuore a morsi. Ora siete arrabbiata, ora disperata. Siete pronta a darvi la morte, gettarvi dalla finestra, tagliarvi le vene. Piangete. Piangete. Non piango mai davanti agli estranei, avrebbe voluto rispondere. Preferisco sfilarmi la biancheria che le lacrime.

Poi le hanno chiesto di provare una scena. Lo sceneggiatore le ha allungato il copione di un film che dovrebbe andare in produzione a breve, ma lei è troppo lenta a leggere l'italiano. Le hanno indicato quali passi doveva fare, e in quale direzione (per orientarsi poteva seguire sul pavimento la linea del listello), e spiegato, in francese approssimativo: siete una vergine innocente, resistete, protestate, infine cedete, vinta e grata, al bruto seduttore. Una parte talmente insensata che le veniva da ridere. Il partner ha dato una sguerciata fulminea al copione, poi l'ha restituito. Aveva l'alito fetido e lei non è riuscita a baciarlo, nemmeno a fare finta. (Ma come si fa, poi, a fare finta? l'attore è piombato sulla sua bocca con la lingua già protesa). Alle tre, quando la luce del giorno si è affievolita, hanno messo via le cineprese. Bravissima, stupenda, occhi che bucano lo schermo, portamento da regina, davvero espressiva, molto bene. Le faremo sapere, mademoiselle Karren.

La prima volta in cui si rende conto di essere spiata è a cena da Canepa, un ristorante di via delle Terme, con Giuseppe e alcuni amici suoi. Tutti sulla trentina, celibi. Se hanno, come lui, un'amica, la custodiscono con cura. Non la ritengono all'altezza della compagnia o non è previsto che sappia conversare. Dina Karren al contrario innalza le quotazioni di Giuseppe. I suoi fratelli minori lo hanno sempre sovrastato. Piú sano, piú loquace, piú colto il secondo, di appena un anno minore; piú mondano, e dopo il matrimonio anche piú ricco – smisuratamente, quasi – l'ultimo. Il fatto che la donna piú affascinante di Roma, di cui parlano tutti, pure quelli che al Teatro Costanzi non c'erano, si accompagni a lui lo ha trasformato agli occhi del mondo. Dei maschi, in verità, che tuttavia non sanno decifrare il grado di intimità della loro relazione. Lo sottovalutano tutti, il marchese Giuseppe.

Dina è l'unica donna della tavolata, e gli uomini – ovviamente – parlano della guerra. Prosegue l'offensiva francese in Alsazia, i turchi avanzano nel Caucaso. Il suo vicino di sinistra, Manfredi Gravina, ai vertici del ministero della Marina, è un conte siciliano-tedesco, nipote di Cosima Liszt von Bülow, poi moglie di Wagner. Benché Giuseppe glielo abbia presentato come il suo migliore amico, ha percepito istantaneamente da parte sua una palpabile avversione. Gravina cerca di coinvolgerla nella conversazione, ma lei non interviene. Non saprebbe cosa dire né l'argomento la interessa. Gli amici di Giuseppe sono noiosi come Grisha. Non sono scrittori, non sono artisti. Vanno a teatro solo per incontrarsi. Non ha niente in comune con loro.

Vorrebbe parlare di musica. Di poesia. Di film. La Cines prepara nelle sale del Valiani una festa per Enrico Guazzoni, l'autore di *Marc'Antonio e Cleopatra* e *Julius Caesar*, che hanno prodotto incassi favolosi e permesso al bilancio della Casa di restare in utile. Ci saranno gli onorevoli Barzilai e Federzoni, svariati cavalieri, fra cui il potente Albertini, attrici, ammiragli, commediografi e anche il pittore Aristide Sartorio, di cui ha appena ammirato alcune tele mitologiche alla Galleria d'arte moderna. Sarebbe l'occasione per rivedere il barone Fassini e informarsi del suo contratto. Sono passati svariati giorni dal provino e ancora nessuna notizia. Ma dovrebbe conquistare Gravina, perché è lui che potrebbe farla invitare: uno degli organizzatori, il capitano di vascello Guido Faleno, è un suo sottoposto. Gravina però discetta del nuovo fronte che si è aperto con l'invasione russa dell'Armenia turca e lei non riesce a distoglierlo dall'unico argomento che gli sta a cuore.

Si annoia e deve reprimere uno sbadiglio. I suoi occhi vagano fra i lampadari della sala, le immacolate divise dei camerieri, le stoviglie di porcellana, i carrelli dei dessert. E allora si rende conto di avere già visto l'uomo che cena da solo nel tavolo accanto, apparentemente intento a leggere il giornale spiegato sulla tovaglia. Non ha quasi toccato l'arrosto, e non ha ordinato una bottiglia di vino. Solo acqua, in caraffa. Indossa un abito modesto, dal tessuto ruvido. Non sembra che possa permettersi una cena in un ristorante cosí. Incrocia il suo sguardo nell'enorme specchio che occupa tutta la parete, e lui si affretta ad abbassare le palpebre sul titolo de «La Tribuna». È qui per me, realizza, sbalordita.

Il cuore perde il ritmo e le manca il respiro. Poi non riesce a trattenere una ridarella isterica, irrefrenabile. Imbarazzato, Giuseppe le sfiora la gamba, sotto il tavolo. Non capisce. Deve dirglielo? È cosí integerrimo – piemontese, dicono a Roma. Come la prenderà? Il conte Gravina vuota il bicchiere. Ha notato il suo sguardo, e la sua risata. Per un attimo lei pensa che sappia dell'uomo – che, anzi, lo abbia mandato. Ma poi si dice che Gravina è solo un barboso alto ufficiale della Marina, e chiede al cameriere di portarle una fetta di torta.

Da allora nota quell'uomo ovunque. Il 7 dicembre al Teatro Valle, quando va a vedere Lyda Borelli (l'altra attrice italiana del momento), è vicino al guardaroba – goffo rospo tra pinguini in frac. Al Majestic per la sfilata delle toilettes, i mantelli, le pellicce della Casa Ventura di Milano, in tournée di propaganda per la moda italiana, è seduto dietro di lei, incongruo fra le dame, impegnato ad annotare qualcosa su un taccuino. Il 9 al Modernissimo, alla serata in onore di Matilde Serao, che assiste in sala alla prima del film *Superba* tratto da un suo romanzo, la sua presenza le causa una vertigine di ansia e un'emicrania tale da costringerla a eclissarsi durante la proiezione e farsi sfuggire l'occasione di avvicinare la scrittrice. Le sembra di essere seguita non tanto da una persona reale, quanto da un'ombra, negativa e maligna, che finirà per inghiottirla. Non ha ancora quasi niente, perderà tutto.

Dorme poco e malamente. Percepisce il cuore come un ingombro, un livido – se vi poggia la mano, fa male. Cosa vogliono da te, Dina? Non ti permetteranno di restare. Cosa dovrai dare in cambio. Non riesce a fermare la deriva rimuginante dei pensieri. Digiuna, smagrisce. Non può permettersi di imbruttire. E pure l'idea di dipendere dal proprio aspetto la tormenta. È degradante.

L'uomo la segue ai grandi magazzini di via Sistina, dove assiste stoico alle prove di vari cappelli: alla fine lei ne acquista uno piatto, a disco, ornato di piume d'airone, e sembra che anche a lui piaccia, poiché involontariamente annuisce. La segue perfino al campo Due Pini, dove Giuseppe l'ha convinta a vedere una partita di football. Ventidue maschi sudati, in calzoncini e casacca impillaccherata, che tirano calci a una palla di cuoio, nel fango. Non è il tennis né il canottaggio, ma è lo sport del momento, i giovani ne vanno matti: e non è piú anglofilia, ormai ci gioca pure la ragazzaglia delle case popolari, nelle piazze, nei parchi, perfino sui sagrati delle chiese. La famiglia di Giuseppe ha istituito la Coppa Medici del Vascello: un triangolare che si tiene ogni novembre, organizzata dalla Società Ginnastica Fortitudo; se la contendono le squadre migliori: la Juve, la Pro Roma... L'arbitro scivola nella mischia, riceve una scarpata in testa e si spacca la fronte, ma la Roman batte la Fortitudo. Sulla gradinata, l'agente non trattiene l'entusiasmo: al momento del gol salta in piedi, sbracciando, e lei riesce a seminarlo.

Sparisce solo nei giorni della piena del Tevere, quando mezza città – dalla via Flaminia alla via Portuense – va sott'acqua. Abiterà alla Magliana, Mala fede, Tor di Valle, Mezzo Cammino, Grotta Rossa: lí tutte le strade sono interrotte per l'inondazione. Esiste un'altra Roma, fuori dalle mura antiche, diversa dal Pinciano. La Roma degli operai, dei barcaioli, degli ortolani, dei fornaciai – la Roma vera, forse. Muore dal desiderio di scoprirla, ma a Giuseppe non può chiederlo e una signora – o una donna che vuole sembrare tale – non ha vera libertà di movimento. L'Italia è un paese davvero strano. Idolatra le attrici e ne accetta il predominio. Ma non consente alle sue figlie ben nate di recitare, come se il teatro e il cinema fossero un bordello. Alle donne della borghesia non permette nemmeno di accedere alle professioni. Alla metà di dicembre il Consiglio dell'Ordine di Roma delibera di proporre che le donne avvocato siano escluse dall'esercizio professionale. Le risulta che Enrico Ferri e altri abbiano votato contro. Ma hanno idee politiche opposte a quelle di Giuseppe e suo fratello Luigi. Si è legata a un ambiente conservatore, quasi reazionario. Bizzarrie della vita.

L'agente è piuttosto giovane, avrà piú o meno la sua età. Sembra di estrazione popolare: del resto chi vorrebbe fare il poliziotto? È un bel tipo. Ha grandi occhi lucenti, come ossidiana, un naso protervo e neri capelli crespi, come un arabo, un armeno o un ebreo. Ma le ricorda Grisha e tanto basta a impedirle di concepire il piano piú semplice per sbarazzarsi di lui.

È già febbraio quando gli parla per la prima volta – e sarà l'unica. L'agente si presenta a casa sua, di mattino presto. Deve aprirgli, anche se indossa l'accappatoio e non si è ancora pettinata, perché il portiere – cerimonioso e però furbesco – la avvisa che un questurino ha bisogno di parlarle. Solo qualche domanda, pare, per il visto di ingresso, forse c'è qualche problema burocratico. Al portiere di corso d'Italia n. 6 piace la conturbante Dina Karren, che gira nuda per casa senza curarsi se le tende sono appena accostate, al risveglio canta come un'allodola melodie sconosciute, scrive tutto il giorno distesa bocconi sul letto circondata da un disordine di fogli, libri, cartacce, e fuma sigarette con un bocchino piú lungo di una matita: ma gli stranieri sono inquilini che portano rogne.

Lo riceve nel salottino. Si sforza di sembrare tranquilla e indifferente, ma in realtà è nervosa, perché Giuseppe non è a Roma e se l'agente è venuto per arrestarla, non potrà tirarla fuori dai guai. Il 9 gennaio lo hanno richiamato alle armi. Il comando della V Compagnia Automobilisti presso il 13° di Artiglieria gli ha notificato l'ordine di presentarsi immediatamente in servizio presso il corpo. Il ministero degli Affari esteri ha segnalato subito con un telegramma che in quanto agente diplomatico di 1ª categoria il signor Medici ha diritto alla dispensa da qualsiasi chiamata, ai sensi del regolamento eccetera. Ma Giuseppe è andato comunque a Torino.

L'uomo resta impalato fra l'angoliera e l'orologio a pendola, davanti al muro, come volesse mimetizzarsi tra i gigli della carta da parati. Gli offre una tazza di tè, che lui rifiuta, poiché in servizio non può accettare nulla dalle persone oggetto di indagine. Sono oggetto di indagine? gli chiede divertita, fingendo sorpresa. Quale è il mio crimine? Di che mi si accusa? Lui non risponde. Deve essere mortificato per aver scoperto subito le sue carte. Ma ormai non può tornare indietro.

Si qualifica come agente n. 184. Non può svelare il suo nome. Nemmeno io, vorrebbe dirgli. Prova quasi pena per lui. Le sembra piuttosto inesperto, o forse non abituato a relazionarsi con una persona come lei. È un buon segno che non le abbiano assegnato qualcuno piú scaltro? O cattivo, perché la stimano poco pericolosa? L'agente 184 resta in piedi, intimidito dall'eleganza pretenziosa del mobilio – il sofà imbottito e ricoperto di cuscini, le poltrone coi braccioli, i quadri dalle imponenti cornici dorate, le statuine nella vetrinetta, i tappeti orientali su cui ha lasciato l'impronta impolverata delle scarpe, i ninnoli d'argento sul tavolino. Cianfrusaglie, in realtà, e nemmeno sue. L'appartamentino era già ammobiliato. Una garçonnière. Lei non possiede nulla. Solo i vestiti, un carillon con una ballerina che piroetta al suono di un valzer di Chopin, i quaderni, gli album da disegno, una valigia di libri e il candelabro a sette braccia. E la testa. Quando il branco ingordo dei creditori si è divorato la casa, i magazzini, i conti in banca, e pure i diamanti custoditi nell'incavo segreto della Bibbia – non possiamo far causa a tutti –, sua madre le ha detto che il cervello è la dote piú preziosa che una figlia possa ricevere dai genitori. E lei, ritenendosi ricchissima, si è consolata. In effetti devo interrogarla, ammette l'agente 184. L'ultima volta ci ha provato il mio professore del ginnasio, dice lei. Ero una pessima allieva. Non ho saputo rispondere.

Dove siete stata prima dell'ingresso in Italia? Quale è il vostro vero nome? Da dove prendete i denari? E perché vi pagano? Per quali affari vi recate tanto spesso all'ambasciata di Russia? Perché ricevete in casa un diplomatico di detta ambasciata? Cosa gli consegnate? Ricevete uno stipendio dal Servizio segreto di informazioni dello zar? Con quale mansione? Quale è lo scopo della vostra frequentazione col marchese Medici del Vascello?

Siete davvero indiscreto, agente 184, ride. E molto ingenuo se pensate che io possa o voglia rispondervi. Mi sorvegliate da mesi, mi seguite, mi proteggete, mi conoscete meglio di quanto mi conosca io, in un certo senso. Trovate da voi le risposte alle vostre domande. Io mi rifiuto di farlo. E scusatemi, ma il proprietario dell'appartamento non sarebbe contento di sapere che ricevo un uomo. È proibito dal regolamento condominiale. Devo mettervi alla porta.

Esita tre giorni, poi riferisce tutto a Giuseppe – che ha avuto la dispensa e non presterà servizio al comando automobilisti. Si è fatta beffe dell'agente 184 – e le dispiace, perché quel giovane faceva solo il suo lavoro. Ma la cosa dura da troppo tempo, sta diventando seria, e non può piú sottovalutarla. Se non comincia a lavorare subito, si aggraverà.

Giuseppe all'inizio non ci crede, pensa a uno scherzo architettato da qualche amico burlone. O geloso. Sono in molti a ritenere che una donna come Dina possa aspirare a qualcuno ben piú influente di lui. Glielo hanno perfino detto: stai attento che la Karren ti userà come uno sgabello, e quando avrà ottenuto ciò che vuole ti lascerà in mutande, e disperato. Li perdona. Gli vogliono bene, sanno che ha già sofferto abbastanza. Giuseppe comunque trova stupefacente, folle e irriguardoso che la Polizia si ingerisca negli affari privati di un diplomatico. Preferisce credere che sia tutta una commedia. E in tono goliardico, come fosse la scena di una pochade, racconta di Dina e del poliziotto n. 184 ai suoi amici e al conte Gravina.

Loro però non ci trovano niente da ridere. Anche se alcuni sono al corrente delle trattative segrete per un'intesa con la Francia e l'Inghilterra, ufficialmente siamo sempre legati con la Triplice Alleanza, e la Russia è ancora un paese nemico. L'ambasciata russa pullula di spie dello zar. La donna potrebbe essere stata mandata a Roma in missione per influenzare il riposizionamento dell'Italia. Non può essere un caso che abbia avvicinato proprio lui, proprio quando lo hanno assegnato alla Consulta degli affari politici del ministero. È un momento delicatissimo per il nostro paese. Non si sa dove e con chi staremo fra un mese. E Giuseppe ha un ruolo chiave in tutto questo: ma solo le spie possono saperlo. Deve smettere di frequentare Dina Karren. Come può garantire per lei? La conosce davvero? È una persona molto misteriosa, e strana. L'infatuazione rischia di stroncargli la carriera. E la vita – anche se questo nessuno osa dirlo. Ma Dina Karren è di quelle donne per cui gli amanti, disonorati e rovinati, finiscono per spararsi un colpo di pistola in testa.

Eppure la relazione dell'agente 184 non è stata sfavorevole. «La nota russa Karren Dina abita tuttora a corso d'Italia n. 6 e non sono emersi fatti o circostanze». Certo, continua a ricevere in casa propria un diplomatico dell'ambasciata russa. La natura di questi incontri non è specificata. L'agente deve avere un informatore alla Cines, perché riferisce al questore che per le «vive raccomandazioni del marchese Medici del Vascello» sarebbe imminente la scrittura del contratto, per interpretare «alcune films di arte».

Ma l'antagonista non demorde. Il conte Gravina insiste col ministero dell'Interno che i sospetti «sulla nota Dina Karren» sono avvalorati da molteplici circostanze e chiede al questore di «poter conoscere qualcosa della sua voluminosa corrispondenza». Informa anche che il marchese

Medici del Vascello è stato messo in guardia. Carnevale è passato, è tempo di cospargersi il capo di cenere.

Giuseppe le propone di allontanarsi da Roma per qualche tempo, ma Dina oppone resistenza. Tu credi davvero che io sia una spia? protesta. Se fossi davvero una spia credi che frequenterei l'ambasciata russa, che mi accompagnerei in pubblico coi suoi funzionari? Le vere spie, ribatte Giuseppe, che non sarebbe voluto entrare in una discussione simile, non si nascondono, anzi, si fanno vedere ovunque: piú lasciano tracce, meno sono sospette.

Ma come puoi prestar fede a una sciocchezza simile? s'indigna Dina. Invidia, isteria bellicista, nazionalismo, paranoia, gelosia. Come se una donna dovesse andare a letto con un uomo solo perché deve ricavarne qualcosa. È una visione troglodita del mondo, che presuppone la nostra sottomissione. Tutti vorrebbero essere al tuo posto. Anche i tuoi amici, e soprattutto loro. Sono cosí bigotti e retrivi da non riuscire a immaginare che io possa essere libera di scegliere con chi farlo. E che semplicemente mi piaccia.

Giuseppe nega, scuote la testa, la soffoca di baci. Ma in realtà quel sospetto cui non concede il diritto di formularsi nella sua mente gli avvelena ormai ogni risveglio, si insinua nei suoi sogni, offusca il ricordo di Dina quando le sta lontano, perverte il senso di ogni gesto e parola di lei. Adesso, quando lo spoglia e lo succhia come un'arancia, lui non può non domandarsi a quanti altri l'abbia fatto, e se le abbiano insegnato come assoggettare un uomo. Dina, che immaginava impulsiva e selvaggia, è invece forse addomesticata come la tigre di un circo a compiere certe azioni, innescare certe dinamiche, e lui è solo la preda designata. E lo ha puntato perché le hanno ordinato di adescare il piú fragile – la pera marcia che sarebbe caduta. Vuole recitare nel cinema, ma è già un'attrice e niente di tutto questo è vero.

Cerca le tracce della finzione nei movimenti inavvertiti, nel modo in cui Dina annuisce quando lui parla, e la sua capacità di ascoltare, di indurre l'interlocutore a confidarsi, a rivelarsi, che gli era parsa una dote cosí insolita e rara in una donna – gli sembra adesso studiata, e insincera. E perfino la cicatrice che zigzaga sulla pelle chiara di lei, poco sopra l'anca, firma un passato che ignora e non gli verrà mai svelato. In realtà è stato lui per primo a tacerle la storia delle sue, di cicatrici – per vergogna, e timore del suo ribrezzo. Ma la simmetria del loro silenzio, che lo ha incantato, ora lo turba. Il passato non esiste, gli ha detto Dina una volta, è perduto come un paese in cui non potremo mai tornare. Non cercare di conoscerlo, che importanza ha chi sono stata fino al giorno in cui ti ho incontrato? Se anche sapessi tutto, non troveresti mai quella ragazza. Io sono qui adesso. Solo il presente ci appartiene davvero. Cerca di leggerle dentro, e la sua Dina dagli occhi trasparenti è torbida come l'acqua di una pozzanghera.

Ma lei non acconsente né a un soggiorno alle terme e nemmeno a un viaggio in Costiera, dove pure ha tanto sognato di andare. Non può partire, non può e non deve. Ha il diritto di restare a Roma. Per tante ragioni, ma una piú importante – e Giuseppe dovrebbe capirlo. Aspetta la chiamata della Cines.

In casa non ha il telefono, ma confida in un telegramma. Ha chiamato dalla cabina dell'Hotel Imperial la segretaria del direttore generale, per sapere a che punto è il suo contratto. Le ha risposto – cortese, perfino affabile, il che le è sembrato di buon auspicio – che l'ufficio legale ci sta lavorando. È un momento difficile per la Casa, come per il cinema italiano tutto. La guerra crea immani difficoltà, la distribuzione nei mercati esteri è sospesa, l'approvvigionamento dei materiali interrotto… La produzione ha subíto una contrazione significativa nel secondo semestre del 1914, di alcuni film si è dovuta rimandare la lavorazione. Ma il momento critico passerà, ci assesteremo, ci riorganizzeremo, ci vuole pazienza.

Non voglio partire, Giuseppe, protesta. A maggio iniziano le riprese di quei film d'arte. Sono adatti a me, non sono pronta per le comiche o i film d'avventura. Giuseppe espira un anello di fumo. Per preservare i suoi polmoni scassati non dovrebbe dare neanche un tiro, ma deve pur placare l'inquietudine. Lo sa da giorni, e non vorrebbe dirglielo. Perché ha paura di perderla, se Dina lo giudicherà inutile, e la fiducia l'ha persa non il giorno in cui lei gli ha detto di essere seguita da un agente della questura, ma quello in cui lui lo ha detto ad altri, e si è reso conto che è vero. Da allora, niente è stato uguale. Dina è sempre sorprendente, stravagante, appassionata. Ma non è la donna che lui credeva, e chi sia davvero lo ignora.

Certe volte mentre si rialzava dal letto, nell'appartamentino di corso Italia, e raccoglieva calzini e camicia dal pavimento, si è chiesto dove fosse, Dina. Perché i suoi occhi immensi lo fissavano, ma senza vederlo. Nel cassetto aperto dello scrittoio, traboccavano fasci di lettere in un alfabeto incomprensibile. Scrivo tutti i giorni a mia madre, gli ha sempre raccontato. Ma una volta gli ha detto che si chiama Anna, e il nome sulla busta non era di quattro lettere. Eppure Dina non è una figura transitoria nella sua vita, lo ha capito subito.

Quando nel gennaio del 1908 l'ha aggredito la malattia, e lo ha costretto a lasciare Costantinopoli, il lavoro e il sogno di avanzare nella carriera, a chiedere un congedo e poi l'aspettativa per motivi di salute; quando si è ricoverato all'ospedale Mauriziano di Torino e ha dovuto implorare le infermiere di togliere tutti gli specchi, e le superfici riflettenti, perché non avrebbe sopportato di vedere il proprio viso sfigurato dall'eczema; quando peregrinava da un dermatologo all'altro in cerca di una cura, quando in una clinica svizzera il professor Javasson gli illustrava le problematiche della recidiva e lui scopriva l'orrore di una possibile esistenza da mostro, costretto a nascondersi nel buio per sottrarsi agli sguardi del mondo, era rassegnato a morire senza avere mai amato, senza una moglie, senza figli, senza aver compiuto una sola azione che valesse la pena ricordare. E anche dopo che nel luglio del 1909 all'ospedale Gallicano di Roma il dottor Ciarrocchi gli ha certificato la guarigione, non ha mai osato sperare davvero. Non lo confida a nessuno, ma teme che la malattia si ripresenti, piú virulenta, e stavolta venga a chiudere il conto. Non ha mai avuto una vera donna – solo compagne occasionali e venali, che non pretendevano affezione o sentimenti. Non si è mai sentito in grado di provarne, per paura di doverci rinunciare. O di fare del male a chi ne provasse per lui. Ma dopo che Dina lo ha accolto dentro di sé, nella palafitta dei pescatori di Passo Oscuro, si è sentito capace di ingannare il destino. E se anche lei non lo amasse, le sarà grato per sempre per la felicità che gli ha donato. Che cosa conta per quali ragioni e per ordine di chi lo ha scelto? Lo ha fatto. I mesi con lei sono stati i piú intensi della sua vita.

Qualche volta lo ha addirittura trafitto il folle desiderio di sposarla. Una russa del Sud, di origine incerta... Il suo amico Gravina sostiene che Dina Karren non sia affatto nobile: le aristocratiche russe non scrivono in cirillico ma in francese, la loro vera madrelingua, tant'è che il russo quasi non lo conoscono, e parlano inglese altrettanto bene, perché hanno tutte governanti britanniche, e Karren invece il francese e l'inglese li conosce, ma come se li avesse imparati conversando, e non usati con naturalezza fin dall'infanzia, e il suo tedesco è screziato di accenti yiddish – sí, proprio cosí, Manfredi è figlio di una tedesca, ha un orecchio assoluto per gli accenti. La madre di Giuseppe si farebbe venire il crepacuore, e il disonore distruggerebbe la carriera sua e dei suoi fratelli. Eppure lui la sposerebbe anche domani, Dina Karren. Anche se lo avesse usato e tradito. Invece deve correre il rischio di allontanarla.

La Cines non ti scritturerà, Dina, confessa. Ho insistito molto, col barone Fassini. Ho parlato anche col principe di Paternò. Niente da fare. Il ministero dell'Interno deve averti segnalata. Devo dirti una cosa, anche se forse tu già la sai. Qui la pace non durerà, non possiamo permetterci di restare fuori, neutrali come la Svizzera o i paesi del Nord. Siamo uno stato giovane e incompiuto, dobbiamo crearci dei meriti per avere un futuro, altrimenti resteremo per sempre uno staterello ininfluente. Entreremo in guerra, ma non subito. Alla Cines non possono assumersi il rischio di un comportamento antipatriottico.

Potresti andare a Torino. È la mia città. Non è la capitale d'Italia ma è la capitale del cinema. Il sessanta percento dei film italiani si girano lí. E non ci sono i ministeri, i capi di Stato Maggiore, i diplomatici, le ambasciate, i servizi segreti, le spie. Non avresti motivi sospetti per essere lí, solo lavoro, e ciò ti scagionerebbe. Saresti libera.

Partire, di nuovo. Ora che queste stanze buie e rumorose cominciano a sembrarle casa. E quando apre gli occhi, al mattino, sa dove si trova. Al mercatino domenicale di Porta Portese ha perfino acquistato un samovar, e un servizio di porcellana cinese identico a quello in cui serviva il tè sua madre. Ora che sta cominciando a capire questa città – e la sua gente mordace, scettica e scanzonata. Che ha assaggiato la trippa, le frattaglie e il vino dei Castelli, si è abituata al puzzo di gatto e di orina che ristagna nei vicoli e sotto gli archi. Ai grappoli umani pigiati sulle piattaforme dei tram, alle litanie degli ambulanti, agli strilli delle venditrici di cicoria e alla melodia della chitarra. Alla lingua. Li capisce, adesso, i vetturini romani quando bestemmiano la madonna o le rivolgono un complimento scurrile, relativo alle sue zinne pizzute. Non sopporta l'idea di ricominciare a vivere sotto gli occhi impassibili di oggetti assolutamente estranei. Roma le appartiene. E non ha mai permesso a nessuno di decidere per lei. Rifiuta.

Allora Giuseppe gioca l'ultima carta. Al circolo della nobiltà non ha mai frequentato i tavoli del whist, mai andato al casinò nemmeno per la roulette – detesta il bluff, i bari e l'azzardo. Ma comincia a conoscere Dina, chiunque sia, è un discreto scacchista e si era preparato, se non fosse riuscito a convincerla, la mossa del cavallo. Mi sono permesso di prenderti un appuntamento col direttore della filiale romana della Pasquali Film, il ragionier Candiani. Lunedí la Casa comincia un film a Torino, e l'attrice giovane ha la scarlattina. La scrittura potrai firmarla al teatro di posa, ti ho prenotato un vagon-lit per sabato sera.

Dina è pronta a rifiutare ancora, perché esordire in un ruolo insignificante significa bruciarsi le ali. Ma poi tira la tenda della finestra, e l'agente della questura è in strada, intirizzito sotto il lampione. Non è il maldestro n. 184. L'avranno rimosso. In borghese, col basco e la cicca in bocca, l'agente si frega le mani per riscaldarsi. Incrocia il suo sguardo.

L'agente non segue l'automobile del marchese Del Vascello che l'accompagna alla stazione Termini, e si lascia sfuggire l'esordio di Dina Karren nel cinema italiano. In un film commerciale, raffazzonato da una Casa satellite della galassia Pasquali, in difficoltà perfino a scritturare il personale. Perché gli uomini giovani sono stati mobilitati e la produzione deve sostituire operatori, macchinisti e direttori della fotografia con veterani dai capelli bigi, pionieri del cinema bambino, a disagio con le nuove cineprese, i nuovi obiettivi, e le novità dei trucchi e del montaggio. Allestito su un copione assemblato in tre giorni, che ruba personaggi e scene ai romanzi d'appendice da 20 centesimi, limitandosi a trapiantarvi direttamente le trame; girato di fretta – presto, presto –, quasi di corsa, con pochi mezzi, in uno studio allestito con scenografie già impiegate in dozzine di film, con la luce cosí com'è nel giorno di riprese, perché i debiti di sei mesi di blocco dei lavori pesano, e l'unico scopo di quella pellicola è far soldi subito, attirando in sala il pubblico avido di distrazioni e spaventato dalla novità di una guerra europea che si avvicina pericolosamente. Compiacendo il suo cattivo gusto, l'attrazione per l'intrigo, il sangue, i fatti sensazionali, qualunque storia purché non parli delle persone comuni, della vita reale – purché non somigli alla sua.

La parte – da «attrice giovane», nel gergo dello spettacolo italiano – prevede sette giorni di posa e cambi d'abito in un camerino che puzza di muffa, ed è talmente generica che il suo nome non figura nei titoli di testa e nemmeno sugli opuscoli pubblicitari. Dina trova disperante la trama sconquassata e il dilettantismo dell'operatore. La consola l'idea che la penitenza durerà poco e per la Pasqua sarà sicuramente a Roma. Giuseppe avrà dei giorni di vacanza.

Ma poi vorrebbe che il film avesse preso fuoco, in uno dei tanti incendi che imperversano nei magazzini dei noleggiatori, perché quando un anno e mezzo dopo i distributori, per sfruttare il suo nome, lo riesumano dagli schermi di provincia in cui lo avevano emarginato, lo trova lento e scadente, e la zingara esagitata che si aggira tra gli assassini una brutta caricatura di sé stessa. Perfino il critico suo piú ardente sostenitore dirà che non «si riconosce piú, nemmeno nella sua personalità fisica». Dov'è la donna «vivace, nervosa, selvaggia, che abbiamo veduta in altri drammi? È falsa, una contraffazione», come il film stesso.

Dina del resto si vergogna di quell'apprendistato nel sottobosco del cinema italiano, incongruo con la sua personalità e col suo personaggio, e in futuro lo ometterà, come se lo avesse vissuto un'altra. Dina Karren, cioè nessuno. Nei fotogrammi in cui la sua figura si imprime sulla pellicola è del resto irriconoscibile. Mascherata da zingara, criminale e malvagia come tutte le straniere – sempre, e ora di piú poiché la patria è in pericolo. Esornativa, intercambiabile. Come le migliaia di ragazze di bell'aspetto che affollano gli uffici delle produzioni, offrendo la loro giovinezza all'obiettivo della macchina da presa e di chi la possiede in cambio del sogno di una vita nuova.

Ma i tetri giorni sabaudi – dove lo nascondono, il sole? – non sono vani. L'ambiente del cinema a Torino è diverso. Nella nobiltà romana molti aristocratici bazzicano il cinematografo perché affascinati da questa nuova forma d'arte o perché è diventata una macchina da soldi. Chi ci ha investito, quasi per gioco, diecimila lire, se n'è ritrovate centomila. A Torino i direttori delle Case sono imprenditori come gli altri. Chiamano «fabbriche» gli stabilimenti. E «operai» i loro collaboratori. Sfornano film come la Fiat automobili. Le Case piú reputate sono l'Ambrosio e l'Itala. L'Aquila – la Casa produttrice del suo film – occupa il gradino inferiore del divertimento popolare. I critici assassinano le sue pellicole, ma il popolino accorre. Il proprietario, il cavalier Pugliese, è un galantuomo, ormai tenuto per i testicoli dal peggiore e piú temuto dei produttori di Torino. Un «furfante» che quelli della Ambrosio – e pure dell'Aquila – vorrebbero veder disciolto nell'olio bollente. Ambrosio lo definisce «un uomo che si potrebbe trovare sul banco degli imputati in un'aula di giustizia». E invece i proprietari delle case fabbricanti italiane hanno costituito un sindacato, l'Unione Italiana Cinematografisti, lo hanno nominato presidente e lo mandano a Roma a premere sul governo perché vari una legge sul cinema.

Nell'ottobre del 1913 il furfante ha aperto una filiale romana al Celio, proprio dietro il Colosseo. Lo stabilimento è andato a fuoco qualche mese fa, cosí le riprese dei nuovi film previsti a Roma le fanno fuori dal teatro di posa; una delle compagnie andrà in Terrasanta, un'altra in Egitto per un film sui faraoni e la terza tornerà a Torino. L'attrice giovane della filiale romana, Laura Darville, sale a Torino, mentre la prima attrice, Anna Pedersen, ha lasciato la Casa per scritturarsi con un'altra nell'estate scorsa, e non è stata ancora sostituita. Questo produttore dalla fama di bandito si chiama Ernesto Maria Pasquali. Non ha legami col governo o coi ministeri. Era un giornalista e un commediografo, prima di darsi al cinema. È uno spirito avventuroso, forse perfino un avventuriero. Un uomo di spettacolo e non di potere. E tanto poco patriottico da essere l'unico, o quasi, a non aver chiuso gli stabilimenti in segno di lutto per lo scoppio della guerra europea. A un uomo cosí non importerebbe di sapere che un agente della questura la segue perché la crede una spia, anzi magari le scriverebbe una parte, su questa storia. Non è la Cines, non è l'Ambrosio. Ma è qualcosa. La Casa porta il suo nome: Pasquali Film.

La notizia arriva prima alla stampa che alla Polizia. La fotografia della nuova attrice della Pasquali, DINA KARREN – in posa contro una parete di cartapesta – appare su «La cinematografia italiana ed estera», la rivista dell'Unione Italiana Cinematografisti di cui Ernesto Maria Pasquali è presidente, sul numero 6 del 1915, in distribuzione il 31 marzo. «La controscritta donna», conferma il questore di Roma al direttore generale di Pubblica Sicurezza il 23 aprile 1915, «risulterebbe essersi occupata quale artista cinematografica presso la Casa Pasquali Film in via San Giovanni e Paolo».

Sono tornate le rondini, il cielo al tramonto s'infucsia, i prati di Villa Borghese sono tappeti di smeraldo e dai platani del lungotevere nuvole di polline tingono di giallo le banchine, come punti di colore in un quadro di Seurat, quando l'Italia entra in guerra e i fanti passano il mormorante Piave. Sul confine nord-est si combatte, la pianura friulana, le rive dell'Isonzo, i monti del Trentino e le trincee si rivelano subito un mattatoio, ma a Roma non si sente il boato del cannone, non arrivano i treni con le bare e i feriti per ora restano negli ospedali militari a centinaia di chilometri di distanza. Regna solo un'esaltazione nazionalistica collettiva quasi isterica, che Dina Karren fatica a comprendere e non può condividere. Giuseppe non è piú con lei.

Non riesce a rallegrarsi di quanto è accaduto. Troppo in fretta, e a sua insaputa. Le fotografie di Dina – tutta in nero, un nero cappello a incorniciarle il volto, il busto fasciato in una lucida casacca di raso, pantaloni marezzati che l'assomigliano vagamente a una pistolera del far west, gli occhi meditabondi, le labbra socchiuse e l'espressione imbronciata – che ogni due settimane apparivano nelle prime pagine dell'organo dell'Unione, reclamizzandola come la protagonista del grande dramma moderno *Passione tsigana*, lo hanno tenuto sveglio di notte, soppiantando le gravi questioni diplomatiche che avrebbe dovuto sbrogliare. Perché Dina Karren gli è sfuggita. La trasferta a Torino doveva durare poche settimane, per allentare la vigilanza intorno a lei, e poi avrebbero dovuto trascorrere le vacanze di Pasqua insieme. Ha commesso un errore imperdonabile. Dina doveva restare sua debitrice.

Ma si è arruolato «volontario di guerra», e il 25 maggio è dovuto partire precipitosamente. Si sono appena salutati – ed è già molto, perché non ha avuto il tempo neanche di passare dall'ufficio per congedarsi da Manfroni.

Si dicono arrivederci nel salottino di corso d'Italia – lui in uniforme e coi guanti, senza neanche aver fatto l'amore. Progetta di rivederla appena avrà il primo congedo – ma potrebbero volerci sei mesi. E lei non gli sarà fedele, e non lo aspetterà. Perché dovrebbe, del resto? Non può darle piú niente. Si è presa tutto. Da sola. Anche Dina sa che ormai sarà diverso. Si scriveranno, forse, ma la posta è troppo lenta per star dietro ai suoi pensieri. Non lo vedrà piú tutti i giorni, non saprà niente della sua vita. Il mondo di lui non può piú essere il suo.

Ma si ritrae anche dal proprio. Dopo le prime vittorie russe, gli austriaci hanno chiamato in aiuto i tedeschi, e l'esercito zarista è in difficoltà. Se i tedeschi sfondano il fronte nelle province orientali dell'Impero asburgico occupate dai russi, fin dove arriveranno? Non ci sono

ostacoli naturali, per fermarli. Si è vietata di fare domande, si è imposta di non tornare a via Gaeta. Il personale dell'ambasciata imperiale è cambiato; non conosce il nuovo ambasciatore Michele de Giers, e corre il rischio di non rispondere alle sollecitazioni dei segretari e degli addetti militari. Dina Karren non esiste piú.

Si congeda dal portinaio di corso d'Italia. Chiede che la posta le venga inoltrata al villino Girelli di Anzio, dove trascorrerà i mesi estivi. Il portiere sorride con complicità, perché Anzio è la villeggiatura delle cocottes, e beato chi se le può permettere. La gente come lui il bagno lo fa nel Tevere, e tutt'al piú assiste al rito della traversata di Roma da ponte Risorgimento a Ripagrande, il 16 agosto. Cinquemiladuecento metri di bracciate nell'acqua bionda, succhiati dalla corrente e dagli insetti. Ma vincono sempre i nuotatori liguri. Quando le chiede se la rivedrà alla vendemmia, lei risponde di non averne idea, perché la polvere va dove il vento soffia. Il contratto d'affitto non era a suo nome.

A settembre, quando rientra a Roma, prende alloggio all'Hotel Boston. Non è l'Imperial, anche se è ancora via Veneto, o quasi – l'albergo è un edificio triangolare, ad angolo fra due strade. Di nuovo si addormenta e si sveglia in una camera d'albergo, i passi felpati dei camerieri nei corridoi, gli incontri in ascensore, i saluti impersonali dei clienti. Di nuovo i mobili scelti dagli arredatori, la biancheria fragrante contrassegnata da una sigla estranea, l'odore asettico di disinfettante, e nessun oggetto che le appartenga davvero. Ma stavolta si ferma poco.

«Da vigilanza sinora eseguita nulla è risultato da far ritenere fondati sospetti spionaggio elevati a carico della medesima», scrive il 5 settembre 1915 il questore di Roma in un telegramma espresso al direttore generale del ministero dell'Interno. Assicura tuttavia che «sulla medesima quest'ufficio mantiene la debita vigilanza e ha interessato il ministero delle RR Poste e Telegrafi perché la corrispondenza della donna stessa sia sottoposta a preventiva revisione».

Da questo momento, si deve supporre che tutte le lettere scritte o inviate a Dina Karren vengano intercettate. Del resto ormai l'Italia è paese belligerante, e il ministero legge e censura la posta proveniente dalle zone di guerra: vengono costituiti appositi uffici, assoldati migliaia di lettori (e lettrici): hanno ricevuto istruzioni, sanno cosa è proibito scrivere o pensare in Italia. Ma le lettere di Dina o per Dina devono affidarle a un traduttore o un professore di lingue, poiché suppongo che i lettori abituali del ministero delle Regie Poste e Telegrafi non conoscano il francese, il tedesco o il russo. Qualcuno ne annota il contenuto. Poi, se le giudica ininfluenti, le lascia filtrare (non può cancellare le righe con l'inchiostro nero, come per le lettere dei soldati o dei loro parenti, perché la donna verrebbe a conoscenza della vigilanza: se contengono informazioni sensibili, le lettere intere saranno distrutte). Immagino che l'operazione richieda molto tempo. Chissà se lei si accorge dei ritardi sempre piú lunghi con cui riceve la posta, o che le lettere sono state aperte: maneggiate da molte mani, avranno pieghe impreviste, odori insoliti. Che anonimi funzionari frugano tra le sue parole piú intime e i suoi segreti. Se ignora che ormai credono di aver infilzato con uno spillone la farfalla vagabonda.

Infatti il questore di Roma può finalmente comunicare al ministero le sue «complete generalità»: BELOGORSKI DINA, in arte KARREN DINA, fu ALESSANDRO e ANNA BELOGORSKI, nata a Kiev il 22-6-1891, moglie separata dal suddito russo Feyguine.

A ottobre è già a Torino. A Roma, nelle mani della Polizia, lascia la donna che hanno identificato. E non è lei.

Diana

1916

(Prima parte)

Decisi di vivere. Decisi di diventare la grande artista che desideravo di essere. E da quel ritorno mi consacrai alla mia vita.

SARAH BERNHARDT

Appena si spegne l'ultima nota del violino e lo schermo diventa un'abbacinante pagina bianca, scroscia l'applauso. Gli spettatori battono le mani e invocano il suo nome. Il buio pudico della sala nasconde le guance rigate di lacrime, e i fazzoletti zuppi, ma molte signore devono soffiarsi il naso. Farò piangere anche i sassi, aveva scommesso, mentre gli gettava sulla scrivania un fascio di fogli manoscritti, e lui sghignazzava, scettico. Nemmeno lo voleva leggere, il racconto. Lo scrittore e il padrone sono io, l'aveva ammonita. Non sei ancora neanche un'attrice e vuoi già scriverti da sola i personaggi! Rispetta le regole, Belogorska.

Scherzava? La faccia da schiaffi lo fa sembrare un ragazzino, pure se ha già trentadue anni. Scherza sempre, Ernesto Maria Pasquali, anche se lei fatica a capirlo perché – come lui ripete di continuo – le russe sono del tutto prive del senso dell'umorismo. Menomazione grave, soprattutto se una si mette in testa di vivere in Italia, dove sul serio non bisogna prendere niente e nessuno. Fammi morire. Fammi morire nell'ultima inquadratura, lo aveva pregato, e metti in sovrimpressione il cartello FINE sul mio corpo. Devi venire al mio funerale. Tu sei matta, Dina, rideva Ernesto. Ti voglio, li voglio tutti al mio funerale, insisteva lei, perché quando morirò davvero non lo saprà nessuno, e me ne andrò di nascosto come sono venuta. Uccidimi stavolta, uccidimi a ogni film, se ne faremo ancora, te lo consento, anzi te lo chiedo, puniscimi, vendicati, avrai sempre ragione, sono colpevole di tutto ciò di cui mi accuserai.

Diana! Diana! Lei resta seduta, immobile. Lascia che la acclamino. Quanti saranno? Non ha mai chiesto quanti spettatori contenga questa sala. Eppure ci è già venuta, ad assistere ai successi degli altri. Insieme all'Ambrosio, dove addirittura si tengono i «venerdí chic», e nelle sale d'attesa si balla il tango, il Salone Ghersi di via Roma è il cinema mondano di Torino: ci proiettano le novità artistiche, lo frequentano gli intellettuali, i pittori, pure gli aristocratici, che a Torino hanno cognomi francesi e si vantano di essere parenti dei Savoia. Tra loro parlano francese e solo qui ha capito la ragione della bella pronuncia di Giuseppe. Duecento voci, forse trecento, gridano quel nome, che è diventato il suo. Una sola lettera in piú, ed è iniziata un'altra storia. Poiché nel buio della sala non riescono a individuarla, la curiosità cresce, l'applauso diventa piú sonoro e qualcosa si infrange, dentro di lei. Alzati, bisbiglia Ernesto, stringendole la mano. È il momento. Ringrazia, e godi.

Ma lei non si muove. Sembra un capriccio, una posa studiata per atteggiarsi a diva. Invece non ha davvero le forze per affrontare il pubblico. C'è tutta la Torino elegante, al Salone Ghersi, in questo primo lunedí d'aprile del 1916. Ernesto ha pianificato il suo debutto per un anno intero. Lanciare una nuova stella. Ardua sfida, perché la concorrenza è feroce, ma lui non sa vivere senza porsi una meta. L'aspettativa che è riuscito a creare è salita di giorno in giorno. Fin da settembre ha organizzato visioni private di poche scelte sequenze, per spettatori selezionati. Da dicembre paga inserzioni sulla stampa annunciando che Diana Karren è «la piú grande attrice che abbia mai lavorato per il cinematografo». A marzo l'ha reclamizzata cosí:

LA PIÚ INTELLETTUALE,
LA PIÚ ELEGANTE,
LA PIÚ PROFONDA,
LA PIÚ SUGGESTIVA ATTRICE
DELL'ARTE CINEMATOGRAFICA.

Ha preteso che i distributori rimandassero di settimana in settimana il debutto in città. Per mesi ha tenuto sigillati i set dei «grandi drammi passionali del 1916 che saranno interpretati da Diana Karren» - accrescendo il malumore degli altri attori, che già mugugnavano perché li aveva informati che, nonostante siano scritturati da anni con la Pasquali, sarebbero stati il secondo e il terzo nome sul cartellone dopo quello «dell'illustre ignota». Fin dal suo arrivo a Torino, in ottobre, l'ha praticamente sequestrata, permettendole di uscire di casa solo per salire nell'automobile della produzione e scendere al teatro di posa, perché nessuno doveva piú vederla né pretendere di averla incontrata. «Da quali stelle siamo caduti per incontrarci qui?»

Il Salone Ghersi è gremito. Per la sera della prima non è rimasta vuota una sola poltrona. Ernesto - che giusto pochi giorni fa, il 24 marzo, ha ricevuto la comunicazione che, su proposta del ministro delle Finanze onorevole Daneo, S.A.R. lo ha nominato ufficiale della Corona d'Italia - ha distribuito gli inviti solo a chi può vantare un titolo o un blasone: ma non era sicuro che quella gente considerasse la prima del suo film l'evento della stagione. Lo hanno sempre snobbato.

Prevalgono le donne (il pubblico del cinema è come quello dei romanzi), ma gli uomini le accompagnano volentieri: le femmine dei film sono sfrontate, perverse, spesso discinte. Fra loro deve esserci un agente della Questura di Torino. Ma lei non è riuscita a individuarlo. Non ha mai avuto, in questi mesi, la sensazione di essere seguita.

Non si illude che la sorveglianza sia cessata. Forse qui sono piú discreti: i torinesi sono riservati e chiusi come gli europei del Nord.

Quasi non crede che stia accadendo davvero – e che sia proprio lei la «bellissima creatura» di cui improvvisamente si sono tutti innamorati. Solo quando si accendono le luci in platea, e realizza che i visi degli spettatori sono rivolti verso la balconata, e la cercano là accanto al produttore e agli attori del film, si alza, leva una mano in segno di saluto, la porta sul cuore, si inchina, e sorride.

Ormai è tardi, il resoconto dell'eccezionale première uscirà sui quotidiani subalpini mercoledí. Riprendendo alla lettera il comunicato approntato da Pasquali in prosa aulica, i giornalisti scriveranno che mai come in questo film romantico e avventuroso l'ambiente è stato «ritratto con tanta cura e dovizia di particolari. Pianure sterminate, immense foreste illuminate da tramonti di fuoco, caverne che servono alle punizioni e alle vendette, giardini dai quali salgono profumi di magiche seduzioni». Si soffermeranno a descrivere lo scenario fastoso, fantastico e suggestivamente pittoresco nel quale si dipana l'odissea di Azara, «la misteriosa fanciulla vissuta tra le asperità della vita nomade, insidiata dal selvaggio desiderio di Mileko, che vuol contenderla alla muta adorazione di Zaro, vinta finalmente dalla pura e infelice passione per il barone Freiman». Loderanno la sobrietà e l'espressione della protagonista, i rapidi abbandoni, le ritrosie, le civetterie, gli scatti d'ira torbida, la sua «felina potenza». Ma soprattutto i giornalisti scriveranno che questa attrice, dal «prodigioso fascino slavo, ha destato nell'intelligente pubblico torinese cosí strane note di bellezza e originalità e grandissima impressione, che ispira vivissimo il desiderio di vederla presto in altre interpretazioni».

Lei leggerà i quotidiani uno dopo l'altro (ormai molti si sono arresi a includere una rubrica riservata al cinema), sillabando ad alta voce, e dovrà ripetersi di non credere a una parola, di non insuperbire, perché ha imparato che non c'è niente di vero negli articoli - scritti da amici oppure da nemici del produttore, da ammiratori o sicari prezzolati, ma mai sinceri. La première di Roma, dove il film è uscito il 25 marzo, al Modernissimo, è stata perfino piú clamorosa: sono andati «tutti i nomi piú in vista dell'arte e della nostra società» e «gli innumerevoli amici» che lei conta nel mondo intellettuale romano. Anche questa, un'esagerazione del produttore per circonfonderla di un'aura sofisticata. Per ordine di Pasquali, «l'illustre ignota» si era resa irreperibile e lo aveva atteso in hotel. La stampa romana annunciava la sua presenza al Modernissimo ogni giorno, ma poi lei non si mostrava. Ci è andata solo il sesto giorno di repliche, in incognito. Il pubblico cercava «una bella ragazza, begli occhi, belle spalle, l'elegante divina attrice del Teatro imperiale di Russia». Invece era struccata, senza rossetto né smalto, con lo chignon da dattilografa sotto un cappello qualunque, e nessuno l'ha riconosciuta. Al Modernissimo non c'era un posto libero: *Passione tsigana* piace a tutti, la storia di Azara punge i cuori.

Ma un fatto è vero. Oggi, lunedí 3 aprile 1916, al Salone Ghersi di Torino si è celebrata la consacrazione di DIANA KARENNE.

Quando rientra nell'appartamento di via Vespucci è quasi l'alba. Una nebbiolina caliginosa offusca ancora la facciata del palazzo, celando i mattoncini ocra e le decorazioni graffite sopra le finestre. Il largo viale è deserto: la Crocetta è un quartiere nuovo, incompiuto e borghese - la brava gente dorme, a quest'ora. Sporadici operai in bicicletta, ingobbiti sui manubri, pedalano verso le fabbriche della periferia da cui giorno e notte si srotolano scuri nastri di fumo. In nulla Torino somiglia a Parigi: questa anonima strada di semiperiferia in cui palazzi signorili si alternano a cantieri e spazi ancora incolti le ricorda soltanto corso d'Italia – e perfino l'appartamento somiglia a quello del civico n. 6: unica differenza il microscopico balconcino con la barriera di pietra, cui non si affaccia mai. Non c'è niente da vedere, là fuori.

Barcolla un poco, fatica a infilare la chiave nella toppa del portone, poi incespica sulle scale. Il produttore Pasquali – un parvenu e perciò generoso come un sultano – non ha lesinato. La festa tsigana che ha voluto dare nella propria dimora è stata spettacolare. Lei indossava l'abito di scena del primo atto, col corpetto aderente e lo scialle da testa tintinnante di monetine. Per scaldare l'atmosfera – quanto sono contegnosi, i torinesi! – ha cantato le canzoni tsigane piú famose. In Russia si fa a pugni per ascoltarle nei caffè, Maria Nikolaevna è considerata quanto una soprano dell'opera – ma qui non le conosce nessuno, e non possono fare confronti. Li ha ammaliati. Non credevo fossi davvero una cantante, si è stupito lui. Non so niente di te.

Non era mai stata nella casa del cavalier Pasquali, che pure dista poco piú di trecento passi dalla sua, ed è rimasta sbalordita dalla ricchezza (è incerta se definirla eleganza o pacchianeria) di ogni cosa – i quadri, le tappezzerie, i divani, i soprammobili, perfino le sedie: tutto costosissimo, tutto nuovo. Perché l'enfant prodige della cinematografia torinese ha messo insieme tutto ciò in nemmeno dieci anni: «sorto dal nulla», esibisce il suo denaro come lo scalpo del nemico. I dipendenti della Pasquali le hanno raccontato che era povero in canna, umile istitutore nel collegio di Aosta in cui aveva studiato, finché a vent'anni, grazie a uno zio professore e deputato, ha cominciato a scrivere articoletti comici su un giornale di provincia e poi sulla «Gazzetta del Popolo» di Torino – firmava con lo pseudonimo di una maschera della commedia dell'arte, Lindoro, o Sganarello, il cornuto di Molière. Una mattina il caporedattore lo ha mandato a intervistare il ragionier Arturo Ambrosio, il pioniere che ha battezzato il cinema a Torino: nessun altro voleva andarci perché occuparsi di cinema era considerato degradante. Alla fine dell'intervista Pasquali si è ritrovato suo collaboratore. Si occupava dei soggetti, quando i film duravano ancora pochi minuti. Li vendeva per cinquanta lire ognuno. Sceglieva per Ambrosio le corse di cani da far riprendere, gli consigliava le storie da adattare – ridurre, si dice (drammi popolari fuori diritti: *Gli ultimi giorni di Pompei*, *Il conte di Montecristo*): ma era lui che fiutava il gusto del pubblico. Lo ha piantato presto, per mettersi in società con un altro, e quando nel 1910 ha avuto la presunzione di mettersi addirittura in proprio, fondando una casa di produzione col suo nome, l'altro gli ha scagliato contro un anatema – sicuro che quel giovane ambizioso e arrogante si sarebbe schiantato nel giro di un anno. E invece Pasquali è ancora sulla cresta dell'onda, e sfida la potentissima Ambrosio colpo su colpo. Il produttore non rispetta nessuno, si considera un condottiero, e ama la battaglia: per questo si sono trovati.

Gli invitati hanno bevuto champagne e ballato finché solo lei riusciva ancora a reggersi in piedi. Anche se i torinesi sono amici del vino piú dei romani, gli italiani non sanno bere. Lei avrebbe danzato ancora – scalza, perché si era tolta le scarpe e non ricordava dove le avesse lasciate –, ma gli ospiti ormai ciondolavano inebetiti o russavano sui divani, e i pochi ancora svegli si lasciavano docilmente incappellare dai domestici di Pasquali, e sospingere verso la porta: la padrona di casa li congedava con sollievo – nemmeno un capello fuori posto, il sorriso immutabile sul volto stanco e tirato. Buonanotte, signora Karenne, le ha detto, talmente inespressiva che solo una volta in strada ha decifrato il suo sarcasmo. Credo di doverle essere grata. Ho scoperto che mio marito oltre che giornalista, commediografo, soggettista, sceneggiatore, produttore, è anche un metteur en scène e nemmeno dei peggiori. Sarà ancora piú occupato di prima nella sua orgia di lavoro, e io e i miei bambini non avremo piú il fastidio di vederlo.

Si lascia cadere sul letto vestita. A due persone vorrebbe raccontare di questa sera. A Giuseppe, che non è potuto andare neanche al Modernissimo, fosse solo per dirgli grazie. Ma saprà – a Torino si conoscono tutti: sono appena trecentomila abitanti. A Yoric – ma non sa dove si trovi. Parigi rischia di essere invasa dai tedeschi, probabilmente hanno sfollato i piú fragili. Da quasi sei mesi non riceve lettere dalla Francia. Mamele, mamushka, canticchia, non ci crederai ma sono diventata polacca – ti giuro che scriverò al giornale per smentire – e «una grande artista»! Ride, sgancia la giarrettiera, sfila le calze, le scalcia via, si spoglia nuda. Si rimira nello specchio. Non ha mai attirato davvero l'attenzione, Dina – slanciata, alta come un ragazzo, col seno ridondante su un corpo troppo sottile, il naso affilato, gli occhi immensi. Ma le sue disarmonie non la infastidiscono piú. Poiché la vedono bella, lo sarà. È euforica, come fosse nata di nuovo, e stavolta nata giusta. Ma non ha nessuno con cui fare l'amore, e si gode da sola il profumo delle lenzuola, il soffice cuscino, i giochi delle ombre sulla tenda. Ernesto Maria Pasquali è felicemente sposato, e in Italia il divorzio è un'onta.

Eppure non era previsto. A Torino Ernesto non è mai capitato sul set del film subappaltato all'Aquila, la casa di produzione satellite della sua. Era troppo occupato con la costruzione del nuovo teatro di posa della Pasquali sui terreni appena acquistati, che una volta completato gli permetterà di triplicare la produzione, e con le conseguenze dell'incendio degli studi di Roma sul Celio. Intendeva restaurare le strutture e far ripartire gli impianti della filiale romana della Pasquali per la primavera del 1916. Era convinto che il futuro del cinema fosse a Roma, e che Torino avrebbe finito per perdere il primato. Ma i costi del rinnovo si erano rivelati esorbitanti e l'affitto di trentamila lire al mese un onere insostenibile. Prima della scadenza del contratto, prevista a ottobre del 1916, aveva ceduto il teatro alla Palatino. I banchieri Donn, suoi finanziatori, lo esortavano a ridimensionarsi, si produceva meno, e ormai era chiaro che nel giro di due mesi, massimo tre, ci saremmo ritrovati in guerra. Il 1915 sarebbe stato un anno complicato come il precedente, forse perfino peggiore. Invece lui aveva progetti grandiosi. Avrebbe riorganizzato la produzione in modo piú efficiente. I nuovi stabilimenti di Torino per i film sensazionali, quelli di Roma per i film ordinari. L'isteria interventista stimolava il suo istinto di caimano.

Non ricordava nemmeno di avere scritturato una certa Dina Karren. Eppure era lui che dava l'imprimatur a tutte le pellicole della sua galassia. Pasquali Film doveva restare marchio di garanzia di una produzione moderna e originale: recitazione, scenografia e costumi credibili, fotografia impeccabile. Intrattenimento, ma di qualità – un gradino sopra l'Aquila e la Roma Film, insomma. Era capace di buttar via tutto il girato, e rimetterci migliaia di lire, se scopriva oscura una scena oppure l'ombra del cavalletto sul pavimento, se una parete sembrava di cartapesta come agli albori del cinematografo. Ogni volta che il ragionier Ambrosio, ormai cavaliere d'Italia, centrava un successo, lui doveva superarlo. E viceversa. A volte arrivavano a copiarsi spudoratamente, a produrre film dallo stesso titolo e distribuirli in sala nello stesso momento. La rivalità lo galvanizzava e – anche se non lo avrebbe mai ammesso – gli aveva permesso di migliorarsi. I film delle Case satelliti – tutti fughe, revolverate, incendi e privi di velleità artistiche – gli servivano invece per rimpinguare le casse (non sempre i buoni film incassavano abbastanza), e far fare apprendistato a operatori di macchina, direttori, scenaristi, attori. Ma quasi mai rivelavano le doti per accedere alla Pasquali Film. Restavano dilettanti, guitti, anonimi mestieranti.

Stravolto dalla stanchezza, sprofondato su una poltroncina, nella saletta di proiezione dei laboratori di via Savonarola, visionava le immagini di un film di spie sfarfallare sullo schermo. A volte quei copioni li aveva scritti lui stesso, in un pomeriggio o anche meno, dettando le battute al segretario; altre volte non sapeva nemmeno quale ne fosse l'argomento. Sul set capitava per sbrogliare questioni tecniche e finanziarie, badava poco alle comparse e ancora meno alle attricette. Il primo attore o la prima attrice potevano sperare nella sua attenzione: ma solo quando doveva sedurli per accaparrarseli, poi, appena poteva considerarli di sua proprietà, se ne stufava. A differenza dei padroni delle altre Case, che costruivano i film intorno alle loro stelle, non riteneva nessuno davvero indispensabile. Nemmeno Alberto Capozzi, che pure aveva scoperto e imposto nel mondo intero, e certo nessuna prima attrice. Alla Pasquali siamo una ciurma, una falange, una famiglia, e io sono il capitano, il padre, il padrone, usava dire: chi sta con me, deve essere disposto a seguirmi, gli altri vadano pure per la loro strada, ma sappiano che non gli auguro buona fortuna e anzi li ostacolerò in ogni modo. Aveva diretto qualche film, quando erano di breve metraggio o il soggetto lo stuzzicava come un giocattolo un bambino. Ma ormai aveva di meglio da fare. Ha ragione Bianca, si ripeteva, sbattendo le palpebre per non cedere al sonno, devo porre dei limiti, non posso strapazzarmi pure la domenica, la mole di lavoro che mi sobbarco è talmente spaventosa da alterare il carattere di un uomo.

Però doveva valutare urgentemente quelle bobine dell'Aquila: la Casa satellite – rimasta a secco di liquidità – chiedeva un prestito per ultimare le riprese. Ma piú i fotogrammi si susseguivano piú diveniva aspra certezza il sospetto di aver gettato il denaro nella fogna. Teneva il figlio sulle ginocchia, perché – dopo un litigio furibondo inerente alla sua latitanza – la moglie glielo aveva scaricato in laboratorio come un pacco. Se fossi ricercato, se fossi un assassino e ti nascondessi, ti vedrei piú spesso, gli aveva detto, gelida, e lui, invece di confessarle che mai come adesso i vincoli della casa e della famiglia costituivano l'unico argine contro le preoccupazioni che gli turbinavano nel cervello, invece di esibire costernazione e rimorso per averle negato l'ennesima domenica insieme, le aveva offerto il peggio di sé, perché aveva un carattere balordo, e si compiaceva di nascondere i sentimenti migliori e ostentare le sue manchevolezze. Sto costruendo un futuro per te e per i nostri passeri, le aveva sibilato, uscendo, ma il tuo cervello piccolo come un seme di limone ti impedisce di capirlo.

La loro governante, svizzera, si era ammalata di tisi. Lui non aveva cercato una sostituta, né permesso a Bianca di farlo. Provava a limitare l'indipendenza di una donna che aveva appena convinto a tornare a Torino, per il bene della famiglia e dei bambini, mentre lei avrebbe preferito restare a Milano e vederlo nel fine settimana, come per anni avevano fatto. Ma lui aveva insistito, diceva che l'amore da lontano era inadatto al suo temperamento, e Bianca gli aveva concesso di ricominciare. La convivenza si era rivelata burrascosa, perché nessuno dei due sapeva piú rinunciare alla libertà sperimentata nella separazione. La giudicava viziata e incontentabile, era semplicemente esasperata dalle sue assenze, dalla noia cui l'aveva condannata proprio quando aveva cominciato ad avere successo – avendole invece da fidanzato fatto balenare una vita entusiasmante di avventure. Perché era stata proprio Bianca a sobillarlo a dedicarsi al cinema: grazie a suo padre era cresciuta nel retropalco dei teatri, e nulla le sembrava piú eccitante del mondo dello spettacolo. Ernesto aveva fondato la Casa Pasquali poco piú di un mese dopo le nozze. Inoltre il padre di Bianca, Caramba, ormai considerato il miglior costumista italiano, guadagnava piú dello zio di Ernesto professore e deputato che, da bambino, gli pareva l'incarnazione dell'uomo arrivato. Perfino i teatri stranieri chiamavano Caramba. Aveva dimostrato che è da borghesucci accontentarsi di un salario fisso: non è vero che non si vive d'arte. Beh, arte magari no: ma quel che ci sta intorno. Ti ho coperto d'oro, l'accusava, quando Bianca gli rinfacciava che senza di lei sarebbe rimasto un giornalistucolo e un commediografo fallito, ti faccio vivere come una regina. Ti ho pagato il mio debito.

Il figlio, che vezzeggiavano col nomignolo di Titto, aveva cinque anni e la sua soglia d'attenzione non superava i tre minuti. Perciò, mentre Ernesto si sforzava di verificare che le didascalie non contenessero strafalcioni e spiegassero adeguatamente a un pubblico appena alfabetizzato una storia astrusa che perfino lui faticava a comprendere, gli tirava i capelli, gli ficcava le dita nelle narici, gli strizzava il lobo dell'orecchio, lo martirizzava. Ma fu proprio Titto a notare Dina Karren. Uno spettro biancovestito, con gli occhi trasparenti, che si torceva sullo schermo come attraversata dalla corrente elettrica, e con un coltellaccio scannava un criminale. Terrorizzato, Titto scoppiò in singhiozzi. Ernesto tentò di zittirlo con uno scappellotto. Il film era un pasticcio senza capo né coda, ma quella donna era una spada di luce.

Chi è? chiese al ragionier Candiani, appioppandogli – neanche fosse la bambinaia – il figlio, che aveva iniziato a urlare. Nell'agosto del 1914 Ernesto lo aveva trapiantato da Torino perché facesse il direttore della sede di Roma. Nutriva una fiducia incondizionata in quell'uomo. Una russa, rispose Candiani. Sta giú a Roma. Ma non ha mai recitato in un nostro film. Perché? lo rimproverò, come fosse colpa sua. Non me lo ha mai chiesto, rispose il Candiani, che era noto per non soffiarsi neanche il naso senza il suo consenso. Titto gli stava sbavando di moccio il colletto della camicia: finse stoicamente di ignorare la macchia, per signorilità d'animo e pietà nei confronti del suo capo. Un genio come Pasquali costretto a occuparsi di un marmocchio: che cosa si sono messe in capo le donne, il mondo sta andando a scatafascio.

L'avvocato Pugliese dice che per essere una generica è brava, aggiunse. Una professionista, basta una prova e non sbaglia niente, bocca chiusa, espressione giusta, movimenti al millimetro, mai ripetuto un ciak, mai fatto sprecare un metro di pellicola. Si vede che ha una formazione solida. Non come le slandre che ramazza nei café chantant. È una principessa russa scappata dalla famiglia per darsi all'arte del teatro. Era in tournée all'estero con la compagnia dell'Opera di San Pietroburgo quando hanno assassinato l'arciduca a Sarajevo, e la guerra le ha impedito di tornare. Ernesto si stupí di essersi fatto sfuggire un viso simile.

Le prenotò un vagon-lit e una camera nel migliore albergo di Torino (agli inizi di qualunque relazione, anche professionale, meglio largheggiare) e la convocò prossimo martedí corrente mese alle ore 10, negli uffici della Casa Pasquali a via Savonarola. Ma la russa non si presentò.

Ernesto, che non credeva una parola di quanto Dina Karren aveva raccontato sul set al proprietario dell'Aquila Film, l'attese quasi un'ora, poi, infuriato, ordinò a Candiani di telefonarle. Non poteva fare a meno di lui, e con mille pretesti lo tratteneva a Torino. Candiani si stupí che il capo ricordasse l'appuntamento. Non lo faceva mai. Pasquali non portava l'orologio. Non aveva il minimo senso del tempo. Era lui a dovergli ricordare tutto. All'hotel risultò che la signorina Karren non era mai arrivata. Alle 18 – quando ormai Ernesto era fuori di sé dal dispetto – il fattorino gli consegnò un telegramma. ATTENDOVI OVE NIETZSCHE CONOBBE LA RUSSA SALOME', ALL'ORA IN CUI PERSE LA RAGIONE.

Cos'è, un indovinello? sbottò, stupefatto. Strappò il telegramma in coriandoli, e ordinò al ragionier Candiani di portargli il contratto di quella russa folle, per licenziarla.

«La signorina Dina Karren accetta di far parte del personale artistico della Casa Pasquali... La signorina Karren potrà posare per altre fabbriche di negativi cinematografici ma non recitare nei pubblici teatri... sarà tenuta a tenersi a disposizione della Casa e per servizio di scena un corredo completo di abiti eleganti confezionati dalle migliori case compresi abiti da sera, pellicce, sortú, a eccezione degli abiti di costume speciali che dovrà fornire la Casa... sarà tenuta a rispettare l'orario di lavoro stabilito dal direttore della Casa che non potrà mai superare le 9 ore giornaliere... a rispettare le norme disciplinarie... avrà diritto a un permesso di venti giorni... in caso di malattia la Casa le corrisponderà integralmente il primo mese di paga, la metà il mese successivo... dopo due mesi di assenza la Casa si riterrà sciolta da ogni impegno... per le cinematografie da eseguirsi fuori di Roma verrà corrisposto il viaggio di andata e ritorno in seconda classe oltre il rimborso della colazione e venti lire se il lavoro esige la pernottazione...»

Seicento lire! lesse in fondo, sbalordito, ma lo svolazzo della propria firma non permetteva equivoci. L'ho pagata seicento lire per fare quattro smorfie e pugnalare il primo attore. Dovevo essere pazzo. Non ricordava chi gliela avesse raccomandata. Qualcuno a Roma. Nonostante avesse aperto la filiale sul Celio da piú di due anni, nella capitale si sentiva ancora vulnerabile. Come un esploratore in una tribú di cui non conosceva il linguaggio e i codici segreti. Doveva farsi strada in una masnada di produttori non meno spregiudicati di lui e ingraziarsi tutti coloro da cui poteva dipendere la sua fortuna. Il barone Fassini! Quel marpione. Aveva dovuto regalargli un costosissimo orologio d'oro per convincerlo a presentargli l'onorevole Edoardo Daneo, ministro delle Finanze. Benché fosse torinese e massone, Daneo rifiutava di ricevere il presidente dell'Unione Cinematografisti. L'orologio Fassini lo aveva ricevuto, e ringraziato con tanti salamelecchi, ma dell'appuntamento ancora nessuna notizia. La prossima volta che scende a Roma, dovrà farsi venire un'idea migliore per agganciare qualche pezzo grosso. I cinematografisti romani! Una fauna di politici avidi, industriali schiavisti, faccendieri abituati a mungere le banche vaticane, aristocratici libertini e dilettanti che si piccano di sapere di cinema. Ogni volta, Pasquali scendeva a Roma come un gallo, e tornava come un cappone.

Una dipendente che non si presenta alla convocazione del capo, e addirittura pretende di convocarlo lei! Ci sono gli estremi per una causa. La porto in tribunale. La rovino. Però a tavola, durante la cena, mentre Titto frignava perché la nevischiata aveva impedito alla madre di portarlo al Valentino, e Bianca recriminava perché stavano facendo tardi al Regio per la prima di *Madame Sans-Gêne*, si disse che non aveva mai conosciuto un'attrice informata dell'esistenza di Nietzsche. In verità neanche una donna – la filosofia essendo inadatta ai loro cervelli sentimentali. Chi era, questa Dina Karren? Il nome suonava posticcio. Uno pseudonimo. Un alias. Certo, se fosse stata davvero un'aristocratica, per recitare avrebbe dovuto in effetti cambiarsi il nome. Una principessa russa. Beh, diavolo, sarebbe un bel colpo per la Pasquali Film. Ma forse meglio polacca. Il suo rivale, il cavalier Ambrosio, stava andando a Milano a ingaggiare una polacca, tale Helena Makowska. Qualche esperienza a teatro e all'opera, bionda, matronale, bella come una statua di Fidia. Ma espressiva come l'erma di un giardino.

L'idea dell'appuntamento cominciò a stuzzicarlo. Non voleva ammettere però di non sapere quando presentarsi e dove (chi mai fra i suoi conoscenti poteva sapere dove il filosofo aveva incontrato la russa Salomé? Chi era poi, costei? L'amante?) Ricordava solo vagamente che quel tedesco, Nietzsche, aveva avuto a Torino il crollo psichico che lo aveva condotto in manicomio. Dove dopo dieci anni, o giú di lí, era morto, senza mai ritrovare il senno. Quale messaggio intendeva recapitargli, Dina Karren? Che lo avrebbe fatto impazzire? Nessuna ci era riuscita. Si considerava refrattario al sentimento amoroso – una gran perdita di tempo e di denaro. Semmai aveva infranto lui molti cuori, e portava sulla coscienza tre tentati suicidi, di cui uno per avvelenamento da inchiostro: aveva avuto in dono dalla natura una faccia malandrina, una dentatura perfetta, capelli lucidi come piume di corvo, occhi neri scintillanti e un sorriso da seduttore che faceva dimenticare l'altezza minima e il fisico gracile (un soldo di cacio, tanto che il suocero per sfotterlo lo chiamava Tomino), e a trentadue anni, nonostante la moglie, i figli, i soldi, i debiti, i processi, le guerre che muoveva a tutti i collaboratori ingrati che lo lasciavano per mettersi in proprio e che, dimenticando di aver fatto lo stesso, cercava rabbiosamente di distruggere, nonostante le rogne con gli attori, le attrici, i banchieri, i noleggiatori, i nemici che suscitava attorno a sé numerosi come legioni, l'ansia di ripetere i successi, la paura di perdere il contatto col pubblico e di fallire, ritrovandosi costretto a emigrare sotto falso nome in Argentina per scampare ai creditori, nonostante l'insonnia che da qualche mese lo affliggeva, e una fastidiosa inappetenza, era ancora il maschio piú affascinante di Torino.

Al Regio non riuscí a seguire l'opera, anzi il fragore dell'orchestra e gli acuti della lavandaia gli facevano prudere gli zebedei. Avrebbe preferito riposare (si sentiva eccezionalmente stanco), ma si era sottoposto alla corvée per non scatenare l'ennesimo litigio coniugale. Triste che la salda alleanza con Bianca stesse marcendo fra recriminazioni, sospetti e rancori. Insofferente, insonnolito, avrebbe lasciato il palco già prima del secondo atto ma Caramba, che aveva disegnato i costumi, non glielo avrebbe mai perdonato. Nel 1913 aveva creato i costumi per due film storici della Pasquali e l'anno dopo aveva esordito nella regia. Un fiasco colossale. Ma la vendita del film in America lo aveva rianimato, sicché da mesi lo assillava perché gliene affidasse un altro. La parentela gli rendeva difficile arginarlo. Macchinava di spedirlo in Egitto per un film su Ramsesse II. Magari Bianca avrebbe seguito il padre, col pretesto di vedere le piramidi, e per qualche mese lo avrebbe lasciato in pace. Ah, perché angustiarsi con la famiglia. Lui voleva e doveva andare all'appuntamento con Dina Karren. Ma non sapeva come.

In seguito, benché si considerasse un materialista razionalista, finí per aderire all'opinione comune che la russa lo avesse attirato a sé con arti magiche. A Torino dicevano tutti che se fosse vissuta tre secoli prima l'avrebbero bruciata sul rogo. Il palcoscenico infatti si popolò di amazzoni e cavalieri pronti a partire per la caccia e un vero equino nitrí. E allora si ricordò della scena di cui tutta Torino aveva chiacchierato. Era successo nel 1889: lui aveva sei anni e masticava ancora viscida nebbia nella provincia di Pavia, ma il suocero già disegnava vignette nei giornalini satirici della città e metteva in caricatura i fatti e i personaggi di cronaca. Era stato Caramba a raccontarglielo, perché il crollo di Nietzsche era accaduto davanti ai suoi occhi. A quel tempo per mantenersi sgobbava in uno studio di avvocati, ed era il primo a prendere servizio, per essere il primo a uscire. Una mattina il filosofo tedesco era uscito di casa e a piazza Carignano aveva visto un cocchiere frustare a sangue il suo spelacchiato cavallo. Nietzsche aveva iniziato a insultare e maledire il disumano massacratore, era caduto in ginocchio e aveva abbracciato e baciato il povero ronzino. Piangeva, si dimenava, farneticava – di essere il cavallo, Dioniso o Gesú crocifisso in croce. Avevano dovuto trascinarlo in casa a forza, e chiamare l'amico Overbeck, che l'aveva caricato su un treno e condotto in manicomio.

Nietzsche – gli rivelò il redattore di una casa editrice di filosofia, che per il consulto gli spillò dieci lire – ha incontrato l'aristocratica russa Lou von Salomé nella basilica di San Pietro, a Roma, e ha poi scritto: «da quali stelle siamo caduti per incontrarci qui?» Non conoscendo l'ora precisa in cui avvenne il crollo – ma sarà stato presto, poiché un filosofo dalla mente geniale non impigrisce nel letto – né potendo ricorrere al senso del tempo del ragionier Candiani, che pur rientrato alla filiale di Roma non voleva coinvolgere in questa follia, Ernesto si lasciò guidare dal suono delle campane e si presentò alle sette del mattino. Dina Karren era già lí, sul sagrato. A quell'ora piazza San Pietro era vuota come una scenografia. Dalla chiesa usciva salmodiando una fila di preti neri, lenti come in un sogno. Quando lei lo vide sbucare dal colonnato e superare l'obelisco, entrò.

Avvolta in una pelliccia di leopardo albino (poi gli confessò di averla noleggiata in una sartoria teatrale), un paio di occhiali con le lenti color ambra a nasconderle metà del viso, gli fece appena un cenno col capo, come volesse dirgli che non dubitava sarebbe venuto, poi s'avviò con passo elastico verso l'altare, e si sedette nel banco della prima fila. Ernesto prese posto accanto a lei, senza dire una parola. Sopra di loro, a un'altezza siderale, scintillava la cupola incrostata di mosaici d'oro. Da quali stelle siamo caduti per incontrarci qui? gli chiese, dopo un po' (avevo paura di congelarmi il naso e che cominciasse a colare, gli raccontò poi). Ernesto voleva rispondere, dal vagon-lit, dove non ho chiuso occhio, perché nello scompartimento contiguo un vecchio catarroso ha scaracchiato tutta la notte, ma decise di stare al gioco. Dina Karren lo stava trascinando in una recita di cui conosceva la trama, il ruolo assegnato e il finale, ma non lo svolgimento – aveva appreso dal redattore che Nietzsche definiva la scrittrice Lou von Salomé l'ebrea russa, la belva bionda, la gatta narcisista, un'avventuriera fatta per la prigione o per il manicomio: ma una donna eccezionale per l'energia della volontà e l'originalità dello spirito. Vengo dal futuro, mi hanno mandato sul pianeta azzurro per accelerare i cambiamenti. Io invece dall'ultimo anello di Saturno, disse Dina Karren, sfilandosi gli occhiali. Non ci siete mai stato. Vorreste venire con me? Le sue iridi verde chiaro avevano il colore delle foglie dei salici.

La sera, quando Ernesto rientrò in albergo, aveva: il suo profumo di patchouli, pesca e bergamotto nelle narici, in tasca la penna con cui aveva scarabocchiato un titolo, *Passione tsigana*, sul fazzoletto ricamato con la sigla EMP che lui portava nel taschino (il fazzoletto lo aveva tenuto lei), e nel suo assurdo cuore la certezza che avrebbe fatto di quella russa stravagante la nuova stella della Pasquali Film.

Ernesto aveva scritto centinaia di articoli, novelle, racconti, commedie, soggetti. Né prima né mai si divertí quanto con Dina Belogorska. Era questo, il nome che figurava sul passaporto di lei, e che sbirciò nelle affliggenti peregrinazioni alla questura cui lo costrinse la burocrazia dei visti e dei permessi di soggiorno alla quale lei, in quanto straniera, era sottoposta. Tuttavia una volta, spazientita dall'ottusità di un funzionario che non riusciva a trascriverlo (Belohorska, Belokorska o Belocorsca?), affermò che lo avrebbe cambiato alla scadenza del passaporto, perché tanto non era quello vero. L'invenzione di un agente zarista che amava la letteratura. Belogorskaja è la fortezza nella steppa in cui Puškin spedisce il militare Grinëv, quello che si innamora della figlia del capitano. Perché per espatriare avesse dovuto cambiare cognome, però, Dina non glielo disse, e quando lui in seguito le chiese quale fosse, allora, il suo cognome autentico, gli suggerí di non credere mai a ciò che raccontava, perché aveva l'abitudine di inventare tutto.

Le bugie non sono tutte uguali. Ci sono quelle nere, escogitate per interesse personale, per ottenere qualche vantaggio o screditare un altro. Ci sono quelle bianche, per risparmiare un dispiacere o compiacere qualcuno cui si vuol bene. Le mie sono azzurre. Come quelle dei bambini. Mi servono a creare un mondo mio e a costruire me stessa. Ma ormai Ernesto aveva rinunciato a districarsi fra le fantasie e le menzogne di Dina: l'amava proprio per questo – e si chiamasse Rosoff, Wolkonska o Bariatinska non aveva piú alcuna importanza.

Non voglio essere la tua amante, né la tua musa, ma il tuo Weltmeister, lo spirito guida, se preferisci, e fare di te ciò che sei e non sai, aveva dichiarato sotto i mosaici d'oro di San Pietro. Quindi gli vietò di entrare nella casa di corso d'Italia, a Roma, e poi in quella che in ottobre la Pasquali le prese in affitto a Torino, a via Vespucci, finché non fosse divenuto quel fantomatico uomo. E benché il patto presumesse che non fosse ancora degno di lei, Ernesto accettò. Non aveva mai rispettato un patto, né intendeva farlo con Dina Karren, e riteneva che da parte di lei negarsi fosse uno stratagemma per eccitare il suo desiderio e, differendolo, acuire il piacere.

Si incontravano in luoghi estranei all'ambiente del cinematografo, dove nessuno poteva riconoscere Ernesto Maria Pasquali – che era invece assai noto e ovunque andasse inseguito da frotte di postulanti, aspiranti attori, creditori, debitori, avvocati e poeti avidi di contratti e soldi. Lei individuò subito il loro luogo in uno skate-dancing sulla riva del Tevere, delimitato da una bassa barriera di legno, con annessa birreria in un chiosco a vetri, che le ricordava la pista su cui, tanti anni prima, aveva imparato a pattinare. Sul fiume, ai bordi della città, in un quartiere di operai liberi solo la domenica, lo skate-dancing era deserto nei giorni feriali. Sappi che frequento soltanto i ricchi, lo avvisò, ma preferisco i poveri. In verità, odio i ricchi. E mi piaci solo perché sento la tua fame.

A Roma non esistevano piste di ghiaccio. Ma pure sulle rotelle Dina piroettava con la levità di una libellula e una disinvoltura che finí per raggelarlo. La sua libertà di comportamento era inconcepibile in un'italiana. Ernesto non aveva mai incontrato una donna cosí. Era troppo sicuro di sé per sospettarsi inadeguato a maneggiarla. E poi Dina Belogorska veniva dal freddo, e doveva avere di ghiaccio anche il cuore. Pregiudizi, lo smentí lei con una risatina sadica. E poi io sono del Sud. Non vengo da una terra affollata come la tua, né circondata dal mare, in Ucraina non siamo di ghiaccio, ma d'aria. C'è silenzio pure nei baci, e sempre vento. È il vento, che non incontra ostacoli e non può essere fermato, il nostro elemento.

Mentre disegnava ellissi sul cemento della pista affermò – con stupefacente sicumera – di volergli donare due cose. Un nuovo nome, e una bella storia. Eccoli. Ognuno ha il suo demone, e il mio è la partenza. Sono una stella randagia, uno spirito errante. Una nomade. Per questo nel nostro primo film sarò una tsigana. Ernesto – per niente convinto che il suo rifiuto di concedersi sarebbe durato fino all'inizio delle riprese – non aveva voglia di cominciare a discutere sul fatto che le storie le scriveva lui. E accolse anche il secondo dono. Se si spoglierà del nome, poi mi darà tutto.

Sono d'accordo, rise, Dina non va bene. È un diminutivo, e un poco plebeo. Lo portano le domestiche. Non è un diminutivo, protestò lei, scandalizzata, è il nome di un personaggio della Bibbia! Peggio ancora, rincarò Ernesto, solo le ebree portano i nomi del Vecchio Testamento. È come chiamarsi Rachele, Sara o Rebecca. Ed è un problema in Italia? si sorprese Dina. Ernesto sbuffò, non gli era mai capitato di porsi la domanda. Era ebreo, il suo banchiere Donn? I banchieri lo erano quasi tutti. Forse non è un problema, ma meglio non generare il sospetto. In fin dei conti, nella lingua italiana ebreo è pure un insulto.

Ti sacrifico una cosa che ha valore, rimarcò lei. Dina è una delle figure piú misteriose della Genesi. È la figlia di Giacobbe e Lia. Suo padre aveva pregato per averla. Doveva nascere maschio. Ha una storia nera – di violenza e vendetta. Poi sparisce, senza spiegazioni. Gli italiani non leggono la Bibbia, tagliò corto Ernesto, semmai il Vangelo, e qui nemmeno i Levi e i Coen chiamano le figlie cosí.

Non sarà un falso nome, il mio – gli rivelò solennemente Dina – ma un nome nuovo. Mi metto una maschera per restare sconosciuta. Per sparire mostrandomi. Prendo il nome romano della dea cacciatrice, Artemide. La gemella di Apollo. Altera e spietata. Chi la guarda, s'imbestia e muore. Dina diventerà Diana.

Il primo litigio dei molti che seguirono avvenne durante il servizio fotografico che Pasquali commissionò per il lancio sulla stampa della nuova attrice della sua Casa. L'annuncio è fondamentale per rivendicare il possesso e stimolare la curiosità degli addetti ai lavori. Diana aveva scelto due completi neri – sommamente eleganti, benché eccentrici. Nel primo, esibiva un cappello nero di feltro a campana, camicia bianca di cui s'intravedeva solo il colletto sotto una casacchina nera di raso, che scendeva oltre i fianchi e, stretta e arricciata in vita, valorizzava il seno, reso conturbante da un reggipetto imbottito a forma di cono; e larghi pantaloni neri fruscianti, su cui affioravano disegni floreali dai riflessi metallici stampati sulla stoffa. Niente orecchini né anelli: solo una collana di pietre grandi come biglie e talmente lunga da oltrepassare l'ombelico. Nel secondo, una specie di costume da equitazione: cappellino quadrato da amazzone, bastone maschile da passeggio, gonna severa, scarpe dal tacco a rocchetto: nessun ornamento e sguardo truce. Non voglio un ritratto idealizzato, ordinò Diana al fotografo, niente luci soffuse. Non voglio piacere. Voglio essere riflessa dall'obiettivo. Come sono. Se dovranno amarmi, devono conoscermi. Se m'inventerete, un giorno mi odieranno.

Il fotografo di scena per fortuna non capiva il francese. Santo Dio, in che guaio mi sono ficcato. Ernesto giudicò orrende le foto, che pure pubblicò ogni quindici giorni, su tutti i numeri della rivista, fino all'estate. Orrende, tranne una, della sequenza in pantaloni. Poco prima dello scatto, Diana si era mossa e aveva portato la mano sinistra alla camelia appuntata sul bavero della casacchina. Gli occhi avevano assunto a sua insaputa un'espressione malinconica – e lui non avrebbe saputo dire se fossero rivolti al futuro o al passato che si lasciava alle spalle.

Al primo ciak di *Passione tsigana*, Ernesto Maria Pasquali quasi si commuove. Non dirigeva un film da due anni. Non gli è mai piaciuto e non è il suo mestiere. Diana però è stata irremovibile. Mi farò dirigere solo da te. Lui acconsente, ma non metterà il nome nei titoli. I colleghi produttori considererebbero il ritorno alla direzione un passo indietro. Ma mentre le orientava il viso verso l'obiettivo della cinepresa, lui ha capito perché Diana non gli ha ancora mai permesso di entrare nella casa di corso d'Italia, né di toccarla. Non solo perché non vuole la creda un'attricetta che si sdraia sotto il produttore, o per non confondersi nella schiera delle amanti – né per non aggiungerlo al rosario dei suoi, di amanti. L'immagine è l'essenza del desiderio, gli ha sussurrato. Se mi ami, lo saprò.

Girano come se fossero soli. Non esistono piú l'operatore Paradisi, l'attore Cimara, l'accampamento degli zingari, i coltelli, il Teatro dell'Opera in cui la tsigana, che ha abbandonato la vita nomade, soggioga l'uditorio, il tribunale in cui la processano accusandola ingiustamente di omicidio, l'anello col veleno. La sera, dopo nove ore di lavoro, è svuotato come se avesse fatto ininterrottamente l'amore. Orgasmo. Non saprebbe definire altrimenti l'eccitazione di guardarla attraverso la lente, di fermare per sempre ogni battito delle sue ciglia, ogni sguardo, ogni passo e ogni respiro, con una complicità e un'intesa che non hanno bisogno di parole – solo dei corpi e della luce. Non sono mai stati insieme – non si sono nemmeno baciati. Ma le immagini parlano. E tutti hanno capito.

Quando rivede il girato al laboratorio di sviluppo, l'erotismo delle scene in cui compare Diana gli provoca insieme imbarazzo, eccitazione e timore. Fortuna che l'ambientazione è esotica come i nomi dei personaggi – perché *Passione tsigana* deve assolutamente ottenere il visto della censura. La commissione non deve pensare che una vicenda simile possa accadere in Italia. Le zingare non distruggono i fidanzamenti dei baroni e non diventano cantanti acclamate. Restano per strada, a prostituirsi o mendicare. Dall'anno scorso è stata istituita la censura. Il regolamento n. 532 è del 31 maggio 1914. Affinché possa uscire in sala e circolare un film deve ottenere l'approvazione. Ovvero, deve essere visionato al ministero dell'Agricoltura, industria e commercio da un funzionario – un commendatore. Un brigadiere dei carabinieri è al suo servizio per fargli da operatore di cabina. Formano un duo improbabile, ma sono straordinariamente rapidi, e in un solo giorno smaltiscono svariate pellicole. Il commendatore funzionario può ordinare la modifica di una didascalia in cui compaiono parole offensive per il pudore (tra le piú sgradite labbra e bocca), imporre il taglio di una scena (troppa violenza, troppo eros) o di un'intera sequenza. Può perfino vietare la distribuzione. Si può fare appello, e chiedere la revisione, però se il film non passa nemmeno questa, è perduto. Ma l'arte – ha protestato Diana – come manifestazione estetica non sfugge di per sé stessa alle costrizioni del potere di Polizia dello Stato? L'arte, sí – medita Ernesto: e non aggiunge altro.

Conta di fare uscire il film alla rentrée di settembre, perché l'estate è un periodo fiacco in sala. Alcuni cinematografi sono attrezzati con l'arena, o montano lo schermo nel giardino; altri hanno il tetto che si apre. Ma i piú sono saune soffocanti. La gente preferisce tuffarsi a fiume. Intanto Ernesto sistema il montaggio, accorcia, sforbicia, rimonta. E a Montecitorio incontra finalmente il ministro delle Finanze, e gli consegna il memoriale coi desiderata della classe dei cinematografisti. Daneo mostra una cauta benevolenza, promette di interessarsene ed Ernesto torna in hotel con la speranza che almeno le richieste piú ovvie possano essere esaudite. Poi però tutto precipita. Roma è paralizzata dalle manifestazioni degli interventisti, ogni giorno piú violente, che mirano ad abbattere la resistenza del neutralista Giolitti, rovesciare il Parlamento e imporre l'entrata dell'Italia in guerra; D'Annunzio conciona in Campidoglio, il popolo lo segue come il pifferaio magico – quanto detesta i poeti! – e lui non riesce a tornare a Torino.

Roma di maggio è azzurra e radiosa, e quando per primo esce in strada – non dorme mai – l'alba tinge con dita di rosa i marmi del Foro. Peccato che costi troppo dipingere le pellicole per riprodurre i colori, e il cinema si debba accontentare del bianco e nero. Da qualche parte esplodono petardi – ma sono detonazioni, forse spari. Il ministro Daneo – che lui continua ad assillare perché agisca – risponde che non è proprio il momento di pensare a una legge sul cinema, la situazione è drammatica. Ernesto freme, perché se cadrà il governo, il memoriale diventerà carta straccia. Ogni giorno il caos si espande. A Diana il portinaio di corso d'Italia consiglia di non uscire di casa – ma lei non gli dà retta: soffoca nel chiuso di una stanza. Una mattina devono quasi asserragliarsi nel laboratorio di sviluppo e stampa, perché un manipolo di facinorosi scaglia sampietrini contro le vetrine inveendo contro gli austriaci e i barbari crucchi stupratori del Belgio. È la rivoluzione? gli chiede lei. È la guerra, risponde Ernesto, tetro.

Il 24 maggio Ernesto non pensa a Trento e Trieste né al Risorgimento da compiere. Solo che con l'Italia in guerra le produzioni si bloccheranno, come l'estate scorsa, e *Passione tsigana* non potrà uscire a settembre. Per ora non lo presenterà, alla censura. Che delitto. Diana pensa invece con sollievo che ormai non è piú suddita di un paese virtualmente nemico, ma di un alleato. Forse è finita.

E in effetti è la paralisi. Le produzioni saltano. Ernesto è costretto a rimandare il nuovo film che voleva girare con Diana in estate. Tutti i dipendenti giovani della Pasquali vengono arruolati e spediti in qualche caserma per l'addestramento o direttamente al fronte. Lui medita di scritturare i francesi: molti attori che hanno servito nell'Armée come ufficiali sono rimasti feriti e hanno ottenuto lunghe licenze. André Deed, il comico che sopporta eroicamente il nomignolo di Cretinetti, è tornato a Torino smanioso di rimettersi al lavoro. Ma a giugno sugli schermi italiani si proiettano solo film d'attualità. La Cines licenzia tutti i dipendenti e chiude. Il barone Fassini rientra in servizio in Marina come tenente di vascello. Pure Ernesto Maria Pasquali è stato richiamato.

La classe 1883 pareva destinata alla Milizia mobile o territoriale, e probabilmente avrebbe evitato la Scuola ufficiali di Modena, da dove tempo due mesi sarebbe uscito tenente per comandare un plotone di coscritti in qualche fortezza sui monti del Trentino – o peggio, in una trincea sull'altopiano del Carso da cui nessuno degli ufficiali da lui conosciuti era tornato vivo. La Pasquali Film perde un assistente operatore della prima compagnia di Torino, partito volontario nel maggio del 1915 e ucciso una settimana dopo, un addetto allo sviluppo e stampa, disintegrato da un obice, e un elettricista, mutilato alle mani da una bomba. Trattenuto dalla Casa Pasquali e dai bambini – né l'una né gli altri vuole lasciare orfani –, Ernesto non si è offerto volontario, come il suo amico Nino Oxilia, che dopo un sommario addestramento è diventato sottotenente di artiglieria. Grazie alle sollecitazioni di Fassini il ministero della Marina allestisce un ufficio di propaganda: Oxilia sarebbe piú utile a documentare la guerra con la cinepresa piuttosto che a dirigere i tiri del cannone. Molti funzionari del ministero della Marina bazzicano il mondo del cinematografo e lo esenterebbero volentieri. Ma Oxilia è posseduto dal fervore patriottico, e ha declinato la proposta.

Alla visita di idoneità, il medico militare, fanatico spettatore dei film polizieschi della Pasquali, gli aveva consigliato di farsi controllare da uno specialista: la ghiandola tiroidea presentava un anomalo rigonfiamento, e lo aveva riformato. Ernesto non gli aveva dato retta né aveva comunicato a nessuno il responso. Riformato per pretestuosi motivi di salute, come un vigliacco! Che opinione potrebbe farsi di lui, l'intrepida Diana Karren che si ritrova dall'altra parte del mondo, sola, durante una guerra mondiale? Vorrebbe sembrarle eroico. Un personaggio da romanzo russo. Non ne aveva mai letto uno, e aveva il complesso di possedere la cultura approssimativa di un diplomato in ragioneria, nemmeno brillante: ma aveva il dono di nasconderlo, facendo propri i giudizi e i luoghi comuni nei discorsi degli intellettuali. Ama considerarsi uno di loro.

L'altra fastidiosa conseguenza della guerra riguarda il nome di lei. Karren non funziona piú. Fa pensare agli austriaci, e ormai siamo in guerra con gli austriaci, loro ci odiano e noi li ricambiamo. Se il pubblico ti subodora austriaca, non pagherà mai il biglietto per vederti. L'avevo scelto perché ricorda Karenina, ammise lei, mi sembrava un furto troppo sfacciato usare proprio lo stesso cognome reso celebre da Tolstoj. Karenina è l'eroina piú amata della letteratura russa… Certo, Tolstoj lo leggiamo pure in Italia, non siamo nazionalisti, in letteratura, vantò Ernesto, che Tolstoj l'aveva sentito nominare al tempo dell'Ambrosio, da uno sceneggiatore che voleva ridurre quel romanzo sull'adultera che si butta sotto un treno – ma è troppo russo. Tu d'ora in poi non sarai russa.

Tu non sai cos'è la Russia, protestò lei. Non si può capirla né misurarla col metro comune, ha una sua anima propria. La natura avara, i villaggi miserabili, le distanze, lo spazio, il vuoto, è la terra della perseveranza. E non posso smettere di essere russa, perché non è una questione di passaporto, né di nazionalità. Nel Sud dell'Impero, i confini sono ipotetici, le persone si muovono – di propria volontà o costrette dalla legge. I figli non nascono nel paese dei padri, e i padri non conoscono quello dei nonni. Siamo tanti popoli, e resistiamo plurali. Mio padre non era russo, mia madre non è russa, non erano russi i miei antenati. Ma sono nata lí, appartiene anche a me. Le piume di cristallo ricamate dal gelo sui vetri della finestra, la schiuma che serpeggia come un merletto dorato sulle onde del Dniepr, il profumo delle acacie bianche sulle alture di Kiev, le luci che tremolano sui canali della Neva, le slitte che scricchiano nel silenzio della notte. Questo è la Russia per me. Non mi chiedere di rinunciarci. Non te lo permetterò.

Invece d'ora in poi sarai slava, decise Ernesto. È piú affascinante. È come tsigana. Libera dalla geografia e dalla politica, lascia vagare l'immaginazione. Slava vuol dire molte cose, anche niente – ma suggerisce quelle che servono. Sensualità, crudeltà, passione. Karène? suona un po' come in francese Karenine… Diana, l'italiano ha bisogno delle doppie per ribadire la forza delle parole. È semplice da ricordare e suona bene: sarai Karènne.

Da allora, le chiederanno spesso se Diana Karènne sia il suo vero nome. No, risponderà, sorridendo. Anzi sí. È il mio nome piú vero. Ha sempre giocato coi suoi dati anagrafici. Si è fabbricata altri nomi e altri cognomi – per difendersi, per partire, per fuggire, per non essere ritrovata. Persino per non essere la figlia di suo padre, ma per fondare una sua propria genealogia. Uno pseudonimo è sempre una forma di parricidio.

Ma solo col tempo comprende la ricchezza della vita pseudonima. Essa non soggiace al potere tirannico dei fatti, è refrattaria alla cronologia e ai vincoli dell'identità che ogni biografia pretende. La persona immaginaria e immaginata non ha padre né madre, non ha patria né tempo: partorita dalla propria mente e perfino da desideri che non conosce, come un'opera, come ogni creazione artistica, è colei che vuole essere, che dice di essere – è libera.

L'autunno di Torino non fa rimpiangere quello russo. Dalle Alpi scende un vento gelido che spazza i viali e vetrifica le pozzanghere. Piove, grandina o nevica, e la mattina arabeschi di ghiaccio decorano ringhiere e balconi. Ma Diana quasi non ci fa caso. Vive sul set e il perimetro dello stabilimento della Pasquali Film è tutto il suo mondo. Non vuole accorgersi che la guerra sfigura la città, attraversata da camion e colonne di soldati, che svuota i negozi, spegne le luci, spopola le strade, rincara i prezzi. Non ha mai fatto la spesa, non sa quanto costano al chilo un taglio di carne, o un sacco di patate. Non ha imparato il significato delle parole «annona» o «calmiere». Non legge i giornali, non vuole angosciarsi perché la Russia ha già perso cinque milioni di uomini, fra morti, feriti, prigionieri, o perché la seconda e terza offensiva italiana sull'Isonzo sono fallite, e la quarta non avrà esito migliore. Il che significa che la guerra durerà e a primavera ritornerà feroce. Quando non recita, riposa, oppure scrive.

La Casa Pasquali non arruola commediografi né stipendia soggettisti – soldi sprecati, secondo Ernesto. Prende le trame dai libri degli altri, modifica i nomi di personaggi e luoghi, sopprime e taglia, poi sui copioni che manda alla censura fa firmare le sceneggiature a studenti e pensionati che sognano di entrare nel mondo del cinema. Non prevede mai un cartello coi nomi degli scrittori, a volte nemmeno degli attori. Lei invece vuole leggere DIANA KARÈNNE in quello degli autori di *Passione tsigana*. Se può firmare Umberto Paradisi, il fotografo che non ha scritto una riga del copione, perché non io?

Non se ne parla proprio, ride Ernesto, la gente penserebbe che la slava Karènne è una femmina presuntuosa e arrogante, e non glielo perdonerebbe. Lei chiede perché. La Russia è un paese retrogrado. Dagli anni Sessanta dell'Ottocento migliaia di anime nobili sacrificano le loro vite per l'elevazione del popolo russo e la trasformazione della società. E tuttavia in Russia le scrittrici – poetesse e romanziere – sono rispettate. Il commediografo di maggior successo è una donna, Teffi: fa satira, addirittura. Ma avete scrittrici famose pure qui. Matilde Serao, Annie Vivanti… L'Italia odia le femmine intellettuali, risponde Ernesto. Diana gli chiede di nuovo perché. Perché, perché – domandano i bambini quando non capiscono il senso del mondo. E gli adulti a volte si accorgono di non avere risposte – nessuna certezza, solo abitudini.

Diana trova riprovevole l'attitudine di Ernesto nei confronti degli scrittori. Ma scambiarsi i vizi è uno dei presupposti di ogni relazione.

Dunque scrive, anche se non firma. C'è poco tempo perché Ernesto vuole girare il secondo film prima che *Passione tsigana* inizi a circolare nelle sale. Cosí la seconda storia di Diana, *Quando l'amore rifiorisce*, è una storia sicura: di vendetta. Adatta alla produzione Pasquali: le pellicole della Casa non sono intellettuali o artistiche e si vendono meglio se sono «sensazionali», grezze, impressionanti, sanguinarie. Sarà un melodramma violento, perché Diana insiste con lo spirito di rivalsa che animava anche *Passione tsigana*. Sarà un'altra eroina umiliata ed esclusa. Diana nega che ciò abbia qualcosa a che fare con la sua vita. Si limita a dirgli che è il suo destino. Dina, l'eroina della Genesi di cui porta il nome, viene violentata da uno straniero. Per renderle giustizia i fratelli, figli di Giacobbe, fingono di organizzarle nozze riparatrici, e invece sterminano il popolo dell'offensore e rubano le statue dei loro dèi. Giacobbe li maledice. Il nome Dina significa assolta – cioè vendicata.

Sullo schermo, però, non vuole intermediari, e la vendetta la esercita da sé. Propone una ragazza povera abbandonata dall'amante altolocato, che quando diventa ricca lo rovina. Si ricorda di Dumas, vuole riscrivere al femminile *Il conte di Montecristo*. Si ricorda anche di Puškin, perché l'*Onegin* lo conosce a memoria, e la scena che ha sempre amato di piú è quella della quattordicesima strofa del libro ottavo, in cui Evgenij torna dai suoi viaggi e scopre che la moglie del generale, la dama regina del gran mondo che siede silenziosa osservando la processione degli ospiti, è Tat′jana, la ragazza di provincia che anni prima ha disprezzato, e di cui ha rifiutato l'amore. Ernesto acconsente pure che la protagonista abbia il suo stesso nome. Non teme, anzi vuole, che il pubblico identifichi Karènne coi suoi personaggi: gioverà a crearle un alone di terribilità.

Diana fa del suo alter ego la figlia di un taverniere di Brest, che emigra in America. Coi soldi dell'imprevista eredità (il taverniere ha fatto fortuna in Alaska durante la corsa all'oro), la giovane – già abbandonata incinta – parte per Parigi, decisa a ritrovare l'amante. Che nel ricco salotto non la riconosce, perché mai immaginerebbe che la donna corteggiata da tutti è la povera figlia del taverniere di Brest. Stavolta è lei a sedurlo (l'amore rifiorisce), e manipolarlo come una marionetta. Lo induce a rovinarsi al gioco, a rubare i gioielli della fidanzata, uccidere un uomo, tentare il suicidio, finire in prigione. Solo quando lo ha distrutto, sazia, lo perdona.

Sí, molto appassionante, conviene Ernesto, che ha fretta di andare in lavorazione. Ma Diana si deve riscattare, altrimenti non funzionerà. Uccidimi, ride Diana. Fammi morire, te l'ho detto, te lo ordino. L'ultima scena (il protagonista maschile è già stato condannato, e la confessione di Diana pentita non basta a salvarlo) la girano sui gradini del Palazzo di Giustizia di Roma, una grigia mattina di novembre. Uno dei pochi esterni di un film tutto in teatro di posa, perché Ernesto non lo ha ancora venduto al noleggiatore, e non può rischiare: la meteorologia d'inverno è avversa. Diana muore pugnalandosi al petto, stupendamente.

Il segretario, il ragionier Candiani e i collaboratori della Casa Pasquali vedono il cavaliere Ernesto Maria dimagrire settimana dopo settimana: a dicembre è ormai smunto, quasi deperito. Il sussurro che la slava insaziabile lo stia consumando si propaga dall'esiguo perimetro dei set all'ambiente del cinema torinese, fino a circolare pure sulla stampa, sebbene sotto forma di criptiche allusioni. Ernesto non si cura di smentirlo e anzi lo alimenta: giova alla fama di Diana Karènne – e ormai lui sta scommettendo su di lei tutta la posta. A dicembre 1915 si registra un calo generalizzato degli spettatori. Se la tendenza si consolida, le Case finanziariamente piú fragili crolleranno una dopo l'altra. Pasquali Film conta sui banchieri Donn, ma dipende dai loro prestiti. A Mario Donn Ernesto assicura di avere per le mani una bomba. Diana Karènne anche ai morti farà sognare trasgressioni illecite e passione illimitata. In effetti, ormai parla solo di lei.

Bianca però non è donna da accettare la parte della moglie cornuta e umiliata. Ha prenotato il Circolo degli Artisti per un'esposizione di giocattoli. Si terrà in primavera, ma ha già cominciato a spedire gli inviti per coinvolgere collezionisti e dilettanti. Ernesto le ha promesso – ma forse nemmeno aveva ascoltato – che darà il suo contributo, economico e creativo. Bianca non permetterà che i pettegolezzi rovinino l'appuntamento cui tiene piú di tutto. Minaccia di sorprenderlo a letto con l'amante e farli arrestare entrambi per adulterio. In Russia può scopare con chi le aggrada, ma in Italia cosí prevede la legge. Però, quando si rende conto che Ernesto non rinuncerebbe mai a lei e andrebbe in carcere volentieri, per Diana Karènne, minaccia di tornarsene a Milano e portargli via Titto. Della figlia, ancora troppo piccola, teme non gli importi abbastanza.

Ernesto vede pochissimo il bambino, e non gioca mai con lui. Non gli ha insegnato a remare al circolo dei canottieri, non l'ha mai portato sulla bicicletta nera che si è comprato per sembrare uno sportsman. Non gli ha insegnato l'alfabeto, né i numeri, né le filastrocche, anche se il prossimo ottobre Titto inizierà la scuola. Non lo addormenta la sera e non gli racconta nemmeno le storie per ragazzi che pure scrive, per il cinema: si accontenta che lo divertano quando diventano film. Ma è orgoglioso di suo figlio, che – piccolo, vivace, malizioso – gli assomiglia come una miniatura, e tutto ciò che fa è in fondo dedicato a lui. Anche questa maledetta esposizione dei giocattoli l'ha accettata per dimostrare di essere un buon padre, e rinuncia a dormire la notte, per fabbricare treni in miniatura e guerrieri di cartapesta. Lo cresce nel privilegio, gli dà tutto ciò che non ha mai avuto. Un giorno recupererà, e starà sempre con Titto: da adulto capirà. Il pensiero di perderlo prima di averlo riconquistato lo colma di furia, gli fa perdere il controllo. Inveisce contro Bianca, prende a calci la seggiola, si ferisce le nocche tirando un pugno contro il muro.

Non può farlo, non c'è niente che tua moglie possa rimproverarti, prova a rassicurarlo Diana. Ma le lacrime le annacquano gli occhi. E per impedirsi di cedere al pianto, si concede una scenata diversiva. Ti lascio, abbandono il film, licenziami, lo sfida. Scaglia a terra i copioni della scrivania di Ernesto, il portapenne, il fermacarte, il trenino di Titto che lui ha appena costruito per l'esposizione, la penna stilografica. Frantuma sul pavimento il calamaio. Gli schizzi d'inchiostro si stampano sullo stipite della porta, sulla poltrona, sul bavero della giacca di Ernesto e sulle sue guance. Denunciami. Chiama la Polizia! grida, ed esce senza neanche salutarlo.

Ernesto resta inebetito nell'ufficio distrutto. Gli viene in mente che ce l'abbia anche Diana, un figlio, e che lo abbia perso, lo abbia abbandonato o glielo abbiano tolto. Ma ha troppa paura di chiederglielo, e da allora evita qualsiasi riferimento a Titto – perfino ai bambini della finzione. Non ci sono figli, nei loro film.

L'unica figlia è lei. Nel loro terzo film, interpreta infatti una fanciulla. Ernesto non intende sclerotizzare Karènne nel ruolo della femmina fatale, per valorizzare invece il suo talento di interprete. Piú la conosce, piú trova insolita la sua mutevolezza. Viso, espressione, voce: Diana cambia repentinamente. E non solo quando l'inquadra la cinepresa. Può essere spigolosa e dura, ma anche mite e devota. Sorniona o spaurita, umile o feroce. La sua allegria trapassa senza apparente ragione nella malinconia piú scura. Sembra recitare sempre o mai. Nella donna, è un difetto – quasi una tara. Nell'attrice, una ricchezza da capitalizzare. Del resto nemmeno le altre dive che riempiono le sale – a Francesca Bertini e a Lyda Borelli si è aggiunta una passionale siciliana normanna, Pina Menichelli – replicano sempre lo stesso personaggio. Il fascino «slavo» sedurrà il pubblico, ma poi dimostreremo che Karènne è piú complessa. Un personaggio di donna debole, innocente e sottomessa tuttavia è estraneo alla personalità di Diana. Tu sai solo copiare, gli dice, dura. Io però non sono un'epigona, non imito: creo. Tu non sei ancora nessuno, ribatte lui. Non sei niente senza di me. Le asperità dell'uno urtano contro quelle dell'altra. Entrambi vogliono dominare, nessuno arretra.

Trovano un compromesso. Giacomina è pura e ingenua, ma figlia di una donna perduta. L'infamia della madre le impedisce di essere accolta: la società la tortura per il pregiudizio che la figlia di una prostituta debba essere come lei. Diana accetta la parte solo a patto che Giacomina perdoni la madre, e che il finale sia lieto. Ancora non sa che nella lotta per il lieto fine dei suoi controversi personaggi femminili finirà per esaurire le sue molte energie. Firma la sceneggiatura con un nome maschile e impone un nome russofono pure nel titolo: *La contessa Arsenia*. Ernesto approva, perché l'esotismo paga dal punto di vista commerciale. Del resto non potrebbe impedirglielo: piú passa il tempo piú Diana sembra assillata dalla necessità di rivendicare la sua origine. Ernesto è troppo semplice per addentrarsi nei meandri della sua psiche.

Karènne non si è fatta amicizie fra gli attori. La trovano selvatica e strana, e scambiano il suo riserbo per alterigia. Né fra le attrici. Anche se Mary Cleo Tagliarini, la prima donna della seconda compagnia della Casa Pasquali, non le serba rancore per averla soppiantata. Anzi quasi gliene è grata: un'altra Casa le ha proposto una scrittura piú lucrosa. Vulcanica, spensierata, anticonformista (non è sposata, si veste da uomo e fuma come una ciminiera), ha cercato di coinvolgerla nelle serate bohème che organizza insieme a Emilio Ghione – col comico André Deed, l'attore piú famoso di Torino. A bordo di un'automobile lunga come un carro funebre e piú costosa di un appartamento, girano per locali fino all'alba. Ghione guida col piede schiacciato sull'acceleratore e sterza solo quando sono sul punto di cappottarsi giú per i Murazzi. Bevono casse intere di champagne, giocano d'azzardo nei ritrovi piú mondani come nelle bische piú losche: lo scheletrico Ghione è capace di perdere settantamila lire in una sola mano di poker. Ma può permetterselo, ha inventato un personaggio, il bandito Za la Mort, che al cinema incassa milioni, e le Case di tutta Italia se lo contendono. Lui passa dall'una all'altra senza farsi scrupoli, abbandonando i film a metà, e presto si trasferirà a Roma per spillare un grasso contratto alla Tiber dell'avvocato Mecheri. Benché abbia il volto scavato da malvagio e ostenti modi superbi da apache, è un uomo esilarante, e quando racconta del suo esordio nel cinema, con l'Aquila Film, nel lontano 1909, fa sganasciare dalle risate. Era un miniaturista giovane e di bell'aspetto, fu adescato in un caffè. Gli chiesero se sapeva andare a cavallo e lui sorpreso rispose di sí. Quelli dell'Aquila stavano girando un film medievale e gli offrirono cento lire per indossare un elmo di latta e cadere da cavallo. Lui pensò: se accetto mi rompo la schiena. Però cento lire non le aveva mai viste, e cascò. Il resto è gloria.

È divertente pure Mary Cleo, che la corteggia con un brio indiavolato, perché – anche se Diana lo ignora – ha scommesso di portarsela a letto, come le è riuscito con altre attrici della Pasquali Film. Ma Diana preferisce stare per conto suo. Non esce mai la sera, dice di essere troppo stanca – giura di addormentarsi alle nove, come un'educanda. Mary Cleo mette in giro la voce che la Karènne dorme dieci ore per non farsi venire le occhiaie, e non sorride mai per non farsi venire le rughe.

Resta in disparte pure sul set, nelle pause fra una scena e l'altra. Per rilassarsi legge romanzi. Oppure suona il pianoforte di scena (nei melodrammi mondani ce n'è sempre uno). Chopin, Čajkovskij, Musorgskij, Borodin, Glinka, Skrjabin. Suona a memoria, senza spartito, movimenti interi, fluida come una concertista, non stecca una nota. Mentre ruggisce contro le maestranze e insulta chiunque gli capiti a tiro, Ernesto fissa ipnotizzato le lunghe dita di Diana che volano sulla tastiera, e si lascia abitare dalla musica. Non sa niente di lei.

Ernesto consegna *Passione tsigana* alla censura l'11 dicembre. Sono stati molto accorti, non vi è nulla da eccepire. Eppure, anche solo il modo in cui Diana ti guarda è offensivo per il pudore. Invece va tutto liscio. *Passione tsigana* viene approvato il 16 dicembre. Sarà un Natale sereno – benché lui debba trascorrerlo in famiglia. Diana non se la prende, né lo accusa di essere un filisteo, sostiene

Diana
Kareme

di non averlo mai festeggiato – per lei è una sera come un'altra, possono vedersi l'indomani, fa lo stesso. Il visto n. 10910 viene rilasciato il 13 gennaio.

Gli spettatori – distratti dalla guerra – non tornano in sala. A Milano ne hanno contati meno 45 000 nel mese di gennaio e meno 73 000 a febbraio. Non sono stati resi noti i dati su Torino, ma la situazione è analoga in tutta Italia. D'accordo col distributore, Ernesto si prende il rischio di rimandare l'uscita di *Passione tsigana*. Diana non sa niente di economia, non si intende di monopolio, distribuzione o noleggio: protesta, si infuria, lo accusa. Sospetta che Ernesto voglia godersi una stagione che non tornerà. Le settimane, i mesi, in cui Diana Karènne esiste solo per lui.

Passione tsigana regge al Salone Ghersi di Torino sette giorni. Non pochi, ma neanche tanti. Nell'aprile del 1916 l'alibi del calo degli spettatori non vale piú. Il cinema è in tumultuosa ripresa. Il pubblico sta tornando, l'impatto della guerra è già digerito. Anzi, la voglia di svago divampa come un incendio: non si sono mai prodotti tanti film come in questa primavera. *Passione tsigana* piace al pubblico sofisticato e intellettuale, del resto quello che frequenta il Ghersi, però le signore lo trovano un po' eccessivo, qualcuna ha bisbigliato al cavalier Pasquali che la zingara compie azioni illogiche, passa da uno stato d'animo all'altro con una rapidità che dà le vertigini, ed è troppo sessuata: ogni volta che si muove fa pensare cose sconvenienti. Molti sono rimasti scioccati dal suo sguardo dritto in macchina. E non una, ma molte volte! Il cinema ha il suo lessico e la sua sintassi, e si deve far finta che la cinepresa non ci sia – altrimenti è una sgrammaticatura.

Glielo aveva detto anche Ernesto, durante le riprese. Ma sul set, nella grotta degli zingari, davanti a decine di persone, Diana ancora una volta si era impuntata, aveva rifiutato di ubbidire e gli aveva domandato perché: e lui non aveva saputo rispondere. Perché devo fingere di non sapere che mi state guardando? diceva, indicando l'operatore, che continuava a girare la manovella e a contare i giri per capire quanta pellicola gli restasse nella bobina: non sapeva se la scena fosse stata interrotta o se la veemente protesta della Karenne sarebbe stata usata comunque. È fotogenica, la russa, quando si accalora. Le divampano gli occhi. Lui c'è, continuava a dire Diana, voi ci siete per me. È difficile per un'attrice recitare senza pubblico. A teatro nel buio lo senti respirare, tossire, annoiarsi, soffrire. Sul set sono sola con una lente che mi fruga – come davanti a uno specchio che non mi riflette. Io vi guardo, invece, l'obiettivo è l'occhio dello spettatore: sarà piú coinvolgente. Ernesto l'aveva lasciata fare e al montaggio non aveva tagliato gli sguardi di Diana in macchina.

Gli incassi della prima settimana sono stati buoni, non esaltanti: ma lui non si preoccupa. Cresceranno. Questo non è un film che si consuma nella prima visione. Il pubblico dovrà abituarsi alla novità di una donna che non somiglia a nessuna. Non una mannequin, una ballerina o una bellezza levigata e in fondo innocua. Una vera attrice. E gli occhi di Diana Karenne, insieme liquidi e metallici, non si dimenticano.

Sette giorni a Torino, dunque. Però in Spagna, dove il film è uscito a gennaio, la «diva russa» è già «una artista de premiera fuerza, sublime y cuando la justicia la persigue y cuando muere por amor». I distributori hanno venduto *Passione tsigana* in tutti i paesi nei quali ancora si possono comprare film italiani. In Egitto, in Messico, in Colombia, in Brasile, e – notizia che le fa sanguinare il cuore – la Casa Liptchen di Mosca ha acquistato l'esclusività per la Russia e la Finlandia. L'hanno venduta ai noleggiatori di tutta Italia (alcuni hanno il monopolio del Nord, altri del Centro e Isole). Girerà per anni, finché la pellicola sarà talmente rigata e rattoppata da essere buona solo per essere venduta al macero; sarà proiettato in ogni città e ogni provincia, da Udine a Cagliari, fino a Cava dei Tirreni, al chiuso d'inverno e nelle arene all'aperto d'estate – nei cinema di lusso e in quelli di seconda e terza visione, il cui biglietto d'ingresso costa dieci centesimi o anche meno. Lo vedranno nobildonne e operaie, professionisti e soldati, levantini e mulatti, musicisti di tango e poeti. E tutti pazzi per la tsigana Karenne.

Viene proiettato anche a Parigi. Chissà se Giuseppe andrà a vederlo, il 2 marzo il ministero degli Esteri lo ha destinato a Parigi e il 7 era già arrivato. Giuseppe ha sognato quella destinazione fin da quando era a Buenos Aires, e si sentiva alla fine del mondo, e chiedeva al padre – allora deputato e sottosegretario di stato – e allo zio Giuseppe, barone e pure lui deputato, di raccomandarlo al sottosegretario del ministro perché alla scadenza del servizio lo destinassero a Parigi. E quella raccomandazione – pure consueta nel suo ambiente – lo aveva comunque umiliato, poiché sperava che la promozione dell'avvicinamento avvenisse per suo merito. Aveva quasi pianto di stizza quando lo avevano nominato invece a Costantinopoli. Il padre aveva brigato per anni, per farlo almeno traslocare prima della scadenza, e ogni volta si era sentito dire che era meglio per suo figlio servire a Costantinopoli, e che era necessario vi restasse. A Parigi, Londra o Bruxelles – le sedi piú ambite – non c'era posto per lui. E poi si era ammalato, e Parigi era diventata prima una chimera, e infine un rimpianto. Ci sarebbe dovuto venire insieme a Dina, a Parigi, appena fosse tornata la pace, e invece la sua Dina-mite gli ha mandato Diana Karenne. Dina non gli ha piú scritto, ma vorrebbe che fosse orgoglioso della sua principessa cosacca. Lo tradisce, ha sempre tradito tutti. Ma l'infedeltà in amore è l'unica colpa che anche gli dèi perdonano.

Nei lunghi mesi d'attesa, soltanto una volta Diana è uscita con Ernesto. Lo ha pregato di accompagnarla in casa di Annie Vivanti. Ha scoperto che la famosa scrittrice vive a Torino, in corso Moncalieri, sulle rive del Po, e pretende che lui le offra di acquistare i diritti cinematografici di *Circe*, il romanzo sulla contessa Tarnowska. Deve essere ASSOLUTAMENTE il suo prossimo film.

Ernesto non le ha detto di non aver mai pagato diritti d'autore, e ormai non può piú farlo. Diana è straniera, non può aver saputo delle cause sui furti di proprietà intellettuale in cui si è invischiato e che gli costano un'emorragia di denaro per pagare gli avvocati, né delle truffe letterarie di cui lo accusano i critici cinematografici, invocando che sia applicata ai film della Pasquali la legge che vieta di deturpare le opere d'arte.

Né può rivelarle quanto abbia dovuto brigare per farsi ricevere. La sua reputazione è compromessa, e Vivanti ha cercato in tutti i modi di sottrarsi. Ha rinviato l'appuntamento per mesi e solo un'insistenza al limite della persecuzione l'ha convinta a conoscerlo. Ernesto ne è stato felice come un ragazzino. Non vuole deludere Diana, vuole corrispondere all'immagine che deve essersi fatta di lui. Da lontano, quando non lo conosceva, ed era l'arbitro misterioso del suo destino.

C'è qualcosa in Diana che lo disarma e lo confonde. Il suo corpo sinuoso e prepotente, di cui ha nostalgia, come se lo avesse perso – senza invece averlo mai goduto. La profondità dei suoi discorsi – che lo lasciano ammutolito, perché inadatti a una giovane donna che sostiene di non avere neanche venticinque anni. La sua sorprendente cultura. Piú passano i mesi, piú nasconderle le proprie lacune lo fa sentire un impostore. È felice di averla incontrata a trentadue anni. Che Diana non fosse in sala quando *Il porcellino d'oro*, la commedia in cui riponeva la speranza di affermarsi come scrittore, è stata fischiata, gli attori seppelliti dagli ortaggi, lui annichilito nella poltrona, come un cane bastonato. Da allora ha giurato che nessuno lo vedrà mai sconfitto.

Affronta subito l'argomento, senza neanche assaggiare la cioccolata: a che servono i preamboli? non siamo venuti per conversare. Ma Annie Vivanti lo gela, con un sorriso ironico: il cavalier Pasquali è forse il decimo produttore a rivolgerle quella proposta. Ma l'unico che farebbe un bel film, scherza Ernesto. Me ne stupirei assai, ribatte la scrittrice. La riduzione dei libri per il cinema è quasi sempre una calunnia atrocissima contro la fama dell'autore.

Annie Vivanti è vicina alla cinquantina e ancora piuttosto bella. «Piú che bella», si dice abbia risposto Piero Giacosa, il fratello del commediografo, alla richiesta della regina Margherita di Savoia, incuriosita dalla sua fama di seduttrice (ancora minorenne, ha conquistato il Vate Carducci, il quale ha praticamente costretto la regina a invitarla a corte). Vive sola, con un devoto assistente, insieme segretario, amico e schiavo, che le organizza gli appuntamenti e la protegge dagli intrusi. L'unica figlia, già bambina prodigio, è in Inghilterra col marito, e la guerra le ha separate definitivamente. Sulla parete del salotto, è incorniciata una locandina: annuncia il concerto della minuscola violinista. Nella foto, Vivien, vestita come una bambola, avrà nove anni, i boccoli biondi, l'aria malinconica. Il vetro è offuscato da un velo di polvere. Dopo il matrimonio, la figlia ha rinunciato alla musica.

Diana vorrebbe parlare del romanzo, quanto ha apprezzato il modo in cui lo ha scritto – che originale l'idea di cominciare con l'incontro in carcere fra la narratrice e l'assassina –, e chiederle se è vero che l'hanno già fatta uscire di prigione, Maria Tarnowska... Ma la diffidenza della scrittrice nei loro confronti l'ha messa a disagio e si limita a sfogliare le edizioni dei suoi libri, che tappezzano la biblioteca.

Annie Vivanti è inglese, perché suo padre italiano era esule oltre Manica per motivi politici, ma vive in Italia da molti anni e forse anche lei faticherebbe a dire di che nazionalità sia. Da ragazza ha scritto un'autopresentazione in versi che recita cosí: «Del mio paese, chiedi? Io ti rispondo: | Non ho paese, è mia tutta la terra! | La patria mia qual è? Mamma è tedesca, | babbo italiano, io nacqui in Inghilterra. || E quale la mia fede? Io vado a messa; | la musica mi edifica e mi ricrea; | Ma sono battezzata protestante, | di nome e di profilo sono ebrea». Diana in italiano non legge ancora poesie. Ma si riconoscerebbe nel ritratto.

Poiché la conversazione ristagna, ed Ernesto non riesce a sfoderare la sua parlantina, Diana le domanda se sia stato difficile, per lei, straniera, scrivere in italiano. No, piú facile, risponde Vivanti. Se ne accorgerà lei stessa. Non si possono raccontare certe cose intime e dolorose nella lingua in cui le abbiamo vissute.

Vivanti tuttavia non li liquida con un granitico rifiuto. E per un attimo Ernesto si dice che dovrebbe rinunciare alle proprie abitudini e alludere, in modo signorile, all'esborso spropositato che sarebbe disposto a fare per *Circe*, senza neanche trattare piú di tanto. Dovrebbe rinunciare al proprio carattere, per farla felice. Perché Diana non sembra mai – davvero – contenta. Dietro la maschera dell'intraprendenza e della spavalderia, ha imparato a intuire una malinconia ostinata, che a tratti – in seguito a eventi che non sa decifrare – riemerge. Lei gli ha detto che spleen in russo si dice chandrà – una deformazione della parola greca ipocondria. È nata nel segno del Cancro, ma il giorno balla, fra tre mondi, come lei. Perché anche la misura del tempo divide. Per il calendario gregoriano, il 4 di luglio, per il calendario giuliano, il 22 giugno, il giorno del solstizio che inizia l'estate. Marte, pianeta del coraggio, congiunto al Sole, le ha dato una sensibilità quasi medianica. La Luna in Ariete la spinge a esporsi, per poi nascondersi. Può incenerire la sua vita, e poi soffiare sul fuoco, può reggere ogni sacrificio. Ma Mercurio in Gemelli le permette di farsi beffa del destino e danzare da un'identità all'altra con l'abilità alata di un giocoliere.

La verità è che Annie Vivanti è rimasta incuriosita da Diana Karenne. Le ha chiesto se è vero che Kiev è costruita su tre colline e le case hanno i tetti verdi. Se il Dniepr è cosí largo che sembra un mare. Della via elegante, la Kreščhatik, dell'Andrivsky, dei monasteri con le cupole d'oro e d'argento, della cattedrale, delle catacombe di Lavra dove i santi della chiesa ortodossa giacciono nelle bare. La famiglia Vivanti è dispersa: Annie ha quattro fratelli fra Locarno, Tokyo, Buenos Aires e New York, e una sorella a Pietermaritzburg in Sudafrica. Ma la sorella Luisa vive a Kiev. Vivanti ha viaggiato molto, è come l'ebreo errante, ha il movimento nel sangue, le sarebbe sempre piaciuto vedere la capitale della Rus′, ma ha dovuto limitarsi a immaginarla. È il destino degli scrittori. Nemmeno Sardou è mai stato a Roma. Eppure chiunque guardi o legga la *Tosca* non se ne accorge.

Ci è riuscita anche lei, l'ha lusingata Diana, gentilmente, è tutto abbastanza credibile. Il personaggio della contessa è ben raccontato. Io ho conosciuto Maria Nikolaevna, ha aggiunto, congedandosi, per motivare il suo giudizio e non sembrarle presuntuosa: chiunque si sente in diritto di giudicare un libro senza avere la competenza per farlo. Apelle poté dire al calzolaio «non piú della scarpa», ma nessuno scrittore mai ha potuto dire al tipografo «non piú dei caratteri».

A Kiev, quando il cognato si è suicidato – precisa –, Maria Nikolaevna era già stata all'estero. Era ancora molto giovane, si è sposata a diciassette anni. Noi ci sposiamo presto. Per volontà della famiglia, o senza. Noi? si è intromesso Ernesto, sorpreso. Non ha mai pensato che una donna indipendente e libera come Diana possa essere sposata. Gli viene in mente che qualcuno gli ha detto che le russe si sposano per poter avere il passaporto, ma non ricorda se sia vero.

Sí, sono sposata, ha ammesso Diana, mentre scendevano le scale. E avevo anche io diciassette anni. Ero troppo giovane per fare la scelta giusta. L'ho lasciato. Mi ha supplicato, e minacciato. Ma io non torno mai indietro. Adesso lo hanno mobilitato, e andrà in guerra. Mi dispiacerebbe se morisse senza sapere chi è diventata la ragazzina che lui ha illuso e infranto. Ma gli sono grata. Se non avessi sofferto tanto, non sarei Diana. E non potrei amarti cosí.

Comunque se la signora Vivanti non ti darà il consenso perché non si fida di te o non vuole che interpreti io il suo personaggio, non preoccupartene, lo ha rincuorato. Non abbiamo bisogno del suo romanzo. Il delitto della contessa Tarnowska è un fatto di cronaca. Maria Nikolaevna è una persona reale. E nessuna è piú indicata di me per interpretarla.

Ti farebbe causa, ha cercato di dissuaderla Ernesto. Lascia perdere. Sono stufa di personaggi fasulli e inverosimili, ha protestato Diana. Funzionano, ci siamo divertiti. Ma è finita, Ernesto. Non possiamo restare bambini per sempre. Voglio una donna vera. Sentimenti veri. È il ruolo della mia vita, non negarmelo, non potrei perdonarti.

Ma Ernesto non può permettersi un'altra causa. Non con Annie Vivanti. Diana, delusa dalla sua riluttanza – possibile che non capisca proprio niente, di lei? –, infilza le foglie col puntale dell'ombrello e marcia risentita verso l'argine del Po, che ingrossato dalle piogge di primavera turbina attorno agli archi del ponte. E lui decide di chiudere la stupidaggine di *Circe* una volta per tutte. Non possiamo restare bambini, dici. Hai ragione. Non ti seguirò in questo capriccio, non voglio parlarne mai piú.

Ernesto apprende che Diana lo ha abbandonato da una rivista di Milano, «Cinemagraf», sul numero del 14 maggio. Gli erano giunte voci, ma non ci aveva voluto credere. Aveva già altri problemi. A Roma, il funzionario della censura aveva concesso l'approvazione a *Quando l'amore rifiorisce*. Ma poi l'aveva revocata. I perbenisti hanno montato sulla stampa una furiosa campagna contro il cinema – che abituerebbe il pubblico al furto e al delitto, e svaluta il concetto dell'onore. Il ministero perciò ha vietato la distribuzione, e pretende una revisione. Bisogna evitare ogni riferimento all'aborto della protagonista. Diana non voleva saperne, perché, secondo lei, l'evento era indispensabile a far comprendere il risentimento del personaggio. Ernesto invece considera il taglio ininfluente. Cosa importano le motivazioni? Non stiamo scrivendo un romanzo psicologico. È la vendetta di Diana che deve appassionare gli spettatori.

Il blocco di *Quando l'amore rifiorisce* invece è un danno enorme per la Pasquali perché dopo *Passione tsigana* è indispensabile per consolidare la notorietà di Diana, in modo che i lettori del «Tirso al Cinematografo» – l'ennesima rivista sulla nuova arte ma l'unica con una tiratura non irrisoria – possano votarla al referendum su attori, case e film preferiti che i redattori hanno lanciato con gran clamore. Invece Ernesto ha dovuto ingoiare che i lettori abbiano votato – in ordine – Itala Film, Cines e Caesar, e che Pasquali Film non abbia raccolto nemmeno un voto. E che fra le attrici non figuri Diana Karenne. Francesca Bertini ha avuto 3420 voti, superando di qualche centinaio Leda Gys e Lyda Borelli. I film prediletti sono risultati *Cabiria* e *Quo vadis?* I film della Pasquali non pervenuti.

E adesso la Jupiter Film del cavalier Ettore Marzetto pubblica un'inserzione pubblicitaria per annunciare di essere in trattative con Diana Karenne. Due pagine! C'è l'indirizzo della Casa: via Belfiore 3. E a caratteri cubitali: DIANA KARENNE? Ma c'è di peggio. In un trafiletto velenoso, un redattore anonimo afferma che la nota attrice ha abbandonato definitivamente la Casa Pasquali, in liquidazione, e sul punto di licenziare i dipendenti, ed è stata scritturata a ottime condizioni dalla Jupiter. Le riprese inizieranno presto. Il cavalier Marzetto! Uno che fino a due anni fa vendeva articoli cinematografici in un negozio di Bologna! E campava noleggiando i film danesi della Nordisk in Emilia Romagna! Pure Ernesto ormai è cavaliere. Ma nessuno si rivolge a lui con quel titolo. A Torino il cavaliere è Arturo Ambrosio.

È la prima volta che entra nella casa di Diana a via Vespucci. In realtà irrompe, e con tale foga che quasi le casca addosso. Diana ha dovuto farlo entrare, perché a forza di calci e pugni stava per abbattere la porta. Mercenaria, traditrice, puttana – la aggredisce, mulinando i pugni. Mi rinneghi perché non ti servo piú? Ma che vipera sei? Dimmi che non è vero.

Se fosse l'eroe di un romanzo russo, sarebbe venuto con una rivoltella, si macchierebbe di un delitto di sangue e cercherebbe redenzione in Siberia. Ma è solo Ernesto Maria Pasquali, sicché la tempesta di schiaffi – senza soddisfazione alcuna: lei non lo schiva e anzi lo incoraggia a colpire piú forte, perché non sente dolore. Uccidimi, fammi morire, lo incoraggia, porgendogli il tagliacarte – affilato, poiché le pagine dei libri che acquista sono di grana spessa. Gli stringe le dita sul manico e si punta la lama alla gola, fino a che dal graffio non stilla il sangue. Tu sei pazza, sei pazza! esclama lui. Il filo rosso che le riga il collo sembra pittura. Ma gli sporca le dita e il polsino della camicia. Diana lo spinge sul divano e gli siede in braccio. Sí, è vero, ammette senza esitare. Avrei voluto dirtelo io, ma il cavalier Marzetto non è stato ai patti. Sieti tutti uguali, voi produttori. Ho firmato e girerò un film con la Jupiter.

Tra noi il bandito sono io, Diana – esala Ernesto. Ti calunnierò, ti screditerò, nessuno vorrà piú lavorare con te. Ti faccio causa per inadempienza. È capitato a tutti i produttori, di dover portare in tribunale la prima attrice. Nemmeno due mesi fa al marchese di Bugnano della Medusa Film. La Napierkowska lo ha piantato il giorno prima delle riprese della *Signorina Ciclone*. Queste slave. Sono dure, crudeli, ambiziose. Abbandonano tutto, non hanno paura di niente, non rispettano codici morali né sentimenti. Ma non doveva capitare a lui. Loro due si amano.

Non ti sei affrettato a rinnovare il contratto, sorride Diana, corrosiva, perché quando mi hai scritturato non contavo niente per te, e dopo non hai pensato di dovermi trattenere. Hai dato per scontato che io sia di tua proprietà. Non mi hai capita. Sono libera. Parto domani. Aiutami a scegliere le toilettes. Per contratto, ho accettato di occuparmene io. Mi sono fatta fare gli abiti dalla sarta di tua moglie. Ne avrò sette, uno per ogni quadro. Dimmi quali sono i migliori. Mi fido solo del tuo giudizio.

Ma io ho grandi progetti per noi, la implora Ernesto. Troverò i soldi. Rimetterò a posto i conti. Quelle sul mio fallimento sono solo malignità di chi mi vuole morto. Ho dei contatti con un industriale di Milano, un nababbo che distribuirà i nostri film, te lo giuro, non è una menzogna. È un tuo ammiratore, tutti lo sono. Farò una serie di film per te. I FILM DI DIANA KARENNE. Scritturerò il miglior attore sulla piazza. Dovessi rovinarmi, ti porterò la testa di Alberto Capozzi come quella di san Giovanni Battista a Salomè. Non lasciarmi. Non lasciarmi, Diana.

Ti amo, Ernesto, come nessuno mai, gli dice, dirigendosi verso la camera da letto. In disordine, perché prima del suo arrivo stava preparando i bagagli. Sarebbe partita senza salutarlo. Lo ha già fatto. Anche scomparire è un'arte. Si tampona il graffio con una calza di seta, e se la acconcia come una cravatta. Raccoglie dalla poltrona i vestiti, allinea sul pavimento le scarpe, tra le lenzuola i gioielli, le borsette, i cappelli. Si spoglia – via la camicia, via la gonna –, restando con la biancheria intima. Ernesto l'ha seguita ed è rimasto sulla soglia, incerto, col tagliacarte in mano. Vorrebbe ancora vedere il suo sangue. La sta perdendo, e non troverà mai un'altra cosí.

Diana indossa l'abito di seta nera, lucido, con le spalline sottili, gli chiede di allacciarle i gancetti dietro la schiena, poi sfila davanti a lui, dal letto alla finestra, a passi lenti, flessuosa, eretta, dalla finestra al letto, dove si siede, senza invitarlo a raggiungerla. Noi staremo insieme per sempre, Ernesto. Ma non ora, e non qui. Siamo dentro lo stesso fotogramma, ormai. Migliaia di fotogrammi, chilometri di pellicola – sono il nostro tappeto volante, anzi, il nostro tappeto nuziale. Siamo le nostre ombre, saremo sempre giovani, belli, felici – sempre cosí.

Gira gli esterni de *Il marchio*, il film con la Jupiter, sul lago di Como: il panorama è dolce, gradevole la brezza che scende dai monti e spettacolari le sue toilettes – vi ha lasciato per intero il pur notevole compenso pattuito. Non si regola bene, col denaro. Ne ha sempre avuto troppo, o troppo poco, il che in fondo è lo stesso. La parte – di nuovo una ragazza che a quindici anni conosce la vita e ne viene marchiata per sempre, di nuovo vendetta e rivalsa – non ha neanche bisogno di studiarla. Nemmeno lo legge, il copione, e improvvisa le scene senza quasi provarle. Ma l'ovvietà della storia ha qualcosa di rassicurante. *Quando l'amore rifiorisce* è ancora bloccato dalla censura, *La contessa Arsenia* invece non l'ha premiata. Il bacio dell'ultima inquadratura, cinque metri di bocche immense e umide, incollate l'una sull'altra (il funzionario della censura forse si era addormentato), è bastato a riempire le sale ma non a convincere i riluttanti. Come regista, giudicano Ernesto accurato e dignitoso – nulla piú. Alla Diana dolce e gentile i critici non credono, il pubblico tentenna. La ragazzina sognatrice e romantica non è, dicono, Diana Karenne. In qualche modo, hanno ragione. Quella ragazzina è Dina.

Il regista della Jupiter, Armand Pouget, è francese, sua moglie, Fernanda Negri, un'attrice famosa, che essendo in pausa dal lavoro lo accompagna sul lago. La sera il cast e la troupe cenano sulla terrazza dell'hotel, parlando di musica e di poesia, come fossero in villeggiatura. Le riprese sono divertenti, ci sono perfino una battaglia navale (la produzione ha dovuto rimediare nei cantieri liguri rugginosi battelli da distruggere) e una sequenza in aeroplano – il che le permette di esaudire il suo sogno infantile di volare. Ma fra lei e l'aitante Mario Guaita – in arte Ausonia – non c'è alchimia. Guaita è il beniamino delle folle e misurandosi col dramma romantico intende dimostrare di non essere solo un forzuto Spartaco, un atleta o un domatore di leoni. Si sforza di piacerle in modo quasi commovente. Invece la fisicità prorompente, i bicipiti grossi come prosciutti, le spalle a trapezio, la virilità spudorata la imbarazzano. Mentre si obbliga a abbracciarlo, come prevede la sceneggiatura, si rende conto che tutti gli uomini che ha amato sono minuti, leggeri, perfino efebici. Soldi di cacio. Tomini. È lontana dal film, e non sa spiegarsi nemmeno perché sia qui – se non per fuggire. Da Ernesto? Da sé stessa? Finirà mai questa smania irresistibile di fracassare tutto, andarsene e partire che la assale appena teme di attaccarsi a qualcuno, a qualcosa, fosse anche solo un luogo o una città? Pure i vacanzieri che spiano il set da dietro le siepi del muro di cinta la distraggono. È un film che non le lascia niente, se non il sospetto che recitare stia diventando un'abitudine.

Lo avvisano per telefono i colleghi della Ambrosio: di fronte alla catastrofe, le rivalità non contano. Nel pomeriggio è scoppiato un incendio nella regia dogana di San Martino. La Pasquali Film ha quintali di pellicole cinematografiche, là dentro. Imballate, pronte per essere spedite in America. In una cassa da cinquanta chili c'è anche *Passione tsigana*. Ernesto sguinzaglia sul posto l'agente commerciale, poi il ragionier Candiani, infine – poiché non gli giungono notizie confortanti – si precipita lui stesso.

Il basso edificio di mattoni è avvolto dalle fiamme. In strada, pochi pompieri, male equipaggiati, si affannano con gli idranti. Perché non mandano un'altra squadra? I getti delle pompe non arrivano al tetto e le scale non si possono usare. Circondato da agenti di Polizia, singhiozza un operaio in tuta, ragazzetto brufoloso sui sedici anni. Si discolpa, o prova a farlo. Stagnavo una cassa di zinco, farfuglia, si è incendiata e il fuoco si è propagato subito. Non è colpa mia. Le fiamme crepitano, rombano, scrosciano. Il tetto implode, cadono travi, schizzando nel cielo buio di guerra nuvole di scintille.

Ernesto è travolto da una disperazione incontrollabile. Non per il danno economico – ventimila lire, forse, la Pasquali è assicurata e comunque le pellicole le ha già vendute. Ma da quando Diana gli ha messo in testa quell'immagine – loro due, ombre senza corpo, che vanno all'altare camminando su un tappeto di celluloide – fantastica quella impossibile passeggiata nuziale. E adesso è come se si vedesse salire sul rogo, insieme a lei. Non può finire cosí. La chiama, perché sa che è tornata a Torino. Diana non risponde al telefono. Fa squillare dieci, venti, trenta volte. Prima è gelosia, morso alle viscere, poi rabbia. Non è vero che va a letto presto. Non è mai andata a letto presto. Niente di ciò che gli ha raccontato è vero.

Avrebbe dovuto farla seguire. Che beffa. È stato proprio lui a chiedere al questore di Torino di far cessare l'indegna persecuzione che danneggia la sua prima attrice. Il questore ha ricevuto mazzi di biglietti per i film polizieschi della Pasquali, e gli agenti non si sono piú visti. È stato un errore sesquipedale. Perché sapendosi pedinata e spiata Diana non poteva ingannarlo. E invece di vendicarsi del tradimento e dell'umiliazione pubblica che gli ha inflitto, lui sta qui, nella notte rossastra, e ancora mendica il suono della sua voce. Ernesto, con la lingua che scivola sulla esse, prolungando il suono. Nessuna dirà mai Ernesto come lei.

Sta per dire all'operatore di riagganciare, quando Diana alza la cornetta. Non era uscita. Né col cavalier Ettore Marzetto né col cazzuto Guaita-Ausonia, né con altri. La sua voce roca è assonnata. Ernesto? Sei tu? Vieni alla dogana di San Martino, mormora, fai presto.

Restano in piedi nel vento, che alimenta le fiamme, uno accanto all'altra, all'angolo della strada – mentre i pompieri si affannano a orientare i getti d'acqua sulle finestre da cui si levano acri volute di fumo. Il riverbero rosso la colora, come in uno scadente viraggio. Neri coriandoli di cenere si depositano sui suoi capelli biondi. Non si è neanche vestita, ha indossato lo spolverino sulla camicia da notte. Dormiva davvero, ed è uscita subito, senza neanche chiedergli perché. Ernesto si vergogna dei suoi sospetti meschini. Diana non li merita. È misteriosa, esaltata e senz'altro bugiarda. Ma al loro strano amore, leale.

Lei chiude gli occhi e trema come se il suo corpo fosse attraversato dalla corrente elettrica, ha le gambe cedevoli come fossero di burro, e per non svenire deve aggrapparsi al suo braccio. Non c'è niente di piú terrificante di una nuvola di fiamme che avanza contro di te. Nel mondo di Ernesto vanno a fuoco solo i film.

La celluloide bruciata ha un odore di epidermide umana. Solo adesso capisce perché le ha imposto di raggiungerlo. Quant'è effimero, il cinema. La piú fragile e indifesa delle arti. La creiamo usando il supporto piú infiammabile che esista. La celluloide! Non siamo stati capaci di inventarne un altro. E non siamo in grado di proteggerla. Basta un refolo di vento, una scintilla, a cancellarci. Forse il lattoniere stava fumando. Ernesto continua a ripetere il nostro film, il nostro film – come se intrappolato tra le fiamme ci fosse il loro bambino.

Il fumo, gli schianti, le lingue di fuoco che guizzano nel cielo tenebroso (c'è l'oscuramento, di notte, sono spenti tutti i lampioni) la portano via dalla regia dogana di Torino e da lui. Se fosse la scena di un film, l'immagine diventerebbe sfocata, ci sarebbe una dissolvenza, un taglio di montaggio e il fotogramma successivo mostrerebbe un'altra attrice, undici anni prima. Una ragazzina di sedici, bionda, magrissima, con le trecce e la scriminatura al centro della testa. Dorme, ignara.

Il 18 ottobre c'era stata una manifestazione spontanea alla Kreščhatik: fin dalle nove del mattino gli abitanti, avvisati dalle edizioni straordinarie dei giornali, avevano cominciato a uscire di casa e si radunavano per commentare o festeggiare il Manifesto con la proclamazione della costituzione. Gli studenti liceali erano tutti in strada, e i genitori non erano riusciti a trattenere Grigoryj. Calcandosi in testa il berretto e precipitandosi giú dalle scale, aveva affermato, serio: vado anche io davanti alla Duma, non si può mancare una rivoluzione. L'iniquo e anacronistico regime zarista finalmente era finito. Il reazionario Nicola II aveva ceduto alla volontà di cambiamento del suo popolo. E anche lui voleva costruire il futuro nuovo. Dina era corsa alla finestra, insieme alla madre, e lo avevano chiamato. Grigoryj non si era neanche voltato. Aveva diciotto anni.

Ma le truppe a cavallo, i reparti di artiglieria, poi anche una pattuglia di dragoni con le sciabole, avevano caricato i manifestanti. Sparato, calpestato, lacerato. Lo zar aveva già rinnegato la sua decisione, e dato ordine di schiacciare la Rivoluzione. Uccidere il proprio popolo non ha mai fermato un tiranno. Grigoryj aveva detto poi di essersi salvato perché in quel momento era sul tetto di un tram, a sventolare la bandiera. Rossa, dei Soviet, o nera dell'anarchia – non se lo ricordava. Quella notte, non era tornato a casa.

Invece lei e i suoi genitori non erano piú potuti uscire. In piena notte, giú in strada qualcuno aveva cominciato a urlare: Isay, Ishagu, aprite, aiuto! Era una sorella del padre, che viveva nel quartiere di Lybedsky. Scalza, coi boccoli scarmigliati, e i cinque figli ragazzini aggrappati alla gonna, implorava rifugio. Li avevano fatti salire – malvolentieri, perché la parente era povera, e umiliata, mentre Isay ormai era un membro della seconda gilda, frequentava la buona società di Kiev ed era riuscito a mandare i figli al ginnasio. A Lybedsky, come a Plossky e nel Podol, fino al fiume, si concentravano gli ebrei rispettosi del divieto di risiedere altrove decretato dagli zar – che avevano cercato di scoraggiarne l'insediamento stabile. Ma concedevano eccezioni, a chi poteva pagarle. Lybedsky e

Plossky erano stati devastati da un'orda di delinquenti: cento, forse duecento criminali, liberati dalle prigioni, e lasciati agire dalle autorità, che assistevano senza muoversi, avevano spaccato le vetrine dei negozi, lanciato sassi contro le finestre, sfondato le porte delle case. Avevano percorso una via dopo l'altra, saccheggiato e distrutto tutti i negozi, massacrato chi rifiutava di dare i vodka-copechi o consegnare i propri beni. Ma qui, aveva assicurato la zia, non verranno. Siamo cinquantamila a Kiev, piú del dodici percento della popolazione, non possono mica ucciderci tutti. E poi siete ricchi, a Lipki, sulla collina, a voi la Polizia dello zar vi proteggerà.

Il mattino dopo, il 19 ottobre, però, i disordini erano ripresi. La calma apparente forse dovuta solo alla fisiologia del riposo. Nonostante ormai le richieste d'aiuto fossero numerose, la Polizia dello zar non interveniva e l'esercito non si muoveva. Il capo della Polizia e gli alti ufficiali sostenevano di attendere ordini dai superiori. Ma gli ordini non vennero. Lo zar, giurò poi Grigoryj, informato dagli studenti dell'università, aveva dato ordine di sterminare gli ebrei, attribuendo a loro la responsabilità della Rivoluzione. Ha incitato i veri russi e tutti i patrioti a cancellare gli ebrei di Kiev. La Rivoluzione sarà morta, e la santa Russia salva.

Il rumore della folla, ancora lontano, era una musica sinistra di urla, tonfi e schianti. La madre e la zia avevano sbarrato le imposte e chiuso la porta col catenaccio. Il padre invece si era barricato nel magazzino, coi dipendenti. Ma non aveva preso il fucile. Il debole sa che se spara sull'aggressore fornisce solo il pretesto per farsi eliminare senza che chi lo uccida nemmeno commetta un reato. Dovrebbe attaccare la croce sul portone, e appenderci il ritratto dello zar, aveva suggerito il portiere. La lascerebbero stare, signor Rabinòvitch. Gli armeni stanno facendo cosí. Il portiere era un uomo tarchiato sui quarant'anni. Un misero contadino ucraino di Hnativka che il signor Rabinovitch aveva aiutato a lasciare la campagna quando lui stesso si era trasferito a Kiev. Quindici miglia appena, ma era stato come valicare una frontiera. Isay Rabinovitch era uscito dal ghetto della Zona, non era praticante e non credeva in Dio. In affari, dai clienti russi si faceva chiamare Aleksandr. Il padre, Moshe di Shaul, lo aveva maledetto, per questo: la burocrazia zarista imponeva agli ebrei un nome cristiano sui documenti. Ma nessuno lo usava. Nonostante ciò, Isay Aleksandr Rabinovitch non avrebbe rinnegato il Dio di suo padre.

Dina aveva passato la giornata a leggere in camera sua, trasferendosi nel mondo dei racconti di Anton Čechov. Sua madre Hanna, figlia di Benjamin Menasciè, cresciuta in una famiglia religiosa, le ricordava continuamente il giorno del giudizio in cielo e i pogrom in terra, aveva cercato di insegnarle il timore di Dio, che non si poteva neppure nominare, e di trasmetterle la fede e l'orgoglio dell'appartenenza: fino ai quattordici anni Dina aveva preso Dio molto sul serio, ma da quando frequentava il ginnasio si considerava ebrea solo di sabato. Gli spari guastarono l'atmosfera ovattata delle terme in cui passeggiava la signora col cagnolino. Il vociare della folla che invadeva la strada era ormai assordante. Li spiò dalla finestra. L'uomo che guidava la banda aveva un foglio in mano.

Gli elenchi coi nomi li aveva forniti la Polizia stessa. Lo spettacolo che Dina intravide dietro la tenda era sbalorditivo. I primi palazzi della via erano già stati devastati. Saccheggiate le magnifiche dimore dei Ginsburg, dei Galperin, dei Brodsky. Incomparabilmente piú lussuose della loro. Che cos'altro potevano prendere? Il portiere però rifiutò di aprire il portone. Prima negò che nel palazzo abitassero famiglie ebree, poi – smentito dall'elenco – cercò di fermare quegli scalmanati. Credeva di poter ragionare. Che la sua divisa, il berretto, i bottoni dorati, la rispettabilità degli inquilini – cittadini eminenti –, la sua propria nazionalità, fossero un baluardo sufficiente. Sporco hohol, perché stai con gli yid? gli chiese invece quello che sembrava il capo della banda, incredulo. Non lo lasciò neanche rispondere. Gli calò con violenza il bastone sulla testa.

Ebbero appena il tempo di fuggire in cantina – lei, la gatta, la madre, la zia povera, i marmocchi piagnucolanti. Vogliono soldi? Daglieli, mamele, supplicava, e se ne andranno. Ma dalla finestra del corridoio aveva intravisto il cadavere del portiere, riverso sui gradini in una pozza di sangue. La testa spaccata in due, come una noce. Quei forsennati non volevano soldi, o non solo.

Rimasero in cantina per ore – lei paralizzata dalla paura del buio, dei topi, della morte. Ma quanto tempo avesse trascorso là sotto non avrebbe saputo dirlo. Il suo cervello si era spento. Rannicchiata dietro un divano sfondato, trattenendo il respiro, in un tanfo di tomba, umidità e poi di urina, perché i bambini se l'erano fatta sotto per la paura. I passi imperversavano al piano di sopra. Caduta di oggetti, vetri in frantumi, fracasso. Non osava muoversi. Intorpidita, poi anche affamata e assetata (non avevano avuto il tempo di trasportare provviste), e bagnata, perché un liquido denso e viscoso le colava fra le gambe. La zia piangeva, i bambini piangevano, la madre pregava con la testa rivolta a Gerusalemme e il cuore a Dio. Per loro, per il marito al magazzino coi lavoranti russi (l'avrebbero protetto o tradito?), per Grigoryj che non era rientrato e forse era stato ucciso. Allora è cosí che può finire tutto. Nel buio, senza aver commesso crimine o colpa, per il cognome sbagliato sul campanello, e l'assenza della croce sul portone.

La gatta balzò via. L'odore di legna bruciata e cenere, che dalla finestrella a bocca di lupo penetrava nella cantina, la rianimò. Dovevano uscire. Altrimenti sarebbero bruciati come fiammiferi. Ma Hanna Waisberg non voleva muoversi. Meglio arsa che stuprata o oltraggiata. Ascolta la nostra voce, Adonai. Che tu sia benedetto. Guarda ti prego la nostra afflizione e combatti la nostra battaglia. Curaci e salvaci. Che si smuova la tua compassione. La tirava per la manica, le urlava di uscire. La madre niente, come fosse di pietra. Stai sanguinando, Dina, balbettava. Sei sporca, sei impura, non puoi farti vedere cosí. Allora lei si era scrollata di dosso il cuginetto, aveva sbloccato il saliscendi e spalancato la porta. Le tende del salotto in fiamme, e cosí la bambagia dell'imbottitura del divano – sventrato a coltellate. Non ricordava nient'altro.

I vicini del piano di sopra, che pure si erano salvati nascondendosi nel solaio, le dissero che aveva vagato nel quartiere tutta la notte, e non riuscivano a spiegarsi come fosse sopravvissuta, in mezzo a quell'orgia di violenza – che sarebbe stata fermata solo l'indomani (alla fine l'esercito aveva arrestato qualche criminale, il messaggio che il tempo del massacro era scaduto era stato recepito, e in breve la calma era tornata nelle vie). Era riapparsa all'alba. Muta. Non aveva mai detto una sola parola su quella notte. Il cadavere del portiere giaceva ancora sui gradini d'ingresso, nel sangue, fra schegge di vetro e piume d'oca. Lei si era precipitata nella sua camera, ma il letto era sparito, e nel luogo in cui c'era stata la sua scrivania solo una poltiglia di fogli bruciacchiati. Restavano, sul pavimento, tre cassetti, vuoti. In ognuno, qualcuno aveva deposto un escremento. Il resto della casa era nelle stesse condizioni. Bruciati i libri, i quaderni, le fotografie, i giocattoli, le bambole, ogni ricordo del passato. Spaccati i mobili, divelti i sanitari, distrutte le porcellane, le tappezzerie, rubate le posate d'argento, le pellicce, i gioielli, i paraventi – tutto ciò che si poteva portare via. Nella casa svuotata, che ora sembrava immensa, ma era solo la casa di un commerciante di cavalli, si riconoscevano appena i lembi anneriti della tenda del salotto, la base in bronzo di un abat-jour, e un segmento della tastiera del pianoforte – ma i tasti superstiti non bastavano neanche a formare una scala. Dina non aveva pianto. Aveva pensato lucidamente: adesso siamo poveri.

Nessuno aveva contato i morti. Ma furono almeno cinquantanove. Fra loro avrebbe potuto esserci suo padre. Isay Rabinovitch aveva cercato di difendere il magazzino. Gli avevano sparato, ma il proiettile gli aveva strappato l'orecchio, senza penetrare nel cranio, e nel caos nessuno aveva trovato il tempo di dargli il colpo di grazia. Finí nell'elenco dei feriti. Piú di trecento. Il padre non aveva mai saputo chi impugnava la pistola: un poliziotto dello zar, un criminale comune aizzato dalle autorità o dall'alcol, un soldato dell'esercito, un membro delle Centurie nere, un rivale geloso del successo della sua ditta. Un terzo dei mercanti di Kiev, della prima e della seconda gilda, erano ebrei, e lo squilibrio cominciava a dispiacere. Russificare Kiev era un antico progetto degli zar. Prima avevano eliminato i polacchi. Adesso era il loro turno. Non c'era stato nessun risarcimento. I fondi messi a disposizione per le vittime non bastarono a riavviare le aziende e nemmeno a riparare i danni. Nessuna inchiesta, nessun colpevole. Anzi, i trentaquattro ufficiali russi dell'esercito che denunciarono al governatore la connivenza della Polizia con gli autori materiali del pogrom furono condannati per calunnia e degradati. Suo padre aveva perso tutto. Non si occupò mai piú di cavalli.

Quando si era lanciata fuori dalla cantina, non pensava a salvarsi. Era corsa al piano di sopra, in mezzo ai fanatici che spaccavano e devastavano ogni cosa, versavano alcol sui divani e appiccavano il fuoco. I soldi sono nella cassaforte, prendeteli, aveva urlato, ma lasciate stare i miei libri! Quei pazzi, totalmente ubriachi, erano rimasti sbalorditi dal coraggio insensato di quella ragazzina bionda con le trecce e la gonna a righe sporca di sangue, che si scagliava contro di loro, e cercava di strappargli dalle mani i quaderni di scuola, i libri di testo, la collezione dei classici dell'Ottocento. Il cuore le spaccava il petto, e aveva la certezza che sarebbe morta. A sedici anni e tre mesi, il giorno in cui il suo sangue la chiamava alla vita di donna. Eppure aveva continuato ad avanzare ed era entrata nella sua camera da letto in fiamme. Non vedeva niente, a causa del fumo, ma anche al buio avrebbe potuto orientarsi. Era riuscita ad afferrare solo l'*Onegin*, e il volume dei racconti di Čechov che aveva lasciato sul comodino. Quando era tornata nel corridoio, aveva il viso incorniciato da un'aureola di fiamme. Quelli si erano scansati, come fosse un'apparizione demoniaca. Era scesa in strada, indisturbata, e aveva cominciato a camminare, come un automa. A Lipki l'avevano vista tutti – coi capelli di fuoco e la pelle che non bruciava, perché si era pulita il viso con le mani bagnate di sangue. I pareri si divisero fra chi considerava Dina Rabinovitch l'eletta, perché il Signore l'aveva salvata, e chi invece la figlia del diavolo.

Diana è svenuta, ed Ernesto ha dovuto adagiarla a lato della strada. Non sa di averle causato uno shock – il racconto di quella notte resterà senza lettori, perché non si può trarre un film da una storia cosí. Né si sente in colpa per il suo malore. Non poteva fare a meno di lei, stanotte. Nemmeno domani. O dopodomani. Diana lo fa sentire vivo. Senza di lei, ogni cosa è insipida e spenta. Le massaggia le tempie, la chiama, le ripete le parole che lei gli ha detto mesi fa – io sono di vento e il mio segno è l'acqua, e l'acqua non brucia. Ma Diana non risponde, non ritorna, è talmente pallida da sembrare morta. Solo quando sussurra Dina, sono con te, lei sbatte le palpebre. Impiega qualche istante a comprendere che non si trova a Kiev la notte del 19 ottobre 1905, ma a Torino, e che l'ombra china su di lei non è un assassino istigato dall'odio, ma l'uomo che ama.

È quasi l'alba quando i pompieri riescono a domare l'incendio. Le fiamme, smorzate, assumono un colore pallido, bluastro, guizzano debolmente fino a estinguersi. Il locale della dogana è nero come l'interno di un camino. Ma non tutte le casse sono distrutte. Le pile accatastate contro la parete di fondo sembrano intatte. La copia per l'America di *Passione tsigana* non è in una di quelle: è andata in fumo. Cosa resterebbe del loro amore, se i loro film bruciassero tutti?

È già quasi estate quando girano *Oltre la vita, oltre la morte*. Il primo della nuova serie di film KARENNE che Pasquali ha annunciato con clamore, per dissipare le ombre di chiusura addensate sulla Casa dalla primavera. Diana è l'unica figlia di un banchiere che si suicida dopo aver perso tutto in borsa. L'inattesa miseria la costringe a prostituirsi. L'uomo che la ama è disposto a sposarla e restituirle l'onore, ma lei non vuole rovinarlo, e preferisce annegarsi. Muore tra le sue braccia.

Ernesto ha bisogno di far subito soldi con la serie Karenne: la Pasquali Film scricchiola davvero, come insinua la stampa, e ha bisogno di venderlo prima che la lavorazione sia conclusa. Oltre a *Circe*, ha rifiutato tutti i soggetti tratti dalla letteratura, che Diana gli ha proposto, pure se fuori diritti e di autori defunti da tempo: il soggetto lo firma l'attore protagonista. Ernesto è quasi l'unico produttore italiano a non cedere alla lusinga di trarre film da romanzi o commedie teatrali. All'inizio lo ha fatto per necessità: non poteva pagare. Ora per convinzione. Il novanta percento del pubblico appartiene al ceto popolare, per il quale il nome pure acclamato di uno scrittore, di un poeta o di un commediografo non significa niente. Chi sono Matilde Serao, Annie Vivanti, ma anche Sardou e Paul Bourget, per una sartina o un manovale? Perfino D'Annunzio lo conoscono solo per via della guerra, che in qualche modo ha scatenato, e certo non lo amano, per questo. Il cinema non è letteratura né teatro. I soggetti vanno cercati altrove. Solo gli intrecci dei romanzi d'appendice funzionano. Il resto è fumo, o noia.

Diana è volubile e impulsiva come le sue eroine e stavolta non ha neanche voluto leggere il copione. Ernesto non capisce mai cosa la spinga a dire di sí piuttosto che no. Dopo il suo ritorno dal lago di Como, si è disinteressata della scrittura e ha accettato senza discutere l'ennesima storia fosca di rovina, stigma sociale, prostituzione, suicidio.

Convenzionale e inverosimile. Per gli spettatori borghesi, certo, perché la realtà della gente che affolla i cinema da dieci centesimi non è meno atroce. Ad aprile, mentre a Torino era ancora in sala *Passione tsigana*, Ernesto è rimasto scosso dal caso della cameriera di un ristorante che frequentava con gli attori nelle pause di lavorazione. Si è sbarazzata del neonato nel gabinetto di casa, tagliandolo a pezzi perché non entrava nello scarico, e sarebbe scampata alla prigione se uno di quei brandelli non fosse rimasto incastrato nei tubi. Una ragazza di campagna, graziosa, innocente, e invece infanticida.

Che ne sa del resto lui – nato a Montú Beccaria, un paese di mille anime tra le colline dell'Oltrepò pavese, dove non c'è niente da fare e niente da vedere a parte un castello – di com'è la vita di una ragazza, a Kiev? Che a sedici anni era già fuori dalla famiglia. Mi hanno mandata lontano, gli ha raccontato. Anche Ernesto è cresciuto in collegio. Ma perché lo zio voleva dargli un'istruzione. Diana invece in collegio l'hanno rinchiusa per domarla, perché troppo ribelle. Non accettavo piú nessuna regola, contestavo tutto, volevo vivere a modo mio. Pure morire, se necessario, perché la morte l'avevo già incontrata, e ormai non ne avevo paura. Non volevo tornare al ginnasio – mi hanno bruciato i libri e i quaderni, dicevo, non posso ricominciare. Non leggevo piú romanzi, non scrivevo piú poesie. Volevo diventare stupida, vuota, felice. Senza istruzione, senza valori, diventerai una ragazza perduta, la mia buona e pia madre piangeva per la vergogna. Meglio cosí, non mi troveranno mai, ribattevo. Uscivo di notte dalla finestra, mi facevo portare in giro in slitta da uomini che potevano essere i miei nonni. Accettavo regali. Sciarpe di seta, guanti, pellicce. Poi li distribuivo agli ebrei poveri della Zona. Non puoi immaginare in quale miseria dovessero vivere. La disuguaglianza, che mi aveva sempre ferito, adesso mi riempiva di rabbia. Non mi importava niente dei soldi. Solo sapere che potevo averne – miei, tanti, se lo avessi voluto. Mio padre si è indebitato per mandarmi a Mosca. Ma non mi ha salvato la disciplina, né la distanza. È stata la musica. Prima del cinema, è stata la musica il mio paese.

Diana non usa controfigure – una spesa inutile, perché *Oltre la vita, oltre la morte* si gira in economia: Ernesto è davvero in trattative col ricco industriale di Milano Armando Vay, ma i capitali che spera di spillargli ancora non si vedono e arriveranno, semmai, dopo l'estate, per il prossimo film. Ha assicurato di saper nuotare, e di non aver paura della corrente. Il Po ha una portata da ruscello, rispetto ai fiumi in cui ha imparato a galleggiare. L'acqua è placida. L'attrice, elegantissima in un abito di chiffon color avorio, si toglie il cappello e lo depone sulla riva, come le è stato chiesto, ed esita un istante, fissando le foglie e le vespe morte che vorticano sulla superficie. Poi, con gesto repentino, si abbandona all'acqua. Lei avrebbe preferito gettarsi sotto le ruote di un treno, come Anna Karenina, ma quella in acqua è la modalità di suicidio piú comune, a Torino. Ogni giorno qualcuno – per lo piú poveri, emarginati e ragazze incinte – si annega nella Dora, ogni giorno un cadavere riaffiora dal Po.

La superficie si richiude su di lei. Nell'acqua torbida fluttua un fantasmatico cencio bianco. Il cinema è ancora un mestiere pericoloso. Si muore, sul set. Come al circo. Per un salto dalla finestra finito male, perché la rete predisposta a ricevere il corpo dell'attore cede; per un guasto ai freni dell'automobile durante una scena di inseguimento, un cavallo imbizzarrito che disarciona un goffo guerriero, perfino sbranati dai morsi di una pantera. La corrente fluisce sotto gli occhi sempre piú sgranati della troupe. Al centro, un mulinello, in cui è rimasto intrappolato un tappo di bottiglia. Scorrono bucce di pera, un ramo di tiglio, il grugno di un topo – o forse una nutria. Diana Karenne è scomparsa.

Finalmente una testa bionda riemerge – molto oltre la pedana dell'operatore. Applauso liberatorio della troupe e qualche risata, perché la superba Karenne ripescata dall'acqua non sembra una sirena ma un pulcino spennacchiato. La segretaria di edizione l'avvolge nell'accappatoio di spugna rosa per sottrarla agli sguardi dei presenti: tranne lei, tutti maschi, e l'abito bagnato le aderisce al corpo come una pelle.

La caduta nel fiume era ottima, purtroppo però la pellicola si è inceppata nell'ingranaggio. La scena va ripetuta. Non hanno previsto il cambio e non esiste un abito identico a quello che indossa – un modello unico di alta sartoria. Ma come si fa a farlo asciugare prima che cali il sole? Per fortuna è il 22 giugno, e la luce sarà buona fino alle otto di sera. L'attrezzista rimedia un ferro da stiro e va a cercare la brace, mentre lei si spoglia dentro un baracchino di legno. Girano gli esterni dal vero, sul Po, nel parco del Valentino: è un camerino arrangiato alla buona. Oggi, solstizio d'estate, per il calendario italiano è il suo compleanno. Ventisette anni, anche se in Italia ne ha due di meno e nessuno conosce la sua vera data di nascita. Non avrebbe mai pensato di arrivare a compierli. Nel 1905 è quasi morta bruciata. Nel 1908 si è seduta sulla spalletta del Pont des Arts, e stava per buttarsi nella Senna. Da allora, ha vissuto ogni giorno come fosse l'ultimo. Deve festeggiare.

Ernesto è fiacco, ha un capogiro e deve sedersi sul muraglione: la segretaria di edizione lo arieggia premurosa col ventaglio. Forse dovrebbe davvero farsi visitare da un dottore. Quasi non riesce a muovere il collo e gli occhi gli bruciano come se li avesse strofinati con la soda caustica. E anche se la scena era lunga e complessa – la macchina da presa è ferma sul cavalletto perché sull'argine si è rivelato impossibile montarla sul carrello, gli attori devono muoversi nell'inquadratura fissa con passi calcolati al millimetro – non ha fatto le prove. Ha incaricato l'attore di spiegare lui a Diana ciò che deve fare. Mentre si slaccia l'abito fradicio e si spoglia, un brivido le vellica la pelle. Non può passare la sera del suo compleanno da sola nell'appartamento di via Vespucci. Sarebbe patetico. Ma Ernesto deve raggiungere la famiglia al mare, in Liguria.

Fa troppo caldo nel baracchino di legno: anche se indossa solo la sottoveste, si risparmia la noia di rivestirsi. Apre la porta e si siede sulla soglia. Incrocia lo sguardo del primo attore, arpionato alle sue spalle nude. Il personaggio che interpreta si chiama Sperelli, come il protagonista del *Piacere* di D'Annunzio, ma è Alberto Capozzi, il divo che sognava da ragazza in un cinema di Pietroburgo, e di cui calcolava i guadagni nell'anticamera del barone Fassini. Sono passati solo diciotto mesi, ma sembra già un'altra vita. Capozzi è una star mondiale, e l'attore italiano piú amato. Vincitore del referendum del «Tirso al Cinematografo», ha raccolto 2232 voti, superando di molto Mario Bonnard e Gustavo Serena. Far coppia sullo schermo con una celebrità simile la consacrerà definitivamente. Ernesto si è ipotecato la casa, per convincerlo a tornare alla Pasquali. Capozzi, che è appena rientrato dal Brasile, dove lo hanno accolto come un capo di stato e letteralmente ricoperto d'oro, riteneva ogni offerta risibile. È ligure, conosce il valore dei soldi. Alto, bruno, stempiato, viso aperto, gli occhi penetranti sotto l'alta fronte nuda, la risata frequente, Alberto Capozzi è molto piú bello che in fotografia.

Il sole è ancora uno specchio di bronzo dietro il Castello quando Diana si getta per la seconda volta nel fiume. Nel quadro successivo, muore tra le braccia di Capozzi, che l'abbraccia e la bacia sulle labbra, senza dover fingere trasporto. Lo so che stai col capo – bisbiglia, affondando il viso tra i suoi capelli. Ma preferirei di no.

Buona, va bene cosí, bravi tutti, dice Ernesto. Era l'ultima scena. Vuole spedire subito *Oltre la vita, oltre la morte* a Roma, alla censura. Dovrebbe ammorbidire il commendatore – ma non se la sente di affrontare il viaggio. I film sequestrati negli uffici del ministero dell'Agricoltura finiranno per rovinarlo. Diana, finirà per rovinarlo. In effetti, lo ha già rovinato.

Tu mi fai morire, Ernesto, gli si avvicina felpata come una gatta. Si china su di lui e dai capelli biondi l'acqua fresca gli sgocciola sul viso. Ma oggi voglio vivere. Non ci andare, in Liguria. Oppure portami con te.

Ormai Ernesto si è convinto di non poter separare i suoi personaggi da lei. Che li abbia scritti o adattati dai testi degli altri, si somigliano troppo. Interpretarli deve essere terapeutico – come una forma di ipnosi. Diana entra talmente nella parte che quando lui ordina lo stop impiega qualche minuto a tornare nella realtà. Li inventa per raccontare qualcosa che ha vissuto – per liberarsene – ma nello stesso tempo vive per far accadere gli eventi che ha solo recitato. È come un girotondo infinito. Diana ha voluto aiutare lo scenografo della *Contessa Arsenia* ad arredare il dormitorio delle ragazze per la sequenza del collegio (deve avere qualcosa del convento e del manicomio); ha suggerito all'operatore dove mettere la macchina da presa perché l'ombra delle scale, l'infilata di porte, l'alone della lampada della guardiana appisolata nel corridoio trasmettessero agli spettatori l'impressione della solitudine e della prigionia. E lui è riuscito a vederla, Diana adolescente in un collegio, sola fra estranee che la escludono. Il viaggio folle e insensato verso la Liguria, in automobile, di notte, sembra invece la parodia della vendicativa crudeltà delle sue eroine nere. Ma non di lui deve vendicarsi, Diana. Tutto, le ha perdonato.

Ernesto ha tentato in ogni modo, con la gentilezza, con la forza, coi baci, di impedirle di salire, l'ha pregata, quasi scongiurata, l'ha strattonata, perfino presa a schiaffi, a un tratto sgomento e consapevole che Diana vuole la catastrofe – farsi vedere con lui da Bianca, dai bambini, da tutti. E che se le impedisse di farlo sarebbe finita. Sballottato nella scatola di lamiera, fra i sobbalzi delle ruote, che girano, girano, girano verso il disastro. Lui, che tutti accusano di essere brutale e autoritario, incapace di fermarla, di negarsi, di opporsi alla donna che nemmeno può considerare sua.

Avvinghiata a lui sul sedile posteriore, per ore – perché a Torino dicono che la Liguria è vicina, ma l'Italia è increspata di montagne e le strade sono tortuose – Diana non lo lascia quasi respirare, lo accarezza, lo spoglia, lo titilla, lo tocca, si lascia toccare, lo bacia e lo eccita come non ha mai fatto, nessun anfratto del suo corpo gli nega, lo strema fin sotto la villa di Nervi dove Titto, che lo aspetta in giardino, abbandona la palla per correre incontro al padre, e vedendola dietro di lui resta pietrificato – deluso, perfino disperato. E poi esplode in un pianto rabbioso, isterico, urlandole di andar via. Perché è voluta venire? È una prova di forza? Ha voluto dimostrargli che è lei ad avere il controllo, e che può fargli commettere qualunque pazzia? Nietzsche. Nietzsche. Non era il delirio di una esaltata. Vuole spezzarlo? Distruggerlo, distruggere la sua bella vita? Lo faccia. Non ha valore, quella vita, senza di lei. Nietzsche. Diana non gli ha detto del suo compleanno. E lui non se lo è ricordato.

Diana comincia a dubitare di poter essere una vera scrittrice: non possiede piú nessuna lingua che sia davvero la sua. Ma chi conosce le parole a volte non sa raccontare. Le sue storie, invece, Ernesto non si stancherebbe mai di ascoltarle. Diana lo diverte, lo scandalizza, lo spaventa. Sulla riva di Nervi, mentre distesi sul fondo di una barca in secca guardano insieme la parata delle stelle, si vanta di averlo stregato. La notte di marzo in cui ti ho mandato il telegramma – gli confessa – ti ho fatto l'incantesimo della luna nello specchio, per costringerti a venire all'appuntamento a San Pietro. Me lo ha insegnato la njanja. Una contadina, nata in servitú, che mi raccontava favole oscure e terrificanti. Senza volerlo mi tramandava usanze e riti antichissimi, a volte pagani. Offriva perfino sacrifici agli dèi. Sono superstizioni, lo so, e una persona istruita non dovrebbe crederci. Ma che devo dirti? Volevo che venissi. Avevo sentito tanto parlare di te. Ernesto Maria Pasquali qui, Ernesto Maria Pasquali lí. Non so se te ne rendi conto, ma le persone che lavorano con te, dalla prima attrice all'ultimo macchinista, ti odiano, ti temono, e ti adorano. Sei terribile, sei brutale, i tuoi scoppi d'ira, i tuoi insulti, le tue collere fanno piangere gente col cuore di ferro, ma sei simpatico – e ti perdonano, tutto. La Pasquali Film sei tu. Non è cosí nelle altre Case, credimi. Quest'uomo ha qualcosa di speciale, ho pensato. È il mio destino.

Il destino esiste solo nei pessimi romanzi, ride Ernesto, dimmi cos'è l'incantesimo della luna nello specchio e come posso liberarmene. Oh, sorride Diana, non ti immaginare che sono andata da una fattucchiera perché leggesse nel mucchietto umido delle foglie del tè, o nei grumi di cera che galleggiano nella ciotola dopo che vi hai fatto sgocciolare una candela. L'ho fatto da sola, con un complice che non sapeva di esserlo...

È la loro ultima notte. Lunedí Ernesto deve ritornare a Torino e presentarsi per la revisione al distretto del Regio Esercito. Il tempo di essere assegnato in una caserma delle retrovie, e poi farsi concedere una licenza lunga abbastanza da poter mettere in lavorazione il secondo film della serie Karenne. O magari farsi riformare definitivamente. In ogni caso è costretto a sospendere l'attività della Casa per qualche mese. Le lettere di licenziamento al personale sono già state diramate. Nelle ultime settimane non ne hanno parlato, ma Diana lo sa.

Possibile che un cavaliere capo di un'industria con centinaia di dipendenti e direttore con tre troupe a libro paga debba andare in guerra? si era stupita. È già toccato a tanti altri proprietari di Case: i giovani e i validi hanno dovuto fermare la produzione. Quando ha saputo dalle sorelle di lui che Grisha è partito per il fronte tedesco, ha provato appena un brivido. Tuttavia riesce a immaginare in divisa e col fucile l'avvocato della corte d'appello di Pietroburgo. La sua freddezza, la mancanza di empatia, l'innata obbedienza faranno di lui un buon ufficiale. Invece l'idea che sia venuto il turno di Ernesto la sconvolge. Il 15 maggio gli austro-ungarici hanno contrattaccato con 14 divisioni sugli altopiani del Trentino, fra l'Adige e il Brenta, per aggirare le linee italiane, invadere il Veneto, eliminare l'Italia dal conflitto e costringerla a chiedere la pace. Il cannoneggiamento – coi nuovi obici da 420 mm dalla gittata di 16 chilometri – è stato talmente violento che le difese italiane hanno ceduto, la fanteria si è ritirata, numerosi paesi sono stati rasi al suolo e occupati. L'offensiva poi è stata fermata, ma gli italiani hanno bisogno di rinforzi, i riformati del 1915 li hanno fatti abili, e non è mai stato tanto pericoloso indossare la divisa.

A cosa servi nel Regio Esercito, Ernesto? protestava. Non sei un militare, non sai niente di strategia, non vai neanche a caccia di quaglie e fagiani. Io ho bisogno di te qui, non sopporto la pena di vivere senza averti accanto. Ernesto ha cercato di tranquillizzarla. Durerà meno di quanto pensi. Mi riformeranno in via definitiva, e tornerò presto. E stanotte scoprirsi vittima di un rito magico lo incanta e lo acquieta. Che cosa mi hai fatto, Diana? le chiede. Fa fresco, sul mare. Chissà quando rivedranno insieme le stelle.

È una cosa molto rudimentale, sorride lei. Si deve uscire di notte, e trovare l'immagine della persona che vogliamo incantare nel riflesso che la luna proietta in uno specchio. Quando sono uscita per strada la luna stava già calando dietro i tetti dei palazzi. Non c'era un'anima. Vivo in un quartiere di morti o di non ancora nati. Non ci sono negozi, al Pinciano. Anche l'osteria delle mura era già chiusa. Superfici riflettenti non ce n'erano. Ho camminato, ho camminato tanto. Poi quando non ci speravo piú ti ho trovato. Nell'acqua di una pozzanghera la luna aveva il tuo viso. A quel punto dovevo incontrare un uomo e domandargli il nome. Se pronunciava il tuo, eri mio per sempre. Lo so che il tuo nome non è comune a Roma. Tremavo, di freddo e di disperazione. Vedevo la vita che volevo passarmi accanto, e mancarmi.

Il primo che mi è venuto incontro era il fornaio di una panetteria. Non so cosa ha pensato quando gli ho chiesto come si chiamava. Credo avesse paura. È tedesco, la gente lo scambia per austriaco, in quel periodo gli sputavano in faccia. Ernst, mi ha mormorato, e io gli ho gettato le braccia al collo e l'ho baciato. Ogni volta che passerò da Roma comprerò il suo pane benedetto. È una delle poche cose sacre, il pane, oltre all'acqua, al fuoco e al sangue. È un sortilegio molto semplice e povero, vedi. Ma non puoi liberartene. È irreversibile. Mi amerai fino alla morte.

Diana

1916

(Seconda parte)

Se tu non m'ami,
ebbene io t'amo.
Ma se tu m'ami,
dei tremar per te!

DIANA KARENNE
(non garantiamo l'autenticità dei motti)
«Il Contropelo», n. 21, 24 maggio 1919.

D'estate Torino si svuota, e restano pieni solo i teatri di posa. A Diana non mancano le proposte per non oziare durante la sospensione dell'attività della Pasquali. Deve solo scegliere a chi dire di sí. Alberto Megale è un commerciante di Napoli che acquista film per distribuirli in tutta Italia. Ma vuole fondare una casa di produzione, a Roma, inaugurerà gli uffici a via Quattro Fontane a settembre e l'offerta è consistente. Megale è giovane (deve aver già risolto l'impiccio del servizio militare) e, come conferma il cognome, megalomane. L'attira la prospettiva di tornare a Roma. Giuseppe avrà maturato la licenza. Ma Megale non è operativo. Non ha teatro di posa né attori. E poi è troppo presto. Teme di rinfocolare l'interesse del ministero dell'Interno per lei.

Gli agenti della questura potrebbero essere appostati sotto casa travestiti da muratori, o da operai negli stabilimenti. Potrebbero essere chiunque. Lei non li ha riconosciuti. Non vuole pensarci piú. «Viene mantenuta una continua riservata vigilanza», comunica il 12 giugno 1916 il prefetto di Torino al ministero dell'Interno, dal quale provengono continue sollecitazioni circa la sospetta Dina Belogorski. «Finora però la sua condotta non ha dato luogo a rilievi di sorta, specialmente nei riguardi dello spionaggio».

A Milano non la troveranno subito. I capitali li mette la Sabaudo Film – molti, perché dovrà essere un film d'eleganza sopraffina. Diana non ha ancora capito perché nei film italiani tutti i personaggi sono conti, marchesi e baroni, visto che in realtà il paese è popolato soprattutto da proletari, braccianti e straccioni, come la Russia, del resto, ma si adegua. Si girerà negli stabilimenti della Casa, a Milano, e in una villa in Liguria. Il cinema italiano è abitudinario: le location marinare sono il golfo di Napoli o la Riviera. Lei non conosce abbastanza il paesaggio della penisola per proporre altre soluzioni.

I produttori, gli Aversano, sono marito e moglie: Salvatore sarà il direttore del film. Il copione è già pronto – tratto da una commedia, *Lea*, del famoso politico radicale Felice Cavallotti. Diana non lo ha mai sentito nominare, ma le raccontano che è morto in duello, come il suo amato Puškin, e tanto basta a convincerla. La storia inoltre le piace.

Lea è il primo amore del protagonista, Riccardo. Giovanissimi, i due scappano di casa per sposarsi – contro la volontà delle famiglie. Poi vengono separati, e lui la crede morta. Si risposa, ha un figlio. Ma Lea torna a cercarlo. Leggendo la commedia, stampata alla fine dell'Ottocento su carta di infima qualità, già ingiallita, quando Lea ricompare dopo otto anni nel giardino della villa – terrorizzando il figlio di Riccardo – Diana si illude che Cavallotti, probabilmente migliore come politico e spadaccino che come scrittore, abbia avuto una trovata geniale: che Lea sia morta davvero, e il secondo e terzo atto vedano in scena un fantasma. Per quanto ne sa, al cinema qualcosa del genere non si è mai visto.

La sceneggiatura è di un commediografo, bolognese, anche se di origine veneziana: Zorzi è cognome da dogi, tuttavia Guglielmo è solo conte. Scrive storie intimiste e crepuscolari. Ma da due anni si è dato al cinema – è una malattia contagiosa, che non risparmia nessuno – ed è il direttore artistico della Milano Films. Diana vorrebbe conoscerlo, per discutere l'adattamento, già pronto, e piuttosto infedele: nell'originale, Lea viene rinchiusa dalla famiglia in un convento, a tradimento e contro la sua volontà; Zorzi invece l'ha fatta impazzire per il rimorso di aver abbandonato la madre: infedeltà per infedeltà, perché non farla morire davvero, e farla tornare fantasma? L'amore che suscita di nuovo in Riccardo sarebbe straziante, se solo Lea non sapesse di essere morta.

Ma pure Zorzi, classe 1879, è stato richiamato dal Regio Esercito, ed è ufficiale territoriale a Budrio: non ha tempo per rimettere mano al copione. A ottobre dovrebbero dargli una licenza, magari adatterà per lei un'altra storia. Inoltre la Sabaudo ha strappato un contratto al fotografo Carlo Montuori, direttore tecnico della Milano Films, caldeggiato dal suo maestro, Luca Comerio. Ha girato un solo film, con Augusto Genina: *La signorina Ciclone* è il maggior successo del momento. L'hanno assegnato all'ufficio speciale di reportage cinematografici della Regia Marina, dovrà partire, e ha solo la finestra di luglio per girare.

Purtroppo nell'adattamento di Zorzi Lea non solo non è morta, ma il conflitto dei giovani con le famiglie viene omesso, e censurata la sete di rivalsa dell'amante sulla moglie, sicché la storia si riduce a un intrigo piccolo-borghese: Lea, tornata per riprendersi la vita che le è stata tolta, riesce a sedurre di nuovo l'amato, inducendolo a tradire la moglie e il figlio. Ma poi, di fronte al bambino e alla felicità domestica della famigliola, rinuncia e si uccide buttandosi dalla finestra.

Nei film italiani – a parte quelli d'avventura – non ci sono bambini. Sono esclusi dai drammi moderni e dalle commedie. La sessualità dei personaggi è priva di conseguenze – a meno che non sia peccaminosa: in quel caso il figlio della colpa muore. Forse per aggirare la censura. Forse perché devono essere irreali. Nella vita quotidiana gli italiani sono assediati dai figli. I poveri ne hanno decine. L'infanticidio prevale sull'aborto, praticato in clandestinità, ma non se ne può parlare. Restare incinta qui può rivelarsi un dramma. Diana non ha ancora interpretato la parte di una madre. E non ha mai recitato con un minorenne. Ha sviluppato un'allergia quasi fisica, per i bambini. Ma non lascia trapelare il panico. È una donna. Tutti contano sul suo istinto materno.

Tuttavia non dovrà solo recitare col bambino. Dovrà dirigerlo. Hanno girato solo una scena quando Aversano riceve la cartolina con la chiamata dell'esercito. E come Ernesto, nemmeno lui può piú rinviare l'appuntamento. Aspetta la fine delle riprese del giorno, poi convoca la troupe e annuncia mestamente di essere costretto a cancellare il film. Tutti saranno pagati per il lavoro svolto, ma da domani sono liberi di cercarsi un'altra scrittura. La Sabaudo Film si ferma.

Sul set cala il silenzio. La macchina da presa, montata sul treppiede, è inerte. Dall'apparecchio non proviene il consueto ronzio. Il sole barbaglia sull'obiettivo e rifrange sul viso di Diana. Cosa vede, di me, quella lente. Chi sono io davvero. E si ricorda una sera sul lago di Como, durante quella specie di villeggiatura mondana che sono state le riprese del *Marchio*. Armand Pouget è un attore, specializzato nel ruolo di amoroso, e infatti nel film la contendeva a Guaita-Ausonia, ma le ha detto che preferisce dirigersi. I produttori italiani non hanno capito l'importanza del direttore di scena. Lo pagano poco piú dell'operatore, e venti volte meno della prima attrice. Evitano i professionisti e preferiscono dilettanti signorsí, oppure teatranti, che non distinguono un palcoscenico da un fotogramma. Non sanno dirti dove mettere le mani, non costruiscono il quadro, non sanno di prospettiva o luce, non capiscono il valore simbolico degli oggetti o psicologico di un soffitto, non hanno il senso del tempo. Invece è tutto, come nella musica. Una scena in cui gli attori impiegano troppo a baciarsi, o a uccidersi, che permette al pubblico di distrarsi e di astrarsi, è fatale al film. Anche se muto, solo un attore sa come porgere una battuta. Alle tentazioni Diana non ha mai saputo resistere. Ma allora non l'ha avuta. Ha sempre pensato che sarebbe stato Ernesto, il suo direttore.

Decide lí per lí, senza averci riflettuto, senza valutare le conseguenze, con l'impulsività scriteriata che le è propria. Il film non può essere cancellato, asserisce, è troppo bello. Andiamo avanti. Dirigerò io *Lea*. Mi assumo la responsabilità. Non è il momento di esitare. Il direttore della fotografia la fissa, costernato. La moglie del produttore sorride: le donne non dirigono film. Qualcuna deve pur cominciare, proclama Diana. Le rivoluzioni avvengono. La guerra cambia molte cose. Uccide. Ma sgretola anche limiti, confini e abitudini. Solo le cose tentate al momento opportuno possono riuscire. Dovete fidarvi di me.

Il bambino – Peppino, nella commedia – è in realtà una bambina, figlia del custode della villa: la madre è stata assunta come cuoca dalla produzione e durante le pause li rifocilla con schiacciata e frittatine alle erbe. Diana la veste malignamente da marinaretto, come Titto quel mattino a Nervi. In linea d'aria, la famiglia di Ernesto villeggia a neanche sedici chilometri dal set. Devi piangere, le spiega, perché io sono una donna cattiva che vuole portarti via il papà. Ma voi non siete cattiva, signora Karenne, protesta Carmen, anzi, mi fate guadagnare tanti soldini.

Va bene, si arrende lei, cos'è che ti fa paura? Il buio, dice subito la bambina. Peccato che la scena debba svolgersi sotto il sole dell'estate di Rapallo. Cos'altro? Le tigri, i nani, i pagliacci. La direttrice di scena non può mascherarsi come a Carnevale, e Carmen non riesce a immaginare che dietro la macchina da presa ci sia una tigre, un nano o un clown. Diana prova a girare comunque la sequenza: pellicola e tempo persi. Il musetto della bambina rimane impassibile, gli occhi asciutti. La piccola Carmen non vuol saperne di piangere.

Si rassegna a sprecare due ore per insegnarle la tecnica. Recitare è un'arte, ma anche un mestiere che si apprende, dopotutto. Si concentra. Torna bambina, si ordina. Hai nove anni. Chiude gli occhi, respira. Odore di terra riarsa. Letame. Sudore. Raccoglie lamponi col nonno Moshe, lungo un viottolo nella campagna di Buča. Grano, a perdita d'occhio. Le spighe sono mature, perché è la stagione della mietitura. Nonno e nipote non parlano mai, ma non perché non sanno cosa dirsi. Dina ai genitori non si rivolge piú in yiddish. Ormai viene di rado, perché da qualche anno trascorre le vacanze in Crimea.

È diventata una creatura incomprensibile per Moshe Rabinovitch figlio di Shaul. Manierato il suo comportamento, troppo fini gli abiti che le comprano a Kiev. Benestanti, viziati, Grigoryj e Dina non hanno ereditato la sua cultura e sono per lui degli estranei. Non guardano il mondo allo stesso modo. Non provano le stesse gioie. La bionda nipote non distingue un susino da un prugno selvatico, un fiore di ciliegio da un biancospino. Dina percepisce la delusione del nonno, ma non sa porvi rimedio. Il suo modo di dimostrargli che gli vuole bene, nonostante la vergogna che le ispirano i filatteri, il biascichio delle sue preghiere, le movenze circospette, le umiliazioni scolpite nelle rughe, è camminargli accanto, in silenzio. Ha imparato da lui l'amore per le passeggiate. Dina ha le scarpette bianche, un vestito a pois, il cappellino di paglia. Regge un cestino da cui traboccano i frutti succosi e rossi. Il nonno vacilla, esclama qualcosa, e si affloscia nella polvere. I lamponi si sparpagliano tutt'intorno. Nonno non risponde, Dina non sentirà la sua voce mai piú. Lo rivedrà in ogni uomo anziano e povero. Perché il paese di Moshe Rabinovitch non è Ignatovka – o Hnativka, come dicono gli ucraini: sono i poveri. Per questo li ama, e li amerà sempre. Ed è ossessionata dal pensiero di aiutarli. Ma anche se un giorno dovesse perdere tutto, non sarà mai povera allo stesso modo. Non troveranno mai il loro paese, pure se hanno lo stesso sangue.

Davanti agli altri attori, sbigottiti e ammirati, si fa venire i lucciconi agli occhi, e poi lacrima, e singhiozza, fino a strappare il cuore di tutti. Tranne quello di Carmen, che alla fine dell'esibizione sentenzia, petulante: ma si vede che è per finta, signora Karenne, anche se le vostre lacrime sono vere.

A fine giornata, isterica perché se non porta a casa la scena sfora il piano di produzione, le mette nelle tasche dei calzoncini lo stick del rossetto carminio, finge di cercarlo dappertutto e poi la accusa di averglielo rubato. Il pianto disperato di Carmen/Peppino è un capolavoro. Girate, girate, ordina a Montuori, girate finché non finisce la bobina. Anche Titto ha pianto cosí, vedendola scendere dalla macchina del padre. Chissà se Ernesto capirà, quando vedrà il film.

Carlo Montuori è davvero un genio, e lei si rammarica di non averlo avuto alla cinepresa nei suoi film con Ernesto. Nessuno finora l'ha fotografata cosí. Per indirizzare la luce sul viso degli attori, e anche sul suo, inserisce archi voltaici in imbuti di latta, trasformandoli in proiettori. Con lui non c'è bisogno di girare in uno studio attrezzato per la luce artificiale. Si attacca alle lampade dell'illuminazione stradale. Riprendetemi in primo piano, gli raccomanda. È bello quando la macchina da presa segue l'attore e gli sta addosso. L'avete fatto voi stesso, nella *Signorina Ciclone*. Avete subito reso sorpassato girare da lontano e costringere l'attore a muoversi in modo innaturale per restare nell'inquadratura. Non sopporto quando guardando un film mi sembra di sedere in teatro nell'ultima fila. Il cinema è prossimità.

Siete sicura? esita il fotografo. Vi biasimeranno per la vanità. Vanità! sbotta Diana. Ma perché tutto ciò che fa una donna deve essere ricondotto a frivolezza? Non c'entra niente la vanità. La tecnica è stile, lo stile significato. Dobbiamo avvicinare gli spettatori, portarli dentro la scena. Come se fossero presenti. Il cinema non è un teatro di ombre.

Lavorano nove ore di fila, tutti i giorni, pure con una canicola che fa grondare di sudore, costringe la costumista a cambiare camicie su camicie e la truccatrice a tamponare continuamente col batuffolo di cipria nasi lucidi e fronti imperlate. Diana non vuol farsi la fama di sprecare soldi: da un'attrice, i produttori non si aspettano altro. Ma se fare le prove di lettura del copione con tutti gli interpreti, finché ognuno sappia come muoversi nel perimetro segnato col gesso sul pavimento, e quali emozioni debba esprimere il suo viso, se ripetere cinque volte una scena perché non è venuta bene significa sprecare, allora Diana Karenne è davvero la regina dello spreco.

Si mostra competente e decisa, spesso dispotica, perché la infastidiscono l'approssimazione degli attrezzisti, le obiezioni e i dubbi degli attori – che pensano sempre a sé stessi e mai ai loro personaggi. Nessuno però le fa pesare di essere una donna, e pure straniera. Scopre di possedere una dote che ignorava: l'autorevolezza. Nonostante sia la piú giovane sul set, tutti hanno soggezione di lei. Non riesce a rispettare il piano di produzione, ma non è colpa sua.

Sta provando con Alfonsina Pieri, che interpreta la moglie di Riccardo, la scena madre, in cui Lea rivendica il diritto di portarle via il marito, e l'altra la supplica di non distruggere la sua famiglia, quando un'automobile si ferma al cancello. Poiché il rombo sputacchiante del motore non verrà registrato – non vi è sonoro – lei non se ne cura, sistema Alfonsina vicino al pianoforte, e sé stessa sulla soglia (in modo che la figura sia ripresa in controluce), e scandisce «signori, si gira». Ma mentre l'operatore conta sottovoce i giri della manovella, la pellicola crepita negli ingranaggi e le attrici mimano il dialogo, una coppia in abito da viaggio sale le scale d'ingresso. Un domestico in livrea deposita cappelliere e bauli sul pianerottolo e spalanca la porta. Sono in campo! esclama Montuori, sconfortato. Che sta succedendo? protesta lei, dura. Chi siete? Non vedete che stiamo lavorando?

Ma chi siete voi, come vi permettete? si inalbera l'intruso, agitando il panama, mentre la moglie costernata tocca col puntale del parasole i mobili, i divani, i cuscini. Sono Diana Karenne, risponde, fiera, e sto dirigendo il film. Se non ve ne siete accorti, avete interrotto le riprese, causandoci un grave danno, poiché dovremo buttar via una bobina intera di pellicola. Avete idea di quanto costi, in tempo di guerra? L'uomo, incredulo, urla al domestico di correre a chiamare la Polizia, perché li denuncia tutti e li farà sbattere in galera. Ladri, banditi, questa è violazione di domicilio. Chi gli ha dato il diritto di introdursi in casa sua?

In effetti, nessuno. Per girare in interni non si devono chiedere permessi o fare comunicazioni alle autorità. Peccato che il proprietario non fosse al corrente che la sua villa sarebbe stata trasformata in un set. Il custode l'ha affittata alla Sabaudo Film a sua insaputa, contando sul fatto che i padroni erano via per le vacanze. Dovevano andare a Rodi, dove il signore nel 1914 ha costruito un albergo per lanciare il turismo nel Dodecaneso. Ma l'intervento dell'Italia gli ha tolto gli ultimi ospiti, c'è il colera in Turchia e in Grecia soffiano venti di guerra. Non è il momento di allontanarsi dalla patria.

Il custode della villa prima nega di conoscere il delegato della produzione che lo ha contattato, poi ammette di avere preso la mancia, ma non può restituire i soldi perché li ha già spesi. Diana è furibonda. Chi è stato cosí ingenuo da fidarsi di un disgraziato custode? Sabaudo Film sapeva del raggiro o ha fatto finta di non sapere? Eppure sembrava una Casa cosí generosa. Lusso, lusso, aristocrazia, bellezza, la lusingavano gli Aversano, il popolo deve sognare. Parolai, cialtroni. La figuraccia è irrimediabile. Ma Diana sa come rabbonire un uomo incollerito.

Lo prega di lasciarli finire, poiché mancano appena due giorni di pose in questa scenografia e interrompere adesso significherebbe condannare il film alla distruzione, in quanto non potrebbero mai girare tutto daccapo in un altro ambiente. Fino ad allora, i signori saranno suoi graditi ospiti all'Imperial Palace Hotel di Rapallo. Potranno assistere alle riprese, un privilegio che alcune Case fanno addirittura pagare. Vedranno che il cinema è comunque una magia. Ma si è trattato di un equivoco. Lei credeva di aver acquistato questa villa, e che l'agente immobiliare avesse già preparato le carte. Acquistato? sbalordisce il proprietario. Sí, conferma Diana, soave. Rapallo è un angolo di paradiso, il clima dolce, il mare d'incanto, sogno di farne il mio rifugio, d'inverno. Noi artisti del cinematografo viviamo al contrario degli altri: lavoriamo d'estate e facciamo le vacanze nella stagione brutta. Davvero vorrebbe comperare la villa? chiede il proprietario.

La scena del suicidio la gira senza prove: un ciak solo. Ormai sono una specialista, ride. Non faccio altro che morire. Siete una strana persona, signora Karenne, medita Montuori. Vi dico la verità: quando vi siete offerta di dirigere il film, volevo rinunciare. E l'ho detto ad Aversano, non mi faccio comandare da una donna. Mi riderebbero tutti dietro. Mi ha convinto dicendo che la guerra si porta via gli uomini, bisogna accontentarsi di chi sta nelle retrovie. Le donne ci sostituiscono dappertutto, fanno le tranviere, le postine, le operaie, vanno pure in officina, al posto nostro. Ma sapete che vi dico? Che differenza fa? Il cervello non ha sesso. Spero che *Lea* abbia successo, e che possiate fare altri film, signora Karenne. E se non mi ammazza un proiettile – pare ce ne siano da settanta chili, adesso –, ci rivedremo. Carlo Montuori andrà a girare un documentario al fronte, in Albania. Lavoreremo ancora insieme, gli dice lei. Ho questo presentimento.

Durante le riprese viene a trovarla Alberto Capozzi. Anche lui è in Liguria, in vacanza. Le chiede se abbia notizie del loro secondo film Pasquali, perché non riesce a contattare il cavaliere. E ormai il tempo che ha disponibile per girarlo si riduce. Peccato, perché non vede l'ora di amarla e farla di nuovo morire per lui. Invece non si capisce cosa stia succedendo alla Pasquali. Tanti proclami, ma i loro film il cavaliere non riesce a venderli – basta con *Passione tsigana* o resterai per sempre una zingara selvaggia. Ormai Pasquali non è piú un produttore. Si è ridotto a fabbricare giocattoli per il figlio Titto. Capozzi ha appena firmato un contratto con l'Ambrosio per dirigere e interpretare il film di cassetta della Casa del 1917. Una serie in quattro episodi, tratta da un romanzo d'appendice di Xavier de Montépin. Le riprese inizieranno a dicembre. Anche Mary Cleo e Giovanni Cimara se ne sono andati. Dovresti mollare Pasquali finché sei in tempo.

Sei una donna. Sola. E nemmeno di ineccepibile moralità, perché quella che tu chiami libertà qui è vizio e peccato. Sei diventata famosa, cominci a fare concorrenza alle stelle delle altre Case, sembra che potresti superarle. Ti sei esposta a scrivere film e ora li dirigi pure. Questo è il paese della camorra. Non te lo permetteranno. E tu non hai dietro nessuno che possa sostenerti.

Cosa dovrei fare? gli chiede. Non sa ancora se può fidarsi di Alberto. L'attrazione erotica che provano l'uno per l'altra non è una buona consigliera. Metterti dalla parte del piú forte, Diana. Allearti con lui, se non puoi sconfiggerlo. È cosí che funziona. E io sarei con te. Dobbiamo girare subito un altro film. Il tuo corpo parla. Il tuo silenzio ha voce. Ti ho sentita, ti sento.

Dopo tre settimane di assenza, l'appartamento di via Vespucci odora di naftalina. Dovrebbe esplorare il panorama delle Case milanesi. Ma nessuna è l'Ambrosio né la Caesar: la Sabaudo chiude, la Milano Films è in declino e Guglielmo Zorzi non riuscirà a rianimarla. Preferisce restare a Torino, aspettare. Ernesto assolverà il servizio militare, riuscirà a ottenere l'esonero. Gireranno altri film. Saranno perfino migliori. L'ultima notte, a Nervi, lui le ha detto che sogna di riprendere daccapo la sua vita, di volersi rifare una verginità sentimentale e morale, non essere piú un povero speculatore, ma un altro uomo. Per lei. Era quello che desiderava le dicesse, da mesi. È esattamente ciò che ha fatto lei.

Sono venuta in Italia per ricominciare, Ernesto. Ho abbandonato la famiglia, le persone che amavo, il mio paese, la lingua. Anche Dio. Sono un'altra donna. E sei tu la persona con cui voglio costruire la mia vita nuova. A nessuno ha mai rivelato tanto di sé.

La casa è muta, un turbine di pensieri le vortica in testa. Non riesce a scrivere, né a leggere, né a disegnare. Chiamare l'uomo che da anni attende come il cinese sul fiume il cadavere di Ernesto rovinato e sconfitto è un'azione riprovevole. Peggiore che rivelare al figlio il suo potere sul padre. Tiene sotto il cuscino il fazzoletto ricamato con le iniziali EMP. EMP. EMP. Abitavano cosí vicino. Non gli ha mai dato le chiavi della sua casa. Quanto tempo hanno sprecato. Quante occasioni perdute. Ma io non posso stare ferma. Il lavoro mi è indispensabile. Impazzisco, se non faccio qualcosa. E poi come pagherò l'affitto? Guadagno dieci volte piú dell'anno scorso, ma spendo piú del triplo e il conto in banca è sempre leggero. Dalla Russia ormai non arriva piú niente. E la villa di Rapallo? Ho fatto una pazzia, Ernesto caro, una delle mie karennate, come le chiami tu. Ma sono fatta cosí, agisco senza curarmi della morale o del buon senso, e ci amiamo proprio per questo. Ti piacerà, la mia villa. Dal salone si vede il mare. E si sente, anche. La risacca, le onde, l'acciottolio dei sassi che rotolano sulla spiaggia. L'abiteremo insieme. Te lo prometto. La nostra storia è appena iniziata.

La parte di Maud de Rouvres la stuzzica da quando ha letto il romanzo – a Roma, sul letto monumentale dell'Hotel

Imperial, quando si chiedeva se la tattica scelta dalla borghese Maud per conquistarsi una vita scintillante nel bel mondo non potesse adattarsi al caso suo. Benché, a differenza di Maud, la verginità l'avesse persa da tempo. Sul parquet di un appartamento di Parigi, vestita perché il padrone di casa non le aveva lasciato il tempo di spogliarsi. Era cosí innamorata di lui che se le avesse chiesto di gettarsi nel camino l'avrebbe fatto. Quanto può essere stupida una ragazza di diciassette anni? L'autore, Marcel Prévost, è un accademico di Francia, e la sua autorevolezza le farà scudo. La copia de *Les demi-vierges* ce l'ha ancora. La copertina stropicciata, le pagine piene di orecchie e intere frasi sottolineate. Non l'ha mai restituita alla Biblioteca Gogol′. Alza il telefono e chiede un appuntamento all'arcinemico di Ernesto, della Pasquali e suo: il cavalier Ambrosio dell'Ambrosio Film.

Nei teatri di posa il camerino di Alberto Capozzi è contiguo al suo. L'Ambrosio le mette a disposizione non solo una scenografia degna – salotti di un'eleganza rara e venti toilettes pagate dalla Casa – ma l'attore piú ricercato. In un colpo solo, il cavalier Ambrosio ha portato via al suo storico avversario le sue due principali scoperte: Capozzi & Karenne. Quando lei si cambia, Alberto si delizia al fruscio delle sete. Dallo spiraglio della porta filtra il suo profumo. Quando lo trucca – lei di persona gli pennella il kajal sulle palpebre – lui le prende la mano fra le sue, perché non tremi. Affinché la troupe non mormori, lei lascia la porta aperta. Le Alpi coronano l'orizzonte, e lei non sa piú se le montagne rinserrino Torino come le mura di una prigione o indichino che il valico è vicino e si può passare altrove. Dopo la pioggia, il cielo è terso, l'aria di cristallo e il riverbero la costringe a socchiudere gli occhi.

Nel film, Alberto è Massimo de Chantel, il provinciale ricco e ingenuo che la protagonista Maud intende sposare. Maud è una ventiquattrenne dai costumi disinvolti, civetta e seduce gentiluomini cui però non concede la verginità, consapevole – come la sorella e l'amica artista – di poterne far mercato. La verginità la perde con un laido banchiere, per vendetta nei confronti dell'amante frustrato, ma di Massimo si innamora davvero.

Pure Capozzi, genovese, è ricco di famiglia: suo padre è un armatore. Ma non è provinciale né ingenuo. È diventato attore di teatro per scampare al destino di prete cui l'aveva votato la madre, spedendolo in seminario, ed è approdato al cinema perché Ambrosio aveva messo un'inserzione sul giornale: cercava un giovane elegante e lui si è presentato. Il figlio dell'armatore gli è parso credibile come dandy aristocratico. In effetti gli hanno sempre chiesto di interpretare sé stesso. Le spettatrici vanno pazze per lui, riceve tonnellate di lettere e cartoline – perfino giarrettiere e culottes profumate. Gli lasciano bigliettini alla portineria dello stabilimento dell'Ambrosio, e lo assediano ai cancelli, emettendo gridolini estatici quando intravedono la sua ombra spuntare dal teatro di posa. A volte, ma di rado per non inflazionarsi, Capozzi concede un magnanimo saluto. Può avere tutte le donne che vuole, e ha intrecciato flirt con tutte le attrici con cui ha diviso un'inquadratura, perfino con Mary Cleo, ma una bellezza senza spine non lo interessa e non si diverte se non deve almeno contenderla a un altro. E Diana Karenne, la fiamma del cavalier Pasquali, beniamina dell'aristocrazia romana, l'ha aspettata abbastanza. E le ha già reso omaggio pubblicamente. Parlando con un giornalista che lo intervistava l'ha definita «la piú grande artista odierna dell'arte muta». Ça suffit. A casa mia o a casa tua? le chiede, senza preamboli, quando finisce la seconda giornata di lavoro ed entrambi, deposto il carapace dell'abito di scena, escono dal camerino. Odia i preliminari.

A casa mia, ride Diana, avvolgendo il velo intorno al cappello e avviandosi verso l'automobile della produzione. Non tardare. È proibito dalla deontologia professionale sedurre un sottoposto. E io potrei licenziarti, se la tua interpretazione non mi soddisfa. Non lo farai, scommette Alberto. Appena gli apre la porta, senza neanche togliersi il cappello la prende in braccio (è piú muscoloso di quanto sembri), e la depone sulla pelle di tigre che Diana si è comprata al Balon per posare durante un servizio fotografico. Le è costata uno sproposito perché le tigri cominciano a scarseggiare pure nella giungla del Bengala. I peli dell'animale morto frizzano sulla pelle. Sullo schermo Capozzi & Karenne sono una coppia affiatata. A letto molto di piú.

DEMI VIERGES – ... e gli occhi di lui esprimono la passione che le labbra non osano dire

Ambrosio non ha ancora annunciato alla stampa l'arruolamento di Karenne nella sua Casa, perché teme di invischiarsi in una causa legale col vendicativo Pasquali e prima vuole esaminare il contratto dell'attrice (che però rifiuta di mostrarglielo e si proclama libera e padrona di sé stessa). Lo farà piú avanti, per il lancio del film. Che intanto deve superare lo scoglio della censura. E non si annuncia semplice. Ernesto dovrebbe comunque aver saputo che Diana non solo ha diretto un film per la Sabaudo, e la prima settimana di agosto ne ha interpretato un altro, *Catena*, per quel pirata di Megale, ma è addirittura passata all'Ambrosio per dirigere e interpretare *Les demi-vierges*. Tuttavia non le ha scritto una delle sue lettere arruffate e caotiche, rigurgitanti di maledizioni. Né le ha mandato un solo telegramma – fosse anche solo per dirle che non girerà mai piú il nuovo film con Capozzi. E che la ucciderà se la rivede. Nulla, come se fosse morto. Nessun riferimento nemmeno quando a settembre la fa convocare negli stabilimenti per annunciarle che lunedí la Pasquali Film per conto della Vay di Milano inizia le riprese di *Sofia di Kravonia*. La signora Karenne è pregata di presentarsi alle ore 7 per il trucco.

Ernesto Maria Pasquali gira *Sofia di Kravonia* in stato di grazia. Il film è tratto da un romanzo inglese del 1904, di un tale Anthony Hope, che lui non ha letto. L'autore è un professionista di seconda classe, primo però nel genere avventura: il suo *Prigioniero di Zenda* è uno dei massimi successi popolari mondiali. L'ufficio legale della Vay ha contattato l'autore, ma la richiesta è stata spropositata. Diana però non rinuncerebbe mai al piacere di interpretare una donna che si traveste da colonnello di artiglieria. Ha scritto una lettera a Hope, raccontandogli che l'istitutrice scozzese le ha letto il libro da bambina per insegnarle la lingua, e che se lei conosce l'inglese lo deve a lui, eccetera eccetera. Gli ha mandato una sua fotografia a cavallo mentre monta alla cosacca e i bozzetti ad acquarello dei vestiti che ha disegnato per Sofia, la cartolina del castello di Torino dove ricostruirebbe il paese immaginario del romanzo: pare abbia ottenuto il suo consenso. Bugia bianca, bugia azzurra o tenera autobiografia, la Vay è a disposizione per l'avente diritto, ma intanto inizia il film.

Ernesto s'intromette nel camerino con un mazzo di rose scarlatte, come un ammiratore qualunque, e la bacia prima del primo ciak. Sanno di vaniglia le labbra di Diana. Deve assolutamente fare di *Sofia di Kravonia* un successo – e il loro miglior film. Anche se Diana non lo sa, forse non ce ne saranno altri.

Dal dottore infatti c'è poi andato, e ha subíto come uno scolaretto indisciplinato una ramanzina durissima. Ma cavalier Pasquali – gemeva il luminare dell'ospedale Mauriziano – come è possibile che si sia trascurato tanto! Non ha pensato ai suoi figli? E sua moglie, non ha notato niente? No, avrebbe voluto rispondere. La vedo poco, Bianca, quanto basta a stroncare le voci sulla nostra separazione, altrimenti ci evitiamo. Ma neanche la mia Diana lo ha capito. Abbiamo vissuto tutto questo tempo in un sogno. Non volevamo svegliarci. Venti chili! Ma un soldo di cacio come lei può perdere venti chili in sei mesi senza rendersi conto che nel suo corpo sta succedendo qualcosa di grave? Bisogna iniziare subito la cura. Sí, certo, fra tre settimane, ha concesso Ernesto. Prima devo girare un film.

Stavolta niente tragedia: crimini e delitti, ma da operetta, in un paese inventato, la Kravonia – e per Diana il personaggio indiavolato di una lavapiatti che sposa un ufficiale, ne resta vedova e protegge il principe del regno dalle trame della seconda moglie (Mary Cleo: è un piacere recitare insieme, avrebbe dovuto diventare sua amica). Temeraria e senza paura, la bella Sofia uccide con una lampada il sicario mandato ad assassinare il principe, e diventa prima baronessa, poi colonnello, infine regina. Diana si diverte immensamente nella girandola di travestimenti e ruoli. Sul set ha deposto il sussiego aggressivo dei primi tempi: è allegra, ironica, affabile con tutti, sprizza una felicità contagiosa. Una Diana inedita, sorprendente, spensierata come la ragazzina che leggeva il romanzo, sempre che la storia sia vera. Per quanto la trama sia assurda e sgangherata, è credibile come lavapiatti e come regina. Forse davvero nella sua vita rocambolesca è stata l'una e l'altra. Nella scena della carica a cavallo galoppa nelle radure piemontesi come nelle steppe ucraine. Vestita da colonnello di artiglieria è irresistibile.

La Pasquali Film faticherà a vendere questo film travolgente e vitale, perché la Pasquali è Ernesto, come gli ha detto Diana, ed Ernesto non è piú lui. Si fa chiamare cavaliere ufficiale, stampa nuovi biglietti da visita, sparge la voce di essere in caserma a prestare servizio per la patria, ma si nasconde in una clinica sulle colline torinesi. Solo Bianca sa.

Le ha detto la verità, perché possa fare consapevolmente la sua scelta. Bianca gli ha risposto che se c'è da combattere, sarà al suo fianco. Non si diserta, in guerra. Sarebbe da traditori. E lei è sua moglie davanti all'ufficiale dello Stato civile e davanti a Dio, e la madre dei suoi figli. Le amanti passano, una moglie è per sempre.

Costretto al buio, per dare sollievo ai bulbi oculari che a causa di un'eccezionale protrusione tendono a chiudersi, indebolito dalla rigorosa dieta di broccoli e cavoletti, che aggrava la sua inappetenza, senza vino e senza sale, Ernesto è di nuovo suo. Bianca si prende cura di lui con abnegazione, con la tenerezza ruvida della loro gioventú – ma non lo perdona. Sorveglia la corrispondenza (il postino consegna lettere e pacchi solo a lei) e le telefonate, anche se Diana non può scrivergli né chiamarlo, perché lui non le ha detto dove si trova. Del resto, chissà se lo farebbe. Odio la morte, gli ha detto una volta, dopo essere svenuta al passaggio di un carro funebre. Non vado mai ai funerali né al cimitero. Non so neanche dove è seppellito mio padre. Credo nello spirito e nell'eterno ritorno. Chi è esistito, esiste per sempre. L'ipertiroidismo è cronico e recidivo, ma solitamente si cura.

Si sono congedati sul set, l'ultimo giorno di riprese. Nella reggia della Venaria, appena mascherata, con sgargianti bandiere, da palazzo reale di Kravonia. A Diana sembrava di aver già sentito il nome Venaria. Ma ha impiegato settimane a ricordare quando e a capire che la proprietà confinante appartiene alla famiglia di Giuseppe. Era vestita da regina. Ernesto diafano, come un elfo. Si sono dati appuntamento a Natale. Non sprecare questi mesi, le ha detto, con insolita tenerezza. È un momento esaltante per il cinema. Gli spettatori crescono in misura esponenziale, i teatri di posa sono tutti prenotati, partono decine di film. Però accetta solo buone parti e fatti pagare tre volte quanto potrei pagarti io.

Ma recitare non mi basta piú, posso farlo solo per te. Voglio scrivere, e al cinema lo scrittore è il direttore di scena, gli risponde. Puoi immaginare il personaggio piú originale, ma se lo vestono in modo sbagliato, se gli fanno fare azioni inutili, se l'ambiente è generico, la luce piatta, la durata del film eccessiva o troppo breve, la storia muore. Alla fine non è nemmeno cosí importante. Le parole non servono, sono le immagini che restano. Tra un anno nessuno ricorderà la trama di *Passione tsigana*. Ma la mia danza con la bandana e il corpetto luccicante non potranno dimenticarla.

Ernesto però non l'ascolta. Sembra in preda alla malinconia – come se Diana gli avesse contagiato la sua chandrà. Il tempo è d'oro, prosegue, come se non avesse sentito, e per una donna di diamante. La macchina da presa non sa amare le impronte degli anni sul vostro viso. Vogliamo solo la vostra giovinezza. Il tuo momento è questo, Diana. Quanti anni potrai fare l'attrice? Dieci, forse. Prenditeli tutti.

Mi stai suggerendo di lasciarti, anima mia? gli ha domandato lei, turbata. No, le ha giurato Ernesto, sfoderando il suo sorriso malandrino. L'incantesimo che mi hai fatto non si scioglie.

Il commendator Kodato Rossi della General Film, che distribuirà *Il marchio*, si riposa a Viareggio (dove d'estate villeggia Francesca Bertini: è la località piú esclusiva del Tirreno). Ernesto le aveva vietato di incontrarlo, perché era l'uomo del cinema piú chiacchierato del momento. Le aveva parlato talmente male di lui, che lei aveva accettato la proposta di Marzetto solo quando aveva saputo che proprio Kodato Rossi (uno pseudonimo? chi può chiamarsi cosí? e chi ha bisogno di uno pseudonimo? i rivoluzionari, i criminali, le spie) sarebbe stato il finanziatore occulto del film di Pouget. Un commerciante, già dipendente della Gevaert: vendeva pellicola vergine, ed era tentato dal venderla già impressionata. Ernesto, come del resto la stampa specializzata, lo derideva, ma Diana non disprezza i commercianti. Erano mercanti gli uomini che hanno fatto grandi Venezia e Firenze. Era mercante suo padre.

Kodato Rossi ha messo a disposizione della Jupiter due aeroplani, grazie alle sue conoscenze ministeriali, e l'ha portata in aria con sé. Ma non è stato un incontro romantico. Le ha chiesto il permesso di fotografarla con la Kodak, perché tante attrici non sono davvero fotogeniche, e non è piú tempo di camuffare i difetti con mascherine ed effetti flou. Sono anche troppo grasse. L'obiettivo aggiunge peso. Sopra i cinquantaquattro chili, dovrebbero fare un altro mestiere. Prima di farla salire a bordo le ha chiesto di montare sulla bilancia. Lei si è rifiutata. L'aereo regge centoventi chili, si è limitato ad avvisarla. Se mente, signora Karenne, ci schianteremo. Dovrà correre il rischio, gli ha detto lei, issandosi sulla scaletta.

Si sono librati insieme sulla Pianura padana. Non si capisce il mondo se non lo si guarda dal cielo, signora Karenne, urlava Rossi, per farsi sentire nel frastuono dell'aria e dei motori. Con gli occhialoni da pilota, sembrava un extraterrestre. Lo so, gli aveva risposto lei, urlando piú forte. Ci sono già stata. Io sono il vento. Rossi non ha capito, il muso dell'aereo ha impattato una turbolenza, e si sono tuffati nelle nuvole. Il vortice li ha risucchiati verso l'alto, poi sballottati come un sughero. La carlinga scricchiolava come se dovesse frantumarsi. Se muoio in uno schianto aereo, diventerò un mito, ha pensato lei, ridendo. Ma sono atterrati ballonzolando su una pista d'erba, alla periferia di Milano.

Questa estate però Kodato Rossi è stato distratto da altri progetti. Ha spacciato in Francia e in Inghilterra il film sulla nostra guerra sull'Adamello di Comerio e si è guadagnato il plauso del governo. Ma il suo patriottismo non gli fa perdere il senso degli affari. Si mormora stia per lasciare la General per mettersi in società con Tito Ricordi e il marchese di Bugnano e lanciarsi nella produzione – con o senza di loro. Il momento è d'oro: i numeri del pubblico da capogiro. In cinque mesi, solo a Milano, dove vive, si sono venduti 834 899 biglietti sino a 25 centesimi, 2 035 380 sino a 50 centesimi, 451 555 fino a una lira, 28 300 da una lira in su, per un totale di 3 350 134 biglietti. Si contano 22 000 spettatori al giorno. La media dice che sono dieci, quindicimila nei giorni feriali e quaranta, cinquantamila nei festivi. In una città di seicentocinquantamila abitanti, significa che quasi una persona su dieci frequenta i cinematografi. Tolti i bambini e i vecchi inabili, praticamente tutta la popolazione. I margini di profitto sono inimmaginabili. In Italia l'industria del cinema, non supportata e anzi ostacolata dal governo, è ancora un mosaico variegato di Case, e quello che all'estero sembra disordine, frammentazione, improvvisazione e dilettantismo, e indubbiamente lo è, consente però una sorprendente libertà d'iniziativa, che è la quintessenza del capitalismo.

Kodato Rossi è altissimo, sornione, le lenti spesse sugli occhi da talpa. Alloggia in una villa faraonica che incombe sulla spiaggia, ma lei ormai c'è abituata, vive come una granduchessa russa al punto di sembrare tale alle granduchesse vere: ce n'erano svariate, a Nervi, habituées dall'inizio del Novecento, e l'hanno scambiata tutte per una principessa Galitzine. Non le ha disilluse.

Kodato Rossi non la invita a entrare, le propone invece di passeggiare nel giardino, perché deve far digerire il pasto ai suoi alani. Sono una grande camminatrice, acconsente Diana – benché non le sembri una buona premessa. Va subito al dunque, perché non si sdilinquisce mai in convenevoli, tantomeno con un interlocutore tanto aritmetico, e inoltre i suoi poderosi cani le addentano continuamente le caviglie, rovinandole le costose calze di seta. Gli chiede quando farà uscire *Il marchio*, che ha ottenuto l'approvazione della censura il 27 luglio, e se gli interessa produrre il suo prossimo film da direttrice.

Kodato Rossi del *Marchio* quasi non ricorda, perché non è piú affar suo. È uscito dalla General, e la Jupiter ha ceduto i diritti di sfruttamento per l'Italia e le colonie a Giuseppe Goldstein, l'ex direttore della Pathé Frères di Milano. Ma non si aspetti grandi incassi. Dramma sentimentale, poca azione, Pouget non ha saputo sfruttare gli aeroplani, se uscisse adesso sarebbe un fiasco. Se sarà abile, e forse lo sarà, visto che gli ebrei hanno il gusto dei soldi, Goldstein lo appoggerà a *Lea*, che promette meglio (nell'ambiente se ne dice un gran bene), al film Pasquali con Capozzi, *Oltre la vita, oltre la morte* oppure alle morbose *Demi-vierges*, che però invece gli risulta ancora impantanato alla commissione censura. Karenne & Capozzi la gente li andrebbe a vedere anche se la pellicola fosse bruciata e mostrasse solo un rettangolo col buco al centro. Ma il punto è un altro. Lui teorizza la superiorità del cinema americano e considera i film italiani antiquati – stantii, tecnicamente arretrati, e ostili al pubblico che i produttori ignorano o disprezzano. Tuttavia il successo che Diana Karenne ha ottenuto in sala lo induce a concedere una possibilità alla russa. Quindi parlate, signora, vi ascolto.

Diana gli illustra il progetto, per nulla intimidita. *Circe, o Il delitto della contessa Tarnowska*. Una straordinaria figura di donna – insieme vittima degli uomini, della società e di sé stessa, e carnefice. Non il solito dualismo donna madonna/donna perduta. Innocente, e colpevole. Una donna vera. Kodato lancia una pallina da tennis ai cani e reprime un moto di insofferenza. La Karenne gli sta proponendo esattamente il tipo di film che avversa e di cui presagisce la fine imminente. Artistoide, letterario, intellettualistico, elitario. Ed è un peccato, perché è donna di intelligenza non comune. Invece si è confinata in questa Italietta provinciale, afflitta da invidie miserrime e improvvisatori mediocri. Voglio essere sincero con voi, signora Karenne, le dice, calcandosi sul naso gli occhialoni all'americana e grattando il dorso dell'alano, il quale ansimante gli depone sui piedi la pallina bavosa.

Sto per firmare un contratto come distributore dei film americani della Triangle. 500 milioni di capitale. La piú grande Casa del mondo. Pubblica tre nuovi film al giorno. Kodato Rossi inonderà il mercato di serie poliziesche. E le lancerà con campagne pubblicitarie all'americana, che qui non si sono mai viste. Inserzioni sui giornali, moderne nel linguaggio sintetico e aggressivo, battage martellante nei mesi che precedono ogni nuova uscita. Organizzerà giornate di propaganda all'Excelsior di Roma invitando tutta l'alta società della capitale, come fanno gli americani: proietterà alcuni film per divulgare il nuovo verbo, e il pubblico sarà entusiasta, perché non ha mai visto niente di simile. Il mercato ne sarà stravolto. I noleggiatori e i proprietari delle sale vorranno solo questi film. Chi non si adeguerà, sarà spazzato via. E nel giro di tre, massimo cinque anni, il cinema italiano non esisterà piú. Quindi, no, non produrrò il vostro film, signora Karenne, ma non – come certo ora sarete indotta a credere – per danneggiarvi, bensí per salvarvi. Siete russa, credo. Straniera comunque. L'America non si cura dell'origine. Ebrei, slavi, italiani, circassi, siriani, siete benvenuti. Andate in America. Avete visto cosa ha fatto la Triangle con Lillian Gish. Voi siete molto piú interessante. La Triangle – o la Lasky, la United, la Famous Players, ci sono un'infinità di Case – farà di voi una star mondiale.

Diana è insieme addolorata e angosciata dalle parole di Rossi, perché la minaccia che lui rappresenta le sembra reale. Però non può accettarle. L'Italia mi ha accolta con generosità, senza neppure sapere chi fossi, e accoglie tutti, come voi dite fa l'America, risponde, con dignità. Attrici polacche, russe, ebree, ballerine indiane, attori francesi, operatori spagnoli, nessuno vi chiede il passaporto. L'Italia mi ha permesso di realizzare i miei sogni. È il mio paese adesso. E non voglio recitare in una serie poliziesca. Io credo che il cinema debba essere verità.

Si è invischiata nell'acquisto della villa di Rapallo senza averlo previsto: il proprietario ha confessato di volersene da tempo sbarazzare, per trasferirsi a Rodi, e ha accettato un prezzo onesto per un bell'edificio del 1890, col giardino, le palme e la magnolia, due piani e la torretta, il salone vetrato, l'arredamento ancora nuovo (perfino con qualche quadro di valore). Quindi alla fine per girare *Lea* Diana non solo non ha guadagnato una lira ma ci ha rimesso tutti i suoi risparmi. Ed entro il 10 gennaio 1917 deve trovare centomila lire per il compromesso dal notaio, altrimenti perderà anche la caparra.

Non rimpiangerà però di averlo fatto, quel film che la Sabaudo stampa in tre copie (ne servono almeno cinque perché un film si imponga all'attenzione del pubblico), e lo condannerebbe a una circolazione semiclandestina se i pochi eletti che lo visionano in privato non lo trovassero un capolavoro, e qualcuno addirittura il miglior film del 1916. Il distributore fiuta l'affare, e riesce a spacciarlo – per mesi e poi anni – nelle sale di seconda e terza visione di tutta l'Italia centrale e isole. Un certo Leporini, che ha una ditta a Rio de Janeiro, lo distribuisce in Brasile, dove Karenne diventa l'attrice piú amata. In Egitto assurge nel novero delle grandi attrici. In Messico ha un tale successo di pubblico che i falsari producono una copia di contrabbando: viene sequestrata, ma dopo un tempo ragionevole, affinché intanto tutti possano goderne la visione.

Tutto questo non dipende da lei. Non si è mai interessata di ciò che sta dietro un film. È una lezione di cui si ricorderà. Il cinema è un lavoro collettivo. Artigianato, arte, industria. E ogni passaggio è fondamentale. Un film non è un libro, che può trovare i suoi lettori cento anni dopo essere stato scritto. Un film esiste solo se viene visto. Ha bisogno di luce. È luce.

La prima romana di *Lea*, il 12 ottobre, si tiene all'elegante cinema Modernissimo di piazza San Marcello, un luogo che le è rimasto caro. Ma lei non è presente. All'ultimo momento ha deciso di restare in albergo. Non è riuscita a vincere l'irresistibile desiderio di sparire. A che giova mostrarsi? Non sarebbe preferibile che il pubblico dimenticasse la sua persona, e che solo la sua ombra fosse reale? E poi rivedersi sullo schermo è sempre una tortura. Chi crede che l'attore sia un narciso non ha capito nulla. L'immagine che lei ha di sé non coincide col suo riflesso. Lo schermo le restituisce un'estranea che quasi nemmeno le assomiglia. Inoltre una volta che un film è finito e stampato sul positivo, non si può cambiarlo, né migliorarlo. Bisogna lasciarlo andare.

«L'attrice polacca» di *Lea* viene lodata per «la finezza della sua arte», ma neanche un critico o un giornalista spende una riga per la sua direzione. Nessuno menziona il film come opera sua e semmai lo attribuiscono ad Aversano, il produttore della Casa che ha girato una sola scena.

A Roma *Lea* regge appena qualche giorno, a fatica. Il momento dell'uscita non è felice, la concorrenza spietata. Il pubblico assedia il Teatro Orfeo per *La signora delle camelie* con Francesca Bertini, in sala fino alla settimana prima con un altro film, *Odette*, e due giorni dopo con *Lacrymae rerum*, storia di vendetta di un'innocente trascinata nel vizio quasi identica a quella che lei ha scritto insieme a Ernesto. Ma per lei è un grande insegnamento. Non la varietà bensí la continuità crea dipendenza negli spettatori. Avrebbe bisogno di una macchina produttiva che funzioni come una fabbrica. Un ingranaggio indipendente dal suo lavoro, dedito unicamente a valorizzarlo. Come Francesca Bertini. Di Bertini esce un film dopo l'altro. Potrà Ernesto Maria Pasquali fare per lei quel che l'avvocato Barattolo, il quale l'ha strappata a Mecheri, sta facendo per la Bertini? O dovrà rassegnarsi al patronato del cavalier Ambrosio, che trova repellente come un'ostrica viscida?

Ernesto è sparito, né riesce a contattarlo. Non risponde ai telegrammi né alle lettere. Il telefono dell'ufficio squilla a vuoto. Avrebbero dovuto iniziare da tempo il loro nuovo film, *The Fruitful Vine*, un altro grande successo popolare... Quando alla fine di novembre si presenta alla Pasquali Film, realizza subito che c'è qualcosa di anomalo. Nei nuovissimi uffici di corso Stupinigi c'è solo Candiani, ingobbito su un registro contabile, piú trasandato del solito e coi risvolti della giacca spruzzati di forfora. Dov'è il cavalier Pasquali? Dove sono gli altri? si stupisce. Ai laboratori di sviluppo, alle dogane, alla fabbrica, borbotta il ragioniere. L'ufficiale, il nostro capo, ancora in caserma al servizio dell'esercito. Ma le scrivanie sono vuote, e dagli scaffali sono sparite le colonne di scartoffie e le cassette delle pellicole. Restano le locandine, sulle pareti, e le fotografie degli attori della Casa. Mary Cleo, Giovanni Cimara, lei stessa. Perfino al caffè all'angolo, di solito affollato di cachettisti in attesa di un impiego, non c'è nessuno.

Quest'anno Pasquali è riuscito a editare solo *S.A.R. Il principe Enrico* – un film comico e d'avventure, con Buffalo, il piú grande atleta del mondo, il minuscolo Bill e un barboncino ammaestrato. Diana ha sentito dire che è molto divertente e ha un ritmo forsennato, una via di mezzo tra *Maciste* e il *Circo della morte*. Ma non ha digerito lo sgarbo di non essere stata invitata all'anteprima in proiezione privata. Un film di acrobati, per bambini. È il suo modo per dirle addio?

Ernesto non è ad addestrarsi in qualche caserma coi gradi di capitano di artiglieria (come ha strombazzato pure sui giornali): ma Diana lo scopre solo mentre sorseggia il bicerin con Mary Cleo in un caffè sotto i portici di via Po. Avrebbe voluto un tè, ma a Torino non sanno farlo, e ne sta dimenticando perfino il sapore. Il capo si sta curando, le spiega. Non vuole che si sappia della malattia, altrimenti i banchieri si chiederebbero se vale la pena di finanziare i suoi debiti. La Pasquali Film fallirebbe domani. Mi ha mentito, si stupisce Diana. Anche tu gli hai mentito, ride Mary Cleo. La verità pregiudica l'amore. Ma non sulle cose importanti, protesta lei.

Si vede che Ernesto non considera la sua malattia importante, conclude Mary Cleo, leccandosi golosamente il labbro. Dagli tempo. Tornerà. È pazzo di te. Piove a dirotto, e le gocce rimbalzano dal selciato fin sotto i portici. A novembre Torino è plumbea, grigia, spenta. Devo vederlo, Mary Cleo, dov'è? Non ci riuscirai, la scoraggia l'altra. Bianca ha giurato che non lo vedrà nessuno finché non sarà guarito. E guarirà? mormora. La notizia del male di Ernesto l'ha folgorata. Non vuole credere che i giorni con lui potrebbero non tornare. Che non ci sarà mai la vita nuova. L'uomo piú dinamico di Torino. La sigaretta sempre all'angolo della bocca, la voce arrochita dal fumo, instancabile, mascalzone com'era Drankov. Non ha mai potuto dirglielo, ma Ernesto le ha ricordato subito Aleksandr Osipovič. Anche Drankov era un visionario, lo ha inventato lui il cinema in Russia. E poi si è ritrovato un concorrente piú forte, che voleva distruggerlo e ci è quasi riuscito. Pure Drankov girava film con lo stesso titolo e soggetto dell'altro. Aveva il suo cavalier Ambrosio, insomma. Chissà dov'è e cosa sta facendo. I film russi in Italia non arrivano. Grigoryj le ha scritto che la sua serie poliziesca a episodi ha battuto tutti i record d'incassi. La critica e gli intellettuali lo massacrano. Come Ernesto. Ernesto, Ernesto. Tutti i suoi progetti. Tutti i suoi sogni. È l'uomo del suo destino. Non cercarlo, le consiglia Mary Cleo. Verrà lui, quando sarà pronto.

Invece Diana svolta l'angolo di corso Re Umberto e percorre i pochi isolati che la separano da lui. Impiega meno di cinque minuti a raggiungere via Vico. Nella nebbia che s'addensa, la guidano i lampioni già accesi. Il cancello del villino è chiuso, l'automobile nella rimessa, coperta da un telo scuro. C'è la palla a strisce rosse di Titto, al centro dell'aiuola, e la bicicletta di Ernesto contro il muro di cinta. Diana appoggia il viso ai ferri del cancello. Al primo piano, la finestra della camera di Ernesto è illuminata. Ci è entrata solo una volta, la sera della festa tsigana. Si è distesa sul letto, bocconi, ha affondato la bocca e respirato l'odore del suo cuscino. Brillantina, tabacco, vetiver. Pochi minuti, prima che entrasse qualcuno. Come una ladra. O una zingara.

C'è una donna seduta nella poltrona. È Bianca, con la piccola sulle ginocchia. Titto è in piedi, davanti a quella che sembra una lavagna. Sta scrivendo qualcosa col gesso. Forse vuole mostrare al padre quel che ha imparato nel suo primo mese di scuola. L'amore non basta. Ernesto non lascerà mai i figli, perché teme di non avere il tempo di vederli crescere. Vorrà godere con loro ogni istante che gli sarà dato.

Ma lei rifiuta la parte dell'amante cui la moglie può dire che non deve rovinare una famiglia, che non ha diritto di stare qui. Aggancia al manubrio della bicicletta di Ernesto il suo orologino d'argento. Lui sapeva solo dire presto, presto. Lo dice lei, adesso. Il tempo vola e il nostro si sta esaurendo.

E poi finalmente i cinema tornano a riempirsi di Diana Karenne. Dopo mesi di latitanza dalle sale e solo sedici film girati in un anno, grazie agli incassi di *S.A.R. Il principe Enrico*, Pasquali Film si risolleva, e riesce a vendere degnamente *Oltre la vita, oltre la morte*. Il lancio dei distributori è spettacolare: il film di «Karènne & Capozzi» – un successo annunciato, secondo la stampa – esce lunedí 4 dicembre contemporaneamente a Torino, Parigi e Roma. *Oltre la vita, oltre la morte* non tradisce le aspettative, anzi le supera. Tiene tredici giorni a Roma, al Modernissimo, nonostante la concorrenza simultanea della Bertini con *Fedora*, di Lyda Borelli con *Madame Tallien*, di *Maciste alpino* e di Pina Menichelli con *Tigre reale* e *Il fuoco*. Si organizzano repliche a prezzi popolari, ribassati. Per una volta, la pubblicità che strilla «successo straordinario» non è un'invenzione. Cosí i gestori del Vittorio Emanuele riesumano *Passione tsigana*, e poi concedono altre proiezioni a *Lea*, e sotto Natale quelli dell'Orfeo di via Depretis riprendono anche *La contessa Arsenia*. Nel dicembre del 1916 solo uno spettatore davvero distratto può ignorare «la suggestiva russa» Diana Karenne. La definizione che la gratifica di piú però è un'altra. Diana Karenne viene lodata come «una delle piú grandi attrici cinematografiche italiane».

Ma non possono condividere la gioia. Ernesto non ha partecipato alla prima torinese del loro film. E senza di lui, anche lei ha declinato. Piuttosto sarebbe andata alla prima di Parigi, ma il rappresentante della distribuzione l'ha convinta a preferire Roma. Il proprietario del Modernissimo ha concesso la sala nel periodo migliore per il cinematografo, prima di Natale. Bisogna ricompensarlo. È il film suo e di Ernesto, ma alla prima c'è andata con Alberto Capozzi. Nel corridoio del treno direttissimo, mentre lei si ritirava nel proprio scompartimento, Alberto le ha consigliato di non mettere il gancio. La serratura fa parecchio rumore.

Al Modernissimo c'erano Luigi Medici, il fratello onorevole di Giuseppe, e il conte Gravina. La direzione artistica del cavaliere ufficiale Pasquali è discreta ma anonima, commenta Gravina (quest'uomo sa come ferirla: colpisce sempre dove duole). Ma voi, signora Karenne, mi sorprendete sempre. Non avrei mai creduto foste una vera attrice. Il complimento è avvelenato, però Diana gli sorride, perché finge di non capire.

Giuseppe è sempre all'ambasciata di Parigi. A giorni riceverà la promozione a consigliere di legazione di terza classe. Tornerà in licenza a Capodanno, dice il fratello. A Roma? chiede Diana. A Torino, in famiglia. Non ha piú casa, a Roma. Ha svuotato tutto. La ditta ha riempito cinque casse di tappeti, bibelots, quadri. Ditegli di chiamarmi, sorride Diana, anche io vivo a Torino.

Alla vigilia di Natale il cavalier Arturo Ambrosio convoca nel suo ufficio l'«inscenatrice» de *Les demi-vierges*. Non c'è ancora un termine per definirla: il francese «metteur en scène» che usano nel cinematografo non si declina al genere femminile e il termine «regista» non è stato ancora inventato. E lei capisce già dal pestilenziale odore di sigaro che l'investe fin dalla soglia che l'incontro non sarà gradevole.

Ambrosio esordisce con la pretesa che il loro colloquio resti riservato. Ha avuto un'indiscrezione dal ministero, giú a Roma. *Les demi-vierges* sarà vietato dalla censura. Non sa quando la decisione verrà resa pubblica. Potrebbero volerci mesi. Lui solleciterà la commissione a emettere il verdetto il prima possibile, perché il film non può deteriorarsi negli scantinati del ministero. Farà appello. Ma intanto lei deve riprendere il copione, studiare i tagli e modificare le didascalie. Ogni giorno che passa il danno si aggrava. Diana Karenne è la regina Mida, questo dicembre. E il 1916 è l'età dell'oro del cinema italiano. La guerra, che doveva stroncarci, ci ha favorito. Senza la concorrenza dei francesi e dei tedeschi, voliamo. Nei primi otto mesi dell'anno, solo a Milano, basandosi sulle marche da bollo degli ingressi, hanno contato 778 968 frequenze mensili – senza nemmeno sommare i militari, che non pagano il biglietto, e i frequentatori dei cinema popolari, che non pagano piú di 10 centesimi. Parliamo di ventiseimila persone in sala al giorno! E i dati di Torino sono addirittura migliori.

Mi state accusando di qualcosa, dice Diana. Ma non capisco cosa mi rimproverate. Il film è ottimo. Gli arredamenti degli interni di un'eleganza squisita, gli esterni, poi, sono stati inquadrati benissimo, davvero Torino sembra Parigi. L'interpretazione del vilain, l'aristocratico Francesco Cacace, che nonostante sia un vero barone è un bravo attore, è dignitosa, cioè adeguata alle sue capacità. Evita di ammettere che quella di Alberto e la sua sono al di sotto delle potenzialità di entrambi, un poco svagate – perché hanno esagerato. Il periodo delle riprese è stato come una luna di miele. Senza gli oneri, le noie e i doveri del matrimonio, il che lo ha reso memorabile.

Ambrosio non è in vena di mediare. In realtà nemmeno voleva farlo, il film – il romanzo di Prévost ha suscitato scandalo fin da quando è stato pubblicato, nel 1894, e ha già insegnato a due generazioni di ragazze perbene a emanciparsi dall'educazione tradizionale, e fare sesso senza deflorazione. Basta il titolo ad annunciare che la Karenne si propone come cattiva maestra della gioventú. Inoltre l'argomento, già sconveniente, è quanto mai inopportuno, perché in tempo di guerra le donne devono restare fedeli ai fidanzati al fronte per tenere alto il morale dei soldati. Immaginava avrebbe suscitato un pandemonio. Ha accettato solo per sottrarre l'attrice slava al suo odiato rivale. Per poter dire che anche Diana Karenne è cosa sua.

Lei difende il personaggio della scostumata Maud. È vero che non si pente e non viene punita con la morte, ma l'amato Massimo non la perdona, e il finale la vede comunque perdente: la morale è salva. Nemmeno lei è in vena di mediare. Non accetta l'idea di un nuovo montaggio, piú serrato e meno esplicito, né di tagliare il personaggio della sorella minore, né di far riscrivere le didascalie a un autore della Casa. Ma pure Ambrosio non cede su nulla:

ha già venduto il film ai noleggiatori – è bastato il nome della Casa Ambrosio e *Les demi-vierges* ha fatto mercato in tutta Europa: deve uscire il prima possibile. Con o senza la sua approvazione.

Con queste modifiche sarà un massacro, protesta lei, mancherà l'azione, le motivazioni psicologiche e sociali, sparirà la sotto-trama, non si capirà piú nulla della storia... Adesso volete insegnarmi anche a produrre un film, signora Karenne? si inalbera il cavalier Ambrosio. Certo che no, si arrende lei, come potrei? Fate quello che volete, ne avete il diritto, siete voi il padrone del film. Tagliatelo, rimontatelo, straziatelo. Ma cambiategli almeno il titolo – per rispetto di Marcel Prévost. Vorrà dire che il prossimo film me lo produrrò da sola.

Non so se siete piú insolente o piú sconsiderata, signora Karenne, commenta Ambrosio, stizzito. Ma non andrete lontano. Volete assaltare in campo aperto, in posizione sfavorevole e senza attrezzature adeguate, pontifica, atteggiandosi a fine stratega. Dovreste seguire l'andamento della guerra. È una tattica che non paga. Vi sbagliate, ribatte lei, fieramente. L'azione conta piú della teoria. Le cose si cambiano solo facendole.

Ernesto non può vedere in sala nessuno dei film di Diana. La prima diagnosi – morbo di Basedow – è stata ottimistica. O era sbagliata, perché il corpo non reagisce alle cure. La crisi fisica alimenta la depressione, e questa la malattia autoimmune, che non regredisce e anzi si aggrava. Il suo corpo non gli appartiene piú. Il collo ha assunto le dimensioni di una coscia, gli occhi due palle da biliardo. Gonfio d'acqua, deforme, è una massa di oltre un quintale che lui non riconosce, non sa muovere e di cui ha orrore. È come se un demone beffardo fosse entrato dentro di lui, e lo avesse sostituito. Giace sul letto tutto il giorno – perfino alzarsi per andare in bagno lo affatica, lui che stava in piedi venti ore, e non riposava mai. Si ostina a dirigere la Casa Pasquali via telefono (l'elettricista ha approntato un lungo filo per l'apparecchio, inchiodato al muro), ma spesso le palpebre – dure, come fossero di cartone – si abbassano fino a lasciargli appena una fessura, non decifra i numeri e deve implorare l'avvocato Donn, cui ha dato la procura per concludere gli affari in vece sua, di riattaccare.

Gli infermieri, che si avvicendano in turni di otto ore, e la moglie, non lo lasciano mai. Non ha appetito e il ciclo del sonno e della veglia si è interrotto. Non dorme quasi piú. Non riesce mai a sognare Diana – anche se è a lei che pensa, quando gli occhi si sigillano. Diana, che pattina sul cemento, i capelli scompigliati dalla brezza che sale dal fiume; che lo spoglia nell'automobile e sale su di lui, per inarcarsi poggia la mano sul vetro del finestrino, e vi lascia l'impronta delle linee del palmo – lunga, quella della vita, spezzata, quella dell'amore. Diana che suona il pianoforte senza sapere che la sta guardando, muore ogni volta che glielo chiede, si china su di lui, e gli sgocciola sul viso l'acqua fresca del Po – Diana che vaga nella notte in cerca di una pozzanghera, e bacia in bocca un fornaio solo perché si chiama Ernesto. Diana, anima mia. Oltre la vita, oltre la morte.

Un'unica volta – la sera di Capodanno, nel trambusto che precede la mezzanotte, quando Titto scorrazza sul cavallino a ruote in corridoio e rifiuta di interrompere il gioco per stappare una stupida bottiglia di champagne, costringendo la governante a ricorrere all'intervento di Bianca – si ritrova solo in camera. Digita in fretta le cinque cifre. Diana non risponde. Non è in casa, perché dovrebbe? È Capodanno anche per lei, in fondo. Non ha mai seguito il calendario giuliano.

Invece Diana è proprio accanto al telefono, perché nell'appartamento di via Vespucci lo ha fatto montare in camera da letto. Fa talmente freddo in questa città – ha spiegato agli addetti allibiti che una russa soffra i rigori dell'inverno – che se dovessi uscire dal tepore delle coperte non mi alzerei mai per rispondere. A Torino non fa piú freddo che a Kiev o Pietroburgo, ma in Italia non sanno riscaldare le case e perfino a Roma l'inverno del '14 era stato atroce.

Lo squillo è stridulo e forte, nel silenzio della Crocetta. E lei sa – con una preveggenza lacerante – che c'è Ernesto, dall'altra parte del filo. Ma è sotto le coperte, nuda, e c'è Giuseppe accanto a lei.

Il marchese Del Vascello è scappato dal ricevimento – cinquanta invitati, dieci portate, fratelli, sorelle, madre, cognate, tutti i parenti riuniti nella villa di famiglia –, inventando una scusa. Ha spiegato che il 14 dicembre le cinque casse con le sue proprietà sono state bloccate alla dogana di Roma, poiché lui le aveva chiuse col lucchetto e non voleva farle aprire, invocando i privilegi dei diplomatici: un funzionario zelante ha preteso l'ispezione, ma le chiavi sosteneva di averle lui in ambasciata, a Parigi; c'è stato un inutile scambio di messaggi fra il ministro degli Esteri e il ministro delle Finanze, e proprio stanotte le casse transitano dalla stazione di Torino: lui deve consegnare le chiavi. È una bugia: il ministero delle Finanze ha negato l'esonero il 28 dicembre, e le casse sono ancora alla dogana di Roma, finché il geometra Capellino non consegnerà le chiavi (che si trovano negli uffici della ditta Medici). Ma l'affare delle casse è vero, dunque la bugia è credibile. È Dina che glielo ha insegnato.

Non si vedevano da diciannove mesi. Giuseppe ha sempre il colorito di una medusa, qualche capello bianco sulle tempie, e una benda sul viso. Nulla di grave, una fastidiosa irritazione della pelle. A Parigi vive come un monaco: lavora e basta. Parigi in tempo di guerra non è la città di piaceri che aveva sognato. Ma se Dina venisse, lo sarà. Dina porta la luce ovunque vada.

Un consigliere di terza classe prende seimila lire al mese di stipendio. Piú quattrocentoquaranta lire per ogni viaggio fra Parigi e Torino. Se n'è appena vantato lui stesso.

È ancora Giuseppe, il suo angelo custode. Dopo le feste devo andare a Rapallo, dal notaio, cinguetta lei, vellicandogli la pelle ulcerata sotto la benda. Mi accompagneresti? Basterà un giorno. Che ci vai a fare, in Liguria? Compro casa, signor marchese. È una pazzia. Non ho abbastanza soldi. Ma un giorno li avrò. Il desiderio fa avverare le fantasie. Ricordalo. Giuseppe sorride, incredulo. Se compra casa in Riviera, vuol dire che resterà in Italia. La chiama ancora Dina.

Diana

1917

Quella donna, che è la causa di tutto il cataclisma, ha finito di metter fuori tutti quanti. È russa. E la Russia...

MATILDE SERAO

Ernesto non si arrende, contrasta il declino, migliora, si sgonfia, e benché il medico lo induca alla prudenza si convince di avere sconfitto anche il morbo. Scalpita per rimettersi al lavoro e per capire dove è girato il vento. Legge con frenesia le riviste di settore: piacciono i film con le scimmie e i cani, anche la Pasquali dovrebbe scritturare subito un animale – ma i cavalli sono già stati sfruttati. I gatti non si può farli recitare. Un leone? Un elefante? Vuole anche aderire alla protesta dei cinematografici, degli esercenti e dei distributori contro il decreto luogotenenziale che il governo emana il 21 gennaio, e che obbliga a chiudere le sale alle 22.30, il che significa perdere rappresentazioni e soldi (ma il governo non cede: siamo in guerra, a tutti i cittadini si chiedono rinunce, e il cinema deve adeguarsi). È ancora il presidente dell'Unione Italiana Cinematografisti, dopotutto: il governo deve rispettarci, il cinema è la quarta industria del mondo! E diamo lavoro a migliaia di persone. Tempesta di missive i ministri circa la necessità di una legge di tutela del settore, perché la guerra non durerà per sempre.

S'infuria perché le recensioni di *Quand l'amour refleurit* (gli ha dovuto mettere un titolo in francese per presentarlo alla revisione dopo la prima bocciatura alla censura) sono tiepide. Ma gode invece per quelle addirittura atroci de *Il marchio* della Jupiter Film, che va in sala nel gennaio del 1917, per sfruttare la scia del successo dei loro film. Per la prima volta Diana Karenne viene attaccata con un'asprezza inusitata. «Brutta e inefficace, – afferma un critico che si cela dietro lo pseudonimo ornitologico di Rondone, – si fa strombazzare come la piú bella e la piú intellettuale, ma bruttina, inelegante, manierata, esagerata, senza un attimo di emozione sincera, non può che guastare ogni buon film. È un'attrice da consigliare alle case che vogliono fare brutta figura, sciupando molti quattrini». Tuttavia non riesce a capire se il livore del critico lo offenda, perché Diana è una sua creatura, o se lo rallegra, perché lo illude che Diana non esista senza di lui. Il Rondone ce l'ha sempre avuta con la Pasquali Film, in quanto il suo giornale si finanzia con le pubblicità della Ambrosio, ma se la attacca mentre il suo film con l'Ambrosio non è ancora uscito, significa che Diana ha già rotto col cavaliere. Il successo le avrà fatto perdere la testa. La sua volubilità finirà per distruggerla. Comunque sia, Diana viene doppiamente punita. Non doveva tradirlo con l'Ambrosio. Eppure. Se lei si spegnesse come una meteora, non resterebbe niente di loro. Deve augurarle di brillare.

Le legge anche Giuseppe, le riviste, se le fa spedire all'ambasciata, a Parigi – e poi incolla su un album dalla copertina di cuoio marocchino cifrato in oro le fotografie di Diana Karenne. A figura intera, allungata sulla pelle di tigre – belva su belva. Appoggiata a un muro, di profilo. Con l'abito di seta nera, e le spalle nude. Con la bandana, zingara. Morta.

Chissà cosa pensano, entrambi, dell'opinione di Tito Alacevich, il corrispondente dalla capitale di «"Film": corriere dei cinematografi». Ventisette anni, dalmata come denuncia il cognome, ma romano d'adozione: un conte dandy biondo e di gentile aspetto, recensisce qualunque film venga proiettato nell'urbe ed è l'unico critico che abbia dei lettori e sia capace di influenzare i gusti del pubblico. Sul numero del 10 gennaio dedica a Diana la sua rubrica *Profili d'artisti*. Il sostantivo è epiceno, ma la rubrica è dedicata solo alle attrici. Suscita ogni volta un vespaio di polemiche e rancori duraturi. Alacevich infatti si professa conoscitore della beltà muliebre, disquisisce da esteta e descrive i lineamenti e le forme delle artiste in questione come fossero giumente a una fiera equina. Le attrici oggetto di esame anatomico si offendono, comprensibilmente.

Il ritratto di Diana Karenne – che definisce «polacca» – è ambiguo, e contiene allusioni alla sua deficienza fisica (si riferisce alle dimensioni del sedere e del petto, ma non può scriverlo espressamente), e alla mitica bruttezza di Saffo. La paragona alle donne di Dürer, Holbein e Klimt – queste ultime da lui viste nei quadri presentati a Roma nel 1911. Una «donna-secessione», insomma, «povera di carne, ricca di pensiero, dura di linee e fantastica di sfumature». Ha occhi minacciosi e inquisitori, «che si direbbero corazzati di nichelio rutilante», implacabili e quasi crudeli, ma anche la bontà e la grazia di un sorriso disarmante. Insomma, Karenne sa essere brutta e bella, perché è donna intelligente e artista raffinata come nessun'altra. E una volta vista, non la si dimentica. Però Alacevich rilutta a dichiararsi sedotto, e invita i produttori a valorizzare piuttosto le artiste italiane.

Tuttavia si pente della virata nazionalistica. E un mese dopo, il 10 febbraio, nella recensione del film, intona il mea culpa abbandonandosi al panegirico. *Quand l'amour refleurit* gli è sembrato discreto nell'argomento, buono nella tecnica e ottimo nell'esecuzione. La storia è inverosimile come se si svolgesse sul pianeta Marte o sulla Luna (ma che importa?), i comprimari sono nulli e gli esterni poveramente scelti. Ma Diana Karenne è superlativa, un'artista eccezionale, senza rivali. «Per una donna simile è lecito di passare per stupidi, rammolliti, pazzi, incoscienti, cretini e birbanti».

Il tempo è scaduto. Diana si è già lasciata alle spalle Torino – elegante, monotona e triste, ma soprattutto prevedibile come le sue strade senza curve e senza sorprese. Ha sempre ritenuto paradossale che Milano, con le industrie piú operose e importanti la capitale economica d'Italia, non lo sia anche del cinema. Non solo conta meno di Torino e Roma, ma perfino di Napoli. La spiegazione non può essere la nebbia – che rende difficile girare all'aperto nella stagione brutta. Dev'essere l'etica rigorosa dei meneghini, che non hanno creduto nelle potenzialità del baraccone delle meraviglie. Ma Kodato Rossi le ha detto che a Milano gli industriali stanno facendo soldi a palate con la riconversione e le forniture belliche: la signora Karenne potrebbe trovarci la sua America.

E cosí è a Milano che ha cercato i capitali per farsi finanziare *Circe*. Che dovrà essere scritto, diretto e interpretato da lei. E anche prodotto, perché non dovrà mai piú ripetersi lo scempio – uno stupro, in fondo – subíto dalla sua demi-vierge, Maud. Ha preso alloggio nella stessa suite dell'Hotel Europa in cui aveva il quartier generale Kodato Rossi, richiamato alle armi e ora all'ospedale militare di Milano in attesa di riforma. Non ha cercato nessuno. Sono stati i produttori a venire da lei. Si è venduta, come Maud, al miglior offerente.

Ma è nata a Sud, del decisionismo meneghino diffida e il capitalista lo ha scelto romano – o quasi. Sono due, in verità – come il Gatto e la Volpe: se avesse letto *Pinocchio* forse sarebbe stata piú guardinga. L'avvocato Manfredo Lombardi, e l'avvocato Bernardo Cecconi di Monterotondo, totalmente estraneo all'ambiente del cinema, ma reputato un galantuomo. È quest'ultimo che investe i soldi. Diana Karenne è una diva per cui – come Alacevich, Giuseppe ed Ernesto – è disposto a sembrare un rammollito cretino. Merita una casa di produzione al suo servizio: farà film solo con lei e per lei.

Nel registro ditte della Camera di Commercio di Milano la dicitura è DAVID KARENNE FILM: ammanta il suo nome di un'aura piú artistica (e piú nazionale). David è una statua di Gian Lorenzo Bernini: scolpito intorno al 1625, vive tra i marmi della Galleria Borghese. Da quando, durante una delle sue passeggiate alla villa, Diana si è insinuata nel museo e le è apparso – a grandezza naturale, era una presenza, piú vivo degli altri visitatori che si aggiravano fra le sale col Baedeker in mano –, non ha potuto dimenticarlo. Atletico, possente, colto nell'istante in cui sta per scagliare il sasso che ucciderà Golia, ha un volto grintoso, accigliato e poco rassicurante. Per lei è diventato il simbolo della bellezza italiana. Ma è soprattutto il gesto sottinteso che l'ha sedotta. La sassata dello sfavorito contro il gigante. Il pastore che diventa re. Il suo eroe. Fin da bambina si riconosceva in lui. Pure lei era sfavorita. E un giorno sarebbe diventata regina. Si appropria del David di Bernini per farne il logo della Casa. Progetta di riprodurlo – formato fermacarte – per fare pubblicità: plasmerà lei stessa il prototipo, in cera, poi lo porterà in qualche fonderia per farlo replicare in serie. Si può? È un'opera cosí antica. Fuori diritti, direbbe Ernesto.

Ma che il David della Karenne Film sia una statua non ci crede nessuno. Tutti pensano che sia una persona reale, il vero finanziatore della Casa (e Lombardi e Cecconi solo due teste di legno). Nessuno concepisce l'idea di una donna imprenditrice: Diana non riuscirà a dissipare l'ombra di un uomo, sicché preferisce far credere che si tratti di suo fratello. Grigoryj non lo saprà mai. Chissà dov'è. È un uomo sano di trent'anni: anche lui sarà stato arruolato per la guerra.

L'avvocato Cecconi si impegna a produrre *Circe*, si attiverà subito con la signora Vivanti che ha già concesso a Diana la sua approvazione; ma mentre perfezionano i documenti societari e le incombenze legali necessarie, poiché i teatri di posa di via San Cristoforo, dismessi dalla Musical Film, sono già stati affittati e sono liberi, potrebbero intanto cominciare con qualcosa di meno impegnativo. Diana propone un film poetico, lirico, intimista: una sua originale variazione su Pierrot.

L'avvocato non stravede per quel personaggio sdolcinato col viso impiastrato di bianco e la lacrima dipinta sulla maschera, cavallo di battaglia dei mimi di quart'ordine. Ma il malinconico lunare Pierrot è la pietra di paragone e il cimento di tutte le grandi attrici, e lei non può sottrarsi alla sfida se vuole davvero essere riconosciuta come tale. Sarah Bernhardt l'ha interpretato a teatro nel 1883, al cinema Asta Nielsen nel 1912, Francesca Bertini nel 1914, la ballerina Stacia Napierkowska nel 1915. Reciterà la parte del protagonista en travesti, come loro. Cecconi trova troppo recente il film dell'altra slava, e rischioso suscitare un paragone. Ma è esattamente ciò che vuole Diana. Lei e Stacia si conoscono, anche se non lo hanno mai rivelato. È bellissima, e pure brava. Diana non sopporta di esserle seconda.

Cecconi cede, prende come operatore il quotato Giorgino Ricci – già fotografo della Bertini, che era stato chiamato in Inghilterra ed è dovuto rientrare, malvolentieri, a causa della guerra –, e accetta Vittorina Moneta, la giovane attrice (già scritturata dalla Milano Films), che Diana ha scelto come partner. Carina senza essere bella, è adatta al ruolo della volubile Suzanne amata da Pierrot, ma in nessun modo potrebbe farle ombra. Diana propone anche di disegnare i manifesti per la pubblicità, di creare un calendario personalizzato della Casa, di comporre una canzone originale – sí, il testo e le note, per farla eseguire nell'accompagnamento musicale quando poi il film uscirà in sala. Sono pretese insolite, e gli causano un eccesso di traspirazione, ma Cecconi le ingoia, perché Karenne lo abbaglia con un discorso sull'artista universale. Non che voglia paragonarsi a loro, per carità, ma Leonardo, Raffaello, Bernini non erano solo pittori o scultori: l'arte è una. Del resto non intende musica operistica, da grande orchestra. Sarà una specie di valzer triste, basterà un pianoforte. Una melodia adesiva, di quelle che una volta entrate nelle orecchie si ricordano per sempre. L'avvocato teme che io non sia capace di comporre una romanza? Ho dozzine di spartiti di musica mia. Ho studiato composizione al Conservatorio nazionale superiore di Parigi con il maestro Fauré. Per la colonna sonora chiederò il commento musicale al maestro Tomassi, ho apprezzato il motivo che ha scritto per me in *Oltre la vita, oltre la morte*. Stordito da tanta versatilità, Cecconi si deterge il sudore dalla fronte e acconsente su tutto. Le crede. Karenne imbastisce le sue storie con tale travolgente convinzione che nessuno si sogna di dubitare. Non è compito dell'avvocato di Monterotondo verificare.

Per annunciare la nascita della Casa, Cecconi compra pagine di inserzioni su tutti i giornali. Paga gli aggettivi e i superlativi a riga. Proclama che dopo *Lea* e *Les demi-vierges*, con *Pierrot* Diana Karenne «completerà la sua personalità di insuperabile direttrice di scena. Sarà un godimento artistico senza precedenti, il massimo dell'arte sullo schermo muto». Ai giornalisti che ha convocato in sede per quella che sarebbe una conferenza stampa, se il termine fosse già stato inventato, Diana annuncia, «con un sorriso luminoso pieno di promesse»: «Attendete, sarà il mio capolavoro».

Alla metà di febbraio parte per Napoli e prende alloggio all'Hotel Vesuvio: la camera, esposta al sole del Sud, tiepido anche in pieno inverno, affaccia sul borgo di Santa Lucia e Castel dell'Ovo. Girano gli esterni negli angoli piú pittoreschi del Golfo (idea sua: Pierrot in fondo deriva da Pulcinella, e invece un Pierrot napoletano non s'è mai visto), e gli interni nell'appartamento sulla Riviera di Chiaia della scrittrice Matilde Serao. Nell'ambiente si favoleggia ancora dell'accoglienza che il suo ex marito, Scarfoglio, ha generosamente concesso ai cinematografari, ospitando vari set in casa propria. Ha finto di ignorare che le zampe di ragno della cinepresa hanno distrutto i tappeti e si è lasciato svaligiare amabilmente, perché gli hanno rubato i mobili e pressoché tutto ciò che avesse valore, ma da gran signore ci ha riso su e non li ha denunciati. L'ex moglie non vorrà essere da meno.

Ha impiegato quasi tre anni ad agganciarla, ma il ritardo l'ha favorita. Nel frattempo dai suoi romanzi sono stati tratti dei film e donna Matilde, acclamata dai francesi come héritière de Balzac, è adesso la scrittrice di maggior successo al cinematografo. Prima donna direttore di un giornale in Italia, prova curiosità (non benevolenza) per la prima direttrice di scena. In realtà, conversando, le toglie lo scettro: a Napoli da anni ce n'è un'altra, la signora Elvira Notari, ma le dipinge con tale disgusto le sue sceneggiate plebee che Diana non sente minacciato il suo primato.

Le strappa la promessa di due storie originali e inedite (al costo di ben sedicimila lire, ma pagherà l'avvocato Cecconi). Serao però tentenna ad accettare la data di consegna al mese di giugno. Si sente vecchia ed esausta: l'energia creativa sprigionata dalla separazione dal marito si è esaurita e da tanto non scrive romanzi o novelle, né sa dire quando rifiorirà la sua vena. Eppure non è stato Scarfoglio, che fra l'altro l'ha indegnamente tradita, a fare di lei una scrittrice. Diana è troppo giovane per capire come mai le donne si sentano dimezzate quando perdono la loro metà. Senza Grisha, lei valeva il doppio. Comunque donna Matilde firma, e la prima storia dovrà presentargliela ad aprile.

È contenta? Dovrebbe. La neonata David Karenne Film ha messo a segno un colpo notevole. Invece per nulla, anzi è quasi irritata. Dalla venalità, dalla riluttanza, dalla supponenza dell'intellettuale verso la gente del cinema – che chiama, come tutti i benpensanti, «gentaglia». Donna Matilde ha voluto ricordarle la battuta di Scarfoglio, che paragona la macchina da presa alla mitragliatrice. Due ordigni che da soli bastano a definire lo spirito dei nostri tempi travagliati e bestiali. Conoscere gli scrittori può rivelarsi una delusione. Meglio incontrarli prima del successo, quando fanno la fame e sono ancora inediti. Deve ricordarsene.

Con Vittorina Moneta non c'è feeling – piuttosto una rivalità sopita come la brace sotto la cenere. Quando per esigenze del copione deve baciarla, la giovane attrice si ritrae, disgustata. Non è mai stata in un collegio femminile, non ha mai dormito nella stessa striminzita cuccetta di un treno, non ha mai scoperto che buon sapore può avere la bocca di una donna. Per concludere la scena, deve quasi violentarla. Per fortuna Alberto Capozzi, che ha appena concluso le riprese della serie con l'Ambrosio, la raggiunge a Napoli. Qualche giorno di vacanza per poi aggregarsi alla troupe di *Pierrot* che prenderà la nave per concludere le ultime inquadrature a Montecarlo e Sanremo. Neanche Montecarlo e Sanremo c'entrano niente con *Pierrot*, ma Diana ha voluto mettere alla prova la «solidità granitica» delle finanze di Cecconi e Lombardi. Nel modulo del registro ditte, accanto alla riga «capitale» hanno voluto scrivere: «illimitato». Alberto è un giocatore compulsivo dostoevskijano, e l'idea di scatenarsi due giorni al Casino mentre Diana chiude *Pierrot* lo eccita. Le propone di giocarsi alla roulette il suo contratto. Se vince Diana, lui romperà con l'Ambrosio, accetterà l'offerta di Cecconi e firmerà con la David Karenne Film. Reciterà tutti i ruoli che lei vorrà. In fondo, pure lui si è arruolato nella legione dei cretini.

Alberto prende la camera contigua alla sua. Quando escono a fumare sul terrazzino, entrambi aspirando voluttuosamente da lunghissimi bocchini d'avorio, Capri galleggia sul filo dell'orizzonte, davanti a loro. L'isola della gioia: dal secolo scorso uomini e donne di tutto il mondo vanno a scoprirvi il piacere e nasconderci i loro segreti. È cosí vicina che allungando la mano sembra di toccarla. Giú, sul lungomare, il posteggiatore che Alberto ha ingaggiato perché canti la serenata alla «celebre attrice slava» depone la chitarra. Incassa l'applauso della destinataria (i soldi li ha voluti prima), si inchina, se ne va. Lui aspetta che il lungomare si abbui, prima di scavalcare il davanzale. Quasi un metro separa il suo balcone da quello di lei, e le camere sono all'ultimo piano. Ma senza il brivido del pericolo, la storia non avrebbe sapore.

Il 9 marzo il prefetto di Torino relaziona il dipartimento di Pubblica Sicurezza del ministero dell'Interno circa il risultato della sorveglianza, come gli è stato sollecitato alcuni giorni prima. Dina Belogorski si trova a Napoli, all'Hotel Vesuvio, e «nei riguardi dello spionaggio nulla di concreto venne a risultare dalla vigilanza eseguita sul suo conto». Il compito passa dunque al questore della città partenopea. La risposta tarda, tant'è che la comunicazione reca la data del 26 maggio. Ma la conclusione è analoga. «La straniera Belogorski Dina giunse qui nel febbraio scorso, vi rimase fino alla metà di marzo (...) Durante tale periodo non diede luogo a speciali rimarchi in linea politica, occupandosi in lavori cinematografici».

Pure navigare in tempo di guerra è un azzardo: restano bloccati a Napoli in attesa del piroscafo per Montecarlo. Per scongiurare la noia ingannano il tempo escogitando passatempi sciocchi. Alberto ritiene che gli italiani non si possono definire una razza né un'etnia ma si riconoscono perché hanno nasi pronunciati come proboscidi o becchi d'aquila. Il naso forte – definisce «insigne» il proprio – significa buon senso, intelligenza e capacità di calcolo: caratteristiche appunto degli italiani. Le straniere invece hanno nasi modesti. Karenne, Makowska, Napierkowska, Berta Nelson. Questa differenza denota la superiorità dell'italianitudine? Scommettono sui nasi dei passanti. Alberto conterà i nasi forti all'italiana, Diana i nasi alla straniera. Chi ne trova di piú, avrà il diritto di chiedere all'altro di esaudire un proprio desiderio, anche assurdo. Si sono appena stretti la mano per sigillare il patto quando Diana apprende che l'8 marzo – ma per il calendario giuliano era il 23 febbraio – in Russia è cominciata la Rivoluzione.

Sul giornale che i clienti dell'Hotel Vesuvio trovano sul tavolo dell'atrio, il dispaccio d'agenzia è stato inserito all'ultimo momento, al centro della prima pagina. Della Russia da tempo non si parlava quasi piú (lo spazio tutto occupato dalla crisi di governo, dalle operazioni sul Carso e dall'imminente – auspicato – ingresso degli Stati Uniti nel conflitto), e l'ultimo articolo che la riguardava era apparso giusto il giorno prima: un'intervista col ministro italiano Scialoja appena rientrato da una missione a Pietrogrado. Riferiva di aver trovato la situazione tranquilla: tutto bene, l'esercito motivato, le relazioni economiche ottime – insomma l'alleato russo affidabile e solida l'amicizia politica, commerciale e militare con l'Italia. Unica difficoltà, il clima: aveva trovato 40° sotto zero. Lí per lí la colpisce di piú un trafiletto nascosto tra i fatterelli di cronaca e gli annunci personali. L'onorevole Medici e fratelli, volendo confortare con l'esempio gli eccitamenti rivolti al popolo di Roma per il nuovo Prestito Nazionale, hanno sottoscritto per altre 555 500 lire.

Il giorno dopo, venerdí 16 marzo, sono appena tornati nella sala colazione, accaldati dalla passeggiata, lui torvo, lei trionfante (la teoria di Alberto è una sciocchezza, perché in un'ora lui ha contato 23 nasi grandi, e lei 97 nasi piccoli – i medi, molto piú numerosi, sono esclusi dal calcolo), quando l'inserto li informa di GRAVI DISORDINI IN RUSSIA. Galitzine dimissionario. Un comitato della Duma intermediario tra gli ammutinati e lo zar. Il generale Ivanoff presidente del Consiglio.

Il 17 è la notizia principale, in prima pagina a caratteri cubitali: LA GUERRA RIVOLUZIONA IL REGIME IN RUSSIA. Lo zar di tutte le Russie, Nicola II, ha abdicato. La fotografia del granduca Michele, nominato reggente per la minore età dello zarevic, Aleksej, è collocata a centro pagina. Col diadema in testa sul copricapo a turbante, i baffi a coda di rondine, il sontuoso abito da cerimonia tempestato di pietre preziose e foderato di pelliccia, il granduca sembra un relitto del Medioevo, spaesato e assurdo fra le notizie dei tumulti popolari che dalla capitale si sono estesi a Mosca, e la macchia bianca della censura, che ha costretto il giornale a sopprimere il commento sulla necessità dell'abdicazione dello zar.

Brutte notizie? chiede Alberto, affettando imperturbabile l'aspra mela verde che la dieta vegetariana gli impone come primo alimento del giorno. Per il mio *Pierrot* sí, sorride lei. Non so come riuscirò a trovare la concentrazione per finirlo. A Montecarlo, poi! Occuparmi di cinema mi sembra futile, nel momento in cui un popolo scrive la storia. Non sono Maria Antonietta che parla di brioches mentre in strada c'è la Rivoluzione. Ma per me, per noi tutti, non lo è affatto. Anzi. Sono dodici anni che aspettiamo questo momento.

Poi però non riesce a mangiare la fetta di pastiera né a bere il suo caffè: si mette a piangere. Lacrime, prima, singhiozzi poi. Alberto non sa cosa fare: i camerieri e gli altri clienti li fissano, esterrefatti. Diana Karenne dà sempre spettacolo. L'ennesima stravaganza? È pazza? Ma lei non può smettere, né dirgli che è forsennatamente felice, e però anche triste, e spaventata. Ricordi e pensieri si contraddicono nella sua testa – frantumi di un passato che credeva ormai estraneo. Rivede la ballerina del teatro, licenziata perché il suo protettore a corte ormai le preferiva un'altra; lo studente glabro che aveva chiacchierato sventatamente di giustizia sociale e poi era sparito; sé stessa, nella stanzetta di un ufficio, sforzarsi di capire quale prezzo doveva pagare per andar via. L'addetto dell'ambasciata di Roma, in realtà un funzionario dei servizi segreti dello zar, che si presentava ogni venerdí alle 17 a corso d'Italia numero 6. Voleva la lista dei nomi delle persone che frequentava. Gli aveva propinato solo bugie, perché mai gli avrebbe venduto il nome di Giuseppe.

Cameriere, champagne! – se la cava Alberto. E si scolano la bottiglia, pure se è mattina, fino all'ultima goccia. Poi naturalmente Alberto si dimentica di pagarla – ha questo vizio, che maschera fingendosi uno smemorato fenomenale – e l'hotel la addebita sul conto di lei.

Per l'ultimo giorno a Napoli aveva programmato con Alberto una gita a Capri, e invece lo trascina nei quartieri spagnoli a comprare una cassa di fuochi d'artificio, e lui non può rifiutarsi, perché ha perso la scommessa. Devono lasciare la carrozza perché il vetturino rifiuta di inoltrarsi in quei precipitosi vicoli sempre in ombra. Vagano tutto il giorno, elegantissimi, lei inalberando sul cappello una piuma di pavone, lui col cilindro e il panciotto damascato, assillati da accattoni molestissimi di ogni età che nel giro di un'ora li depredano giustamente di tutte le monete, e degli oggetti mobili che portano addosso – la penna, il fazzoletto del taschino, la sciarpa, la veletta, la piuma di pavone, perfino la borsetta, che Diana regala a una lavandaia annosa e quasi calva.

Che vai cercando? protesta Alberto, rimedieremo solo una coltellata. Ma Diana lo ignora, zigzagando tra rigagnoli putridi e scalinate dove pascolano venditori ambulanti di frutta e ragazzini scalzi, fra galline, cani pulciosi, effluvi di orina stantia (nei quartieri non esistono bagni né latrine), affacciandosi in tutti i bassi, addentrandosi sempre piú negli angiporti e chiedendo, nel suo italiano melodioso, se è questo il palazzo dei fuochi… Lei isterica e trasognata, perché il formicolare della folla cenciosa, i rumori dei mestieri, gli arnesi rugginosi e poveri, le bestie, la puzza che toglie il fiato le ricordano il Plossky e il Podol e solo i lumini accesi davanti alle immagini sacre, sotto gli archi, la riportano a Napoli; Alberto invece scocciato e sconcertato: non gli piacciono nemmeno, i film dei bassifondi, e se ne ha appena diretto e interpretato uno è perché la gente adesso al cinema non vuole vedere altro.

Ha un ricordo esaltante della Russia, in cui è stato nel 1910, dopo *Lo schiavo di Cartagine*, attirato da un contratto milionario per girare film di ambiente slavo. Il produttore, foraggiato dalla corte dello zar, lo aveva trattato come un principe, Mosca e Pietroburgo gli erano sembrate follemente lussuose, benché lontano dai palazzi e nelle campagne imperasse una miseria sordida e asiatica, e non riesce a comprendere l'allegria di Diana: cosa spera possa succedere? Senza l'argine di Nicola Romanov crollerà tutto, e chi terrà a bada le orde rabbiose dei poveri? Nella Liguria in cui è cresciuto, i paesi di mare pullulavano di esuli politici russi – intellettuali mistici farneticanti di redenzione del popolo. Se ne era sempre tenuto alla larga.

I poveri, i poveri! Da quanto tempo non li frequenta, ma non li ha dimenticati, si commuove lei, scrutando i muri lebbrosi, neri di umidità, i cumuli di spazzatura ammucchiati qua e là come la neve nelle città del Nord, i panni senza piú forma o colore stesi sulle corde, gli antri bui nei quali si accalcano decine di persone. Proprio come nei quartieri ebraici di Kiev. Come possono vivere cosí – subito alle spalle di via Toledo e del Rettifilo, estranei alla ricchezza smodata del bel mondo internazionale che si gode il sole nei grandi alberghi del nuovo rione Beltà, sul lungomare.

Perché non si ribellano? Dovrebbero sgozzarmi, e invece mi sorridono.

Diana vuole giocare al lotto i numeri della Rivoluzione e ascolta pazientemente l'incomprensibile spiegazione del venditore del biglietto, che tenta di iniziare la bella signora straniera ai segreti della Smorfia. Ride pazzamente quando scopre che i numeri piú sospirati, che non uscivano mai, e che la gente giocò tutti i venerdí per anni, erano 6-22, i numeri del suo compleanno. Poi uscirono! Che festa. Se fossi stata napoletana, avrei risolto prima i miei problemi... Poi il giorno dell'estrazione, il sabato, è già a Montecarlo, e dimentica di verificare il terno. Ricorda solo di aver giocato il 18 – il sangue – e il 90 – il popolo.

Mentre Alberto le preannuncia che contrarrà sicuramente il colera, mangia il polipo bollito nell'acqua di mare pescato nel calderone da una donna incinta già senza denti. Si sbronza di vino fetente in una taverna che puzza di olio rancido e frittura di melanzane a scapece; scandalizza Alberto ballando in un cortile con un contrabbandiere di sigarette e fa accendere le micce dei fuochi d'artificio a un grappolo di scugnizzi che oziano sulla balconata del Vomero. I fiori di fuoco, blu e bianchi come la bandiera russa, esplodono sulle loro teste e si spengono tra le stelle di Napoli. Che feritate, signò, 'u spusarizio? La fine dell'autocrazia, la fine di un'epoca, vorrebbe rispondere. Suo padre non ha vissuto abbastanza per vederla. Quando comincia una rivoluzione, nessuno sa dove andrà a finire. Ma per la prima volta da molti anni, vorrebbe essere in una strada di Kiev, col fratello Grigoryj, a intonare una canzone tsigana e salutare l'arrivo della libertà. O almeno, la sua speranza.

Sofia di Kravonia esce mentre l'emozione suscitata in Italia dai fatti di Russia è al diapason. La congiuntura la favorisce, perché quel disimpegnato film d'avventure finisce per sembrare l'annuncio della rivolta contro la tirannide che si è appena realizzata in Russia. Il pubblico accorre e apprezza. Ci sentiamo tutti molto democratici. All'Olympia di Roma lo tengono eccezionalmente quasi due settimane. Poi sarà distribuito ovunque, e verrà proiettato per anni – finché ormai la pellicola sarà una ragnatela di righe, e le immagini sempre piú sbiadite. Diana Karenne diventa l'eroina della libertà.

Chiedono tutti a lei cosa sta succedendo e come sarà la Russia senza zar, ma in realtà non può saperlo. Invia telegrammi su telegrammi ai parenti a Pietrogrado e alla madre a Kiev, senza ricevere risposta. Sui giornali italiani le notizie giungono in ritardo di settimane, vaghe, filtrate dalle agenzie, che traducono quelle delle agenzie di Londra o Parigi. Non vi sono corrispondenti sul posto.

L'unica russa che le capita di incontrare, Elena Pisarevskaja (che in Italia si fa chiamare Ileana Leonidoff), cantante lirica e ballerina figlia di un ammiraglio dell'esercito, ha parlato al telefono con la zia, ex dama di corte, e le riferisce che tutto è iniziato con uno sciopero delle operaie e degli operai di Pietrogrado. Hanno marciato sul centro della città sventolando le bandiere rosse. La manifestazione è durata giorni, si è ingrossata, hanno aderito gli studenti, i cosacchi non hanno disperso la folla, e col passare del tempo i negozi hanno chiuso, si sono bloccati i mezzi di trasporto, la capitale si è paralizzata, la Polizia ha sparato, come sempre, ma stavolta i soldati non si sono mossi, e pure i cosacchi hanno finito per attaccare la Polizia dello zar. Nicola II ha ordinato la repressione totale, come aveva già fatto nel 1905, ma una parte del reggimento incaricato di agire si è ribellata, Pietrogrado è andata fuori controllo, la rivolta si è estesa in tutta la Russia, lo zar ha abdicato cercando di salvare la dinastia, poi ha dovuto lasciare la capitale, e adesso è nella residenza di Czarskoe Selo; anche la famiglia imperiale è lí, ma li hanno separati, non possono parlarsi. Di Kiev – anzi Kieff, come dicono qui – però Elena non sa niente. Sui giornali non viene mai nominata.

Il ministro degli Esteri Contarini vuole mandare il marchese Del Vascello in missione a Pietrogrado. La situazione è delicatissima: bisogna ottenere dal nuovo governo la garanzia che la Russia manterrà gli impegni e continuerà la guerra. Il primo ministro Kerenskij infatti promette di ricompattare l'esercito, ma il popolo recalcitra, e i tedeschi pagano i bolscevichi per spingerli a proporre una pace separata che li rafforzerebbe nelle simpatie del popolo, ancora riluttante a seguirli, e metterebbe fuori gioco i liberali. L'uscita della Russia dalla guerra sarebbe una catastrofe per gli alleati, perché i tedeschi potrebbero sguarnire il fronte est e riversare le truppe contro l'Italia e la Francia. La proposta rivela quanto prestigio stia guadagnando il diplomatico Medici a Parigi.

Ma Giuseppe nicchia. «Ragioni veramente speciali mi consigliano di non mettere troppa distanza fra l'Italia e me», risponde. Accampa le pendenze di successione ancora aperte, l'inconveniente che gli causerebbe l'allontanamento... Le ragioni speciali che lo inducono a declinare la proposta sono altre. Non sa nulla della politica russa, non conosce il territorio, né la lingua. Ci andrebbe solo se Dina – la sua Dina-mite – venisse con lui.

Sí, certo, anche subito, risponde lei, quando Giuseppe le telefona per riferirle della proposta. Aleksandr Drankov è riuscito a rintracciarla, dopo tre anni. A Pietrogrado è cambiato tutto – le ha scritto: torna. Lui si mette al servizio del nuovo governo liberale di Kerenskij. Hanno programmato una serie di film rivoluzionari: realismo e verità. Il primo soggetto: gli orrori perpetrati sugli ebrei sotto lo zarismo. Ho una parte bellissima per te, Dina. Vieni prima che puoi. Il problema è che Diana deve iniziare le riprese di *Circe*. Ha aspettato anni anche questo momento. Si può scegliere fra il cinema e la rivoluzione?

E mentre esita, si ripete che dovrebbe andare subito all'ambasciata, a Roma. De Giers è ancora l'ambasciatore dell'Impero. Non lo sarà per molto. Era l'uomo di fiducia dello zar. Il nuovo governo vorrà insediare i propri uomini. Deve urgentemente rinnovare il passaporto. Già non è piú conforme ai regolamenti, modificati nell'ottobre del 1916, dopo il suo espatrio – forse non è nemmeno piú valido. E deve chiedere il divorzio.

Ma non trova il tempo. In aprile deve tornare a Milano. In quella girandola di viaggi e traslochi, treni, navi, alberghi, con accompagnatori sempre diversi, la Polizia fatica a starle dietro. Dovrebbero leggere la stampa specializzata per rintracciarla. «Svolazza per Milano, leggiadra e bionda, e ben incapozzata Diana Karenne, – scrive A. A. sul satirico «Contropelo». – Ventila progetti, formula programmi, enumera spese. Insomma, sta per farla grossa. Si tratta – ella dice – d'una cosa che se prende piede, quella cosa sarà la mano del destino, ossia la bocca del leone, ovvero la fonte della felicità! Grazie. Il fatto è che la signorina Karenne va da tutte le parti. Promette certe serie molto serie, serissime; capolavori, piedilavori, bei soggetti, bei mobili, bei quadri, fiori, cuori, si temono picche. Se tutto sarà vero, se la zarina della cinematografia riuscirà, vedremo delle pellicole veramente interossenti, carine, carenne. Il guaio è che ella non ammette direttori né capi. Ha detto: niente capi. Tutt'al piú qualche capozzi...»

A Milano in albergo torna solo per dormire e la sua vera casa sono gli stabilimenti di San Cristoforo, nella periferia industriale della Bovisa: un capannone acquattato tra fabbriche siderurgiche riconvertite alla produzione di munizioni. Le ciminiere fumano giorno e notte. Arte e bellezza contro ordigni di morte. Anche questo è un modo di stare nel proprio tempo.

Soltanto il 2 giugno il prefetto di Torino riesce a localizzarla e comunica al ministero che la sospetta «ha dichiarato a quella questura di voler aprire colà una Casa cinematografica». DIANA KARENNE FILM. In realtà lo ha già fatto. Perché solo lei ha diritto di usare il proprio nome. Nella nuova veste di imprenditrice, ha partecipato alla riunione degli editori cinematografici milanesi. Il settore è in fermento. La Francia ha chiuso le frontiere all'importazione di ogni merce, anche la pellicola, e il governo italiano non ha reagito simmetricamente, per proteggere il proprio mercato, e lascia le pellicole francesi circolare liberamente. Ha fatto addirittura il contrario: ha chiuso le dogane all'esportazione dei nostri film all'estero. Per poterlo fare, bisogna ogni volta ottenere la concessione dal ministero, come fosse una grazia. E c'è di peggio. A Roma si è appena tenuto un Congresso delle industrie. Il governo ha invitato tutti gli imprenditori, perfino i balneari e i fabbricanti di pipe, spazzolini e stuzzicadenti: ma non ha invitato nemmeno un produttore, un noleggiatore, un distributore di film. Non si può continuare a muoversi in ordine sparso, ciascuno per difendere il proprio microscopico interesse. È necessario mobilitarsi e federarsi.

Alla riunione c'erano Caramba, il suocero di Ernesto (si sono garbatamente evitati), e altre due signore: la moglie di Aversano per la Sabaudo e l'attrice Elettra Raggio per la Raggio Films. Anche Raggio ha cominciato a dirigere. Ma come rappresentante che dovrà andare a Roma a chiedere al ministero dell'Agricoltura, industria e commercio di riconoscere la categoria dei cinematografici e far valere le loro ragioni, hanno votato i soliti uomini. Diana – ancora nella fase d'esaltazione politica rivoluzionaria – è stata sul punto di candidarsi. Ma le è bastato rivoluzionare la sua vita.

L'idillio con l'avvocato Cecconi si è infatti infranto durante le agognate riprese di *Circe*, quando ha scoperto che i capitali millantati non esistono, o sono stati sperperati in contratti di cui ignorava l'esistenza; che i fornitori e le persone che aspettavano denaro dalla David Karenne Film hanno cominciato a chiederlo a lei, recapitando le fatture all'Hotel Europa. Matilde Serao la tempesta di lettere aspre, avvisando che il primo soggetto, *Il doppio volto*, l'ha consegnato, ma non è stata pagata e la sua pazienza si sta esaurendo. Si sente burlata. È anche gelosa che lei abbia preferito girare il film dal romanzo della rivale, Annie Vivanti. Diana le ha risposto, freddamente, di non aver rilevato gli obblighi di Cecconi, e di rivolgersi a lui. Serao minaccia di far causa alla DKF, per tutelare la sua dignità di artista. Diana non ha paura della denuncia. È sempre pubblicità. Donna Matilde invece non avrà voglia di attirare l'attenzione sul fatto che una scrittrice del suo valore vende storie a un'attrice russa. Si vergognerà di andare al tribunale contro «certa gente».

Per salvare *Circe* – già annunciato alla stampa e atteso come l'evento dell'anno – Diana ha pagato i debiti urgenti, ma è come mettere un dito nella crepa della diga. Perfino l'Hotel Vesuvio manda il conto non saldato. Per non parlare degli alberghi di Montecarlo e Sanremo. Quindici persone fra attori e troupe, alloggiate per venti giorni, che hanno pasteggiato a champagne tutte le sere. C'era qualcosa di osceno in quelle liste delle spese. Una complicità di cui si è vergognata. Cosí ha riversato su Cecconi il suo malessere. Tra *Circe* e la libertà, sceglie la libertà.

Ha rilasciato un'intervista durissima, per informare la stampa di non essere azionista della società dell'avvocato Cecconi, ma soltanto una semplice stipendiata al mese, in qualità di direttrice di scena e attrice. Le passività della David Karenne Film non le pertengono, i creditori si rivolgano all'avvocato. Salva *Pierrot* ma disconosce gli altri film con lei e da lei diretti annunciati dai presunti soci, che minacciano di rinnegare gli intenti artistici sui quali si basava il loro sodalizio, e il nuovo film, *Justice de femme!*, se lo produce da sola.

Non sarà mai la contessa Tarnowska. Solo l'avvocato Cecconi vedrà le bobine che lei abbandona nel laboratorio di sviluppo e stampa della Milano Films. Il migliore della città. Si pubblicizza cosí. *Cinque sono i coefficienti massimi per il successo di un film. Primo, un bel soggetto. Secondo, una buona sceneggiatura. Terzo, una messinscena accurata. Quarto, un'interpretazione artistica. Quinto, la stampa meravigliosa e impeccabile della Milano Films.* Lei non è sicura di condividere l'ordine dei fattori, ma la stampa del negativo la sanno fare davvero, e le prove che ha visto sono eccellenti. Che peccato. Un centinaio di metri di pellicola – in cui la donna di Kiev diventa l'altra sé stessa. Quella che non è stata. Perché Maria Nikolaevna Tarnowska è un'esponente della Russia antica dei privilegi e della fatuità, che si è dissipata tra amanti e morfina, mentre Dina Rabinovitch vivrà nel mondo nuovo, è un'artista e ha cambiato il suo destino. Ogni tanto si dirà che può riacquistarle, quelle bobine. Ma non ci proverà mai, e *Circe* diventerà un film fantasma.

Le rivoluzioni accadono e non si può arrestare il cambiamento. Solo cercare di governarlo. Ma nemmeno questo forse è possibile. Le cronache dalla Russia sono allarmanti. Il governo provvisorio di Kerenskij non governa, l'autorità dello stato è completamente collassata. Il servizio di poste e telegrafi ha cessato di funzionare. La famiglia imperiale è ancora nella residenza di Czarskoe Selo, ma come in esilio. A ventidue anni la granduchessa Ol′ga passa il tempo a giocare con le sorelle minori, come fosse in vacanza. Hanno un'idea della situazione? Lo zar è stato visto dal corrispondente del «Journal», parlava col conte Benckendorff. Gli ha detto con malinconia: non mi sento meno libero di prima perché, in fin dei conti, non sono stato prigioniero tutta la vita? Poi si è acceso una sigaretta.

Ovunque c'è l'anarchia e in realtà comandano i soviet. L'odio di classe si propaga come un incendio, nelle campagne il popolo inferocito ha saccheggiato e bruciato le proprietà dei nobili; assaltano i treni, impiccano i borghesi e i commercianti. Banditi e rapinatori infestano impuniti le strade delle città e la gente ha paura a uscire di casa. Lei sollecita il rinnovo del passaporto. Non vuole tornare, ma l'ha assalita la paura incontrollabile di non poterlo piú fare, se lo desiderasse. All'ambasciata di Roma è cambiato il personale. Sono cambiate le procedure. Le faranno sapere.

L'ultima settimana di giugno torna a Torino per recuperare i bauli della casa di via Vespucci che da gennaio languono in un deposito, e assistere alla visione privata de *Les demi-vierges*, che circola anche come *Il romanzo di Maud*. Ambrosio ha insistito molto: per il bene del film è disposto a sorvolare sul loro litigio. Finge di considerarla una produttrice del suo stesso livello. Le parla come a una collega. Noi gente di cinema dobbiamo superare le rivalità e remare nella stessa direzione. In tutti i paesi, perfino nella traballante Russia di Kerenskij, la cinematografia è sostenuta dai governi. Ma non in Italia. Il governo ci vuole uccidere. Avrà ricevuto, signora Karenne, la circolare inviata a tutte le case di produzione, nella quale si afferma che le nostre autorità diplomatiche segnalano la presenza nei mercati esteri di nostre pellicole che per il soggetto in sé, e per il modo in cui si svolgono le storie, riescono dannose al buon nome del nostro paese. Ne fanno la scena di infamie e delitti di ogni genere, mostrano la Polizia incapace, la magistratura corrotta, bande di criminali, ritrovi di malfattori, ergastoli, una pittura della vita italiana moderna che suscita un'impressione penosa. Ce l'hanno coi film di mendicanti, zingari e donne di facili costumi. Le Case sono state invitate a un miglior senso di patriottismo e si parla di impedire la produzione e vietare l'esportazione di queste pellicole dannose al nostro buon nome. Benché francese nel titolo, nell'ambientazione, nella morale e nel costume, *Les demi-vierges* è un film italiano. Rientra nel mucchio dei film a rischio. Dobbiamo difenderne la reputazione mostrandoci uniti e concordi.

Ma Diana non è venuta per riconciliarsi col cavalier Ambrosio. È un altro il produttore che vorrebbe rivedere.

Anche della sua vita privata la Polizia è piú informata dei suoi amici. Stavolta è il prefetto di Roma a riferire al ministero dell'Interno che «Dina Belogorska fu Alessandro si trova a Torino in compagnia dell'attore cinematografico Capozzi».

La visione del film le causa insieme orgoglio e malessere. Le scenografie sono bellissime, il cast indovinato, la fotografia ottima. Ma Alberto, infervorato dal successo della sua serie che lo illude di essere diventato un grande direttore, lo rinnega con snobismo: le mutilazioni inflitte dal produttore per passare la censura l'hanno reso storpio, epilettico, deturpato da rattoppi, ellissi e buchi. Lei lo difende, con furia, e anche se condivide alcuni giudizi di Alberto, non lo ammetterà mai. I film sono i suoi figli. Non permetterà a nessuno di criticarli. Ma si ripromette d'ora in poi maggior rigore. La sua vita erotica non deve interferire con la professione. Eppure *Il romanzo di Maud* nella versione del produttore e non sua piace al pubblico e ha successo. Il distributore lo vende in tutto il mondo. In Egitto, dove pure la pellicola non persuade, Diana Karenne raccoglie un clamoroso successo personale. È una lezione pure questa. Ma lei non è mai stata una brava scolara.

I giornali di Torino scrivono che il cavalier Pasquali è seriamente ammalato, e gli augurano pronta guarigione. Con la maliziosa disinvoltura che gli è propria, Alberto insinua che, per essere un malato terminale, sta piuttosto bene, perché si è fatto vedere alla mostra dei giocattoli che organizza ogni anno con la moglie – pallido, certo, impedito nei movimenti, ma ringalluzzito e tutt'altro che moribondo. Sicché pensiamo tutti che abbia propalato la storia della malattia per ammorbidire il suo banchiere. Misericordia per il morituro. Sempre stato un incorreggibile furfante, Ernesto Maria... Lei finge di essere al corrente dell'attivismo ludico di Ernesto, per non dar ad Alberto la soddisfazione di sapere che Diana, la sua tsigana, non sa piú nulla della sua vita. L'ambiguità della loro amicizia non l'ha mai convinta. Ernesto è guarito, sta malissimo, qual è la verità?

Ma non si aspetta di trovare nella portineria di via Vespucci una busta indirizzata a lei. Contiene il suo orologio d'argento, col vetro incrinato e le lancette ferme alle 7: l'ora in cui si sono incontrati. Ernesto, che nelle sere d'insonnia, nelle camere d'albergo, appena doveva starle lontano una settimana scriveva lettere torrenziali, confuse, affannose, si è limitato a poche gelide righe. Constato che, nonostante la trama del film non lo preveda, hai messo al dito di Alberto Capozzi l'anello matrimoniale. E lo hai inquadrato varie volte. Conoscendoti, non penso sia un errore di edizione, ma una tua volontà. Messaggio ricevuto. Segue la trascrizione delle didascalie dell'ultimo cartello del film.

MAUD: Sono cambiata, te lo giuro. Sei tu l'uomo della mia vita.

MASSIMO: Ma io non ti perdono.

Non ho niente da farmi perdonare, gli risponde, altrettanto perentoria, sul fazzolettino con le sue iniziali – EMP –, che ha conservato dal mattino del loro primo incontro. La mia persona, il mio lavoro e il mio futuro non ti appartengono. Il nostro tempo, davvero, si è fermato. Poi si fa stampare da un addetto di laboratorio dell'Ambrosio l'ultimo fotogramma della pellicola, e spedisce tutto per posta espressa. Sia Kodak o Pathé, la pellicola è sempre larga 35 millimetri e tutti i fotogrammi del cinema sono identici. Hanno lo stesso formato, rettangolare. Misurano 25 x 19 millimetri. Ma su questo, in sovrimpressione, figura la parola: FINE.

L'estate a Milano è un errore – perché poi ha scelto Milano? Ormai è Roma la capitale del cinema, ci sono ben 38

Case, e quest'anno il cinquantuno percento dei film italiani si gira a Roma. Non un filo di brezza muove l'aria, la sera nugoli di zanzare ronzano nelle orecchie, e lasciano sulla pelle pomfi antiestetici che nemmeno il cerone riesce a mascherare. Quando la sera rientra dagli stabilimenti di San Cristoforo, l'automobile attraversa terre desolate e prive di illuminazione, in cui si aggirano fantasmi minacciosi. Uno, fra l'altro, aspetta proprio lei. Spiritato, grida il suo nome. La segue, rincorre l'automobile, picchia il pugno sulla carrozzeria, giura che la ama, non vuole farle del male, solo toccarla una volta e baciare l'orlo del suo vestito. Lei prega che non scopra mai dove abita. Gli altri fantasmi sono meno romantici. Il popolo è cupo e scontento e i benpensanti temono una rivoluzione, come in Russia. Ma intanto proliferano le rapine. Reati contro la proprietà che la Polizia nemmeno persegue, tanto sono diffusi. Come gli altri attori, Diana ha acquistato una rivoltella col manico d'avorio, e la tiene nella borsetta. Sembra un giocattolo. Le pallottole, tuttavia, sono vere.

Nel luglio del 1917, prima di partire per le vacanze a San Pellegrino Terme, Diana commissiona un servizio fotografico a Emilio Sommariva: intende rilanciare la sua immagine in vista del debutto della Diana Karenne Film. Sommariva è il ritrattista di Puccini, Leoncavallo, Ada Negri, Margherita Sarfatti e altre dame del bel mondo. Non delude le aspettative e cattura la sua bellezza misteriosa, con un morbido effetto flou.

Diana ha già posato per numerosi fotografi. Le immagini sono utilizzate per le cartoline firmate e per i servizi sulle riviste. Le foto di scena corredano invece il materiale pubblicitario dei vari film. Sono sconcertanti, perché Diana è in continua metamorfosi. Ragazzina maliziosa e paffutella, virago, donna tormentata, sirena fatale: ogni volta dissimile e plurale. Nel 1919, il pittore Memmo Genua le farà una caricatura a carboncino, accentuando la spigolosità del volto e la piega crudele delle labbra. Non so invece come apparisse l'anno dopo nel busto in marmo dello scultore Eleuterio Riccardi, che non ho rintracciato.

A Berlino, a pastello e matita, fra il 1922 e il 1923 l'ha ritratta anche Pier Antonio Gariazzo. Amico di Ernesto e suo collaboratore, dopo quattro anni al fronte come medico si era dato al cinema, aveva assunto la direzione della casa Vay e divenne anche regista. Uno dei ritratti di PAG, per un malizioso equivoco voluto da lei, le è spesso attribuito. Capelli corti come ormai imponeva la moda, sguardo sfuggente, sorriso enigmatico. Diana e l'affabile PAG erano spiriti affini. Pure lui irrequieto, ribelle alle consuetudini borghesi, si definiva un gatto che se ne va tutto solo: dipingeva conti e contesse di Torino ma era affascinato dalle danzatrici nere di Capo Verde, gli indios dell'Amazzonia, i canachi e i malesi. Gariazzo non aderí a nessun movimento artistico: Massimo Bontempelli lo definí un impressionista con carattere d'espressionismo. I miei quadri mi hanno fatto la vita piena di sogni – disse appagato a Bontempelli, quando nel 1926 gli chiese la prefazione per un volume monografico con 124 riproduzioni delle sue opere e 10 tavole tricrome. Mi hanno dato gioie, illusioni, disillusioni: mi parrebbe ingiusto chiedere di piú. Un bilancio che Diana avrebbe potuto condividere.

Sempre a Berlino, nel 1922, e piú oltre negli anni Venti, Diana o il suo produttore commissionarono un servizio ad Alexander Binder, a quel tempo titolare del piú grande studio d'Europa. Poi, come Greta Garbo, Diana Karenne infranse lo specchio: non esiste nessuna immagine di lei dopo il 1929.

Eppure il miglior ritratto di Diana Karenne l'ha dipinto lei stessa. Un acquerello gioioso e spudorato, a colori sgargianti. Si raffigura durante la realizzazione di un servizio (il fotografo ha sistemato il treppiede su un divano), al pianoforte a mezza coda, mentre suona (a tracolla porta anche una chitarra, ma le corde sono rotte), scrive e dipinge una caricatura maschile-zoomorfa (la tavolozza è sulla tastiera, le boccette dei colori sul ripiano). Bionda, divertita, ironica, la diva è nel suo studio: sulla parete di un rosso pompeiano spiccano gli acquerelli allegorici che poi Martini descriverà nell'intervista del 1918. Sul pavimento, fogli, libri, fiori, la menorah a sette braccia con le fiammelle accese. Nessun altro dei fotografi e dei pittori che la misero in posa ha saputo cogliere l'aspetto istrionico della sua perpetua recita.

Negli scatti di Sommariva Diana Karenne si presenta invece solo come una bella signora raffinata. Un po' tesa, forse. Ma è riuscita a dominare anche troppo bene l'agitazione che rischiava di guastarle il servizio. Perché dalle ore 24 del 28 luglio 1917 la frontiera russa è chiusa sia in entrata sia in uscita. Solo i diplomatici corrieri o chi arriva per mare essendo partito prima del decreto del governo provvisorio avrà il permesso di varcare i confini (e sempre che sia in possesso di documenti conformi al regolamento del 21 ottobre 1916). Lei non riesce a sapere piú niente di quello che succede laggiú, si parla di violenze e di anarchia, e il passaporto conforme che ha chiesto all'ambasciata di Roma non le è stato ancora rilasciato: ma l'idea che non potrà tornare, chissà fino a quando, e che il suo paese le sia inaccessibile quasi fosse circondato da una muraglia o dal filo spinato, le toglie il sonno. È come se si ritrovasse in esilio. Non lo aveva voluto, non lo aveva previsto.

Si consola girando le ultime due scene con Alberto. In *Justice de femme!* interpreta il compositore Ruggero, suo marito: cornuto, perché lei, cioè Simona – nel copione e nel romanzo francese da cui il film è tratto –, lo tradisce col suo miglior amico. Temeva rifiutasse, perché per la sua carriera di seduttore potrebbe rivelarsi un'onta farsi tradire con un attore meno famoso e piú giovane di lui (è un esordiente, Mario Mecchia, che Diana ha ingaggiato per i suoi occhi umidi da cerbiatto, ma cui deve insegnare tutto, perché in scena si è rivelato uno stoccafisso). Ha proposto la parte ad Alberto proprio per quello: è la sua vendetta, e lei sa consumarla in modo sopraffino.

Invece Capozzi si è fatto una risata. Lui, il traditore del mentore e dell'amico Ernesto cui deve tutto, gode ad interpretare la vittima. Il romanzo non l'ho letto e non intendo farlo, le ha detto, restituendole il copione. So che Daniele Lesueur piace alle donne, del resto ha un nome da maschio ma è una scrittrice, e questo mi basta a tenermene lontano. Sono allergico ai romanzi per signora. Non mi dire nemmeno se nel romanzo si scopre davvero di chi è il bambino. Ma se sei rimasta incinta, ti autorizzo a usare il saldo del mio compenso per liberartene. Non fare come Simona, che lo manda in collegio per sbarazzarsene. I bambini non amati muoiono.

Il tuo cinismo mi sconvolge, Alberto, lo rimprovera, turbata. Sconvolge me il tuo, ride lui. Hai abbandonato *Circe*, per la quale avevi abbandonato Ernesto. Tu saresti capace di abbandonare tuo figlio in un collegio, dove morirebbe di stenti e di tristezza, ma poi non impazziresti per il rimorso e non ti daresti la morte, per espiare, come Simona. Andresti in un altro paese, e diventeresti una grande attrice. È cosí che sei, e ti adoro per questo, Diana.

Ma non sono rimasta incinta, Alberto, precisa. Peccato sai, sospira lui. In fondo è utile, avere un figlio. Si diventa matti per i figli, ti salvano la vita, ti fanno credere immortale. Pensa a Ernesto. Sarebbe già nella tomba, senza il suo passerotto Titto.

Nonostante i battibecchi, sul set di *Justice de femme!* Alberto si impegna come non ha mai fatto, quasi volesse dimostrare ai critici, al mondo, e soprattutto a lei, di saper recitare davvero. È stufo di essere dipinto come un'appendice di Diana Karenne, una marionetta suicida nelle sue mani. È credibile come compositore tutto preso dalla sua opera, come marito tradito, come mancato padre.

Mentre gira la scena in cui Simona si rende conto che il bambino è figlio dell'amante e non dell'amato Ruggero, e decide di allontanarlo, lei capisce che Alberto l'ha provocata apposta per strapparle la maschera. E vedere cosa ci sia dietro, finalmente. Non gli darà mai il potere di saperlo.

In laboratorio, rivedendo il girato scoppia a piangere. Le sembra di capire soltanto adesso perché abbia voluto adattare al cinema quel romanzo strappacuore. Ce l'ha davvero, un figlio, e lo ha abbandonato. Due volte. In Italia non lo sa nessuno. È il suo segreto – forse nemmeno il piú importante. Evita di pensare a lui, non vuole immaginarlo. Ha nove anni. Forse somiglia al ragazzino del film. Forse, fra tutti i ragazzini che ha sottoposto al provino, ha scelto quello perché potrebbe essere il suo. Non sa che aspetto abbia. L'ultima fotografia che ha ricevuto gliel'hanno scattata nel 1914. I bambini cambiano. Solo di notte, quando la coscienza non ha difese, lo sogna. Non come l'ha visto l'ultima volta, ma la prima. Che è per sempre. La scena è sempre la stessa – come se il film si avvolgesse nella moviola, e ricominciasse ogni volta daccapo: vorrebbe urlare, bloccare la sequenza, modificare le azioni, le reazioni. Ma è irreversibile.

Il set è a Parigi, in un palazzone al numero 7 di rue d'Alésia, un insignificante lembo di periferia che non è piú nemmeno Montparnasse. Dina Rabinovitch ha diciott'anni, è incinta. L'hanno cacciata dall'istituto in cui doveva sostenere gli esami per prendere il diploma. Progettava di presentarsi al Conservatoire Supérieur de Musique per studiare canto, pianoforte e composizione. Si preparava privatamente, seguendo il programma della sessione di giugno del 1908. Ma l'esame non l'ha mai dato. Due volte era svenuta in classe. La nausea le impediva di mangiare. È sempre stata magra, a tre mesi la pancia si vedeva già: l'insegnante le ha impedito di cantare col cappotto addosso.

Il preside l'ha convocata in direzione. Era dispiaciuto, la riteneva la migliore delle allieve. Deluso, anche. Le donne sono biologicamente inadatte allo studio. Non conoscono la dedizione assoluta che la vera conoscenza pretende. Purtroppo il regolamento... Devono sospenderle la borsa di studio, chiederle di liberare l'alloggio. Lei è rimasta in silenzio. Colpevole senza diritto alla difesa. Ha preso i libri, i quaderni e gli spartiti e se n'è andata.

Il padre del bambino, Grisha Feyguine, le ha offerto dei soldi per abortire in cambio della promessa che non l'avrebbe cercato piú. Stava per laurearsi in Giurisprudenza, non poteva farsi carico di lei – e di un figlio. Sempre che fosse suo. Lei gli ha scagliato le banconote in faccia, urlando di non volere la sua elemosina. È accaduto la sera in cui si è seduta sulla spalletta del ponte e pensava di buttarsi nella Senna. I soldi glieli ha mandati Grigoryj. Ha preso una stanza in una pensione. Dina Rabinovitch non frequenterà mai il Conservatoire Supérieur di Parigi e Fauré non sarà il suo maestro.

Ma era già una musicista. Aveva trovato lavoro in un caffè di Montparnasse. Suonava il pianoforte, cantava, ballava, intratteneva i clienti in modo che si fermassero a lungo e ordinassero piú assenzio e champagne. Le dicevano che era troppo carina per fare quella vita, e poi nelle sue condizioni, doveva solo seguirli in hotel, e non avrebbe dovuto piú preoccuparsi del futuro. Non era obbligata a prendersi cura del bambino. Ma lei pensava ancora a Grisha Feyguine. Non poteva credere che il loro amore fosse finito cosí vigliaccamente. Si appostava all'uscita delle lezioni alla Sorbonne, e sotto casa sua. Lo supplicava di tornare insieme. Bisogna che un giorno si perdoni di averlo fatto. Era il suo primo amore.

Non sapeva cosa fossero la rottura delle acque, o le doglie. A Parigi non aveva amiche che potessero spiegarglielo. All'istituto era rimasta la straniera. La prendevano in giro chiamandola «la russa» – per non doverla chiamare l'ebrea. Non ha il naso fortemente convesso, con ali morbide e prominenza del setto, invece appena percettibile. Non ha le labbra carnose, gli occhi infossati nelle orbite, con qualcosa di umido e paludoso, né i piedi piatti o le spalle leggermente curve. I capelli un po' crespi, sí. Ma bionda, con la pelle chiara, non sembra... Però una che si chiama Rabinovitch è come se avesse un marchio in fronte. La pronuncia, i vestiti, le abitudini: tutto la separava da loro. Nessuna delle compagne l'aveva mai invitata quando il venerdí tornavano in famiglia. Stravolta dal dolore aveva chiesto aiuto alla padrona della pensione, che l'aveva accompagnata alla Maternité di boulevard de Port-Royal. Dal suo corpo squassato dalle contrazioni fuoriusciva un fluido color ruggine – liquido amniotico, sangue. Il taxista le ha fatto pagare tre volte tanto la corsa per risarcirlo delle spese del lavaggio della tappezzeria.

La padrona della pensione cercava di rassicurarla. È l'ospedale pubblico migliore di Parigi, ci sono nati migliaia di bambini, andrà tutto bene. Lei barcollava. Era cosí magra, il peso del bambino la squilibrava. Tutti i suoi organi compressi, schiacciati, parevano fuori posto. Le facevano male le gambe, i polmoni, il cuore. L'avevano trascinata come una salma nel reparto delle partorienti. Le altre avevano la madre o la sorella, nel corridoio, lei era sola. I medici passavano ogni tre ore, e ripetevano che non era ancora il momento. Aiutatemi, non ce la faccio, implorava, e quelli rispondevano che doveva attendere, non era abbastanza dilatata. Distesa sul lettino dalla testiera di ferro, con la camiciona da parto arrotolata fino alle cosce, e niente a ripararla. Esplorata da occhi e mani estranee. Lei che nemmeno il suo amante aveva mai visto nuda. Voleva morire. Si augurava che il figlio di Grisha Feyguine – non riusciva a chiamarlo «il bambino» – la uccidesse. Che morissero entrambi.

Invece era sopravvissuta a venti ore di tormento e un'emorragia che la stava dissanguando. E alle cinque e un quarto del mattino del 16 aprile 1908 dalle sue viscere era sgorgata una testa, seguita da un fiotto di sangue, un ammasso scalciante di carne e un flebile vagito. Un maschio, le aveva detto l'infermiere. Sotto peso, perché la giovane madre non si era alimentata correttamente, ma in buona salute. Lei aveva voltato la testa verso il muro. Era esausta, lacerata, delirante e ottenebrata dal dolore, ma abbastanza lucida da capire che non doveva vederlo. Se avesse incrociato il suo sguardo, se avesse toccato le sue manine, o sfiorato la lanugine nera che gli ricopriva la testa, non avrebbe mai potuto separarsi da lui. Due giorni dopo, alle dieci del mattino, Eugène Delion, ufficiale dello Stato civile del 16° arrondissement, aveva registrato la nascita di Georges Yoric. La casella del padre era rimasta vuota. «Père non dénommé».

Quattro estranei, accanto al suo letto. L'ufficiale di Stato civile, due impiegati dell'ospedale, e l'infermiere che aveva assistito al parto. Maturi: il piú giovane quasi quarantenne. Esperti. Anche di casi disperati, come il suo. E lei, la madre, come si chiama? aveva chiesto l'ufficiale, il piú anziano. Doveva compilare l'atto. La procedura va ultimata entro quarantotto ore. E in questa stanza non si era presentato nessuno, per rivendicare il bambino. Dina – farfuglia. Cognome? Non riesce a dirlo. Per rispetto del padre: Isay morirebbe per il disonore, sapendo che la geniale, amatissima figlia, è una ragazza madre, una ragazza perduta: per mandarla a studiare a Parigi e salvarla dalle sue ribellioni ha contratto debiti per l'eternità. Ma anche per sé. Se dice il suo vero cognome, sarà obbligata a tenerlo. Feyguine, sussurra. È lí, a Parigi, nella stanza della maternità al 123 di boulevard de Port-Royal che la sua identità si incrina, e si infrange – per la prima volta. Dina Feyguine. È la verità come dovrebbe essere, ma è anche una menzogna.

Li dimettono il giorno dopo. Yoric – un bambolotto urlante – avvolto nello scialle di Dina, che non basta a nasconderle gli occhi chiarissimi, quasi trasparenti (la vedono? possono riconoscerla?), la fronte, alta, le orecchie che hanno il colore delle conchiglie, e le mani minuscole, strette a pugno, ad afferrare un lembo della stoffa che odora di lei. La padrona della pensione lo accompagna in un istituto per i bambini di nessuno – gli orfani, i bastardi, gli indesiderati. È una sarta, menomata dalla poliomielite, vedova, avvezza alle sventure, e le ha tenuto la stanza anche se da un mese non la paga. Gli altri pensionanti – ballerine, cantanti e scapoli – l'accolgono con calore. Ma lei è affranta e non fa altro che piangere. La padrona della pensione le dice che ci sono passate in tante. Fra qualche tempo, se troverà un buon lavoro, o un marito, o un uomo abbastanza generoso da occuparsi di entrambi, potrà andare a riprenderlo. Starà bene, Georges Yoric. Ci sono le balie. Non deve preoccuparsi per lui.

E per me? vorrebbe urlare. Ho il diritto di preoccuparmi per me? La mia vita non ha nessun valore? Devo pagare cosí caro l'avere amato? Potevo essere tutto, non sono piú niente. Un animale sventrato, un corpo deformato e dolente, un seno gonfio che sgocciola. Il latte – le aveva spiegato l'infermiere Paul Poisot – ci mette qualche settimana a riassorbirsi. Continuerà a produrlo, signorina Feyguine, anche se non allatterà. Deve tirarlo, ogni giorno – almeno due volte. Altrimenti, se le resta dentro, le farà infezione. Si vergognava troppo per chiedergli come.

Se non hai nessuno cui farlo succhiare, strizza, le aveva consigliato l'inquilina della camera accanto. Ma conosco tipi che pagherebbero parecchio per leccartelo. Ti farebbero comodo un po' di soldi, Dina, finché non puoi tornare a lavorare. Non è schifoso come metterseli fra le gambe, quei tipi non dovresti nemmeno toccarli.

Settanta giorni di primavera, abiezione e solitudine in una brutta camera di rue d'Alésia. Gli istanti che stillano goccia a goccia, i minuti paiono ore. La finestra diventa turchina, poi viola, poi grigia, spunta il giorno, torna la notte, aghi di luce nello spiraglio delle tende. La mente che fantastica ciò che non accadrà piú, fino a farlo sembrare possibile. Nel centro del corpo, là dove c'era stata solo gioia, e piacere, ed estasi, un coltello che fruga, scatenando pulsazioni lancinanti. I capezzoli screpolati. Il seno che esplode. Le gocce di latte, che trasudano inzuppando la camicia, il lenzuolo, gli asciugamani. Le bocche coi denti storti ingialliti dalla nicotina. Il graffio di baffi ispidi sulla pelle. Prosciugarsi come una pozzanghera, un grumo di fango. Silenzio assordante dentro e fuori di lei. Niente piú musica. La sua vita finita, e non aveva ancora diciannove anni. In testa, solo il ronzio malinconico dei versi di una poesia di Tjutčev, che ricordava confusamente, e sussurrava in disordine a sé stessa, fra le lacrime. Lontano dal sole, dalla luce e dall'arte, lontano dalla vita e dall'amore, i tuoi anni giovani passeranno come un lampo, i tuoi sensi si mortificheranno, i tuoi sogni si dissiperanno, e la vita, spesa invisibile in un paese senza nome, in un lembo di terra trascurata, come si disperde una nuvola di fumo, in un cielo triste e brumoso, tra le nebbie infinite dell'autunno, Dina.

Il soggetto del film è troppo ardito per il pubblico italiano. Gli spettatori odieranno Simona, se non li aiuterà a capirla. Come odierebbero lei, se sapessero. Chi potrebbe perdonarla? Lei stessa non si perdona. Le viene l'idea di inserire fra le scene didascalie esplicative delle motivazioni dei personaggi. Sono lunghe, e ci vorrà parecchio a leggerle, dunque interrompono l'azione, e raffreddano l'emozione. Ma Diana vuole liberarsi dei personaggi grossolani privi di psicologia e sfumature che l'hanno lanciata e che l'hanno in effetti trasformata in una maschera: un pubblico piú esigente – gente che sa leggere, studenti, professionisti, donne colte – potrà accettarlo. Non ha paura di rischiare. Però una cosa del genere non si è mai fatta. Il cinema non è letteratura, nel teatro silenzioso le immagini devono parlare da sé. Oppure no? Le parole possono interpretarle, le immagini. Una fotografia, un fotogramma, in fondo significano solo ciò che noi già sappiamo e vogliamo vedere. Una donna col velo in testa è la Madonna, se sai che esiste. Solo una donna col velo in testa, se lo ignori. Vorrebbe chiedere consiglio a Ernesto, o al cavalier Ambrosio, o perfino a Emilio Sommariva. Ma non ha nessuno con cui confrontarsi. Alberto è già tornato a Torino, e le restano da girare solo le scene della pazzia.

Tutti pensano che le riescano bene perché un poco pazza lo è, Diana Karenne. Ma invece ha bisogno di concentrarsi, per diventare una donna che perde la ragione. Come direttrice, deve tenere tutto sotto controllo, ma come attrice, deve lasciarsi andare. Non dovrebbe essere difficile. Impazzisce in quasi tutti i film. Nel camerino respira per sbloccare il diaframma, evoca i momenti in cui è stata sul punto di naufragare. Viene per tutti, prima o poi, la tentazione del baratro. Alcuni cedono, altri riescono a risalire. Lei è una di quelli. Non si è buttata nella Senna. Non si è buttata dalla finestra della pensione di rue d'Alésia: quinto piano, morte certa. Pretende assoluto silenzio, lo esige. Anche il ronzio di una mosca la esaspera. Ma quel giorno, puntualissima, con un abitino a righe, il cappellino di paglia e gli occhiali da miope sul visetto da studentessa, viene sul set Tina Zaninetti. Diana rimane sorpresa, perché immaginava fosse una donna nubile di mezza età.

Qualche mese fa ha pubblicato su «Film» un sonetto datato Milano 1917, terzo anno di guerra, e dedicato a lei. «Bionda polacca dallo sguardo fiero, | dalla persona eretta come fiore, | a te, al tuo sembiante bello e altero | il dolce effluvio che mi sal dal core. || Io ti vorrei cantare l'inno lieto | l'inno di gaudio pien d'ammirazione, | e come l'acqua accarezza il greto, | cosí gettarti ai piè la mia canzone. | Ma troppo tenue è – e si ribella – | la penna di cantare le tue lodi, | tu che dell'arte muta sei la stella. | E sul mio labbro muoiono le odi | innanzi a te, donna sublime e bella, | a te che eccelli in tutti quanti i modi».

Decisamente amoroso. Perfino erotico con quell'immagine dell'acqua che accarezza il greto. Il 4 luglio la rivista le ha pubblicato un'altra poesia, ancora piú esaltata. «A te Diana Karenne, altera audace Diva! | Un dí dai monti che la neve copre | verso il sole, o Diana, spiccasti il volo | e nell'Italia nostra le tue opre | portasti a fecondar dell'Arte il suolo. | Nel tuo piccolo cor, di fiamma caro | tenevi un fuoco che la neve schiva | ed il tuo sguardo fu per l'Arte un faro, | che la guidò a superba, audace riva. | Con te risorse la leggenda strana | con te rivisse il secolo passato | sotto l'Imperio di tua forza arcana. | Perché fu tuo dell'Arte il dolce fato | che ti donò la grazia di sovrana, | incoronando il biondo capo aurato».

Peccato non sia una grande poetessa, Tina Zaninetti. Diana ha un debole per i poeti. Appena sente una rima o il battito del ritmo di un verso, il suo sangue va in ebollizione. Le sorride, le stringe la mano in fretta, con forza. Poi le volta le spalle e scandisce, con la sua voce profonda e roca, «Signori, al lavoro!»

È la prima giornalista che incontra: non ci sono donne tra i critici cinematografici, né fra gli intervistatori. Tina è giovane, innocente, osserva tutto con attenzione e stupore. Ha preparato una lista di domande lunga tre pagine (pure sulla marca della cinepresa e della pellicola: una Prevost o una Debuy? La signora usa pellicola Kodak o Pathé? E le lenti, sono Zeiss, tedesche?), ma poi non si azzarda a farne nemmeno una. L'avevano ammonita della superba alterigia di Diana Karenne, ma lei non la biasima, perché ne riconosce l'evidente superiorità sulle altre persone – forse non si tratta nemmeno di superiorità. Diana Karenne è proprio un'altra cosa.

Rimane tramortita dall'aspro rimprovero che rivolge a una comparsa e dal silenzio con cui la troupe ascolta le istruzioni. Le sembra una principessa nel suo regno dell'arte, e gli altri umili sudditi che pendono affascinati dalle sue labbra. Non dice mai niente di banale. E che pazienza! Interpreta tutti i ruoli, cambiando voce e perfino fisionomia. Insegna per cinque volte di seguito un gesto a un generico ottuso. Con una dolcezza e una bontà antitetica alla durezza con cui ha appena maltrattato l'altro. Quasi fosse un'altra donna. Esile, sottile, deve avere energie impensabili. Non si ferma mai. Sempre in piedi, sempre attenta a mille dettagli. Tina invece, sopraffatta dal caldo tropicale asfissiante dello studio, si lascia cullare da uno strano torpore. Solo quando le nuvole oscurano il sole, e Karenne è costretta a dare pausa forzata (niente luce artificiale in questa gabbia di vetro), osa tallonarla mentre aggiusta il costume di scena del secondo attore, e le chiede il permesso di leggere il copione. L'ultima didascalia, che chiude il film, è la seguente: LA DONNA NON DEVE E NON PUÒ FALLIRE: SE CADE, TRASCINA CON SÉ TUTTO L'ONORE DELLA FAMIGLIA. È questa la morale della storia, signora Karenne? domanda, serissima.

La storia non ha morale, risponde. Simona muore perché si sente colpevole – ha tradito il marito, ha abbandonato il figlio. La società le fa credere di non avere diritto di vivere. La didascalia però fa pensare che lei, cioè chi racconta la storia, creda il contrario, osserva Tina, acutamente. Ma santo Dio, è ironico il titolo, *Justice de femme!*, sbotta, piantandole in viso i suoi occhi ustori fino a costringerla ad abbassare lo sguardo. Non esiste una giustizia di donna. Le donne non hanno giustizia.

È un ragionamento sofisticato, osserva Tina. Chiedete molto al vostro pubblico, signora. Non piú di quello che chiedo a me stessa, risponde, invitandola a far qualche domanda anche al direttore della fotografia; non vuole essere ritratta nell'articolo come una despota e un'accentratrice. Non è interessante il direttore della fotografia, si scusa Tina. È per voi che sono venuta.

Sono stata io a proporre il pezzo a «Cinemagraf». Siete un esempio per me, e per tutte. Non ho mai scritto un articolo e non sono davvero una giornalista. Non ancora, almeno. Non sarò brava a raccontare tutto quello che ho capito. Ma vi prometto che farò meglio che posso. Ho diciannove anni. L'inverno scorso al cinema ho visto *Lea* con mia madre. Aveva sentito dire che l'avete diretto voi. Io ho pianto tutto il tempo. Non per la storia di Lea, che pure mi è piaciuta. Ma per noi. Cioè per l'idea che sia possibile. Dirigere un film, per una donna intendo. E adesso lo producete perfino: avete il coraggio di assumervi una responsabilità tremenda, perché non chiedete riparo o schermo a nessuno, è come uscire sotto il temporale senza l'ombrello, sotto le bombe senza l'elmetto. Dovete essere orgogliosa della vostra arte. Io non so che sarà di me. Se riuscirò anche io a fare ciò che sogno. Ci vuole carattere, forza d'animo, un'immaginazione sconfinata, una certa cattiveria, o piuttosto grinta, e io forse non possiedo queste doti. Ma spero che il mio articolo lo leggano in molte. E che tante possano imitarla. Non penso ve ne rendiate conto, signora Karenne. Ma siete il nostro mito.

A fine giornata, Diana la invita a cena nel miglior ristorante di Milano, ma Tina rifiuta, perché non si sente all'altezza di un posto simile, né della sua compagnia, e teme di deluderla. Diana la riaccompagna a casa con la sua automobile. Guida lei, perché ha preso la patente – anche se Giuseppe, Ernesto e Alberto non hanno mai voluto insegnarle a manovrare il cambio, e ha dovuto farsi dare lezioni dallo chauffeur della produzione. Milano del resto, piatta, regolare, con grandi viali solitari, si prestava alla bisogna assai meglio della scoscesa e tortuosa Roma o della geometrica Torino, dove a ogni incrocio sentivi fischiare gli implacabili agenti stradali. Tuttavia potrà esercitarsi ancora per poco: il governo emetterà un decreto che vieta la circolazione alle automobili private. Non farà eccezione nemmeno per quelle che servono a portare gli attori sul set. L'automobile prenderà polvere in un garage, e poi dovrà svenderla a un prezzo irrisorio all'Esercito che ha bisogno di veicoli per i suoi ufficiali.

Tina abita coi genitori in un palazzo borghese di Porta Venezia. Suo padre è un commerciante, in famiglia nessuno ha interessi intellettuali. Non le hanno permesso di frequentare l'università, dopo il liceo. Potevi scappare di casa, le ha detto.

Si vedono un'altra volta, in autunno, nell'atrio dell'Hotel Europa: un salotto pretenzioso, tutto specchi e ori. Tina – con lo striminzito cappotto umido e gli occhiali schizzati da gocce di pioggia – sembra un'istitutrice. Una donna trasparente, su cui nessuno poserà uno sguardo. Ne ha conosciute, di ragazze cosí. Studiose, intelligenti, ma destinate a sacrificarsi per mantenere la famiglia, a rinunciare ad avere una vita, un amore, dei bambini, per prendersi cura dei figli degli altri. A trent'anni sono già appassite.

Diana la ringrazia per l'articolo che è poi uscito, col titolo *Nel regno della principessa muta*, ed è molto indulgente, anzi, forse è la cosa piú innamorata che sia mai stata scritta su di lei. La principessa muta! Nonostante l'ingenuità e le goffaggini poetiche, la fascinazione di Tina per lei non le ha impedito di raccontare qualche minuzzolo di verità di un giorno sul set – e quale impegno, fatica, concentrazione e dispendio intellettuale richieda davvero dirigere un film. Si scambiano gli indirizzi, per restare in contatto. Quando, a novembre, lascia Milano, si ripromette di invitarla a Roma, appena si sarà sistemata. Vorrebbe essere una buona sorella maggiore per quella giovane idealista ed entusiasta. Non ha mai avuto una sorellina. Era lei l'ultima arrivata, la piccola di casa. Ma poi il trasloco avviene nel caos – con la linea ferroviaria interrotta al transito passeggeri, i convogli deviati per far passare le tradotte e i treni merci carichi di armamenti, e fra un trasbordo e l'altro l'agendina va smarrita. Non sente parlare di Tina Zaninetti mai piú.

Toskà. Toskà. Toskà. In russo: angoscia, malinconia, nostalgia, mestizia, struggimento. In italiano assuona con tossica. E Diana batte il primo ciak della *Damina di porcellana* intossicata da uno struggimento senza oggetto e perciò assoluto. Piove a dirotto, da giorni, tanto da costringerla a rimandare due volte l'inizio della lavorazione. E quando decide di cominciare comunque, il persecutore l'aspetta ai cancelli di San Cristoforo, in testa un cappuccio di tela cerata da marinaio a proteggersi dal diluvio, il viso terreo, la barbetta incolta, un mazzo di crisantemi in mano. Tenta inutilmente di consegnarglieli, ma lei non abbassa nemmeno il finestrino dell'automobile. Amatemi, Diana, le urla, tempestando di pugni il cofano, amatemi, se non mi amate morirò, finché il guardiano dello stabilimento riesce a bloccarlo.

Non sente le grida e non l'avvertono sul set. Ma quando esce, la sera, il corpo è disteso accanto ai cancelli, coperto da un lenzuolo bianco. Il coltello che si è conficcato nel cuore increspa il tessuto e forma un rigonfiamento. Fra le gambe dei poliziotti che lo attorniano, sono sparpagliati i petali dei crisantemi. Distoglie lo sguardo troppo tardi. Ormai lo sa. Un uomo si è pugnalato per lei. O per ciò che Diana Karenne significava nella sua vita insulsa. Non gli ha mai parlato, non vuole sapere il suo nome. Ma il dolore degli altri è sempre stato il suo. Si è sempre sentita responsabile di ogni vita, di ogni male. Chiede al delegato di contattare la famiglia, in incognito, e farsi carico del funerale. Poi apre lo sportello e raccoglie i fiori dalla pozzanghera di sangue. Se li posa in grembo. Le macchiano il mantello. Ma si può morire per Diana Karenne? Una donna che non esiste?

Il nuovo film lo produce la sua Diana Karenne Film, ma in associazione con una Casa sperimentale di Roma, la Novissima: il cavalier De Medio (ormai ha capito che in Italia sono cavalieri tutti quelli che hanno abbastanza denaro per appuntarsi l'onorificenza sul bavero e ai titoli non fa piú caso) ha comprato i diritti di distribuzione di *Justice de femme!*, e ha firmato a scatola chiusa un accordo per distribuire tutti i prossimi film della DiKF. Ha bisogno di un alleato, perché la pellicola vergine non si trova piú, i magazzini di Kodak e Pathé sono quasi vuoti, e solo gli incettatori spacciano, a prezzi da capogiro, le scorte accumulate e nascoste. Non si ritiene opportuno per una donna trattare con personaggi simili.

De Medio, in causa col principale regista teatrale italiano, Anton Giulio Bragaglia, che lo accusa di aver tagliato, manomesso e massacrato due suoi film, è alquanto controverso. Ma tutto sommato lei preferisce i produttori dalla pessima fama. Almeno non badano alla sua. *Perfido incanto* era una fiaba coreografica con la danzatrice russa Thaïs Galizky, la «belva asiatica». De Medio insiste con le russe: da quando i Ballets Russes di Diaghilev in aprile si sono esibiti all'Hotel de Russie tutti coloro che vogliono definirsi moderni sono pazzi per i russi e sfoggiarne una dalla solida reputazione artistica mina la credibilità delle proteste di Bragaglia. Certo avrebbe preferito spacciare Diana Karenne per una ballerina, ma lei gli ha detto sinceramente di aver studiato musica e canto, non la danza (ha evitato di raccontargli di averla praticata per mantenersi, e non se la cavava neanche troppo male). Lo ha pure avvisato di condividere la posizione di Bragaglia. Un film non può uscire senza l'approvazione del direttore. Deve essere sua l'ultima parola. De Medio minimizza – Bragaglia non capisce niente di cinema, la sua incompetenza tecnica era risaputa, non sapeva nemmeno cos'è uno châssis, le garantisce che lei potrà dirigere un film artistico d'avanguardia e che lui non interferirà con la sua creazione. Le scenografie sono pronte, i costumi una sinfonia di bianco e nero (la protagonista e l'antagonista devono apparire come la neve e l'inchiostro), Alberto scalpita, il direttore della fotografia giura che lavorerà per sciabolate di luce e d'ombra come Rembrandt, e tutto sembra iniziare sotto i migliori auspici. Ma Milano è una pozzanghera, e il cielo di piombo, come l'umore della nazione.

Diana interpreta una statuina, acquistata da un poeta in un negozio d'antiquariato. Prende vita, come Galatea, grazie al suo Pigmalione. E lo contende all'ardente principessa in carne e ossa, che di lui si considera proprietaria. Poi si sacrifica come la Sirenetta, per l'amore di un mortale. All'autore del soggetto rimproverano di aver copiato l'idea dal *Golem*, ma Giuseppe Adami quel film tedesco del 1914 non l'ha neanche visto. Prima di scrivere il libretto della *Rondine* per Puccini, era un commediografo comico e sentimentale, e considera il cinema solo un utile ripiego. Lei maschera la delusione per le scelte del pur temerario socio produttore: preferisce un professionista della parola indifferente alla specificità del cinema a chi, come lei, vorrebbe svilupparne le potenzialità ancora inespresse. De Medio ha finanziato i lungometraggi di Bragaglia, ma ne ha ricavato solo pernacchie e buffi, e per tenere in piedi la baracca si puntella con un nome consolidato – sia pure in altro campo – piuttosto che col suo. Dirigerà ancora una storia scritta da lei? Comincia a sospettare che non sia stata la sua volontà o il suo talento, ma la necessità imposta dalla guerra, a socchiudere uno spiraglio alle sue ambizioni. E la sera, nella stanza dell'Hotel Europa si ritrova smarrita, a fissare i fili del tram che fremono nel vento, a desiderare quasi che la strage orrenda che sta devastando l'Europa non finisca mai – o non ancora, perché non ha realizzato ciò cui aspira, e non ci è nemmeno vicina. E si vergogna di questo pensiero, e di sé stessa. Ma non ha nessuno cui confessarlo.

Con Alberto non parla davvero. Come nei film, si conoscono solo nel silenzio. A volte lo guarda, quando dopo si assopisce, il viso sul cuscino, la mano fra i suoi capelli, la sigaretta che ancora fuma nel portacenere. De Medio li considera «una coppia magnifica e di provata efficacia rappresentativa», come del resto la stampa e il pubblico, che vede in loro l'intesa, l'alleanza e la complicità ideali fra un uomo e una donna, e insiste perché mettano in cantiere i prossimi film. Ma lei non si immagina insieme ad Alberto fra un mese, o fra un anno. Non vuole legarsi nemmeno a lui. Ormai dicono che il vero marchio Karenne è l'infedeltà. Diana la chiama erranza.

Il 26 ottobre gli austro-tedeschi scatenano una violenta offensiva a Caporetto, e l'esercito italiano tracolla. Sui giornali si parla di un ripiegamento strategico dall'altopiano della Bainsizza, ma la verità è che il fronte ha ceduto, le trincee sui monti sono state abbandonate, la ritirata è caotica e centinaia di migliaia di soldati sono caduti prigionieri o si sono sbandati. Tant'è che il 31 ottobre l'Italia richiama alle armi i riformati delle classi dal 1874 al 1899. Anche Alberto dovrà presentarsi in caserma a Genova. Nemmeno il Tagliamento basta a fermare l'invasione: il Friuli e mezzo Veneto sono occupati. Ai primi di novembre l'esercito si è riposizionato lungo la linea del Piave, e pare che il nuovo fronte regga, ma le notizie sono confuse e nessuno ha il coraggio di contestare quelle fornite dallo Stato Maggiore o riferire quelle apprese in via non ufficiale. Del resto, dove siano il Tagliamento e il Piave, Diana lo ignora, come quasi tutta la troupe: ma la guerra impone un corso accelerato di geografia.

Quando Fausto Maria Martini annuncia in un articolo commosso la morte del poeta artigliere Nino Oxilia, ucciso sulle sponde del Piave da una granata mentre dirigeva il tiro di un cannone, lo scanzonato Alberto scoppia in pianto. Nino da ragazzo sbrigava la sua corrispondenza, rispondeva per lui alle ammiratrici, come Cyrano de Bergerac. Un'anima pura. Non ha mai avuto un altro amico cosí. Lei gli concede due giorni di riposo per superare il lutto e cerca il fiume su una carta geografica. Non è poi tanto lontano, il Piave. I tedeschi e gli austriaci saranno a duecentocinquanta chilometri da Milano.

La tensione dilaga sul set, e non riesce a stemperarla. Si lascia trascinare in una squallida discussione con la truccatrice – devo essere fredda e inespressiva come una cosa inanimata, ho bisogno di molta cipria numero zero, tonalità eburnea. Ma vada la signora Karenne a prenderla a Parigi! sbotta la truccatrice, che ha appena saputo che il suo fidanzato è disperso di là dell'Isonzo, le forniture non arrivano piú. Si deve accontentare della cipria scadente prodotta in una fabbrica locale, che non è color ghiaccio ma color polvere. Di compromesso in compromesso, cosa sarà della *Damina*?

E in Russia le cose vanno ancora peggio. In Italia si parla di anarchia e di pandemonio russo, ma non sono le parole giuste. In realtà, c'è stata un'altra rivoluzione: il 7 novembre – ma in Russia era ottobre – il governo provvisorio è stato esautorato, il Soviet è padrone di Pietrogrado e Mosca, e il paese sull'orlo della guerra civile. I giornali diffondono false informazioni per non allarmare l'opinione pubblica: Kerenskij vittorioso sui massimalisti, Lenin prigioniero, il generale Kaledin e i cosacchi controllano la Russia meridionale... Ma un'agenzia di Parigi smentisce la notizia dell'arresto di Lenin, anzi, batte il suo trionfo, e assicura che ormai in Russia si va verso la dittatura terrorista. Il giorno in cui dovrebbe girare la scena della propria morte le cade lo sguardo sul titolo del «Corriere della Sera», nel quale l'attrezzista ha incartato i bibelots di porcellana da sistemare nella vetrina dell'antiquario. Pagine stropicciate, strappate ai bordi e stinte dalla pioggia. Ma non abbastanza. Il titolo riferisce di una rivoluzione in Ucraina e di un pogrom contro gli ebrei a Skvyra.

Il mondo crolla intorno a lei, come una scenografia di cartapesta, ma non c'è tempo per piangere. Bisogna rimpiazzare d'urgenza le comparse (a Milano non c'è piú un maschio prestante, e pure le ragazze abili al lavoro sono state richiamate in fabbrica), e le maestranze, perché anche l'operatore dalla circonferenza toracica insufficiente e il macchinista miope sono stati richiamati: deve scacciare il pensiero velenoso che anche lei sia un rimpiazzo, che stia sostituendo qualcuno – che non sia davvero chi crede. Bisogna sforbiciare il copione, perché la pellicola non basterà (gliel'avevano detto di accontentarsi, il perfezionismo non si addice alla guerra), e pazienza se la trama andrà a ramengo. Insomma, si sforza di fingere che fare cinema, costruire un mondo artificiale e immaginario, come se null'altro esista, sia importante, quasi una forma di resistenza. Ma non ci crede, e quando *La damina di porcellana* arriverà nelle sale il pubblico se ne accorgerà. E non la consolerà l'elogio di un critico che trova «la messa in scena di questa delicata e poetica fantasia superba per eleganza, ricchezza, arte e buon gusto». Perché non è vero. Anche i film sono feriti di guerra.

Il telegramma espresso n. 16029 – mittente la Prefettura di Milano, indirizzato al ministero dell'Interno – permette di collocare nel tempo la sua partenza. È il 21 novembre 1917. La «suddita russa Belogorsky Dina in Feyguine arte Diana Karenne, è partita da questa città diretta Roma, debitamente segnalata quella Regia Prefettura. Durante la permanenza qui non diede luogo a rilievi».

Diana

1918

Non ci piacciono le donne quando invadono il campo maschile, sia come deputatesse, sia come direttrici artistiche, e tanto meno quando s'impancano a critici d'arte.

«La Vita Cinematografica», 22-30 agosto 1918.

Nel terzo inverno di guerra, Roma è scontenta e inospitale. Le mura aureliane scure di umidità, i prati di Villa Borghese acquitrini fangosi. Foglie friabili marciscono sui marciapiedi, rami sguarniti grondano sui viali, e lei non trova nessuno che voglia passeggiare sotto la pioggia. Ha bisogno di camminare per raggiungere lo stato d'assenza da sé stessa che porta via l'inquietudine e il dubbio di trovarsi nel luogo sbagliato. Ma ormai è troppo famosa per andare in giro da sola, e l'angoscia il timore che un altro sconosciuto innamorato della sua ombra ricominci a seguirla. I conoscenti fraintendono e raramente qualcuno l'accompagna una seconda volta. Diana Karenne sarebbe capace di camminare fino al mare, se non la fermano.

Il suo alloggio è anonimo come quelli che abita in sogno. Se si sveglia di notte, non trova la porta, né l'interruttore della luce. E solo quando sbatte contro lo spigolo del pianoforte capisce dove si trova. La direzione le ha chiesto di moderarsi, hanno ricevuto delle proteste. In una casa darebbe meno fastidio, ma la vita d'albergo è piú adatta alle sue abitudini e al suo temperamento. Una casa ti ancora. E poi si sente troppo transitoria per un contratto d'affitto. Ignora dove sarà fra un mese.

Suona per ore, fino a crollare semisvenuta col viso sulla tastiera. La musica le permette di dimenticare Ernesto malato che la odia, Yoric, che non riesce a collocare in uno spazio reale, il suicida di San Cristoforo, e il successo travolgente che riscuotono nelle sale i film americani.

I produttori italiani continuano ad attaccare Kodato Rossi, anche con argomenti pericolosi, perché lo accusano di attività antipatriottica. Lui dice: datemi dei buoni film italiani e io li sosterrò con tutto il mio fervore. Vorrei davvero che le produzioni italiane si imponessero all'ammirazione universale, ma se l'invasione dei film della Triangle servirà a spazzar via i film mediocri, avrò fatto la piú bella opera di italianità che si possa desiderare. La produzione che si ammira non deve basarsi sulla nazionalità ma sulla bellezza. È un pensiero condivisibile, ma si basa sul presupposto che noi sappiamo produrre solo bruttissimi film. È vero? Può essere mai definito bruttissimo un gioiellino come *La damina di porcellana*? O *Sleima*, che ha scritto, interpretato, diretto e prodotto da sola e di cui adesso deve approntare la versione definitiva per mandarlo alla censura?

I film con Pearl White battono tutti i record d'incassi, le novità tecniche e la velocità indiavolata dell'azione fanno sembrare i nostri già preistorici. E il cinema americano non sono solo film di genere o le comiche di Charlot. *Intolerance* di Griffith, che ha scoperto in visione privata, perché le autorità hanno cercato di rallentarne la distribuzione, tanto che a Torino potrà uscire in sala solo a febbraio, e a Roma addirittura in aprile, l'ha tramortita. Inquadrature inedite, montaggio serrato che inchioda l'attenzione dello spettatore, una ricchezza di mezzi inimmaginabile (sarà costato quanto tutti i film italiani del 1917), un afflato epico grandioso. Non potremo mai competere con loro. Abbiamo solo due strade. Essere artistici o essere veri. Le due cose non devono confliggere. Ma chi l'ascolta? Tutti cercano scompostamente di approfittare della congiuntura storica – la guerra, erigendo muri e confini, ha di fatto nazionalizzato l'industria del cinema – senza un progetto, senza una visione, se non quello di affossare il proprio rivale. Il pianoforte è un Bechstein scordato, ma lei non si stanca mai di suonare. La musica diluisce la toskà, che si riversa in essa.

A Roma conosce quasi solo scrittori. Tutti di estrazione borghese, bene educati, sentimentali nei libri e morigerati nella realtà. L'adulterio è il loro soggetto preferito, ma non lo praticano – e se pure, tra mille scrupoli e ritrosie. Pochi hanno combattuto davvero in guerra, gli altri non hanno vissuto esperienze drammatiche e il loro mondo è rassicurante come un acquario. Sfornano racconti e commedie ambientati fra appartamenti e salotti – raramente un romanzo. Nessun poeta, purtroppo. Le nominano tutti con rimpianto Sergio Corazzini, ma è morto anni fa, giovanissimo. D'Annunzio, cui guardano come al Maestro, è invece irraggiungibile. Ferito in un incidente aereo, si sta curando gli occhi al Nord. Diana si incapriccia di ogni scrittore che le presentano, ma la fiammata non divampa. Finora ha evitato gli uomini con cui scrive insieme, perché li conosce abbastanza per sapere che la relazione non sopravviverebbe al successo – e tantomeno all'insuccesso.

Incontra Gaetano Campanile Mancini negli uffici della Tiber Film dell'avvocato Mecheri, che l'ha invitata a valutare un'offerta. La Tiber sarebbe interessata a produrre una serie di film KARENNE. Mecheri, velletrano, già promotore di Francesca Bertini, che però l'ha piantato per don Peppino Barattolo, di natura vulcanica come i castelli romani da cui proviene, ha sotto contratto parecchie prime attrici ingombranti per bellezza e fama. Inoltre lei non ha nessuna intenzione di legarsi a un'altra casa di produzione proprio ora che ne ha una sua, ma è la fine di dicembre, è troppo esaurita per il veglione di Capodanno – e la prospettiva di restare inattiva in hotel a pennellare acquarelli la opprime, sicché si presenta.

Campanile Mancini, ex ufficiale di cavalleria, giornalista capo servizio al centrale della «Tribuna», è il nuovo responsabile dell'ufficio soggetti della Tiber Film. Il direttore del giornale ha tentato di impedirgli di scrivere per il cinema, ma lui si è lasciato tentare, ed è convinto di poterci mettere gusto e coscienza. Quella della scena muta può essere arte, dice, e mi seduce assai. Ha scribacchiato un soggetto per Hesperia. Chissà cosa ne verrà fuori. Mi sta dicendo che vuole scrivere per me? gli chiede Diana, subito galvanizzata dalla competizione. Mai dire mai, sorride lo scrittore.

Lei gli dice che preferirebbe discutere dell'offerta della Tiber in strada, mentre passeggiano. Gli yogi meditano seduti (ha saputo che sto diventando vegetariana e mi interesso di filosofia orientale?), a lei invece serve il moto per sgombrare la mente e illuminarla. Campanile Mancini, che non era stato preavvertito della dromomania di Diana Karenne, è troppo galante per dire di no a una bella donna. Si immola.

Dopo quattro ore di marcia su e giú per i colli, dal Pinciano giú al Tevere, e di nuovo su fino al Gianicolo, lui col naso paonazzo e i piedi gelati, lei pimpante, propensa ad accettare la proposta della Tiber e concedere una possibilità a una Casa potente che finora l'ha snobbata, si riposano all'osteria davanti alla chiesa di San Pancrazio. È molto piú piacevole d'estate, sotto il pergolato di vite, quando sembra di stare in campagna; l'interno è modesto e odora di broccoli. Lui, affamato, divora un piatto di maccheroni, lei spilluzzica la cicoria e gli vanta gli eroismi compiuti nella limitrofa Villa del Vascello di cui le ha raccontato Giuseppe. Campanile Mancini – che ormai Diana chiama Gaetano – per non mostrarsi meno informato di una straniera sulla storia romana le propone di visitare le catacombe di San Pancrazio, proprio là di fronte. L'ingresso è accanto a Villa Pamphilj.

Anche a Kiev ci sono le catacombe, a Lavra, sotto l'antico monastero del colle Pechersk, a picco sul fiume Dniepr. I pellegrini ci vanno con la candela rossa in mano a venerare i corpi dei santi coperti di drappi di seta e d'oro, poi accendono una lampada rossa sotto le icone. Il buio, la muffa, l'incenso, le grotte, i morti: un posto impressionante. Ne ha sentito parlare, ma non c'è mai stata. E non è mai stata alle catacombe di Roma. La sua conoscenza della città è condizionata dai set. Alla fine, avrà girato trenta scene a Villa Borghese e cinque a Palazzo di Giustizia, e non è mai entrata alla Cappella Sistina.

Dalla botola nella navata della chiesa, scendono a tentoni giú per gradini resi sdrucciolevoli dall'umidità, e quando arrivano sul fondo si ritrovano a calpestare un pavimento sommerso dall'acqua, coi piedi a bagno fino alle caviglie. A fine dicembre, non è un'idea geniale. Diana si sfila le scarpe e gli rovescia il contenuto in testa: il monocolo che lui porta all'occhio destro cade nella melma, costringendolo a cercarlo, tentoni. Diana libera una risata gutturale, irrefrenabile. Campanile Mancini non immaginava che Diana Karenne ridesse. Al cinema non glielo chiedono mai. Chissà perché non l'hanno mai provata nella commedia. È indubbiamente piú simpatica di quanto si dica nell'ambiente. Vieni, Gaetano! lo chiama, schiccherando l'acqua tutt'intorno. Vieni.

Non gli lascia il tempo di ricomporsi. Gli prende la mano e se lo tira dietro lungo una tenebrosa galleria. I loculi coprono le pareti come scaffali di librerie vuote. Diana si è fatta prestare dall'oste una candela rossa. A Lavra non andrebbe, ma qui non le sembra una profanazione. È un labirinto, non si allontani, potrebbe perdersi, le raccomanda Campanile Mancini. Si è assunto il ruolo del cicerone – anche se il monocolo è incrostato di fango e quasi non distingue le pareti. Pure se non è vero, per impressionare la russa le racconta che qua dentro sono stati trucidati centinaia di cristiani, al tempo delle persecuzioni degli imperatori romani. Eventi che lei conosce dai film: *Quo vadis?*, visto in un cinema di Pietroburgo, recentemente *Fabiola*. Dai muri esala un fiato freddo che la fa rabbrividire, e in fondo, dove il tremulo chiarore della candela non arriva a dissipare l'oscurità, le sembra di vedere una magra figura bianca. Eppure non c'è nessuno. Le catacombe sono chiuse al pubblico e Campanile Mancini ha ottenuto le chiavi da un frate del convento soprastante.

La figura è ferma al centro del cubicolo, e le sorride. Diana lascia la mano del suo accompagnatore e gli appioppa le scarpe. Irresistibilmente attratta, si avvicina all'essere vestito di bianco: una donna. Ma deve inseguirla perché quella si volta e si allontana, con una velocità soprannaturale. Le corre dietro imboccando un cunicolo angusto: quando riesce ad afferrarla per un braccio, però, si ritrova a graffiare la sua stessa mano e la cera della candela le brucia le dita. Nell'aria è rimasto un lieve profumo di rose.

Commette l'ingenuità di raccontare l'episodio allo scrittore, che si è fermato prudentemente davanti all'arcosolio, rassicurato dal chiarore della lampada. Napoletano flemmatico, non si scompone. Tanta gente sostiene di avere visto il munaciello, una santa o la Madonna, commenta. Non ha mai avuto questo privilegio, ma perché non dovrebbe essere apparsa anche a Diana Karenne? Magari era Maria Maddalena. Si pente immediatamente dell'allusione alla santa prostituta – perché le rivela che le chiacchiere sui tempestosi amori (veri o presunti) della Karenne ravvivano le smorte serate dei circoli intellettuali romani. Ma la russa non sembra affatto offesa. Ha cambiato completamente espressione: gli occhi verdi sono diventati d'acciaio, e serissima lo prega di non scherzare su queste cose. Ha avuto altre volte visioni mistiche. Esiste anche ciò che non si può toccare né si spiega. Il culto della ragione è un'impostura che ha distrutto la spiritualità. Sí, potrebbe essere stata Maria Maddalena a chiamarla, affinché lei le offra il suo corpo. Forse è colui di cui non si può dire il nome che viene a cercarla. In verità, Gaetano, la figura mi ha parlato. Se mi cerchi, ha detto la voce, mi hai già trovato.

Campanile Mancini la riaccompagna mogio, consapevole di aver mancato l'occasione. Non gli è mai capitato. Donne, cavalli e carte ha sempre saputo imbrigliarli. Diana Karenne invece non gli presta piú attenzione, marcia spedita, guardando fisso davanti a sé, assorta. Ma anche gli scrittori hanno le visioni – tenta di riabilitarsi. Non io, umile scrittorello di fantasie di terza mano. Altri, gli eletti. «Io vidi già nel cominciar del giorno | la parte orïental tutta rosata, | e l'altro ciel di bel sereno addorno... | – le recita, a memoria – | cosí dentro una nuvola di fiori | che da le mani angeliche saliva | e ricadeva in giú dentro e di fori, || sovra candido vel cinta d'uliva | donna m'apparve, sotto verde manto | vestita di color di fiamma viva». Dante Alighieri, spiega, poiché lei lo scruta dubbiosa. XXX canto del *Purgatorio*: quando nella valletta fiorita, sulle rive del Lete, al sommo poeta appare Beatrice.

Diana non è in grado di apprezzare l'italiano trecentesco. E in verità, non sa niente di Dante e Beatrice. Campanile Mancini si meraviglia che la piú intellettuale e colta delle attrici non conosca Dante Alighieri. Alla poesia preferisco i poeti, confessa lei e ammette francamente di non leggere versi da quando ha lasciato la Russia. Ho sempre creduto che ne avrei sposato uno. E invece? s'incuriosisce lui. Non l'ho ancora incontrato, sorride Diana.

Resterà sposata, forse per l'eternità, a Grisha Jerisimovič Feyguine. Non sa dove sia, nemmeno se ancora in Russia. Se smobilitato nel 1917, con la dissoluzione dell'esercito zarista, e tornato alla sua vita ordinaria di giurista. Oppure in guerra – con l'esercito dei bianchi, perché non riesce a immaginarlo bolscevico. Se vivo, oppure già morto. Forse non lo vedrà mai piú. Riccioluto, col naso adunco, gli occhi di ossidiana, il sorriso contagioso. Aveva diciassette anni, quando l'ha incontrato. Lui ventuno. L'amore dei giovani. Irragionevole, senza domani. L'insopportabile serietà degli adolescenti. Ma perché poi l'ha sposato? Quando finalmente Grisha si è convinto a legittimare il loro rapporto, non lo amava piú. Gli ha detto di sí solo per orgoglio. O forse non l'ha fatto nemmeno per sé stessa ma per sua madre: Hanna ha dovuto sposare Isay Rabinovitch, di Ignatovka, per tornare a essere considerata una persona e non un peso e una vergogna. Lei sa di esistere grazie a un sacrificio: essere almeno lei una donna rispettabile quasi un riscatto obbligatorio.

Lo ha sposato davanti a un prete ortodosso con la barba fino all'ombelico, Grisha, tra nuvole d'incenso. I Feyguine erano ebrei di Odessa, il padre – che lei non ha mai conosciuto – un ricco commerciante di legname. Ma non poteva piú sopportare la paura di essere massacrato in uno dei pogrom che periodicamente si abbattevano sulla comunità e le limitazioni cui lo condannava la sua origine. Grisha si è battezzato nel 1904, nella chiesa dell'Assunzione. Aveva diciannove anni. La madre, Raissa Politov, ha preteso che il suo unico maschio sposasse in chiesa la donna che gli aveva dato un figlio a Parigi. È stato il 2 ottobre del 1910. A Yurieff, nella chiesa imperiale dell'Università di Pietroburgo il suono della sua voce non aveva la dolcezza del sogno che si avvera. Grisha non aveva piú niente del giovane di Parigi, che studiava diritto solo per soddisfare le ambizioni sociali del padre: era un uomo serio, rassegnato a diventare un marito come tanti.

Non sarebbero dovuti tornare in Russia. A Parigi erano quasi felici. Lei l'aveva perdonato. Perché settanta giorni dopo la nascita del bambino, Grisha era comparso alla pensione di rue d'Alésia. E le aveva detto che aveva riflettuto, ponderato, valutato – e intendeva assumersi le sue responsabilità. Il 27 giugno si erano presentati all'ufficio dello Stato civile per dire che riconoscevano l'enfant nato il 16 aprile alla Maternità di Port-Royal. Georges Yoric era figlio di Grégoire Feyguine e Dina Rabinovitch.

Si era trasferita nel suo appartamento. Grisha contava di dare gli ultimi esami per poi dedicarsi alla pittura – non dispiacevano ai parigini i suoi esotici paesaggi a olio –, lei di cantare all'opera e riprendere a studiare composizione, e poi scrivere una sonata per pianoforte e violino: l'avrebbe portata al maestro Fauré, il direttore del Conservatorio, e lui sarebbe rimasto sbalordito dal talento della sua mancata allieva. Sarebbe diventata la prima compositrice del Novecento. C'era anche la stanza per il bambino. La loro nuova vita era sul punto di iniziare. Invece pochi mesi dopo Grisha aveva ricevuto un telegramma della madre. Jerisim Feyguine stava morendo. E lui si era sentito in obbligo di rientrare. L'aveva portata con sé – anche se avevano viaggiato in due vagoni diversi. Mi restano una manciata di esami. Vieni con me a Pietroburgo. Appena prendo la laurea specialistica ti sposo, aveva promesso. E poi torniamo a Parigi a prendere Georges Yoric.

Il secondo segretario dell'ambasciata di Roma è stato confermato dal Governo provvisorio di Kerenskij. Lo conosce da anni. Nel caso di un matrimonio civile, le procedure sono rapide e sbrigative, e non si deve tirar di mezzo l'autorità religiosa o mendicare la grazia dello zar. A Pietroburgo lo stato che Nekliudov rappresenta non esiste piú. Non c'è scritto sul passaporto come si è sposata. Se lei produce una falsa dichiarazione, chi controllerà? Ma non si può divorziare da soli. La lettera che aveva fatto recapitare a Grisha Feyguine con corriere diplomatico a ulitsa Kirochnaja 12, il loro ultimo indirizzo di Pietroburgo, è tornata indietro con la scritta: DESTINATARIO IRREPERIBILE. Non è mai stato un poeta. Perché lo ha seguito a Pietroburgo? Sarebbe dovuta restare a Parigi.

Campanile Mancini è lieto di averla strappata alle sue fantasie mistiche, e azzarda la terzina decisiva. «Men che dramma | di sangue m'è rimasto che non tremi: | conosco i segni dell'antica fiamma». Diana non raccoglie. Comprende appena i versi di Alighieri, però ne riconosce istintivamente l'altezza. Chissà se è Dio, che la aspetta, o se è Dante, il poeta che le è destinato.

«Contrariamente all'opinione generale, la quale sostiene che quella del cinematografo non è un'arte, si può affermare che tra tutte le forme creative essa è la piú complicata, la piú complessa e la piú difficile – in quanto le qualità che si richiedono agli attori non devono accontentarsi di essere istintive ed innate, ma devono essere integrate e perfezionate da una progressiva educazione del gusto e dell'intelletto: a quella stessa maniera che le pietre preziose acquistano maggior valore quando dal loro stato rozzo e naturale son ridotte, sotto la mano esperta del lavoratore, a gioielli».

Cosí inizia il proclama *La missione del cinematografo*, che appare in francese e in traduzione italiana a fronte, nel primo numero – datato febbraio 1918 – di «Lux». Neonata rivista di cinema con sede a Roma, ha editore e direttore (T. O. Relli) in comune con la satirica «Il Contropelo»: arricchita di fotografie, disegni e illustrazioni di Prampolini, rivendica la propria indipendenza. Nel proclama, Diana Karenne discetta sulla natura del mezzo, la missione degli attori e la ricezione della loro arte da parte del pubblico e della critica. «Questa arte muta, a cui è negata la piú grande forza comunicativa della parola (la quale arrivando alle coscienze genera sempre una precisa influenza) richiede e rende necessaria nell'attore una potenza suggestiva, e starei per dire magnetica, tale da poter riprodurre i sentimenti e i pensieri umani attraverso il silenzio plastico, perfezione, questa, che ben pochi attori sanno raggiungere (perché troppo pochi sono quelli che si dedicano allo studio di conseguire questa potenza creativa e comunicativa con coscienza di responsabilità)».

Seguono paragrafi sul discredito dell'arte del cinematografo e sulle sue potenzialità ancora inespresse, e l'aspirazione a che attori e industriali imbocchino insieme la strada del perfezionamento. Diana ritiene che «il cinematografo avrà certo un grande avvenire, ma ha un mediocre presente, e ciò tanto nel campo artistico quanto in quello industriale». E propone di dividere la produzione cinematografica in due grandi categorie. «Quella dei film sensazionali, il successo dei quali è basato tutto sulla varietà dell'intreccio e sulla suggestività dell'azione esteriore. Quella dei film educativi, in cui l'attore trasmette al pubblico tutta la divina sofferenza della sua ispirazione e la gioia tormentosa della sua creazione».

Sottintende con ciò di escludere di dedicarsi, d'ora in poi, ai primi. E conclude con un'autocritica severa. «Si deve riconoscere con franchezza che noi attori cinematografici finora non abbiamo dato nulla di notevole, in senso intellettuale. Noi ci avviciniamo all'obiettivo con inconscia prepotenza, che è male sopportata dal pubblico, il quale con la sua critica indulgente e superficiale impoverisce l'importanza del problema ed aumenta cosí la difficoltà della soluzione. Invece, manifestando la perfezione dobbiamo incatenare a noi stessi il pubblico e farne il nostro migliore collaboratore: solamente cosí riusciremo ad ottenere una critica dignitosa e seria. Tutti uniti nello stesso impeto, animati dalla stessa idealità, pervasi dallo stesso desiderio di raggiungere il meglio – dobbiamo cercare di superarci l'un l'altro in questa nobile gara che ci porterà verso la perfezione che sugli scudi delle nostre nuove battaglie dovrà avere un blasone simbolico: quello dell'Arte».

Lo scritto testimonia – da parte del direttore – il riconoscimento di Diana Karenne come essere senziente e intellettuale, al di là delle ormai acclarate qualità d'interprete. Tuttavia è deludente. La forma è elevata e letteraria (anche nell'originale francese), ma nell'insieme si tratta di frasi magniloquenti e vuote, da cui si evince solo l'insoddisfazione di Diana per ciò che ha realizzato fino a quel momento, e l'aspirazione a una diversa forma di bellezza. C'è qualcosa di vero, tuttavia, e perfino toccante, nella disperante genericità delle parole. L'Arte la ossessiona. Come crearla, nella realtà del cinema italiano nel 1918, non lo sa.

Annunci col maggior clamore possibile il ritorno di Diana Karenne a Roma. Cosí ordina a Scipione D'Amico, addetto alla réclame e alla vendita dei film, Alfredo Capece Minutolo marchese di Bugnano, deputato di Napoli al Regio Parlamento fin dal 1907, già questore alla Camera e sottosegretario agli Esteri, proprietario della Medusa Film quando – nel febbraio del 1918 – lei appone la sua firma nel contratto che le affida la parte di Maria di Magdala nel prossimo film di Carmine Gallone.

L'omonima opera lirica del compositore Vincenzo Michetti, allievo di Mascagni, è annunciata al Teatro Costanzi per marzo: il marchese – che pure nel cinema è arrivato da poco, avendo fondato la prima Casa nel 1914 e la Medusa solo nel 1915 – lo precede, per anticipare la concorrenza. I suoi soci Genina e Lucio d'Ambra lo hanno abbandonato, e la Medusa in crisi ha bisogno di un progetto eclatante per rilanciarsi. Una circolare del ministero dell'Interno raccomanda la massima severità verso film con soggetti e ambienti della malavita – teppa, camorra, barabberia, mafia, mano nera, apaches? Minaccia di censurare film che diano all'estero l'immagine di un paese in balia della malavita, denigrando l'onore della nazione? Alla Medusa Film farebbe quasi un favore, visto che il pubblico va a vedere solo serie poliziesche: ma piegati giunco che passa la piena, passerà pure questa mania. Capece Minutolo scommette su un unico film: inattaccabile. Il Vangelo è sempre la storia piú nota al mondo. Pare che il papa, Benedetto XV, abbia una passione smodata per il cinematografo. Si fa proiettare in Vaticano tutti i film religiosi. Dicono pure che abbia scritto una sceneggiatura, ma meglio non approfondire.

Tutte le dive bramano la parte della Maddalena: ai teatri di posa di via Vitellia, davanti a Villa Pamphilj, si formano assembramenti di attrici e attori in attesa di provino, fin da quando il film è stato annunciato sui giornali. Il marchese di Bugnano in verità esitava a scritturare la Karenne. Le russe sono ingestibili. Stacia Napierkowska gli ha fatto venire l'ulcera, nel 1916: doveva interpretare *La signorina Ciclone* e da un giorno all'altro l'ha piantato in asso, col set già allestito e la troupe sul lago di Como. Ha dovuto farle causa. Peggio per lei, poi, perché *La signorina Ciclone* è stato un trionfo. Sono indecifrabili, queste slave: non si capisce mai cosa pensano e cosa vogliono. Karenne si è messa addirittura a pubblicare testi di teoria del cinema, neanche fosse un filosofo. Che c'entra con la Maddalena?

Ma gli autori – il soggettista è il poeta Fausto Salvatori, lo scenografo il pittore Camillo Innocenti – non hanno avuto dubbi. Diana Karenne non somiglia minimamente all'idea che il pubblico ha della Maddalena. Non è nera di crine, né scura come le ebree, non è formosa come le Maddalene barocche, non sembra una prostituta né una santa, e loro – appigliandosi ai pochi paragrafi di san Luca e san Giovanni – vogliono interpolare i silenzi delle Scritture, e farne una precorritrice degli apostoli, una madre sapiente della Chiesa e una protomartire. Poiché Lyda Borelli, Francesca Bertini, Pina Menichelli e Leda Gys sono legate ad altre Case, soltanto Diana Karenne può rendere moderna e attuale la grande peccatrice in cerca di assoluto e redenzione. Il film poi sarà una fantasticheria esotica con schiave e cammellieri, fra D'Annunzio e Oscar Wilde. Ma l'estetica è pura Secessione viennese. Quando Diana indossa il costume di Maria di Magdala, sembra la *Giuditta* di Klimt, che Innocenti ha visto a Roma nel 1911.

Maria di Magdala non è soltanto un film. Per lei un atto di contrizione, che le permetterà di diventare padrona di sé stessa e realizzare il suo «sogno di artista e di donna», «l'indipendenza assoluta da ogni asservimento della sua arte e della sua libertà personale», come ha dichiarato alla stampa, alla quale il marchese di Bugnano ha affidato l'ingrato compito di rendere accettabile all'ambiente l'«insofferenza di ogni giogo e limitazione» che spinge Diana Karenne a cambiare continuamente Casa, alleati e città.

Le monumentali scenografie, i templi, i palazzi, le strade e il deserto della Palestina. Niente cartapesta: pietra, marmi, sabbia, cammelli veri. Non s'è mai visto niente del genere. Si trapiantano palme, si tingono tessuti per rivestire centinaia di comparse: i nomadi beduini, i mercanti assiri e fenici, i sacerdoti della corte del Tetrarca, gli ebrei di Alessandria, le danzatrici elleniche, i pescatori del lago di Tiberiade, i pastori della Galilea, i centurioni romani. I costi, già vertiginosi nel preventivo, salgono giorno dopo giorno. Ed è una follia, perché un decreto del ministero dell'Interno obbligherà gli esercenti a includere nei loro programmi pellicole prodotte nel pubblico interesse e attinenti alla guerra: i cosiddetti giornali cinematografici prodotti dal comando supremo del Regio Esercito. Metà delle sale saranno occupate da questa inutile zavorra. Il pubblico potrebbe disertarle. Siamo tutti stanchi di guerra e di eroi. Il produttore non sa nemmeno se i cinema potranno ancora proiettare film d'evasione, quando *Maria di Magdala* sarà pronto. Ma bisogna aver fede, dice, firmando assegni e cambiali. Si considera un buon cristiano.

Lei no. Anzi, quando Capece Minutolo le ha offerto la parte gli ha detto: non conosco Cristo e non lavoro il sabato. Il marchese ha risposto serafico che a quanto gli risulta pure Maria di Magdala era ebrea. Tuttavia non le crede. Karenne è una tale mitomane che potrebbe avergli lanciato il petardo solo perché è già entrata nella parte.

Per prepararsi al personaggio, Diana legge il Vangelo e frequenta le chiese di Roma. Le piú antiche – paleocristiane, sorte sul luogo del martirio dei santi. Da quando ha lasciato Kiev, ha dimenticato cosa significa credere. Contempla il Redentore nei mosaici di absidi scintillanti d'oro oppure crocifisso su una tela fuligginosa nella penombra di una parrocchia di periferia – i piedi trafitti dai chiodi, le costole aguzze, il sangue, la corona di spine. La fede ha odore d'incenso e sapore di lacrime. Non dice a nessuno di avere incontrato la Maddalena a Roma, poco tempo fa. È una storia che conoscono soltanto lei, Gaetano Campanile Mancini e gli amici scrittori di lui – pettegoli come comari –, che se la ripetono l'un l'altro. Non contribuisce a tranquillizzare l'ambiente sul suo temperamento. Delle sue visioni mistiche le maestranze sono all'oscuro, perché gli scrittori si frequentano solo fra loro. Eppure, fin dal primo ciak, nessuno dubita che Diana Karenne sia la sposa di Gesú.

Quando rientra nel camerino, stremata, gli operai della troupe si scansano. Non succede lo stesso con gli altri attori. Pure Alberto Pasquali, che interpreta Gesú per la seconda volta, dopo *Christus*, ha superato la crisi religiosa che lo colse allora: ormai passa da Leonardo da Vinci a Cristo senza neanche cambiare espressione (ne ha due a disposizione, con barba lunga o con barba corta), introverso e taciturno in scena come fuori dal set. Con lei, invece, sembrano a disagio. Ed evitano il suo sguardo rovente. La considerano talmente posseduta dalla Maddalena che al terzo giorno di lavorazione nessuno la chiama piú Karenne. Tutti sono convinti che la totale identificazione col personaggio sia il suo modo di espiare una colpa. Quale, lo ignorano. Ma deve essere grande.

La lavorazione è un calvario. Per le complicazioni delle scene di massa – che richiedono prove estenuanti, e c'è sempre un gladiatore o un gabelliere che incespica nella tunica o impalla la protagonista. Per l'intensità della parte, che prosciuga tutte le sue energie. Ma anche per la minaccia incombente di dover interrompere le riprese. Perché il produttore di una Casa minore di Roma, la Vera Film, annuncia di avere già girato un film con lo stesso titolo, *Maria di Magdala*, e convinto di poter bruciare sul tempo la concorrenza non desiste, nemmeno di fronte alle minacce e alle pressioni neanche tanto velate cui viene sottoposto dai potenti amici del marchese di Bugnano. Gli dicono che Fausto Salvatori è un grande poeta, Innocenti un grande pittore, Gallone un grande regista, Karenne una grande attrice. Chi è il carneade Aldo Molinari per ostacolare tanta arte?

Lo sfacciato contrattacca, dichiara pubblicamente di aver informato il marchese Capece Minutolo del suo film, vari anni orsono, e non si può negarlo: ma la verità è che nel 1914 andò in Palestina per fotografare i luoghi santi, poi la troupe dovette rimpatriare per via della guerra, e l'idea di riprendere il film gli è venuta dopo l'annuncio che la Medusa si accingeva a mettere in lavorazione *Maria di Magdala* con Diana Karenne. Tant'è che ha scritturato pure lui una Maddalena russa, Ileana Leonidoff. Il rischio è che faccia causa, e blocchi tutto. Ma la mastodontica macchina si è ormai messa in moto e Medusa non può fermarsi. Giriamo, imperterriti.

Ci si mette anche l'influenza. Il primo che si ammala è un generico, di cui Diana non sa – né mai saprà – il nome, solo che è un soldato in licenza. Approfitta della tregua dal servizio per riprendere l'attività: per un giovane attore sono duri, tre anni senza recitare. Non figura nei titoli. Ha girato la prima scena, gli resta soltanto un'altra posa. Ma non si presenta sul set. Lo aspettano un'ora, poi lo mandano a cercare. Sta male, a letto batte i denti e geme sotto una montagna di coperte. Non ha proprio le forze per alzarsi. Una forte influenza. Ma forte, davvero. Ha la febbre a quaranta e tre. Le ossa rotte, e i polmoni che dolgono come fossero di sasso. I delegati della produzione telefonano in ufficio, ricevono ordine di insistere, minacciando il licenziamento; l'attore cede (mai farsi la fama di lavativo, nessuno ti scritturerà piú e la guerra finirà prima o poi), s'infila la camicia ma non riesce a chinarsi per allacciarsi le scarpe; segue i delegati barcollando, col calcagno che sporge dalla tomaia; lo caricano su una botticella (le auto private sono sempre requisite e i quadrupedi sono tornati a essere i veicoli della locomozione) e lo depositano a Bethania. È uno degli uomini che deve stuprarla. Nelle prime scene la fascinosa Maria di Magdala subisce la violenza degli uomini, e soltanto dopo farà mercimonio del proprio corpo, perché solo impadronendosi del loro desiderio potrà dominarli: finché l'incontro con Cristo la induce a liberarsi di ogni potere, e consegnarsi a lui.

L'attore febbricitante respira con affanno e si regge a stento in piedi. Il suo viso piove sudore. Lei prova disgusto quando l'afferra per un braccio e le fiata addosso. Benché abbia il volto velato, come un'araba, sente il suo alito malsano sulla bocca. Si divincola. C'è qualcosa di insidioso nel suo sguardo. Lei sa, sente, che quest'uomo sta morendo. Ma Carlo Montuori – che è scampato alla guerra e, come lei gli aveva annunciato, è di nuovo il direttore della fotografia di un suo film –, fa segno all'operatore di continuare a girare e, anzi, avvicinare la macchina da presa. L'attore la spoglia del mantello, e la lega a un palo. Gli altri uomini si avvicinano, circondandola. Alla fine l'attore e i suoi compagni la gettano a terra e la coprono coi loro corpi. La sofferenza di Maria di Magdala accresce l'atrocità della scena dello stupro (la censura imporrà molti metri di tagli). Nel copione c'è uno stacco e cambia il quadro, però

Gallone non chiama l'alt. Nella scena successiva, lei dovrebbe essere accovacciata, avvolta nel mantello stracciato, come una mendicante. Ma quando si rialza, è praticamente nuda, perché il mantello è rimasto vicino al palo, e Gallone ha voluto che la coprisse solo una tunichetta bianca, trasparente come una tela di ragno. Non si capisce piú se sia Diana Karenne a incamminarsi oltre il segno tracciato col gesso sulla finta strada, o Maria di Magdala, che dopo lo stupro barcolla dolorante e dignitosa verso la sua casa. Il velo lacerato lascia intravedere la forma del corpo, e i capezzoli. Magrissima, l'attrice russa: si dice stia digiunando per prepararsi alle sequenze della penitenza nel deserto d'Egitto – in cui sarà scheletrica, vestita solo dei suoi capelli. Ma la troupe apprezza la soda consistenza del seno. Il censore, probabilmente abbagliato, non condannerà i quaranta fatali fotogrammi al rogo.

L'attore muore tre giorni dopo. Aveva ventiquattro anni ed era in perfetta salute (tanto che doveva tornare al fronte). Sul set le maestranze mormorano che da qualche giorno gira l'influenza stagionale, ma piú forte del solito, perché l'hanno portata i soldati e tutti sanno in quali condizioni igieniche – tra cadaveri, pidocchi ed escrementi – vivano, lassú. Mentre le acconcia la capigliatura (la Maddalena è diventata una prostituta ricchissima e riceve i clienti sotto una tenda), la parrucchiera le racconta che nelle farmacie è scomparso il chinino. Si parla di una recrudescenza delle febbri malariche.

Si ammalano tutti i partecipanti alla scena dello stupro, come se fossero colpiti dalla maledizione biblica della figlia di Giacobbe, Dina. Ma lei viene a saperlo solo giorni dopo, perché il loro ruolo nel film è terminato. Al funerale del giovane attore, promessa del teatro italiano, però, partecipano tutti. Non hanno la minima idea del rischio che corrono. Come potrebbero? Solo le autorità sanno che nel continente si sta diffondendo una virulenta epidemia influenzale. Ma è inutile allarmare la popolazione. Bisogna evitare distrazioni alle masse, e tenerle concentrate e consenzienti allo sforzo bellico. Saranno i mesi decisivi. Il governo bolscevico ha firmato la resa a Brest-Litovsk e la pace separata con gli austriaci e i tedeschi, che cede a questi tanta parte dell'ex Impero zarista (e l'Ucraina agli ucraini), ma soprattutto libera dal fronte est centinaia di migliaia di soldati, pronti a riversarsi contro di noi. Bisognerà resistere, ma stiamo arruolando i diciottenni. L'unica assente è lei. Non se la sente di perdonarlo, anche se stava solo recitando.

La seconda settimana di marzo devono addirittura sospendere la lavorazione perché si sono ammalati l'assistente operatore, il macchinista, l'addetto alle luci e due attrezzisti. Siamo ottimisti, cerca di tranquillizzarla il produttore. Il cinema non si ferma mai. Stiamo cercando i sostituti dei nostri malati. Ultimeremo le sue pose il prima possibile.

Capece Minutolo sa molte piú cose di quante possa dirne. E in realtà è terrorizzato. È un'influenza cattiva, questa. La gente muore. I numeri non vengono diffusi. Ma si parla di migliaia di vittime ogni giorno. Se si ammala la sua Maddalena, il film è distrutto. Ma non ha idea di quello che deve fare per proteggerla. L'unica decisione saggia – interrompere le riprese finché la misteriosa ondata di febbre si sarà esaurita – non può prenderla, perché sarebbe la fine della Medusa Film. La scruta, quindi, angosciato. Pallidissima, smagrita, gli occhi cerchiati, Diana Karenne sembra già contagiata.

Lei lo prega di aggiornarla sulle condizioni di salute degli altri generici della scena dello stupro. Fa recapitare a tutti un flacone di medicina. Ha letto una réclame sul giornale. Pare sia efficace contro questa febbre. Non sono piú Dina, non voglio vendetta. Se davvero è diventata la Maddalena, Gesú Cristo li salverà. È solo un film.

Riprenderemo lunedí, assicura il marchese. Approfittate di questi pochi giorni liberi per riposare, signora Karenne, le raccomanda. E riguardatevi. Avete l'aria molto stanca.

L'appuntamento è per le 17. Verrà a intervistarla un collaboratore della nuova rivista «In Penombra», che il poeta Salvatori le ha vantato candidata a imporsi come la piú raffinata del settore. Il primo numero, già composto, uscirà a luglio: preparano il secondo. Il direttore Tomaso Monicelli ha chiamato le migliori firme della letteratura e del teatro italiano – romano, in effetti. Diana teme le interviste. Le fanno paura i taccuini dei giornalisti, i loro volti impenetrabili, le domande capziose e subdole. Non crede alle smancerie e non capisce mai se la apprezzino o la detestino, se la trovano ridicola, presuntuosa, oppure affascinante e geniale. Preferisce le risposte scritte, o i monologhi, ma non ha potuto sottrarsi. I finanziatori della rivista sono gli stessi produttori dei film di cui decidono di parlare – Roma è una piccola città. E la Medusa ha bisogno di rilanciare l'immagine di *Maria di Magdala* – un film nato sotto una cattiva stella. Monicelli ha garantito che le daranno uno spazio enorme: la notorietà si misura in centimetri, righe e pagine. Gliene daranno cinque, con altrettante fotografie, selezionate tra i migliori scatti del repertorio. Non vi saranno allusioni alla sua vita privata né alla complicata vicenda societaria della DKF: è una rivista d'arte – niente pettegolezzi. Karenne avrà l'onore di essere intervistata dal critico teatrale della «Tribuna»: Fausto Maria Martini – l'autore del necrologio di Oxilia.

A Martini, che dimostra sessant'anni invece che trenta, dedica piú tempo di quanto lui si aspettasse. Le dive si concedono il meno possibile, e la precedente – la rivista prevede di pubblicare un ritratto d'attrice in ogni numero – si è fatta attendere ore per farfugliare quattro banalità imparate a memoria. Martini si stupisce pure che non gli si sia presentata in décolleté, con gli occhi bistrati, per farsi ammirare. I produttori trasformano in idolo un facchino del porto di Napoli o una qualunque ballerinetta da tabarin, e dopo ne subiscono l'esagerato egocentrismo. Karenne invece è vestita quasi come una istitutrice. O piuttosto l'operaia di una fabbrica. Indossa una specie di camice. Che sciocco: da pittrice!

Come ci si comporta con un giornalista? Come un invadente estraneo o un amico? Deve essere affabile o distante? Cosa si aspettano – lui e i lettori – da Diana Karenne? Lo invita a entrare, scusandosi se la casa è cosí piccola. L'ha presa in affitto da poco, perché a Roma ha sempre vissuto al Pinciano, via Nicolò Porpora sbuca su Villa Borghese, e la vista delle chiome dei pini, le scaglie dei tronchi maculate dal sole, l'odore di resina, il canto dei merli, le trasmette una grande pace. Ne ha davvero bisogno. Scusi anche il disordine. Sono provvisoria come una gru, voi direste una rondine, non mi fermo mai piú di una stagione in nessun luogo. Tutti gli esseri viventi, perfino gli insetti, si costruiscono una tana, un nido, un riparo. Ma io invidio gli invertebrati che possiedono un guscio, e le farfalle si accontentano del loro bozzolo. La casa è lo spazio dell'anima e la sua dimora, lo scrigno dei ricordi, ma i miei non sono qui, e solo gli oggetti che ho creato io stessa hanno un qualche valore.

Aggirando il pianoforte, Martini sbircia gli spartiti sul leggio, ma non riconosce le note. Diana lo precede nel salotto, e si vergogna di costringerlo a camminare. Martini zoppica. Ogni due passi deve fermarsi, perché il dolore è troppo lancinante. Monicelli l'aveva avvisata che il critico e poeta è stato gravemente ferito al fronte. Dal parapetto di una trincea, un soldato nemico gli ha sparato in testa col fucile. Il proiettile gli ha trapassato il cervello. Ha perso l'uso di un braccio e di una gamba, ed è stato tre giorni in coma. Dopo tre mesi a letto in ospedale, e due anni e mezzo di riabilitazione fra i «cranici», pian piano sta recuperando. Ma il ghigno della paralisi gli storce ancora la bocca. Eviti, se può, qualunque allusione alla sua salute. Non vuole parlarne. Sta ancora molto male. Tutti noi della rivista lo amiamo e lo sproniamo a rimettersi al lavoro. L'intervista – un lavoretto facile – è il massimo impegno che ora possa sopportare. Sia delicata, signora Karenne. Siamo feriti entrambi, lei pensa, sforzandosi di non guardare il cranio del poeta, sul quale la peluria rada non riesce a coprire l'orrenda cicatrice. Nessuno di noi due è in grado di reggere la recita. Questa intervista sarà un disastro.

Il salotto è anche il suo studio. Martini osserva i mucchi di libri in cinque lingue sparsi sul tappeto, gli acquerelli appesi alle pareti, l'ultimo – incompiuto – sul cavalletto con la tavolozza umida accanto. Martini non sa come classificare quei disegni a colori saturi e violenti – nero, viola, rosso: li definisce «caricature». Lo colpiscono. Lo turbano. Una, in particolare, intitolata *Dolore*. «C'è una mano rapace che ferisce un volto e ne fa spiccare qualche goccia di sangue», scriverà. L'immagine lo ipnotizza, non riesce a distogliere lo sguardo. Gli ricorda l'ultima immagine che ha visto nella sua vita precedente: il volto privo di lineamenti del soldato austriaco, che sbuca sul parapetto della trincea, e poi è solo un muro rosso – il sangue che cola dalla testa e gli inzuppa la divisa. Il sangue, una folle sete, e piú nulla. Il suo incubo di ogni giorno, da allora. Questa donna lo ha dipinto. Si sente svenire.

Lo prenda pure, glielo regalo, se vuole, dice gentilmente Diana, che fraintende la sua curiosità. Stacca il disegno dal muro. Conosce la favola dell'usignolo di Oscar Wilde? gli domanda, perché pensa che se Martini la considera colta la crederà piú intelligente. Voleva colorare di rosso una rosa bianca. E allora si conficca nel cuore una spina del ramo su cui si è posato. La rosa si colora di sangue, e lui canta, fino a spegnersi come una stella nella sua luce.

Martini – già delicato poeta crepuscolare – conosce Wilde, ma non accetta il *Dolore* per quello. Lo terrà sulla scrivania, mentre nell'ufficio di via Palermo ritocca il pezzo per farlo entrare negli spazi consentiti. Diana Karenne, la regina del silenzio, ha parlato ininterrottamente, come

se volesse dire tutto ciò che sullo schermo deve tacere. In francese, perché in italiano si sente ancora insicura, si esprime in modo troppo semplice e la sua lingua non è all'altezza del suo pensiero. Lui la prende sul serio, anche se non ha mai visto i film che ha diretto e quelli che ha interpretato li ha trovati scritti male, contorti, inutilmente violenti e sanguinosi. La «terribilità psicologica» dei suoi personaggi gli è sembrata fasulla. Ma la conosce meglio di quanto la signora possa immaginare. Fra qualche settimana, il 20 aprile, Martini si sposa. Alle nozze, l'onorevole Luigi, il fratello del marchese Medici del Vascello, sarà il testimone della moglie, Emma, di cui è il migliore amico. I fratelli Medici seguono con attenzione la carriera di Diana Karenne.

Emma gli ha confidato che Giuseppe, sempre a Parigi per impegni diplomatici, l'ama ancora, quella stravagante russa e, nella speranza che torni da lui, ha rifiutato di entrare nella Storia, andando a offrire al governo bolscevico per conto degli alleati milioni di aiuti e il riconoscimento diplomatico purché non accettino la pace coi tedeschi. Una disobbedienza del tutto inaspettata in un servitore delle istituzioni, che rischia di disonorarlo, nel suo ambiente. I moralisti benpensanti credono ancora che il cinema sia un mercato di prosseneti e cortigiane, e che i film corrompano la gioventú – bastano 50 centesimi e un metro di pellicola per traviare una vita e gettare il germe della rovina spirituale. Ma adesso che un ricco industriale ha sposato Vittoria Lepanto, e il conte Vittorio Cini sposerà Lyda Borelli – sottraendo la piú bella delle dive ai suoi ammiratori, poiché la contessa Cini non farà mai piú cinema – la dedizione cavalleresca di Giuseppe sembra quasi un profetico annuncio dei tempi. Il cinema è la nuova aristocrazia. Diana Karenne però non è ancora la marchesa Medici del Vascello.

Martini tuttavia non riesce a interessarsi alla loro contrastata storia d'amore. Si sente insieme troppo vecchio e troppo giovane. È morto, e non è sicuro di essere ancora vivo. A ventun anni ha tentato la fortuna in America; a ventidue si è chiuso un anno a meditare in un convento di cappuccini; a ventinove, nel 1915, è partito volontario per il fronte. Sono passati due anni e mezzo da quando la fucilata gli ha spaccato il cranio e ancora entra ed esce dagli ospedali. Se Diana non voleva essere intervistata, nemmeno lui voleva intervistarla. La depressione gli ha tolto ogni desiderio di scrivere. Inoltre l'incompetenza e la presunzione sono la caratteristica precipua della gente del cinema. Ma proprio per questo il direttore Monicelli non ha accettato il suo rifiuto. Diana Karenne viene considerata da tutti una donna dotata di una personalità eccezionale, di fine cultura e intelligenza: con l'altra polacca, Soava Gallone, la moglie di Carmine, una delle poche «attrici di eccezione», o di «sincerità» - capaci di esprimere sentimenti e psicologie «con euritmia ritmica e rifuggendo dalla volgarità». Alla rivista supportano quindi come fosse la missione di tutti gli amanti del cinema di qualità il progetto di lei di liberarsi della gabbia della donna perversa e fatale, che le ha costruito intorno la rozza Pasquali Film. E se pure lei è stata complice di questa creazione, poi si è ribellata. Ha preso un grosso rischio ad abbandonare la strada maestra. Si deve ammirare chi non si accontenta.

Non sottovaluta la sua aspirazione a un'arte piú semplice e profonda, in cui le passioni, anche se espresse con simboli e metafore, siano quelle che ci riguardano tutti. E la comprende quando lamenta che i produttori sono impresari e commercianti schiavi della tirannide del mercato, vogliono solo far soldi - tanti e subito -, e non ha ancora trovato un industriale che apprezzi la qualità: il cinema è la lingua della realtà, le immagini sono il reale che si fa lingua, per questo può fare persino a meno della parola. Martini trascrive diligentemente, in lingua originale, l'autocritica di lei apparsa su «Lux» («Le cinématographe aura certainement un grand avénir, mais il a un présent mediocre»), ma piú oltre preferisce tradurre le sue riflessioni sul futuro della scena muta. «È possibile che noi creiamo una bellezza profonda del gesto ritmata sulla bellezza del paesaggio, che al cinematografo spetta sfruttare secondo possibilità negate al teatro. È possibile che noi disegniamo un'estetica del silenzio. Ma occorre molto lavoro, tanta pazienza, una lunga indagine, una meditazione continua, una saggia umiltà. E finora non lo abbiamo fatto». E comunque il consenso del pubblico e il plauso degli intelligenti non devono ingannare. Lei non si inganna. È delusa di tutto ciò che ha fatto finora. Ma crede nel lavoro. Nella fatica, nello studio e nel tempo. Il cinema è la macchina per stampare la vita in tutte le sue inattese possibilità di lirismo.

Martini inserirà nel suo articolo ampi stralci dei testi di Diana, e non si domanda se convinceranno i lettori l'idealismo spiritualista della Karenne, e la sua visione cerebrale della recitazione (non sono una intuitiva, ha ammesso, ai gesti, alle espressioni, ai movimenti del corpo dei miei personaggi arrivo col filtro del pensiero, della mia esperienza, della mia vita). Non è riuscito a strapparle una confidenza, un aneddoto, nemmeno un ricordo che lo aiutasse a umanizzarla. Ma preferisce che siano le stesse parole di lei a spiegare perché la stupenda donna che i lettori ammireranno nelle foto di scena sembra cosí triste e sola. È il primo e l'unico che usi per lei il termine «esule».

Sí, mi può definire un'esule, acconsente Diana. E come tutti gli esuli cerco un rifugio. L'ha trovato in Italia? s'incuriosisce Martini. Sarebbe un bel finale, per il suo pezzo. Ma lei lo sorprende. Nella solitudine, gli risponde.

Non si è mai sentita cosí sola – infatti: fuori posto con tutti, anche con sé stessa. E nelle ultime settimane solo scalza, nella Palestina di Gesú Cristo, si è sentita a casa. La stampa sta montando una campagna nazionalistica per italianizzare i nostri film. I cosiddetti critici attribuiscono il problema del calo degli incassi e del mutamento del gusto del pubblico all'immigrazione di artisti stranieri, specie delle donne. I film americani sono film americani, i film italiani invece o sono d'argomento straniero, o sono lardellati da titoli, nomi e vocaboli esotici, o sono interpretati da gente straniera. *La damina di porcellana* è il film esemplare per il tiro al bersaglio, e viene stroncato perché non è né italiano né straniero, né carne né pesce. Bisogna imporre il nazionalismo nei rapporti con gli artisti cinematografici, specie del genere femminile, perché in Italia ci sono le donne piú belle e le piú intelligenti del mondo e non dobbiamo andare a cercarle fuori dai confini, e arricchirle pure, con contratti spropositati. È noto quanto guadagni Diana Karenne. Il pubblico viene invitato a insorgere contro questo sistema che offende la patria.

Butta vestiti, cappelli, scarpe e gioielli alla rinfusa nei bauli, e si fa portare alla stazione. La patria. Quale patria? Ha aspettato troppo a raggiungere Drankov. Aleksandr Osipovič è fuggito da Pietrogrado. Ha dovuto abbandonare il progetto dei film rivoluzionari: i bolscevichi lo accusano di essere un borghese e il suo nome è finito nella lista dei nemici del popolo da arrestare. Si è diretto a sud, con Talykin e quel che resta della sua troupe. Per non farli distruggere dai bolscevichi seppelliranno i negativi dei film nella terra dell'Ucraina. Dove sarà, Drankov?

La biglietteria della stazione Termini è quasi deserta. In tempo di guerra viaggiano solo i soldati, i pescecani e le spie. Varcare una frontiera sembra quasi un reato. Gli addetti dei vagon-lit trascinano i carrelli coi bagagli dei pochi passeggeri e litigano per accaparrarsi i suoi. Il bigliettaio sbadiglia dietro il vetro. Dove è diretta, la signora? Dove qualcuno mi aspetta, dice, posando il rotolo di banconote sul bancone.

Poi sparisce. Dagli schermi, dai set, dai giornali, dove le uniche menzioni del suo nome riguardano le proiezioni, sempre piú sporadiche, dei suoi film del 1916 e del 1917. *Sofia di Kravonia* in un cinema di Sampierdarena e ai Bagni di Montecatini, *Lea* a Maiorca, *Les demi-vierges* a Barcellona, *Pierrot* al Fulgor di Bologna, *Justice de femme!* in un cinema di Pavia e al Centrale di Milano, dove Tina Zaninetti l'applaude tra la folla entusiasta, esaltandolo in una recensione come un lavoro degno della principessa del regno muto. «La bionda polacca che ha lavorato qui, ora, dopo esserne partita, ha lasciato il suo profumo artistico indimenticabile e il pubblico ha tributato al suo lavoro la simpatia che l'aveva resa gradita ospite a Milano». Deplora i fischi che avevano accolto il film a Bologna, trova pedagogica per la gioventú la morale contro le tentazioni e l'ebbrezza del peccato, bella Karenne nella gelosia, nella tenerezza materna, nel rimorso. È ancora un messaggio d'amore, perfino piú esplicito delle poesie, ma Diana non lo leggerà mai, perché è lontana. Nessuno sa dove sia finita. Nell'ambiente le voci si susseguono – improbabili, e tuttavia possibili, perché sempre, fra le ipotesi e le teorie, le esagerazioni sono quelle che piú si avvicinano al vero.

Diana Karenne si è rifugiata in convento, per attuare la conversione al cattolicesimo. È stata sfigurata da un leone africano durante le riprese della *Maria di Magdala*. È ricoverata in una clinica psichiatrica per un crollo mentale. Gira nei campi di prigionia dei soldati polacchi e galiziani sparsi negli Appennini, per rincuorare i suoi compatrioti. È tornata sotto falso nome a Kiev, occupata dai tedeschi, per esfiltrare la famiglia, ma è rimasta bloccata dalle rivolte dei settantacinquemila contadini rivoluzionari che marciano verso la capitale.

Nella portineria dell'Hotel Europa di Milano si ammucchiano pacchi di lettere e telegrammi. La signora Karenne non ha mai indicato dove reindirizzare la posta. Solo il ministero dell'Interno sa dove, quando ha lasciato Roma, si è diretta Diana Karenne. Il 20 marzo 1918, su sollecitazione del Comando Supremo, ha segnalato alle autorità francesi come sospetta di esercitare lo spionaggio in danno dell'Italia la seguente persona: BELGORSKY RINA alias Diana Karenne.

I francesi hanno diramato la segnalazione: ma a loro risulta che la sospetta si chiami Belogorski Rosalinda di Alessandro. Il ministero tace, ma forse nei palazzi del potere qualcuno crede di conoscere le ragioni che l'hanno condotta a Parigi.

Da mesi il consigliere di legazione di 3ª classe Giuseppe Medici del Vascello chiedeva al ministero degli Esteri di concedergli la licenza per tornare in Italia: invano. Forse una ritorsione per aver rifiutato le missioni a Pietrogrado. Ed è venuta lei!

Il giardino dell'ambasciata d'Italia è al buio, perché le autorità prescrivono imperiosamente di spegnere le luci e di tenere le persiane chiuse. Da quando il 23 marzo la Grande Berta ha iniziato a lanciare obici su Parigi, non si può stazionare sulla pubblica via e bisogna restare nell'immobile in cui si abita – lontani dalle finestre. I tedeschi tirano ogni quindici minuti dalle otto del mattino. E lei che si preoccupava della virulenta epidemia di influenza che si è diffusa anche qui! I crolli hanno già provocato un centinaio di morti e altrettanti feriti. Il rombo spaventoso del cannone la fa tremare. Giuseppe, che si è già abituato, la culla fra le braccia. Le bombe cadono ovunque, ai vespri del Venerdí Santo perfino sulla chiesa di Saint Gervais – ma lui cerca di farla sentire al sicuro. La loro ritrovata unione è effimera come i fiori del pesco. Il ministro degli Esteri Sonnino ha proposto al marchese Medici del Vascello il trasferimento a Washington. L'ambasciatore in Francia, Lelio Bonin Longare, lo raccomanda come consigliere validissimo, che ha maturato una grande esperienza e conoscenza degli ambienti politici e amministrativi. Ma Giuseppe non vuole andare in America. Vuole tornare in Italia, con lei. A luglio almeno una breve licenza non può essergli piú negata. Potrebbero partire insieme.

Dina, la sua Dina-mite, deve assolutamente tornare in Italia. Ha i film con la Tiber da girare, e non deve sprecare anche questa occasione. La Tiber è attrezzata per resistere alla crisi. Negli ultimi tempi, invece, a Giuseppe sembra che Dina abbia cercato solo di autodistruggersi, con irragionevole ostinazione, e abbia fatto tutto ciò che poteva per sabotarsi. Scegliersi i soci piú inaffidabili, maltrattare amici e collaboratori, litigare con tutti. Perfino coi suoi migliori alleati. Ha sciolto pure l'accordo con De Medio, che si sarebbe tagliato una mano, per vendere i suoi film. Come può venderli da sola? Dovrebbe essere una commerciante, ed è l'esatto opposto: agisce sempre contro i suoi interessi.

E poi c'è un motivo ancora piú stringente. Il ministero della Marina allestisce una pellicola patriottica a uso di propaganda. L'hanno invitata a partecipare, con Diomira Jacobini e Livio Pavanelli. Dina-mite non è nelle condizioni di rifiutare. Altrimenti, confermerà i sospetti. Lui non potrà piú tenere a bada i funzionari del ministero dell'Interno. Chiederanno la sua espulsione. Stanno deportando in Sardegna e nelle isole tanta gente che ha il solo torto di un cognome senza la vocale alla fine. Ma quelli schedati nei fascicoli vengono addirittura incarcerati. Non deve scherzare su queste cose. Mata Hari l'hanno fucilata.

Mi chiedono di morire per l'Italia, commenta lei, amaramente. Si chiama espiazione, dice Giuseppe.

La Francia, come l'Italia, non riconosce il governo bolscevico e non ha rapporti diplomatici con la Russia dei Soviet. Ma a Parigi c'è Maklakov, dal 1917 l'ambasciatore della Repubblica russa, e rappresentante dell'unico stato che gli alleati considerano legittimo, e di cui – con gli inglesi e gli americani – finanziano la guerra. Da est, da sud e da ovest, le Armate bianche tentano di sconfiggere i rossi e liberare il paese. I francesi hanno reparti e navi da guerra nella Russia del Sud, e perfino gli italiani hanno mandato un contingente di soldati in Siberia. Maklakov può procurarle ciò di cui ha bisogno: un passaporto russo – il certificato della sua esistenza. Ma Giuseppe ha un'idea migliore per garantirle di poter restare in Italia. Uccidono venti persone in una sala dell'ospedale della Maternité di Port-Royal gli obici scagliati dall'artiglieria tedesca, quando le chiede di sposarlo.

Non sono nata per essere la moglie di nessuno, gli risponde, fissando il fumo che si leva oltre i palazzi. Ho lottato anni per avere una vita mia, e non potrei piú rinunciarci. Voglio solo essere me stessa. Credimi, comprendo il valore della tua proposta. So quanto la società potrebbe farti pagare di avermi scelta. Apprezzo che tu me lo chieda. Te ne sono grata. So che lo fai per amore, e anche per proteggermi, perché sono rimasta sola, senza famiglia, senza un compagno, senza un posto in cui tornare, con un passaporto che non vale niente, perché lo stato che me l'ha rilasciato esiste solo nei nostri ricordi o nella nostra volontà. E non so cosa sarà di me – di tutti noi che non possiamo tornare da dove veniamo, e diventeremo una legione, e vi stancherete di accoglierci. Ma nonostante adesso mi accusino di essere straniera, io mi sento già cittadina italiana, d'adozione, d'elezione se vuoi, perché la mia scelta l'ho fatta nel 1914. E non me ne sono pentita.

Non mi sposerei per interesse. Ho fatto tante cose per interesse, e non me ne vergogno, perché nessuno può dire a chi non ha cosa è legittimo fare per migliorare la propria condizione. Ti ho raccontato che a diciott'anni mi sono venduta. Ti ho sconvolto e disgustato, come ho sconvolto e disgustato me stessa. Ma mi è costato meno di quanto pensi. Durava poco, e non mi sono sentita degradata. I soldi mi hanno pagato l'affitto. Cosa c'è di immorale? Chi può giudicarmi? Ti ho avvicinato perché quando ho lasciato la Russia – quando sono evasa, se preferisci – credevo di essere già un'artista, e avevo un mucchio di lettere di raccomandazione per i piú grandi produttori d'Europa, e volevo tornare in Francia da trionfatrice, perché me n'ero andata sconfitta, e invece la Francia era in guerra, e il governo aveva imposto la chiusura di tutte le case cinematografiche, e ho cambiato direzione, i treni sai, le rotaie, hanno qualcosa a che fare col destino, il mio, quello di tutti, basta muovere una leva, imboccare uno scambio, e comincia un'altra vita, e ho proseguito il viaggio fino a Roma, e sono stata sopraffatta dalla bellezza di quella città. Tu potevi aiutarmi, e mi servivi. Ma non te l'ho nascosto. Però non ti sposerei per interesse. Nemmeno per diventare marchesa.

Non sono nata nobile, e mi dispiace di averti mentito. Mio padre era un commerciante di campagna, finché non siamo emigrati a Kiev vendeva finimenti per cavalli, ma non i purosangue da corsa, quelli da tiro, che guidano i carri nelle steppe, mi sembrava benestante ma oggi direi che era quasi povero, l'ho odiato perché era un uomo di un'onestà infrangibile e voleva insegnarmi il valore della parsimonia e della fatica, e io l'ho scambiata per rassegnazione, gli preferivo qualunque demente con un titolo nobiliare, e a scuola raccontavo di essere figlia segreta di un principe, procuratore imperiale, meglio bastarda con sangue aristocratico che legittima di un commerciante di finimenti per cavalli, gli ho spaccato il cuore, ma invece ho ereditato da lui l'inclinazione per le cause perse, i deboli e gli sconfitti, e non credo nella nobiltà del sangue, ho vissuto troppo a lungo in un paese che concedeva tutto a pochi e nulla a tutti per farmi affascinare adesso da un titolo. E poi non lascerei mai il mio lavoro. Ho appena iniziato a capire cosa potrei fare. Mentre alla moglie di un diplomatico, fosse pure l'artista piú acclamata, lo si impone. Il mio lavoro sono io, e senza non esisto. In effetti non sono piú Dina, né Dina-mite, e nemmeno Diana – nient'altro che Diana Karenne. Il suo corpo è un'ombra e vive solo di luce. E non posso nemmeno sposarti per amore, perché non ti ho amato a Roma come meritavi, e non ti amo nemmeno adesso. Però ho cercato di darti il mio bene. E ci sarò sempre, se avrai bisogno di me.

Giuseppe s'infila la mano sotto la giacca e tasta la rivoltella. Infila il dito nel grilletto. È carica. Aveva previsto il rifiuto. Ma quando parte il colpo, indirizza il proiettile contro l'albero del parco. Dalla corteccia cola un rivolo di linfa. È la pelle di un essere che sente, e lei la accarezza come se Giuseppe si fosse davvero ferito. Le parole possono uccidere? Tutto quello che gli ha detto è vero, ma non è essenziale. Non potrebbe sposarlo neanche se volesse. È la moglie di Grisha Feyguine, e la madre di Georges Yoric. È venuta a Parigi per lui.

Lo porta in vacanza al mare. Fino al 1914, Georges Yoric trascorreva l'estate con la zia paterna, Lola, e la famiglia di lei. La sorella di Grisha, laureata in Medicina e chirurgo, ha sposato un collega, francese. Hanno una figlia poco piú grande di lui. Ma da quando la Francia è entrata in guerra si sono messi entrambi al servizio della patria e operano, amputano e curano i feriti all'ospedale militare. Sono tre anni che Yoric non vede il mare, le montagne, la natura. Solo il cortile del collegio e gli alberi nelle aiole di mattoni.

Lo incontra nella sala del direttore, al quale ha spiegato la sua intenzione di prendere con sé il bambino. Per allontanarlo dai bombardamenti. E poi ha bisogno di stare un po' di tempo col figlio, da sola. Si impegna a riportarlo prima dell'inizio delle lezioni. Non deve temere che non torni. La retta dell'intero anno è stata pagata.

Yoric è stato preparato dal maestro all'arrivo della madre. Non ha nessun ricordo di lei. L'ultima volta che l'ha vista, nel 1909, aveva poco piú di un anno. Sa della sua esistenza, e di non essere orfano. La madre è la donna misteriosa che gli spediva per posta disegni di animali, angeli, streghe, e pupazzi e statuette modellate da lei, e da quando ha imparato a leggere letterine illustrate ad acquerello, racconti e favole popolate di orsi e lupi, nonnine e capretti grigi, cavalli, donne di neve e slitte fatate; gli recapita i giocattoli, i vestiti, i regali, perché sia il principino del collegio. Lui le scrive – sorvegliato dal direttore – come a Père Noël, quando vuole che gli compri qualcosa e la saluta compunto, chère madame. Una specie di ricca benefattrice. Anche il padre per lui è un fantasma. Ma prima di partire per la guerra, nel 1916, almeno gli ha mandato una fotografia: in divisa, elegantissimo come un cavaliere. Lei niente. Yoric ha sempre pensato che fosse bruttissima.

E invece sua madre sta lí, nel cortile del collegio, scesa da un'automobile Rochet-Schneider con le portiere dipinte d'azzurro, guidata da un autista in livrea, bionda, giovane, snella, un'apparizione con gli occhiali da sole a forma di farfalla, la lunga gonna frusciante che il vento le incolla alle gambe, la sciarpa di strass sbadatamente di traverso sulle spalle nude, e talmente affascinante che i professori, i bidelli e i compagni di classe la fissano sbigottiti. Gli viene incontro radiosa sui tacchi alti, ondeggiando come un fuscello, un sorriso timido sulle labbra sottili dipinte di rosso e la voce roca già incrinata dal pianto. Le somiglia? Solo gli occhi ha ereditato da lei: verdi, metallici, impenetrabili. La signora che dice di essere sua madre si slancia in avanti per abbracciarlo, lui si sottrae, imbarazzato, ma poi le permette di stringerlo a sé. Il suo profumo lo ubriaca.

Diana Karenne non può portare il figlio in Costa Azzurra, dove tanta gente del cinema – italiano e francese – va al mare o al casinò. Anche gli spettatori la riconoscerebbero. Le spiagge della Normandia sono troppo vicine a Parigi. Ha scelto una località dell'Atlantico, in Bretagna. Elegante, ma non troppo. All'hotel si registrano come Diana e Georges Feyguine. Ha il diritto di portare il cognome del padre, perché Grisha lo ha legittimato al tribunale di Pietroburgo. Due anni dopo il loro matrimonio. Lei gli rinfaccia ancora il ritardo. Lo accusa di aver preferito prima prendere la laurea specialistica ed essere assunto come avvocato supplente alla corte d'appello. Grisha le risponde che la data non conta, Georges Yoric potrà entrare nell'asse ereditario, e un giorno avere la sua parte dei beni dei Feyguine. Dovrebbe bastarle, visto che Isay Rabinovitch non gli ha lasciato neanche uno straccio.

Yoric è silenzioso – Diana direbbe che non parla se non lo avesse sentito chiacchierare coi compagni. Di tanto in tanto sorprende su di sé i suoi occhi pungenti. Non sa da che parte cominciare. Cosa deve dirgli? La verità? Una bugia azzurra? Ha un'unica certezza. Non coinvolgerlo nei suoi litigi col padre. Lui non c'entra. Non deve MAI parlargli male di Grisha. Yoric del resto non le chiede niente di lui. Non vuole nemmeno sentir parlare della Russia. Si considera francese. Detesta il suo secondo nome, ed è la prima cosa che le dice. Vi prego, signora, di non chiamarmi cosí. Je m'appelle Georges.

Come ci si comporta con un ragazzino di dieci anni? Che cosa fanno le madri coi figli? Sono lunghe, le giornate, senza scuola, senza amici. Cosa gli interessa? All'età sua, lei giocava con le pulci, parlava con la luna e distribuiva pasti ai poveri. Nuotare fra le onde, navigare cavalcioni su un tronco alla deriva, correre sulla sabbia fino a crollare senza fiato, scagliare qualunque oggetto in acqua, il piú lontano possibile – pezzi di legno, sassi, monete, detriti –; pescare granchi sulla battigia dopo la marea, strappargli le chele e guardarli mentre tentano di allontanarsi, trascinando il corpo mutilato.

Giocare a tennis. Compra due racchette, un set di palline, gli abiti e le scarpe adatte. Prendono lezioni insieme, nel campo dell'albergo. Yoric non ha pazienza, non sa imparare, s'infuria subito quando sbaglia e si siede in disparte, imbronciato. Lei segue i consigli del maestro. Si applica, migliora. Nel giro di una settimana è già in grado di battere, smorzare, rincorrere la pallina per tutto il campo. Con la racchetta in mano, la gonnellina a pieghe, la camicetta bianca, agile, svelta, la scambiano per una ragazza. Sua sorella. Yoric s'infuria, gli si abbuiano gli occhi. Non l'ha mai chiamata maman. A Parigi, quando le ha chiesto il permesso di aprire il finestrino della macchina, le ha dato del voi. Madame. E ancora adesso, dopo dieci giorni di mare, non sa come rivolgersi a lei. Se deve chiamarla, preferisce urtarla per il gomito. Non ha capito cosa vuole, perché è venuta. Mentre parlava coi vicini di cabina, sulla spiaggia, le ha sentito dire che vive in Italia. A Roma.

A pranzo e a cena, nel ristorante dell'albergo, quasi non parlano. Lui si annoia. Modella palline di mollica, e la bersaglia, per abbreviare il pasto. La respinge, quando vuol dargli il bacio della buonanotte. Per chi lo prende? Non è un bambino. È troppo per lui questa bionda esuberante, emotiva, che ride e piange dieci volte nella stessa giornata, e cerca sempre di abbracciarlo, di toccarlo. Gli propone di dipingere insieme, di suonare il pianoforte insieme, di leggere insieme. Ma nulla di tutto ciò Yoric potrebbe mai fare con lei. Accoltella le tele, spreme i tubetti di colore, straccia le pagine del libro di avventure che lei gli ha regalato per farne aeroplani di carta. Non vuole le sue caricature, le sue storie, non vuole la sua musica, neanche la sua voce. È profonda, la voce di sua madre. Se chiude gli occhi, quando parla, è come se lo cullasse. Non vuole abituarsi a lei. Se ne andrà, cosí com'è venuta. La sua vicinanza lo destabilizza. La sua ansia, l'emotività, anche il corpo – cosí provocante, cosí esibito. Gli sguardi degli altri uomini su di lei lo offendono. Un'attrice. Pare che sia molto famosa, in Italia. È per questo che non siete tornata a prendermi, le chiede una sera, mentre passeggiano sulla battigia, scalzi, in cerca di granchi e conchiglie. Per recitare nei vostri stupidi film?

Non dovrebbe accettare le provocazioni di un bambino. Invece si avventura nella difesa dell'arte – col risultato di eccitare il suo scherno. Quando lo trascina al cinematografo, a vedere le comiche di Charlot, Yoric le chiede se è questa roba che gira, a Roma. Lui ha riso, si è divertito.

Ma lei non ha mai scritto – né interpretato né diretto – un film che il figlio potrebbe amare. Meglio il mare, il tennis, le barche dei pescatori e le navi militari che manovrano in rada. Yoric le segue con lo sguardo finché scompaiono dietro il promontorio: proprio là dietro c'è il porto di Brest. Un vascello da guerra si dirige verso il largo, lasciandosi dietro un pennacchio nero di fumo.

Cosa c'è dietro l'orizzonte? le chiede a un tratto. Forse dovrebbe dirgli l'America. Invece gli dice: Tutto ciò che abbiamo perduto. Per questo non si può mai raggiungerlo. Non è suo figlio questo bambino aggressivo e ostile, che la rifiuta e non si lascia nemmeno sfiorare da lei. Non riuscirà a ritrovarlo. È venuta troppo tardi. O forse non è abbastanza forte per accogliere il suo rancore. Ha prenotato l'albergo fino all'inizio della scuola. Lo riporta a Parigi alla fine del mese.

Il 28 luglio in Europa viene confermata la notizia che lo stesso giorno in cui sulla costa davanti a Brest Diana e Yoric osservavano l'orizzonte, a Ekaterinburg, negli Urali, lo zar Nicola II e tutta la famiglia Romanov – figlie e figlio compresi – sono stati assassinati. Nella chiesa russa di Roma si terranno due commemorazioni opposte e contrapposte: il 30 luglio quella di Nicola Romanov, il 2 agosto quella di Marija Spiridonova. Lo zar e la socialista rivoluzionaria: entrambi fucilati dai bolscevichi (in realtà la Spiridonova è ancora viva: dopo l'arresto è stata fatta sparire in manicomio, e poi in esilio, e sarà giustiziata solo nel 1941).

Ma nei giorni in cui la comunità russa di Roma – che aumenta di numero e cambia composizione, poiché ingrossata dall'afflusso dei profughi avventurosamente scampati al caos e al terrore rosso – si interroga sulla propria collocazione politica (stiamo coi nostalgici dello zar o coi menscevichi e i socialisti rivoluzionari estromessi e perseguitati da Lenin dopo la seconda Rivoluzione di ottobre?), lei – a bordo dell'automobile del ministero della Marina – attraversa i viali di Villa Borghese, il Tevere, la campagna, fino al porto di Civitavecchia, dove l'attende la nave della Marina. Il caldo scioglie la resina, che stilla sui tronchi. È intenso l'odore dei pini, e lei non riesce piú a ricordare di cosa senta il sorbo. Non va alla chiesa ortodossa né per lo zar né per la rivoluzionaria. Quello stesso giorno compie il suo dovere verso l'Italia.

Ci è riuscita a girare per la Cines. Ma ormai il barone Fassini l'ha venduta, e la parte che le hanno assegnato nel film è un'ordalia. *Trittico italiano* – di cui il suo *Supremo grido* è il secondo episodio – è un film di propaganda: non deve incassare, solo essere girato – perché tutti (produttori, attori, maestranze) un giorno possano dire di aver contribuito al bene della patria. Non ci crede nessuno, ma si finge fervore ed entusiasmo. La nave è scenografica (a Yoric piacerebbe, che peccato), lei interpreta una passeggera di prima classe votata al martirio. Il secondo consecutivo: prima in nome di Cristo, ora dell'Italia. Nell'improbabile scenario del patriota Guido Milanesi, quando il sommergibile austriaco abborda la nave, la passeggera proclama la sua italianità, suscitando lo sdegno nemico. Il comandante Amleto Novelli interviene per salvarla, ma Diana Karenne viene fucilata sulla tolda, sulle labbra il supremo grido della patria. Italia, Italia!

Alla fine di settembre, i giornali di Roma relegano ancora in trafiletti poco visibili le notizie su «un'epidemia influenzale che si manifesta in alcune regioni», e le norme profilattiche diffuse dai prefetti – troppo banali del resto per impensierire: igiene e cura della persona, delle abitazioni e degli utensili domestici, nonché morigeratezza e regolarità nei cibi e nel sistema di vita. In ogni caso ricorrere senz'altro al medico. Sono per lei giorni stralunati, d'attesa – ma ignora cosa stia aspettando. Ha firmato il contratto con la Tiber per interpretare «grandiosi film d'arte». Ma forse solo per avere un motivo per restare a Roma.

Film non se ne girano. In tutta Italia, non si trova un metro di negativo, nemmeno una cassetta residua. La poca pellicola che manda l'America viene incettata dagli strozzini, e c'è chi difende la teoria del complotto: la Eastman Kodak sarebbe d'accordo con gli industriali statunitensi che vogliono espandersi in Italia e annientare la concorrenza. E neanche se ne distribuiscono. L'estate è stata stagione fiacchissima al cinema, peggiore del solito, ma i noleggiatori non rischiano le novità perché le notizie sulla salute pubblica non sono buone e pure quando la canicola e l'afa hanno ceduto alle brezze di settembre il pubblico non è tornato in massa al cinema. *Maria di Magdala*, *Sleima* e *La peccatrice casta* – il primo dei suoi film Tiber – del resto sono fermi alla censura. In tutti e tre, il suo partner è Alberto Pasquali. Nel nome e nel cognome sintetizza tre anni della sua vita. È il Cristo di *Christus*, però nel fisico e negli occhi allucinati sembra vagamente il monaco Rasputin. Ma non è Capozzi né Ernesto. Ernesto... Deve essere guarito. Dopo mesi di inattività, la Pasquali Film ha ripreso la produzione. Annuncia che ormai si concentrerà solo su «soggetti di grande richiamo». *Sansone*, *Controspionaggio* e un film dell'orrore. L'ha cancellata, come uno sbaglio. Le loro strade sono ormai cosí divergenti che non si incroceranno piú. Eppure, se la chiamasse a partecipare al film con Sansone, straccerebbe il contratto con la Tiber. Gli sacrificherebbe sé stessa, e tutta l'arte di questo mondo, se solo glielo chiedesse.

Non esce quasi mai dell'appartamento di via Porpora, perché l'unica persona che vorrebbe incontrare non è a Roma. Non va neanche a teatro, dove pure il fratello di Giuseppe non manca una novità, e presenzia alle prime con Emma e Martini. Sulla «Tribuna» recensisce freddamente *L'amante ignota*, un dramma di Amalia Guglielminetti: a nessuna scrittrice, le sembra, riserva l'attenzione che ha dedicato a lei. Martini ormai aborre la retorica eroica, e non è nazionalista. La solitudine di cui gli parlava mesi prima ora è reale. Ha questo strano dono di far accadere le cose. Del resto a Roma la situazione si aggrava: a poco a poco sui giornali la «pandemia di influenza» guadagna spazio. Ma resta ancora nella cronaca locale. E solo il 5 ottobre il ministero diffonde le Previdenze contro l'influenza. Che cosa sarà mai un'influenza per un paese che sta per vincere una guerra tremenda, dopo quattro anni di pene? La pace giusta si avvicina, le annuncia il marchese di Bugnano, quando gli chiede notizie della loro *Maria di Magdala*, inghiottita come in un buco nero. Il presidente del Consiglio gli ha confidato che gli austriaci sono allo stremo, e con la prossima offensiva che scateneremo a ottobre crolleranno: la fine della carneficina è imminente.

Carmine Gallone le consiglia, bonario, di interpretare, dopo Maria Maddalena, Maria Vergine. E a quel punto avrete esaurito tutte le parti femminili migliori, potete ritirarvi dalle scene, sposarvi e fare tanti bambini. Ma non è vero, non ho avuto grandi ruoli, finora, lo contesta. Sarei stata una perfetta Tarnowska, esala, perché ancora rimpiange di non aver potuto concludere il film, e che Ernesto non abbia avuto il coraggio di girarlo con lei, quando Vivanti non gli ha concesso i diritti. Come dice il detto dei naviganti: alle onde del mare la barca oppone la prua, alle onde della vita l'uomo il proprio coraggio. No, no, sorride Gallone, dopo Maria Maddalena le altre peccatrici sarebbero un ripiego. Salite, piuttosto. Maria Vergine. Oppure Beatrice. È la seconda volta che qualcuno le nomina la musa di Dante Alighieri.

Invece interpreta una peccatrice senza pretese, l'ennesima donna che si riscatta dalla miseria solo per vendicarsi degli uomini, facendo scialo di sé. Storia scritta svogliatamente da lei e da Campanile Mancini, quando la Tiber ha assicurato di avere abbastanza pellicola per mettere in lavorazione il film. Dirige lei, di nuovo. Comincia a girare il 12 ottobre, ma non seguono le precauzioni per la cura della febbre che il ministero ha diffuso sulla stampa. Avrebbero dovuto rivoluzionare il piano di produzione – rimandando alla fine delle riprese le scene con piú comparse. L'inversione, però, si è rivelata impossibile: bisognava liberare il teatro di posa per un altro film della Tiber. L'attore André Habay si presenta sul set con una mascherina di garza sul viso, perché gli hanno raccontato che in Francia si proteggono cosí dal contagio. Sono nel tabarin dove si esibisce la violinista polacca Nadia, ancora umile e negletta, quando apprendono che le autorità – in nome della salute pubblica – hanno chiuso due cinematografi. Il Marconi, a piazza Vittorio, e il Roma, a via Statuto. Due sale di seconda visione, nel quartiere operaio dell'Esquilino. Ma si parla di necessità di disinfestazione.

L'avvocato Mecheri s'aggrappa al telefono. Tempesta di chiamate il ministero della Salute. Se passa il messaggio che al cinema ci si ammala, la gente avrà paura, e non ci andrà piú. L'industria cinematografica, già provata dalle scellerate politiche del governo, andrà in rovina. Il cinema italiano perderà la guerra. Il suo interlocutore al ministero lo gela freddamente. Roma ha 700 000 abitanti. Ne muoiono 180 al giorno. Ma il picco è stato di 274. Tenerli lontani gli uni dagli altri è l'unica soluzione. I giornali stanno facendo una campagna stampa per la chiusura di tutte le sale. Si prepari, signor avvocato. Il ministero rimanderà l'inizio delle scuole, previsto per il 27 ottobre, e imporrà la chiusura di tutti i pubblici ritrovi. Niente potrà impedirlo.

La catastrofe si avvicina, e poi si abbatte sui produttori, sui distributori, sugli artisti come lei – i cui film non troveranno piú una sala, e rischiano di non uscire mai. Il 21 ottobre tutti i cinematografi di Roma abbassano le saracinesche. Come per un funerale. Ma noi giriamo, giriamo.

Giriamo nella casa della violinista divenuta famosa e ricchissima, sovraccarica degli arredi indispensabili a dichiararla crudele (la pelle di tigre, i tappeti persiani, gli argenti), mentre la gente muore, a Roma come nel resto d'Italia e d'Europa; giriamo nel teatro in cui Habay riconosce nella sprezzante Nadia il suo amore di gioventú, mentre la gente boccheggia nei letti degli ospedali e nelle case, perché le corsie sono sature, e le ambulanze non vengono neanche a raccogliere i malati. Giriamo la scena affollata della festa in cui la fatale Nadia convince l'amante a uccidersi per lei, mentre i medici cadono in nome della scienza (il dottor Moselli ha pagato con la vita i suoi esperimenti sierologici), e la notte di Roma è buia e silenziosa, e tutti abbiamo paura di toccarci, di parlarci, perfino di amarci. Sospettiamo gli uni degli altri. E uscendo dal teatro di posa ci laviamo col sapone abrasivo, e pazienza se arrossa e scortica la pelle. Tanto il personaggio della donna malvagia deve morire.

Mi ammalerò? si chiede tutte le sere, quando richiude la porta di casa alle sue spalle. Come sarebbe farsi divorare dalla febbre, non riuscire a respirare – morire a Roma, soffocata dall'asfissia perché i polmoni sono collassati, sola, con un nome che non è il mio, in una vita che comincia appena a somigliare a quella che ho disperatamente voluto? Se morissi adesso, cosa lascerei dietro di me? Il rancore di tutti coloro che ho abbandonato per diventare me stessa, di tutti quelli che non ho saputo amare. L'amore che non ho avuto, che non ho dato, che mi è mancato, che aspetto ancora. E una manciata di film imperfetti, che potrebbero bruciare in una fiammata nel magazzino di una dogana. Non posso morire adesso.

Diana Karenne è una vera professionista. Crolla l'ultimo giorno delle riprese, quando alla *Signora delle rose* ha dato tutto, e ancora una volta è morta in nome dell'arte. Com'è successo? Chi lo sa. Abbiamo tutti abbassato la guardia. Alla fine di ottobre la morbilità ha cominciato a diminuire (108 morti al giorno, ormai), e l'ufficio d'igiene ha comunicato che anche la seconda ondata dell'epidemia è entrata nella fase discendente. E poi quasi non se n'è parlato piú, della cosiddetta «febbre spagnola», perché il 29 ottobre le nostre truppe hanno varcato il Piave, il 1° novembre il nemico era in rotta su tutto il fronte, e alla fine è esplosa – incontenibile – la gioia per l'armistizio. Centocinquantamila persone, incuranti del timore del contagio, sono scese in strada, hanno formato un corteo spontaneo, invaso via del Corso, poi il Campidoglio: i negozi hanno chiuso le imposte, le osterie offrivano vino, la gente piangeva, rideva, si abbracciava, si baciava. Siamo vivi, è finita.

Diana Karenne non ha partecipato alle feste per la fine della guerra e non ha sventolato la bandiera dell'Italia. Nel letto della casa di via Porpora, accudita da due suore infermiere stipendiate dalla Tiber Film, ha passato due settimane come Maria Maddalena nella spelonca del deserto. Delirando, sospesa in una nebbia confusa di suoni e colori. La febbre non è mai scesa sotto i 40°. Non avrebbe saputo dire dove si trovava, né chi fosse. Sentiva bussare alla porta, makht uf, makht uf, er iz azoy ongekumen, e una voce sconosciuta ripeteva di stare calma, quel suono non era reale – non c'era nessuno alla porta. Il volto paffuto chino su di lei assumeva i tratti di Hanna Waisberg – mame, mamushka, helf mir, loz mikh nit, mamele, mayn kind, du veyst? es iz azoy sheyn – nem im mit zikh, ikh bet fun dir, deve aver chiamato. Urlato, forse, perché assalita dal terrore di non vederla mai piú. Di aver dimenticato il tocco della sua carezza sulla guancia, delle labbra sulla fronte, quando spegneva la lampada. Gute nakht, Dina, zise khaloymes, tochter mayne. Avrà cercato di baciarla, la madre, di baciare Yoric, che si ritrae, sconsolato, come ha sempre fatto. Pensa a lei, qualche volta? Si ricorda delle navi, e della marea che li inseguiva sulla spiaggia dell'Atlantico? Mayn kind, mon enfant. I bambini che non ho voluto.

È ancora a letto, in convalescenza, quando vengono rese note le condizioni dell'armistizio. L'unico armistizio che vorrebbe firmare è quello dei ricordi. È a letto quando riapre la Camera dei Deputati, quando all'Augusteo si celebra la Vittoria. Insiste per partecipare alla commemorazione degli scrittori morti in guerra. Ruggero Fauro, Spiro Xidias, e Nino Oxilia, caduto (ora le informazioni sono piú precise) sul Monte Tomba. La serata si tiene il 30 novembre al Teatro Argentina. In onore di Oxilia la compagnia Talli reciterà *Addio, giovinezza*. Del comitato organizzatore fanno parte Goffredo Bellonci, già detrattore del cinema italiano e spauracchio di tutti i cineasti, Luigi Pirandello, Vincenzo Cardarelli, Memmo Genua, Umberto Fracchia, e tanti suoi conoscenti – Gaetano Campanile Mancini, il barone Fassini, l'onorevole Medici del Vascello... Discute col dottore e le suore infermiere, vuole vestirsi, alzarsi, andare (le gira la testa anche solo a sollevarla dal cuscino). Ma se neanche li ha mai incontrati, tenta di dissuaderla il dottore. Sono miei fratelli, ripete. Sono una scrittrice. Avevano la mia età. Se fossi stata un maschio, potrei essere al loro posto. Sí, certo, la lusinga il medico, al corrente della reputazione intellettuale dell'attrice. Ma per fortuna è una donna.

Quando finalmente, all'inizio di dicembre, esce di casa, è disincarnata come se avesse digiunato per anni, a disagio in un corpo che non le appartiene – come se fosse un'altra. Sono morta anche io, in un certo senso. Addio giovinezza anche per me. Ho attraversato di nuovo il fuoco.

I suoi film con la Tiber sono finiti da tempo, le scenografie sono state smantellate, è ora che la signora Karenne riprenda le sue cose. Ma quando torna allo stabilimento di via Forlí, trova la porta del camerino spalancata, l'anta dell'armadio socchiusa, i cassettini della toilette sul pavimento. I ladri si sono portati via tutto. Hanno lasciato solo impronte di fango, un odore acre di sudore e terra, un batuffolo di cotone macchiato di rossetto scarlatto e il barattolino della cipria, vuoto. Il delegato della Tiber Film la convince a fare denuncia di furto, per l'assicurazione. Ma lei sa che non riavrà niente. I soldi forse, tra un anno. Non le cose. Eppure contano di piú. Esse hanno una storia, un significato, conservano perfino i nostri sentimenti, quando noi non vogliamo ricordarli. Ma nella sua vita tutto passa, svanisce come il sale nell'acqua calda.

Nell'ufficio della stazione di Polizia detta con esattezza, con voce neutra. Chissà se l'agente che la seguiva, quattro anni fa, apparteneva a questo commissariato. Chissà se la segue ancora. Lo riconoscerebbe fra mille. Un ventaglio di piume di struzzo a stecche di tartaruga, uno specchietto d'argento, un orologino d'argento (quello che aveva regalato a Ernesto e che lui le ha restituito), 4 paia di scarpe di raso bianco, 1 paio di cuoio giallo, 1 paio di velluto nero, lo scontrino del lotto di Napoli, il biglietto omaggio dell'ingresso al Costanzi per il concerto di Enrico Caruso, l'anello di fidanzamento col diamante che Giuseppe le ha regalato a Parigi e non ha voluto indietro quando ha rifiutato la sua proposta di matrimonio, la borsetta di pelle col necessario da toletta, 5 paia di guanti allacciati al gomito, 9 paia di calze di seta traforate artisticamente, lingerie della maison Salomon di Parigi, biancheria varia. E poi un flacone di Fandovin, cosmetico prodotto con estratti ovarici e mammari che agisce sull'utero e sul seno. Valore totale seimilacinquecento lire circa.

L'agente scrive, senza mai alzare la testa (solo al rimedio femminile si irrigidisce per un istante). Fuori dall'ufficio, nel vicolo, un drappello di popolane – arruffate ed emaciate – protesta per il costo del pane e dell'abbacchio. Il prezzo ha ribassato, ma un quarto anteriore costa ancora quattro, cinque lire al chilo. Il Fandovin prometteva un seno d'alabastro, e lei a ventinove anni deve cominciare a premunirsi contro la forza di gravità. Un solo flacone costa undici lire e cinquanta centesimi, e non saprà mai se funziona. Lo ha applicato solo tre volte. Un seno d'alabastro ce lo ha già (e lo vedranno tutti). Non durerà nemmeno quello. Mentre detta, la frivolezza dei suoi beni le provoca un conato di disgusto. Se il furto fosse avvenuto a Pietrogrado, probabilmente l'avrebbero già uccisa. Ma i ladri romani non sono bolscevichi. Ladri? Magari sarà stato uno degli operai del cinema. A un certo punto della lavorazione della *Signora delle rose* hanno minacciato lo sciopero. L'Unione del lavoro li ha convinti che quattro lire al giorno possono bastare. I proletari qui hanno pretese modeste. Cosa resta del suo socialismo giovanile? Ormai si ritrova dalla parte dei padroni.

Sbarazzarsi di tutto. Liberarsi del passato. Chi possiede dei beni ne è anche posseduto. Bisogna essere davvero Maria di Magdala. Adesso la infastidiscono i quadri che la scrutano dai muri di via Porpora, i lugubri mobili da principessa o cortigiana, i gingilli e le porcellane nelle vetrinette, perfino i vestiti, i cappelli e la parrucca bianca. Non è piú quella donna. Redenzione.

Vorrebbe caricare tutto su un autocarro e regalarlo agli orfani e alle vedove di guerra. Qualcosa di nobile, infine. La Karenne Film è stata l'ultima Casa a firmare l'adesione al consorzio dei cinematografici per la patria, che si è costituito dopo la sciagura di Caporetto: ognuna secondo le proprie possibilità si offriva di mettere a disposizione qualcosa per girare film di propaganda – i teatri di posa, le macchine da presa, le troupe, anche solo il proprio corpo. Le attrici hanno aderito individualmente. Francesca Bertini per prima. Ma lei ha temuto di suscitare sospetto, come straniera cittadina di un paese ormai escluso dal consorzio delle nazioni civili, e ha preferito coprirsi col nome della società. Nel film di propaganda che poi effettivamente ha dovuto girare, il ministero della Marina ha preteso non solo che la sospetta straniera Diana Karenne partecipasse allo sforzo bellico, ma che si facesse addirittura fucilare per la patria italiana. Piú che un avvertimento.

L'avvocato però le consiglia di lasciar perdere la beneficenza, e cercare di fare almeno dei soldi. Non sa fin quando potrà tenere a bada i creditori della David Karenne Film: le carte dei contratti societari sono irte di cavilli e il candido avvocato Cecconi – che ha dichiarato alla stampa di essere un uomo probo e di assoluta esattezza commerciale, di avere soddisfatto tutti i conti, di aver pagato tutti gli stipendi, di aver rinunziato a favore di lei a tutti gli anticipi versati, nonché al rimborso delle scenografie di un film che non è mai stato completato, e perfino di essersi assunto l'onere dello stipendio di Alberto Capozzi, addirittura di pagarlo per non farlo lavorare e tenerlo a disposizione della signora Karenne – si è rivelato un brigante.

Un'asta pubblica, allora, propone lei. Vendo tutto. Mettiamo un annuncio sul giornale. È sicura, signora? esita l'avvocato. Se l'asta andasse deserta la sua reputazione ne risentirà. Io penso che se lo contenderanno – sorride lei – il letto su cui la slava dal cuore di ghiaccio ha sedotto i suoi amanti, e il foulard con cui ha coperto il volto dello sconosciuto che si è pugnalato per lei. Ma non è vero, obietta l'avvocato, perplesso. È vero ciò che si racconta, gli risponde.

«L'appartamentino di Diana Karenne posto in via Nicolò Porpora, cioè l'arredo, il mobilio, sono stati posti all'asta pubblica, – riferisce Hec nella sua rubrica su «In Penombra», a pagina 49 del numero 1 di gennaio del 1919. – Perché? Perché l'attrice ha voluto cambiare abitazione, arredo, mobilio, etc. Molte comari si sono recate in via Porpora, e con esse molte signore, non pochi artisti e intellettuali e diversi amateurs. Non so come i vari desideri siano stati appagati».

Mentre i curiosi maneggiavano la statuetta del David di Bernini mai messa in commercio, accarezzavano i tappeti e respiravano il profumo intenso che si sprigionava dalle tende e dai tessuti, lei – travisata da un floscio cappello a campana – passeggiava nei viali di Villa Borghese, calpestando chiazze di sole, aghi di pino, foglie morte. È stato venduto tutto.

Avesse visto, signora Karenne, gongola l'avvocato (ormai certo di incassare la parcella che la signora gli fa sospirare da mesi). Si sono contesi le minuzie piú insignificanti neanche fossero pezzi da museo. Gli uomini, ma anche le donne. Una giovane si è assicurata la sua penna stilografica. C'era anche un emissario della ditta Fratelli Medici. Ha acquistato la rivoltella col manico d'avorio con cui si è uccisa in un film, qual era il titolo? Mi sono uccisa tante volte, non ricordo piú, sorride. Ma se Giuseppe volesse davvero spararsi, non lo farà con quella. È un giocattolo. La rivoltella vera non l'ha messa all'asta. Un giorno potrebbe esserle utile.

L'appartamento vuoto sembra piú grande. Sulla carta da parati è rimasta l'ombra delle cornici. Le sembra di camminare nella sua casa dopo morta. Come fosse postuma. Ma si sente sollevata, leggera – libera. Bisognerebbe morire piú spesso.

1919-1921

Jouer les femmes fatales, quel vilain rôle!
DIANA KARENNE

Diana rivede Ernesto la penultima settimana di aprile del 1919. Si trova in un albergo di Courmayeur. Il proprietario del Teatro Vittoria glielo ha detto sbadatamente, mentre – scansando gli olezzanti omaggi floreali – la accompagnava nel suo palco, la sera della prima torinese di *Redenzione*. Per evitare la causa con la Vera Film *Maria di Magdala* infatti ha prudentemente cambiato titolo. Inoltre il papa sarà pure un amante del cinema sacro, ma non ha gradito. La Chiesa ha giudicato la pellicola una raffazzonatura della vita della Maddalena, non irrispettosa, ma scade nel languido e nell'erotico. Troppe libertà nel riempire le lacune evangeliche. Esclude assolutamente la distribuzione del film nei cinema degli oratori, delle parrocchie e delle associazioni cattoliche. Il distributore considera il danno limitato. Il cardinal Pompilj del resto ha rinnovato il decreto che vieta ai preti canonici e secolari di assistere alle produzioni – pure se di soggetto sacro – nei pubblici cinematografi. Non facciamo catechismo. L'erotismo tormentato di Diana Karenne vale piú del noleggio negli oratori.

La polemica pruriginosa ha giovato. Una folla sbalorditiva si incolonna lungo via Roma, snodandosi per due isolati, e per far entrare Karenne senza che il pubblico la sbranasse hanno dovuto scortarla i carabinieri. Alla fine al marchese Capece Minutolo di Bugnano, proprietario della Medusa Film, il kolossal biblico è costato piú di un milione di lire: ma con la vendita confida di ripagare le spese e di non rimetterci. Il concessionario per la distribuzione nel Lazio (la ditta Pellati & Co., al momento la piú forte) ha rimandato il piú possibile l'uscita in sala, a causa del peggioramento delle condizioni di salute pubblica e della terza ondata dell'influenza spagnola, che dalla fine di gennaio ha reso di nuovo rischioso frequentare i pubblici ritrovi, tant'è che le autorità raccomandavano di evitare gli assembramenti. Il concessionario ha seguito il bollettino quotidiano dei morti – che a Roma non ha comunque piú superato i trenta al giorno – e quando il numero è sceso sotto i dieci, ha fatto uscire *Redenzione* al cinema Corso.

La strategia della dilazione ha funzionato, gli incassi sono stati ottimi, e *Redenzione* è il piú grande successo della stagione, sicché dieci giorni dopo la Medusa ha messo in preparazione un altro kolossal – rinascimentale, stavolta: *I Borgia*. Squadra vincente non si tocca: gli autori del soggetto e delle scene (Salvatori e Innocenti) e l'attrice (Karenne) saranno gli stessi, solo il direttore diverso: Augusto Genina. La «stupenda polacca» Diana Karenne sarà Lucrezia Borgia, cui donerà la sua «felina ansia perversa».

A Torino *Redenzione* esce dopo Roma e le altre grandi città. Non sono state stampate abbastanza copie per la diffusione simultanea. E comunque ormai sarebbe impossibile immaginarla. Medusa Film ha appena rifiutato di aderire al «trust», un'associazione di case cinematografiche e banche, voluta dal barone Fassini e dall'avvocato Barattolo e nominata Unione Cinematografica Italiana. Hanno acquistato le migliori sale di Roma e Torino e – riunendo le forze – intendono contrastare la concorrenza interna ed estera. Del trust fanno parte la Cines, la Itala, la Caesar, la Gloria, la Celio, la Palatino, la Film d'arte, la Tiber, la Bertini: anche le case di Maciste e Polidor hanno aderito. Nel mondo nuovo dopo la guerra, con la riapertura delle frontiere, i piccoli sono destinati a soccombere, sostengono Fassini e Barattolo, e solo formando un gruppo piú grande e finanziariamente piú solido si potrà resistere. Ma Medusa, come Pasquali, Jupiter e dozzine di altre Case italiane medie, piccole e minuscole, vogliono restare indipendenti. Il tempo dirà se hanno fatto la scelta giusta.

Per *Redenzione* e per Diana Karenne, assente dagli schermi da quasi un anno, si sono trovate le sale. Invece né *La peccatrice casta* né *Sleima* né *La signora dalle rose* sono stati distribuiti. Il primo è una vicenda strappacuore scritta da Luciano Doria, in cui Diana è una ballerina tubercolotica traditrice del conte che l'ha sottratta al peccato: il principale motivo di interesse del film è il finale, poiché il conte la perdona e riconosce il figlio illegittimo che lei ha avuto con un altro. Tiene di piú al secondo, che ha anche scritto e diretto. È ispirato alla vita delle maestre comunali, esposte alla violenza degli uomini e alla riprovazione della società. Interpreta una doppia parte: è sia la maestra sedotta e umiliata sia la figlia indossatrice che la rinnega, ma poi si prostituisce per guadagnare il denaro necessario a vendicarla. L'ha autoprodotto e non trova un acquirente.

È un momento difficile per il cinema italiano, passerà, le dicono a via Palermo 36: la Karenne Film ha la sede nello stesso edificio dove hanno gli uffici la Tespi e la rivista «In Penombra». Hanno perfino lo stesso numero di telefono. 11-100. 33-85. Una promiscuità comoda, all'atto pratico, ma sconcertante: quale valore potrà dare alle parole che scriveranno su di lei, se chi li paga pagasse anche Diana Karenne? Chi determina davvero la reputazione di un commediografo, di uno scrittore, di un'attrice? Cosa è la verità? È davvero una grande artista, Diana Karenne? E l'opinione del pubblico è poi preferibile a quella degli addetti ai lavori? Se i film uscissero, riuscirebbe forse a capirlo. Ma lei sospetta invece che siano proprio i suoi personaggi a disturbare. Un'adultera premiata col perdono, una prostituta non redenta, una violinista sadica. Le italiane che devono ricostruire il paese non hanno bisogno di cattivi esempi. La guerra è finita. Devono tornare al loro posto.

E anche Diana Karenne. Nel marzo dello scorso anno, recensendo *Justice de femme!* su «Film», Alacevich le ha recapitato un messaggio, che lei non ha recepito. Ha criticato la fotografia e il soggetto, poco moderno, ma ha apprezzato gli interni, gli esterni e la scelta del cast, e l'ha definita geniale attrice. «Ancora una volta il suo spirito si è regalmente prodigato come scenarista e come inscenatrice. Io però preferirei che la Karenne rimanesse solamente attrice e lasciasse agli uomini la cura di scrivere e di mettere in scena le opere. Dovendo accudire a troppe cose, ella sciupa il suo bel talento e cosí si pregiudica in lei l'eccezionale temperamento di mima ideale e perfetta». Lasciare agli uomini la cura di scrivere e mettere in scena... Non è l'unico a pensarla cosí.

Redenzione è stato lanciato dalla Medusa come «la piú grande storia d'amore dell'umanità». Di lei hanno scritto che si conferma «un'attrice vera», «un'artista prodigiosa», «una personalità originalissima», che «ha saputo darci l'anima di colei che fu del Cristo l'adoratrice esemplare». Glielo ha riferito Carmine Gallone. Lei non legge piú le recensioni, perché le parole brutte le restano impigliate nel cervello come uncini, e quelle elogiative rischiano di gonfiarla di vanità e di vento. Eppure sa che è vero. Per qualche ragione che ancora non accetta, questo è il suo film. Maria Maddalena la sua parte.

Il cavalier Pasquali sta meglio. Poveretto, ha patito il suo calvario. Almeno potrà godersi il successo mondiale del suo *Sansone*, è una girandola di progetti, annuncia nuovi lavori... I medici gli hanno raccomandato il soggiorno in una stazione climatica, con aria sottile e salubre – deve aver funzionato. Sono tutti stupiti dalla resistenza di Ernesto. Spettacolo penoso, ma eroico. Un guerriero, un duce, un vero italiano. Fortuna che ha vissuto abbastanza per vedere la Vittoria. E la sua vittoria, signora Karenne.

L'oscurità inghiotte la sala. Inizia la prima delle tre visioni in cui si divide il film: *La visione dell'amor profano* (le altre sono *Dell'amor sacro* e *Della morte e trasfigurazione*). Sullo schermo appare Maria di Magdala, biancovestita, fra le strade di Betania, bramata da tutti gli uomini, che la toccano, la spingono, la catturano. A Roma, le immagini erano accompagnate dall'orchestra diretta dal maestro Desenzani. Musica tonitruante, vagamente wagneriana, alla Johann Strauss. Ma qui la pellicola scorre accompagnata dal gracile strimpellio di un pianoforte. Non basta a coprire il brusio. Si sentono respirare gli spettatori, ogni colpo di tosse, commento, starnuto.

Che succede? bisbiglia. Non lo sa, signora Karenne? le sussurra all'orecchio il padrone della sala. I musicanti sono in sciopero. Chiedono il raddoppio della paga e il salario minimo giornaliero di dieci lire. E vogliono il riposo, e non suonare piú di cinque ore consecutive. Sono tutti impazziti. L'Italia intera è in agitazione, la guerra ha fatto ammattire la gente. A Milano hanno proclamato lo sciopero generale. Qui a Torino scioperano i metallurgici e i siderurgici. E pure i pidocchiosi musicisti dello spettacolo, si rende conto? I teatri dell'opera chiudono. I film sono rovinati. La gente non verrà piú a vederli. Un film muto non è un film silenzioso.

Lei si pente d'aver suscitato il suo sfogo e cerca di concentrarsi sulla visione. Ma l'idea che gli orchestrali non guadagnino neanche dieci lire al giorno la turba. Quanti soldi ha preteso per questo film? Ventimila lire? Cinquantamila? Ah, sempre stata pessima in matematica. Non sa dividere il compenso per i giorni di lavoro. Spende dieci lire al giorno solo per comprare l'essenza di citronella per profumare la carta su cui scrive. Non vive piú nello stesso mondo della gente comune. Sullo schermo, i pretendenti famelici violentano Maria di Magdala. Ma lei non guarda davvero la scena, vede solo le ombre degli attori. Sono tutti morti, i suoi finti stupratori. Vivi, al cinema. Oggi, domani, fra dieci anni. Il cinema è la crisalide dell'eternità. Ed Ernesto, dove sta andando? Davvero ricomincia a fare film? Senza di lei. Un pensiero che le fa sanguinare l'anima. Forse c'è ancora tempo. Deve incontrarlo. Quanto è lontana, Courmayeur? *Redenzione* non le è mai sembrato tanto lungo.

Assolda un autista qualunque – purché taccia. L'ha riconosciuta, le ha fatto firmare il biglietto del cinema (per mia moglie, giura, pazza di lei). Per tutto il viaggio, non dice una parola. Diluvia e il ticchettio monotono della pioggia che lava i finestrini scandisce le ore. La pianura è acquattata nelle nuvole basse. Teme che lui sia già partito per tornare a Torino, e non sa nemmeno cosa dirgli, ormai. Ernesto. Gli occhi di giaietto, i denti bianchi. Il passo da giaguaro sul pavimento scricchiolante del teatro di posa. La macchina fende uno sciame di nebbia. Dietro il finestrino appannato intravede a stento la strada. La massa oscura di un camion, magazzini e rimesse ai lati della carreggiata, l'insegna fantomatica di un'osteria. Le montagne può appena intuirle, dal respiro sempre piú asmatico del motore. Ernesto trae energia dal sole, come può il clima delle Alpi averlo guarito? Sente il fragore dei torrenti, da qualche parte; nell'abitacolo penetra l'odore della legna che arde nei camini, e il sentore asciutto della neve. Nel centro di Courmayeur ci sono ancora cumuli bianchi sui tetti e ammonticchiati ai bordi del marciapiede, deve zigzagare tra pozzanghere di guazza.

Lo cerca all'Hotel de la Couronne, dove d'agosto Ernesto mandava in villeggiatura la famiglia, ma le dicono che il cavaliere ufficiale Pasquali non alloggia qui. Chiede di lui ovunque, e alla fine l'impiegato dell'ufficio postale la indirizza in un albergo mediocre, in una frazione piú a valle. I muri dell'edificio anneriti dalla fuliggine, le imposte scrostate, l'insegna scolorita, i tappeti logori nell'atrio incorniciato da polverose corna di cervo – tutto le comunica un senso angoscioso di declino. Lei sorge, lui si eclissa.

La riconoscono il fattorino dei bagagli, il concierge dietro il banco della reception (tutte le chiavi, tranne una, dondolano negli scomparti: non ci sono turisti), anche due pensionati che giocano a briscola nel salottino. Da febbraio le sue fotografie sono su tutti i giornali. La celebrità costa molta fatica. Anche solo uscire di casa diventa una rappresentazione. Deve ogni volta vestirsi, truccarsi, muoversi come Diana Karenne. Non ha piú il tempo di essere solamente sé stessa. Un impiegato le porge una cartolina con la sua foto – perché l'autografi, la cameriera addetta ai piani le chiede di benedirla, neanche fosse la Vergine Maria. Sono una peccatrice, si schermisce: anch'io, sussurra la donna, baciandole il lembo della pelliccia, lo siamo tutte, per questo la amiamo.

Il fedele Candiani la riconosce per ultimo, e resta attonito. Prima nega che il cavalier Pasquali sia a Courmayeur, poi tenta di tenerla fuori dalla camera col pretesto che sta lavorando, e lo conosce: il capo odia essere interrotto. Alla fine si rassegna a comunicargli la visita della signora Karenne.

L'esimio cavalier Pasquali non vuole riceverla, le comunica poco dopo, imbarazzato. Vuole che lo ricordi com'era, non deve vedere la rovina in disfacimento in cui si è tramutato. L'incantesimo che gli ha fatto non è riuscito. Il principe è diventato un orrendo rospo. Ma non è guarito? esclama Diana, stupita. A Torino tutti dicono che sta per iniziare un nuovo film. Lo ha dichiarato lui stesso sulla stampa. Si illude, sospira Candiani. Ma forse finge per ingannare sé stesso. Il povero cavaliere è in agonia.

Diana dice a Candiani che ormai non vive piú a Torino, è solo di passaggio per via di *Redenzione*, e non è venuta fino a Courmayeur per restare in un corridoio che ammorba di disinfettante. Ma il ragioniere non si lascia piú maltrattare come una nullità, e non intende mancare di parola al cavaliere. Allora Diana si umilia. Lo prega. Lo supplica. Deve farla entrare. Si metterà una benda sugli occhi. Non lo vedrà, Ernesto. Ma deve congedarsi da lui. Non si può ricominciare senza finire.

Cosí è Ernesto a vederla: piú magra, piú pallida, piú radiosa che mai, al culmine del successo e della sua vita. Non l'avrebbe mai creduta convincente nel ruolo della santa. Ma il fedele Candiani gli ha appena letto le cronache della «Stampa». «Il pubblico piú notevole mai notato per una prima cinematografica», «un successo clamoroso e trionfale». Diana definita «la piú fine e la piú dolce delle artiste del teatro muto, superbamente bella, delicatamente soave». «Una personalità spiccata e ogni sua interpretazione una creazione». Quando ha ascoltato la profezia del giornalista – «il suo nome resterà indelebile nella storia della cinematografia italiana» – non ha potuto trattenere le lacrime.

Il foulard di seta le copre gli occhi. Lui pensa con sgomento che questa malinconica mosca cieca è l'ultimo dei loro giochi. «La piú strana e intelligentissima attrice preferita da tutti gli intellettuali della cinematografia» aveva scelto lui. Ormai non capirà piú perché. Non è un intellettuale, anche se l'avrebbe voluto, ma gli mancava qualcosa. Non era la cultura. I soldi lo hanno fottuto. Il complesso del provinciale, la smania di rivalsa che divorava anche lei. Sono uno qualunque – e tu no, Diana.

Gli prende le mani tra le sue. Sono secche, ossute, come tutto il suo corpo, e lei trasale, perché non le riconosce. Ernesto è ormai talmente leggero che il suo peso non avvalla nemmeno il materasso. Tomino… Le porta alla bocca. Le mani di Diana sanno di bergamotto. La chiarità lattea della pelle, la tenera curva delle labbra. Il fuoco non si è estinto. Quanto l'ha amata. E non glielo ha mai detto, perché un capo non si lascia conquistare. Sono un povero Cristo crocifisso dalla malattia, figlio di un padre mortale, senza gloria e senza resurrezione. Non tornerò dalla morte, non incontrerò la mia Maddalena nel cimitero mentre mi aggiro con la vanga in mano nelle vesti del giardiniere, non mi riconoscerà, commossa, non mi chiamerà maestro, non le dirò non mi toccare. Toccami invece, amore mio, mia sorella, mia sposa, finché ancora respiro.

Diana gli accarezza i capelli. Sono tutti bianchi: ma lei non può vederli, li ricorda lucidi e neri, come le piume del corvo. Eravamo l'ombra e la luce, il pianeta e la sua luna, eravamo fatti l'uno per l'altra. Coi polpastrelli gli tocca il mento, le ciglia, le orecchie, le guance, incavate, gli zigomi sporgenti – irriconoscibile. Eppure questa larva stremata è Ernesto. Si china a baciarlo sulla bocca. Ti amo, ti avrei amato sempre, Ernesto, bisbiglia. Forse dovrebbe pentirsi, ma non sa di cosa. Vivere non è una colpa.

Ernesto ha la lingua di cartone, e le labbra di pietra. Non parla, biascica. Ma riesce ad augurarle di godersi il successo vero, che è arrivato, finalmente. Era il nostro sogno. Si è avverato, per te. Le augura di essere felice, di trovare pace – e qualcuno cui concedere di restarle accanto. Lei non promette niente. Non è piú tempo di bugie. Né bianche, né nere, né azzurre. Nemmeno d'oro. L'evidenza della fine le toglie le parole. Non è mai stata accanto a una persona cosí vicina a passare dall'altra parte. Nell'aldilà, nel nulla, nella luce eterna – chi lo sa. A Dio, se può ascoltarla, chiede di farli ritrovare, ovunque. Se tu sarai uno scoiattolo, io sarò il tuo albero, se sarai una vespa, io il fiore. Non lasciarmi – vorrebbe urlare. Ma non sa cosa si deve dire, solo che non si deve causare altro dolore e paura a chi se ne sta andando. Non piangere, dunque, e sorridi – se puoi.

Ernesto le raccomanda di non preoccuparsi se ha l'impressione di accarezzare una salma, perché ce la farà. Ha vinto tutte le sue battaglie. Morire adesso sarebbe una vigliaccheria, e lui ha tanti difetti, è impulsivo, sconsiderato, aggressivo, violento perfino, ma vigliacco non è mai stato. Sarebbe uno spreco – e non perché ha solo trentasei anni e avrebbe potuto ancora fare tante cose. Ma perché tutto quello che ha fatto è in fondo mediocre. Le sue commedie, frivole, le sue regie, passabili, nessuno dei suoi film un capolavoro. Nemmeno come produttore o rappresentante dell'Unione Italiana Cinematografisti ha lasciato il segno; neanche la legge cui ha dedicato tante energie e che hanno approvato senza di lui è buona, e non salverà dal disastro la cinematografia italiana. Tu, invece, sei la mia opera piú bella.

Non mi hai fatto tu, lo contraddice Diana, senza riguardi, anche se Ernesto sta morendo. Mi abbiamo fatto insieme. Sono la nostra creatura, e nostra figlia. L'unica discendenza che ci è data. Tu resterai dopo di me, e ciò dà un senso a questa mia vita balorda, e mi consola, sussurra Ernesto, con un filo di voce.

La notizia la riceve a Roma, sul set, negli stabilimenti di Villa Flora in via Forlí, il 9 maggio, dieci minuti prima di girare la scena in cui il suo personaggio, la selvaggia Zoya, sta per essere lapidata dai contadini che la credono figlia del demonio. È vestita come una zingara, perché – per salvarsi dalla malattia ereditaria che la mina – Zoya è cresciuta libera, nella natura, dormendo sotto le stelle e vivendo senza regole né legge: a modo suo. Il cadavere del poeta di cui ha appena rifiutato l'amore e che si è suicidato per lei giace ancora fra le spighe. Perché ricoprissero interamente il pavimento dello studio di posa, la Tiber ha dovuto far mietere un campo.

La storia l'ha scritta lei – un centone delle scene di maggior successo dei suoi film precedenti. Anche il personaggio di Zoya è un calco di Azara e delle altre. Viene chiusa in collegio, sposa un musicista, il matrimonio è un disastro, le muore un figlio, abbandona il marito, si degrada prostituendosi in una taverna. Non le è stato permesso di dirigerlo, però. È solo l'attrice protagonista. È quasi un riassunto della sua carriera, il ritorno ossessivo, come in un sogno, della creatura che ha messo al mondo con Ernesto. Sarà l'ultimo film con la Tiber. Poi ricomincerà tutto daccapo, altrove. Come Zoya. E finalmente potrà essere un'altra.

Ha appena firmato con la Tespi un contratto della durata di due anni. Per questo ha rinunciato alla *Lucrezia Borgia* della Medusa. La Tespi, che ha già due compagnie, le ha garantito di formarne una terza, per realizzare quattro film della serie Karenne. Due anni sono tanti, non ha mai impegnato il suo futuro cosí a lungo, ma deve cogliere il momento, e capitalizzare il successo di *Redenzione*: questo le ha consigliato Ernesto, e saranno forse le sue ultime parole per lei.

L'attore che sarà in scena con lei, Mario Parpagnoli, è terrorizzato dalla prospettiva di subire le conseguenze della notizia che devasterà la signora, ma la produzione ha ritenuto diritto della Karenne essere informata. Temono che, se la morte di Pasquali le venisse tenuta nascosta, abbandonerebbe il film prima di concluderlo. Karenne è donna di collere improvvise e furibonde. Il suo litigio con l'avvocato Mecheri della Tiber, a gennaio, è già diventato leggenda. Con Fassini e Barattolo, Mecheri è l'uomo piú potente del cinema italiano. Diana Karenne l'ha insultato come un cameriere. Brutto uomo, gli ha gridato. È un epiteto sanguinoso per lei, che crede nella bellezza come valore morale. Brutto equivale a pessimo, malvagio, delinquente. Mecheri se n'è fatto una ragione. Minimizza dicendo in giro che la Karenne «è un po' pazza». Alla Tespi hanno deciso di non credergli, ma alla Tiber, dopo aver girato con lei quattro film, condividono l'opinione. Poiché nessuno voleva far da messaggero, alla fine è il direttore del film, il conte Giulio Antamoro, l'incaricato a comunicarle il decesso del cavaliere ufficiale Ernesto Maria Pasquali. Troverà le parole giuste.

Il conte bussa al camerino con la punta del bastoncino di bambú da cui mai si separa. Si rammarica che il povero Pasquali non abbia resistito ancora qualche settimana. Lo scenografo pittore Memmo Genua, che la Tespi ha affiancato per contratto alla Karenne come co-direttore, sarebbe stato piú adeguato. Si è fatto la fama di angelo della morte da quando, a Venezia, il 21 dicembre 1915, ha riferito a D'Annunzio che il velivolo montato da Giuseppe Miraglia è precipitato in mare. Il Vate lo ha menzionato nel *Notturno*, e tutti, in Italia, lo sanno. Anche la signora Karenne. Che gli ha manifestato la volontà di conoscere il Vate. La russa – si mormora – ha un debole per i poeti.

Antamoro è un gentiluomo. Le riferisce compunto che la Tiber Film, in segno di lutto per un cosí illustre esponente della cinematografia italiana, propone di interrompere le riprese, e di aggiornare il set all'indomani. A lei sembra inopportuno. Non crede si tratti di un omaggio di Mecheri al produttore che fu il presidente dell'Unione Italiana Cinematografisti e poi del Sindacato italiano dei fabbricanti di films. È sempre stato nemico di Ernesto, come il suo successore, l'avvocato Giuseppe Barattolo, nuovo padrone del cinema italiano, che di Ernesto era stato sottoposto, e che ha brutalmente soppiantato. Ha avuto la sfacciataggine di proporre a Bianca di acquistare gli stabilimenti della Pasquali mentre Ernesto ancora lottava disperatamente per vivere. Tre anni fa, invece, le voci della sua liaison con Pasquali hanno elettrizzato l'ambiente del cinema, e tutti pensano che lui si sia ammalato quando la maliarda russa lo ha abbandonato. È possibile, ma è stato lui che l'ha allontanata: forse l'ha fatto per proteggerla dal dolore della malattia o della perdita, o perché alla fine la famiglia contava piú del loro amore, ma in ogni caso non può fare niente per smentirlo. La considereranno comunque una donna fatale. E lo è stata.

Grazie conte, ma preferisco di no, giriamo, dice, con voce ferma. Datemi dieci minuti. Adesso lasciatemi sola, devo ritrovare la concentrazione. Antamoro indugia sulla soglia del camerino. È l'unico, alla Tiber, a non provare soggezione nei confronti della terribile Diana Karenne. Non la teme, forse perché non la desidera. È un uomo appagato e ha stima di lei. Ha esperienza sufficiente per distinguere le debolezze della donna dalle qualità dell'attrice. Vorrebbe dirle qualche parola di conforto, ma non prova abbastanza dispiacere per la morte di quel brigante di Pasquali, e la conosce troppo bene per sapere che melliflue ipocrisie le sarebbero superflue. Richiude delicatamente la porta.

Diana si costringe a non piangere, perché si rovinerebbe il trucco, e non potrebbe mascherare gli occhi gonfi. Rimanda le lacrime per quando non avrà nessuno attorno. Lo specchio le restituisce il viso impenetrabile di una maschera. Non sa a cosa sta dicendo addio.

Recita per nove ore, come prevede il contratto. Nella prima scena scampa alla lapidazione, perché i contadini assassinano al suo posto un innocente, il nonno. Rifiuta il cestino del pranzo. Rimane seduta nel camerino, fissando il vuoto. Nel pomeriggio, nel secondo quadro della giornata si spostano nella taverna dove, anni dopo, Zoya si esibisce come danzatrice. Ambiente sordido, è previsto un ballo ad alto contenuto erotico. Lei danza fra i tavoli, scivola in mezzo agli avventori, sale sul bancone, dimena i fianchi: come se Ernesto fosse presente, e lei dovesse incantarlo ancora una volta. Invece c'è Fernando Dubois, dietro alla macchina da presa, e Antamoro, impassibile, in un angolo, col bastoncino di bambú nel pugno e la sigaretta in bocca. Sopporta il caldo asfissiante, gli sguardi lascivi delle comparse, la musica stridente, il vestitino succinto che le fascia il corpo, la sua assenza.

La troupe ammira l'autocontrollo della Karenne, e in silenzio dissente. Come si può ballare cosí il giorno in cui è schiattato il tuo amante? La truccatrice, che ha dovuto

D. KARENNE in "Zoja„
100

camuffarle i lineamenti perché dimostri dieci anni piú che nella scena della campagna, sibila alla manicure che la Karenne reciterebbe pure il giorno della morte di sua madre, o di suo figlio. Non ha cuore.

Ma a Parpagnoli, che chiama nel camerino alla fine delle riprese per congratularsi della sua naturalezza, raccomanda di ricordarsi di questo giorno, se vorrà proseguire la carriera. E glielo augura, perché ha talento. Restate sempre cosí, spontaneo, fresco. Mario, i soldati muoiono in guerra, gli attori in scena, gli scrittori con la penna in mano. Oggi è morto un maestro del cinema. Il cinema era il suo dio e il suo demone. Lo amava piú di ogni altra cosa. Io dovevo rendergli omaggio. E il modo migliore era continuare ciò che ho cominciato con lui. Questo è il mio sacrificio.

Non annulla nemmeno l'intervista con Orlando Calvi, che si presenta la sera in casa sua, sollecitato dalla Tespi che vuole preparare il terreno all'ingresso dell'attrice nella Casa e nel circolo che attorno vi ruota. Quando all'ora convenuta Diana apre la porta, però, si trova davanti uno spettro con la barba marezzata di grigio, avvolto in un pastrano trasandato. Non è l'inviato della rivista. L'uomo si lascia cadere sullo zerbino e le abbraccia le ginocchia. Parla confusamente, in russo; lamenti e sospiri a interrompere le frasi. Con sua grande sorpresa, Diana stenta a capirlo. È tanto che non ascolta la sua lingua. L'uomo la implora, barina ty moja. Distingue la parola pòmosh – aiuto. È appena arrivato in Italia, via Odessa e Costantinopoli, scampato a mille insidie – ma quelli che fuggivano da Mosca con lui sono morti lungo la via: alla moglie ha sparato in bocca un soldato, durante una sosta forzata del treno, per rubarle i denti d'oro. Non ha documenti, non ha denaro. Le pietre preziose che aveva cucito nell'orlo del cappotto gliele hanno confiscate durante una perquisizione al posto di blocco. Voi siete cosí famosa, signora Karenne, cosí rispettata e amata qui in Italia, usate il vostro prestigio, usate il vostro nome, dovete raccontare al mondo quello che sta succedendo. La Russia nostra santa madre, culla della civiltà, è ora patria della barbarie.

Lei trattiene lo stipite della porta, premendovi contro il suo peso, per impedirgli di entrare, lo supplica di alzarsi, di andar via, sta aspettando una persona, un impegno di lavoro, è importante, torni domani, lo soccorrerà in qualche modo. Nessun lavoro può essere piú importante del popolo russo, dice l'uomo, con dignità. Si rialza, spolverandosi i calzoni. Non voglio soldi per me. Formate un comitato di amici della cultura e dell'arte russa, le suggerisce, ce ne sono anche qui a Roma, mandate viveri, cibo. La gente come voi sta morendo di fame. Aristocratici, professionisti, artisti, scrittori: adesso sono tutti buržui - borghesi -, li additano come nemici del popolo. Hanno svuotato le loro case di mobili, tappeti, quadri, perfino fiori e piante - devono arredarci gli uffici delle nuove istituzioni sovietiche. Oppure le hanno requisite perché appartengono al popolo. Li hanno relegati nelle camere della servitú, assegnando le loro stanze ad altri. Non possono lavorare, non possono mantenersi, vendono gioielli, libri, strumenti musicali, tutto quello che hanno. Non escono, per paura di essere aggrediti. Le vedove, gli anziani, i piú timidi e senza risorse mangiano il cuoio delle scarpe, la colla delle rilegature. E muoiono di inedia e di freddo, perché nelle case non c'è riscaldamento e non hanno un copeco per comprare carbone o legna per la stufa. Di malattia, perché non ci sono piú medicine. Se avete ancora genitori in Russia, se avete figli, fratelli, sorelle, non lasciate inascoltata questa preghiera.

Orlando Calvi sta suonando il campanello, giú in strada. Diana, sconvolta, quasi spinge l'uomo giú per le scale. Lo ha pregato di tornare dopo, ha dei soldi nella cassaforte, glieli darà, ma lui si è messo la mano sul cuore ed è sparito. Ha ancora la bocca secca e la gola serrata quando invita ad accomodarsi il suo ospite, e appende all'attaccapanni la sua bombetta nera. Quasi benedice Orlando Calvi per essere qui. Nelle narici ha ancora l'odore della disperazione del profugo. Ma cosa può fare? Le artiste non fanno politica. Le sale la nausea, se pensa alla sbornia democratica della primavera del '17.

A Calvi non consente di indovinare il suo turbamento. Gli offre il tè, il caffè, quello che vuole – ormai ha deciso di trattare i giornalisti come fossero amici: non è sicura di averne altri. Ha bisogno di distrarsi, e di non pensare a Ernesto in una bara, alla moglie del profugo uccisa per un paio di denti d'oro, e agli insegnanti del ginnasio che mangiano il cuoio delle scarpe.

È un ammiratore del «genio tragico» di Diana Karenne, Orlando Calvi, e il ritratto che le dedicherà – nella rubrica di «In Penombra» – è autentico e penetrante, assai piú di quello dell'inerte Martini l'anno prima. Calvi rievoca l'apparizione regale al gran teatro lirico di Roma (di cui era stato testimone oculare), la freddezza altera del suo sorriso e l'ostile malinconia dei suoi occhi metallici. La definisce «nata per la scena». Loda l'estrema sensibilità, la bellezza, la raffinata cultura, la forza dell'istinto, la tensione verso il meglio, il desiderio di essere sé stessa, e il suo segreto: trasfigurarsi, essere vera. Non fingere di piangere, ma piangere davvero, fino a che non la si possa guardare senza un tremito. «Nel pubblico corre una leggenda che circonda di misteriose fantasie la figura e la vita di questa artista. Le favole che si creano attorno alle persone reali sono sempre un riconoscimento involontario e indiretto alla loro eccezionale personalità». Ma gli autori che si sono divertiti a scriverle personaggi di Sfinge e Medusa dagli occhi assassini e dal cuore gelido, perversa, stravagante e patologica, non l'hanno favorita. La leggenda di Diana Karenne donna eccentrica, fatale, complicata, artificiosa e crudele nulla aggiunge al suo carattere e impedisce di riconoscerla per ciò che è. Una donna semplice, istintiva, cui la cultura e l'intellettualismo letterario accrescono solamente fascino. Questo dissidio rischia di separarla dal pubblico, e da sé stessa.

Non so piú chi sono – gli dice, con noncuranza, mentre scelgono le dieci fotografie che dovranno corredare il servizio. In studio, in poltrona, in abito da sera con le paillettes come in un ritratto di Boldini; appoggiata al muro, di profilo, come una passante del cinema espressionista; scarmigliata e verace come Anna Magnani; coi pantaloni orientali; in abito da tigre distesa sulla pelle di tigre con le zanne, la donna fusa con l'animale fino a formare un'ibrida chimera, perché non si può deludere troppo il pubblico. Ma chiunque io sia, sono vera.

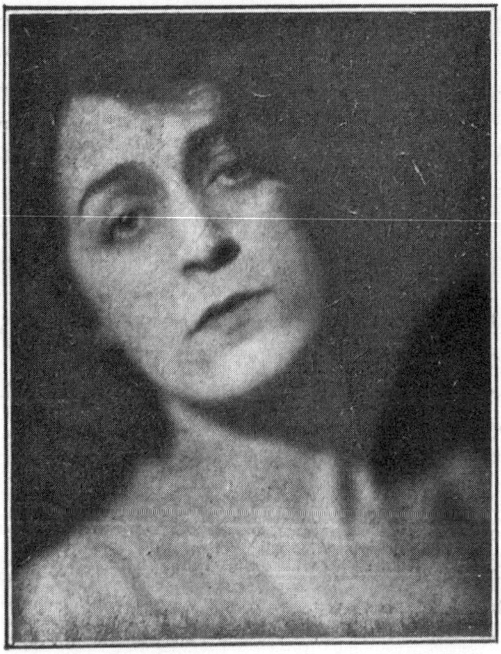

Al funerale di Ernesto non le è concesso andare. Le amanti devono piangere nell'ombra. Né leggerà i resoconti sui giornali. La grande famiglia della Pasquali Film si è dispersa. Gli attori uno dopo l'altro se ne sono andati, passando ad altre case – Capozzi, Maria Jacobini, la Petersen, la Gandini, Bonnard, Serena, Polidor: tutti, li ha scoperti Ernesto. Vengono solo i torinesi: Mary Cleo, l'ex nemico Enrico Vidali, il ragionier Candiani, l'amico Domenico Gaido. Nell'ora in cui il corteo si avvia dalla casa di Ernesto, e la moglie, i figli, i genitori ancora giovani, il suocero, accolgono in lacrime le condoglianze delle comparse, delle maestranze, e perfino dei giornalisti che lo hanno avversato fino all'ultimo, Diana, pallida e lunare, si presenta, come ha promesso, al rinfresco offerto dal ministero degli Esteri alla delegazione del governo repubblicano dell'Ucraina.

Il pretesto diplomatico della missione è regolarizzare la situazione dei prigionieri di guerra ucraini appartenenti all'esercito austro-ungarico che ancora si trovano in Italia. Ma il vero scopo è gettare le basi per futuri accordi commerciali fra l'Italia e l'ex Russia del Sud, che ormai rivendica il nome di Ucraina. Una terra sempre separata fra imperi altrui, che nell'ottobre del 1917 si è proclamata repubblica popolare e indipendente. Da allora i governi si alternano ogni pochi mesi: agli autonomisti sono seguiti i bolscevichi, poi i tedeschi, i bianchi, gli atamani signori della guerra, i verdi, i popolari di Petljura. Gli italiani non sanno se il governo che i delegati rappresentano sia ancora al potere, né se essi siano effettivamente in grado di stipulare accordi, ma lo sperano. Prima il grano ucraino arrivava dai loro porti attraverso i Dardanelli. Durante la guerra, abbiamo importato grano dall'America, a costi elevatissimi. Si tratta di riallacciare i rapporti per il grano. Poche le signore, mogli di qualche onorevole: i politici sono tutti maschi. Le donne neanche votano alle elezioni.

Uno dei delegati di Kiev era compagno di liceo di Grigoryj. Si erano contesi aspramente il primato della classe, accusandosi a vicenda di essere l'uno nazionalista e antisemita, l'altro socialista. Ma dal luglio del 1917 Diana non ha notizie del fratello e per questo l'onorevole Luigi Medici l'ha fatta includere nella lista degli invitati. È forse l'unica occasione perché incontri qualcuno che venga dalla sua città.

Il delegato nemmeno le chiede cosa faccia in Italia, Dina Rabinovitch, né vuole saperlo. Vorrebbe dirle che Grigoryj Rabinovitch è diventato ministro o membro della Rada, perché è quanto sua sorella si aspetta, e tutti, in verità, riconoscendone l'intelligenza superiore, avevano creduto che un giorno sarebbe accaduto. È scampato alla guerra. Ma purtroppo è caduto nei giorni dell'occupazione. Gli dispiace. Un gran cervello di cui l'Ucraina avrebbe avuto bisogno. Sentite condoglianze. La esorta a tornare a casa, non si faccia spaventare da chi dice che Kiev è nel caos: le fazioni saranno respinte. La fine del regime bolscevico è imminente: Kolčak marcia su Mosca, i tedeschi su Pietrogrado, il generale Denikin e l'Armata bianca vincono sul Don, presto le cose si normalizzeranno. Diana abbandona il ricevimento senza salutare. Sono rimasta sola.

Ernesto avrà la sua messa d'esequie. Ma Grigoryj? Chi reciterà il kaddish per lui? Non conosce neanche un ebreo, a Roma. Dove sono? Vivono giú al ghetto, vicino al Tevere. Ma non c'è mai stata. Non è mai nemmeno entrata al tempio, pure se è un edificio nuovo, solenne e imponente, alla curva del fiume, tra i platani, davanti all'isola sacra agli dèi pagani. Mentre un vetturino la conduce alla sinagoga, prova a ricordare la chiesa di Torino in cui si tiene la messa funebre per Ernesto. Ci sono entrati insieme, li inseguiva un fotografo, cercavano riparo. Si sono abbracciati sotto il crocifisso. Non so in quale Dio credi, Diana, le aveva detto Ernesto. Io credo nel cinema. Il potere lo avversa perché ne intuisce la forza rivoluzionaria.

Non perverte, ma sovverte davvero le coscienze. Scuote, persuade, consola. In questo senso è davvero arte. Se non l'avessero inventato, sarei un istitutore frustrato e ai giovani insegnerei solo obbedienza e rassegnazione. La gente come me doveva accontentarsi del niente che alla nascita aveva ereditato. Restare al proprio posto, accettare, subire. Invece ho tutto. E ho te. Temo il giorno in cui Dio mi invidierà. Cosa dirà il prete nell'omelia? Che era un grande imprenditore, un buon marito e un buon padre. I morti sono sempre innocenti.

Al tramonto, mentre una carrozza tirata da quattro cavalli neri conduce al cimitero la bara di Ernesto Maria Pasquali, e la Torino del cinema si scambia gli ultimi ricordi sul geniale cavaliere, lei entra nella chiesa barocca di San Carlino alle Quattro Fontane. Tra le chiese di Roma, con Sant'Ivo alla Sapienza, è la sua preferita: entrambe le ha progettate e fabbricate il genio malinconico di Borromini. Minuscola, con la facciata convessa, posta umilmente in un quadrivio, senza sagrato e senza colonne, modesta, semplice e però perfetta. Depone una moneta nella cassettina di legno e accende una candela sotto l'altare della Madonna. Poi fa sgocciolare la cera e modella il viso di Ernesto nei grumi. Quando la forma rapprende, l'avvolge in un fazzoletto, la mette in borsa e la sera la scioglie nel fuoco. Cosí, le raccontava la njanja quando era bambina, si spezza l'incantesimo, e l'anima dell'amato torna libera.

Il dopoguerra è rabbia ed euforia. Seicentomila giovani sono morti nelle trincee, altrettanti italiani nei letti, di influenza. Il popolo è affamato. Gli operai occupano le fabbriche di Milano, issando la bandiera rossa dei soviet, i contadini e i braccianti occupano le terre incolte dei latifondi. Scioperano contro il caro-viveri e chiedono un aumento di stipendio i sarti, gli attori, i giornalisti, i parrucchieri, i lavoranti del legno, i ferrovieri, i tramvieri, i conducenti degli omnibus, gli stagnari, i postelegrafonici, i panettieri, gli spazzini. Le strade di Roma rigurgitano di rifiuti. Il governo avvia un'inchiesta su Caporetto e proclama l'italianità di Fiume, i partiti scatenano la lotta in vista delle elezioni di novembre: si annuncia una ridda di liste e candidati.

Eppure quelle stesse folle che inneggiano a Lenin riempiono i loggioni dei teatri, le sale da ballo, i cinema di tutte le categorie. Urge seppellire la morte e dimenticare l'insensata strage voluta dagli imperatori e dai re ma non dai popoli: divertirsi è obbligatorio, perfino sovversivo. Il cinema italiano risorge come Lazzaro dal sepolcro. I teatri di posa si riempiono, tanto che imprenditori di ogni provenienza iniziano a costruirne di nuovi, le produzioni si moltiplicano. Abbondano le materie prime, finalmente non c'è piú penuria di pellicola né di manodopera: anzi, i reduci hanno bisogno di lavorare, sono disposti ad accettare paghe bassissime. Scioperanti e difensori dell'ordine si scontrano nelle strade, nelle fabbriche – si tendono agguati di notte, di giorno si vedono occhi pesti, stampelle e braccia al collo. Si organizzano picchetti contro i crumiri e pestaggi contro i sindacalisti; volano manganellate anche davanti ai cancelli degli studi cinematografici. I padroni degli stabilimenti sono risoluti – quasi feroci: non finiremo come la Russia.

Ogni volta che – sigillata nell'automobile della produzione – attraversa la città, Diana Karenne incrocia manifestanti che protestano contro la crisi economica e la miseria dei salari. A volte la macchina resta bloccata: tra lei e la folla in tumulto solo il vitreo diaframma dei finestrini. È seduta sul sedile posteriore, sempre un fascio di fogli in grembo, un eccentrico cappello, il viso protetto da enormi occhiali scuri. Gli occhi dei manifestanti si posano sulla carrozzeria lustra, sulla livrea dell'autista, sulla passeggera. Non provano risentimento bensí un'estraneità radicale. Hanno abiti lisi e sbrindellati, membra spigolose, pupille brillanti. Non ha paura di loro. Un po', di sé stessa.

Per diciotto mesi, Diana Karenne lavora senza sosta. Le rimproverano di girare film qualunque, che nulla aggiungeranno, e anzi molto toglieranno, al suo talento, e finiranno per diminuire il favore popolare che si è guadagnata. Ma lei non se ne cura, e ha l'unico rimpianto di dover rimandare ancora il progetto, tante volte strombettato, di far tutto da sé. La lira si svaluta giorno dopo giorno e anche i suoi risparmi ne risentono. La favolosa ricchezza di Diana Karenne – per cui la biasimano tanto – rischia di diventare ormai una delle sue bugie. Nemmeno se vendesse la villa di Rapallo i suoi soldi basterebbero a mantenere attiva la Karenne Film. Che ormai è l'involucro di una crisalide mai divenuta farfalla. Ha bisogno di alleati, e a loro deve concedere ogni volta qualcosa.

Il suo primo film con la Tespi, *Ave Maria*, lo scrive, lo dirige, lo interpreta. Essenziale, intimo, quasi senza trama – e però forte nel messaggio, perfino politico. È un film contro le caste, le classi, l'organizzazione della società borghese. Si assegna la parte della madre. Una vedova paralizzata dai pregiudizi, che ha sprecato la sua vita privandosi dell'amore. Riconosce però i propri errori e concede alla figlia – che si è innamorata di un garzone povero ma onesto – ciò che ha negato a sé stessa. Quasi mai nei suoi film ha potuto raccontare una trasformazione interiore. Pur di interpretare questo ruolo sommesso rinuncia a ciò che l'ha condotta fin qui: la bellezza. Si invecchia, si imbruttisce, avvilita dall'abito austero, dalla penombra e dal caldo soffocante di Firenze, dove ha insistito per girare gli esterni in agosto. È un suicidio artistico, come quello compiuto nel suo unico film da Eleonora Duse. Ciò che deve dare alla Tespi in cambio di tutto ciò non è poco: la direzione artistica. Deve cedere le scene, gli arredi e la luce a Memmo Genua.

Si frequentano anche fuori del set, benché Karenne si sia ormai guadagnata la fama di solitaria, scontrosa e introversa. Invece è divertente, ironica e un'ottima conversatrice. Parlano di poesia (Genua, giornalista e poeta, frequentava il circolo crepuscolare della terza saletta del caffè Aragno ed era uno dei piú cari amici di Sergio Corazzini), e soprattutto di pittura perché, anche se l'hanno convinto a progettare e costruire scenografie, vive di disegni e ritratti: visitano atelier e gallerie d'arte, si scambiano opinioni e dissentono su tutto. Lui dipinge gentildonne, lei inquietanti maschere oniriche, crudeli e stilizzate che poi appende a rotazione, a seconda del suo stato d'animo, sulle pareti della sua casa. I loro gusti divergono: lei è affascinata dai futuristi, e si è fatta ri-arredare con mobili disegnati da un esponente del movimento le stanze di via Porpora. Memmo è piú tradizionalista, ma le piace, e se l'avesse conosciuto in un altro momento sarebbero diventati compagni, perché lei non sa vivere senza amore. Ma ormai la sola idea di avere un altro uomo le ripugna.

Indiana invece, dal romanzo di George Sand, è un film storico in costume (soffocanti corsetti di stecche di balena, come usava nel 1832, ambienti ottocenteschi): costa troppo perché possa dirigerlo, e la Tespi chiama Umberto Fracchia. Che come narratore ha qualche tenue qualità, ma di cinema, secondo lei (e purtroppo anche secondo i critici), capisce come d'arte il calzolaio di Apelle. Tuttavia accetta anche questa rinuncia. Quando era un'adolescente ribelle in un collegio di Mosca, costretta all'obbedienza, repressa in ogni aspirazione e desiderio affinché potesse essere forgiata a una vita rispettabile, l'esempio della scrittrice francese – il suo anticonformismo, i suoi liberi amori, il suo successo – l'aveva incoraggiata a resistere. Leggeva *Indiana* di notte, nella camerata, involtolata nel piumino, alla luce proibita della candela. Poi la sua vicina di letto, che non l'aveva mai sopportata, scandalizzata che una Rabinovitch qualunque fosse stata ammessa in un istituto cosí esclusivo (i soldi dei plutocrati giudei possono comprare proprio tutto?) l'aveva denunciata. Le sorveglianti l'avevano punita vietandole tutti gli svaghi. Anche per questo era scappata. A Parigi aveva ricomprato il libro su una bancarella.

Fracchia firma pure l'adattamento. Karenne non può pretendere di scriversi sempre da sola i soggetti e le sceneggiature. Accetti che l'affianchino Fracchia, Campanile Mancini, Memmo Genua, o chiunque abbia pubblicato un libro e preso la patente di scrittore. Non può dirigere tutti i film, accetti che siano uomini di esperienza a farlo. E non metta sempre becco pure nelle scenografie. Rinunci a girare nel vero studio di uno scultore. Cosí si dissipano le fortune. Le nostre, e la sua. I produttori e i giornalisti la trattano ormai con un misto di reverenza, ironia e sospetto. «Basta pronunciare il suo nome per dire bellezza, grazia, buon gusto, eleganza, raffinatezza, arte somma». Diana Karenne è «la piú fine e la piú dolce delle artiste del teatro silenzioso». Ma è anche «l'originale», «la bizzarra e irrequieta interprete di tante strane figure femminili».

Gli scrittori si assoggettano con ammirevole masochismo a interminabili sessioni di sceneggiatura: Diana li convoca nella sua camera da letto, al Palace Hotel. Finta come una scenografia, perché in realtà non ci abita, ma a via Porpora entra solo chi può chiamarla Dina. Il letto, enorme, è montato su una pedana, il salotto contiguo rivestito di damasco rosso e oro. Mentre lo sceneggiatore di turno le legge le scene, troneggia sul materasso, fra cuscini e velluti, come la zarina Aleksandra o la regina Maria Antonietta. Lo ascolta, sorride, lo incoraggia, lo loda, poi lo stronca, lo costringe a modificare, sopprimere, riscrivere daccapo. Lo sceneggiatore – chiunque sia – sopporta, perché la trova squilibrata, ma genialoide e di ottima compagnia. Quale altra donna cita versi in tedesco, inglese, francese, italiano? Chi altra canta, suona, si mette a dipingere minuscoli pierrot sulle tende, e chiede di farla morire, poiché solo morta si sente libera?

Fra l'estate del 1919 e l'estate del 1920 gira quattro film con la Tespi e due con la Nova del conte Antamoro – fra cui il migliore, *Miss Doroty*. A volte li scrive, a volte li dirige, a volte si limita a interpretarli. Mendicante, libertina, donna matura rinsavita, danzatrice, violinista, vedova, istitutrice, pianista, studentessa, veggente cieca: una galleria dolente di infelici, custodite nel buio dell'ufficio protocollo della censura al ministero o destinate a invecchiare nel magazzino del monopolista di turno. I film del 1918, l'autoprodotto *Sleima* e i due della Tiber, *La peccatrice casta* e *La signora delle rose*, escono senza quasi promozione, con una locandina attaccata davanti al cinema (solo il distributore spagnolo stampa un libretto di réclame della *Peccatrice* col corredo delle migliori foto di scena). Tengono pochi giorni il cartellone in sale che una volta il suo nome bastava a riempire: passano inavvertiti o perdonati come errori. Gli altri non escono affatto.

Il cinema italiano vacilla e le attrici degli anni d'oro sono additate come responsabili della catastrofe. Per i costi esorbitanti dei loro contratti e per aver alimentato il genere del «diva film» o «film d'interprete», che ha permesso ai produttori di costruire le pellicole su di loro, trascurando sciattamente tutto il resto. Una dopo l'altra si sposano e si ritirano: per qualche tempo, il pubblico ripudia perfino Francesca Bertini.

L'avvocato Mecheri della Tiber ammette di non essere spinto da autentica passione politica, ma dalla necessità di tutelare i suoi interessi di produttore cinematografico e nel 1919 si candida alle elezioni nel partito nazionalista, con Alleanza nazionale – che presenta le sue liste insieme al Fascio. Si affatica in un estenuante giro di comizi dividendo il palco con l'amico onorevole Luigi Medici del Vascello, il quale – in quanto veterano della legislatura – gli conferisce credibilità. Mecheri ha un forte accento velletrano. «Sono

"SLEIMA"
INTERPRETAZIONE DI
DIANA KARENNE
S.A.I.G.A.
BARABINO & GRAEVE
GENOVA
TESPIFILM ROMA

uno dei vostri, semplice, alla mano» – si sgola nella piazza di Sezze. «La concorrenza americana ci ruba il frutto della vittoria. La nostra piattaforma è lavoro, ordine, libertà. Il nostro obiettivo il benessere del paese. La mia parola è disadorna, ma fedele come una pellicola dal vero». Nella circoscrizione del Lazio i nazionalisti riescono a mandare in Parlamento due deputati. Il primo è Luigi Federzoni, che ha raccolto una pioggia di preferenze. Il secondo scranno se lo contendono all'ultimo voto proprio l'onorevole Medici del Vascello e l'avvocato Mecheri. Gli scrutatori devono ricontare le schede varie volte. Nelle sezioni di Roma vince Medici, ma in provincia Mecheri lo sopravanza. E alla fine, con 30 079 voti, l'avvocato di Velletri toglie il seggio al fratello di Giuseppe. Luigi potrà ormai occuparsi del suo amato teatro, perché la sua carriera politica è finita. Diana non riuscirà mai a chiamare «onorevole» l'avvocato Mecheri. L'ha bollato come brutto uomo – e tale per lei rimane.

L'epiteto ha avuto un tale successo nella società romana che gli autori de «Il Contropelo» glielo mettono in bocca anche in una finta recensione a un film di Luciano Doria e Gennaro Righelli. «Doria, brutto uomo. Righelli, brutto uomo. Ma in complesso bella grottesca. Sembra quasi mia novella! Solo manca mia arte. E se avessi messo in scena io...» Firmato: Karenne. La prendono in giro, i redattori – però la conoscono bene, e l'hanno sentita parlare: la loro greve caricatura del suo italo-russo ci rimanda un'eco, distorta, della sua voce. È l'unica.

Gli spettatori non la dimenticano, la fermano ancora per strada – chiedendole di autografare cartoline e fotografie, ma lei prova una fastidiosa antipatia per Diana Karenne. Ride di quella donna come gli autori satirici de «Il Contropelo», che a settembre la ritraggono distratta e sdegnosa del delirio pre-elettorale. «La Karenne, sol, s'apparta, | sempre in mezzo ai suoi fastidi, | pei frequenti suicidi | che a lei dedica l'amor. | Diana pensa: s'io volessi | fare anch'io la candidata | quanta gente suicidata | si vedrebbe in pochi dí!»

Frequenta sempre gli scrittori dei circoli romani, ma forse li ha sopravvalutati. D'Annunzio non le ha mai consegnato il soggetto sull'aviatrice che lei gli aveva chiesto, Annie Vivanti non le perdona di aver sacrificato *Circe* e ha dato alla Bertini *Marion, artista di caffè concerto*, Matilde Serao è già tanto che non l'abbia denunciata; Doria, Fracchia e Campanile Mancini non sono Zola né George Sand né Prévost, e nemmeno Daniele Lesueur o Anthony Hope: restano letterati, amano il cinema, ma non hanno ancora capito cosa sia. Né possiedono alcuna coscienza politica o sociale, come i russi: Blok, Gor′kij e Majakovskij divenuti bandiere della nuova Russia rivoluzionaria, gli altri lacerati tra il desiderio di contribuire alla costruzione di una nuova società e il rifiuto di aderire al regime sovietico. Alcuni all'inizio del 1918 hanno lasciato Mosca e Pietrogrado per dirigersi in Ucraina e in Crimea, che i bolscevichi non controllano, come Bunin, che si è rifugiato a Odessa; e poi, quando la situazione è precipitata anche a Sud, hanno scelto la via dell'emigrazione, come la Teffi, che ha raggiunto Costantinopoli ed è già a Parigi. Ma l'Italia non attira gli scrittori, scoraggiati dalla barriera della lingua, e i transfughi Diana non li ha ancora incontrati.

Vengono invece i cineasti, confidando che l'Italia sia ancora la mecca del cinematografo. Direttori, operatori, attori, tecnici, compagnie intere che hanno abbandonato in preda al panico gli stabilimenti di Odessa quando a maggio i francesi hanno smobilitato, consegnando il Sud della Russia al suo destino. Sono saliti all'arrembaggio sulle ultime navi che salpavano dal porto. I marinai italiani della corazzata *Roma* hanno accolto a bordo centinaia di profughi. Nella capitale è arrivata un'attrice di teatro, che si fa chiamare Tatiana Pawlova (e poi, per semplificare, Pavlova). Ebrea nata in Ucraina, come lei. Ma cerca agganci per proporsi alle case romane, alla Tespi c'è già Ileana Davidoff, e non è il momento di crearsi l'ennesima rivale. Diana non l'aiuta in nessun modo. Nemmeno Berta Nelson aiuta la Pavlova: si accaparra invece Aleksandr Ural'ski, e lo arruola per dirigerla nella *Dama errante*. Pavlova, intraprendente come Ileana, Berta e Diana, comprende subito che a Roma non c'è posto per lei e si sposta a Torino, dove la scrittura la Ambrosio – che nel febbraio del 1920 annuncia la serie PAWLOVA FILM. Il partner di Pavlova è Ossip Runič, l'attore piú amato del cinema zarista, pure lui fuggito dalla Russia bolscevica. Il loro film, *La catena*, viene ben accolto dalla stampa, ma per solidarietà politica, perché lo trovano invece statico e lento – troppo russo, insomma. Pavlova, dal volto irregolare e sgradevole, non può in nessun modo competere con Karenne, Davidoff o Nelson, tanto che poco dopo si darà al teatro. Ha studiato testardamente dizione e ha una pronuncia discreta, ma a teatro non basta. Diventerà regista. Diranno che è la prima, in Italia. A quel punto, nessuno vorrà ricordarsi della pioniera Karenne. Ossip Runič però, nonostante sia provvisto di un naso smisurato, o proprio per quello, è un grande attore. Alla Pavlova Diana lo invidia.

Le storie che gli scrittori italiani le propongono sono quasi sempre sbiadite scopiazzature, e i suoi personaggi un déjà-vu di quelli che l'hanno resa celebre, ma esagerati come ne fossero la parodia – e lei non li rifiuta, anzi, ne accresce l'irrealtà, svincolandoli da ogni psicologia e mimesi. Poiché la verità non le è concessa, cerca l'astrazione. Né le storie che scrive lei sono migliori. Si innamora di un'idea, di un'immagine, di un oggetto, e finisce per inserirlo nella vicenda, a dispetto della logica e della verosimiglianza. Oppure uccide il protagonista dopo duecento metri di pellicola, perché la scena della morte vale tutte quelle che gli aveva riservato da vivo. Non ci crede piú. Cerca ancora l'Arte, e non sa dove sia. Si sente smarrita, e non ritrova le sue stesse tracce.

Ossip Félyne è il primo scrittore russo che Diana incrocia da quando ha lasciato Pietroburgo. Ingegnere, è espatriato ben prima della Rivoluzione, e dopo un periodo in Svizzera e a Parigi, si è trasferito a Bordighera e ora a Roma. A Natale del 1919 una sua commedia è stata rappresentata al Teatro Eliseo e la stanno adattando al cinema. Gli italiani lo apprezzano, i russi lo ignorano. Félyne se ne adombra. Le fa recapitare al Palace (avrà trovato l'indirizzo su «Film») l'invito alla Biblioteca Gogol′ per la lettura della sua commedia. I posti sono limitati. Reserver s'il vous plaît.

Diana esita. Non frequenta i russi di Roma dal 1915. Non sa quale posizione abbia preso il circolo della Biblioteca Gogol′. Teme i nostalgici della corte dello zar quanto le spie di Lenin. E gli uni e le altre abbondano. Félyne però le viene incontro a mani tese, e la bacia tre volte, sulla bocca, come un'amica.

Lei perde il filo alla seconda scena. La musica della lingua – che non ascolta da anni – quasi la addormenta. Pochi e avari gli applausi. I membri della Gogol′ sono per lo piú anziani aristocratici, il nuovo teatro non li conquista. Lei ha capito solo che la vicenda è una metafora politica: racconta di un ladro che si introduce nella casa di una famiglia borghese, ma si rivela piú onesto del padrone. Alla fine Félyne inciampa nella melassa di un intrigo sentimentale ma è un ragionatore alla Pirandello, un cerebrale – come lei, forse.

Dopo la lettura la invita a casa sua, a via Sistina. Poiché è sposato e saranno presenti anche la consorte, Fanny Rozenberg, e la figlia Iris, accetta. In realtà la figlia esce quasi subito col fidanzato, e la moglie se ne va presto a letto, afflitta dall'emicrania, e li lascia soli nel salottino. Eppure dovrebbe conoscere la fama di Diana Karenne.

Deplorano che a Roma non vi sia un caffè o un ristorante russo. Che non si possa mangiare un boršč decente, il caviale o i ćevapčići. E la vodka che gira qui è adulterata. Perché non lo apriamo noi? gli propone, d'istinto. Con tutti questi russi potrebbe essere un buon affare. Un teatrino, un cabaret, dove ascoltare buona musica tsigana. Gli affitti costano talmente poco. Dipingerei io i quadri per arredare la sala. E canterei, una volta la settimana. Non ci crederà, ma l'ho già fatto. Se le cose si metteranno male, potrebbe essere una buona idea, ride Félyne. Ma non siamo ancora a questo punto! I cetriolini comunque ce li ha e una discreta vodka di grano e segale filtrata col carbone ricavato dalle pietre di pesche e albicocche l'ha rimediata. Signora Karenne, vuole brindare al mio insuccesso? Brindiamo al mio! ride lei. Oggi il mio telefono non ha squillato mai. L'ho controllato dieci volte, e l'apparecchio non è rotto.

Le sta riempiendo per la terza volta il calice quando la luce della lampada tremola, si affievolisce, e infine si spegne. Il salotto diventa una camera oscura. Diana raggiunge la finestra, ma anche i lampioni si sono spenti. Non c'è la luna, la notte è tenebrosa. La strada si distingue appena. Tutti i palazzi di via Sistina sono nella stessa situazione. Ma il guasto deve essere enorme. Nemmeno piú in basso, dove dovrebbe stendersi il centro animato di Roma, si scorge una luce. I rari passanti brancolano contro i muri, per non inciampare. Diana rovista nella borsetta in cerca di un fiammifero, Ossip brancica a tentoni nei ripiani della credenza. Deve esserci una candela, da qualche parte. Che succede? chiede lei, stupita. Oh, sarà saltata l'elettricità, ride Ossip. Alla fine ci sono riusciti. Sono settimane che gli addetti all'illuminazione scioperano. La luce già funzionava a singhiozzo. Minacciavano di staccare gli impianti. Temo lo abbiano fatto.

Félyne non trova la candela, lei rovescia la vodka sui fiammiferi, che non si accendono piú. Vorrà dire che berranno attaccandosi alla bottiglia, come gli alcolizzati. È intima, la notte nera di Roma, non sono piú due estranei contegnosi lo scrittore e l'attrice seduti uno accanto all'altra su un divano di cui non riconoscono piú la forma, solo la consistenza morbida e avvolgente. Un sorso dopo l'altro, finché nel buio i discorsi si sfaldano in una leggerezza svaporata. Probabilmente è come stare in un confessionale, ma nessuno dei due ha mai provato l'esperienza. Parlano di Kiev, di Odessa, dove lui è nato. Come Grisha Feyguine – chissà se si sono mai incontrati. Forse sí. Hanno quasi la stessa età. Félyne è nato Osip Abramovič Blinderman, ed è ebreo. Anche Diana Karenne è uno pseudonimo. Sono Dina Rabinovitch di Isay, figlio di Moshe figlio di Shaul.

Non l'ha neanche ben guardato in viso, e le è cosí familiare… Gli chiede se verrà a camminare con lei. Nelle catacombe di Roma, che si dipanano per chilometri, sotto i pini dell'Appia, o tra le dune di Ostia. Appena ultimerà le riprese del suo ultimo film con la Tespi, non avrà impegni. La devo deludere, Dina Isayevna, le risponde Félyne. Sono diventato un sedentario. Ormai viaggio solo con le parole. Ma con quelle, se vorrà, potrò portarla ovunque.

Diana si ritrova in grembo un fascio di carte manoscritte. Félyne le raccomanda di averne cura, perché ne possiede quell'unica copia. Lei gliele restituisce. Sono terribilmente distratta, si schermisce. Le perderei sicuramente. Le userei per scrivere sul retro, la carta costava cosí tanto durante la guerra, e ce n'era talmente poca, che ho preso l'abitudine di appuntare liste di parole ovunque, pure sugli scontrini o gli involucri delle caramelle. Oppure le userei per scarabocchiare i miei pierrot: non riesco a stare ferma con le mani se qualcuno mi parla, e mi circondo di figure quando sono sola, per illudermi di essere in compagnia. Le riprenda, la prego. Non ho cura delle cose.

Félyne insiste. È disposto a correre il rischio. Un racconto inedito, in cirillico. Ancora scrive la prima versione in russo e si traduce poi con l'aiuto di Iris. Non so piú leggere il cirillico, ammette infine Diana, a malincuore. Mi affatica. Beh, lo ripassi, ride Félyne. C'è un personaggio perfetto per lei. Una studentessa fidanzata a un terrorista, quando lui viene arrestato è disposta a tutto per liberarlo. Fino a farsi assumere come infermiera nel carcere in cui è rinchiuso. Che storia appassionante. Ma lei non potrebbe amare qualcuno fino al punto di rinunciare a sé.

Non pensi a me per interpretarla, non le conviene, gli dice. Diana Karenne si affievolisce. La mia luce si è spenta – come stanotte Roma. Tu non ti spegnerai mai, Dina Rabinovitch, protesta Ossip. Sei fosforescente, come una lucciola. A chiunque ti sfiora, lasci addosso spilli di luce. Ma sei piuttosto una cometa. Tu passi. Poi ti nasconderai in qualche regione inesplorata dell'universo e dopo un lustro o un secolo tornerai, e intanto avrai sparso dietro di te una scia di lapilli di polvere cosmica. E pure quelli faranno luce.

Chi metterà soldi per produrre un soggetto del genere, a Roma, nel febbraio del 1920? Le fabbriche sono occupate, e il governo si ingegna di sgomberarle senza troppo spargimento di sangue, per soffocare ogni scintilla di rivolta. Non è proprio il momento di celebrare un terrorista. Diana ha appena ultimato *Selvaggia*, l'ultimo film del contratto Tespi – con sollievo, perché non avrebbe sopportato un giorno di piú Umberto Fracchia. Né gli intellettuali esteti e apolitici di via Palermo 36 troverebbero interessante una storia simile. Il conte Giulio Antamoro invece la scrittura subito.

Ha fondato la Nova nel settembre del 1919, dopo aver lasciato l'UCI: ha comprato per ottocentocinquantamila lire un terreno sulla Nomentana, ci ha costruito il teatro di posa, si è procurato il personale ed è in cerca di artisti e di idee. Antamoro è un imprenditore estraneo alle beghe politiche e investe i suoi soldi nel cinema perché è la pas-

sione della sua vita. Finalmente una bella parte contemporanea per te, si compiace. Ritiene utile arginare la deriva mistico-religiosa di Diana Karenne. Se non le forgia, come accadde a Dante, l'esilio fa impazzire le persone. Dirige lui stesso. Costruisce inquadrature pulite e nitide, e sa anche muovere la macchina da presa. Non si può piú tenerla inchiodata sul ragno del cavalletto: l'immobilità annoia, il cinema non è fotografia. La narrazione è l'ultimo dei suoi interessi, il che gli fa disprezzare come obsolete le regole della cronologia: un film ha la sua logica interna, ed è l'immagine che la crea.

Smarrita! viene approvato con riserva dalla censura, il che significa che dovrà essere aggiustato. Uscirà solo nel giugno del 1922, depurato di ogni afflato rivoluzionario. In Unione Sovietica invece, nel 1925, lo proiettano perfino nelle sedi della gioventú sovietica. Ma lei verrà a saperlo casualmente soltanto dieci anni dopo. Ossip Félyne non si azzarda piú al cinema: scrive commedie e poi anche romanzi. Fonda una rivista teatrale. Ma Diana non lo cerca piú. Non è pronta a vivere senza maschera.

Nel 1920 si girano pochissimi film. Ormai sono cadute le residue barriere che durante la guerra hanno fatto argine alle pellicole d'oltreoceano e le sale sono invase di prodotti statunitensi. I film del 1919, troppi, non vengono smaltiti, né in Italia né all'estero: Germania e Austria hanno vietato l'importazione di pellicole straniere, la Spagna e l'America del Sud hanno spalancato le porte agli americani, l'Inghilterra non compra, la Russia è sigillata in un isolamento impenetrabile. I nuovi film vengono annunciati, ma poi rimandati, o cancellati del tutto. La Tespi non ha mai messo in produzione tre dei quattro film della serie Karenne annunciati nel 1919: li sostituisce con *La studentessa di Gand* e *La veggente*, produzioni meno costose – pochi personaggi e scenografie povere. In tutti, il suo partner è Romano Calò, un attore di prosa scoperto da Lucio D'Ambra e sotto contratto con la Tespi. Teatrale nei gesti e nelle espressioni – e pure troppo fascinoso: lei ormai ha trentun anni ed è rischioso dividere la scena con uno che sembra piú giovane. Si vendica perfidamente truccandolo in modo esagerato, fin quasi a camuffargli i lineamenti.

Ma al passato ha sempre preferito il futuro. E il futuro, ormai deve accettarlo, è l'America. Harry Raver, impresario teatrale, già direttore della filiale newyorchese della Itala al tempo di *Cabiria*, che si è poi fatto le ossa come produttore in varie case di Los Angeles e del New Jersey, ha fondato la Allied Artists Production a New York. Nel marzo del 1920 la contatta per proporle il remake di *Sofia di Kravonia*. Potrebbe partire in estate, appena lei avrà concluso le riprese di *Miss Doroty*. Si girerà fra agosto e ottobre. Il film potrebbe uscire nelle sale americane per il Natale del 1920. Diana accetta.

Ancora una volta, è una pioniera. Precorre i tempi, indica la via. Perché, dopo di lei gli attori e le attrici piú celebri, i direttori della fotografia, gli operatori e i direttori di scena finiscono per accettare proposte all'estero, dove gli italiani sono ancora assai apprezzati. Partono uno dopo l'altro e si disperdono in tutta Europa. Alberto Capozzi va in Austria, Carmine Gallone e la moglie Soava in Germania, dove li seguiranno pure Maciste e Sansone. Nonostante abbiano perso l'Impero, una generazione intera sia stata decimata, e i cadaveri degli spartachisti e dei comunisti siano ancora caldi sui marciapiedi di Monaco e Berlino, i tedeschi non hanno mai interrotto la produzione e la loro indistruttibile capacità organizzativa gli consente di riammodernare gli stabilimenti, moltiplicare la produzione e pure esportare i loro film da noi, facendoli passare dalla dogana di Francia e aggirando il divieto.

Anthony Hope, che nel 1916 aveva gradito il film della Pasquali, recensito con favore nell'Inghilterra solitamente refrattaria alle pellicole italiane (perfino su «Bioscope», la bussola dei cineasti britannici), firma il soggetto: la riduzione è di una sceneggiatrice di sua fiducia, Agnes Fletcher Bain. Autrice di altri due unici film, la versione di *Maciste* per il mercato internazionale e *The Mystic Hour*, di cui Raver le dice bene. Ma lei non lo ha visto. Come non ha visto – ed è un peccato – i film prodotti da lui. Nel 1914 *The Jungle*, dal romanzo di Upton Sinclair sugli immigrati lituani nei macelli di Chicago, gli ha procurato la scomoda fama di socialista.

La direzione è giusta. Il cinema americano in tumultuosa espansione si sta strutturando in un'industria importante quanto quella degli armamenti e dell'acciaio, perché impone senza violenza ma con la persuasione e la seduzione un modello di società e di cultura che dovrà dominare il mondo. Ma Diana Karenne – che in Europa, in America del Sud e perfino in Medio Oriente, in Algeria e in Madagascar è una stella brillante, una diva, o mattadora, come usa dire ultimamente – negli Stati Uniti non è nessuno. Mentre un attacco di appendicite la costringe a sospendere la lavorazione di *Miss Doroty* e a ricoverarsi alla clinica Bastianelli, tra i fumi dell'anestesia fantastica sul suo sbarco in America. Che accoglienza le riserverà Harry Raver? Cosa s'inventerà per far parlare di lei? Ricorda con divertimento i racconti di Alberto. Nel 1915 il divo Capozzi sbarcò in Argentina tra una folla talmente oceanica che credette di aver viaggiato con un capo di stato. Invece la folla acclamava lui. La descrizione di Raver l'ha affascinata. New York la impressionerà. I grattacieli, i ponti e la griglia delle strade non somigliano a niente che conosca. Pietroburgo l'hanno costruita gli architetti italiani, con l'ambizione di fondare una nuova Venezia, ed è – smisuratamente – europea. Kiev, con le sue cupole e le sue colline, ha qualcosa di Roma. Invece New York è diversa, avveniristica, e vertiginosa. Vedrà che non attraverserà solo un oceano, ma il tempo – sbarcherà davvero nel XX secolo. Ascolterà decine di lingue, mentre camminerà sui marciapiedi interminabili delle avenue di Manhattan. Incrocerà neri, cinesi, italiani: ci sono piú napoletani a New York che a Napoli stessa. Downtown si accalcano talmente tanti ebrei che le sembrerà di essere al Plossky o al Podol. Nel cinema gli imprenditori sono tutti ebrei. E potrà entrare nelle sale della Broadway, nessuno le chiederà l'autografo. Sarà una bionda qualunque, finché io non la renderò la piú luminosa star del firmamento cinematografico mondiale.

Harry Raver dice che in America in fondo il cinema si riduce a cinque nomi. Mary Pickford, Alla Nazimova, Pauline Frederick, Douglas Fairbanks, Charlie Chaplin. Lui vuole fare di Diana Kareni (cosí si pronuncerà il suo nome) il sesto. Che presunzione. Ma perché no? Quasi quasi ci crede. Alla Nazimova è un'ebrea di Yalta, che si chiama Mariam e discende dai Leventon e dagli Horowitz, bellissima e anche brava: ultimamente scrive le sceneggiature e si occupa della produzione. Temperamento simile, insomma. Ha già quarant'anni e presto dovrà passare il testimone. Perché non a lei? Si dice che aiuti e favorisca le donne che le piacciono, e Diana Kareni le piacerebbe.

Dopo *Sophy of Kravonia* potrebbe andare in California, a Los Angeles, dove, in un sobborgo chiamato Hollywood, si sta concentrando l'industria del cinema.

«La squisita artista ora convalescente nel suo appartamento all'albergo Palazzo di via Veneto per alcune settimane di riposo, – scrive «La decima musa» sul numero di maggio, – attende di poter riprendere i lavori interrotti. Auguri». Ma lei convoca il conte Antamoro per annunciargli che una volta concluso *Miss Doroty* scioglie anzi tempo il contratto con la Nova. Si trasferisce in America. Se le cose andranno bene, *Miss Doroty* potrebbe essere il suo ultimo film italiano. Sarà un bel congedo, non una storiaccia da quattro soldi ma un solido melodramma spezzacuore. Il suo personaggio, una ex cantante cui è stata sottratta la figlia nata fuori dal matrimonio, e che si finge istitutrice nella famiglia della contessa che le ha distrutto la vita, è complesso e ricco di sfumature. Peccato solo che alla fine si suicidi, per salvare la figlia ritrovata (ignara però di chi lei sia veramente) e cederle l'amore del fratello dell'uomo amato, che si è innamorato, ricambiato, di lei. Maternità illegittima, passione, rinuncia: i soliti suoi temi, anche se la storia la firma un altro. Nell'ultima scena si pianta un coltello nel cuore, e l'innamorato supplica la figlia di chiamarla madre, una sola volta, prima che muoia.

La ragazza del film non lo fa, ma sul set Carmen Boni – la maschietta magra come un chiodo che lei ha scoperto, fatto esordire in *Ave Maria*, coccolato e protetto perché quello scricciolo le ricorda se stessa, e l'ha portata con sé alla Nova, sempre per farle fare la parte di sua figlia – si è commossa. Vorrei che foste mia madre, le ha detto, stropicciandosi gli occhi. Meglio di no cara, le ha risposto, accarezzandole i capelli corti. Non sono Doroty, sono una madre imperdonabile. Antamoro le ha concesso due grandi scene musicali: in una canta un'aria, nell'altra suona il pianoforte. Tutti quelli che erano sul set hanno rimpianto che gli spettatori del film non potranno sentire la sua voce.

Harry Raver non è venuto a farle visita durante le riprese. Non tiene in nessun conto il suo passato. I suoi film in America non piacerebbero. In un paese giovane, meglio lanciarla come un'artista nuova. Già in fase di preparazione *Sophy of Kravonia* cambia titolo e diventa *The Virgin of Paris*. Inutilmente Diana obietta che la protagonista non è una vergine e non è di Parigi. Lasci fare all'imprenditore. Che ne sa un'europea dei gusti del pubblico americano?

Il direttore, Gerard Fontaine, è francese, come i direttori della fotografia George Costantine e Franklyn Morel; il regista della seconda unità americano, come gli attori; le maestranze di ogni provenienza. Sul set si parlerà in inglese. Ma si recita col volto e col corpo, come sempre, perché il cinema è muto – nonostante in America si creda fiduciosamente nella possibilità che venga presto inventato un meccanismo per sonorizzare le immagini. La Artist Production confezionerà una perfetta macchina per l'intrattenimento. Stampa centinaia di manifesti, senza consultarla:

THE AMERICAN APPEARANCE OF DIANA KARENI
FAMOUS POLISH STAR DIRECT FROM IMPERIAL THEATRE OF WARSAW.

Il mio nome non è KARENI. Non sono polacca, non ho mai recitato al teatro imperiale di Varsavia – protesta, irritata. Balle ne ha raccontate tante pure lei, ma almeno aveva scelto quali. E non sono un'ignota esordiente. Sono una prima attrice, una direttrice di scena, una soggettista, una musicista, una grafica e una scrittrice. Nel cinematografo da sette anni, ho girato ventotto film da protagonista e nove da direttrice. Ma non saremo in Italia, tenta di rabbonirla Harry Raver. In America non è previsto che un'attrice s'ingerisca nel meccanismo produttivo. Ah, non creda che sia cosí diverso, qui, polemizza lei. «Bocca chiusa», è la prima frase che mi hanno rivolto sul set, a Roma. Quattro sono gli elementi fondamentali del cinema. Autore, star, regista, produttore. Ma ognuno ha il suo compito, prosegue imperturbabile Raver, come nelle fabbriche moderne. Ha mai sentito parlare del taylorismo? Ogni operaio compie il suo gesto, sempre quello, in sincronia con la macchina, fino alla perfezione. La coreografia del lavoro. L'addetto al nastro di trasporto non è addetto alla confezione. Capisce?

Harry Raver ha già speso migliaia di dollari. L'acquisto dei diritti del romanzo e il completamento della sceneggiatura sono stati annunciati sul numero del 6 agosto di «Variety», la Bibbia dei cineasti americani. Mentre gli italiani la credono in vacanza, e nella rubrica *Come passerete l'estate?* «Il Contropelo» le attribuisce le seguenti parole: «A me purtroppo toccherà fabbricare autografi a tutti regini e presidenti repubblica. Auff!», lei inaugura la carriera americana. Ma a stroncare il futuro di Diana Kareni non è il suo stato d'animo malmostoso, né la fama di essere un po' pazza, che rischia di seguirla come un'ombra anche oltreoceano, dove però i mattoidi sono visti con lo stesso sospetto dei socialisti. Non è la paura di fallire né di perdere tutto. È la devozione.

Mentre studia il copione, parla con Ernesto, e gli chiede se approva la riduzione di Agnes Fletcher, se verrà bene questa o quella scena. Lo faccio anche per te, per noi – gli spiega, perché ciò che abbiamo fatto insieme continui a vivere. Ora che il nulla ci separa, non so dove siamo io e te. Perché in qualche modo siamo ancora insieme, e mi accompagni. Faccio questo film per amarti ancora.

Durante le riprese, però – il set è in Italia, per ridurre i costi – si rende conto che è invece il contrario. Ogni volta che recita una scena identica a un'altra già girata nell'autunno del 1916 lo seppellisce più a fondo nell'oblio. *Sofia di Kravonia* esiste già, e replicarlo significa dimenticare Ernesto e liberarsi per sempre di lui. *The Virgin of Paris* è una danza di fantasmi – e la loro tomba. Deve bruciare, deve sparire.

Ancora a ottobre e novembre «The Moving Picture World» e «Motion Picture News» pubblicano la locandina, qualche foto di scena, e annunciano imminente l'uscita del film. Ma alla fine di settembre, da Genova, la nave per New York è partita senza di lei. *The Virgin of Paris* scompare senza lasciare traccia. Diana Kareni l'ha abbandonato? Di qualche maledizione deve essere stato vittima, poiché nessuno ne ha mai visto neppure un fotogramma. Non risulta che Harry Raver abbia mai piú prodotto un film. Poco dopo l'artrite lo costrinse ad abbandonare il cinema. Aprí un negozio di antiquariato, finché la cecità gli tolse anche quello. Diventò conduttore radiofonico di un programma per ciechi e disabili. È morto a sessantotto anni, in seguito alle percosse di un ladro che voleva rapinarlo. Era il 1941: suppongo che Diana non lo abbia mai saputo.

Eppure, nell'autunno del 1920, l'Italia per Diana è piú inospitale dell'America. Un anno o due dopo essere stati girati, tre dei suoi film trovano una sala, grazie alla tenacia del monopolista che li ha acquistati in blocco insieme a tutti i titoli, piú appetibili, della stessa Casa, e al fatto che il distributore è anche il proprietario del cinema in cui si proiettano. Sono stati martoriati dai tagli imposti dalla censura, sfigurati dall'inversione delle sequenze e da cartelli didascalici che sovrappongono alle storie e alle immagini significati morali. La pubblicità non manca, né le inserzioni sui giornali. Le sale sono le stesse in cui tre anni prima si formavano le file in strada se solo un manifesto annunciava Diana Karenne. Nell'ottobre del 1920 invece il pubblico non abbocca, il suo prediletto *Ave Maria* è un insuccesso cosí clamoroso che deve essere tolto dalla programmazione dopo solo tre giorni. *Zoya* circola solo in provincia, *Indiana* riceve pochissimi voti al referendum per il miglior film organizzato fra gli spettatori dei cinema Pittaluga.

Le ragazze che durante la guerra hanno sognato attraverso di lei di liberarsi dalla claustrofobica oppressione di vite negate si ostinano a pagare il biglietto per rivederla – e restano amaramente deluse, perché Karenne non le tradisce, e ancora sullo schermo si ribella, ma solo la figlia del demonio, *Zoya*, viene premiata con la speranza di un'altra vita – sempre che affidarsi all'amore di un marinaio possa condurre alla felicità. Le sue madri vengono rinnegate dalle figlie, che poi le vendicano, ma senza poter davvero riscattare le sofferenze che esse hanno patito. Oppure sono punite dalla morte del bambino. O costrette a privarsene, se nato fuori dal matrimonio, ed espiare la colpa d'averlo messo al mondo con la malattia, la follia, il suicidio e la morte. Non vogliono finire cosí, non vogliono tornare indietro e perdere l'autonomia che hanno conquistato negli anni della guerra.

I critici – sempre pronti ad abbattere gli idoli che credono di avere fabbricato loro stessi – preferiscono inneggiare alle stelline della nuova generazione, nate nel XX secolo, oppure ad Alla Nazimova – cui secondo loro nessuna delle attrici italiane può paragonarsi. Nemmeno lei, che pure gli stessi hanno incensato come fine artista.

Li dileggiano, nel 1920, i film di Diana Karenne. Uno giunge ad augurarle, per il suo bene, che *La fiamma e le ceneri* – il terzo dei suoi film con la Tiber, un soggetto «rancido, di concezione meschina e falsa psicologia» – sia arso sul rogo. Un altro definisce le donne come lei, ipersensibili e iperintellettuali, «una vera calamità umana, dove arrivano portano la rovina come mandrie di locuste» e il suo delicato *Ave Maria* «il vaniloquio di una mente farneticante nella convulsione di una morbosità isterica». Le rimprovera di aver perso «la bella calda passionalità del suo temperamento voluttuoso» e la invita a deporre «il riprovevole cerebralismo». Di solito, conclude, «le donne come Diana Karenne, quando sentono approssimarsi la fine d'ogni mondano trionfo e vedono declinare la loro bellezza, allora s'accostano e s'abbandonano alla meditazione spirituale, s'affannano alla ricerca di un bene e di una bellezza immateriale. È un semplice fenomeno di incipiente decadenza. E per Diana Karenne la decadenza è iniziata da un pezzo. Lo stato d'animo, o la crisi di animo di questa artista si rispecchia interamente in questo suo dramma crepuscolare».

Ma lei non si riconosce nel cliché. Non può perdere una bellezza che non ha mai avuto, e la mondanità è per lei soltanto un gioco, come un ballo in maschera. Ha solo trentun anni. La crisi non è decadenza. Solo chi non si mette in discussione e si ripete, invecchia. Lei no. Diana Karenne non è mai stata soltanto un'attrice. Strappa ancora un contratto di duecentomila lire alla nuovissima Casa Visioni Italiane Storiche di Firenze – o piuttosto al conte di Montalbano, motore del progetto, e alla Banca Italiana di Sconto che la foraggia –, per interpretare la principale parte femminile nel film su Dante Alighieri, che dovrà essere lanciato nel 1921 in occasione del sesto centenario della morte del poeta. Gli intenti sono ambiziosi, quasi politici: Dante è un monumento nazionale. E per Diana sembra venuto il momento di incontrare la *Divina commedia*.

Il film viene annunciato con una grancassa vagamente patriottica: *Dante nella vita e nei tempi suoi* sarà un kolossal con almeno tremila comparse sulla vita della Firenze del Trecento, che verrà ricostruita in uno stabilimento di Rifredi – anch'esso costruito apposta. È ancora un terreno incolto alla periferia della città, quando il conte di Montalbano le propone il contratto. Il direttore non sarà purtroppo Gabriellino D'Annunzio, come promesso, ma l'affidabile Domenico Gaido, già costumista e ora direttore di film d'azione. Il suo *Il ponte dei Sospiri* è l'unico film italiano di successo del 1920. Gaido ha lavorato col compianto cavalier Pasquali, a Torino, nel loro fortunato *Spartaco*. La fotografia sarà di Carlo Montuori. Diana accetterebbe anche solo per questo. Ma la lavorazione viene rimandata, per problemi finanziari e dissapori fra i produttori e i consulenti storici, filologici fino alla mania – e chissà quando, se mai, si girerà il film.

La studentessa di Gand e *La veggente* in agosto hanno superato la censura. Nel primo, Diana riassume le sue deludenti esperienze nell'ambiente intellettuale italiano. Il secondo lo ha anche scritto e diretto. Lo ha comprato Stefano Pittaluga: è lui adesso il padrone della distribuzione in Italia. Se andrà male anche *La veggente* difficilmente potrà dirigere ancora un film. Ma come potrà andar bene? È un'esile cosa, la storia della sua cieca. Finge d'essere un melodramma mentre vorrebbe riflettere su ciò che appare e ciò che è – un film sul cinema insomma. Per la prima volta, dopo sei anni, nessun impegno di lavoro attende Diana Karenne.

Chiede al conducente di una vettura pubblica di portarla agli stabilimenti delle case per cui ha lavorato, e poi anche agli altri. È il suo pellegrinaggio alle sette chiese, il suo cammino di penitenza e assoluzione. Dall'Appia alla Flaminia, dalla Nomentana alla Tiburtina. Ma gli stabilimenti cinematografici sono cattedrali senza piú fedeli né credenti. Molte Case sono chiuse. Lo sapeva, glielo hanno detto. Le minuscole e le piccole sono fallite nell'indifferenza generale; qualche proprietario costretto a licenziare i dipendenti e a dichiarare bancarotta si è suicidato. I giornali hanno evitato di enfatizzare la notizia, ridotta a poche righe in cronaca nera. Neanche la stampa specializzata ne ha parlato. Anche quella, del resto, fatica. «In Penombra» ha cessato le pubblicazioni. Come «La Cinegazzetta», o «Il Tirso». «Lux», poi, è vissuta solo pochi numeri.

Trova i cancelli sbarrati, ortiche e gramigne nei vialetti, i vetri dei teatri di posa infranti, i piccioni che svolazzano fra le pareti, e il vento che fischia tra le fessure. Da quanto tempo non si lavora piú, lí dentro? Lo stabilimento di posa della Celio, la Casa che ha lanciato Francesca Bertini ed Emilio Ghione, non riesce nemmeno a trovarlo, tanto che crede di aver sbagliato indirizzo. La Celio ha cessato l'attività, quest'anno. Solo quando dalla piramide di calcinacci uno sbuffo di vento fa volar via una cartolina autografata dalla diva realizza che lo stabilimento era proprio qui: è in corso di demolizione. I muratori spingono le carriole cariche di detriti lungo la strada. Chissà se sono gli stessi attrezzisti e operai liquidati in primavera. I proprietari degli stabilimenti hanno licenziato gli scioperanti, le teste calde, i socialisti, gli anarchici, i simpatizzanti dei soviet. Ne hanno riassunti pochi, esigono che non abbiano idee politiche. Diana conosce i proprietari delle fabbriche, a volte gli stessi delle case di produzione. Gli operai sono riusciti a rallentare, bloccare la lavorazione e occupare le fabbriche tessili e siderurgiche, ma non gli stabilimenti cinematografici – forse perché ormai la loro attività era poco rilevante. Gli industriali hanno rifiutato ogni trattativa, e hanno preferito chiudere. Le maestranze si sono lasciate licenziare e disperdere senza ribellarsi. Hanno accolto la fine con giubilo sinistro. Si illudono che l'Italia sia alla vigilia della rivoluzione. Lei spera di no. Essi non sanno che la rivoluzione in realtà non la fanno i popoli. Ma chi li indottrina e li guida.

Una dopo l'altra, le case di produzione chiudono tutte. La Cines nel 1921, come l'Itala, che produsse *Cabiria*, e inventò il mito del cinema italiano. Gli attori disoccupati tornano al teatro, scritturandosi in compagnie di giro neanche tanto reputate: quelli al tramonto, ma anche i beniamini del pubblico, come Tullio Carminati. Le attrici meno note si danno al teatro di varietà, Ileana Leonidoff torna alla danza, allestendo balletti russi nella scia della compagnia di Diaghilev; gli operatori aprono negozi di ottica, vendono pellicole e macchine fotografiche.

La Jupiter fallisce alla metà del 1922. Quasi ultime, quell'anno, si arrendono anche le tre case con cui Diana ha lavorato nel dopoguerra: Tespi, Tiber e Medusa. L'Unione Cinematografica Italiana sospende l'attività nel luglio del 1922. Il cinema italiano è ufficialmente defunto e quel giorno si celebra il suo funerale. Ma Diana non partecipa mai ai funerali. Se n'è già andata.

1921-1924

Diana Karenne ha lasciato Roma per Berlino. Intervistata da un giornalista, ha detto, prima di partire: «È vero. Parto... ma per ritornare tra un mese e mezzo. E credo che questo mio viaggio riuscirà di grande utilità per l'arte cinematografica italiana». (Io l'ho sempre detto che alle nostre cose, poveretti noi, devono pensarci gli stranieri! Nota di H.) «Vado a tentare un grande esperimento, allestito con inaudita ricchezza e perfezione di mezzi, appositamente per me, e rispondente ai fini di rinnovamento della scena muta che mi propongo. Io non ricevo nessun interesse materiale o economico da questo mio viaggio. Ho, da lungo tempo, accarezzato un sogno, di elevazione artistica del cinematografo. Sono rimasta per questo, negli ultimi mesi, in disparte, a meditare, a consultare, a far progetti».

Allo stesso giornalista, Diana Karenne ha detto: «Io so che il cinematografo può diventare il mezzo piú potente per l'elevamento spirituale di una generazione. Fissa in questo ideale, nessun sacrificio mi sembrerà troppo grave».

Speriamo bene!

«Il Romanzo film», 26 febbraio 1921.

Diana Karenne muore, muore, muore. Con voluttà: la vertigine della distruzione la appaga. Nelle ultime scene ha dovuto deporre la parrucca bianca che svettava in verticale mezzo metro sopra la fronte, molto simile a quella con cui nell'autunno del 1914 è apparsa, indelebile, al Teatro dell'Opera di Roma. Quasi un talismano, perché quella parrucca fu l'inizio della sua terza vita. È sempre stata sensibile ai segni, gli arcani, le coincidenze. Ma col passare del tempo ancora di piú. Ogni mattina apre un libro a caso, punta il dito su una frase, e non si alza nemmeno dal letto se le parole dissentono.

La casa di produzione è tedesca, come il regista, Rudolf Meinert, ma gli esterni li girano in Francia. Anche se il film pretende di essere un kolossal, perché i tedeschi hanno ormai soppiantato gli italiani nella produzione dei drammi storici, sarebbe troppo costoso ricostruire i giardini di Versailles e la piazza della Bastiglia nel teatro di posa della IFA di Berlino. Meinert è all'esordio come direttore, e la International Film AG è una Casa giovane (il loro è il primo film che si gira negli studi appena costruiti), ma non ha lesinato sulle scenografie, i costumi settecenteschi e le comparse – nelle scene di massa almeno un migliaio. E abbondano. Insurrezioni, cortei, ricevimenti, balli. Una confezione sontuosa, sorprendente in Meinert che è stato il produttore di quel capolavoro sperimentale de *Il gabinetto del dottor Caligari*. Vagamente convenzionale, tuttavia. Ma la parte è di quelle per cui un'attrice venderebbe l'anima.

Stavolta la giustiziano. I capelli spettinati e sciolti che le danzano sulle spalle sono i suoi. Rassegnata, ma con dignità, ascende le scale del patibolo, osserva con dolcezza disperata l'altissima macchina di legno, la lucente lama triangolare che sta per abbattersi su di lei, le rozze mani del boia, il popolaccio ostile stipato nella piazza che lo incita a far presto a decapitare la cagna tedesca, infine si inginocchia e offre il candido collo alla ghigliottina. Diana Karenne è infatti la regina di Francia Maria Antonietta, anzi *Marie Antoinette*, e la sequenza conclude il film omonimo di cui è assoluta protagonista. Meinert non ha voluto un'attrice giovane per la parte della regina quindicenne. Karenne è un'interprete cosí sopraffina che sarà credibile anche nella parte dell'adolescente. Lei era troppo gratificata dalla sua sincera ammirazione per contraddirlo. I grandi progetti che ha sbandierato alla stampa italiana all'inizio del 1921 per trasformare il viaggio della speranza all'estero in un espatrio trionfale hanno tardato a concretizzarsi.

Sul finire del 1920, a Roma, Diana ha incontrato il figlio di Pavel Timan – ovvero Thiemann: uno dei principali produttori del cinema zarista. Il padre era riuscito a trasferirsi in Germania, dopo la Rivoluzione d'ottobre, mentre nel settembre '19 il giovane si era rifugiato all'Hotel Flora col nonno e altri quattordici «russi possidenti espatriati». Thiemann però aveva commesso un errore. Tornato in Crimea per convincere gli ex dipendenti della sua casa di produzione a seguirlo a Berlino, era rimasto intrappolato sul Mar Nero dopo la rotta dei Bianchi. Avventurosamente, era riuscito a raggiungere Costantinopoli, e da lí Parigi. L'industria cinematografica francese è in piena rinascita mentre la Germania è inquieta e ribellioni e sollevazioni comuniste scuotono la giovane Repubblica di Weimar. Cosí è a Parigi che Thiemann rimette in piedi la sua casa di produzione, con altri rifugiati russi nel frattempo affluiti nella capitale francese: ha affittato gli studi di

Joinville-le-Pont, un sobborgo a una dozzina di chilometri da Parigi. L'incontro con Protazanov, pure lui fuggito dalla Russia, era stato commovente: Thiemann gli aveva prodotto i film d'esordio. Protazanov si era detto disposto a tornare con lui, benché avesse già un contratto col rivale Ermolieff, che aveva stabilito invece il quartier generale negli ex studi della Pathé, a Montreuil. Il figlio di Timan stava salendo a Parigi per dare una mano al padre – la cui salute era stata compromessa dagli strapazzi. Perché prima di andare a Berlino non passava pure la signora Karenne per Parigi? Il cast del film era ancora in definizione, anche se la parte della protagonista Protazanov l'aveva già assegnata a Varvara Yanova. Ma da cosa nasce cosa. Diana Karenne è un'attrice superlativa, però se lo lasci dire da un cinefilo appassionato: non ha ancora trovato un regista alla sua altezza.

Protazanov! Essere diretta dal leggendario maestro del cinema è sempre stato il suo sogno: forse ha perfino perso la Cines, per questo, e la sua carriera sarebbe stata diversa se avesse taciuto il suo nome, quel giorno di novembre del 1914, nell'ufficio del barone Fassini. Ma ormai non credeva piú che sarebbe accaduto. E non bisognerebbe mai appagare un sogno. Il titolo del film è funereo e vagamente iettatorio: *Il senso della morte*. Un dramma sul cancro tratto da una pièce di Paul Bourget. Diana ha un ruolo marginale, nella tragedia dei protagonisti – il malato e la giovane moglie. Inoltre al di fuori del set il suo mito Protazanov non si rivela una compagnia piacevole. Pignolo, professionale, arido, parla solo di affari: unicamente per interesse ha lasciato la compagnia di Ermolieff per tornarsene da Paul Thiemann, ma è insoddisfatto anche di questi, e riversa il suo malumore sugli attori. La fase della solidarietà non è durata neanche un anno, gli emigrati russi si sono già divisi, e hanno riesumato i dissapori e le discordie che li rendevano avversari a Pietroburgo, a Mosca e in Crimea.

Il pragmatismo di Protazanov – spiccio, perfino terra terra –, la delude. Il grande direttore, dal canto suo, la considera troppo contaminata dalla cultura europea, e il suo stile di recitazione non abbastanza russo. Però con un copione piú adatto alla sua sensibilità potrebbe plasmarla: entrambi devono adattarsi al mercato francese. Si promettono di ritrovarsi in un altro film.

Diana non menzionerà mai *Il senso della morte* e nessuno dei recensori francesi nota la sua presenza. Uno sbaglio, per lei che non sopporta di passare inosservata. L'unico ricordo piacevole che serba del primo film in terra di Francia è l'incontro con un attore francese ventitreenne – bello, brillante e spiritoso. Si chiama René Clair, e lei gli profetizza un grande futuro. Si vanta di avere il dono del rabdomante: scopre i talenti. Carmen Boni, la ragazzina che lei ha fatto debuttare nel 1919, in Italia è diventata una prima attrice e i tedeschi la vorrebbero a Berlino. René Clair respinge sdegnosamente il vaticinio: il suo obiettivo non è diventare un attore, bensí regisseur. Si è fatto scritturare dai russi per lavorare con Protazanov, uno dei padri del cinema mondiale. Ha tutto da imparare, da lui. Beh, se ci riesce mi chiami, lo esorta Diana. Reciterei volentieri con lei.

A Parigi però ci sono le due persone che piú contano per lei – anche se ignorano l'uno l'esistenza dell'altro. Il marchese Medici del Vascello è ancora all'ambasciata d'Italia. Consigliere di legazione, ormai solo un gradino gerarchico sotto l'ambasciatore. Ha i capelli spruzzati di grigio. Cinque anni che sto qui, le dice, appena lo raggiunge nel ristorante annidato sul quai dell'isola di Saint-Louis, su cui splende una falce di luna, e arrivi quando forse io me ne andrò. Tu hai sempre paura che le cose finiscano, Giuseppe, lo rimprovera, accostando il calice al suo e facendo tintinnare il cristallo. Ma è solo l'inevitabilità della fine che le rende degne di essere vissute.

Giuseppe non l'accompagna a Joinville. In effetti, non l'ha mai vista sul set. Lo turbano le sue trasformazioni. Si illude di essere l'unico per cui Dina non reciti mai. Gli è mancata come il pane. Il tempo che passa, però, non li separa. Lui cosí misurato, lei senza misura. Giuseppe è l'unico punto fermo della sua vita.

Yoric invece non riesce a incontrarlo. Le dicono di attendere nella saletta dei colloqui, finché gli alunni – in cortile per la ricreazione – verranno ricondotti nelle aule. Questione di quindici minuti. Ma meglio non privarlo dello sfogo fisico. Georges Feyguine è molto esuberante, diciamo cosí. Fatica a restare seduto nel banco. I suoi voti in condotta sono scarsi. Si era preparata un discorso per il direttore del collegio e uno per il bambino. Ma bambino non è piú. Fra poco avrà tredici anni. Anche se non lo vede da tre, e lui si agita fra dozzine di compagni, vestiti con la stessa divisa grigia che li fa sembrare detenuti di un riformatorio, lo individua subito. Il corpo è la memoria delle generazioni che ci hanno preceduto. Ci abitano, a nostra insaputa, e pure contro la nostra volontà. Yoric è snello come lei, ma si muove come Grigoryj e ha gli stessi capelli crespi del padre. È forte, e prepotente. S'impadronisce del pallone, distribuisce ordini ai compagni, allunga uno scappellotto a un ragazzino che tarda a ubbidirgli.

Diana indugia alla finestra, perché vuole godersi il momento in cui lo avviseranno della sua visita. Poi sarà tutto piú semplice. Ma Yoric scuote la testa, dice qualcosa al professore, scalcia un barattolo e lo frulla contro la recinzione. Non leva mai lo sguardo all'edificio che incombe su di lui, non cerca la sua silhouette dietro i vetri. Si getta a testa bassa nella mischia, con gli occhi che balenano rabbia.

Georges Feyguine non verrà, si dispiace il professore, non si sente pronto a incontrare sua madre. Lei prova nello stesso istante un indescrivibile sollievo e una fitta nelle viscere, come se Yoric l'avesse pugnalata. Lascia la busta con la retta sulla scrivania. Georges Feyguine, commenta il direttore del collegio, è uno studente problematico. Ha bisogno di essere corretto con mano di ferro. La lontananza dei genitori lo ha devastato. Se mi permettete di darvi un consiglio, cercate di essere piú presente, signora. Vengo quando posso, risponde, aspra. Non so quando potrò tornare a Parigi, sono una donna che lavora. Mantengo io mio figlio, se lo avete dimenticato.

Si ferma a Berlino fino all'estate del 1921, ma non riceve proposte interessanti da nessuna delle principali Case. Hanno già la loro prima attrice (le piú quotate Henny Porten e Pola Negri, che l'avvocato Barattolo dell'UCI ha provato invano a portare in Italia), e nessuno dei produttori che incontra potrebbe essere un altro Ernesto. A Roma del resto è arrivata a venticinque anni; a Berlino ne ha quasi trentadue. E avere un passato e una storia gloriosa la rende ingombrante. Scommettere su una sconosciuta è un azzardo, ma può rendere. Impegnativo e dall'esito incerto maneggiare una diva i cui ultimi film non hanno incassato. Alla fine, mentre il freddo inverno berlinese non arretrava davanti a una timida primavera, ha girato solo *Das Spiel mit dem Feuer*. Un bizzarro miscuglio di farsa e tragedia, in cui interpreta un'attrice italiana che finisce nel mondo criminale. L'idea di parodiare sé stessa la incuriosiva e inoltre non poteva dire no alla Decla-Bioscop e a Robert Wiene, il regista del *Gabinetto del dottor Caligari*. E poi recita con due russi! Wassili Wronsky e Ossip Runič. Scontroso come un istrice, e scontento. Pure lui ha dovuto lasciare l'Italia – perché perfino l'Ambrosio ha dichiarato fallimento. Il film è stato recensito con garbo dalla stampa tedesca, ma non ha coperto i costi di produzione.

Berlino odorava di catrame, sigaro e benzina e lei contava i giorni che la separavano dall'Italia. Nel luglio del

1921, sulle colline di Firenze, sono finalmente cominciate le riprese del *Dante*. Non ci sperava piú, e forse è comunque troppo tardi. Inoltre non impersona Beatrice, la musa teologica di Alighieri. In realtà il *Dante* non è una biografia fedele, bensí un inedito ibrido di romanzo storico, ambientato nella Firenze del Trecento, e meta-film, che mette in scena – come ricordi o visioni – alcuni episodi della *Commedia*. Piú che la vita di Dante, didascalica, scolastica e di difficile resa cinematografica (sempre imbarazzante mostrare uno scrittore visitato dall'ispirazione), agli autori interessa la trama parallela, politica e sentimentale: la lotta cruenta tra le fazioni guelfe e ghibelline, in cui s'impigliano e si tormentano Segna de' Caligai, sodale di Corso Donati, e Coronella. Diana Karenne è appunto l'angelica Coronella, suora strappata al convento dalla ragion di stato, e costretta a sposare Segna de' Caligai. Ma ha pronunciato i voti e si considera sposa di Cristo: né la violenza né la persuasione la inducono a consumare le nozze. Al punto da essere maledetta dai parenti di lui, e accusata di avere portato la sventura nella loro casa. Segna però è interpretato dal virile Amleto Novelli, il quale finisce per innamorarsi davvero della moglie, e Coronella di lui – curandolo quando resta ferito. Ma non fino al punto di concedersi, preferendo la casta compagnia del suo piú giovane fratello. Insieme al quale legge un libro galeotto. E finisce uccisa dal marito insieme a lui, come Francesca da Rimini – di cui rivive la tragedia sul piano del racconto fittizio. Le scene fra Amleto Novelli e Diana Karenne sono le piú vive della pellicola – e non per caso sopravvissute quasi interamente nell'unica copia superstite del film (che misura circa un terzo dell'originale). I due celebri attori si erano appena sfiorati nella pellicola patriottica del 1918 ed è evidente il loro piacere di recitare insieme.

Sul set sono diventati amici. Ma Diana non si è goduta appieno il ritorno. A Rifredi l'atmosfera era isterica. La VIS ormai è stata preceduta da un altro film su Dante,

La mirabile visione prodotto dalla Tespi, che ha concluso le riprese a maggio e li anticiperà in sala, saturando il mercato. Due film su Dante sono indubbiamente indigesti. Il 1921 finirà prima che il loro sia pronto e i produttori hanno ormai mancato l'occasione del centenario.

La VIS fra l'altro fallirà, con la Banca di Sconto che la puntellava, e il *Dante* rimarrà orfano. Non sarà presente al debutto – l'8 aprile del 1922 al Teatro Verdi di Firenze. All'invito Diana risponderà: IMPEGNATA GRANDE PRODUZIONE INTERNAZIONALE DECLINO. Agli spettatori scelti dell'anteprima il film piace, ma l'anno dopo, in sala, il pubblico non andrà. I distributori che hanno acquistato il negativo riusciranno a rifilarlo agli oratori, alle sale parrocchiali e alle scuole. Eppure – nella parte di Coronella e di Francesca da Rimini – Diana Karenne è stata giudicata «superiore a ogni elogio».

Il penultimo giorno delle sue pose, a settembre, Guerrando di Vigny – un giornalista umorista che diventerà fascista, celebrando nei suoi libri lo squadrismo torinese e la guerra etiopica, ma che allora scrive su «Le Maschere», una rivista teatrale rivolta agli appassionati del palcoscenico – è venuto a curiosare sul set per intervistare il direttore, Domenico Gaido, e l'autore della sceneggiatura, Valentino Soldani. Quest'ultimo un vanesio parlatore alluvionale, che si considera superiore al buon Gaido, piemontese modesto e pacioccone, sempre pronto a smussare spigoli e conciliare i contrasti. Diana aveva già incrociato Soldani sul set del film di propaganda della Regia Marina. Li conosco i tipi come te. Li ho già incontrati. Brutto uomo assetato di potere, direbbe, se avesse ancora l'energia battagliera di allora. Guerrando di Vigny l'ha trovata distesa sui cuscini all'ombra di un olivo, a sgranocchiare i semi di girasole che Gaido porta a sacchi sul set (sono rilassanti come la morfina, ma non hanno effetti collaterali e non creano dipendenza), abulica per il caldo e frastornata dalla smitragliata di chiacchiere dello scrittore.

Ha scritto che Diana Karenne si difende come può «col suo simpatico italiano d'oltralpe», ma non ha trovato le sue parole degne di essere riportate, «soccombenti e inferiori al toscano puro» di Soldani. Le colline di Firenze ardevano nella calura del meriggio, le foglie degli ulivi scintillavano come scaglie d'argento, la terra esalava un odore di sole e lei ha avuto la premonizione straziante che *Dante* sarebbe stato il suo ultimo film in Italia. Le si è fermato il cuore. All'ospedale le hanno detto che l'organo non ha subíto danni, ma è una persona troppo emotiva. Dovrebbe prendere meno sul serio il suo lavoro. Ha provato il bridge?

L'Europa dopo la guerra è un reticolo di frontiere. Gli stati sospettano l'uno dell'altro. Per attraversare i valichi di confine ha bisogno di un visto di transito. Quando, all'inizio di ottobre, prende una stanza all'Hôtel de Jéna, crede di fermarsi a Parigi solo qualche giorno prima di ripartire per Londra. La Germania è ancora molto instabile, l'Inghilterra potrebbe essere la nuova terra promessa. Invece a Parigi l'agganciano due giovanotti baldanzosi che bazzicano nelle retrovie del cinema. La loro Casa – la Societé Européenne Cinégraphique – non ha ancora prodotto neanche un film, ma le offrono un ingaggio per un anno (fino al 15 ottobre 1922), rinnovabile fino al 1924. Dovrà interpretare cinque film. La remunerazione è di 20 000 franchi per ogni film, che le verrà corrisposta anche se i film non dovessero essere girati. Anzi, in quel caso, per risarcire il danno, gliene verseranno 15 000 in piú per ogni film mancato. Diana Karenne dovrà fornire i costumi, a meno che non siano d'epoca. Spese di alberghi ristoranti e spostamenti a carico della società. Il contratto potrà essere ceduto a terzi. Diana firma. Se pure fosse una copertura, e la SEC non avesse intenzione di versarle neanche un soldo, quel pezzo di carta la rende libera. Di fronte a un contratto tanto convincente, le autorità francesi tramutano il suo visto di transito in permesso di soggiorno.

Ma la SEC non esiste, e nel 1922 Diana torna a Berlino. Ormai si va formando una nutrita colonia di espatriati italiani. Helena Makowska, Maria Jacobini, Marcella Albani, Gennaro Righelli, Livio Pavanelli, Maciste, e pure Emilio Ghione. Quando s'incontrano possono perfino credere di essere ancora a Torino, o a Roma. È arrivato pure il buon Gariazzo, che ha chiuso la Casa Vay a Milano e sta sistemando le carte per aprire una società in Germania. Medico di professione, pittore per vocazione, non riesce a rinunciare ai film. Potrebbe vivere riccamente come ritrattista dell'aristocrazia. Le dame se lo contendono e il ritratto a lapis che disegna la prima sera in cui si ritrovano vale parecchi soldi. Invece non ha avuto fortuna come direttore e il disastro del 1921 gli ha volatilizzato i guadagni dei film della Vay. Ma il cinema è una malattia senza cura né guarigione.

A Berlino c'è anche un numero sorprendente di ebrei. Quasi tutti nell'alta borghesia, nella finanza, nelle professioni liberali. E a differenza che in Russia, non si vergognano di esserlo. Benché cosa significhi per un tedesco o un austriaco essere ebreo Diana non riesca a capirlo. Sono assimilati, per lo piú atei, non conoscono una parola d'ebraico e disdegnano come personaggi folcloristici i pochi ortodossi con le barbe e i filatteri. Wiene, che è dottore in filosofia, venera Spinoza e non pratica. Meinert non rispetta lo shabbat e non va in sinagoga, non crede in Dio però ne ha stima.

Ha celebrato Rosh Hashana con lui, sua moglie Erna e l'avvocato della produzione di *Marie Antoinette*, Emanuel Alfieri. Figlio di un famoso cantante d'opera, dottore in legge, agente teatrale e ghost writer, è nato a Bucarest, e parla cinque lingue. Da quando ha lasciato Kiev, Diana non mangiava la challah. Non è piú abituata al sapore del miele, che le allappa i denti. Hanno acceso insieme le candele e si sono augurati buon nuovo anno, buon nuovo mondo. Possa essere vero.

A Berlino alloggia al Continental Hotel, di fronte alla stazione di Friedrichstrasse da cui partono i treni per Parigi – servita, riverita, transitoria. Non è la città caserma del 1914, da cui due giorni dopo averci messo piede voleva fuggire – quasi fosse una Russia piú tetra, e senza nemmeno il fascino delle notti bianche, della musica tsigana e delle letture di poesia affollate come cerimonie religiose. La notte scintilla di luci, le pareti della camera vibrano al rombo incessante delle automobili, tutti paiono adepti di un forsennato edonismo: divertirsi è obbligatorio, annoiarsi vietato. In ogni isolato c'è un teatro, un cabaret o una sala da ballo. Ma nelle strade ci sono ancora i segni delle violenze degli anni scorsi. E la capitale tedesca ha qualcosa di allarmante. I viali uniformi e troppo vasti, che ti fanno sentire un'insignificante formica, gli stabilimenti cinematografici labirintici come città fantascientifiche e organizzati come fabbriche, votati all'ordine e all'efficienza. Impianti di protezione contro gli incendi, batterie di lampade elettriche e al mercurio; magazzini e uffici di una pulizia impressionante, in terra neanche un mozzicone. Camerini degli attori col bagno. Divieto assoluto d'ingresso agli estranei. E la lingua, cui non è piú abituata. Deve impadronirsi di nuovo dei suoni gutturali, riabituarsi ai casi e ai tre generi. L'italiano non ha il neutro, a differenza del russo e del tedesco. Chissà se ciò rivela qualcosa della natura di un popolo.

La scena dell'esecuzione di Maria Antonietta viene ripetuta tre volte. Tre volte la sua finta testa in gomma coi lineamenti dipinti a olio rotola nella cesta sotto il patibolo. Impiega quasi un'ora a struccarsi, si chiede se ha saputo rendere la conversione della regina, che in prigione aveva ritrovato la fede. Meinert, cui interessano soprattutto le scene politiche, non le ha dato istruzioni. E nemmeno Dio le ha piú parlato. Quando raggiunge il ristorante dove Meinert l'attende a cena, è ancora scossa, ha lo stomaco contratto e un senso di nausea. Non tocca neppure le ostriche. Morire comincia a stancarla.

Invece muore ancora, nel secondo film con Protazanov. Contava di trascorrere anche l'estate del 1922 in Italia – per riposarsi, stavolta. Ha disdetto l'affitto dell'appartamento di Roma, ma la villa di Rapallo è di sua proprietà. E l'Italia è la sua casa. Ci tornerà. Ma ci vorrà ancora tempo, forse un altro anno, o due, prima che la situazione economica e politica migliori, e le Case si riorganizzino. Qualcuna riaprirà; altre, nuove, nasceranno. Un'industria come quella italiana non può sparire come non fosse mai stata.

Passa i mesi caldi in un torrido villaggio della campagna basca, per girare *L'ombre du peché*. Produce la Rosenweig-Univers – dietro la quale, in verità, c'è Karenne Film. Vuole riprendere, con discrezione, il controllo delle sue storie. È un dramma post-bellico. Diana è la moglie di un giovane richiamato nell'esercito, che in sua assenza si lascia irretire dal cugino, suo primo amore. Quando lo sposo ritorna dal servizio militare, scaccia il cugino e la moglie infedele, e Diana si getta in un burrone. Ruolo tipico per lei, messinscena piú accurata, inediti l'ambiente rurale, i volti di legno delle comparse, la natura aspra che echeggia la violenza dei sentimenti.

Protazanov però non è d'umore migliore rispetto a diciotto mesi prima. Anzi. Si è pentito di essere emigrato, di essersi unito ai nemici dei Soviet, di ritrovarsi blandito dai parigini che vorrebbero cancellare la Russia dalla carta geografica, sbandierato come simbolo della fuga dei migliori da un paese criminale e trasformato in strumento di propaganda, proprio lui che per non dover filmare propaganda ha preferito andarsene; vorrebbe rientrare

nella Repubblica Russa, dove ora Lenin – che ha riaperto le frontiere e lanciato la NEP, la nuova politica economica – sembra inaugurare una fase diversa della Rivoluzione: ma non sa come riallacciare i rapporti col commissario del popolo all'Istruzione Lunačarskij e coi nuovi funzionari del cinema di Mosca.

Gli altri emigrati russi ormai lo evitano. Temono che gli porti in casa le spie della Čeka. Perché Lenin non è mai stato tanto popolare, e l'Armata bianca, già sbaragliata nel Sud, dissolta in Siberia, è stata definitivamente sconfitta. Il regime comunista non crollerà presto. E gli ingenui intellettuali europei sono estasiati dal nuovo corso sovietico. Gli operai, le maestranze e buona parte dei critici cinematografici francesi sono ardentemente comunisti. Lei si ripete: basta russi. Deve stare alla larga da loro. Sono come carta moschicida. L'invischiano in dinamiche che non comprende e da cui si sente esentata. Il caldo torrido inasprisce i contrasti, che deflagrano in scenate e grida. Protazanov pretende, minaccia, s'indigna, ritira la firma, non vuole piú apparire nei titoli come direttore – vuole solo i soldi – e alla conclusione delle riprese torna da Ermolieff, se ne va con lui a Berlino e poco dopo riesce a rientrare a Mosca.

L'ombra del peccato viene lanciato come il primo film francese di Diana Karenne. La trovano «bella ed emozionante», la sua interpretazione piace. Il suo volto ricorda a un critico la «maschera potentemente tragica di Pauline Frederick in *Madame X*». Il paragone con l'attrice americana è un complimento. Se il film andrà bene, si fermerà a Parigi. Farà pace con la città – e con suo figlio.

Ma Yoric non ha mai pronunciato la parola maman e quando la incontra si limita a chiederle soldi, e Giuseppe è partito. A giugno, il marchese Del Vascello ha concluso il servizio all'ambasciata, ha rifiutato la destinazione di Quito – mai piú America Latina –, ed è stato richiamato in Italia, per mettersi a disposizione del ministero. Agli Esteri sono molto contenti di lui, il tessitore invisibile della Conferenza di pace di Parigi. L'ordine mondiale del dopoguerra deve qualcosa anche alla sua capacità di mediazione. Giuseppe è meno contento di sé stesso. L'Italia è stata umiliata dalle grandi potenze. Nonostante i seicentomila morti, non ha ottenuto Fiume né la Dalmazia – perché gli equilibri internazionali sono cambiati e Wilson e gli alleati hanno preferito gratificare le piccole nazioni – e si è dovuta accontentare del dominio sugli aridi sassi del Dodecaneso. Benché non ne abbia alcuna colpa, se lo rimprovererà sempre. In guerra non ha combattuto, e nemmeno al tavolo dei negoziati ha vinto. Ma Giuseppe ha individuato chi saprà riscattare l'onore dell'Italia. Per l'ultima volta, le ha chiesto di sposarlo.

Ormai quasi tutte le attrici della sua generazione sono convolate a nozze. Con nobili, industriali, produttori, campioni sportivi, avventurieri. Solo Pina Menichelli indugia ancora, perché il suo compagno, il barone Carlo Amato, proprietario della Rinascimento Film, è l'unico che sia riuscito a superare il disastro e produce ancora. Hanno rinunciato a recitare, dopo il matrimonio, e avrebbe dovuto farlo anche lei. L'anno scorso era cosí stanca – del cinema e di sé stessa. Non trovava un motivo per vivere. Senza il cinema, era nulla – un involucro vuoto. Digiuna, apatica, fissava il soffitto, un rettangolo bianco solcato da una crepa diagonale, e vedeva i morti – tanto da aver dubitato della sua salute mentale. Il nonno Moshe, il padre, Ernesto, anche il persecutore che si era piantato il pugnale nel cuore fuori dallo stabilimento di San Cristoforo e di cui – sotto il lenzuolo che i custodi avevano gettato sul suo corpo – aveva intravisto il volto: imberbe, un adolescente romantico al suo primo amore. Muti, scontenti e delusi, i suoi morti non le sorridevano mai.

Ma ormai aveva ricominciato a recitare e di nuovo ha rifiutato. Giuseppe stavolta non aveva portato la pistola. Ha messo su peso, parla con lentezza esasperante, in tono vagamente predicatorio, e ha un'andatura posata, del resto a maggio ha ricevuto il titolo di commendatore della Corona. Motu proprio del re d'Italia Vittorio Emanuele III. Lei invece non ha ancora una ruga, il seno sempre eretto e i capelli tutti biondi.

Diana Karenne non diventa la moglie di un'eminenza grigia del ministero degli Affari esteri. Resta un'attrice. Giuseppe è rientrato a Roma da solo. Non sa che sarà di loro – e di lui. Se la salute, sempre fragile, glielo consentirà, vorrebbe entrare in politica. Sarebbe la sua rivincita. Il fratello Luigi conduce ormai vita ritirata, si occupa delle aziende di famiglia e delle prime teatrali, cui non manca mai. Invece col fratello minore, Giacomo, vedono con favore la fondazione del nuovo Partito Nazionale Fascista, nato dalle ceneri del Fascio di combattimento. I due Medici del Vascello esultano, alla fine di ottobre, quando Mussolini fa marciare gli squadristi su Roma e diventa presidente del Consiglio. Mussolini se ne ricorderà.

Una mattina, il fattorino dell'Hotel Wagram le consegna un telegramma da Berlino. C'è incollata un'unica strisciolina di carta. Due parole. Il mittente ha risparmiato. PRIEZŽAJ SESTRA. Vieni, sorella.

Se si incontrassero per strada, non si riconoscerebbero. Ma lei sa che l'uomo alto e magro come una parentesi, con gli occhiali da miope di corno, il naso a becco di falco e gli occhi verde acqua è suo fratello Grigoryj. E lui che la diva con la pelliccia di leopardo e il turbante di strass sui capelli è la piccola Dina. Quindi si abbracciano, talmente stretti da togliersi il respiro, e per mezz'ora non fanno altro che piangere. Lei ripete mille volte, come un disco incantato, sei vivo, mi avevano detto che eri morto, ti ho fatto recitare il kaddish alla sinagoga di Roma, da dodici sconosciuti, che non hanno voluto essere pagati, gente povera del ghetto, merciai, stracciaroli e venditori ambulanti che hanno pianto per te, è stata una cerimonia toccante, non potrai mai piú averne un'altra cosí. Lui ride e dice di aver dovuto mettere in giro la notizia della sua morte, a Kiev, perché a un certo punto tutti lo cercavano per ammazzarlo. I bolscevichi, i bianchi, i nazionalisti, i tedeschi, gli anarchici, l'atamano, i contadini, i banditi, una giostra infernale, non si capiva piú niente - solo un morto poteva sopravvivere.

Ti sei sposato, Greg? gli chiede poi, rimirandolo - si somigliano ancora. Hanno gli stessi colori, gli stessi lineamenti. A Kiev li chiamavano i gemelli Rabinovitch. È sempre attraente, Grigoryj, solo piú sciupato. Come lei, forse. Hai dei figli? Mi piacerebbe tanto avere dei nipotini. Sarei una zia fantastica. Sposato no, e figli non che io sappia, la delude Grigoryj. E tu? Non ho piú un marito, gli risponde, di Yoric non ti dirò niente e altri figli non sono mai nati. Non ancora nati, sorella, scherza Grigoryj, hai soltanto trentatre anni. Ti sbagli, qui ne ho trentuno e non smentirmi perché ti strapperei la lingua. Ma il momento è passato, taglia corto lei. A una donna senza figli, o che credono senza figli, tutti chiedono continuamente perché. Non si rendono conto di violare un'intimità sacra, spesso dolorosa. Quando volevo, non potevo - dice. E ora non lo voglio.

Grigoryj è rimasto bloccato in Crimea dove, dall'inizio del 1918, si erano stabiliti i cineasti delle principali Case di Mosca e Pietroburgo. Josip Ermolieff, Dmitrij Charitonov, Noë Bloch, poi anche il suo Drankov. Poveretto, l'ultima volta che Grigoryj lo ha visto, a Costantinopoli, girava film pornografici molto apprezzati dal pubblico turco e vendeva biglietti per le corse di scarafaggi che organizzava in un tendone vicino alla moschea blu di Sultanahmet. Entro l'estate ogni compagnia aveva già aperto il suo teatro di posa e gli stabilimenti di sviluppo e stampa, si giravano dozzine di film. Benché in una dittatura o durante il terrore non serva a nulla poter contare su un avvocato, aveva offerto la sua esperienza al servizio di banche e finanzieri. Molti impiegati delle case di produzione non avevano seguito gli artisti. Si barcamenava con la contabilità, perché altro lavoro non ce n'era. Che vita folle, esaltante e paradossale facevano, i divi del cinema. Vera Cholodnaja, Ivan Mosjoukine, Nathalie Lissenko e Ossip Runič, champagne e feste danzanti tutte le sere, mentre quando uscivano dal cerchio magico del cinematografo si mettevano in bocca gli anelli, perché la gente accoltellava i passanti per rubargli il cappotto e gli tagliava le dita per prendersi le fedi. Eppure uscivano tutte le sere, e perdevano milioni al tavolo da gioco.

Nel gennaio del 1919 ha rischiato di morire di febbre spagnola, come la povera Cholodnaja. Se la sono presa tutti, perché non credevano alle precauzioni, si sentivano morituri e schernivano il destino – ridevano quando i capelli gli cascavano a ciuffi sul cuscino e si ritrovavano calvi come uova. Tre settimane di delirio con la febbre a quarantuno, sentiva distintamente la vocetta di mamma che piagnucolava, Greg, alzati, dormiglione, stai facendo tardi al liceo, e lui si levava sul letto, protestando, arrivo, arrivo, sono pronto, due volte si è ritrovato svenuto sul pavimento: stava per esalare l'ultimo respiro.

Ho dettato il testamento a un notaio ucraino, ti ho lasciato erede di tutti i miei beni mobili e immobili. Non potrò mai annullarlo: se morirò prima di te, sorella, ti ritroverai un appartamento a Lipki, piú bello di quello di nostro padre, perché mi andavano bene le cose, a Kiev, fino all'ottobre del 1917, una valigia di lingotti d'oro seppellita sotto l'ulivo del giardino in una villetta di Yalta, vista mare, e qualche milione di rubli nell'intercapedine sopra lo scarico del bagno. Ho dovuto lasciare tutto lí.

I francesi se n'erano andati, i cannoni dell'artiglieria bombardavano i dintorni, i bolscevichi erano già nelle strade, se non correvo subito al porto morivo per la seconda volta, ma questa in modo irreparabile. Sono andato a cercare gli altri negli studi cinematografici, e non ho trovato piú nessuno. Avevano rimediato un passaggio su una nave, e non mi avevano avvisato. Non ero necessario. Ognuno pensava a salvare sé stesso. Non mi ero neanche procurato il lasciapassare. Speravo, sai? Fino all'ultimo istante: che fosse un incubo, come il toc-toc di mamma sulla porta, e che se mi svegliavo si sarebbe dissolto. Illudersi è un errore imperdonabile. Ho ficcato i vestiti migliori in una valigia e i gioielli nelle tasche, e sono uscito dalla finestra mentre il commissario del popolo entrava dalla porta. Che altro potevo fare? A Kiev imperversavano i seguaci di Petljura, agli ebrei davano fuoco.

I negozi erano sbarrati, le banche chiuse. Non ho trovato una carrozza e l'unico portatore che si è offerto di aiutarmi, un energumeno butterato che montava le scenografie, l'ho mandato via, perché sapevo che se la faceva coi bolscevichi e una volta – quando Mosjoukine lo aveva insultato – ci aveva minacciato di buttarci tutti a ingrassare i pesci. Al porto ho vagato finché ho visto le luci di un rimorchiatore che s'avvicinava a una nave tutta buia. Tenevano le luci spente per non attirare l'attenzione, ma erano pronti a levare l'ancora. A bordo c'era la troupe di Ermolieff – con Protazanov, Volkov, Kamenka, Mosjoukine e la Lissenko – e mi hanno aiutato a convincere il capitano a farmi salire. Non c'erano molti argomenti. Vigeva una sola regola. No money, no ship.

La valigia ho dovuto lasciarla sul molo. La nave era già sovraccarica e non mi avrebbero permesso di portare niente. Ero io stesso il mio bagaglio. Avevo addosso tre paia di pantaloni, quattro maglie e due pellicce. Ero grasso come un tacchino. Nei tacchi delle scarpe le collane d'oro e gli orologi. I diamanti me li sono mangiati. Con rispetto parlando, non ho cacato finché non siamo entrati in acque internazionali. L'anello di mamma l'ho deposto per ultimo, ormai credevo che si fosse incastrato nell'intestino. Avevamo tutti quanti gli ori sotto i piedi, camminando, sul ponte della nave, suonavamo una sinfonia dodecafonica. Mosjoukine tintinnava, io a ogni passo ticchettavo, come una bomba. Non mi toglievo le scarpe neanche per dormire. Dopo una settimana mi puzzavano i piedi come se dentro i calzini nascondessi un topo morto. Di notte sognavo che i marinai greci mi avrebbero tagliato i piedi e temo che lo sognerò tutta la vita. Purtroppo i gioielli li ho dovuti vendere a Costantinopoli, perché certo non potevo restare incrostato sul Bosforo. Gli altri partivano per Marsiglia, ma io volevo andare a Berlino. Ho sempre ammirato i tedeschi. Con l'ultimo diamante mi sono pagato il viaggio in nave per Trieste. No money, no ship. Non ti ho potuto conservare neanche gli orecchini di mamma, Dina. Di tutto quello che avevamo a Kiev non ti porto niente, nemmeno un chicco di grano. A Berlino sono povero come un profugo, se mi avessi visto all'angolo di una strada mi avresti fatto l'elemosina. Ma sono un uomo fortunato. Ho una sorella milionaria.

E mamma? chiede lei. L'hai lasciata sola? Sei tu che dovevi portarla via, dice Grigoryj, io ormai ero morto. Ma ci ho provato! si difende, non poteva raggiungermi in Italia finché non finiva la guerra. E dopo non sono piú riuscita a rintracciarla. Nemmeno Grigoryj ha potuto salutarla, la madre. Nel febbraio del 1918, durante il mese del primo terrore bolscevico, quello di Murav´ëv, quando nelle strade di Kiev si sentiva solo urlare «uccidi i borghesi e gli ucraini», e al parco Marinsky la Čeka fucilava cinquemila civili, Hanna Waisberg si è rifugiata a Hnativka.

Ma di che vive? Da cinque anni non riesco a mandarle dei soldi! esclama Diana. Mamma non ha mai lavorato, non sa fare nulla con le mani! Odiava la campagna di Buča, non ci veniva mai e malvolentieri ci lasciava andare dal nonno. Non ha nessuno a Ignatovka, i parenti di papà sono poveri come pidocchi e non le hanno mai perdonato i suoi peccati e i suoi modi da cittadina. Chi la mantiene? Sui giornali si leggono storie terribili sulla carestia nel Sud. Tre milioni di morti nella primavera estate scorsa. Parlano perfino di cannibalismo.

Il rimorso e il senso di colpa sono lussi che non possiamo permetterci, dice Grigoryj. Nemmeno voltarci indietro. Mamma è lí, noi siamo qui. Si muore di fame anche a Berlino. Devi prestarmi parecchi soldi, Dina. Il cinema russo rinascerà qui. Tanti sono arrivati, tanti arriveranno. I piú fortunati in treno, col regolare visto d'ingresso, gli altri come profughi straccioni. Sorgeranno nuove case. I produttori hanno bisogno di gente che parli il tedesco, che abbia nuove idee, capacità d'impresa e senso degli affari. Ho visto uno solo dei tuoi film. *Passione tsigana*. In un cinema di Pietroburgo. Era il 1916. Sulla locandina avevo letto che la protagonista si chiamava Diana Karenne, ma il film era italiano, sicché mi aspettavo un'attrice dagli occhi di brace, e i capelli neri come le madonne barocche. A un certo punto sono saltato sulla poltrona. Il diavolo mi fulmini se quella zingara bionda non è Dina! ho pensato. Ma non ho detto niente all'amica che era con me. Volevo capire se ti riconosceva. E avrebbe dovuto, perché era stata una ballerina della tua compagnia – scarpettavate nell'ultima fila, perché sinceramente nessuna di voi due sapeva danzare. Invece niente. Eppure eri tu, io lo sapevo. Ma quanto diversa. Come una farfalla dal bruco. Eri stupenda, non so come spiegarlo, eri padrona di te stessa. Non ho capito niente della storia, ti guardavo, e basta, Dina. Ma non so nulla di quello che hai fatto dopo. Gli altri tuoi film non sono arrivati in Russia, non so se sei brava come dicono. Ma sei famosa, in tutta Europa, e ho bisogno di te.

Dina non è mai andata d'accordo col fratello. Maggiore di due anni, maschio, aveva libertà e occasioni che lei poteva solo sognare. Litigavano su tutto, fin da bambini, perché nessuno dei due avrebbe mai riconosciuto le ragioni dell'altro. I loro giochi finivano sempre in risse furiose. Ma quando si è ritrovata senza un soldo a Parigi, Grigoryj l'ha aiutata, e ora deve ricambiarlo.

I Rabinovitch si accampano in un grande albergo sull'Unter den Linden. Non dicono di essere fratelli. Piuttosto, li credano sposati. Se fossi mia moglie, scherza Grigoryj, diventerei il tuo agente e nel giro di cinque anni saremmo talmente ricchi da farci il bagno nello champagne. È incredibile la quantità di denaro che hai buttato via, Dina. Invece deve prestargli soldi, perché lui vada a presentarsi ai banchieri russi di Berlino e di Parigi. Sarò il tuo migliore investimento, giura Grigoryj.

È intelligente, lungimirante, intuitivo come Diana. Thiemann è ormai tagliato fuori e non riuscirà a risollevarsi. Charitonov si dice interessato a lavorare con lui, ma la Casa che ha in mente di mettere in piedi non è ancora operativa. Grigoryj si intende subito anche col finanziere Bloch e col banchiere Kamenka, pure lui di Kiev, che sono a Parigi: Ermolieff ha venduto a loro la sua società e l'hanno ribattezzata col nome, piú poetico, di Albatros. Il cognome Rabinovitch, che in Russia precludeva a entrambi il futuro, qui è meglio di un visto d'ingresso. Gli ebrei sono maestri d'esilio e Grigoryj si onora di appartenere al popolo di Abramo. Non le ha mai perdonato di avere sposato quel meshumed di Grisha Feyguine. Se sapesse che nel gennaio del 1914, per poter andar via, ha accettato di cambiare cognome, e sul libretto del passaporto di Grisha, accanto al termine «religione», Dina ha fatto scrivere «cristiana evangelica», le direbbe che si può tradire un marito, un amante, perfino la patria. Ma non il sangue. Lei proverebbe a spiegargli che tradire sé stessi è la forma piú estrema della libertà. Ma per fortuna quel passaporto non esiste piú, e non devono parlarne. In attesa di entrare nel Consiglio di amministrazione della Casa di Charitonov, Grigoryj comincia a lavorare negli uffici della distribuzione della Albatros. L'intelligenza del vivere è piegare lo stelo alla forza del vento, come fa l'erba dei fossi – finché la direzione non muta.

Diana sta imparando ad amare il rettifilo che si perde nella nebbia, le costruzioni monumentali dell'Isola dei musei, e il profumo dei tigli. Dovrebbe tornare a Parigi? Vediamo come va *L'ombra del peccato*, ha detto al fratello. Non resto in Francia da straniera e non sono sicura che i francesi siano davvero vaccinati contro il nazionalismo. E poi a Parigi ci sono troppe ombre – nemmeno lei è vaccinata contro il suo passato.

Grigoryj ripete che una città vale l'altra. Ormai devono imitare le anitre selvatiche: spostarsi seguendo le stagioni, e fare un nido solo per lasciarlo. Non devono piú considerare proprio il paese in cui sostano. Errare – errare sempre. Non vuole commettere l'errore di Dina, che si è fatta italiana e adesso all'estero ha l'anima nostalgica degli emigranti. Fra emigrante ed émigré c'è una differenza sostanziale. La grammatica è filosofia. Il primo è un participio presente, il secondo passato. Grigoryj le fa credere che per loro lo strappo è ancestrale. È accaduto, accadrà sempre. Diana non è d'accordo e per sé tiene il participio presente.

Gli chiede solo di prometterle che un giorno produrrà un suo film da regista. Grigoryj non si impegna (Dina gli ha detto di averne diretti nove, ma lui non ne ha visto neanche uno e non è sicuro che sia vero): però scommette che le renderà il prestito nel giro di un anno.

Ce ne vorranno quattro. Ma Diana non sa cosa farsene dei soldi. Ha donato il cachet di *Marie Antoinette* a un'associazione che supporta le ragazze madri di Berlino. Non vuole che si sappia. Le sue donazioni sono anonime. Essere ricchi da soli non dà piacere. Certe sere, si fa portare dal taxi nel cabaret piú malfamato di Lutherstrasse. Un antro fumoso che odora di birra, grappa e colonia da quattro soldi, in cui si aggirano travestiti con le calze sdrucite, ragazze affamate in cerca di qualcuno che paghi loro la cena e la camera d'albergo, donne coi capelli a spazzola, i pantaloni e la cravatta e adolescenti maschi col rimmel sulle ciglia e il rossetto sulle labbra. Balla il charleston insieme a giovani sconosciuti, sconosciuta anche lei. Dice di essere nata a Danzica, e di chiamarsi Leocadja Konstantinov. Paga il conto per tutti.

Piove a dirotto la sera del 20 ottobre 1923 in cui entra al Club degli Scrittori. L'aspettavano dall'altra parte della strada: il dottor Gariazzo l'ha invitata a cena. Serata di espatriati italiani: agnolotti al ragú di carne, opera lirica e barolo. Gli ospiti pregati di contribuire all'atmosfera portando: uno strumento musicale, una bottiglia, o l'ugola – per intonare un'aria, una romanza o una canzone. Lei ha promesso *Mi chiamano Mimí* della *Bohème*. Non ha mai davvero smesso di cantare e col tempo è perfino migliorata. Il cinema la priva della voce. Sarebbe bello se fosse vero quello che scrivono le riviste specializzate. Che ingegneri di svariate parti del mondo gareggiano a brevettare apparecchi per registrare i suoni e presto li applicheranno alle macchine da presa e si potranno sincronizzare i rumori e le battute degli attori. Chissà che impressione farebbe al pubblico la sua voce. Profonda, roca. Ernesto diceva granulosa. Quando mi parli, sento la sabbia della steppa accarezzata dal vento.

Il taxista le apre lo sportello e lei – titubante perché l'ombrellaccio nero di lui le ruscella sulla pelliccia –, appoggia il piede sul selciato e infilza col tacco ricurvo un volantino. Alle 19, al Club degli Scrittori, festa di chiusura: saranno presenti i migliori poeti russi di Berlino. Segue una lista di nomi, stinti dalla pioggia e indecifrabili. Tenta di liberare il tacco, ma la carta s'è appiccicata alla suola, e nel lacerarla se ne ritrova un brandello fra le mani. L'inchiostro scadente gocciola nero sui suoi guanti candidi. L'ingresso costa un trilione di marchi – contributo alle spese d'affitto del Club. Il poeta – recita un verso siglato N. O. – non sta coi vincitori.

Ha in borsa forse un miliardo di marchi. Non ci capisce piú niente. Negli ultimi mesi in Germania l'inflazione è diventata talmente folle che serve un milione per comprare un pasticcino. Le banconote sembrano carta igienica. Potrebbe fare un salto a questo Club degli Scrittori e lasciare un obolo. I veri poeti sono sempre poveri. E poi andare alla cena. Piú che di lavoro, da Gariazzo si parlerà dell'Italia. È tempo di migrare: al telefono l'ha avvertita che per Ognissanti rientrerà definitivamente a Torino. Troppo caos a Berlino. Il loro film, *Arme Sünderin*, *Povera peccatrice*, di cui era protagonista, non è andato bene in sala questa estate. I critici hanno massacrato la regia e la sceneggiatura, anche se hanno salvato la sua recitazione. Era prevedibile. La solita crime-story su un errore giudiziario – negli ultimi anni se ne saranno viste centinaia –, la produzione Transozean traballante e la distribuzione debole. Ma lo ha girato comunque, perché se trascorre troppo tempo fra un film e l'altro l'assale l'inquietudine, e il film cui teneva di piú, *Acque di primavera* – una produzione molto piú impegnativa, il biglietto da visita con cui Grigoryj intende presentarsi in Germania – veniva continuamente rinviato. Ma sí, lascerà un trilione di marchi ai poeti russi. Tanto gli italiani arrivano sempre in ritardo.

Decide di attraversare la strada. Ma non ha l'ombrello, un accessorio che ha sempre ritenuto volgare, sicché, mentre attende che scatti il semaforo verde, l'acqua innaffia le rose finte del cappello e le affloscia. La veletta le si incolla sul viso.

Il Club degli Scrittori è un locale disadorno, di uno squallore inatteso e piuttosto simile all'atrio di una stazione ferroviaria di provincia. Lampadari polverosi penzolano dal soffitto, manifesti sbiaditi di altre soirées non bastano a rallegrare le pareti intarsiate di crepe. Gli spettatori hanno barbe incolte, visi giallognoli, fiato putrido, e sono tutti malvestiti, con abiti che sembrano scarti di magazzino: cappotti rattoppati, sciarpe lise, scarpe simili a ciabatte. Qualcuno in testa ha perfino la sapka, il berretto col copriorecchie e i nastrini agganciati sotto la gola. Lei indossa l'abito da sera sotto la pelliccia tigrata. È troppo elegante per un posto cosí, ma ormai è tardi per tornare indietro. Nessuno la nota, del resto. La ragazza con la bocca corallo attrespolata sullo sgabello all'ingresso si limita ad afferrare le banconote e pigiarle in un sacco: i cassetti non basterebbero. L'evento è già iniziato.

Le poltrone e i divanetti sono tutti occupati. Un muro di schiene le impedisce di vedere il fondo della sala, peraltro evanescente in una mefitica coltre di fumo. Il brusio della folla sovrasta le parole. Laggiú, nella luce fioca di un paralume rosso, si alternano spettri pallidi e sovreccitati. Leggono – o piuttosto declamano – i loro versi. In russo. Si leggono le poesie l'uno con l'altro perché nel pubblico, realizza subito, non c'è neanche un tedesco. Il 16 aprile del 1922 la Repubblica di Weimar ha riconosciuto la Repubblica di Lenin, e da allora i russi hanno varcato la frontiera a migliaia. Dei duecentocinquantamila che hanno trovato asilo in Germania (una delle poche nazioni in cui il loro passaporto gli consenta di entrare), almeno centomila si sono fermati a Berlino. Una buona parte sono scrittori, redattori, giornalisti, editori, professori, filosofi, traduttori di Pietroburgo, Mosca e Kiev. L'esodo di intellettuali piú imponente della storia.

Molti abitano intorno alla stazione di Charlottenburg, in pensioni per lo piú gestite da tedesche vedove di guerra e bisognose di procurarsi un reddito, perché la crisi economica e l'instabilità politica impoveriscono la piccola borghesia, sempre piú rancorosa e xenofoba. Diana li incrocia soltanto ai cancelli dei teatri di posa, dove vendono l'unica ricchezza che gli è rimasta – il passato – e si offrono come comparse. I russi si distinguono per gli sguardi contundenti e la corporatura macilenta dei sopravvissuti a un naufragio.

Si concede giusto dieci minuti, per ascoltare qualche poesia. Ignora i contemporanei. L'ultimo poeta che ha letto è Blok. A quel tempo, viveva ancora a Pietroburgo. Nell'appartamento al numero 12 di ulitsa Kirochnaja. Pieno centro, nemmeno cento metri dal Liteyny Prospekt. Era un bel palazzo, era bella la casa in cui Dina Feyguine si spegneva giorno dopo giorno. Ma Blok è morto il 7 agosto del 1921, e queste poesie sono sequele di sillabe storte e crocchianti come rami secchi, accostate a casaccio per scontrarsi come automobili che non rispettano la precedenza. Non riesce ad apprezzarne la melodia dissonante. Gariazzo fra poco inviterà gli ospiti ad accomodarsi a tavola. Il medico pittore è un padrone di casa meraviglioso. Gli italiani! Quante cene ha diviso con loro. Quanti film sono nati fra un piatto di spaghetti e un fiasco di vino. I pasti sono una cosa sacra, in Italia. Non dovrebbe essere qui. Se il manifestino non si fosse incollato alla sua scarpa non sarebbe mai venuta. Félyne direbbe che era il suo bivio, ma lei non lo ha riconosciuto.

I poeti russi sono nevrotici e maleodoranti. I loro indumenti sanno di tabacco e di sudore. Sono anche maleducati. Benché sia l'unica vera signora là dentro, nessuno si alza per cederle il posto. In quella folla omogenea – da cui trasuda una rabbiosa euforia – solo un giovane spicca anomalo, diverso, fuori posto, venuto, come lei, da un altro mondo. Il cappotto corto sbottonato lascia intravedere uno sciccoso abito color oliva. Le impeccabili scarpe di vernice nera luccicano, come uno specchio. Uno speculatore, una spia – oppure il proprietario del locale. Bei lineamenti, regolari, armoniosi. Moro, con la pelle bruna e gli occhi neri – forse italiano.

Vorrei sedermi, gli dice in italiano, dolcemente imperativa. Il giovane si volta, sorpreso. L'interruzione lo ha distratto: seguiva attentamente la lettura della poetessa dalla chioma rosso fuoco. La fissa, interdetto, forse infastidito, ma non accenna a muoversi. Vorrei sedermi, ripete in tedesco, immaginando non abbia compreso. Mi spiace, risponde – pure lui in tedesco –, sono uscito dalla Russia con un visto per motivi di salute. Sono malato, non posso interrompere la recita. Se lei fosse una spia, signora, sarei espulso. Diana resta delusa non tanto per la risposta sgarbata quanto per la sua provenienza. Non è italiano. L'ennesimo profugo russo. Ma se vuole, aggiunge il giovane, soffermandosi con occhi ingordi sulla sua bocca, può sedersi sulle mie ginocchia. Benché la dieta bolscevica non mi abbia lasciato troppa carne sulle ossa, sono piú morbido del legno.

Che sfacciato! Chi si crede di essere? Lo schiaffeggia due volte con la mano aperta e gli lascia sulle guance il segno delle cinque dita. Lo schiocco distrae la giovane poetessa sulla pedana, che s'impappina. Il pubblico rumoreggia: le teste ruotano verso l'origine del rumore, ma quasi nessuno ha visto cosa è successo. Sacrilegio! bisbiglia lui, massaggiandosi la mandibola, deliziato dalla reazione della signora. La poesia probabilmente è l'unica cosa sacra sulla terra. Sarà, dice lei, tranciante. Ma questa roba non è poesia, non è niente. Ssshh, li zittisce un uomo alto come un asparago, che ostruisce la vista del palco a entrambi. E allora è tutto, perché solo il niente esiste, dice lui. Un nichilista, sospira lei, nauseata, vi credevo estinti.

La poetessa deve aver concluso la lettura, perché dalla sala si leva un applauso – freddino, appena cortese. Nemmeno l'età induce all'indulgenza, in questo club non concedono credito alle nuove generazioni. La poetessa passa accanto al giovane moro, che pronuncia sottovoce il suo nome – Irina Vladimirovna –, ma lei lo ignora, schiva un gruppo di giovani vestiti come boscaioli e operai di una fabbrica siderurgica e si accontenta dei complimenti di un vecchio col monocolo. Il dandy moro non deve essere un poeta. Un principe zarista benefattore degli artisti? È il turno di Andrej Belyj, autore di *Pietroburgo*, una delle opere piú importanti del nostro tempo, le spiega il giovane. Un visionario, un genio. A Diana sembra soprattutto seriamente ubriaco. Recita con voce monotona, cantilenante, come una melopea funebre. Barcolla. Che infinita tristezza. Vorrebbe andarsene, ma la sala si è ulteriormente riempita, e la folla preme alle sue spalle, spingendola addosso allo sconosciuto. Il lembo della sua pelliccia gli vellica la tempia. Lui non la scansa, anzi, vi strofina il naso.

A differenza degli altri, sa di buono. I suoi capelli esalano un pungente profumo di brillantina. L'abito di vetiver. Sono un rivoluzionario, le dice, ghermendole la mano, non posso mostrarvi reverenza, sua altezza. Non la provo.

Si alza di scatto, ma non intende cederle la sedia. Senza chiederle se voglia seguirlo la sequestra – sospingendola verso l'uscita. Fino a poco tempo fa le bandiere rosse nelle strade di Pietroburgo mi facevano piangere di commozione, sussurra. Vi avrei tagliato la testa, Maria Antonietta, vi ho tagliato la testa, infatti. Era giusto, era necessario. La libertà non viene concessa, viene presa, anche con la violenza. Non sono pentito. Ma ho ucciso anche me. Se non avete paura di passare la serata con un morto, vorrei portarvi a ballare lo shimmy. Sono un ballerino. Vi farò dimenticare Berlino, i poeti, i russi, l'inflazione, i passaporti e le visite alla questura. So chi siete.

Vi ho conosciuta un anno fa, il mio primo giorno a Berlino, all'Alhambra, sulla Kurfürstendamm. Sfavillava di luci elettriche ed era sontuoso come un teatro dell'opera. L'atrio ostentava sfingi e leoni di marmo, le poltrone di platea soffici imbottiture di velluto rosso. Io però vado in galleria. Al cinema voglio dimenticarmi di me stesso. Vicino a me gli spettatori sgranocchiavano noccioline, una dattilografa si rosicchiava le pipite delle unghie, un operaio baciava una domestica. E a un tratto siete apparsa e avete dissipato le tenebre. DIANA KARENNE. Anche voi siete morta. Io sono Nick.

Non è il proprietario del Club degli Scrittori, e nemmeno un editore, perché la casa editrice che ha fondato per divulgare nell'accogliente Germania i nuovi poeti russi è già in agonia. Del resto ve ne sono ottantasei, e la sua non era la migliore. Ha pubblicato anche le sue, di poesie, e questo deve esserle stato fatale. Stasera – anche se non poteva saperlo – Diana Karenne ha partecipato al funerale della letteratura russa di Berlino. Il Club è costretto a chiudere. La festa è finita. Stanno partendo tutti. Parigi o Pietrogrado. Andare a ovest, oppure a est; rotolare ancora piú a Occidente, finché non si potrà piú tornare indietro, o riprendere la via di casa: that is the question.

Sventuratamente, è un poeta anche lui – come Georgij Ivanov, Irina Odoevceva, e gli altri di cui ha goduto i versi. Per ora, autore di un solo volumetto, *Grad*, contenente ventiquattro poesie – edito a Pietrogrado e qui ristampato in seicento copie, tutte invendute. Se vorrà comprargliene almeno un centinaio, farà cosa buona e giusta. Quando lei è entrata, aveva già letto le sue poesie. La frase sul volantino è sua. Meglio che non lo abbia ascoltato. I suoi versi sono chicchi di grandine.

Non è neanche un ballerino, anche se Diana non ha mai incontrato un uomo che danzi con la stessa voluttà di diventare solo un corpo, un fascio di muscoli e nervi – fino a perdere la nozione del tempo e di sé: e quando si sono salutati, alle cinque del mattino, nel taxi, perché la pioggia non aveva mai cessato di cadere e dalle lamiere colava sui finestrini appannati, cancellando ogni traccia del viale, e della città, era cosí interdetta dalla stranezza della serata trascorsa con lui che non gli ha risposto quando le ha proposto di rivederla.

Nick le ha detto, brutalmente, di essere troppo stanco per venire a letto con lei, benché in questo modo il loro promettente incontro rimanga incompiuto. In effetti il ballo appaga gli appetiti sessuali. È come una droga. Tutti si drogano, qui. Ma ognuno deve trovare la sua sostanza. Non vado a letto con gli sconosciuti, gli ha risposto, sbattendogli in faccia lo sportello. Ma io non sono uno sconosciuto, ha sorriso lui, abbassando il vetro del finestrino e sporgendo la mano verso di lei, quasi potesse trattenerla. Sono Dimitri Sanin, e sei tu che mi hai trovato, Maria Nikolaevna.

Diana si è chiesta come faccia Nick a sapere che lei ha girato *Acque di primavera*: assolutamente vietato l'ingresso agli estranei, sta scritto ai cancelli dello stabilimento della

Kaesar, e i custodi tedeschi sono inflessibili. Ha dato una schicchera alla fede di latta che lui porta all'anulare e si è incamminata verso l'albergo senza voltarsi e senza pagare la sua quota della corsa. Maleducato, arrogante, troppo giovane e pure sposato. Addio, Nikolaj Avdeevič Otzup.

Nick conosce quasi a memoria il racconto di Turgenev che lei ha appena finito di interpretare negli studi della Kaesar Film. Ma non gliel'ha detto. Con le donne che lo attraggono – e ancora troppe lo attraggono – si atteggia a cinico. Crede che un nichilista abbia piú possibilità di conquistarle di un poeta provocatorio e sperimentale conosciuto da una manciata di scrittori e da quasi nessun lettore. Ha atteso per mesi una recensione, ma a Berlino come a Pietrogrado perfino i lettori professionisti lo hanno ignorato. Crede che l'affascinante Diana Karenne lo giudicherebbe un sentimentale effeminato e isterico se le raccontasse della sua infanzia di bibliomane, e preferisce piuttosto sputare su tutto ciò che suppone lei ami. Si dimentica un adulatore, non un avversario.

Turgenev è un romanziere dell'Ottocento, mentre Nick scrive versi acmeisti d'avanguardia, e legge solo contemporanei. Ma *Acque di primavera* lo ha scoperto quando ancora frequentava l'Imperatorskij Licej, il ginnasio imperiale, a Czarskoe Selo. A quel tempo studiava forsennatamente per ottenere la medaglia d'oro ed eguagliare i suoi quattro fratelli maggiori: leggere per piacere proprio, dopo essersi consumato gli occhi sui libri di testo, e aver dato ripetizioni di letteratura ai figli del professore, l'unica trasgressione che si consentiva. Si nascondeva in una delle grotte vicino al lago, o tra le betulle, i cespugli di ribes e di uva spina che lussureggiavano nel misterioso parco del liceo. Già a quindici anni sapeva di voler essere scrittore. Del resto era l'aspirazione di tutti i maschi della famiglia. Per onorare la volontà del padre, mercante di sapone e attrezzi agricoli del tutto estraneo ai segreti della letteratura, i fratelli studiavano

Ingegneria, Matematica, Fisica o Giurisprudenza: ma componevano romanzi, racconti, cronache, reportage, saggi, satire, odi. I fratelli Otzup sono nati per scrivere.

La storia di Turgenev gli era parsa un modello di strategia narrativa: il protagonista, di mezza età, ricorda un episodio della giovinezza. La sua vita avrebbe potuto essere un'altra – piú felice. Ma non può piú cambiarla, ormai, solo accettarla e riconciliarsi col ragazzo che fu. Il ricordo occupa quasi tutto il racconto. Nel 1840, a Francoforte, dove si ferma sulla via del ritorno in Russia, Dimitri Pavlovič Sanin, ventiduenne, entra in una pasticceria italiana. Lo attira l'insegna, perché è appena stato in Italia, e l'ha amata – come tutti i russi del XIX secolo. Incontra Gemma, la figlia diciassettenne della proprietaria. Se ne innamora, la sottrae al matrimonio già combinato con un ottuso tedesco e promette di sposarla. Ma poi incontra Polozov, un ex compagno di collegio, e decide di seguirlo a Wiesbaden, attirato dall'idea di vendere alla moglie di lui, ricchissima, una delle sue tenute in Russia. Proposito nobile: intende ricavarne il denaro necessario a vivere con Gemma. La moglie di Polozov, Maria Nikolaevna, è una donna affascinante, intelligente, non convenzionale, libera come l'aria, come il vento e... dalla fanciulla Sanin non tornerà mai piú.

Leggendo, anche Nick si era innamorato di Gemma (come per ogni russo acculturato, la parola Italia funzionava da abracadabra) e poi si era lasciato sedurre da Maria Nikolaevna. Eppure ancora sogna di compiere il viaggio in Italia che aveva programmato nel 1914, e che la guerra lo ha obbligato a rimandare. Se ripensa all'incontro con Diana Karenne – ma come si chiama, poi? non le ha neanche chiesto il suo vero nome – vorrebbe sputarsi in faccia. Davvero l'ha vista sullo schermo la prima sera che ha trascorso a Berlino, l'anno scorso. Era talmente felice di essere riuscito a passare la frontiera. Di poter comprare un paio di scarpe nuove, di andare dal barbiere e farsi massaggiare le guance con vera crema emolliente, di contemplare le luci elettriche nelle case, nei negozi, i lampioni sui viali, i nuovi modelli delle automobili. L'insegna sfavillante del cinema Alhambra, l'ingresso da tempio egizio, tutto pareva una promessa. Davvero nel buio, sullo schermo, Diana Karenne gli è apparsa come una regina – infelice, e pura. Bella. Ma non solo. Strana, piuttosto. Non ha le forme opulente delle altre attrici, né i loro lineamenti da bambola. Corpo sinuoso, naso a punta, occhi immensi, straordinariamente luminosi. Non avrebbe saputo dire se fosse tedesca, svedese, danese. Che fosse russa lo ignorava. Quella donna lo ha preso per mano sulla soglia del nuovo mondo, come un angelo, e lo ha accolto.

E nella sera piú deprimente dei suoi tempi berlinesi gli è capitato il privilegio assurdo di trascorrere una notte con Diana Karenne e invece che abbandonarsi alla meraviglia della sua fortuna – perché le piaceva, era evidente – si è comportato come un cafone. Non ha fatto che ribadire il suo disprezzo per il cinema, come se spingerla giú dal piedistallo e degradarla potesse avvicinarla a lui. Sente ancora la propria voce affettata proclamare: vado al cinema tutte le volte che piove, ma *Maria Antonietta* non è il mio genere. Preferisco che il film sia comico, triviale, senza pretese. L'idea che il cinema possa essere un'arte, la settima arte, o addirittura l'unica arte del XX secolo, è un'illusione. Io aborro le illusioni. Il cinema d'arte non esiste, della letteratura è solo un'imitazione scadente. Nel migliore dei casi, è uno strumento per fare dei soldi. È per questo che fate l'attrice? Dovete guadagnare miliardi. Non vi biasimo. Anche io amo i soldi.

Non sa nemmeno se lo pensa davvero, o se si è limitato a ripetere quanto gli ha detto suo fratello Sergej, quando Nick lo ha raggiunto a Berlino. È stato il primo degli Otzup a lasciare la Russia. Avevano appena fucilato Pavel. Pavlik, il migliore e il piú geniale dei fratelli. Un mite professore, un erudito capace di parlare quindici lingue, fra cui il cinese, il giapponese, il sanscrito e il tibetano. I bolscevichi lo hanno prelevato dalla sua casa di notte. Succedeva ogni giorno: erano i mesi del terrore. I buržuj, «borghesacci» come loro, sparivano. Venivano trasferiti nelle carceri della Polizia segreta, torturati per indurli a confessare crimini mai commessi oppure ammazzati subito. Non venivano nemmeno istruiti processi. È stato Nick a sapere per primo della sua morte.

Aveva pregato un conoscente, il critico letterario Kornej Čukovskij, di chiedere notizie a Gor'kij. Gor'kij è amico intimo di Lenin, poteva permettersi di criticare anche in pubblico la barbara violenza bolscevica, e di intercedere per salvare chi fosse caduto nelle mani della Čeka. Qualche volta ci riusciva. Piú spesso no. A quel tempo, come dozzine di altri giovani scrittori o aspiranti tali, Nick lavorava alla Letteratura Universale, la casa editrice che Gor'kij aveva fondato dopo la Rivoluzione e il ritorno in Russia dall'esilio italiano, con l'obiettivo di tradurre l'intera letteratura del mondo, per l'alfabetizzazione culturale del popolo sovietico. Čukovskij, già collaboratore dell'ambasciata inglese, era direttore editoriale della sezione anglofona. Nick lo aveva conosciuto quindici mesi prima nei corridoi del commissariato all'istruzione pubblica, dove l'altro attendeva l'arrivo di una delegazione di professori. Per accreditarsi come poeta gli aveva letto una poesia su Marat, e poiché gli era sembrato che Čukovskij non l'avesse apprezzata gli aveva proposto di vendergli della semola a buon mercato. Nell'ottobre del 1918 era un'offerta amichevole. Ma probabilmente è stato un errore strategico, perché da allora Čukovskij lo considera un trafficante di alimenti commestibili – in effetti ha scoperto di essere abile ad approvvigionarsi, e dalle sue incursioni fuori città non torna mai a mani vuote – e non un poeta.

Kornej Ivanovič ha telefonato nel grande appartamento di Pietroburgo, sulla prospettiva Kronverkskij, trasformato in una sorta di comune, nel quale lo scrittore viveva con l'ex moglie, il figlio, le amanti, gli amici. Gli ha risposto la compagna di Gor′kij, Mura Ignat′evna, un'aristocratica sposata con un conte baltico. Una fonte sicura. Si diceva che dopo essere stata incarcerata nel 1918 perché accusata di aver partecipato al complotto degli inglesi per uccidere Lenin e rovesciare il regime, fosse diventata una spia della Čeka. Forse non era vero, ma tuttavia probabile. Allora compromettersi per sopravvivere era necessario. Čukovskij non sapeva come riferirgli la notizia. Benché si incontrassero agli eventi culturali e avessero organizzato insieme svariate serate letterarie, i loro rapporti erano rimasti formali. Ma gli era penoso infliggergli un simile dolore. Era il 19 gennaio 1920.

Nick sarebbe dovuto partire dalla Russia subito dopo. Ma non lo ha fatto. Era ancora in preda all'impazzimento della Rivoluzione. Costruire un mondo nuovo, una nuova vita, oltre che una letteratura nuova: ci aveva creduto, ci credeva, nonostante tutto. Anche se la sorella minore, Nadja, pure lei infatuata della Rivoluzione tanto da essere entrata nella Čeka, incontrandolo per strada (lei con la giacca di pelle d'ordinanza comunista e la pistola alla cintura, lui sdrucito negli abiti eleganti che erano stati di moda nel 1916), lo aveva avvertito che la rivoluzione rivanga la terra come una scopa di ferro o un aratro inesorabile, rovescia tutto, fin dalle fondamenta, rompe i vetri, abbatte le croci, zittisce le campane, rimescola la popolazione: i primi diventano gli ultimi, gli ultimi i primi. E la gente inetta al lavoro come lui – professori, intellettuali, «letterati alfabetizzati» – sono parassiti inutili e nemici del popolo: bisognerebbe fucilarvi. E lo stavano facendo, in effetti. Ma lui sapeva che, come i proiettili, anche l'esilio uccide i poeti.

Per liberarlo dall'incantesimo c'è voluta la morte di un altro fratello – d'elezione: il suo amico piú caro, Nikolaj Stepanovič Gumilëv. Un poeta, il maestro che si vantava di averlo formato, come aveva fatto con l'ex moglie, Anna Achmatova, e Mandel′štam. È successo dopo il funerale di Blok. Con Belyj, Zamjatin e altri, Nick aveva portato a braccia la sua bara. Dalla casa fino al cimitero Smolenskoe, seguendo un sacerdote che agitava il turibolo con l'incenso, e un coro che salmodiava, mentre i passanti si toglievano il cappello e si accodavano, in silenzio. Pure Blok, che all'inizio aveva salutato con entusiasmo la Rivoluzione, era stato ridotto al silenzio. L'umiliazione di aver ricevuto il libretto di lavoro con la scritta PTO – letterato alfabetizzato –, il che lo rendeva un cittadino di terza categoria, degno dell'obbligo di spalare la neve, raschiare il ghiaccio sul selciato, scaricare i barconi di legno, sgomberare i cortili, di essere trattato come un carrettiere, costretto a elemosinare come un mendicante all'ingresso della Communa per ogni concessione e ogni pezzo di pane, gli aveva impedito di scrivere. E mentre barcollava lungo la strada, Nick era oppresso non dal peso del legno e della salma, ma dal presagio che con Blok andava a chiudere l'età d'argento, e seppellire l'intera poesia russa.

Quel giorno non sapeva ancora che appartenere alla stessa categoria infamante di letterato alfabetizzato non rende solidali. Quando, nel mese di marzo, aveva chiesto di poter usufruire della razione alimentare per i poeti – poiché stava letteralmente morendo di fame, ed era svenuto per strada – Blok aveva votato contro, e gli altri della commissione (Zamjatin e Čukovskij) si erano adeguati. La razione era stata assegnata a Pavlovič. Forse non avevano letto il suo libriccino ancora fresco d'inchiostro, o non lo avevano apprezzato, o forse credevano non avesse bisogno. Nick non ha mai saputo chiedere.

Di ritorno dal cimitero, era andato con un drappello di poeti dell'Unione alla Čeka, per chiedere il rilascio di Gumilëv. Lo avevano arrestato all'alba del 3 agosto, insieme ad altre sessanta persone, con l'accusa – gravissima – di cospirazione. Rovesciare il regime per instaurare la monarchia. Accusa forse immaginaria, ma Nick non aveva mai capito l'ossessione monarchica del suo maestro, non la condivideva e aveva piú volte cercato di dissuaderlo dal manifestare le sue insensate nostalgie per la corona. Ma non aveva esitato a correre il rischio di esporsi, per lui. Il presidente Bakaev aveva accettato di prendere la petizione che i poeti avevano preparato e coraggiosamente sottoscritto. Si era limitato a infilarla in un cassetto. Hanno tagliato la foresta, aveva sentenziato. Le schegge volano. Gumilëv era stato fucilato il 24 agosto del 1921.

Eppure Nick aveva esitato ancora. Era consapevole di vivere un periodo epico, e avrebbe voluto prolungarlo. Era riuscito a resistere ad avversità che non avrebbe mai saputo raccontare a chi non le aveva sperimentate. Nei mesi appena trascorsi, mancava la carta, erano introvabili le penne e le matite, per strada si putrefacevano cavalli morti da cui i passanti affamati asportavano brandelli iridescenti di mosche, e lui componeva versi su fasce bianche ricavate dalle camicie del suo raffinato guardaroba; in uno stato di eccitata beatitudine passava le giornate all'Unione dei Poeti, nella casa di Muruzi, sul Liteyny Prospekt, oppure tra i saloni tutti stucchi e ori, i lampadari iperbolici e i pianoforti scordati di uno dei palazzi piú sontuosi di Pietroburgo, all'angolo fra la Nevskij e la Mojka, un tempo appartenuto ai mercanti Eliseev e divenuto la Casa delle Arti: Gumilëv abitava negli ex spogliatoi, e in uno studio insegnava composizione poetica ai giovani. Se indugiava fino a tardi sorbendo col maestro ascetici tè accompagnati da biscottini rancidi, e non poteva avventurarsi a piedi nella notte (i trasporti pubblici non funzionavano da tempo), dormiva su un tappeto, battendo i denti perfino nel sonno. Per incamerare qualche proteina vendeva, uno dopo l'altro, i libri della sua biblioteca. Un'edizione rilegata di Puškin gli aveva fruttato una libbra di carne di vitella, che in verità si era rivelata carne di cane.

Traduceva, correggeva, attaccava volantini in strada per annunciare serate letterarie in onore di questo o quello scrittore. Leggeva i suoi primi versi in stanze gelide, davanti ad altri poeti coi nasi paonazzi e mocciosi, la carnagione simile a pergamena e le mani ficcate sotto le cosce. Il temuto Vladislav Chodasevič non aveva riso di lui: Nick aveva interpretato come un assenso il silenzio di quel poeta velenoso come un cobra. Talvolta sua madre lo accompagnava alle serate letterarie: ha sempre pensato perché aveva paura di morire assiderata senza nessuno accanto. Non c'era piú legna e per scaldare il bugigattolo della Serpukhovskaja in cui la signora si era ritrovata a coabitare col figlio minore, aveva bruciato la porta, col risultato che da allora solo un paravento bucherellato li separava dagli altri inquilini. Rakhil Solomonovna non aveva mai manifestato alcun interesse per gli scrittori – nemmeno per i libri dei suoi figli maggiori. Non ne conservava neanche una copia. Una volta l'aveva sorpresa a riscaldarsi le mani nelle braci tiepide dei racconti satirici del primogenito, Sasha.

Al Proletkult o in scuole riadattate a caserme i samaritani della Letteratura Universale tenevano lezioni ai marinai della flotta baltica, e leggevano i versi dei classici alle reclute dell'Armata rossa – che li ascoltavano attonite, fissandoli come i visitatori i babbuini al Giardino zoologico. Nick, tra i piú giovani, non si lasciava strappare l'entusiasmo. Aveva perfino composto un goffo sonetto in onore di Gor′kij.

Ma la violenza li assediava, e l'insonnia si era impadronita delle sue notti. Uno scampanellio al portone gli procurava le palpitazioni. Anche il frusciare degli pneumatici di un'automobile che rallentava sotto le finestre poteva significare che erano venuti ad arrestarlo. Il lavoro alla Letteratura Universale era guastato da ingerenze e censure e il commissario del popolo minacciava di liquidare la Casa delle Arti. Lo ossessionava il desiderio di commettere azioni criminali. Una volta, incontrando sulla soglia della casa editrice il famoso scrittore Dmitrij Merežkovskij, si era ritrovato a fissare ipnotizzato i suoi stivali e la šapka in zibellino, e glieli avrebbe rapinati, se quello non avesse iniziato a inveire contro Gor′kij, un traditore che quando è con noi parla come noi, quando è con loro parla come loro, e lui aveva dovuto supplicarlo di abbassare la voce. La fame gli procurava i crampi, e lo costringeva a custodire ogni grumo di farina d'avena nella cocca del fazzoletto. Vivere aveva il sapore della paura e della vergogna.

Al veglione di Capodanno del 1921, alla Casa delle Arti c'erano solo vecchi senza futuro. Un'anziana scrittrice aveva accusato Čukovskij di aver lasciato fucilare Gumilëv, e Kornej Ivanovič – di solito impeccabilmente british – le aveva dato della vecchia puttana. Allora lui aveva proposto un brindisi alla memoria dei morti e aveva detto che l'erba nuova cresce sulle tombe, e si erano messi a ballare, tutti insieme, pur odiandosi, perché il freddo era cosí intenso che si congelavano anche le parole.

Ma il periodo epico si avviava alla fine. Il primo a partire, ad aprile del 1922, con un visto regolare, era stato Ehrenburg. Gli altri alla spicciolata, mese dopo mese. Alcuni sparivano, in carcere, o sottoterra. I piú emigravano. Anche gli Otzup se n'erano andati. A Pietroburgo era rimasta solo Nadja – ma Nick non aveva piú rapporti con lei. Però non era stata nemmeno la fame a spingerlo a partire: sarebbe perfino morto d'inedia, se solo avesse avuto la certezza di poter continuare a scrivere. Invece gli tornavano alla mente le parole di Gogol′ – «perché per dire qualcosa, per scrivere, occorre accettare quell'oppressione, con tutto il ferro dello spirito e del cuore – accettare la Russia, la Russia cosí com'è ora, fino al midollo – la vita russa – in un'unica divampante sete di libertà». E la minaccia di essere ridotto al silenzio, lo stesso silenzio che aveva ucciso Blok, lo aveva convinto – strappandolo alla sua vita, ai suoi futuri lettori, alla Russia. La letteratura, non la morte dei fratelli – di sangue e d'anima. Da allora, sente su di sé il marchio di Caino. È un traditore.

Per questo, quando in primavera è andato in pellegrinaggio, come tutti gli altri poeti esuli, da Gor′kij, pure lui fuoriuscito, che soggiornava in un hotel nei dintorni di Berlino, con la sua corte di mogli e compagne, non è riuscito a ristabilire l'intesa di un tempo. L'ambiguità del ruolo di Gor'kij, la fascinazione per il regime, di cui accetta di essere rappresentante e promotore all'estero, gli sono diventate insopportabili – come una complicità oggettiva con il terrore. La laconica frase sulla fine di Pavlik, che per pudore Gor'kij ha affidato alla compagna, si ergerà per sempre fra loro come una barriera. «Sí, sí, – ha cinguettato Mura Ignat'evna, – gli hanno sparato».

Nick si fida delle intuizioni di Sergej. Secondogenito degli Otzup, cinque anni maggiore di lui, è stato sempre il suo protettore. È Sergej che ha mantenuto la madre e i fratelli minori dopo la morte del padre: fisico e matematico, si è improvvisato giornalista; è Sergej che arruolandosi nell'esercito zarista lo ha liberato dall'obbligo del servizio militare e gli ha pagato gli studi all'Università di Pietroburgo. Lasciandolo stupefatto, a Berlino gli ha rivelato la sua intenzione di lanciarsi con l'altro fratello, Mikhail, nella produzione di film. I cineasti emigrati si stabiliscono a Berlino: è ormai piú promettente dell'Italia, dove il cinema è defunto, e di Parigi, dove i francesi chauvinisti boicottano gli stranieri. Il cinema è un'industria internazionale. Può diventare un lavoro. Poiché una sola cosa è certa, Nick. Per noi non c'è ritorno.

Cosí, stimolato dalla prospettiva di guadagnare qualcosa, Nick si è presentato al teatro di posa della Kaesar, dove Nikolaj Petrovič Malikoff gira *Acque di primavera*. Russo il romanzo, russo lo sceneggiatore Poliakov, russo di Kiev il regista, russo ebreo l'attore Ossip Runič, russi pure i capitalisti e i produttori, Vladimir Wengeroff, Dmitrij Charitonov e Grigoryj Rabinovitch. La Kaesar assume centinaia di comparse per le parti dei clienti del Grand Hotel di Wiesbaden o degli spettatori del teatro dove Maria Nikolaevna trascina Dimitri Sanin. I rozzi proletari tedeschi disposti a lavorare un giorno intero per una valigia di marchi che bastano appena a comprare una salsiccia non sanno indossare un abito da sera. I russi emigrati sono indigenti, talvolta perfino emaciati per la fame, ma erano ufficiali, funzionari di ministeri e tribunali, intellettuali, cortigiani dello zar. Aprono il bureau alle 8 del mattino.

Appena approdato a Berlino, Nick ha preso una camera in una pensione di Charlottenburg – terzo piano, senza ascensore. Non si è fatto ospitare dal primogenito degli Otzup, Sasha, il piccolo padre. Si è già ambientato a Berlino, ma frequenta con Amfiteatrov e Sirin la fratellanza dei Cavalieri della Tavola Rotonda, un circolo di letterati e scrittori anti-bolscevichi, e Nick non vuole rompere definitivamente con la Russia. È una fortuna che in letteratura Sasha si faccia chiamare Sergej Gorny e pochi sappiano che sono fratelli. Inoltre lo irrita che racconti come un'impresa eroica la fuga rocambolesca dalla Russia del Sud e si vanti di aver servito come capitano di marina nell'esercito dei bianchi. In realtà l'ingegner Otzup si è ritrovato a Odessa solo come un'alba, disperato perché gli avevano promesso il lasciapassare per il Korkovado ma lo avevano ingannato e truffato, e aveva atteso invano tutto il giorno, e non poteva lasciare la città in cui stavano entrando i bolscevichi, e non sapeva dove fossero finite la moglie e la figlia, e sarebbe rimasto lí, in un albergo vuoto e abbandonato dai clienti, con le valigie pronte ma in preda a un'angoscia d'abbandono sfociata nella psicosi, se la svagata Teffi, truffata pure lei ma incapace di perdersi d'animo, non lo avesse preso con sé e portato, come una marionetta tremebonda, sull'ultima nave che lasciava Odessa, a bordo della quale, viaggiando nel bagno perché le cabine e il ponte erano tutti occupati, erano arrivati fino a Novorossisk, in cui poi è rimasto intrappolato per mesi prima di trovare una nave che dal fondo del Mar Nero gli permettesse di raggiungere Costantinopoli e infine Berlino. Sasha non parla mai di quel periodo. Forse ne scriverà. Sarebbe meglio lo facesse prima della commediografa, perché l'ironia al vetriolo della Teffi non lo risparmierebbe e stroncherebbe la sua reputazione per sempre.

Né voleva farsi ospitare da Sergej, che ha già fatto la sua parte per la famiglia. È lui che è riuscito a far uscire gli altri Otzup ancora bloccati in Russia. Ha requisito un treno diretto in Finlandia, su cui aveva caricato la moglie, il figlio Piotr, l'amante in carica (ne ha sempre avute dozzine), la madre, il fratello minore Georgij e la nanny del bambino, millantando alle autorità, a ogni controllo, di possedere il permesso per varcare la frontiera. Li avrebbero fucilati tutti, quando hanno scoperto che non esisteva nessun permesso, e che Sergej Avdeevič Otzup trasportava, oltre alla famiglia, cinquantasette casse piene di gioielli e di icone. Li ha salvati un soldato, che lo ha riconosciuto come l'ufficiale cui lo aveva affidato, ragazzo, la madre, e che aveva fatto di lui un uomo.

Tantomeno intendeva chiedere asilo al terzogenito Mikhail, che grazie alla moglie svedese ha un ottimo lavoro da funzionario alla Croce Rossa, né alla sorella Evgenija, che studia Medicina all'università, e nemmeno tornare a vivere con la madre e Georgij, pure lui studente all'università. Nick è indipendente da troppo tempo, è andato via nel 1913 dalla casa di famiglia, si è sposato giovanissimo anche per non doverci tornare e ormai ha quasi trent'anni. Coabitare a Berlino gli darebbe l'impressione di essere rimasto in Russia, quando, dopo la nazionalizzazione e la confisca dei loro beni, si sono ritrovati a dividere l'appartamento di Pietroburgo con estranei tracotanti che li subissavano di domande derisorie e richieste sempre piú esose, e poi li hanno fatti traslocare nello sgabuzzino della cucina.

Con gli altri abitanti della pensione, tutti di Pietroburgo, condivide cene insipide a base di crauti e patate, allestite senza fantasia dalla proprietaria, fräulein Krampe, condite da discorsi nostalgici e dilemmi morali sulla necessità del ritorno in patria. Partecipano tutti – come comparse – ad

Acque di primavera. Quando gli hanno proposto di unirsi a loro, ha rifiutato con snobismo. Nick non si considera un esule né un espatriato, solo un comune straniero. Ostenta lo stesso tenore di vita che gli Otzup avevano condotto in Russia, prima della Rivoluzione d'ottobre: capelli sempre imbrillantinati, abiti di un'eleganza sfacciata: sciarpe, cappotti bordati di pelliccia, scarpe a punta. Agli altri russi sembra il figurino di una rivista di moda – e ciò li spinge a diffidare di lui: dove prende i soldi? chi lo paga? La fama dei fratelli allunga su di lui un'ombra sinistra. Sergej dirigeva il servizio di informazioni della cancelleria dello zar; Mikhail, il giornalista, andava a donne con Rasputin. Il dipartimento di Polizia lo aveva pagato per far massacrare il monaco nero. Anche se poi non lo aveva fatto, l'idea che suo fratello potesse essere coinvolto in un assassinio, sia pure per ragion di stato, non lo disturba da un punto di vista etico, ma psichico. Sa di essere capace di fare altrettanto.

Nick non si occupa di politica. Ha giurato sul sangue di Gumilëv: mai piú. A Berlino evita le bettole con la balalaika e le canzoni tsigane, cena al Foerster, va spesso nei locali alla moda dove ha imparato le nuove danze del momento – lo shimmy, il foxtrot e il two-step: a Berlino si balla ovunque – nei caffè, nei Tanzdiele, pure nelle case private. Cerca di farsi benvolere offrendo da bere e il taxi (non la piú economica carrozza) alle occasionali, squattrinate compagne.

Gli altri russi non sanno che torna a piedi, consumando le suole delle costose scarpe sui viali di questa sterminata città, che deve chiedere al fratello Mikhail prestiti che non può restituire perché ha quasi esaurito le scorte di denaro – divorate dalla delirante, irreale inflazione tedesca. Un biglietto del tram, che costava 20 marchi quando è arrivato, ora costa un milione. Con le poesie e la casa editrice di poesia che ha fondato subito dopo l'arrivo ci ha rimesso il poco che aveva ancora. Né potrà mai esigere o rivendicare i titoli e le proprietà ereditate dal padre: tutti i beni degli

Otzup sono stati nazionalizzati. Ma se gli altri emigrati sapessero che a volte s'infila nel letto digiuno l'immagine del poeta dandy – da lui salvaguardata pure nella miseria di Berlino – sarebbe distrutta. Già fatica a scrivere versi. L'apparenza è ancora il meglio che gli resta.

Mentre attendeva il suo turno davanti all'ufficio della Kaesar, nella fila delle aspiranti comparse, nascondeva il viso nella sciarpa. Gli è venuto il timore di incontrare Sergej. O peggio ancora: essere poi riconosciuto sullo schermo e sbeffeggiato dai suoi intellettualissimi colleghi poeti che considerano il cinema la quintessenza della trivialità. *Poshlò*... Però le comparse saranno elementi della scenografia, e non si riconosceranno i loro volti. La fila avanzava spedita e si è ritrovato davanti alla scrivania. Gli addetti alla produzione gli hanno chiesto la misura degli abiti e il numero di scarpe, e lo hanno invitato a ritirare il costume di scena nel magazzino dell'attrezzeria.

Nel viale che conduce al teatro di posa, lo opprime un malessere inatteso. Come un selvaggio o un cacciatore siberiano, l'idea di vendere l'immagine gli incute un timore metafisico. L'immagine è l'identità – l'anima, se ci credesse. Forse è superstizione, forse politica. Ma gli sembra una resa. Alla Storia. Come ammettere che la sconfitta sarà permanente, che la Russia bolscevica durerà. Riconosce davanti a lui l'ondulazione aristocratica di un paio di baffi, le spalle spigolose di una mediocre pittrice, la grazia snodata di un ballerino del teatro imperiale di Pietroburgo. Ma non prova dispiacere. Perché loro sono arresi e vinti, mentre Lei – Lei – è una Regina.

Maria Nikolaevna avanza a pochi passi da lui – bionda, vaporosa, aerea, come non toccasse il suolo. Quando sulla soglia del teatro di posa si volta, i suoi occhi chiari lo trafiggono. Non esistono piú i profughi e gli inquilini di Charlottenburg che si sono venduti l'ombra. Solo lei.

Cambia volto quando sorride alla segretaria che la aspetta, o saluta Ossip Runič, con una frivolezza deliziosa.

Come fosse una donna diversa per ognuno. Indifferente, dolce, ironica, crudele. Sorride, guarda nella sua direzione, ma parla all'attore. Gli sembra di sentire le sue parole. «Dove andrai?» chiede alla fine del racconto a Sanin, ma in realtà a lui. Il cinema muto somiglia alla vita reale: ciò che si tace conta di piú. Ti farò dimenticare tutto quello che sai. Tradirai le tue promesse. Abbandonerai le persone che ami. Stravolgerai la tua vita. «Andrò dove tu andrai, – risponde insieme a Sanin. – Starò con te fino a quando non mi scaccerai».

Ah, perché questa donna lo attrae? Un'attrice – una che si è venduta l'ombra e non è piú nessuno. Lui aspetta Polina Aronovna. Non le hanno concesso il visto di uscita dalla Russia, e lui è partito ugualmente. Si erano appena riconciliati – il libero amore rivoluzionario si è rivelato idealistico e poco pratico: ogni relazione di lui o di lei suscitava sanguinose gelosie, finché avevano deciso di comune accordo di separarsi. Si sono giurati che questa nuova separazione sarebbe stata breve. Invece è già trascorso un anno. Polina non gli scrive mai, e non sa quanto credito dare alle notizie che arrivano coi nuovi venuti. Sempre bella, folle e scriteriata, cosí eterea e arcana col suo sguardo strabico, continua a fare strage di cuori. Una volta gli ha fatto recapitare un biglietto in cui lo avvisava che sarebbe arrivata alla stazione di Charlottenburg col treno dalla Finlandia. Ma poi non è venuta. Da allora, Nick va alla stazione tutti i giorni, ogni mattina, come a una cerimonia religiosa. Attende che scenda l'ultimo passeggero dal treno del Nord, poi si volta e torna alla pensione. Polina Aronovna Ufljand, la bionda poetessa, la studentessa d'Ingegneria del Politecnico che lui ha conteso a dozzine di altri poeti, Polina per cui gli amanti respinti si sparano al cuore, Polina che aveva scelto Nick, è l'ultimo filo che lo lega alla sua vita di prima: non deve e non vuole strapparlo.

Significa qualcosa, che lui sia venuto nei teatri della Kaesar per partecipare alla scena in cui Maria Nikolaevna annuncia a Sanin che dimenticherà Gemma? L'attrice che la interpreta annuncia qualcosa a lui? Che Berlino non è l'approdo, ma solo una tappa del suo viaggio, un limbo infestato dai fantasmi del mondo di ieri. Che deve andar via, altrove.

Diana Karenne è sparita nei meandri del teatro di posa, e lui si volta, ritorna al magazzino e restituisce gli abiti di scena. Non farà la comparsa. Non si arrenderà. Piuttosto diventerà un assassino, o si getterà nella Sprea. Lo giura mentre marcia – orgoglioso, impettito, quasi arrogante – verso i cancelli degli stabilimenti. Non venderò mai la mia ombra.

Nick torna a cercarla tre giorni dopo la serata al Club degli Scrittori. Gli sembrano il giusto intervallo per non consegnarsi a lei ma mantenere il potere dell'indifferenza. Con tutte le sue amanti ha sempre funzionato. Inoltre il 23 ottobre è il suo compleanno. Si è fatto prestare il denaro da Mikhail e vuole invitare Diana Karenne a Potsdam per festeggiare con lei il suo ventinovesimo. Potrebbe essere l'ultimo della sua giovinezza. All'albergo gli dicono che è davvero sfortunato, la signora Karenne è appena partita. Non vive stabilmente a Berlino. Solo quando lavora. Poi torna in Italia.

Nick salta su un taxi, rubandolo a un cliente dell'hotel, grida all'autista di far presto, perché forse non è troppo tardi, il treno per l'Italia parte fra mezz'ora. Lo sa, conosce l'orario, ha vagato in tutte le stazioni di Berlino, e consultato mille volte il tabellone, in questi mesi. Il tram giallo, che frena sprizzando scintille bluastre. I semafori rossi. I passanti, lenti, con gli ombrelli – ma il cielo si squarcia, le nuvole si sfilacciano, smetterà di piovere. L'orologio che ticchetta nella tasca del panciotto, sincronizzato col suo cuore. DIANA KARENNE. DIANA KARENNE. La donna che non può perdere è dappertutto. Sui muri dei palazzi è incollata la pubblicità di un rossetto. La modella è DIANA KARENNE. Ha il nome di una dea selvatica, cacciatrice e vendicativa.

Le dee sono immortali. E il cognome ricalcato su quello di un'eroina appassionata e infelice che per il mondo intero, e anche per lui, è la Russia stessa.

Si scaraventa fuori dalla macchina, regalando al taxista il resto che non ha il tempo di lasciargli cercare nella borsa sotto il sedile. La stazione, di nuovo. È andato a Charlottenburg ogni giorno attendendo un arrivo. Ora è qui per impedire una partenza. Da quando ha lasciato Pietroburgo si è come interrotto: non riesce a scrivere, le parole si inceppano nella mente, stordita dal fumo, dalla musica, dal fragore di una città chiassosa, volgare, disperatamente vitale. Invece gli salgono alla mente alcuni versi. «Solo dove non c'è nulla da rimpiangere, un altro amore sorgerà su di noi, circondato da un alone di luce».

Attraversa correndo l'atrio, schiva i carrelli coi bagagli, l'ubriaco farneticante che s'appiglia al suo cappotto, legge il tabellone due volte, perché i suoi occhi non riescono a decifrare le destinazioni. L'espresso per l'Italia parte dalla piattaforma numero 3. Si precipita al binario, ma i passeggeri sono già tutti a bordo, i ferrovieri stanno chiudendo gli sportelli. Un addetto alla manutenzione sbatte un arnese, forse un martello, sulle ruote. Il clangore lo fa sobbalzare, come una sentenza. Corre lungo il binario, col cuore in gola, e le guance in fiamme, come se lei lo avesse di nuovo preso a schiaffi – DIANA KARENNE, DIANA KARENNE – corre, e intanto saltella, per individuare la sua figura dietro i finestrini. Il profilo, la grazia impareggiabile della nuca, i capelli biondi, quel modo enigmatico di fissarti sgranando gli occhi immensi. Matrone con volti larghi come padelle, un grassone baffuto con una verruca sulla narice, una bimbetta con una bambola in braccio, composta sul sedile come fosse in posa. Diana Karenne non c'è. Il primo vagone, il secondo, il terzo, il quarto. E poi, quando il treno si stacca dai respingenti, sbuffando dalla locomotiva un nastro di fumo, la vede. È in piedi nel corridoio della carrozza di prima classe, gli offre le spalle nude. Il vagone è riscaldato, si è tolta la pelliccia. L'architettura delle sue scapole è piú maestosa del timpano del Reichstag.

Tempesta di pugni il vetro, rincorrendo il treno che lento gli sfila accanto, tempesta di pugni e corre, finché non può non accorgersi di lui. C'è il vetro fra loro, ma il lampo che balena nei suoi occhi lo schianta. Il treno accelera per uscire dalla stazione, e lei, DIANA KARENNE, la regina, l'angelo della soglia, colei che gli farà dimenticare tutto, cammina a ritroso, nel corridoio della carrozza, fino alla fine del vagone, dove il divisorio con la seconda classe la costringe a fermarsi, perché lui sta gridando, e lei non riesce a sentire le sue parole, e intanto lo guarda, come se ciò che le dice fosse importante e – ineffabile – gli sorride. E poi il treno prende velocità, sbocca nella luce, e lui rimane indietro, perché è giunto all'estremità della piattaforma, e oltre c'è solo un intrico di binari che luccicano al flebile sole d'autunno. Allora, quando è sul punto di svanire, DIANA KARENNE fa un gesto semplice, come una ragazza qualunque all'innamorato che rimane indietro. Si sfila il foulard dal collo, e lo sventola – sempre piú veloce, quasi volesse assecondare la corsa del treno.

E poi il lungo convoglio è un trenino giocattolo fra le case alte di Berlino, un ciuffo di fumo, un fragore di ruote, lo scintillio delle lamiere. E Nick è rimasto solo, sull'ultimo lembo di marciapiede, e negli occhi accecati dallo sfolgorare d'acciaio dei binari ha ancora quello sventolio bianco – che forse è una resa e una promessa, o forse un addio.

A Roma nessuno la aspetta. Non deve onorare un contratto, non c'è nessun set, nessun film – neanche in preparazione. Non c'è nemmeno Giuseppe. A giugno il ministro degli Affari Esteri lo ha nominato consigliere tecnico alla IV assemblea della Società delle Nazioni, e a settembre delegato supplente alla V assemblea. Lavora all'ufficio trattati, qualunque cosa significhi. L'incarico durerà un anno, e forse sarà rinnovato, perché il capo del governo, Benito

Mussolini, è molto soddisfatto del suo operato. La Società delle Nazioni ha ormai sede a Ginevra. Giuseppe preferiva Parigi, ma la Svizzera gli trasmette un senso di pace.

Ci sono solo le pietre ricoperte di muschio, i marmi corrosi di monumenti in rovina, le chiese troppo grandi e sempre vuote, le ville in cui le bambinaie spingono le carrozzine dei figli dei padroni, le bancarelle rigurgitanti d'uva tardiva, di castagne e poi di rami di vischio. Ci sono i suonatori di ciaramelle, con le ciocie ai piedi, il rintocco delle campane, a tutte le ore, i muratori che cantano sulle impalcature, gli strilli dei monelli che si rincorrono nei vicoli, gli ambulanti che vendono le immaginette dei santi. Ci sono anche i fascisti, che scorrazzano nelle vie indossando divise nere, berretti con le frange e stivaloni, e brutalizzano gli oppositori.

Ma Diana sarà in convalescenza in un albergo di Salsomaggiore, quando a giugno rapiscono e ammazzano Giacomo Matteotti, onorevole socialista e principale oppositore di Mussolini. Ritroveranno il corpo due mesi dopo, in un bosco della campagna romana. Sotto l'albergo, i popolani bruceranno i giornali fascisti, sembrerà che l'era fascista sia già conclusa – un'esperienza effimera come la repubblica spartachista in Germania, e quelle democratiche del Caucaso e dell'Ucraina. Se non riescono a diventare regime, le istituzioni rivoluzionarie vengono spazzate via. Ma forse il fascismo non era una rivoluzione. In Parlamento Mussolini si assumerà la responsabilità dell'omicidio. Gli onorevoli applaudiranno al delitto di stato – ma l'avvocato Mecheri si risparmia la correità: la sua carriera politica è finita nel 1921, con la XXV legislatura. Il re d'Italia tace e acconsente.

Invece è ancora febbraio: percepisce la violenza, ma non la vede. A Roma, strapazzata dal ristagno economico e morale, resta la bellezza senza tempo di una città che è stata sua, e in cui adesso cammina da straniera. Italiana a Parigi e Berlino, russa in Italia. I giornalisti – che la riconoscono, stupiti, e punti dal nazionalismo non le hanno perdonato l'espatrio – scrivono che Diana Karenne è tornata per nostalgia.

Ma la sua nostalgia è un sentimento senza oggetto. Tutti i suoi progetti italiani sono poco piú che sbuffi di fumo: il fratello le scrive di sbrigarsi a tornare – a Parigi parte un film che non può mancare, perché perde tempo a Roma? Non lo sa neanche lei. Non si affaccia nemmeno al ricevimento del principe Volkonskij: era attaché all'ambasciata prima della guerra, ora – in esilio – è una specie di oracolo. Gli italiani adorano i suoi racconti sulle imprese del generale Wrangel, e leggono i suoi virulenti pamphlets contro i separatisti ucraini. La curiosità per la Russia non è mai stata tanto grande. Gli editori pubblicano decine di libri sugli orrori del bolscevismo, la storia russa, l'eterno conflitto fra slavofili ed europeisti. Si tengono conferenze sull'arte russa e le icone. In tutte le università si inaugurano corsi di letteratura russa. Ossip Félyne traduce romanzi russi uno dopo l'altro. Pure la moglie si è messa a scrivere romanzi, con lo pseudonimo di Lia Neanova. Ma Félyne si è trasferito a Milano. Martini, Fracchia, Campanile Mancini, Doria, i conoscenti scrittori che non sono mai diventati davvero amici, non li sente da quando non sceneggiano piú i suoi film. Se hanno letto sui giornali del suo ritorno, non l'hanno cercata. Solo quel gentiluomo del conte Zorzi le ha mandato un telegramma. Indimenticabile Diana, mi congratulo per i vostri successi internazionali. La vostra Maria Antonietta mi ha fatto piangere. Quando le rondini torneranno a garrire sui cieli d'Italia, fermatevi un poco – sempre vostro, rispettosamente, Guglielmo Zorzi.

Il massimo esperto russo d'arte italiana, Pavel Muratov, sembra avere scelto la capitale quale luogo del suo esilio. Non lo incontra da forse quindici anni. Non la riconoscerà. Ma quando Polyakov, l'ex addetto dell'ambasciata zarista, che ora s'arrangia commerciando quadri, le recapita un invito alla visita della Cappella Sistina, organizzata dal Comitato per il soccorso agli scrittori russi, e le dice che l'accompagnatore sarà Muratov, conferma la presenza. Pavel Muratov è l'autore di *Immagini dell'Italia*. Ha divorato quel libro nei mesi piú sconfortanti di ulitsa Kirochnaja. Muratov l'ha fatta innamorare di Casanova, di Firenze, di Roma - dell'Italia tutta. Forse non sarebbe mai venuta, nel 1914, senza di lui. In un certo senso, gli deve ciò che è.

Nel piccolo gruppo predominano gli italiani del Comitato di soccorso - per lo piú slavisti dell'università che la corteggiano sperando faccia una cospicua donazione: i sussidi pubblici sono miserabili e il governo Mussolini finora ha ignorato le loro richieste. Forse i Medici del Vascello potrebbero fare qualcosa. Ma non solleciterebbe Giuseppe, vuole che pensi a lei come alla sua principessa cosacca, l'eroina di un'epica antica, estranea alla brutalità della storia. E non riesce a considerare gli intellettuali abbastanza poveri da meritare la sua beneficenza. Preferisce i bambini abbandonati nei brefotrofi, le ragazze madri, gli invalidi. Chi ha cervello, ha anche il potere di salvarsi da solo. Partecipano alla visita pure svariati poeti russi in esilio, arrivati in Italia da Berlino.

Il giovane professor Lo Gatto, presidente del Comitato, sussurra che Chodasevič (l'uomo sparuto, dal colorito itterico e dagli urticanti occhi verdi) è il miglior poeta russo del XX secolo, mentre della sua giovanissima accompagnatrice, Nina Berberova, confessa di non avere letto un rigo. Ma, come tutti i presenti, sembra soggiogato dalla sua avvenenza. Entrambi ignorano Diana. La credono un'italiana del Comitato di soccorso. Gli esuli russi disprezzano gli indigeni. Dicono che Berlino è una città bella quasi quanto Pietroburgo, solo ci sono troppi tedeschi. Ma pensano lo stesso dei francesi, degli italiani o dei cechi. Vivono nei loro paesi, e li considerano barbari e inferiori. Un atteggiamento per lei odioso e incomprensibile.

Sono i soli visitatori e nella vastità stupefacente della Cappella Sistina si disperdono come coriandoli. Le immagini dipinte e i colori le tolgono il fiato. Ha vissuto per anni a Roma e non è mai stata qui. Muratov – che l'ha riconosciuta subito e l'ha abbracciata con calore – lo considera inconcepibile. Ma allora che cosa ha fatto a Roma per tutti questi anni, Dina Aleksandrovna? Vorrei risponderle l'Arte, caro Pavel Pavlovič, ma temo di dover rispondere: Cinema.

La spiegazione degli affreschi che Muratov elargisce in un italiano fascinoso (anche i poeti russi capiscono la lingua, grazie a Dante) è misurata e coinvolgente, ma il *Giudizio universale*, con Cristo giudice nell'azzurro siderale, non la conquista. Non ci crede, alla valle di Giosafat, né che un giorno saremo chiamati a risorgere all'eternità, o all'Inferno. Se un Dio esiste, non è per condannarci o salvarci, ma per amarci. La vita è il suo dono, e poi finiamo, come gli alberi, e i fiori. Fissa invece, sconvolta, i muscolosi giovani che Michelangelo ha dipinto sulla volta. Nudi – anzi ignudi – siedono, pensierosi e imbronciati, ai lati delle scene della creazione. Il loro significato nella composizione le sfugge. La loro bellezza la disarma. Da troppo non ha un amore e non stringe il corpo di un uomo fra le braccia.

Nikolaj Otzup le sta accanto, da parecchio, incredulo – ma lei non se n'è accorta. E non vuole guastare la gioia di averla ritrovata. Invece di guardare Michelangelo, guarda lei, e DIANA KARENNE non gli sembra meno perfetta di Eva. Silenzio, Nick, si ripete. Se aprirai bocca, rovinerai tutto. Come a Berlino. Taci. Contempla. Respira il suo profumo, assapora il suo stupore. La gioia di dividere un istante di pura meraviglia. Lei forse è la tua visione, e non è davvero qui. Diana Karenne non è reale.

Anche gli altri visitatori si sono spostati al centro della cappella, e Muratov lo prende sottobraccio e gli dice qualcosa a proposito di Michelangelo. Da febbraio Nick alloggia nel suo stesso albergo, il Santa Chiara, dietro il Pantheon. Un palazzo del Rinascimento, che un tempo era un convento. Luogo ideale, per scrivere. E scrive infatti.

La vena, a Berlino rattrappita, sgorga di nuovo. Scrive di Berlino, di Polina, che ancora non è venuta, della sua vita che è diventata inconsistente come fumo. È stato Muratov a proporgli di raggiungerlo a Roma, quando gli ha scritto di voler lasciare Berlino. Se il Comitato di soccorso riuscirà a garantirgli uno stipendio dignitoso, Muratov si stabilirà a Roma. È piú economica di Parigi e Praga. Perché non viene a trovarlo? L'Italia gli piacerà.

Muratov lo ha presentato agli slavisti, ai quali Nick ha donato il suo libretto di poesie, e a Olga Resnevič, moglie di un famoso critico teatrale: i Signorelli tengono un salotto e lo hanno invitato. Sono pochi, i russi, a Roma. Hanno accolto i reduci di Berlino come ospiti di riguardo. In aprile Chodasevič e Berberova andranno da Gor′kij, a Sorrento. A Villa Sorito ha ricostruito il circolo di Pietroburgo, col figlio, l'amante, il segretario, gli scrittori che lo adulano perché trovi loro un lavoro o li aiuti a tornare in Russia. A lui invece Muratov e i Signorelli vogliono organizzare un grand tour, in primavera. La Toscana, Milano, Venezia. Potrà realizzare l'antico sogno. Che c'entra con tutto questo Diana Karenne?

E poi il gruppo si avvicina al Botticelli, e Diana resta sola, sotto la volta. Allora si riscuote, piega la testa, si massaggia dolcemente il collo irrigidito e i suoi occhi si posano su di lui. Se non ti riconosce, Nick, sarai uno dei tanti che avrà sfiorato. Hai ballato con lei una sola notte, e non ci hai neanche fatto l'amore. Ma lei sorride, e dice: allora non lo hai perso, il treno. L'ho perso, invece, le risponde. Sono quello che perde tutti i treni. Ti porto via, gli dice lei, sono colma.

Si allontanano insieme, e lui sente sulla nuca la trafittura dello sguardo interrogativo degli altri. Chissà se Chodasevič e la Berberova sanno chi è Diana Karenne. Fanatici sacerdoti della poesia, considerano il cinema una forma primitiva di spettacolo. Comunque vada a finire questa giornata, non potrà portarla all'Hotel Santa Chiara, dove alloggiano anche loro.

Diana lo trascina fuori dai palazzi vaticani, oltre la piazza assolata, infila una porticina che immette in un andito oscuro, lascia una banconota alla biglietteria e lo sospinge su una scalinata che presto s'incurva seguendo la parete – su su, in un'ascesa a spirale, per centinaia di gradini, fin sulla cupola di San Pietro. Benché sia piú giovane di lei – quanti anni? tre, quattro? cinque – Nick arriva in cima senza fiato. Devi vedere dall'alto una città, per comprenderla, gli diceva, chinandosi per non urtare il soffitto. Devi capire il dedalo delle strade, dove scorre la sua linfa – la vena gialla del fiume, le righe dritte dei platani, i parallelepipedi delle altane sui tetti, le croci – finché la geometria diventa musica. Devi guardarla come un uccello. Se non riuscirò a farti volare, Nikolaj Avdeevič, dimenticami.

Si affacciano alla balaustra, spettinati dal vento. Tira da nord, e i colori sono tersi e vividi, come negli affreschi di Michelangelo. Roma è ocra e azzurra, verde e rosata. In lontananza, montagne blu, qualche vetta incappucciata di neve. A ovest la foschia galleggia sulla pianura che si estende fino al mare. Diana resta in silenzio. Lascia che sia lui a trovare i sette colli, le rovine imperiali sul Palatino, il Vittoriano candido come una meringa, i pini di Villa Borghese, il carcere di Regina Coeli, sotto di loro. E poi – quando ritiene sia abbastanza – nota che è sorprendente il fatto che entrambi conoscessero Muratov. Forse anche loro due si sono già incontrati. O avrebbero potuto incontrarsi. È il gioco dei se, ride lui. Si mettono a contare le occasioni perdute. Ma non le trovano. Lui è nato a Czarskoe Selo e lei a Kiev; lui era a Parigi a seguire i corsi all'università quando per lei Parigi era già un ricordo amaro; e quando nell'agosto del 1914, a bordo di una nave svedese che ha fatto scalo a Rouen e a Göteborg, lui è finalmente tornato a Pietroburgo, lei era appena arrivata in Italia. Poi Nick si ricorda di aver fatto visita a Sasha. Il fratello ingegnere, che si era trasferito a Ekaterinoslav per dirigere una fabbrica di chiodi, era diventato vicepresidente di una società di allevatori in Ucraina. Sasha aveva promesso al suo socio di Kiev di assistere al saggio di danza della scuola della figlia. Nick, a quel tempo un ragazzino, lo ha accompagnato. Non ricorda il balletto, né il teatro. Solo centinaia di fanciulle in tutú rosa, con le gambe velate nelle calze color carne e le scarpette a punta – una piú bella dell'altra. E una, forse, eri tu, Diana. È cosí tenero il ricordo di Nick che lei non osa chiedergli in quale anno sia passato per Kiev. Decidono di essersi sfiorati allora, quando il socio di Sasha è andato a riprendersi la figlia, e lui l'ha seguito nel retropalco, estasiato da quel gineceo di silfidi in tulle rosa che si scioglievano i nastri dai polpacci e chinandosi gli facevano intravedere le cosce. Decidono che la scintilla si è sprigionata lí – che erano predestinati.

Diana gli chiede di recitarle una poesia sua. Quassú, a cento metri da terra, quando posso chiudere nel palmo della mano la mia Roma, la mia città dell'anima. «Qui solo felice», ha scritto Waiblinger, un poeta tedesco, un giovane amico di Hölderlin, che a Roma è venuto a morire. Devo capire se tu sei il mio poeta.

Alle sei del mattino, furtivamente, in punta di piedi, Nick se la svigna dalla suite di Diana Karenne, che ancora dorme, prona, col viso sul cuscino e i capelli sparsi tutt'intorno come una corona. È sconvolto, perché non ha mai provato niente di simile – con nessuna. Eppure amare le donne è stata la sua principale occupazione, finora. Forse un centinaio, quasi tutte supremamente belle. Libere, e appassionate. Magnifico ogni volta fare l'amore. Ma mai cosí. Mai.

Mentre si allaccia le scarpe nel corridoio dell'hotel di via Veneto, osservato da un impassibile fattorino in livrea, pensa che non potrà mai perdonarsi di aver perduto la donna della sua vita. E lei, poi, lo disprezzerà per sempre. Avrebbe voluto dirglielo, ma è stato vile. Non sleale, però. Ha chiesto al ministero dell'Interno il visto d'ingresso in Italia per la moglie Polina, che è riuscita ad allontanarsi da Pietroburgo e adesso è a Tbilisi, ad aspettare il telegramma che la autorizzi a farsi mettere il timbro d'espatrio sul passaporto. Lo aveva chiesto anche per la madre e Georgij: l'ultimo degli Otzup ha bisogno di una pausa dagli studi universitari in Medicina cui si assoggetta per tradizione familiare ma che già non lo interessano piú. I visti glieli hanno concessi. Polina verrà in Italia, deve restare con lei.

Sono il tuo poeta, le ha detto, slacciandole il vestito e affondando il viso nel suo seno. Ma non amarmi mai. Sono un bastardo, la mela marcia che guasta il cesto. Distruggerei tutto ciò che ami. Lei gli ha detto non amo niente, e lo ha spinto sul lenzuolo.

Karenne

1925-1929

Si stanca della vita colui che ne è stato piú avido. Là dove il sole fa nascere la vegetazione piú lussureggiante, la fa anche maggiormente inaridire.

LOU VON SALOMÉ

E poi diventa una senza patria, perché anche la Francia riconosce l'Unione delle Repubbliche socialiste sovietiche, ammettendo che l'Impero russo in cui è nata non esisterà mai piú. È costretta a rivolgersi all'Ofpra, l'Office français de protection des réfugiés et apatrides, e poi col cedolino che le rilasciano a pellegrinare alla Prefettura di Polizia di Parigi per chiedere il passaporto Nansen. Una protezione appena istituita dal diplomatico svedese che le ha dato il suo nome, e approvata dalla Società delle Nazioni per permettere di esistere e godere di qualche diritto a milioni di persone dislocate, a causa della guerra, delle rivoluzioni e del caos, fuori dal loro paese – impossibilitate a tornarvi o senza la volontà di farlo. Glielo rilasciano il 22 dicembre del 1924; reca il numero 4363. Si è fatta un regalo di Natale, perché ha approfittato del nuovo certificato d'identità per togliersi ancora qualche anno: adesso la donna che dice di essere, Diana Belogorska, risulta nata a Kiev il 22 luglio 1894. Gli uffici di Polizia non possono verificare: la postulante dichiara di non poter produrre la documentazione originale.

Ma nel 1925 inizia anche un doppio doloroso esilio. Per motivi ignoti (il fascicolo relativo, sottratto agli archivi parigini dopo la seconda guerra mondiale, non è mai stato restituito e se non è stato distrutto giace ancora negli archivi di Mosca), in qualche momento – ma prima del Natale del 1924 e forse in vista del rilascio del documento d'identità – la Polizia francese prepara un dossier su «Belokorska, detta Diana Karenne, artista di cinema». Sulla copertina gialla – a mano – è stata aggiunta una scritta: «vedi dossier Feyguine Diana, C. E.: contre-espionnage».

Nonostante l'uso disinvolto e strumentale dei suoi vari cognomi, si tratta sempre della stessa donna, e ormai i francesi lo hanno capito. Poco tempo dopo, il 5 marzo 1925, si riaccendono i sospetti su di lei anche in Italia, e la macchina burocratica poliziesca dello stato italiano si rimette in moto. Il tenente colonnello Carlo Barbieri, capo dell'ufficio informazioni del ministro della Guerra, segnala come «sospetta di esercitare lo spionaggio ai nostri danni la nota artista cinematografica Diana Karenne, la quale ora trovasi a Berlino essendo stata scritturata da una Casa cinematografica tedesca per la preparazione di un film».

Se i francesi non hanno condiviso ciò che sanno, l'informativa è sorprendente: durante la sistematica vigilanza cui la donna è stata sottoposta fra il 1914 e il 1918 non sono emerse circostanze che avvalorassero i sospetti. Il militare inoltre non specifica al servizio di quale potenza Belogorska lavorerebbe «ai nostri danni». Quali sono, nel marzo 1925, i paesi nemici dell'Italia? (Siamo all'anno III dell'Era Fascista, ma il regime si sta appena strutturando). La Germania democratica della Repubblica di Weimar? La Francia repubblicana? Data la sua origine, piú verosimilmente l'Unione Sovietica (Lenin è morto nel gennaio del 1924, ma lo stato sovietico non è crollato, tutt'altro). Barbieri, già nello Stato Maggiore dell'Esercito, è stato membro della commissione italiana per il controllo dell'Austria-Ungheria. È molto stimato dai suoi superiori, tanto che l'anno dopo lo nomineranno al vertice del Servizio Informazioni Militare. Diana ha sempre avuto avversari di alto livello. Barbieri chiede alla Direzione Generale di Pubblica Sicurezza di segnalare l'«eventuale venuta in Italia di detta straniera». E cosí, da allora, accade.

Non è residente, non è diventata cittadina: non è piú libera di venire in Italia a suo piacere: ormai deve farsi timbrare i documenti e denunciarsi, come una straniera qualunque. Lo ignora, o finge di ignorarlo. È entrata dalla frontiera di Ventimiglia il 18 aprile 1925. «Non curò affatto, – dichiara il questore di Roma nella nota del 4 maggio al ministero dell'Interno, – di presentare la dichiarazione di soggiorno». Quando Diana Karenne passa in ufficio per chiedere il visto di ritorno, la rimproverano di non aver consegnato la dichiarazione. Lei eccepisce «l'ignoranza delle vigenti disposizioni, era venuta pochi giorni per riposare, poi deve restituirsi all'estero per lavoro». Esibisce delle carte che la dimostrano impegnata con la Westi Film, ma gli inflessibili funzionari le appioppano una contravvenzione. L'amarezza deve accompagnarla mentre riparte, il 3 maggio, diretta – via Brennero – a Monaco di Baviera.

«Nulla sul suo conto è risultato», relaziona il questore di Roma. «Qui non ha avvicinato nessuno, ad eccezione del noto Marchese Medici, che è stato lungo tempo di lei amante». Usa il verbo al passato: forse la relazione è ormai definitivamente finita e Diana e Giuseppe sono rimasti amici. O forse stanno ancora insieme – in un modo però che sfugge alla logica della Polizia. Pure Giuseppe in Italia viene solo in vacanza o per curarsi, perché è sempre delegato all'ufficio della Società delle Nazioni di Ginevra. Nel dicembre del 1924 ha avuto una ricaduta della pleurite che lo aveva quasi ucciso due anni prima, e per assentarsi ha dovuto chiedere un permesso di salute al ministero.

Non so come vengano accolti questi puntigliosi e pettegoli dispacci nei piani alti del Viminale. Nell'aprile del 1929, rinnovando la tradizione di famiglia, l'altro fratello minore di Giuseppe, Giacomo Medici, viene eletto deputato al Parlamento italiano: siederà, inamovibile, a Montecitorio, per tre legislature. Inizialmente lo destinano alle commissioni degli affari della Marina e della revisione del bilancio, ma poi Mussolini lo vuole sottosegretario alla presidenza del Consiglio, e Medici lo resterà negli anni piú foschi del regime: dal 1935 al 1939. Quelli dell'avventura imperiale in Abissinia, delle leggi razziali, del patto d'acciaio con Hitler. Ma nemmeno quando diventerà uno degli uomini piú potenti d'Italia, Giacomo Medici darà mai ordine di cessare la sorveglianza sulla donna di suo fratello.

Qualunque film Diana dovesse girare in Germania nell'estate del 1925, non lo interpretò mai. La storia del cinema è un cimitero di parole che non sono mai diventate immagini. L'unico suo film di quell'anno avaro, *Die Frau von vierzig Jahren* (*La donna di quarant'anni*) era già uscito nelle sale tedesche, in aprile. Una commedia brillante diretta da Richard Oswald e prodotta dalla Oswald Film. Scenografo il geniale Paul Leni, coprotagonista Siegfried Arno. Attore brillante a teatro, è al suo debutto al cinema. Diana Karenne resta un talismano perché, come a molti sconosciuti che hanno esordito con lei, ad Arno porta fortuna. Avrà molto successo coi film successivi di Pabst, tanto da guadagnarsi l'appellativo di «Chaplin tedesco». Volto equino, alla Totò, nasone e orecchie a sventola, Arno è ebreo, come il regista, nato Ornstein: entrambi emigreranno all'avvento del nazismo, nel 1933. Non ho trovato tracce di un passaggio del film in Italia: la comicità è spesso nazionalista.

Ma Diana aveva davvero un contratto con la Westi. È stata fondata nel 1923 a Berlino dal finanziere russo Vladimir Wengeroff (già socio di suo fratello per *Acque di primavera*), che ha convinto il magnate tedesco Hugo Stinnes – proprietario di miniere, fabbriche e giornali – a investire anche nel cinema. Nel 1924 Wengeroff è andato a Parigi a proporre a Noë Bloch di associarsi a loro. Bloch ha lasciato l'Albatros a Kamenka, si è portato via tutti i collaboratori artistici russi (registi, attori, fotografi), e ha costituito la Ciné-France. Grigoryj è il trait d'union fra l'uno e l'altro. Ma a differenza di Wengeroff e Bloch, personalità debordanti, che amano farsi intervistare e ammaliare i giornalisti con epici racconti sulle avventurose riprese dei loro film, Rabinovitch manovra nell'ombra. Il suo nome appare per la prima volta nei titoli del film di una regista nel 1924. Ma non è la sorella Diana.

È una giornalista e drammaturga francese, direttrice, produttrice e teorica del cinema. Ha diretto il primo film nel 1915. Questo invece si intitola: *Âme d'artiste*. L'esperienza di Diana gli è stata utile, perché lo ha incoraggiato a non rinchiudersi fra nostalgici dei bei tempi di Pietroburgo e Odessa, che compulsano le agenzie stampa per capire quanto ancora reggerà il Soviet, e si sospettano a vicenda di spionaggio a favore dei bianchi o dei bolscevichi. Bisogna aprirsi al mondo, lavorare coi francesi, mescolarsi, contaminarsi. Thiemann lo aveva intuito, scegliendo per il soggetto del primo film in Francia una commedia di Paul Bourget. Ma l'esperimento era troppo precoce, e Thiemann ha subíto un tracollo tale da non riuscire mai piú a produrre un film. *Âme d'artiste* è il biglietto da visita di Rabinovitch nel cinema francese. Diana non gli perdonerà mai di averle preferito Germaine Dulac.

Tuttavia, benché abbia esordito col melodramma di una regista d'avanguardia, Grigoryj – che ormai si fa chiamare Gregor, o Greg – concorda coi produttori della Westi e di Ciné-France sulla necessità di superare il funesto concetto di nazione per creare un comune cinema europeo – che possa contrastare il predominio mondiale di Hollywood. Wengeroff e Stinnes effondono i loro ingenti capitali nell'utopia di sfidare l'egemonia americana. Un progetto che deve aver conquistato Diana. Ha sempre avuto un debole per i visionari. La Westi fallisce nell'estate del 1925.

Nella seconda metà degli anni Venti, è quasi sempre Gregor il produttore dei film di Diana Karenne. Bloch non si è infatti lasciato scoraggiare dal fallimento della Westi, ha chiamato Rabinovitch e insieme hanno formato Ciné-Alliance. Aprono filiali gemelle con uffici a Parigi e Berlino, e nel 1926 hanno già sostituito Wengeroff e

Stinnes (che nel frattempo è morto), stipulando accordi con la piú importante Casa tedesca, la UFA. Realizzeranno solo tre film, rutilanti e spettacolari: *Michel Strogoff*, diretto da Tourjansky, *Casanova* e *Sheherazade*, entrambi diretti da Volkov. Ignoro se nell'ambiente del cinema francese e tedesco il legame di sangue di Diana e Gregor sia noto. In nessuna delle interviste o degli articoli su di lei si allude al fatto che sia la sorella di Rabinovitch. Nel 1927, quando le autorità francesi le chiedono se abbia parenti, lei menziona i genitori (di cui sostiene di ignorare il destino), un fratello e due sorelle - maggiori di lei e dal cognome diverso: li definisce «figli di primo letto». Il fratello non è Grigoryj Rabinovitch.

In realtà il viaggio in Italia della primavera del 1925 ha motivazioni private, personali - che lei però non rivela a nessuno. La verità su sé stessa è qualcosa che non è mai disposta a condividere. Diana ha sempre creduto ai fantasmi. I morti ritornano, e non si accontentano. Pretendono di intromettersi nelle esistenze che i vivi hanno faticosamente ricostruito dalle macerie del lutto e dell'abbandono, e di riprendere il loro posto. Lo sa. L'interpretazione in *Lea* viene ritenuta la migliore della sua carriera italiana. Lea però comprende, rinuncia, si sacrifica. Grisha Feyguine no. È un uomo.

Il marito non è morto in guerra e non è stato fucilato dai rossi. È sopravvissuto alla tragica epopea dell'esercito bianco e, dopo l'evacuazione dalla Russia meridionale, nell'agosto del 1921 è tornato a Parigi. Non desiderava fermarsi, e ha provato a stabilirsi in Algeria. Entrambe le sorelle, che hanno sposato dei francesi, da tempo si sono trasferite in colonia. Una ad Algeri, l'altra a Orano. Feyguine sceglie la cittadina sulla costa - dove vive Hélène detta Lola, già decorata per il servizio prestato ai feriti durante la guerra mondiale e ora rispettata medico chirurgo. Anche il marito è un illustre dottore e la famiglia di lei può aiutarlo a reinserirsi. A dicembre gli organizzano una conferenza dal titolo *La notte russa di un volontario di due campagne*. Lo presentano come avvocato di Pietrogrado, la folla riempie la sala e l'indomani la stampa locale riassume il suo racconto con toni patetici e rispettosi.

Ma a Orano Grisha resiste soltanto otto mesi. A Parigi ha lasciato un figlio. E la loro giovinezza interrotta. Le carte fanno pensare che abbia impiegato qualche tempo per rintracciare la moglie. Con sua immensa sorpresa e notevole disappunto, ha scoperto che mentre lui rischiava la vita nelle trincee del fronte tedesco e poi nelle steppe del Don, Dina è diventata la celebre attrice Diana Karenne.

Prende a vivere con sé il figlio – che lui chiama Georges, e lei Yoric – perché pure le varianti del suo nome sono la prova delle loro incomprensioni. L'avvocato supplente alla corte di giustizia della circoscrizione di San Pietroburgo Grisha Feyguine ha perso tutto. Benché sia specializzato in Diritto francese, non può esercitare la professione. Trova lavoro come impiegato di banca, nel Groupement technique de gérance financière, che ha l'ufficio al 94 di rue Saint-Lazare. Non possiede nient'altro che il proprio onore. Niente piú rendite dai beni del padre, né un appartamento nel centro storico di Pietroburgo. A Parigi si accontenta di un meublé da 460 franchi al mese a rue Daubenton, nel 5° arrondissement. Per quanto pidocchioso, gli porta via una parte considerevole del salario.

Il figlio, adolescente, studia al liceo Saint-Louis. Scontroso e aggressivo, elegge subito a suo eroe il nobile padre sconfitto. La monotonia della sua vita di travet gli suscita insieme pena, rabbia e orgoglio. Grisha Feyguine cerca di colmare la separazione raccontandogli la sua guerra. Non è in piedi dietro il podio, in una sala di Orano, ma in una cucina, mentre la cipolla sfrigola nella pentola, e il suo unico ascoltatore riordina i quaderni sparsi sul tavolo e apparecchia la tavola. Racconta del fronte tedesco, dove il sotto-luogotenente Feyguine ha combattuto nel primo reggimento d'assalto, coi battaglioni della morte. Era volontario ed è stato decorato con la Croce di san Giorgio di 4° grado, e promosso aspirante per fatti di guerra. L'ha accettata, la Rivoluzione di febbraio, che ha posto fine all'odiato regime zarista. Ma non quella d'ottobre. E poi la smobilitazione, e il trattato di Brest-Litovsk – pace giusta e democratica per i bolscevichi, ma per lui infame tradimento che ha consegnato tanta parte della patria ai tedeschi. Fra i territori perduti, oltre alla Polonia orientale e alla Bessarabia, c'erano anche l'Ucraina, e Odessa, la città in cui è nato. Ha creduto nell'utopia del riscatto della Russia. Perché a un certo punto bisogna scegliere da che parte stare, Georges. E cosí si è presentato volontario, e ha raggiunto l'Armata bianca di Denikin. E allora trascina il figlio centinaia di verste piú a oriente, sul fronte del Don, dove ha combattuto nel 1918, nel 5° reggimento dei tiratori di Saratov: lo hanno promosso ufficiale, era il comandante degli esploratori. Il 15 novembre del 1918 è stato ferito, davanti a Log, ma non ha abbandonato la posizione. Sia a ovest che sul Don, l'avvocato Feyguine si è rivelato un eccellente ufficiale di combattimento.

Il figlio impara a memoria il biglietto col quale il colonnello di Stato Maggiore Manakin, già governatore della provincia di Saratov nell'effimera Repubblica del Don, raccomanda suo padre alle autorità francesi. «Avendo una ammirevole formazione militare, disciplinato, può, grazie alle sue numerose qualità, essere utile, sia nei ranghi militari, sia nell'amministrazione». Il capitano del reggimento lo ha promosso Cavaliere dell'Ordine di sant'Anna di 4° grado per il suo coraggio. La promozione è stata trasmessa allo Stato Maggiore generale della Grande Armata del Don il 4 aprile 1919.

A Orano, Grisha ha raccontato anche delle discordie che laceravano l'Armata bianca, dei saccheggi, delle vendette, degli abusi commessi sulla popolazione dei territori che occupavano o liberavano, i quali li hanno resi odiosi e lo hanno fatto dubitare della causa cui si era votato, e di sé. A Georges invece dice solo che a un tratto ha capito che la sua guerra era finita. Al momento della liquidazione delle unità del corpo d'Armata di Saratov, i superiori gli hanno proposto di raggiungere l'esercito del generale Wrangel e continuare la guerra. Ma lui ha declinato. A Rostov, quando ciò che restava dell'Armata bianca doveva essere imbarcato sulle navi perché generali, ufficiali e soldati potessero prendere la via dell'esilio, l'aspirante Feyguine, nella sua natura di giurista, si è reso utile al colonnello Hubermann in tutte le questioni legali. Eroe sconfitto come Ettore di Troia, don Chisciotte di una nobile causa perduta. Cavaliere di san Giorgio, cavaliere di sant'Anna: titoli favolosi per un ragazzo che nel mito della Russia millenaria scopre la favola del suo riscatto.

Georges non ha mai visto il Don. Né il Mar Nero. Non sa che a Rostov – l'ultimo brandello di Russia, per suo padre – è nata la nonna, Hanna Waisberg. Che a Rostov portava in vacanza sua madre d'estate, da bambina, e l'acqua blu del Mar Nero e i neri boschi alle pendici del Caucaso sono per lei sinonimo della felicità immemore dell'infanzia. Quei luoghi sono soltanto nomi misteriosi ed esotici, che in classe, mentre il professore spiega la lezione, lui cerca sull'atlante. Poi allarga le dita e misura la distanza col palmo. Sono lontani da Parigi piú del Sahara.

Si fa raccontare decine di volte dal padre come riuscí a bloccare l'emorragia, a Log, e cosa disse ai soldati. Ero responsabile dei miei uomini, gli dice Grisha, assorto, erano come miei figli. Mai li avrei abbandonati. Mai avrei abbandonato te, se la guerra non ci avesse divisi. Ma sei il mio Telemaco, e io sono tornato. Georges fantastica di incursioni notturne, col viso travisato dal fango e spighe verdi di grano sull'elmetto, assalti col fucile senza piú munizioni e scannamenti a colpi di lama, esplosioni, raffiche di mitragliatrice. Sogna di emularlo, quel coraggioso padre cavaliere, e di superarlo. È sempre stato uno studente irrequieto, svogliato e mediocre, ostile ai professori come al mondo intero: comincia a studiare sul serio. Vuole prendere il massimo dei voti, al diploma, ed essere ammesso all'École Navale, una delle cinque grandi scuole militari della Francia. Per questo, vuole diventare cittadino francese. Ne ha diritto: è nato a Parigi.

Per la madre, Yoric prova solo biasimo e rancore. In tutti questi anni, lo ha mantenuto in collegio, gli ha pagato gli studi e le vacanze, gli ha permesso di frequentare il migliore liceo di Parigi: ma non le perdona di averlo scartato, e cerca di vederla il meno possibile. Tre volte l'anno gli paiono già troppe. Qualche gita nei dintorni di Parigi, o sull'Atlantico, cene imbronciate al ristorante, nel corso delle quali quasi non profferisce verbo; solo nelle partite di tennis, rimpallandosi una pallina, separati dalla rete, riescono a trovare una muta intesa. La vita di lei gli sembra futile, a confronto di quella del padre. Avrebbe dovuto aspettarlo. Come Penelope. A un eroe si perdona tutto. Nulla a una stupida, egoista attrice di cinema. Una donna che ha abbandonato il marito e il figlio. Una puttana.

Grisha è un profugo nostalgico che s'arrangia con millesettecento franchi al mese. Diana Karenne invece nel 1924 ha chiuso la parentesi degli alberghi, lasciando l'Hotel Wagram di rue de Rivoli in cui si fermava negli ultimi anni durante i passaggi a Parigi, e si è trasferita in un palazzo sull'avenue de la Motte-Picquet, a pochi passi dal Campo di Marte: appena costruito e provvisto di tutte le comodità moderne. Lui frequenta reduci dell'Armata del Don, alcuni dei quali hanno trovato lavoro come tassisti e trascinano il loro scontento trasportando, di notte, la fauna ubriaca delle anime perse; lei viaggia in prima classe sui treni di lusso, frequenta intellettuali, critici cinematografici, produttori milionari, artisti, musicisti, attori. Lui cucina carne d'agnello al figlio e gli corregge i compiti, lei esce tutte le sere. Uno squilibrio, una disuguaglianza che lo avvelena. Dopo molte insistenze, la moglie accetta di dargli appuntamento, ma pretende di incontrarlo il 16 aprile, all'alba, al 123 di boulevard de Port-Royal: l'ingresso della Maternité. Sono passati esattamente diciannove anni. Non ha dimenticato.

Due ore dopo, quando lui è ormai logorato dall'attesa e dal risentimento, un fattorino lo avvisa che troverà la signora nella hall dell'Hotel Ritz. Non è vestito in modo adeguato, deve ripetere piú volte di essere atteso per superare la diffidenza dei portieri che presidiano l'ingresso di quell'albergo da principi e capi di stato. La ragazzina abbandonata di rue d'Alésia, la moglie trascurata di ulitsa Kirochnaja troneggia fra i divani, scherzando con dei conoscenti, blandita dai camerieri, come se fosse in casa propria.

Grisha – stempiato, adunco – dimostra molto piú dei suoi quarant'anni, lei è ancora fresca come una ragazza. Non sono mai stati una coppia bene assortita, ma ora francamente si detestano. Nonostante ciò, Grisha le chiede di tornare a vivere insieme. Di dargli una terza occasione, in modo che possano finalmente essere una famiglia. Non sono stati capaci di apprezzarla quando erano giovani. Potranno riscattarsi entrambi. Sul Don, le dice, mentre i suoi amici e i suoi soldati morivano uno dopo l'altro, e il suo mondo si disintegrava come fosse di sabbia, è sopravvissuto perché pensava a lei. Non posso morire senza averla riconquistata. Questo pensavo, mentre a Log il sangue sgorgava dalle mie ferite e perdevo conoscenza, Dina.

Riconquistata? ride lei. Non sono una città o un territorio. La guerra non c'entra con noi. Non usarla come alibi. Sei partito volontario perché ti hanno insegnato a ubbidire – a tuo padre, allo zar, a chi comanda. Eravamo già separati, era tutto finito. Ma abbiamo un figlio, insiste Grisha. Il nostro sangue scorre dentro di lui. Fosse anche solo per questo, siamo uniti per sempre. Non pensavi cosí quando ti imploravo di lasciarmi andare a Parigi a prenderlo, gli rinfaccia, gelida. Mi stavo ammalando perché non c'ero quando ha fatto i primi passi, quando ha pronunciato la sua prima parola. Dovevi specializzarti, dicevi. Ma in realtà avevi paura che non sarei tornata da te e mi hai negato il passaporto. Dovevi prima diventare avvocato. I tuoi esami erano piú importanti di lui – e di me. Lo hai legittimato al tribunale solo dopo che ti hanno dato quel miserabile diploma, e la sua esistenza non avrebbe piú potuto danneggiarti. Non hai il diritto di chiedermi niente. Non tornerei con te neanche se dovessi morire di fame in mezzo a una strada. Uccidimi, piuttosto.

Grisha si rivolge all'avvocato Prestat e intenta causa di divorzio contro la «dame Feyguine», motivandola col suo rifiuto di riprendere la vita in comune. Diana incarica l'avvocato Chaisemartin di consegnare al tribunale civile della Senna la sua risposta. Non intende piú avere niente in comune con suo marito. La sua decisione è irrevocabile.

Diana si precipita in Italia. Benché abbia desiderato il divorzio per piú di dieci anni, si sente scossa – come se Grisha fosse una minaccia alla sua stessa vita. Perché è tornato a Parigi? Proprio ora che questa città è diventata la sua. Se fosse morto, lo avrebbe perdonato. Le è insopportabile il pensiero di potere, d'ora in poi, incontrarlo per strada.

Quando ha bisogno di conforto, torna sempre da Giuseppe. Non sta bene, anche se per non preoccuparla le fa credere di essere guarito. Tutto lo affatica. Restano quasi sempre in camera, nell'albergo di via Veneto in cui lui fa base quando torna nella capitale. Prendono camere contigue, evitano di usare l'ascensore nello stesso momento. Il direttore conosce entrambi. Ossequioso, rispetta la loro riservatezza. Le poche volte in cui escono – un concerto, una passeggiata a Villa Borghese dopo il tramonto – Giuseppe indossa la giacca nera, il cappello della milizia, i calzoni neri a sbuffo negli stivali alti quasi al ginocchio e la camicia nera. Lo fa sentire autorevole, importante. Ha sempre avuto il complesso di essere una nullità. Il nero gli dona, ma lei prova un impercettibile disagio. I passanti, i muratori, i camerieri dei caffè posano sull'uniforme fascista uno sguardo imperscrutabile. Vi legge timore, ma anche diffidenza, e ironia.

L'immagine di Mussolini è ormai ovunque e ha soppiantato il re e il papa. Manifesti e fotografie del Duce campeggiano nei negozi, sui muri dei palazzi. La sua voce risuona nell'apparecchio radio dell'albergo: su impulso di Mussolini è nato il servizio radiofonico internazionale e il 27 agosto del 1924 l'Unione Radiofonica Italiana ha iniziato le trasmissioni: concerti, teatro, notizie. Te lo presenterò, assicura Giuseppe. Il Duce è magnetico, carismatico. Ti affascinerà, come tutti. Ma ama le donne anche piú di D'Annunzio, e tu sei ancora troppo bella.

Lei ride. Vuole solo dimenticarsi di Parigi, di Grisha, di Yoric. Aveva pensato di parlargliene, finalmente – e perfino di chiedergli un consiglio. Forse non ha scelto il migliore avvocato, a Parigi, forse non saprà difenderla. Cosa vuole davvero Grisha? Il figlio? I suoi soldi? La sua dolce vita? Vuole diffamarla? Punirla perché non lo ama piú? Molti uomini lo fanno, solo Giuseppe ha rispettato la sua libertà. Proprio lui, che non crede nella libertà – e ritiene che i popoli possano essere felici solo sotto una dittatura.

Niente di quello che ti ho raccontato in questi anni è vero – sta per dirgli ogni volta. Ma io sono stata vera per te. Perdonami. Poi però resta in silenzio. Che senso avrebbe? Il suo racconto – una confessione? – altererebbe per sempre ciò che hanno vissuto. Perché i ricordi non sono di marmo né di pietra, ma d'argilla e d'acqua – si modificano, e possono perfino svanire. Non ha voluto un futuro con lui, non ha diritto di rovinare il passato. Questi pochi giorni di vacanza potrebbero essere gli ultimi, insieme. Giuseppe non resterà ancora a lungo a Ginevra. Il duce mi vuole ambasciatore, l'ha informata, gongolando, di ritorno da una visita a palazzo Venezia. Chissà dove mi manderà. Se sarò lontano, non potrò aiutarti. Ci penso,

Dina. Hai investito bene i risparmi? Ti serve un consulente finanziario? Come vivrai quando smetterai di recitare? Le attrici non prendono la pensione. Non smetterò mai di recitare – lo rassicura.

La «dame Feyguine» – la giurisprudenza le nega il nome, considerandola un'appendice del marito – non ritratta. Il 22 maggio del 1925 il tribunale civile della Senna emette un'ordinanza di non conciliazione. Il 15 dicembre la terza camera dello stesso tribunale decreta il «divorzio de plano», con tutte le conseguenze previste dal diritto a richiesta e profitto del marito. È un divorzio per colpa. La sentenza condanna la signora al pagamento delle spese processuali una volta quantificate dalla camera dei notai, e della parcella dell'avvocato del marito (saranno 232 franchi). L'esecuzione del provvedimento è immediata. Nell'interesse del minore, il padre ne avrà l'affidamento esclusivo.

Georges Yoric tuttavia non è un «enfant» come scrive il giudice, e non resta a lungo col padre. Si trasferisce a Brest per prepararsi all'esame d'ammissione all'École Navale. Grisha ha bisogno di quiete e stabilità: vuole farsi una famiglia e si trova una fidanzata francese. Il padre di Daisy ordina un'indagine sul conto di quell'impiegatuccio straniero che pretende di intrufolarsi in una solida famiglia protestante di commercianti proprietari di castelli. Benché le informazioni che gli fornisce il suo investigatore privato siano errate – definisce Feyguine un nobile di origine tedesca, mentre è un odessita di origine ebraica figlio di un mercante di legna –, lo rassicurano; il fidanzato è laureato, colto e signorile: concede il suo consenso. Grisha diventa cittadino francese e sposa Daisy due anni dopo il divorzio. Diana si augura di non vederlo mai piú.

Fra il 1926 e il 1929 Diana Karenne recita soltanto in sei film – mai piú di due all'anno. Salvo una commedia in Germania nel 1928, sono tutti drammi in costume su personaggi storici o tratti da romanzi. Non è mai l'autrice – né del soggetto né della sceneggiatura. Le trame non saccheggiano piú la sua vita, non le permettono di riviverla, e modificarla. Recitarle deve essere meno impegnativo. Le storie del cinema le liquidano come impeccabili e ben fatte produzioni internazionali – ma estranee alle correnti dominanti. L'espressionismo, la commedia leggera alla Lubitsch, il surrealismo anarchico di Buñuel, l'esistenzialismo e poi il realismo poetico francese. Eppure Gregor, in proprio, in società con Bloch o altri, diventa uno dei principali produttori europei: ma la sua irresistibile ascesa, che lo porta nella seconda metà degli anni Trenta a lavorare coi migliori registi del momento – Marcel Carné, Henri Decoin e Max Ophüls – è troppo lenta per Diana.

L'ultimo treno per entrare nella storia del cinema lo ha perso per caso, impazienza, necessità. Abel Gance, il geniale regista ritenuto in Europa l'unico in grado di competere con – e surclassare – l'americano Griffith, voleva affidarle il ruolo di Joséphine Beauharnais nel suo *Napoléon*. Non so quando e come lui e Diana si fossero incontrati. Probabilmente tramite Gregor, la cui Ciné-France figura nel consorzio di produttori. *Napoléon* si annuncia memorabile fin dalla sceneggiatura – che Gance, nel suo buon ritiro di Fontainebleau, continua a rimaneggiare, per le richieste dei produttori, atterriti dai preventivi dei costi, e la sua personale tendenza alla megalomania. Ma il 5 aprile del 1924 apprende che Diana ha avuto un incidente. «Chère amie –, le scrive, – voulez vous vite me faire savoir son importance». Le proclama la sua profonda e devota amicizia.

Di che natura sia «l'accident» occorso a Diana, e dove si sia verificato, le parole di Gance non permettono di comprenderlo. Il regista apprende solo tre settimane dopo quanto sia stato grave. Ho saputo solo ieri il pericolo che avete corso, le scrive il 22. Si rammarica di non essere stato informato, altrimenti le avrebbe offerto un conforto alla depressione che certo esso avrà scatenato. Diana trascorre il mese di maggio del 1924 all'Hotel Centrale di Salsomaggiore, in convalescenza. Gance è costretto a mandarle un telegramma per conoscere le sue condizioni, perché ha necessità di incontrarla e ragionare sulle riprese (e anche capire se è in grado di recitare). Diana gli risponde con un telegramma in cui gli chiede di rimandare le sue scene, in modo da non perdere il film. Gance acconsente a spostarle al 15 settembre, ma deve essere la data estrema. Poi lei deve considerarsi impegnata fino al 15 marzo, e in seguito dal 1° giugno alla fine di novembre del 1925. Le date sono aleatorie: ma le servono per comprendere la durata del suo lavoro. Affinché non si sgomenti, le ricorda che questo non sarà continuo, e se lo desidera avrà modo di partecipare a una o due altre produzioni. Sono persuaso che accetterete, a causa dell'importanza e della qualità del ruolo (Joséphine). Se le vostre antenne sono quelle che conosco, non esiterete un secondo. Mi farà un profondo piacere lavorare con voi.

Gance aggiunge una frase lusinghiera, che dimostra la stima che ha per lei. Sapete che due forze non si sommano, ma si moltiplicano: forse realizzeremo qualcosa molto al di sopra delle vostre migliori speranze.

Tuttavia Diana non risponde, e il regista non sa cosa pensare, né insiste. Solo il 16 luglio riceve due lettere – il ritardo postale fa pensare che Diana fosse ancora in Italia – e il malinteso si dissipa. Spera che Diana possa chiarirsi con Westi, e la invita ad andare a trovarlo a Fontainebleau. Intanto riorganizza il piano di produzione per non abusare della sua pazienza, e accorpa le sue scene. Le annuncia che sta pensando per lei a una Charlotte Corday, e altri progetti considerevoli: la sintassi singhiozzante e la confusione confermano che, come le scrive, la sua macchina cerebrale è usurata (sta approntando la terza versione della sceneggiatura). A settembre però il film non è ancora iniziato, e Gance le consiglia di chiedere a Bloch di trovare il modo migliore per utilizzare entrambi – separati o insieme. L'ultima confusa lettera di Gance è del 23 settembre: siamo già oltre la data d'inizio che le aveva indicato, e il primo ciak di *Napoléon* è ancora lontano. Il mio ritardo scatena dappertutto tali tempeste, le scrive, che vi prego di non farmi pensare ai lampi che temo da parte vostra. Credete alla mia sicura e profonda amicizia.

Diana non ha mai saputo aspettare. E un contratto è un contratto: un'attrice non è mai – davvero – libera. Quando finalmente Abel Gance inizia le riprese, lei ormai sta girando in Germania *La donna di quarant'anni* e la parte di Joséphine la recita Gina Manès.

La troupe di *Napoléon* era prevalentemente russa: un popolo di vittime della rivoluzione esaltava la rivoluzione di un altro. Erano russe pure le comparse, reclutate per pochi soldi fra gli operai delle fabbriche Renault, la maggior parte dei quali in sciopero o disoccupati. Mancava solo lei. Cos'ha pensato Diana quando, il 7 aprile del 1927, all'Opéra di Parigi, ha assistito alla prima proiezione di *Napoléon*? Che è un capolavoro. Una pietra miliare. Qualcosa che resta. E lei non c'è.

Le produzioni internazionali in cui Gregor coinvolge la sorella sono franco-tedesche da un punto di vista finanziario, ma russe nella componente artistica: registi, scenografi, direttori della fotografia, attori. Molti sono ebrei. Diana è diretta da validi registi – come Volkov ed Evreinov; lavora coi migliori attori – Malikoff, Mosjoukine, Batcheff. Le sue interpretazioni vengono sempre accolte con lodi unanimi. La trovano sensibile, naturale, vera. La caricatura della diva in declino non le si addice. Le stagioni volano via ma – come aveva scritto il primo giornalista francese che venne a intervistarla a Roma, nel 1920 – quando la mattina va a giocare a tennis Diana Karenne sembra una ragazza di diciotto anni. E solo la sera, a teatro o a un concerto – ama la vita mondana – appare nello splendore dei suoi trent'anni.

Il 2 agosto 1926 sulla «Gazzetta di Venezia» appare un trafiletto. «Per eseguire un grande film cinematografico cercansi signore e signori eleganti, di bel portamento, fra i diciotto e i cinquant'anni d'età. Per le iscrizioni rivolgersi nei giorni di lunedí 2, martedí 3 e mercoledí 4 agosto correnti dalle ore 10 alle ore 21 presso la sede del Sindacato Personale Teatro e Cinematografo, Campo San Gallo n. 1092, Venezia». I figuranti che si presentano a migliaia apprendono di essere stati assoldati dalla Ciné-Alliance (che tutti chiamano ancora Westi), per partecipare alle sequenze piú spettacolari di *Casanova*.

Prima di Ferragosto la produzione si è accampata in città e ne ha preso possesso, occupando dozzine di edifici: magazzini, palazzi, alberghi, rive d'acqua, l'isola di San Giorgio; dovrà bloccare l'intera Venezia per la sequenza conclusiva del film, che si svolge durante il Carnevale. Il regista Volkov ha ottenuto di girare in piazza San Marco, con gli attori e la troupe mescolati a migliaia di comparse. Il quartier generale della sartoria è stato installato nel convento in disuso di San Zaccaria.

Diana Karenne arriva al culmine dell'estate. Stavolta il ministero dell'Interno non la intercetta, preoccupato piuttosto dalla quantità di stranieri russi della troupe. Ma lei continua a considerarsi italiana. Infatti non le hanno offerto il ruolo della zarina Caterina, ma quello della veneziana Maria Mari. In crinolina, il viso sbiancato dalla cipria, con la parrucca candida, si aggira sulla Riva degli Schiavoni sotto lo spietato sole italiano cui non è piú abituata. I veneziani non la riconoscono. Le commedie tedesche non arrivano in Italia, l'ultimo dramma russo da Turgenev l'hanno visto in pochi.

La sceneggiatura la firmano il piú importante critico teatrale di Berlino, Norbert Falk, tedesco di Moravia, il regista Volkov e l'attore Mosjoukine. Il primo, che con lo pseudonimo di Fred Orbing ha firmato i copioni di tre capolavori di Lubitsch, entra nel giro delle amicizie di Diana,

Diana Karenne

in " CASANOVA „

e nei sei anni che gli restano da vivere scriverà per tutti i suoi registi, italiani e non: Genina, Righelli, Gallone, Meinert, Antamoro. I due russi hanno sicuramente letto Muratov, che ha dedicato a Casanova alcune delle pagine piú belle del suo *Immagini dell'Italia*. L'appassionata contessa Maria Mari non è l'unica amante di Casanova. Fra le altre, spicca la bruna e bellissima Rina de Liguoro, nuova e ultima stella del cinema muto italiano. Ma Diana ha le scene migliori e la parte piú intrigante.

Aristocratica veneziana, è in Russia col marito. In quel punto della storia, a quarantasette minuti dall'inizio del film, Casanova ha sedotto anche la zarina Caterina, incapricciata di lui, ma durante un ballo Maria e Casanova capiscono di piacersi, si seducono a vicenda, e fuggono insieme in slitta, nella neve, inseguiti sia dal marito di lei che dagli emissari della zarina. Sono costretti a separarsi, e Casanova si dilegua dicendole: ci rivedremo a Venezia. E cosí infatti accade. Durante una festa, tra fuochi, girandole e luci sull'acqua, Casanova la rapisce con la gondola del marito. Ma anche un'altra amante, piú giovane, sta cercando Casanova, e lo trova: incerto fra le due, alla fine il veneziano sceglie l'altra. Maria gli spara. Viene arrestata e rinchiusa in convento. Casanova però sopravvive e Maria viene liberata. Nel gran finale, dopo l'evasione dai Piombi, Casanova non si lascia trattenere né da Maria Mari né dall'altra, e fugge in cerca di altre avventure, inneggiando alla vita e alla libertà.

Karenne e Mosjoukine hanno già girato le sequenze in Russia e nella Foresta Nera (in realtà fra le Alpi di Grenoble e l'Alsazia, e gli interni nella periferia parigina di Billancourt ed Épinay). Come coppia di amanti sono piuttosto convincenti. La lunga danza, gli abbracci, i baci, la fuga, i sospiri. Sembrano quasi piacersi, benché Ivan Mosjoukine, il divo piú acclamato del momento e al culmine della popolarità, sia un partner istrionico e arrogante. Diana riesce a capirlo. È l'unico attore che, già famoso in Russia, sia riuscito a imporsi anche fuori dal suo paese; ha fatto innamorare il pubblico francese e poi europeo, e adesso i produttori americani lo attirano oltre oceano con la tentazione di un contratto mirabolante.

Non andare a Hollywood – tenta di frenarlo, mentre durante una pausa riposano nel parco all'ombra di un tendone. Il campanile di Torcello tremola come un miraggio nella foschia della calura. A San Francesco del Deserto, una delle isole piú remote, ai bordi settentrionali della laguna, è tutto infinitamente rilassante. I cipressi che orlano il viale, le tonache dei frati curiosi che spuntano dietro i vasi delle rose, i putti di pietra all'approdo delle barche, le alghe trasportate dalla corrente come un tappeto. Vorrebbe togliersi le calze e gli scarpini e inoltrarsi sulla spiaggia. Dicono che l'acqua salmastra purifichi la pelle. Peccato abbia solo mezz'ora prima del ciak successivo. Non può quasi muoversi, altrimenti dovrebbe sottoporsi a una nuova seduta al trucco. Non fosse per le urla di Volkov, e gli stridori delle rotaie del carrello, che gli operai stanno spostando dieci metri piú indietro, gli unici suoni a sfregiare la quiete sarebbero il ronzio delle zanzare e il bercio dei gabbiani appostati sulle bitte. Non c'è un filo di vento. Lo specchio della laguna le rimanda la sua immagine come in una réclame. Una dama del Settecento con l'abito di seta chiara e la parrucca bianca, che sta per sparare all'amante traditore. Di solito fra un'inquadratura e l'altra non parlano, per non uscire dalla parte. Scuola russa: entrambi restano concentrati per non interrompere il flusso dell'energia. Ma stavolta ha iniziato lui: per litigare, e aizzarla ad arrabbiarsi al punto di spararagli.

Credimi, Ivan, gli ripete, arieggiandosi col ventaglio di piume, Hollywood non fa per te. Il tuo stile di recitazione è troppo originale, non piacerà, i tuoi modi stravaganti ti nuoceranno. L'America ti stritolerà, e perderai tutto. Parli cosí perché non sei riuscita ad andarci quando era il tuo momento, ribatte lui, sarcastico, e ormai non ti invitano perché il tuo nome non basta piú ad assicurare buoni incassi, e per gli americani pragmatici nient'altro conta:

ma lui non teme la concorrenza né la novità e anzi ne ha bisogno come dell'ossigeno. L'Europa non gli basta, vuole il mondo intero. Partirà appena finisce le riprese. Né Rabinovitch né Noë Bloch riescono a trattenerlo.

Casanova – un poema sontuoso ed epico sull'esilio, un inno alla libertà mascherato da film d'avventure – è il piú grande e unico vero successo di Diana Karenne negli anni Venti. Viene lanciato con una campagna pubblicitaria all'americana: interviste agli interpreti e servizi fotografici dal set su riviste in tutte le lingue europee, le immagini degli attori riprodotte su poster colossali e figurine della misura di un francobollo – da incollare nell'apposito album: si acquistano col brodo e i cioccolatini. La cartolina di Diana Karenne come damina di porcellana settecentesca viene stampata in migliaia di copie, diffuse in tutti i continenti, tanto che ne circolano ancora perfino in Sud America. *Casanova* esce nel giugno del 1927, ma in Italia lo proiettano per anni. La versione sonorizzata circola per tutti gli anni Trenta: si può ancora vederla nel 1933, al cinema Statuto di Torino.

Tuttavia la defezione di Mosjoukine si rivela un disastro. Senza il suo divo, la Ciné-Alliance vacilla e si scioglie. Gregor si trasferisce a Berlino e inizia a lavorare per la potentissima UFA. L'assenza dura poco, perché l'unico film che Mosjoukine gira in America è un fiasco clamoroso. Ma quando ritorna a Parigi, nemmeno un anno dopo, lo precede la fama di essere un attore finito. Non sembra piú lui – anche perché gli americani della Universal gli hanno imposto un'operazione chirurgica di rinoplastica, per ridurgli il naso aquilino. Gregor lo riassume, sperando di rinnovare i fasti del *Casanova* – nel cinema non si può serbare rancore e i sentimenti restano fuori scena: ma l'incantesimo si è rotto, il pubblico gli ha ormai voltato le spalle, e nonostante lo scialo di mezzi e le produzioni grandiose, nessuno dei loro film successivi eguaglia i precedenti.

Forse il declino di Mosjoukine non c'entra: la produzione in Germania entra in crisi nel 1928 e il numero dei film realizzati in un anno si riduce di un terzo. L'immaginario folcloristico-letterario russo non ha infatti ancora stancato. Nel 1929 *Le deliziose bugie di Nina Petrovna* è il piú clamoroso successo del cinema tedesco, permettendo a Gregor di superare indenne il crac di Wall Street, che sconquassa l'economia di tutto il mondo. Ma prende atto che un'altra rivoluzione si è compiuta: col sonoro, il cinema internazional-russo è finito. Inoltre essere russo ed ebreo in Germania comincia a diventare scomodo. Ma non lascerebbe Berlino. Ha una compagna moscovita, Galina sposata Joffe, e si prende cura della figlia di lei, Njuta, un'adolescente appassionata di musica. A modo suo, è diventato padre.

Diana invece a Berlino va solo per lavoro – anche se ormai è l'Eldorado del cinema europeo, la Mecca verso cui tutti si orientano. Ma lei non gira nessun film coi suoi amici italiani, che – dopo i russi – formano il gruppo piú nutrito di cineasti stranieri. (Le due comunità collaborano e talvolta si mescolano: in *Al servizio dello zar* l'ex protetta di Diana, Carmen Boni, recita con Mosjoukine). Non la chiamano? Non le piacciono i loro film? Può ancora scegliere? Oppure si occupa di altro?

A Parigi si è fatta nuovi amici. Per riceverli meglio nel 1927 prende in affitto un appartamento piú grande in avenue de Champaubert, che le costa tredicimila franchi l'anno. Tre saloni dalle pareti in tinte evanescenti, sempre nei pressi di Campo di Marte, in un edificio appena costruito: ricorda una chiesa bizantina e un roseto; si cammina su tappeti e petali di rose, fra l'oro pallido che riveste le statue degli angeli, sotto enigmatici quadri d'avanguardia e antiche icone. L'insieme incute un senso di mistero. Nelle stanze circolano un giovane pittore giapponese, musicisti, cantanti d'opera e compositori russi. Si comportano come a casa propria, perché lei ha posto una sola condizione: non fate pettegolezzi e non sparlate di nessuno. Paga i loro conti, sfama artisti squattrinati che saltano i pasti per comprarsi i colori, elargisce soldi alle ragazze madri della Maternité, e alle zingare che accattonano davanti alle chiese: spende come la zarina di Russia o la regina di Francia – personaggi che le capita di interpretare in modo talmente convincente da stupire tutti quando si lancia in monologhi che esaltano il cinema sovietico e la grandezza immortale della Russia, sia pure comunista. Chi la incontra, la trova sempre di buon umore. Ma lei rimane nell'anello di Saturno e quando suona il pianoforte, certe volte comincia a piangere, ed è capace di andare avanti finché non esaurisce le lacrime.

Durante una serata musicale in casa sua, qualcuno menziona Nikolaj Avdeevič Otzup. Si è stabilito pure lui a Parigi. All'inizio abitava in una pensione di Montparnasse con Chodasevič e la Berberova, poi i loro rapporti si sono guastati, e lui gravita nei dintorni di un'altra coppia – Georgij Ivanov e Irina Odoevceva. Nel 1926 a ha pubblicato un nuovo libro di poesie. Nell'ambiente se ne dice bene. Si intitola *Fumo* e lo ha dedicato a Pavel Muratov. Parla molto dell'Italia, e forse anche di lei. Diana avvista una copia sullo scaffale della libreria russa di Berlino, mentre è in città per girare un cameo nel film russo di Carmine Gallone, *La grande tormenta*. Non ha negato il favore di un'inquadratura all'amico italiano che in Germania è diventato «der grösste Regisseur». Acquista il libriccino di Otzup, ma non intende leggerlo. Appena svolta l'angolo lo getta nel cestino dei rifiuti.

Nel giugno del 1928 circola con insistenza la voce che sarà Diana Karenne la protagonista de *La fin du monde* di Abel Gance – perché il maestro cerca un'attrice che sia una via di mezzo fra Brigitte Helm, acclamata in Germania dopo *Metropolis* di Lang, e Greta Garbo, la svedese lanciata da Stiller e Pabst che nel 1926 ha lasciato Berlino per Hollywood, dove la MGM ha scommesso di trasformarla in una star mondiale (per prima cosa, appena sbarcata dal piroscafo, le ha imposto una dieta ferrea e un servizio fotografico in costume da bagno, e fabbricato una nuova dentatura). Diana Karenne possiede le qualità di entrambe. Forse potrà finalmente lavorare con Abel Gance. Ma neanche questa volta riescono a trovare un'intesa o incrociare i calendari, e forse è un bene, perché *La fin du monde* sarà un tale disastro da concludere precocemente la carriera di lui (e avrebbe senz'altro chiuso anche quella di lei). Nonostante ciò, è un peccato che si siano mancati. Ma la carriera di Diana Karenne è un mosaico di occasioni perdute – per sventatezza, irrequietudine, generosità. E invece di girare il film di Abel Gance, ne gira uno con Guglielmo Zorzi.

La trasposizione de *La vena d'oro*, la commedia del conte che nel 1919 ebbe un successo fenomenale. Diana era in sala, a Roma, quando gli applausi fecero tremare il teatro. Ha appena concluso le riprese di *Eine Frau von Format*, una spigliata commedia tedesca diretta da Fritz Wendhausen, che in Francia circolerà come *Madame l'Ambassadeur* e nel mondo come *A Woman with Style*. Hanno girato gli esterni a Ragusa, che ancora non ha ritrovato il nome di Dubrovnik. Le mura, le chiese e gli edifici medievali della cittadina dalmata sono perfetti per il regno immaginario in cui si svolge la storia. Non è la protagonista, ma i duetti con la prima attrice, la viennese Mady Christians, la stimolano: non ha mai accettato di essere seconda a un'altra donna. Il consolato italiano di Ragusa in Dalmazia ha concesso all'apolide russa un visto di solo transito, sicché ne ha dovuto chiedere un altro al console generale di Parigi, il conte Gentili. Questi informa il ministero dell'Interno di averglielo concesso in quanto Diana Belogorska detta Karenne «recasi Roma perché scritturata società cinematografica Adria presso Fontanella Borghese 84».

Il 30 giugno sbarca dal piroscafo *Palatino*, esibisce un passaporto francese rilasciato a Parigi nel 1926 e si installa all'Hotel Palazzo di via Veneto - che è stato la dimora di Giuseppe e forse lo è ancora. Pure lui è in Italia per «ragioni personali». Ma chissà: i registri degli ospiti non si conservano. La questura predispone per lei la solita «riservata vigilanza» - di cui probabilmente è consapevole. La presenza degli agenti in borghese sul set o nell'atrio dell'albergo non le guasta la felicità di ritrovare il complice dei suoi anni d'oro. Benché sia passato di moda - il commediografo italiano di maggior successo è ora Luigi Pirandello - Zorzi non ha perduto il tocco delicato e malinconico che apprezzava tanto. Le piace credere che il loro film riesca particolarmente bene e possa, chissà, schiuderle la via per il ritorno nel cinema italiano. Lo dichiara nelle interviste ed è toccante la sua illusione - ma non si può escludere che reciti per compiacere l'interlocutore e sia consapevole della vanità della sua speranza. Non possiamo verificarlo: il film è andato perduto. Le recensioni lodano la sua interpretazione nella parte di una madre vedova che riesce a far accettare al figlio il suo nuovo amore, e a

ANNO II — N. 13 23
1 Ottobre-1 Dicem. 1928 - VII
QUINDICINALE
Conto corrente con la Posta
LIRE 3,50
CINEMALIA
RASSEGNA D'ARTE CINEMATOGRAFICA
A. Porni
DIANA KARENNE LA SQUISITA INTERPRETE DELLA "VENA D'ORO"
DI G. ZORZI (EDIZIONE A.D.I.A.)

rivendicare per sé, dopo tante sofferenze e rinunce, un'altra vita. Ma è un film antico, come il suo autore, e ormai superato. Quando uscirà in sala, l'anno dopo, nel cinema accanto proiettano *Il cantante di jazz*. Il primo film sonoro. Il pubblico vuole ascoltare la musica, i rumori, le voci. Diana è ancora muta.

Non si considera un relitto del passato, però, e apprezza i progressi della tecnologia moderna. Il servizio aereo regolare della linea Venezia-Vienna è stato inaugurato soltanto il 10 agosto del 1926. L'apparecchio impiega quattro ore e trenta e fa scalo a Klagenfurt. Ha iniziato con tre voli la settimana, ormai è giornaliero. Ma è con l'aeroplano che Diana lascia l'Italia. Ha informato il ministero di dover rientrare a Berlino per lavoro, ma di essere intenzionata a tornare presto. Ed è stufa, quasi offesa, di dover chiedere ogni volta il permesso. L'Italia è casa sua. Per motivare la sua pretesa scrive di suo pugno all'ufficio passaporti del ministero degli Affari esteri.

> La sottoscritta Diana Karenne, di nazionalità russa ma per elezione da anni attrice italiana, dovendo per necessità di lavoro recarsi per brevi periodi anche all'estero, si onora di richiedere a cotesto ministero il visto di un anno di modo da non incontrare difficoltà di viaggio.
>
> Della cortesia ringrazio con il massimo ossequio.
>
> Diana Karenne.

Il marchese Giuseppe Medici del Vascello – che si trattiene in Italia fino a ottobre – l'ha incoraggiata? È ormai ministro plenipotenziario di prima classe al ministero degli Esteri. E non è piú delegato permanente all'ufficio trattati della Società delle Nazioni. Il 10 febbraio del 1927 Benito Mussolini lo ha nominato ambasciatore in Spagna in sostituzione di Raniero Paolucci de Calboli – pilastro della diplomazia italiana. Ha preso servizio il 31 marzo e nella capitale spagnola si trova a proprio agio tra i falangisti e i seguaci di Primo Rivera, di cui relaziona entusiasta nelle corrispondenze da Madrid. Eppure, la sua protezione non basta, la Questura di Roma contesta il nulla osta al rilascio e scrive al ministero degli Interni che, «poiché sospettata di spionaggio», è meglio concedere alla nota suddita russa apolide il visto «volta per volta, per accertarne agevolmente le attività e seguirne le mosse». La richiesta è respinta.

Cosí non riesce a incontrare Gabriele D'Annunzio. Durante il suo soggiorno italiano doveva averlo avvisato della sua intenzione di fargli visita a Gardone. Non so quando Diana Karenne e il Vate si fossero conosciuti. Negli anni in cui lei esordiva, grazie a *Cabiria* D'Annunzio era considerato il padre nobile del cinema italiano, l'unico intellettuale ad averne intuito le potenzialità espressive oltre che commerciali. Produttori e attrici lo assillavano perché scrivesse qualcosa per loro – un soggetto, le didascalie, uno slogan pubblicitario. Ad alcune aveva addirittura trovato il nome d'arte. Il cinema italiano imitava i suoi personaggi, gli ambienti dei suoi romanzi, il suo linguaggio. La scarna corrispondenza sopravvissuta rivela un'intimità cordiale, ma professionale.

L'8 settembre 1928 D'Annunzio detta un telegramma al suo indirizzo di Parigi dicendole di essere «enfin libre» e «heureux de vous accueillir». Poi lo modifica e lo spedisce invece all'albergo Palazzo di Roma, pregandola di non partire e di attendere «un messager qui vous apporte une lettre importante. Stop. Une grande chose se prepare». Diana non risponde (non è piú a Roma), sicché D'Annunzio rilancia: «Je serais très heureux de vous accueillir au Victorial. Stop. J'ose vous demander en quels jours vous pourriez venir. Stop. Je vous baise les mains». Nel frattempo sopravviene un'altra ospite – una meravigliosa creatura della Cornovaglia, una ballerina che D'Annunzio paragona alla statua di cui s'invaghí Pigmalione e cui Afrodite diede l'anima: mai nella sua vita – scriverà – aveva avuto «la gioia di possedere la divinità». La visita di Karenne rischia di ostacolarlo. Si affretta a inviarle un nuovo telegramma. «Le 27 le 28 le 29 sont mes trois jours funebres. Stop. Si vous pouvez soyez ici dimanche matin et veuillez me dire si vous acceptez l'ospitalité du Victorial. Stop. La sorcière vient de partir et vous salue très admirativement. Gabriele D'Annunzio».

Non ho identificato questa «sorcière». Il nomignolo non appartiene a Luisa Baccara, la valente pianista che aveva rinunciato alla carriera per amore e dal 1920 viveva praticamente reclusa al Vittoriale con D'Annunzio, sopportando l'andirivieni di altre donne. Diana aveva in comune con la musicista piú della passione per le note, ma non so se le due donne si fossero conosciute.

Diana ha già accettato l'ospitalità (con tutto ciò che comporta), e D'Annunzio è stuzzicato dall'attesa. «Je vous attends depuis trop temp, mais votre tete par Catharine Barjansky est déja au Victorial, et je garde aussi en ostage la statuette de la religieuse. Stop. Envoyez indication precise de l'heure et de la gare. Stop. Vous trouverez auto vous attendre. Merci. Gabriele D'Annunzio».

Catherine Barjansky, nata Ekaterina L´vovna Konstantinovskaja a Odessa, di famiglia ebrea, è nota col cognome del marito, violoncellista e compositore. Era stato D'Annunzio, a Parigi nel 1914, a sostenerla, facendo di lei una scultrice. Erano rimasti molto amici. Barjansky si era specializzata in statuine in miniatura – in cera e terracotta – e ritratti di celebrità. Fra il 1916 e il 1923 aveva vissuto a Roma, e vi aveva aperto una scuola di scultura. Catherine abitava vicino a Villa Borghese, a pochi passi da Diana, ed è probabile che si siano frequentate – anche se la scultrice non ricorda Diana Karenne nelle memorie che pubblicò in America nel 1947. In ogni modo, aveva posato per lei a Parigi nel 1928. Il fatto che Diana avesse mandato a D'Annunzio insieme alla propria «testa» la statuetta di una suora (sempre di Barjansky oppure di sua fattura?) fa pensare che fosse al corrente della svolta francescana del Vate.

photo J. v. Tucholka, Berlin-Charlbg.
Diana Karenne
4607

Tuttavia, come sua abitudine, Diana non accetta convocazioni dagli uomini, e non rispetta l'appuntamento. Il 4 ottobre rilancia con un ansioso telegramma da Parigi: «Maitre je suis inquiete et embarassee, puis je vous prie de me dire quelque chose de precis...» Infine cambia di nuovo idea e il 19 gli telegrafa seccamente: «Oui, je reste a Paris». Invece che in persona, a Gardone si presenta in fotografia. Un servizio recente, da poco realizzato a Berlino dalla scrittrice e fotografa Jaro von Tucholka – che diventerà molto nota negli anni Trenta (e sarà sospettata dalla Gestapo di far parte della Rote Kapelle, l'organizzazione di resistenti al nazismo). È consapevole della diffidenza del poeta verso le donne che furono belle, e lo deludono amaramente quando anni dopo le ritrova. Non sarebbe il suo caso: nei tre scatti Diana Karenne si presenta come promettente dominatrice. Tuttavia si limita a cercare di affascinarlo da lontano e non risulta sia poi andata a Gardone. Chissà se al Vittoriale esistono ancora le sculture inviate da Diana Karenne. Gabriele non le ha mai scritto «la lettera importante» che le prometteva all'inizio di settembre. Qualunque cosa abbia immaginato per lei, o con lei, non la realizzerà. Neanche D'Annunzio è destinato a essere il suo poeta.

Nell'autunno del 1928 rientra a Berlino, per il lancio del *Rasputin* di Martin Berger. Una produzione indipendente, dall'estetica espressionista e dall'inequivocabile messaggio politico.

Diana Karenne interpreta la zarina Aleksandra. Il protagonista è un allucinato Nikolaj Malikoff, questa volta solo attore. Per interpretare il monaco nero si è fatto crescere una repellente barba da profeta. È talmente simile al vero Rasputin che durante le riprese svariate comparse sono cosí suggestionate da svenire. Sul set si abusa di vodka per rianimare gli spiriti. La zarina è succube della fascinazione magnetica, quasi ipnotica, del mistico, folle di Dio e guaritore – accecata dalla speranza che possa curarle il figlio emofiliaco, lo zarevic.

Rasputin aveva esercitato davvero un potere crescente sulla famiglia reale, fino a determinare il destino di ministri e dello stato stesso, suscitando il malumore – quasi il panico – della corte, finché nella notte fra il 16 e il 17 dicembre del 1916 era stato assassinato da una congiura di palazzo. La sinistra vicenda del contadino siberiano divenuto piú potente dello zar ora veniva interpretata come il presagio della rivoluzione. Cosí almeno la legge Martin Berger, che ha partecipato alla rivoluzione tedesca del 1918, è socialista, e nel 1926 ha realizzato *The Crusade of Women*, un film per sostenere la legge sull'aborto: piú che le virtú taumaturgiche del guaritore intende raccontare la fosca corruzione della corte dello zar. Affinché sia chiaro da che parte sta, sceglie l'attore Max Schreck, Nosferatu, per il ruolo del granduca Romanov. Non si tratta di un efferato caso di cronaca, ma di una tragedia storica contemporanea, perché i fatti sono accaduti pochissimi anni fa – e i protagonisti sono ancora vivi. L'assassino e sua moglie – bellissimi entrambi – hanno aperto una casa di moda a Parigi.

Diana e Malikoff si conoscono dai tempi di *Acque di primavera*, e con gioia e malinconia recitano di nuovo insieme. Trascorrono le pause fra una scena e l'altra nel camerino di lei, a raccontarsi della loro infanzia a Kiev: hanno quasi gli stessi ricordi. Oppure discutono le loro scene. Quella dell'omicidio – in cui lei non recita, ma alle cui riprese vuole assistere – le pare sul copione di un realismo brutale e potrebbe causare problemi con la censura (in effetti il film sarà poi vietato ai minori). Ma non c'è niente di inventato, assicura Malikoff. La sceneggiatura di Dosio Koffler – un ebreo galiziano socialista come Berger e furiosamente ostile alla canaglia nazionalsocialista che abbaia nelle strade della Germania – è derivata da una fonte inattaccabile: il libro di memorie appena pubblicato in Francia dall'assassino, il principe Jusupov. Ma le memorie – osserva lei – non sono la storia.

La versione prevede che Rasputin venga attirato in casa di Jusupov – in un salottino appena allestito nello scantinato del suo palazzo, perché da una porta sul retro gli assassini potevano poi sbarazzarsi del corpo – col pretesto di incontrare una donna di cui il monaco si era invaghito: sua moglie. Jusupov e Rasputin sono amicissimi, e il monaco si fida del suo «piccolo principe». Un dottore, complice dei congiurati, discioglie il cianuro di potassio nel vino (il monaco, ossessionato dal timore di un attentato, beve tantissimo ed è sempre ubriaco) e avvelena dei pasticcini alla crema. Il piano prevede che Rasputin mangi e beva mentre attende la donna. Ma il veleno non fa effetto sulla forte fibra del contadino siberiano e il principe, sconvolto, sale al piano superiore a chiedere consiglio. Gli altri congiurati – fra loro il granduca Dmitrij Romanov – gli dicono di procedere. Jusupov scende di nuovo nel seminterrato e spara a Rasputin con la rivoltella. Poi torna al piano di sopra ad attendere con gli altri che si faccia notte fonda, in modo che in strada non circoli piú nessuno. Ma il piccolo principe è un pessimo tiratore, e non ha centrato organi vitali. Rasputin rinviene, si rialza e, ferito e sanguinante, striscia su per le scale del seminterrato e sgattaiola nel cortile. A questo punto Puriskevič, un altro congiurato, lo insegue e gli spara alla schiena. Ma nemmeno i suoi proiettili uccidono il monaco nero. Lo trascinano dentro e Jusupov lo massacra a colpi di mazza. Poi lo caricano su un'automobile e lo gettano in un buco, nel ghiaccio della Neva. Ma ancora: Rasputin – che Jusupov dipinge come un demone o il diavolo stesso – non è morto, e il suo occhio nero fissa il principe che lo ha tradito. Il cadavere riaffiora tre giorni dopo nell'acqua del canale Malaja Nevka, vicino al ponte di Novopetroskoe. Sembra un romanzo gotico, dice lei, o un film dell'orrore. Io non ci credo.

Ma le cose andavano davvero cosí, sorride Malikoff. Tu non c'eri. Gente normale, gente perbene, si ritrovava a compiere azioni aberranti. Hai conosciuto Vera Karalli, era ballerina nella compagnia di danza al teatro imperiale. Amante del granduca Dmitrij Pavlovič. Ora è a Parigi. Quella notte le chiesero di fare da esca perché la moglie di Jusupov si era tirata indietro. Non poteva dire di no. Non tutti avevano il cinismo e il fegato di Manasevič e Snarski. Li hai conosciuti? Snarski era un reporter; Manasevič, un ebreo adottato da un russo che lo aveva lasciato milionario, pupillo e forse amante del principe Maščerskij, faceva il doppio o triplo gioco, prendeva soldi da tutti per finanziarsi orge e perdite al casinò, lavorava per l'Ochrana, e frequentava i rivoluzionari. Un giorno il capo dei servizi segreti dello zar gli porta un mucchio di denaro prelevato dai fondi del dipartimento di Polizia. Gli ordina di organizzare una festicciola allegra a casa di Snarski: trova belle donne, musica, e molto vino. Snarski deve trattenere in casa Rasputin quando tutti se ne saranno andati, e non gli sarà difficile perché sono amici. Poi lo deve accompagnare in strada, e lasciarlo solo. Alcuni agenti della Polizia – travestiti – saranno giú ad aspettarlo. Lo preleveranno, lo infileranno in un'automobile, e lo massacreranno di botte. Poi diranno che è stata una rissa da ubriachi. Te lo immagini? Ti portano dei soldi per far uccidere un uomo. Snarski accetta. La sera stabilita in strada ci sono l'automobile, e i poliziotti – che si congelano, perché è inverno –, ma le finestre della casa di Snarski restano buie. Aspettano, niente. Alla fine scoprono che Snarski e Manasevič hanno avvisato Rasputin, hanno organizzato davvero un festino, ma nel privé del Teatro Palas, e si stanno bevendo i soldi di Chvostov spassandosela col monaco nero e una dozzina di ballerine e attrici della compagnia. Chvostov non li poté denunciare, e fu poi destituito. Me l'ha raccontato Snarski stesso. Lo conosci? Che tipo. Vive a Berlino adesso. Vuol far cinema. Diventare produttore, come il fratello, Sergej. La fidanzata di questo forse l'hai incrociata, è un'attrice giovane veramente carina, Alexandra Sorina, interpreta lei l'esca, nel nostro film. Snarski non si chiama veramente cosí. Il suo vero nome è Mikhail Avdeevič Otzup. Lei ha un sussulto, ma in quel momento la segretaria di edizione chiama in scena Malikoff, e lui non se ne accorge.

La rivista francese «Pour vous», finanziata dal gruppo editoriale de «L'intransigeant» e nel cui comitato di redazione siede l'ormai acclamato René Clair, dedica un servizio al film, e a lei. L'inviato Roger Régent non riesce a farle nessuna domanda, mentre subisce le sue e si arrende ai suoi discorsi, che nulla svelano di lei se non la sua sensibilità ulcerata e debordante. Régent finisce per descrivere i mobili della casa di avenue de Champaubert, gli amici di lei che tumultuano nei saloni accanto, e menziona i libri della biblioteca, che riesce a sbirciare nonostante il salone in cui Karenne lo riceve sia immerso in un'oscurità sepolcrale. Anatole France, Balzac. Diana Karenne è decisamente una persona inafferrabile. Evasiva, appassionata. «Non ho mai sentito parlare della Russia come fa lei», riferisce. «Né della Francia, forse – dove sostiene di voler restare. Con tanto amore, e fiducia». Diana Karenne si deve amarla cosí.

Anche l'impaginazione del servizio colpisce. Oltre alle foto di Malikoff, ve ne è una sua: raffigura la zarina con lo zarevic privo di sensi fra le braccia. Madre provata dalla malattia del figlio, madonna in pietà. Nella pagina accanto, una foto di Greta Garbo, nei panni di Anna Karenina. L'adultera di Tolstoj è tornata a casa per abbracciare il figlio. Gli sfiora le labbra. Il pubblico è invitato a paragonare le due dive. Entrambe madri solo sullo schermo. Dolce la svedese, dal profilo morbido. Senza età Karenne – che potrebbe avere vent'anni come quaranta: un enigma. In Russia, ha detto a Régent, nessuno è innocente.

Karenne sembra in fase di rilancio, lavora al ritmo massacrante dei bei tempi. Nel gennaio del 1929, negli studi di Joinville, gira *Fécondité*, dal romanzo omonimo di Zola. Produttori la Mappamonde e l'Écran d'art di M. Ivanoff, regista Nikolaj Evreinov, costumista Aleksandra Ėkster: Diana naviga ancora sulla zattera russa. Ivanoff – presidente dell'Écran d'art e produttore anche della *Fin du monde* di Abel Gance – è forse l'ultima occasione di Diana. Ingegnere di Kiev, si era ritrovato nel 1908 a bordeggiare il mondo del cinema. Aveva aperto una società di locazioni, e nel 1915 si era deciso a cambiare vita, e a diventare produttore. Nel 1923, dopo la fine della guerra civile,

Ivanoff era espatriato in Polonia, per approdare infine a Parigi. Lui e Diana, pur nati e cresciuti nella stessa città, a Kiev si erano mancati: ma se il film andrà bene potrebbe formarsi un sodalizio vincente. Un produttore ha bisogno di un'attrice, e viceversa.

La scelta del regista rivela insieme la fedeltà alle origini e l'ambizione di Ivanoff. Drammaturgo, teorico, maestro della regia antinaturalistica, Evreinov è stato uno dei protagonisti del teatro russo, con Stanislavskij e Mejerchol′d. In esilio a Parigi dal 1925, nello stesso palazzo di rue Boileau in cui vive rintanato lo scrittore Remizov (i due però si detestano), cinquantenne, si considera ormai entrato in quello che definisce «il periodo dei ricordi». Sarà altrettanto inventivo come regista cinematografico?

Prima ancora di vedere il film, i critici italiani lo osannano. Non per motivi artistici e nemmeno perché, come tutti gli europei (e Diana stessa) sono in preda all'infatuazione per il cinema sovietico (tutti pazzi per Ėjzenštejn e Pudovkin). Ma perché «un'esaltazione della purità e delle gioie della famiglia», «la condanna del disordine e della sregolatezza, la celebrazione della immensa bontà della natura e della vita dei campi in contrasto con la vita maledetta della città». Insomma, «un capolavoro di propaganda demografica e antiurbana che non potrà non avere grande successo».

Raccontato cosí sembra il perfetto film fascista, in sintonia con lo spirito del tempo e la politica demografica di Mussolini: ma il pubblico invece non lo premierà. Tutto ciò che ne resta è il bozzetto di un magnifico costume di scena, dipinto dalla pittrice Aleksandra Ėkster, forse per Diana Karenne. Che interpreta la rivale della protagonista – madre di undici figli: l'anti-madre, l'amante. Il ruolo di tutta la vita. E una manciata di fotografie scattate sul set. Diana è magrissima, tormentata, eterea. Da un articolo su «Cinémagazine» apprendiamo che è diventata bruna. Ha quasi quarant'anni. Probabilmente ha iniziato a tingersi i capelli. La fotografia che due mesi dopo correda un suo ritratto su «L'intransigeant» mostra che li ha anche tagliati: li porta corti, con la riga di lato. Nel 1929 non esistono ritocchi, né chirurgia plastica, né botulino. Diana Karenne deve avere firmato un patto col diavolo. Dimostra neanche trent'anni.

In primavera, a Berlino, ritrova Rudolf Meinert. Un dramma romantico ancora prodotto da Ivanoff di Kiev. Ma – come Evreinov – pure il regista di *Marie Antoinette* è entrato nel crepuscolo della carriera. In Francia lo titolano *Le roses blanches de Gilmore*. Ancora una volta, Diana è una donna vittima di un errore giudiziario: viene condannata all'ergastolo per un omicidio che non ha commesso. I critici la trovano «semplice, efficace, naturale». Diana Karenne non cerca mai l'effetto ma grazie a «una viva sensibilità» valorizza i diversi aspetti del ruolo. I recensori sembrano deplorare che questa attrice insuperabile non riesca a recitare in un grande film.

Il lancio è adeguato, i giornalisti tornano a intervistarla nella sua casa di avenue de Champaubert. «Cinémonde» le dedica un servizio adulatore, il cui titolo strilla: DIANA KARENNE. UNE ARTISTE, UNE METTEUR EN SCÈNE, UNE MUSICIENNE, UNE CANTATRICE ET UN CONFRÈRE. L'ultima definizione allude alla sua malizia da giornalista. Non permette infatti all'intervistatrice, Sabine Bernard-Desrosne, di farle domande, ma piuttosto le previene, la confonde, ed è lei a costringerla a parlare. Si ripete la stessa scena già vissuta da Martini, Calvi e Régent: Diana attua sempre la stessa strategia difensiva, indipendentemente dall'interlocutore. Li conquista tutti. Ma nessuno di loro riesce a penetrare il velo di nebbia e l'enigmatica reticenza che l'avvolgono, né a trovare le parole per spiegare il suo fascino. Inafferrabile: eppure quel mistero è la cosa piú reale di lei.

Nel frattempo ha interpretato un altro film settecentesco, ambientato alla corte di Francia, *Le collier de la reine*. La riduzione del romanzo di Dumas la firma Emanuel Alfieri. Diana Karenne come Maria Antonietta è la prima scelta dello sceneggiatore, che l'ha conosciuta nello stesso ruolo sette anni fa, del produttore e del regista, Gaston Ravel, sua vecchia conoscenza dei tempi italiani. Sarebbe uno stanco déjà-vu di *Marie Antoinette* per lei, se non vi interpretasse un doppio ruolo (di madre e figlia) e se la produzione non sperimentasse, per la prima volta, il sonoro: non vi saranno dialoghi, ma rumori e musica sincronizzati con le immagini. E se il protagonista non fosse un giovane attore russo della Manciuria che si fa chiamare Pierre Batcheff. Gregor è convinto di farne il nuovo Mosjoukine.

Batcheff invece considera Rabinovitch uno squalo e un vampiro. Attribuisce a lui una frase di Wengeroff a Kamenka, che ha suscitato il disgusto degli intenditori di cinema sperimentale. «Ma non capite il lato commerciale delle cose? Se si è troppo artistici e si ha troppo ego, si perdono soldi». Pierre detesta gli emigrati russi, che considera tutti bianchi e fascisti, mentre lui è un anarchico di sinistra, ed è allergico perfino alla lingua russa, che ha dimenticato. Ha aspirazioni intellettuali, vorrebbe recitare solo in film d'avanguardia come *Le chien andalou*, o dirigere *Fame* da Knut Hamsun, e disprezza il cinema commerciale cui lo incatena il contratto con l'altro. Accetta *Le collier de la reine* solo perché la sua partner sarà Pola Negri e ciò gli schiuderà le porte di Hollywood. Pur avendo imboccato il viale del tramonto, la star è ancora «il nome sopra il titolo» – quello che conta piú della storia, e basta ad attirare il pubblico al cinema.

Quando sul set scopre che la Negri si è follemente innamorata del principe russo in esilio Mdivani, lo ha sposato e ha abbandonato il film a pochi giorni dall'inizio, ed è stata sostituita da una sconosciuta attrice francese, Batcheff dà in escandescenze e minaccia di andarsene, gli facciano pure causa. Poi si calma, perché è volubile e i suoi saliscendi di umore sono repentini. Rassegnato, si predispone a girare la prima scena, con la malcapitata Diana Karenne.

Ma quando Diana gli urta inavvertitamente la parrucca, inclinandogliela sulla fronte, ha uno scatto rabbioso, perde il controllo e la colpisce al viso con un manrovescio. Talmente forte che lei sbatte contro la carrozza e cade. I musicisti continuano a suonare, ma sul set regna la costernazione. L'attrice si rialza e raccoglie la parrucca dal pavimento. Gaston Ravel si accerta che non si sia fatta male. No, risponde lei. Ma è un brutto presagio.

Pazzo da legare. Crisi di astinenza, tossico marcio – bisbigliano le maestranze, che hanno l'occhio lungo e sanno misurare la dilatazione delle pupille. La produzione lo licenzierebbe in tronco, se ciò non comportasse il naufragio del film. Rescinderà il contratto alla fine delle riprese.

Bruno, pallido, occhi malinconici, capriccioso e incostante, Batcheff è talmente bello da sembrare il principe azzurro sognato dalle bambine. Diana lo amerebbe, nonostante lo schiaffo o a causa di esso, se non avesse poco piú di vent'anni e non fosse innamorato perso di Denise – la figlia di un noto editore, che lo accompagna sul set e veglia su di lui come se potesse evitargli la catastrofe. È un predestinato. Piú di Mosjoukine: potrebbe essere il nuovo Rodolfo Valentino. Ma accumula ritardi, dimentica i movimenti, e a volte le pare di recitare con un sonnambulo. Tra i flaconi e i pennelli del trucco, in camerino, pettegolano le sarte, nasconde siringhe e batuffoli di cotone sporchi di sangue.

A Roma la cocaina fluttuava in nuvole bianche, nel 1919. Ma l'euforia artificiale delle droghe è piú effimera di quella che riesce a procurarsi col pensiero. E non poter controllare il proprio corpo o le proprie azioni l'ha nauseata. Iniettarsi in vena la morfina, poi, è una forma di suicidio. Sono fragili, gli emigrati piú giovani – arrivati in Francia ancora ragazzi, senza il peso del passato ma anche senza punti di riferimento, instabili, insicuri. Lei esce con uomini piú grandi, a volte sull'orlo della senilità. Sono ricchissimi, cerimoniosi, e la fanno sentire al centro del mondo. Ma di giorno si circonda di giovani. Però se lasciano siringhe e grumi di vomito sui tappeti di Bukhara o sulle ali degli angeli li rimbrotta, li catechizza ed è disposta a farsi detestare perché moralizza come una bigotta. Non sanno amare, davvero, la vita, ed è un peccato per lei imperdonabile. Pierre si suiciderà con un'overdose tre anni dopo.

Nel film Diana è ancora – per la seconda volta – la regina Maria Antonietta. Lei però sostiene sia la terza, e nell'intervista con la Bernard-Desrosne menziona *Il giglio rosso*, il suo primo film italiano. Non lo ha mai girato, non esiste nessun *Giglio rosso* del 1914. Diana Karenne non ha perso il piacere di reinventare la propria storia. Qualche mese prima, a un altro giornalista, ha proposto una versione ancora diversa. Piú autentica, in un certo senso. Lo ha accolto con familiarità, sorprendendolo con la sua affabilità e piacevolezza, si è offerta di preparare lei stessa il tè, il caffè o un'altra bevanda, come fossero amici. Poi, invece di promuovere il film, si è dilungata a raccontargli dei suoi esordi in Italia. Sono stata ingaggiata da Pasquali come scrittrice, racconta. Perché sono una scrittrice: qui in Francia conoscete solo una minima parte di me. Poi Pasquali mi propose di interpretare dei film. Io ho accettato solo a patto di dirigerli.

Perché sottolinea che Maria Antonietta è il suo doppio, l'ombra della sua vita? Non le sembra di cattivo augurio che il pubblico la identifichi con zarine e regine destinate a essere assassinate dai loro sudditi. Dopo *Le collier de la reine* si concede una lunga vacanza a Hossegor, sull'oceano Atlantico. Località di villeggiatura per aristocratici e altoborghesi. Begli alberghi, campo da golf. Hotel La Plage. Come dice il nome: spiaggia, onde. Non è mai stata cosí apprezzata come attrice. Ha fiducia nel popolo – e nel pubblico.

Quando *Rasputin* esce in Francia, nel Natale del 1929, l'economia mondiale è stata travolta dal crac di Wall Street, molte banche sono fallite e ormai i cinema sono occupati dai film sonori. «Parlants» – si dice. A Parigi da luglio tutte le produzioni sono state sospese, e differite a tempo indeterminato, per permettere alle case di effettuare il passaggio al sonoro. Rinnovare gli apparecchi, allestire i laboratori, addestrare il personale, permettere agli attori di adeguarsi. Anche Diana vorrebbe interpretare un film sonoro. È urgente, indispensabile: nell'ambiente le previsioni dicono che nel giro di un anno il cinema muto non esisterà piú.

Dicono anche che la recitazione dei divi del silenzio sarà d'improvviso superata. Il loro gesticolare, la mimica esagerata, le smorfie: tutto sembrerà ridicolo. La profezia non la spaventa. Il suo stile – sobrio, controllato, naturale – non ha mai somigliato a quello degli altri. Lei sa di essere un'attrice. Adattare il corpo, il volto, i gesti al personaggio è il suo mestiere. Le parole verranno. Ma in quale lingua potrebbe girare? L'italiano lo padroneggia bene, però l'accento slavo che non è riuscita a eliminare, benché «simpatico» a dire di tutti, la renderebbe impacciata e poco credibile. In una scena d'amore o di dramma rischierebbe di essere ridicola. In tedesco? Non è fluida. Per imparare davvero una lingua bisogna avere un amante del luogo, e lei non ha mai avuto un tedesco. La mentalità, l'umorismo – tutto dei tedeschi le è rimasto estraneo. Potrebbe imparare le battute a memoria, ma la naturalezza andrebbe perduta. In francese? I francesi hanno il culto della lingua. Lei legge i classici e parla come una contessa dell'Ottocento, ma il cinema francese preferisce gli ambienti contemporanei, e lei non mitraglia sillabe abbastanza veloce. In Europa il pubblico russofono è troppo esiguo per sostenere i costi di una produzione. E poi ormai il suo russo è peggiore del suo italiano. In inglese? Gli americani sono piú aperti. La svedese Greta Garbo ha girato un film sonoro – e non musicato: proprio parlato. Il suo inglese nordico è ritenuto seducente. Ma il tempo dell'America per lei è passato. Il suo futuro è qui. Prenderà lezioni di dizione – come una debuttante. Sarà la sua quarta vita.

Gregor le fa fare un provino nello studio di registrazione della Ciné-Alliance. Il passaggio al sonoro è costoso ma indolore, per un produttore. Una questione meramente tecnica. Rabinovitch si è già lanciato, e propaganda *Il diavolo bianco* dal *Chadži-Murat* di Tolstoj, come il primo capolavoro sonoro. Gregor e Bloch hanno ricostruito il Caucaso ceceno nelle Alpi Marittime, perché Bloch rivendica che il cinema è finzione e irride il realismo filologico. Ma per le parti dei cosacchi hanno assunto centinaia di profughi, veri cosacchi del Don.

Diana invece è emozionata come nel novembre del 1914, alla Cines. Recita davanti a un apparecchio a forma di grammofono, collegato alla cinepresa da un intrico di fili. Ripete le stesse battute in cinque lingue. Diventano un segnale elettrico e poi una vibrazione meccanica: la puntina incide un solco sul disco che intanto ruota. Quando il tecnico riproduce la registrazione, le sue parole risuonano nella saletta – come venissero dall'aldilà. L'accento è quasi impercettibile. Ma c'è qualcosa di straniante nella sua voce. Cosí roca e profonda. Come non appartenesse alla stessa esile donna che la emette. Dal fratello Diana si aspetta sincerità – quasi brutalità. Ottimo, sorride Gregor. Molto sensuale. Funzionerà.

Nadia

1930-1939

Dove andrai tu, andrò anch'io.
Dove starai tu, io pure starò.
Il tuo popolo sarà il mio popolo
e il tuo Dio sarà il mio Dio.

Libro di Ruth

Le montagne non s'incontrano fra loro – recita un proverbio cosacco –, le persone sí. Diana Karenne abita la riva destra della Senna, frequenta i cinema, i teatri e le sale da concerto; Nikolaj Otzup la riva sinistra, frequenta la Rotonde, dove sorbisce con deferenza le elucubrazioni del critico Adamovitch, il café Cameleon e le taverne di Montparnasse, dove tira l'alba intossicato dall'alcol e dal fumo, frastornato da discorsi malefici sulla missione della letteratura degli emigrati: tenere alto l'onore della tradizione e della lingua, dimostrare che la vera letteratura russa siamo noi, e i pochi scrittori rimasti in patria solo fantocci della dittatura; oppure aprirsi, contaminarsi con la letteratura contemporanea straniera, rinnovare la lingua e le forme e inventare una letteratura nuova. Discorsi che sfociano in disaccordi radicali, diventano discussioni, e poi litigi, anche cruenti, che lo lasciano pesto come se avesse fatto a botte. Lui è per la seconda opzione, come gli altri che quando sono andati via dalla Russia erano troppo giovani per avere un nome – Poplavskij, Janov, Fel′zen, Gazdanov – e qui si paragonano ai pinguini, goffi uccelli privati delle ali, che non potranno mai piú volare. Ma i conservatori pesano di piú, e i nuovi sono divisi da rivalità non meno aspre – poiché quanto piú la posta in palio è esigua, tanto piú l'odio divampa.

Già nel marzo del 1930 Nikolaj (il nomignolo Nick lo ha lasciato a Berlino, con molte altre cose) si è attirato l'inimicizia del piú acclamato tra i giovani, che pubblica con lo pseudonimo di Sirin, ma si chiama Vladimir Vladimirovič Nabokov. A Berlino era amico di suo fratello Sasha. Nei primi anni dell'esilio frequentavano lo stesso circolo che si riuniva al café Leon di Nollendorf Platz; dalla scissione poi ne era nato un altro, con base nell'appartamento di Gleb Struve: si definivano i Cavalieri della Tavola Rotonda. Nikolaj però se n'era tenuto lontano, non perché fossero tutti umoristi e caricaturisti, ma perché di tendenze politiche nazionaliste, e ostili al gruppo della Casa delle Arti in cui gravitava lui, che invece manteneva aperti e quasi cordiali i rapporti con gli scrittori ancora a Pietroburgo. Sul primo numero della nuova rivista, «Čisla», che hanno fondato insieme, Ivanov ha stroncato *L'occhio* di Nabokov, che aveva stroncato a sua volta il libro di poesie della moglie di Ivanov, Irina Odoevceva. E Nabokov ora nutre anche per lui, che considera lo sgherro di Ivanov, il piú feroce disprezzo.

Diana si sveglia tardi, si crogiola fra i vapori profumati della vasca da bagno, a mezzogiorno in punto va a trovare il suo amico nell'atelier di place de la Sorbonne, rientra alle tre, legge un copione, perché le case hanno ripreso la produzione e cerca un bel personaggio per il prossimo film, abbozza il ritratto della figlia dei vicini, perché ogni tanto la titilla la possibilità di disegnare cartelloni e locandine pubblicitarie, improvvisa una czarda al pianoforte, e cena al ristorante con chiunque, telefonando, abbia scoperto che esce quella sera (non ha ancora imparato a cucinare una frittata e mangiare da sola la deprime); Nikolaj la mattina alle nove si fa trovare già in redazione, pur sgualcito dal poco sonno e dal tragitto (gli uffici sono vicino alla fermata Convention del metrò), perché considera «Čisla» una sua creatura – è lui il caporedattore, la compone quasi da solo (la sua candidatura è stata supportata da Adamovitch e Ivanov, e intende dimostrare che non avrebbero potuto fare scelta migliore) e se ne prende cura piú di quanto abbia mai fatto con un'amante; rimane tutto il giorno in una stanza mal riscaldata a telefonare, sbrigare la corrispondenza, distribuire incombenze a Fel′zen, il giovane scrittore che ha preso come segretario, sollecitare articoli, spillare soldi ai benefattori, con l'adulazione, la persuasione e perfino l'inganno (una pia dama vegetariana scopre orripilata di aver finanziato una rivista su cui si pubblicano racconti a suo dire pornografici), calmare i collaboratori che supplicano un anticipo e poi si lamentano perché è infimo, e soprattutto leggere manoscritti di scrittori noti e sconosciuti. È giovane, vorrebbe dare spazio anche agli esordienti.

Lei frequenta gli studi cinematografici e le sfilate dei sarti; lui le biblioteche e le sale di lettura. Avrebbe dovuto farlo nel 1913, quando dopo aver venduto per 13 rubli la medaglia d'oro del liceo di Czarskoe Selo venne a Parigi per studiare Diritto all'università e saltava le barbose lezioni sul codice di procedura penale per seguire i corsi di Henri Bergson. La guerra gli ha impedito di diventare un filosofo ma si illude di avere sempre tempo per recuperare. Lei abita nel distretto altoborghese di Campo di Marte, lui in pensioni di Montparnasse dal parquet scricchiolante e gli infissi sghembi, con le finestre che non bloccano gli spifferi, di solito in cima a una rampa di scale di sei piani, che lo lascia con l'affanno e il rimpianto di non avere piú vent'anni. Si è abbarbicato al 16° arrondissement con l'adesività di un mitilo allo scoglio: ma la corrente lo trascina verso l'estrema periferia, in sobborghi oltre l'ultima stazione del metrò. Quasi tutti gli scrittori pubblicati da «Čisla» sono relegati nelle banlieue – quella operaia di Billancourt, dove vivono i russi assunti nella fabbrica della Renault, e quelle borghesi della Val-de-Marne, ai margini dei grandi parchi metropolitani. Il fratello Georgij, che ha tralasciato la medicina perché è stato colpito dal morbo che affligge i maschi di famiglia – la scrittura – e si dibatte nella sua stessa penuria di denaro, convive con una pittrice russa a Neuilly. Però sia Diana sia Nikolaj, sebbene per motivi diversi, amano la pittura. E i suoi dintorni.

I quadri ancora odorano di vernice, mentre i pittori li appendono sulle pareti della galleria. Ronzano i trapani, i colpi dei martelli: il vociare è assordante. L'apertura è prevista fra un'ora e ancora nulla è pronto. Scontento ed eccitazione si alternano, come gli umori. Il protégé giapponese di Diana non può competere col connazionale piú noto nel gruppo che qualcuno etichetta come École de Paris: Foujita, riconoscibile nella folta schiera di orientali perché indossa clamorosi kimono floreali di seta, babbucce anche d'inverno, e tondi occhiali di corno. I prezzi delle sue tele hanno raggiunto quotazioni vertiginose. È troppo noto per esporre a beneficio di una rivista di letteratura. Acquisterà qualcosa, per aiutare il nipote e i colleghi poveri – come lei, del resto. Diana ignora chi sia l'organizzatore della mostra.

Punta Arkady Roumanoff, che sta parlando con Isaac Dobrinsky e un uomo di cui spunta solo la zazzera scura. Roumanoff finanzia «Cinéa», la piú lussuosa rivista di cinema di Parigi. Da quanto tempo non le dedica un servizio? Dobrinsky invece è un ebreo occhialuto sulla quarantina. Ha studiato scultura alla scuola d'arte di Kiev, ma non si sono incontrati: a quel tempo lei preferiva la musica. Dietro le spesse lenti, Dobrinsky fissa l'editore senza lasciar trasparire la speranza che lo macera: Roumanoff è anche un intenditore d'arte e un generoso collezionista. L'ha avvistata. Marie Antoinette! Il terzo uomo si ravvia i capelli lustri di brillantina. Riconosce subito Nikolaj Adveevič Otzup – pure se le volta le spalle. Alto, snello, il profilo deciso – e la voce. Enfatica, sonora. Sono sei anni che lo evita.

Gli occhi scintillanti di Nikolaj – petrolio liquido – si posano su di lei. Trasale, abbozza un accenno di sorriso. Diana sguscia via ma è troppo tardi. Ma chère Karenne, siete davvero una maga! esclama Roumanoff, accennando

a Otzup, proprio ieri Régent gli parlava di voi. Male, spero, ride lei. Ahimè, solo elogi, Nikolaj Avdeevič mi pregava di farvi incontrare. Gli ho spiegato che siete sempre impegnata, e lui non abbastanza povero per suscitare la vostra compassione. Mais en tout cas: Madame Karenne, eccovi l'ultimo dandy di Montparnasse. Otzup le stringe la mano, che lei ritira immediatamente come se avesse toccato un pesce morto. Ah, tu pensavi che io fossi una che si può dimenticare, vorrebbe urlargli, e che si butta piangendo sotto le suole dei tuoi baci. Sii maledetto. Mai piú, ti giuro, tornerò con te. Ehi zuccherino, ricordati che sei qui per me, le sussurra all'orecchio Šulim, per favore fai un poco di conversazione e presentami l'odioso Otzup.

Otzup ha il dono raro di farsi detestare da tutti, ma la sua rivista conta. Ha fiuto e ciò accresce il livore dei suoi avversari. Chodasevič non si capacita che un poeta estinto si riveli invece un editore di talento. Ha fatto esordire Gazdanov e recensire positivamente il *David Golder* di quella ragazzina infranciosata di Irène Némirovsky, ha strappato versi pure all'ispida Cvetaeva. Le aveva chiesto cinque poesie autografe per l'edizione di lusso, da 5000 franchi, del prossimo numero: Marina Ivanovna, sdegnata che Otzup corteggi i milionari speculando sulla fame dei poeti, gli ha risposto di non fare regali che poi vanno in vendita, ma gli ha copiato il formidabile *Elogio dei ricchi*. «Io *amo* i ricchi... Perché non entreranno in Paradiso... perché tra conti, rendite, sbadigli | ricevimenti, argenti, scrigni, – | non possono comprare gli insolenti come me». Ha appena messo in vendita i fascicoli 2/3, «Čisla», e già esserne esclusi ti scredita. Fra gli scrittori, ma anche fra gli artisti. Otzup si sta lanciando nel commercio dell'arte, si è preso come consulente Maurice Blond, vuole organizzare mostre, fa girare il nome dei pittori. Per incamerare soldi per la rivista vende pure i quadri che i pittori gli hanno dato solo in prestito. Non è tipo da farsi scrupoli. I poeti di solito hanno poco spirito pratico, Otzup si accompagna ai peggiori pescecani della Borsa, e ha imparato i loro trucchi.

«Čisla» è una rivista moderna, elegante, impaginata con cura. Ai saggi, alle recensioni, alle poesie e ai racconti alterna illustrazioni. Sui primi numeri ha inserito opere di Larionov e Zadkine, ha già un accordo con Chagall. Ho bisogno delle tue arti, devi sedurmi Otzup: sul prossimo numero vorrei esserci io – le bisbiglia Šulim. È uno spilorcio, non paga niente, cerca di dissuaderlo Diana, anzi scommetto chiederà a te di pagare per stamparti. Ma i soldi sono lo sterco del diavolo, ride Šulim, ho bisogno solo di notorietà! E poi ho te, benedetta creatura.

Dov'è finita l'unica bionda intelligente al mondo? Che cosa le ha fatto? l'apostrofa Nikolaj, appena Roumanoff si allontana. Dire alla donna con cui hai passato la notte piú strabiliante della tua vita che sai che si tinge i capelli! Dovresti cucirti la bocca col filo di ferro, demone, riesce a pensare, mentre lei lo incenerisce con un'occhiata dinamitarda. L'ho uccisa, signor Otzup, statemi lontano, potrei fare altrettanto con voi, gli risponde Diana in italiano.

Potrebbe finire cosí. Lei si godrebbe la mostra, si farebbe suggerire da Šulim quali quadri vale la pena acquistare e quale giovane pittore abbia bisogno di un incoraggiamento, e poi chiamerebbe un taxi e proseguirebbe la serata da Roumanoff. E continuerebbe la sua vita. Che in questi mesi – salvo la parentesi erotica cubista nell'atelier di place de la Sorbonne – è piú che altro snervante attesa di una telefonata. Monsieur Hoche di Ciné-Alliance e Gregor hanno vari film in cantiere, fra Parigi, Vienna e Berlino, ma nessuna proposta concreta per lei. Per *La chanson d'une nuit* Gregor sceglierà Magda Schneider, per *La comtesse de Montecristo* Brigitte Helm.

Il silenzio dell'apparecchio le scatena pensieri neri. È un'attrice finita? Davvero il cinema sonoro ha ucciso anche lei? Piú di quanto voglia ammettere l'ha turbata la fine dello spensierato Emilio Ghione. L'aveva incrociato nel 1922 a Berlino, poi gli altri italiani le avevano detto che era tornato in Italia, a teatro – allestiva spettacolini con Za la Mort sui palcoscenici di provincia. Ma quando una sera le è sembrato di riconoscerlo in un ubriaco col cappotto sdrucito, che sputava sangue su un marciapiede di Montparnasse, all'uscita del metrò, si è voltata dall'altra parte. Lo avrebbe aiutato, ma temeva di umiliarlo. Il rimpatrio glielo ha pagato Lina Cavalieri, che l'ha fatto trasportare in un ospedale italiano: Za la Mort si è spento per la tisi a Roma il 7 gennaio del 1930 nel padiglione degli indigenti. Nessuno ormai si ricordava di lui. I nomi dei divi e delle dive degli anni Dieci – ha osservato un poeta – sono scritti sulla sabbia. La marea del tempo li ha già cancellati.

Invece Nikolaj pianta Dobrinsky promettendogli che inserirà senz'altro un suo paesaggio su «Čisla» e le si appiccica, la pedina mentre si sposta da un quadro all'altro, guastandole il piacere di osservarli (le sembrano tutti storti e dipinti sotto effetto di stupefacente, il che è anche possibile), e poi si piazza alle sue spalle, fingendo di osservare lo stesso provocatorio nudo di fanciulla di Jules Pascin. «Giungendo alla stazione, – sussurra, sfiorandole l'orecchio con le labbra, – suona il fischietto, | bianco nell'aria il fazzoletto, | quello che sventolavi, quando fu la prima neve… | Questo quartiere cittadino | mi diventerà insopportabile | se non spira di Roma | la vita, riscossa | da te, che ritorni, | come primavera, a casa, | nell'angolo mio d'inverno».

Cominciano a uscire insieme. Lui non accetta di farsi invitare a cena, ma non vuole invitarla negli scalcinati bistrot adeguati al suo portafogli. La subalternità economica le consegnerebbe la supremazia nella relazione. E poi lo imbarazza farsi vedere dagli scrittori con Diana Karenne. Gli darebbero del gigolò. Già dicono che si prostituisce, concedendo spazio ai peggiori scribacchini che gli promettono di finanziare la rivista. Lei lo tiene lontano dalla sua casa – dal suo corpo e dal suo letto. Si incontrano negli atelier dei pittori, alla Cité Falguière, oppure nelle gallerie d'arte. Lui vorrebbe affittarne una e chiamarla Čisla. La povertà dei vari Meyer, Raphael, David, Samuel, Frania, Benjamin – tutti ebrei, la maggior parte nati in Ucraina – nobilita le sue intenzioni agli occhi di Diana Karenne.

Non parlano mai di letteratura né di cinema. L'irriguardosa indifferenza di Nikolaj per la sua professione tuttavia si rivela per lei un sollievo. La notorietà l'aveva costretta a condurre una vita falsa. Le persone la amavano o la odiavano per ragioni che non avevano alcuna realtà, non la trattavano piú per quello che lei era o riteneva di essere, ma per l'ombra mitica che essi credevano fosse. Nikolaj la tratta come una donna che vorrebbe diventasse la sua. Pretende si raccontino a vicenda l'azione piú malvagia e indegna che hanno commesso. Solo mostrandosi l'uno all'altra nella verità potranno costruire una relazione autentica. Comincia tu, lo esorta Diana, che non sa cosa aspettarsi: i racconti sui fratelli di Nikolaj la inquietano, ma Otzup le sembra troppo letterato per essere davvero pericoloso.

Tralasciamo le persone cui abbiamo spezzato il cuore, propone lui. Le donne ingannate e tradite, le ragazzine sedotte e abbandonate. Che banalità! lo stronca lei. Speravo fossi piú perverso. Ma lui dice: era un soldato. Mi aveva dato uno schiaffo. Io ero ufficiale. Era il 1915. Non potevo tollerarlo. L'ho fatto fucilare.

La mia colpa è peggiore, ammette lei. Non ne hai sentito parlare perché eri in Russia, a quel tempo. Nell'estate del 1919, mentre dirigevo un film ho conosciuto un ufficiale. Era stato appena smobilitato, dopo aver combattuto quattro anni sul Carso. Ferito due volte, sopravvissuto a bombe e granate. Alto, bruno, con un sorriso sciagurato. Italiano tipico, irruento, passionale. Io ero annientata dalla morte dell'uomo che amavo, né mai piú credevo che mi sarei interessata a qualcuno. Si è sparato una pallottola in testa. Ma non è questa la mia azione peggiore. La voce ha cominciato a circolare. Gli uomini mi amavano fino a morire. Ne hanno scritto i giornali. Io sono rimasta in silenzio. Ti dirò: ero abituata a drammi che si svolgono intorno alla mia persona. C'è qualcosa in me che gli altri non capiscono. Ciò mi rende una persona tragica. Ma nell'ambiente del cinema fregiarsi del suicidio di un uomo era come una medaglia. Altre attrici si sono appropriate della morte dell'ufficiale, vantandosene. E non ho potuto sopportarlo. Ho scritto una lettera di rettifica al giornale. «Questo suicidio mi appartiene, – dicevo. – Non perché ne sia responsabile, ma per la fatalità del mio sguardo, il fascino dei miei occhi, me tutta intera». Il redattore concludeva l'articolo dicendo che un moralista doveva scrivere un romanzo sulla mia vita sentimentale a edificazione dei giovani romantici. Lo sto ancora cercando, quello scrittore. Le mie parole superbe e sciocche mi perseguitano, come la mia indifferenza. Ma vedi, ero stata solo gentile con lui, e credevo di fargli del bene. A volte il bene causa il male. Pensavo che non ci si può uccidere per Diana Karenne. Una persona che non esiste.

L'attrazione che Nikolaj prova per lei non ha mai smesso di assillarlo. Dal 1923 ha visto tutti i suoi film, solo per poterla guardare, nel buio di una sala. Sempre affascinante, incredibile come il tempo la rispetti. Sembra ancora piú giovane che a Berlino o a Roma. Provava nello stesso tempo piacere e una sofferenza quasi fisica. L'idea che il suo corpo e il suo viso fossero a disposizione di chiunque gli era insopportabile. Ed è stato felice, quest'anno, di non trovare nemmeno una locandina o un trafiletto sulle riviste che annunciasse un suo nuovo film.

Sono libero, ormai, la informa. La moglie non lo ha raggiunto in Italia, né a Berlino né a Parigi. Non ricomporranno mai la separazione, non riusciranno a dimostrare che l'amore è libero e sopravvive ai tradimenti, al sesso, alle infatuazioni. Polina Aronovna è morta nell'aprile del 1928. Aveva solo ventinove anni. Non so come è successo, la notizia l'ho ricevuta in ritardo. Diana non gli dice che le dispiace.

Non voglio mettermi con te, chiarisce. In questo momento non sei pronto, non sei maturo, credo che tu non sappia nemmeno cos'è l'amore. Sento spirare da te qualcosa di meschino e di malvagio. Io posso amare solo chi mi è pari. E c'è un altro. Un uomo molto ricco e molto buono, si limita a dirgli, vaga. Non il marito né il fidanzato, nemmeno un amante, ormai. Anni fa, quando l'uomo che amavo si è ammalato, non ho saputo stargli accanto. Non ripeto mai lo stesso errore. Lo bacia sulla bocca – prima di infilarsi in un taxi. Nient'altro.

Nikolaj indugia sul marciapiede, mentre la pioggerella di novembre squaglia la brillantina e gli impiastriccia i capelli. Diana gli ha lasciato il rossetto sulle labbra: porpora, e un sapore selvatico di amarena. Il taxi è ancora fermo al semaforo, e lei è un'ombra chiara dietro il vetro del finestrino. «Vita, chi sei? Perché mi sei stata data?» Chi la ama muore. Non è cinema. Non è finzione. Diana

Karenne è una vera femme fatale. Non c'è due senza tre. Ma lui si considera invulnerabile. I lupi mannari sono come i vampiri – chi non possiede un'anima, o l'ha venduta, è eterno. Diana non gli ha dato appuntamento. Non risponde al telefono. Non sa neanche dove scriverle. Nel 1931 non esce neanche un suo film.

Non ha voluto dirgli il nome di quell'uomo, quindi se anche leggesse i giornali italiani – e non lo fa, perché dal 1924 in Italia non ritorna, e ormai anche Pavel Muratov si è trasferito a Parigi – Nikolaj non presterebbe attenzione alla notizia che il marchese Giuseppe Medici del Vascello, ambasciatore d'Italia a Madrid, è spirato serenamente, coi conforti della fede, dopo una lunga malattia, nel suo castello della Mandria, il 27 gennaio 1931. Ai solenni funerali hanno partecipato marchesi e aristocratici sabaudi, consoli, politici, i senatori Agnelli e Fracassi e alcuni membri della Corona Reale. Ha tenuto la commemorazione il sottosegretario agli Affari Esteri, sua eccellenza onorevole Fani. L'imponente corteo funebre è stato preceduto da una banda di avanguardisti, centurie di balilla e piccole italiane, e da un plotone della MVSN del Fascio di Venaria. Tutta la cittadina alle porte di Torino ha reso tributo all'illustre defunto, il fascistissimo ambasciatore cosí apprezzato dal capo del governo, sua eccellenza Benito Mussolini. La salma è stata tumulata con rito fascista nella tomba di famiglia – un tempietto di marmo sormontato da un cupolino: la piú grande del locale cimitero. Fra i presenti, non figura Diana Karenne.

Eppure, quando l'operazione cui Giuseppe si è sottoposto a Berna nel giugno del 1930 si è rivelata palliativa, quando si è aggravato, ha dovuto chiedere al ministero degli Affari esteri di esentarlo dalle sue mansioni ed è rientrato alla Mandria, lei ha lasciato tutto e lo ha raggiunto. Šulim e Gregor hanno tentato invano di fermarla. Il passaggio al sonoro ha reso incerte le sorti dei protagonisti del cinema muto. Sparire proprio adesso, mentre Diana ancora ha dei progetti che potrebbero concretizzarsi, è un suicidio. Le resta poco tempo per amare sé stessa, per godere dell'amore della gente – che s'assorbe come l'acqua nella sabbia. Nulla è piú effimero della fama di un'attrice. Starò via poco, ribatte. Col vagon-lit da Torino a Parigi basta una notte. E poi non ha mai fatto calcoli. La vita accade.

Il marchese non l'aspettava. E anche lei – mentre seduta in poltrona lo intrattiene raccontandogli sciocchezze – pensa al suo poeta. Non li ha letti, i versi di Otzup, non ha nemmeno acquistato l'ultimo volumetto, che lui ha pubblicato nel 1928 (a sue spese, si maligna), e che si vende – o meglio si espone – nelle librerie russe di Parigi. Lo ha intitolato *Incontro* – e chissà se parla della moglie Polina o anche di lei. È un libro d'amore, le ha detto Nikolaj, perché ho dei sentimenti, dopotutto, anche se non ho mai saputo dimostrarlo e ho fatto di tutto per negarlo. Ero un timido, un mite, la guerra e la Rivoluzione mi hanno costretto a diventare un attaccabrighe e un duro. Ma non sono cinico e nichilista come dico di essere. Tu – che ho incontrato nella dura e povera notte del mondo – potresti scoprire l'uomo che si nasconde dietro la maschera del lupo mannaro. Grazie, preferisco di no, gli ha risposto. E non parlare di maschera a un'attrice. La maschera è la persona.

Però nella penombra che odora di disinfettante e sangue pensa a lui, cosí vanesio e arrogante, cosí insicuro e fragile. Una calamità, per qualunque donna. Sono passati già piú di due anni da *Incontro*, le ha detto, con amarezza, e non sono riuscito a scrivere neanche un altro verso. Mi occupo solo dei versi degli altri. Mi prosciugo. Inaridisco. Sono una medusa che si essicca al sole, un campo durante la siccità. Aspetto l'acqua che saprà inondarlo, irrorarlo, farlo rifiorire. Vorrei che fossi tu, Diana, la mia pioggia.

Lei ha bisogno di uno scopo – la sua vita sta sbandando, priva di direzione. Si era assegnata la missione di assistere

Giuseppe, ma la sua presenza è inopportuna. Può restare finché arriva la famiglia, poi deve sparire. Nessuna macchia sulla limpida figura dell'ambasciatore. Perché sei venuta? le ha chiesto, stupito. Per tutte le volte che gli ha mentito, avrebbe voluto rispondergli. Che lo ha rifiutato. Ma si è limitata ad accarezzargli la mano. Perdonami, dice ognuno dei suoi gesti – sorreggergli il bicchiere, asciugargli le labbra, leggergli la corrispondenza, perfino spazzolargli la camicia nera, di cui andava cosí fiero. La voglio nella tomba, le spiega. È importante l'abito con cui ci presentiamo al cospetto di Dio. Tu cosa vorresti indossare? Ci andrò nuda, Giuseppe, cosí come sono venuta. Non voglio portare niente con me.

Dovevi sposarmi, Dina mia, Dina-mite – le rimprovera quasi ogni giorno. L'economia va a rotoli, la borsa ha perso il cento percento del valore, precipitiamo in una depressione di cui non s'intravede la fine, il futuro è incerto. Il futuro, il futuro – lo interrompe lei. Che ce ne importa? Le farfalle sanno forse cosa è l'indomani? Immenso è solo l'istante. Lui però non capisce. Come vivrai quando non girerai piú film? Ma non esiste solo il cinema, minimizza, e non è l'unica cosa che mi interessa. C'è il canto, c'è la musica. Potrei dipingere sul serio. O scrivere. Vorrei studiare filosofia. Non darti pena per me. Se il cinema mi abbandonerà, farò qualcos'altro.

Avresti avuto il titolo di marchesa, insiste lui, l'eredità, i soldi, la tenuta. E una famiglia, anche. Avresti dei figli, sarebbero già grandi – ci penso sempre, Dina. Il nostro primo potrebbe avere quindici anni. I tuoi occhi verdi, e il mio naso d'aquila, e i primi baffetti, e la divisa da avanguardista. E andrebbe al liceo dove ho studiato anche io. Un giorno diventerebbe ambasciatore, e tu potresti accompagnarlo. E la bambina? Potrebbe avere dodici anni. Sarebbe snella come te. Le avresti insegnato a suonare il pianoforte. L'avremmo chiamata Anna, come tua madre. Li vedo, sai? Ci parlo, anche. Sono qui con noi. Non riesco a credere che hai rinunciato a tutto questo. Certe volte penso che non avrei dovuto sparare a un albero. Se tu avessi creduto che ero pronto a morire per te, non mi avresti mai lasciato.

Non volevo niente di tutto questo, Giuseppe, gli risponde. Non lo rimpiango. I soldi, il castello, il titolo. I nostri figli mi mancano, ma non avevo il diritto di averne da te. Non preoccuparti per me. Se perdessi tutto potrei sopportarlo, perché non è davvero mio. Vorrei non possedere nulla. Essere semplicemente libera.

L'inverno strappa le foglie dei tigli nel parco della Mandria e i rami grattano ai vetri rigati dalla pioggia. La pendola rintocca le ore e lui fissa nella parete di fronte al letto il riquadro di cielo – monotono e sempre grigio come la cenere –, e si ricorda del capanno sulla spiaggia, e del loro primo passero. Com'era bionda, Dina, e scrosciante la sua risata, allora. Quasi non la conosceva ancora, e forse non la conosce nemmeno adesso. Quel bigliettino che hai scritto, a Roma. Dimmi la verità, Dio ti ha risposto? le chiede, con un filo di voce. Sí, conferma lei. Viene sempre, quando lo cerchi. Verrà anche da te.

Le ore si susseguono, uniformi – Giuseppe si assopisce di continuo. Ogni tanto lei sussurra: sono qui. Lui farfuglia sempre la stessa parola: milione. Un milione di lire. Troverà il modo di farglielo avere. Dina non deve rifiutarlo. Non è un compenso. Non ha mai voluto comprarla. Nessuno può. È il futuro, che le regala. Perché la necessità impone scelte amare, e non si può essere liberi nel bisogno. Lui ha sempre avuto tutto. Lei ha dovuto guadagnarsi ogni cosa. Questa differenza, non di casta – o di classe, come usa dire adesso – ma di esistenza, è incolmabile, ha impedito loro di essere uguali, e di amarsi davvero. Lasciami fare questo per te. Tu devi restare libera, Dina-mite.

Smettila, lo zittisce, stai delirando, non lo voglio, il milione, non voglio niente da te. Tocca a me darti qualcosa, adesso. Non c'è niente di mio che tu non abbia già. Solo il mio tempo. Ed è tuo, finché vorrai.

Ma il tempo per Giuseppe non ha piú valore. Le iniezioni di morfina che gli alleviano il dolore attutiscono la coscienza, lo cullano in un dormiveglia da cui riemerge solo a tratti. Le afferra la mano, la stringe – o forse è solo una contrazione muscolare. Non parla piú, e anche lei ormai tace. Ma il silenzio li ha sempre uniti. Il silenzio è intimità, verità, sostanza.

Non ha bisogno che il dottore le dica di andarsene. Madame Karenne non doveva essere qui, e non è prevista. Né nell'agonia e tantomeno alle esequie del marchese. Saranno una manifestazione pubblica, politica, l'ambasciatore era un personaggio eminente. Nessuno dovrà mai associarlo al nome di un'attrice. Tale è la sua volontà.

Quando richiude la porta della camera alle sue spalle, Giuseppe dorme. Non prova a svegliarlo. Ha sempre detestato le cerimonie degli addii. Non è mai riuscita a sentirli, i loro figli, in questi giorni. Soltanto mentre si allontana nel corridoio, percepisce delle voci giovani, nella stanza da cui è uscita, e una risata squillante di ragazzina. È come un morso al cuore. Si blocca sul primo gradino delle scale, affonda le unghie nel legno del mancorrente. Ma forse sono i figli dei domestici, giú in cucina.

Non torna da Otzup e nemmeno a Parigi. Resta «in viaggio» per tutta la primavera. Solo nel giugno del 1931 «Paris-Film» annuncia il suo rientro «da un viaggio in Europa» e l'imminente ritorno sullo schermo: l'attrice è in trattative con due importanti case di produzione. La sua assenza prolungata e apparentemente inspiegabile fa ritenere sia stata informata che il 30 novembre – poco dopo il vernissage – qualcuno l'ha denunciata alla Prefettura di Polizia. La storia si ripete, si ripete, si ripete: non finirà mai.

Stavolta, per essere entrata in relazione con l'ambasciata sovietica «per l'intermediario del suo amico, un pittore russo il cui atelier è situato in un meublé di place de la Sorbonne, e dal quale si reca tutti i giorni dalle 12 alle 14».

La denuncia - circostanziata, perché l'autore sembra averla seguita per giorni ed essersi appostato sotto lo studio del pittore con l'orologio in mano, per misurare quanto tempo la signora resti là dentro, a far l'amore, a tramare congiure oppure entrambe le cose - sorprende perfino la Polizia, perché Madame Karenne è stata considerata finora un'avversaria del regime dei Soviet. Tuttavia convalida il sospetto il fatto che sia in relazione anche con uno scultore russo, Serge Youriévitch, già attaché dell'ambasciata al tempo degli zar, amico e allievo di Rodin, che secondo il ministero dell'Interno prende ordini dall'ambasciata sovietica. La prefettura ordina un'indagine urgente. A questa donna sta per essere concessa la cittadinanza francese.

«Diana Belokowska» - ma è sempre lei - ha presentato i documenti nel dicembre del 1927. Nonostante le stravaganti dichiarazioni della postulante - che è stata convocata al commissariato per chiarimenti, offrendo spiegazioni ancora piú confuse e improbabili delle dichiarazioni stesse -, «l'inchiesta minuziosa e completa sulla moralità, la condotta privata, il valore professionale e il lealismo» verso la Francia condotta dai servizi segreti ha dato esito favorevole: il prefetto di Parigi ha ritenuto di non vedere inconvenienti a che la domanda possa essere accolta.

I servizi segreti ricominciano svogliatamente le indagini (è passato appena un anno dalle precedenti). Non interrogano di nuovo il datore di lavoro - e riciclano la descrizione già offerta da Hoche, il presidente di Alliance Film: «un'eccellente artista, seria e molto coscienziosa»; ma frugano nelle sue dichiarazioni dei redditi (guadagna 60 000 franchi l'anno), esaminano i suoi documenti d'identità (l'ultimo risulta rilasciato a Mentone il 4 dicembre 1929), i visti d'uscita e d'entrata (pendola fra l'Italia e Berlino). Chiedono informazioni sulla sua vita privata, ma anche qui non salta fuori niente: «bons reinsegnements».

Chi l'ha denunciata? La malizia dell'appostamento sotto lo studio dell'amico fa temere si tratti di un uomo che la conosce bene, e pure intimamente. Grisha Feyguine è felicemente sposato. Ha traslocato nel 7° arrondissement, e ora abita con Daisy all'ombra della Tour Eiffel, in un palazzone signorile sull'avenue de la Bourdonnais. (Si è avvicinato moltissimo a Diana: passeggiando nei giardini di Campo di Marte potrebbero incontrarsi). Dovrebbe averla dimenticata, la prima moglie. Eppure, per quanto a me sembri strano e a lei deve esserlo sembrato ancora di piú, l'ex avvocato della corte d'appello di Pietroburgo e ora impiegato di banca Grisha Feyguine ha cominciato a dipingere. Si considera un pittore professionista e nel gennaio del 1930 ha presentato due quadri – il titolo generico di *Peinture* che assegna a entrambi impedisce di immaginarne il soggetto o lo stile – al Salon des Indépendents, che li espone (insieme a migliaia di altri, va detto) al Grand Palais, sugli Champs-Élysées.

Nel catalogo sono registrati col numero 1437 e 1438: Grisha – che dichiara di essere nato a Mosca e di essere francese – valuta il primo 1000 franchi e il secondo 1200. Probabilmente li vende, perché si ripresenta al Salon del 1931, sempre con due *Peinture* senza titolo, ma alza la quotazione a 1500 franchi. Piuttosto bassa, se si considera che alla stessa esposizione Tamara de Lempicka valuta 18 000 franchi la sua *Jeune fille* e 12 000 una «peinture» anonima. I russi d'avanguardia sono piú modesti: Natalija Gončarova stima 8000 franchi un proprio dipinto e Michail Larionov 5000. Ma Natalie Troubetskaya ne chiede 15 000 per un Nudo, Dimitri Tzapline 25 000 per una scultura in pietra che raffigura un uccello; Abraham Mintchine di Kiev vuole 7500 franchi per i suoi cantanti di strada, e gli ucraini Alexandre Tretiakoff e Sophie Zarycka entrambi 2500, rispettivamente per una danza contadina ucraina e due donne. I giapponesi poi – che nel 1931 sono una legione: piú di 50 – possono chiedere fino a 12 000 franchi per un paravento in lacca giapponese. La carriera artistica di Grisha non decolla: nel 1932 presenta ancora due quadri, stimati però appena 900 franchi, come le dilettanti (moltissime) e i pittori della domenica. Pittori russi (e anche ucraini, perché i cataloghi distinguono le nazionalità) a Parigi ce n'è centinaia, ma si conoscono tutti. Qualcuno gli avrà riferito della relazione della sua ex moglie con uno di loro.

E poi c'è Otzup. Agli amici dichiara che il 1930 è l'anno in cui lui e Diana si sono messi insieme (ai fratelli dice addirittura che si sono sposati). È già morbosamente geloso – del suo passato e del suo presente. Temo che per ragioni diverse tutti e due siano capaci di denunciarla. Entrambi trovano insopportabile la sua libertà.

Alla fine, nel maggio del 1931, la Polizia deve arrendersi. O Diana Karenne è innocente, oppure è la spia piú abile che sia mai esistita. «Non è stato possibile stabilire che sia in relazione con l'ambasciata dell'URSS», conclude la relazione del prefetto. Il fascicolo resta privo di seguito. L'iter della sua richiesta di cittadinanza francese, però, viene bloccato. Una donna cosí, meglio che resti straniera.

Le «soirées Čisla» si tengono di giovedí, nel tardo pomeriggio. Hanno quasi soppiantato le ormai crepuscolari domeniche a Passy, da Merežkovskij e Gippius: l'arredamento della casa al civico numero 11 di rue du colonel Bonnet è rimasto cosí come i due scrittori l'avevano lasciato dopo il loro ultimo soggiorno parigino. Credevano di tornarci dopo pochi mesi, e invece per via della Rivoluzione erano passati otto anni. Non hanno cambiato nulla, nemmeno i soprammobili: sembra di essere nel 1910. Scrittori e poeti si alternano nella lettura delle loro ultime opere all'ombra di una lampada schermata da un paralume verde. Nikolaj e i suoi amici – Adamovitch, Odoevceva e Ivanov (un uomo di eccezionale asprezza, capace di offendere con ogni parola che pronuncia), la Teffi e Berberova – discutono per ore di politica e filosofia. Diana non c'è ancora mai andata.

Nikolaj l'ha avvisata che le serate Čisla sono assai diverse da quelle della Lampada Verde. Si svolgono in una vasta sala a pianterreno che gli altri giorni ospita gli uffici di un oscuro uomo d'affari di cui è diventato amico a Berlino. L'ambiente è informale, frizzante, parecchio scandaloso. Viene tutta la Parigi russa. Banchieri, benefattrici corteggiate perché sborsino denaro, politici, scrittori di ogni tipo. Nikolaj è insieme l'imbonitore, il buttadentro, l'imprenditore, l'accalappiacani.

Si frequentano da quando è tornata a Parigi, ma non stanno veramente insieme. Non come vorrebbe lui, almeno. Lei dice che è per via della sua natura di lupo mannaro – non le avesse mai raccontato quella storia. Ti ho detto che non eri pronto, ma non sono pronta io, in realtà, gli ha spiegato. Dovrei cambiarti, ma ho paura di farlo. Se uccidi la parte oscura del lupo mannaro, morirà anche quella buona.

Lui è quasi riuscito a isolarla. Pretende che rinunci ai suoi pittori erotomani, ai giornalisti francesi e agli anziani magnati del cinema. Ma a lei l'annoiano gli interminabili rimuginamenti letterari in cui si sfiniscono lui e i suoi amici; nella rivista di Nikolaj guarda le immagini e legge solo le poesie di Georges Raevskij (cosí si fa chiamare ora Georgij Otzup): hanno un suono antico, che le ricorda le letture del ginnasio, e il fratello di Nikolaj, timido e grosso come un orso, sembra un gentiluomo del tempo di Puškin. I racconti invece sono troppo fumosi e sperimentali, appesi al nulla, e fatica a capirne la lingua. Non è mai venuta alle soirées Čisla. Stasera Nikolaj leggerà il suo saggio su Proust: ritiene suo dovere supportarlo. La tua opinione, le ha detto, è dirimente. Ma non so nulla di Proust, ha obiettato. Lui l'ha abbracciata, intenerito. Tu non sai e capisci tutto.

Nikolaj è molto infelice. «Čisla» va male, anche se ormai ha la reputazione di essere la miglior rivista russa di Parigi. È alla redazione di «Čisla» che da Costantinopoli lo sconosciuto M. Ageev ha inviato un pacco contenente un dattiloscritto: la prima di quattro parti di *Romanzo con cocaina*. Per Nikolaj, e per tutti quelli che lo hanno letto, è il miglior romanzo dell'anno – e non solo russo. Una riscrittura satanica di *Delitto e castigo*, disturbante, nero come l'anima buia del rabbioso studente protagonista – che maltratta la madre, di cui si vergogna, e fa del male gratuitamente alle donne che lo consolano. Nikolaj lo pubblicherà sul numero 9, o sul numero 10. E vuole mandare la ventenne poetessa Lidija Červinskaja a Costantinopoli a prelevare il seguito dall'autore. Diana si è offerta di andar lei. Lui però non si fida – chi è questo M. Ageev? Ma il prestigio non si mangia: le vendite non coprono mai i costi di produzione. Ogni numero rischia di essere l'ultimo.

La questua costringe Nikolaj a esibire il peggio di sé, lo trascina in sordidi giochi, lo invischia in intrighi e slealtà. Lo abbruttisce. Sul numero 5 lui e Ivanov si sono ridotti a pubblicare un certo Burov, pure schernito con selvaggia voluttà da tutti loro, perché in cambio gli ha finanziato il numero successivo – altrimenti avrebbero già chiuso. Sirin, cioè Nabokov, ha scritto un feroce racconto sulla faccenda, *Labbra contro labbra*: i protagonisti sono riconoscibili dietro i nomi fittizi, e la satira della cricca di Čisla sferzante come una scudisciata. Nikolaj e Ivanov sono riusciti a impedire alla rivista rivale, «Poslednie Novosti», di pubblicarlo, ma la scoperta della sua totale assenza di principî ha disgustato Diana. È una storia immorale, lo ha rimproverato. Avresti dovuto chiedere a me i soldi. Voglio il tuo amore, non la tua pietà, le ha risposto.

Stasera Nikolaj legge per la prima volta. Sulla rivista ha pubblicato appena qualche poesia sparsa. E recensioni, saggi, e un diario filosofico spiritualista – alquanto delirante: lei ne ha lette cinque righe senza afferrare l'argomento. Entrando nella vasta stanza, ha l'impressione che li aspettino al varco. Fronti aggrottate, smorfie esagerate, curiosità ironica verso di lei, quando Nikolaj la presenta. Hanno letto tutti *Camera oscura*, che Nabokov ha pubblicato nell'aprile del 1932 su «Poslednie Novosti».

Nel 1928, a Berlino, c'è un'attrice in declino, ridotta a pubblicizzare un rossetto: l'azienda la fa ritrarre da un pittore alla moda mentre tiene sulla spalla un pupazzo di peluche tratto da un cartone animato: un porcellino d'India. L'autore del cartone, Horn, fa causa all'azienda e chiede un risarcimento: lo otterrà se dimostra che gli sguardi del pubblico vanno al pupazzo piuttosto che alla donna. L'attrice – cosí ridicolizzata – riappare quattordici capitoli dopo: protegge Magda Peters, la sedicenne ninfetta proletaria amante del protagonista Bruno, che si illude di diventare una stella del cinema e cui l'uomo finanzia un film. Magda l'ammira. L'attrice si chiama Dorianna Karenine. Bruno – irritato dal suo nome – la definisce una giumenta senza talento. «Celebre per le sue belle spalle, il sorriso da Gioconda e la voce roca: d'altronde, assai bella». Alla proiezione privata del film, si presenta avvolta nelle sue pellicce nonostante il caldo, scodinzolante dietro il regista. Magda è un disastro (l'amante compra tutte le copie dell'ignobile film e le distrugge). «E voi? – le domanda Horn, che intanto si è intrufolato nella vita di Bruno e Magda. – Siete soddisfatta di voi?» «No, una vera artista non è mai soddisfatta», risponde l'attrice. È una cretina talmente ignorante che l'autore le fa dichiarare a Horn di non aver mai letto Tolstoj, e di non sapere nemmeno perché glielo chieda. Il nome Dorianna Karenine è cosí trasparente che tutti l'hanno riconosciuta.

Lei non ha letto il romanzo, che però ha avuto successo, tanto che sta per uscire in volume e sarà anche tradotto in francese. Si chiede ancora dove abbia mai incontrato Nabokov, a Berlino. O a Parigi, dove lui viene regolarmente da qualche tempo? Ma forse non lo ha incontrato. Il fratello di Nikolaj deve avergli detto che Otzup è diventato il suo cagnolino. Una diva appassita del cinema muto! I frequentatori delle serate Čisla salutano lei e vedono Dorianna Karenine. Devo dire qualcosa di intellettuale.

La vecchia che Nikolaj le presenta come Zinaida Gippius la squadra dalla testa ai piedi col monocolo conficcato nell'occhio sinistro. È stata la donna piú bella di Pietroburgo, ora è un rudere col volto arabescato di rughe, la parrucca fulva e una macula di rossetto sui denti. Dicono che vi avrebbero perdonato la bellezza se foste stata stupida, e il talento, se fosse stato accessibile, le dice, porgendole la mano grinzosa onusta di anelli. Ci sono passata anche io. Pazientate ancora un poco, verrà il climaterio e sarete libera.

Deve ridere? Deve ignorare il fiele di questa battuta? Oppure l'anziana scrittrice le dimostra solidarietà, perché sa quanto sia deprimente invecchiare, per una donna? Devo dire qualcosa di intellettuale. Ma le viene in mente solo che non bisognerebbe mai incontrare gli scrittori di cui abbiamo apprezzato un libro. Nikolaj saluta il suo amico Georgij Ivanov, poi Jurij Fel′zen, che lo ha abbandonato in polemica coi suoi raggiri per cercare finanziamenti, e adesso è un sodale di Nabokov, e l'attuale segretario Lazar Kel′berin. Ebreo di Kiev, convertito. Non ha voglia di sapere altro. Ma Nikolaj è stato agguantato da un altro scrittore furibondo – perché ha saputo che paga gli articoli piú dei racconti, e pretende la differenza. Nikolaj è costretto a dargli appuntamento in privato, sul pianerottolo. Lei non può seguirlo là fuori, fra le scale e l'ascensore, lo sente blaterare che la saggistica costa molta piú fatica della narrativa, per questo deve essere meglio ricompensata. Cerca di guadagnare una sedia – fra dieci minuti gli ultimi arrivati resteranno in piedi, o saranno addirittura respinti all'ingresso.

Le conversazioni si intrecciano – un cicaleccio di politica, libri, massoneria, pettegolezzi e teosofia. L'NKVD infiltra spie ovunque, e questo e quello sono sospettati di prendere ordini da Stalin (ma il sospettato numero uno è il marito di Marina Cvetaeva, che prima andava lercia come una stracciona e da quando Efron prende il sussidio di Caino non mendica piú, e la evitano tutti, ricambiati dal suo lapidario: nullità); Merežkovskij ammira Mussolini e va dicendo a tutti che il Duce lo riceverà a palazzo Venezia; quell'oca della Berberova ha piantato Chodasevič: il serpente langue nella solitudine della banlieue e si sfoga giocando a bridge; quell'imbianchino isterico di Hitler ha vinto le elezioni di gennaio in Germania ed è diventato cancelliere del Terzo Reich: dimostrazione che la democrazia è la crisalide della dittatura. Due panzoni nelle prime file si accapigliano sul premio Nobel. Appena assegnato a Ivan Bunin, primo russo incoronato dall'Accademia di Svezia. Merežkovskij è quasi morto di rabbia. Due cadaveri putrefatti tutti e due, lo rimbecca il secondo, non scrivono un libro decente da anni. Lo meritava Belyj – se non fosse tornato in URSS glielo avrebbero dato. O Šmelëv, ma la sua epopea fa stare troppo male. Esenin, al limite. Peccato si sia impiccato, sibila il primo. E Majakovskij si è sparato, e Boldynev e Gronski si sono eliminati e nemmeno io mi sento tanto bene. L'epidemia di suicidi è contagiosa. Devo dire qualcosa di intellettuale.

Ha l'impressione che tutti la giudichino. I nemici di Nikolaj: sarà cosí cretina veramente? perle vere, la spilla coi brillanti, qua c'è gente che mangia solo filacciosa carne di cavallo e patate lesse d'infima qualità e viene il giovedí da Čisla per i cetriolini e i tramezzini al prosciutto. Gli amici di Nikolaj: non sembra piú grande di lui, da vicino è molto piú bella che in fotografia, però com'è seria, e quanto sorride poco. Devo dire qualcosa di intellettuale.

L'età media è bassa. I giovani sono stravaccati nelle file di fondo, a fumare una papirosa dietro l'altra. Due scrittori col riporto tinto rimpiangono Berlino, perché si poteva praticare il nudismo nei parchi, però ormai non ci si potrà tornare, stanno emigrando tutti – ebrei, comunisti, pederasti. Naufragano a Parigi, fra un po' staremo come nel metrò all'ora di punta. La attraversa, fuggevole, il pensiero di Gregor. Non vuole andarsene da Berlino. Ha appena lasciato l'UFA per fondare una Casa propria e i suoi film vanno benissimo. La figlia è fidanzata con un nazista. Greg sostiene che Hitler non sarà peggio dei Romanov o di Petljura. Non ha paura. Dovrebbe? Nikolaj deve essersi sbarazzato del narratore, sente la sua voce senatoriale sviscerare la passione di Swann per i fiori. S'ingolfa in un inno alle camelie. Proprio lui, che non le ha mai regalato neanche una rosa. E non ha vendicato l'oltraggio che le è stato inflitto solo perché è la sua donna, perché gli scrittori non si fanno remore di calpestarle e umiliarle, le donne, pur di vendicare i torti letterari. Devo dire qualcosa di intellettuale.

Perché si è seduta vicino a Merežkovskij? Sta rimproverando un giovane dal pelo color carota di non aver letto il suo articolo sull'emigrazione. Avrebbe capito tutto. La paragono alla marcia nel deserto. La Russia non è emigrata, è partita per ritornare. Lei vorrebbe mettersi a urlare. Ma Dio mio, gli intellettuali non riescono a pensare ad altro? Ormai sono piú di dieci anni che vivono a Parigi. Che dovrei dire io? Avevo sedici anni quando me ne sono andata. Credevo sempre che un giorno sarei tornata a Kiev, e avrei chiesto perdono a mio padre, a mia madre, a tutti i miei antenati. E invece non lo farò. Ma non affliggo il mondo intero, per questo.

Tenta invano di reprimere uno sbadiglio: Merežkovskij cattura il movimento delle mascelle. I suoi occhi le dicono che la sta valutando. Sarà davvero una gallina la donna di Otzup? La mette alla prova. Nikolaj Avdeevič mi ha detto che siete mezza italiana. Belpaese, storia millenaria. Ho scritto molto dell'Italia. La morte degli dèi dell'antica Roma, il Rinascimento. Ah, complimenti! – balbetta lei, colta alla sprovvista. Leonardo da Vinci, le suggerisce lo scrittore, un successo mondiale, tradotto in dozzine di paesi. Anche in italiano, da Treves. Oh, Leonardo, sí! annuisce, illuminandosi. Per lei Leonardo da Vinci ha il volto di Alberto Pasquali. Un film talmente malriuscito. La parrucca gli si riempí di pulci. Quanto ne avevano riso, insieme, a Roma. È morto qualche anno fa, povero

Alberto, troppo giovane. Il film sarà stato mica tratto dal romanzo del russo? Glielo chiede. Lo scrittore non sa di cosa parli. Merežkovskij tenta un ultimo approccio prima di liquidare Diana Karenne come una decerebrata. Mi trasferirò presto in Italia per lavorare a un libro su Dante. Anche voi? solidarizza Diana. Ma il centenario è passato! Un poeta dal profilo di lupo avanza minaccioso verso la scrivania: brandisce un fascio di fogli e i suoi occhi luciferini impongono il silenzio. Merežkovskij si volge verso di lui. Lei sa di essere stata bocciata all'esame.

Si allontana con la scusa di cercare il bagno. Che però è occupato. C'è gente nel pianerottolo, sulle scale, nell'atrio. Le viene in mente di rifugiarsi nell'ascensore. Preme il pulsante. Dalla strada irrompono refoli di vento gelido. Si pente di aver lasciato la pelliccia sulla sedia. Non avrei dovuto indossarla. È sembrata una provocazione. L'ascensore è arrivato al pianoterra. Ruota la maniglia e per la fretta di richiudere la porta alle sue spalle si proietta nel cubicolo di slancio. Inciampa in quel che sembra un mucchio di indumenti, ma sono due persone avviluppate in qualcosa di piú di un abbraccio. Qualcuno ha premuto il pulsante, perché con uno scossone l'ascensore inizia a salire. Della ragazza vede solo le spalle larghe. Lidija, la poetessa moglie di Kel'berin che Nikolaj manda a Costantinopoli a prendere *Romanzo con cocaina*. L'altro non è il marito. Imbarazzo atroce. Ma che maleducazione, venire a strofinarsi nell'ascensore di «Čisla». O forse non è maleducazione. È rivolta. Il sangue che ribolle. Da quante settimane non faccio l'amore? Sono cosí giovani. Hanno l'età di. Lo spazio è esiguo, impossibile ignorarsi. Signora, ci fate l'onore di unirvi a noi? scherza l'accompagnatore di Lidija, un biondo con la faccia da apache. Boris Poplavskij, Nikolaj lo considera il migliore dei poeti giovani, un nuovo Rimbaud (non ha letto Rimbaud, ma ormai non può ammetterlo, altrimenti darebbe ragione a Nabokov). Se continuate ad agitarvi cosí farete precipitare l'ascensore, esala, stizzita come una babbiona. Cadendo non si perde la gloria di essere saliti, ride il poeta.

Quando rientra nello stanzone, Nikolaj è seduto alla scrivania e ha iniziato la lettura del suo saggio. Stai dritto, vorrebbe dirgli. La postura. Sblocca il diaframma. L'emissione della voce. Sono cose importanti. Invece lui è ingobbito sul foglio, e non alza mai la testa, non cerca il contatto col pubblico. Legge, implacabile. Ha una vena gonfia sul collo, la bocca secca e la salivazione azzerata. Riesce a percepire il fruscio della lingua che struscia sulle labbra, per inumidirle. Il foglio sussulta fra le mani che gli tremano. Agita il piede nervosamente. Belle scarpe, ma il drappo che copre il tavolo non arriva a nasconderne il movimento. Non lo ha mai visto cosí a disagio. Eppure Nikolaj è il padrone di casa, e ha lavorato a questo saggio per cinque mesi. Si sforza di seguire il suo discorso – quanto è profondo, quanto è filosofico –, ma perde il filo perché gli occhi si incantano sull'attaccatura dei capelli, dove fra le tempie e l'arcata sopracciliare si vanno formando due perle di sudore. Nikolaj volta il foglio – gliene restano almeno altri dieci, Dio mio, povero Nikolaj e poveri noi –, le perle s'ingrossano, e poi rotolano lungo la mascella. Una cade sulla manica della giacca. Brilla come una lacrima.

Finalmente tace. Si alza in piedi, le labbra disegnano un timido sorriso. Come sono bianchi i suoi denti. Quant'è bello. Fiacchi applausi. Mentre guadagna la porta (ha promesso ad almeno altri dieci poeti di parlare fuori in privato), annientato dalla consapevolezza dell'effetto del suo discorso, Ivanov, Merežkovskij e i due scrittori col riporto si complimentano con lui, ma nei loro sguardi legge cosa pensano: poveraccio, ci ha provato, Otzup è finito. Peccato, era un talento. L'esilio uccide i poeti. Pure Chodasevič dal 1928 non ha scritto un verso. Ma la sua prosa è sempre piú acuminata e si candida a diventare il testimone del degrado spirituale e della notte d'Europa. Otzup invece è diventato fumoso come una ciminiera di Billancourt. È una cosa terribile per un poeta sopravvivere a sé stesso – morire mentre si è ancora vivi. Ma i semi sognano sotto la neve, vorrebbe urlare. E non c'è morte inevitabile.

Quando il taxi la deposita davanti al palazzo di avenue de Champaubert, lo invita a salire. Lo desidero piú di ogni cosa al mondo, risponde Nikolaj, ma non verrò. Poiché non sai proteggerti da te stessa, devo proteggerti io. Perderai tutto, se starai con me.

Diana gli depone le chiavi di casa nel palmo della mano e si avvia verso il portone. Avenue de Champaubert è uno specchio nero d'asfalto su cui galleggiano le sfere luminose dei lampioni. I tacchi di lei, nel silenzio, come una sequenza di note. La prima notte a Parigi non è meno sconvolgente di quella di Roma. Lui scriverà di non aver mai provato niente di simile. Qualcosa di strano, unico, inspiegabile, che va al di là dell'intesa sessuale. Qualcosa per cui si sforzerà di trovare parole. Ma quando prova a descriverlo, gli viene in mente solo un'immagine consunta – un cielo notturno stellato, e la percezione di un pericolo mortale.

Vanno a vivere insieme. Diana disdice il contratto d'affitto, ma non possono prendere un appartamento. Sono piuttosto povero, ammette Nikolaj. Ma non ti dirò mai cosa faccio per rimediare soldi. La povertà non è un difetto, risponde lei. E se facessi come i tuoi amici l'operaio alla Renault, la comparsa, il pulitore di locomotive, l'imbianchino, il manovale o lo scaricatore, mi inginocchierei davanti a te.

Traslocano in un albergo di rue Copernic. Deve sbarazzarsi del lusso esuberante che era solo suo, vendere gli arredi e quasi tutti i mobili – perché lo spazio non basta. Ma non rinuncia alle icone, alla menorah e a due angeli di legno dorato. Li ha comprati da un antiquario di via dei

Coronari, e le ricordano Roma. Nel trasloco, a uno si rompono le ali, ma non le restaura. La mutilazione le ricorderà ciò che Nikolaj non le ha chiesto, ma che lei gli ha donato.

La strada è un budello rumoroso, infossata tra palazzi di sei piani, le scale odorano di colla e detersivo, l'albergo ospita uomini d'affari, perché Chaillot è il quartiere degli uffici – dove hanno sede le piú grandi società e aziende di Francia. Le finestre non hanno balconi. È decorosamente squallido, Kolen'ka! ride quando lui trascina le sue valigie fino all'armadio e lei si rende conto che le stampelle non basteranno mai per i suoi vestiti. Solo a diciott'anni mi sarebbe sembrato di lusso un alloggio cosí. Ma non mi sto lamentando. Ti ringrazio invece, perché mi hai restituito la giovinezza. Sí, potremo essere felici.

Invece non resiste neanche un anno. Poi una sera, quando è sicura che ormai Nikolaj non si suiciderà, ficca icone, menorah e angeli nella valigia di pelle (ai libri e ai vestiti penserà in seguito, del resto non le importa abbastanza) e sale sul primo vagone letto per il Sud. Piú di vent'anni di viaggi, e non ha imparato a dormire sul treno. Insonnia ostinata, mentre il convoglio oltrepassa le fabbriche della periferia, s'inoltra nel verde della valle della Senna e poi sferraglia nel cuore della Francia. Ore sveglia, a rimproverarsi. Non faccio altro che fuggire. Chi fugge una volta fugge per sempre. Dovrei affrontare chi abbandono invece di scappare di nascosto. Pure da Pietroburgo e da Grisha se n'è andata cosí. Come una tsigana. Ma non può piú vivere prigioniera fra quattro mura. Con un uomo che ascolta tutte le sue telefonate, che le sconsiglia di accettare qualunque proposta di lavoro (non è degno di te, tu sei un'artista), e poi recrimina perché le ha rifiutate e si crocifigge, accusandosi di rovinarla, perché lei lo discolpi, e lo assolva. Che giudica il modo in cui si veste, la profondità della scollatura e l'altezza dei tacchi, dissente su ogni particolare della sua persona – il colore, il taglio, l'acconciatura dei capelli, la sfumatura del rossetto, lo smalto delle unghie, le ali delle sopracciglia. Geloso delle ombre e dei suoi ricordi, degli amanti, dei fantasmi, dei vivi e dei morti, perfino dei parenti a Leningrado cui – frugando tra le sue carte – scopre che manda dei soldi. Tanti. Troppi, per lui che non ha mai aiutato nessuno. E poi: come fa? Certo non può spedirli per posta o accreditarli in banca. Li affida a qualcuno? Li porta all'ambasciata dell'URSS? E non crede siano davvero suoi parenti perché hanno un altro cognome, tanto che lei per chiudere la discussione giura che li inviterà in via ufficiale e riuscirà a ottenere un visto per farli venire a Parigi.

Peggio ancora. Chi conosci all'ambasciata che possa fare una cosa del genere? I cittadini sovietici non sono autorizzati a uscire dall'URSS. A meno che non siano esponenti del Pcus o spie. Cosa fanno i tuoi parenti? Chi accidenti sono? Perché non me ne hai mai parlato? Perché t'inventi sempre storie assurde? Ai funzionari che dovevano concederti la naturalizzazione hai raccontato di mantenere un figlio adottivo. Il commissario ti ha interrogato, e tu hai detto che no, intendevi il figlio tuo. Che avevano sbagliato a leggere. Ma l'ho visto cosa c'era scritto nel foglio. Gli hai pure detto che Yoric ti scrive una lettera al mese, e invece non ti ha neanche avvertito che si sposava. E non ti ha presentato la moglie. Perché non riesci mai a dire semplicemente la verità? Tu fai impazzire le persone. Io? È lui che la asfissia con la sua malinconia. Uno psichiatra diagnosticherebbe una depressione severa.

«Čisla» ha chiuso. Il decimo e ultimo numero è uscito nel giugno del 1934. Nikolaj è andato a chiedere soldi a tutti – i maligni dicono pure agli emissari parigini della GPU, tant'è che i servizi segreti francesi hanno segnalato pure lui come possibile agente del controspionaggio –, ma non è bastato. Il tempo passa, le cose cambiano, la comunità emigrata si dilania in fazioni ogni anno reciprocamente piú ostili, ci sono sempre meno lettori. E pure i francesi si sono stufati di loro. Quelli di destra sono nazionalisti, quelli di sinistra amano il cinema sovietico, la letteratura sovietica, credono al miracolo economico di Stalin e al progresso del popolo russo: gli emigrati sono zavorra di un'altra epoca. Quando i servizi segreti sovietici arriveranno a rapire nelle strade di Parigi i generali che ancora si ostinano a credere possibile un'altra Russia, in pieno giorno, sotto il naso della Polizia francese (li trasferiscono narcotizzati sulle navi, e poi in URSS per sopprimerli nelle segrete), i governi quasi non protesteranno per la violazione della sovranità nazionale. Il partito comunista francese è rigorosamente stalinista.

Nikolaj ha trascorso il 1934 in pigiama. Lo sorprendeva appoggiato al davanzale, a guardare la strada sottostante. Poiché abitavano al quinto piano, non si fidava a lasciarlo solo e usciva di rado. L'ha trascinato in vacanza alle terme di Châtel-Guyon, in Alvernia. Lui sostiene che le montagne giovano al suo spirito e la vicinanza del fallico Puy de Dôme le sembrava propizia: non si è mai immerso nelle piscine e il pinnacolo si è limitato a guardarlo dalla finestra della camera. Quando sono arrivate a Parigi le Knijžoukov non voleva neanche aiutarla facendole da interprete.

Le informazioni sulla famiglia d'origine che Diana ha fornito alle autorità francesi sono fuorvianti. Non solo ha negato di avere un figlio biologico e un fratello di nome Gregor, ma si è creata una genealogia alternativa: si è attribuita un altro fratello, Mikhail, «ex procuratore imperiale», e due sorelle, Elizabeth e Vera. Poiché li dichiara «figli di primo letto» e il loro cognome è Knijžoukov e non Rabinovitch, devono essere della madre. Diana afferma che Mikhail è nato nel 1882, Elizabeth nel 1884, Vera nel 1886: sostiene che Hanna è del 1874. Alla nascita di Mikhail avrebbe avuto otto anni.

L'esistenza di questi parenti russi non è ulteriormente documentata, ma Nikolaj li racconta nel romanzo che scriverà nel 1939. E l'ossessione di Diana scrittrice per il tema del rapporto fra madri e figlie, a turno colpevoli di aver generato fuori dal matrimonio, potrebbe anche suggerire che davvero, prima di sposare Isay Rabinovitch, Hanna Waisberg possa avere avuto dei figli da un altro. Hanna – di cui Diana in seguito mascherò l'identità attribuendole il cognome Kalinovitch – era figlia di un ebreo sefardita, Benjamin Menasciè. Benché il cognome fosse molto diffuso a Rodi e lo è tuttora a Roma, negli anni Settanta dell'Ottocento Menasciè viveva a Rostov, e in quella città era cresciuta Hanna. Il misterioso Knijžoukov doveva essere russo – forse, come il presunto figlio, nell'amministrazione imperiale. È possibile che non l'avesse sposata e che alla scadenza dell'incarico fosse tornato, coi figli, a Pietroburgo, dove gli Knijžoukov ancora vivevano negli anni Trenta. Doveva avere delle proprietà nel Sud, sul Mar Nero e alle pendici del Caucaso: Diana trascorreva le vacanze con le «sorelle russe». Avrebbe voluto essere una di loro? Le imitava? Cosa le aveva raccontato la madre? Forse molto poco. Come poi avrebbe fatto Diana stessa, sua madre esercitava in modo sopraffino l'arte del segreto. Chiunque fossero queste «sorelle russe», nel 1935 lei riuscí a farle arrivare a Parigi.

Ma non le capiva. Le sorelle avevano dimenticato il francese, e Diana il russo (confitte nella memoria invece le litanie di parolacce imparate dai dipendenti di Isay). Malvestite, sciatte, Elisabeth e Vera avevano perduto la sicurezza sbadata acquisita con naturalezza dall'ambiente in cui avevano vissuto, e sembravano due babuške. Non avevano mai visto un grammofono portatile e si sono portate via tutte le sue calze di seta, i saponi e i profumi. Non sapeva cosa dire. Loro invece avevano voglia di raccontarle quello che avevano passato. La boria in colbacco, le perquisizioni, le maniere ingiuriose dei loro ex domestici, l'affronto della miseria e della fame. Perfino i particolari piú intimi e indecenti dell'umiliazione. Provava ripugnanza per il loro rancore e la loro povertà, che le rendeva avide e invidiose; vergogna per il proprio benessere, per il tavolo fisso al ristorante, gli armadi stipati di abiti di seta, i cassetti di lingerie di pizzo nero, pure gli oggetti superflui disseminati sulle mensole - souvenir di viaggi a loro negati e di un'esistenza che potevano solo rimpiangere. Si sforzava di nascondere l'una e l'altra. Potrei essere anche io cosí. Tutto questo mi appartiene, fa parte di me. Non sono esentata. L'estraneità assoluta si alternava a un'intimità proditoria. Chi sei? si chiedeva continuamente. I cambiamenti cui è stato sottoposto il mio Io sono stati determinati dall'esterno? Oppure dall'interno di me stessa? Io sono soltanto ciò per cui sono diversa dagli altri. Non vi somiglio piú, sorelle, non mi identifico con voi.

Dina, Dina, piagnucolava Vera, non dovevo venire, preferivo continuare a credere che fossi diventata una capitalista cattiva, e che l'Occidente ti avesse corrotto il cuore. Elizabeth invece ammanniva a Nikolaj aneddoti stucchevoli sulla sua infanzia. Dina era il piccolo genio. Un'anima speciale, in comunione con tutti gli esseri viventi, uomini, piante, animali, tanto sensibile da fare i funerali ai grilli e alle lumache. Ti ha mai raccontato che provava compassione per i poveri? Eppure non era ricca. Ma stava meglio di loro e le sembrava una colpa. Andava di nascosto a portare soldi ai mendicanti e agli storpi che stazionavano davanti alla cattedrale. Una volta rubò un gioiello nel cassetto del comò di mamma e lo regalò a un gobbo. Una creatura ripugnante, che le faceva tenerezza. Il gobbo deve aver fatto vedere il gioiello ai suoi compagni della corte dei miracoli, perché il giorno dopo lo pugnalarono, e quando di ritorno da scuola Dina è passata davanti alla sua postazione, il cadavere giaceva prono nel fango. Gli avevano segato via la gobba. La bambina si è ammalata per il rimorso, e i medici non capivano cosa avesse. Il gioiello che aveva rubato alla madre apparteneva al nonno, ed era l'unico che aveva salvato quando gli avevano bruciato la casa, assassinato la moglie e distrutto tutti i libri. Menasciè era rabbino. Pure mamma si è sentita male quando ha scoperto di averlo perduto. L'ha allontanata, Dina ha trascorso un anno con la nostra famiglia. È diventata la nostra piccola sorella. Aveva un cuore troppo grande per questo mondo.

Ma la bambina di cui parlava non sembra piú vera di Diana Karenne. Elizabeth e Vera Knijžoukoff non sanno neanche chi sia. L'attrice, la scrittrice e la regista sono una persona che non ha nulla a che fare con la loro Dina. E la devota compagna del poeta Otzup non si concilia né con la bambina né con l'artista. Le sorelle tentano di ricomporre in una sola figura quelle personalità divergenti, ma lei scivola via come burro fuso. Il fratello Mikhail sarebbe ancora piú drastico: la considererebbe una donna perduta. Lo sono.

Hai mai pensato di tornare? le chiede Vera, che vorrebbe restare a Parigi, ma il visto turistico scade fra una settimana e ha lasciato la famiglia a Leningrado. Tornerò in un altro modo, promette. Prenderò lezioni di russo e lo reimparerò. Leggerò Tolstoj in lingua originale. Nabokov non ci crederà, ma lo ha letto in francese. Ma è uno dei mille progetti che si limita a enunciare. Li attuerà nel futuro anteriore. Prima viene Nikolaj.

Soffocami col cuscino, è stata la frase con cui l'ha accolta nel letto per mesi ogni sera. L'asfissia è una pratica erotica alquanto eccitante. Morire asfissiato potrebbe esserlo altrettanto. Lei ha scaraventato tutti i cuscini dalla finestra, sui marciapiedi di rue Copernic, temendo che prima o poi le venisse voglia di esaudirlo.

Quando Sasha è venuto a fargli visita a Parigi – e finalmente Diana ha conosciuto il fratello maggiore, il piccolo padre di Nikolaj –, è rimasto sconvolto. Credeva che Nikolaj potesse aiutarlo a trovare un editore, perché a Berlino nessuno è piú disposto a pubblicare i suoi racconti (lo accusano di essere monotonamente autobiografico, non fa piú ridere), e non si capacitava di trovarlo cosí abulico e ininfluente. Sasha, gioviale, fragoroso, noto per le battute esilaranti, non è riuscito a farne neppure una.

Tu sei un vero angelo, Diana, le ha detto, mentre cenavano al bistrot sotto casa (Nikolaj è rimasto in camera). Non ti immaginavo cosí. Nemmeno io, gli ha risposto. Voi Otzup mi fate paura. Tu sei indubbiamente il migliore di tutti. Se hai bisogno di aiuto, dolce Diana, conta su di me, ha assicurato Sasha. Poi è tornato a Berlino e non s'è piú visto.

Ma lei era convinta di riuscire a guarirlo. Di piú: a resuscitarlo. A farlo tornare il poeta che i suoi amici e i fratelli rimpiangono, e che lei non ha mai conosciuto. Ha abbandonato tutto. Non ha accettato piú un invito, non ha piú letto un copione. Kolen'ka odia Diana Karenne, quindi ha ucciso Diana Karenne. Ora si fa chiamare Nadja. Nel 1936, quando a Nizza le rilasciano i documenti d'identità, riuscirà a ufficializzare il cambio di nome (e si toglierà altri tre anni). Diventa Belokorska Nadejda: Nadja. Un anagramma di Diana, la sua palinodia. Purché tu torni a essere te stesso, io diventerò il negativo di me. Diana era impulsiva, sfrenata ed egocentrica? Nadja si prende cura di lui con abnegazione e altruismo. Nikolaj non è piú creativo? Nemmeno lei può esserlo. Si sbarazza di cavalletto, pennelli, scalpelli, creta e colori e butta nella spazzatura pacchi di racconti. Si occupa di lui, si interessa di ciò che interessa a lui. L'unico oggetto dei suoi pensieri è stata la morte, ora è subentrato un rivale: Dio. Il nichilista ateo Nikolaj legge avidamente i saggi di Berdjaev (esistenzialismo, ha cercato di spiegarle, che supera l'opposizione fra filosofia e religione), è convinto che la condizione umana, anche la sua, sia quella del peccatore in attesa di redenzione, e che il Messia lo salverà dalla notte. Non il Messia degli ebrei né quello storico, il Messia come metafora, può anche essere una donna – non ho incontrato Dio ma ho incontrato te, e sarà anche meglio. Nonostante l'affermazione sia imbarazzante, e anche inquietante per ciò che rivela del suo stato mentale, lei ha trovato esaltante diventare il Salvatore. Una parte come un'altra, in fondo. La interpreta col consueto scrupolo. I pochi che li incontrano in quel periodo sono sgomenti.

Ma di notte viene assalita dallo sconforto. Sogna di cadere in fondo a un pozzo, e di non riuscire ad afferrare la corda della carrucola. Si dibatte nel torbido finché l'acqua la soffoca – e si sveglia senza fiato. Oppure è un incubo metropolitano: guida l'automobile con la targa di Milano, è stanca dopo una giornata di lavoro e sta tornando a casa. Ma non riesce a trovare la via. Si perde in quartieri sconosciuti, in cui s'affastellano il palazzo di Roma e quello di Pietroburgo, i boulevard di Parigi e i vicoli di Napoli, gli alberghi, tutti diversi e tutti uguali, i portoni, ma da nessuna parte è casa. E nessuna chiave apre la serratura. Nel 1935, una mattina di febbraio – senza informarlo – si presenta nell'ufficio del consolato italiano e chiede un visto d'ingresso. A quale scopo? domanda il funzionario. Turismo, sta per dirgli. Poi, temendo che l'abbia riconosciuta, e pensi che sia disoccupata – sic transit gloria mundi –, tuba: per studiare canto. L'impiegato preme il timbro nell'inchiostro. Lei infila il visto nel cassetto. Essere libera di partire le infonde il coraggio di restare.

A ottobre, dopo il funerale di Poplavskij, che si è suicidato con un'overdose insieme al suo amico, Nikolaj le ha proposto di suicidarsi con lui allo stesso modo. Lo trova un atto gratuito e moderno. Un suicidio novecentesco. Morire insieme sarebbe un'apoteosi, certo, ma non con un'overdose, gli ha risposto. Una morte da emarginati. Siamo un'artista e uno scrittore: la nostra dovrà essere un grande spettacolo. Non nel fiume – gli annegati sono gonfi come pupazzi. Non sotto il treno – direbbero ah, questi russi. Gettiamoci dalla Tour Eiffel. Dalla finestra di rue Copernic, sporgendosi, riescono a vederne la punta. S'incunea fra le nuvole, è una vista che l'ha sempre consolata. In effetti ha sempre scelto di abitare nei suoi dintorni. Forse è rimasta una provinciale di Kiev: la torre di ferro è per lei la quintessenza di Parigi.

Nell'impatto i corpi si disintegreranno. E loro due si spappoleranno come fango sotto le ruote di una macchina che passa, materia immemore, senza dolore, e torneranno terra, crosta, polvere, fluido che germina e sarà di nuovo tutto. Ma durante la caduta, a testa in giú, almeno per pochi istanti il mondo sarà un altro. Precipitare, come angeli ribelli. Qualcosa di mitico, mistico – spirituale. Nadja parlava seriamente, esaltandosi man mano che immaginava il loro volo.

Nikolaj a quel punto ha cambiato idea, ma lei è andata a infilarsi il berretto con le orecchie di pelliccia: una vera šapka, Vera gliel'ha lasciata in cambio di un basco trapuntato di Chanel. Sono pronta, gli ha detto, che fai, esiti? Non essere vile. Non sarebbe meglio se ci sposiamo, prima? ha tentato di rimandare Nikolaj. Da amanti è piú letterario, ha ribattuto lei, e l'ha sospinto sul pianerottolo.

Hanno comprato il biglietto, preso l'ascensore e salito sottobraccio centinaia di gradini: ti ricordi? Cosí è iniziato il nostro amore, cosí terminerà. Sono rimasti un'ora sulla piattaforma – frustati dal vento, mano nella mano. Nikolaj fissava quelli che parevano puntini sul prato, ed erano i passanti nei viali di Campo di Marte. La Senna bluastra come una vena. Lei si sporgeva per individuare, nel crepuscolo incipiente, il palazzo di avenue de Champaubert. Non sarà mai piú spensierata come fra le mura di quella casa. Forse è la macchia bianca dietro gli alberi di avenue de Suffren. Non potrà mai piú permettersi un appartamento cosí grande. Da cinque anni non lavora, il contratto con la Ciné-Alliance è scaduto, e sta intaccando paurosamente il conto in banca. I suoi registi, i suoi attori, i suoi scrittori sono dispersi. Malikoff e Falk sono morti, Berger è stato messo all'indice e non riesce piú a lavorare, i libri di Dosio Koffler sono stati bruciati dai nazisti nel rogo di Berlino il 10 maggio del 1933, gli ebrei sono fuggiti - Meinert e Siegfried Arno in Olanda, Richard Oswald in Francia, Emanuel Alfieri chissà dove; Gregor non le ha piú proposto una parte, nemmeno nei film di spie che ha prodotto fra il 1931 e il 1933. La NSDAP aveva cominciato a lamentare che l'UFA concedesse tanto potere all'ebreo russo e lui nel 1931 l'ha lasciata, per fondare una Casa con Alfred Pressburger, la Cine-Allianz. Ma adesso dovrà venderla, se vuole evitare l'esproprio. Dopo aver approvato le leggi sulla razza, i nazisti hanno avviato l'arianizzazione. Gli ebrei non potranno piú avere proprietà. Sarà dichiarato ebreo anche chi ha un solo nonno ebreo. Loro ne hanno quattro. Se è questo il mondo che la attende, preferisce volare. Ha sempre trovato convincenti le teorie sulla trasmigrazione delle anime. Del filosofo Nietzsche, che le ha donato Ernesto, alla fine ricorda solo certi passaggi sull'eterno ritorno. Le piacerebbe reincarnarsi in una farfalla. Ma anche una libellula, che di ali ne ha quattro. Ha detto addio ad avenue de Champaubert, al Pont Neuf, agli Invalides, alla guglia della cattedrale. E poi i suoi occhi hanno cercato l'ambasciata d'Italia, il Conservatorio, la Conciergerie dove hanno imprigionato Maria Antonietta, la Gare du Nord, dov'è scesa la prima volta dal treno. Parigi è una mappa di ricordi dolci e atroci. Non si sono buttati.

Il volo mancato è diventato una lirica. «Con te voglio appassire, - ha appuntato Nikolaj su un foglio. - Non ho la forza di ricominciare tutto dal principio. Sempre piú debole la mia gelosia per la casa, sempre piú pietà per ciò che è terreno. Nulla è piú sconfortante delle tue mani». Ma ormai ogni cosa la opprime. Il respiro pesante di lui nella notte, i pantaloni sulla seggiola, i versi sparsi e inconcludenti, le copie invendute della rivista impilate sotto il tavolino, i mozziconi nel posacenere.

Me ne vado, gli ha scritto in fretta su una cartolina che poi ha incastrato nella specchiera della toilette. Una di quelle con la fotografia in abito di scena e la firma – Diana Karenne – prestampata. Ne ha ancora centinaia da smaltire, perché ormai gli ammiratori non gliene chiedono piú. Da anni alla posta del cuore delle riviste cinematografiche non arrivano lettere per lei o richieste di notizie su di lei. Se in Italia scrivono di lei, è perché intervistano Kiki Palmer. L'attrice ricorda di aver debuttato a dieci anni in *Justice de femme!*, con Diana Karenne. Nessun commento: storia talmente antica da non interessare i lettori. Oppure i giornalisti la irridono. «Pupilla che non perdona, soleva, lungo i suoi passi calcolati e sdegnosi, contare altrettanti cadaveri».

L'ultima volta il suo nome è apparso sul giornale di Torino, «La Stampa», nel 1934. Accompagnato da una fotografia, non bella, anzi arcigna e corrucciata. Il titolo annunciava il suo ritorno alle scene. L'articolo era ironico. Commentava con acredine la possibilità che lei, Francesca Bertini e Pina Menichelli riapparissero sugli schermi. Largo alla gioventú, esclamava il giornalista. Ma si trattava della réclame di un film antologico – un montaggio di spezzoni delle pellicole degli anni Dieci. Non è stato distribuito in Francia. Ha saputo che le bobine dei film della Pasquali si possono comprare, perché un distributore fallito sta svuotando i magazzini: potrebbe acquistare qualche copia. Chi le conserverà, altrimenti? Non esiste un museo o una biblioteca per i film. Chiunque può vedere un quadro dopo che il pittore che lo ha dipinto è un mucchio di ossa e di cenere, chiunque, quasi cent'anni dopo la sua morte, può leggere un libro di Puškin. Ma fra cent'anni dove saranno i film? Poi però si è vergognata di quel desiderio. Vanità, vanità. È tempo di togliersi la seta. È tempo di spegnere la lampada. Devi lasciarli andare. Dimentica.

Prima di fare qualunque cosa, pensa cosa farei io – aggiunge sul biglietto, in caratteri piú piccoli perché non c'è spazio. E se vuoi davvero cambiare, segui questi comandamenti. Non fare il lupo mannaro. Non vantarti della tua arte. Non prendere soldi in prestito. Mantieni il decoro e tieniti pulito. Non imbrogliare. Non mentire. Cerca di avere paura della tua seconda anima. Non uccidere i ragni. Nadja.

A dicembre incarica la filiale di Genova del Credito Italiano di vendere la villa di Rapallo. Non può piú permettersela. Ne prende in affitto una piú modesta, ma con una bella vista sul mare e un piccolo giardino, all'estrema periferia di Nizza, dove termina la passeggiata degli inglesi. Col cielo terso del maestrale, ha l'illusione di distinguere le case rosate e gialle dei villaggi della Liguria, i monti, i magri campanili, gli uliveti. Non tornerà a Parigi. Ci ha vissuto quindici anni ma non ha piú niente da fare là, e nessuno che conti. Non sente Yoric da tempo. Sa solo che ha già divorziato e ha un'altra donna: una russa. Chissà se ha sentito il richiamo delle origini. Non gli spedisce piú lettere né cartoline. È stufa di attendere le sue risposte striminzite (quanto scrive male, mio Dio, e ha avuto la fortuna di frequentare il liceo!), gli auguri formali per il compleanno. Che poi non li manda neanche il giorno giusto. Che senso ha? Non è mai riuscita a considerarlo suo figlio. E davvero ha fatto scrivere «adottivo» sul formulario della naturalizzazione. D'istinto: non pensava che la Polizia gliene chiedesse conto. Gregor si è sposato a Berlino con la sua compagna, è andato in America col proposito di trasferirsi a Hollywood, ma poi è tornato, e si è stabilito a Parigi. L'ultima volta che l'ha visto aveva concluso un film con Carmine Gallone e montava una commedia di Decoin con Danielle Darrieux. Si è detto desolato che il suo nome non sia piú spendibile sul mercato. Non l'aveva incontrato per chiedergli una parte. La loro alleanza si è sciolta. Ormai non ha nessuno. Nikolaj le ha fatto il vuoto intorno. Ma è lei che glielo ha permesso. Dalla Tour Eiffel non ha lasciato cadere il suo corpo, ma tutto il resto.

La frontiera dista mezz'ora in automobile, ma lei ne guida una solo in sogno. Non si può piú permettere di stipendiare un autista, e le chiacchiere dei taxisti che la tengono aggiornata sulle novità del mondo la angosciano. È molto stanca – come se avesse compiuto uno sforzo sovrumano. Le onde che si rovesciano sulla scogliera vengono dall'Italia. L'aria ha lo stesso odore – pino, timo, resina, rosmarino. La vicinanza dell'Italia le fa bene. Soltanto in Italia è stata sé stessa.

Nikolaj arriva con la primavera, senza annunciarsi. Prende una stanza nella pensione accanto, non le chiede di tornare insieme, dice solo di essere riuscito a tenere nel cuore le parole del suo amore, e queste stanno cicatrizzando le sue ferite. La incontra al crepuscolo, quando Nadja scende per il bagno. Le piace immergersi nell'ora blu, agli ultimi riverberi del giorno, quando l'acqua è uno schiaffo freddo sulla pelle. Lui si allunga sulla sdraio, e la segue con lo sguardo – sforzandosi di dominare l'ansia – mentre nuota verso il largo. Spericolata, temeraria. Teme sempre possa accaderle qualcosa. Poi l'avvolge con l'asciugamano e le friziona le spalle. Sta meglio. Tu, angelo poco socievole, mi stai trasformando, sostiene. La riviera è il paradiso dei tubercolotici. A entrambi sembra di essere stati molto malati, e che Nizza sia il loro sanatorio. Si curano con le passeggiate del mattino, i concerti nei parchi dei grandi alberghi, il mare. E la vicinanza. Due settimane dopo Nikolaj trasloca nella villa e lei gli restituisce il suo posto nel letto – lato destro. Gli spazzolini nello stesso bicchiere, i piedi che si intrecciano sotto le lenzuola, i corpi che si incastrano e si completano fino a diventare uno. Il risentimento non è indelebile, non esiste malattia incurabile.

Nikolaj rimpiange di aver esitato tanto. Avrebbe voluto un figlio, con lei. Avevano tempo – a Berlino, a Roma, anche a Parigi, ma ormai è tardi. Non ho rimpianti, gli dice lei. Tu sei mio figlio, mio padre, mio fratello.

Anche lei diventa tutto. A luglio, quando a Berlino muore sua madre, Nikolaj – che sta partendo per l'Italia con Nadja – vorrebbe risparmiarsi il viaggio. Offre a Sasha di inviare un contributo per il funerale, e l'acquisto della tomba nel cimitero ortodosso. Sasha non accetta la sua quota e gli impone di raggiungerlo. Ma Nikolaj non prova nulla. La madre aveva otto figli, a volte confondeva i loro nomi. I fratelli Otzup sono cresciuti nel disprezzo delle femmine. Torturavano la sorella Ženija, ignoravano l'ultima nata – un moscerino insignificante –, deridevano la nonna paterna bassa come uno gnomo. Per questo poi erano diventati tutti e sei pazzi per le donne. Non ha avuto il tempo di capire cosa sia, una madre.

Nadja lo aspetta: stavolta in Italia non sta andando in vacanza. L'età non le ha portato saggezza, perché gli anni passano ma non insegnano niente. E il Sud le ha restituito la gioia di avverare una bugia. Nikolaj crede che le manchino la scena, gli applausi, l'amore del pubblico. Forse. Ma non è solo questo. Non esistono in natura movimenti rettilinei. La geometria naturale segue le ellissi, le parabole, le iperboli, e anche la sua vita è discontinua e frammentaria, procede per strappi, curve improvvise: le sequenze s'invertono, come in un film montato malamente. Sicché, avvicinandosi ai cinquant'anni, arretra fino a tornare al punto di partenza. Tutti la credevano destinata a diventare contralto. Quando al consolato d'Italia ha detto di volere il visto per studiare canto mentiva. Invece lo farà davvero. Studierà al conservatorio. Per la composizione forse è tardi, ma la voce non ha perso la grana né l'estensione. E ha scoperto di essere un soprano. Frequenterà a Milano i corsi che non ha mai potuto cominciare a Parigi. Ricucirà il filo della sua vita. E un giorno esordirà alla Scala. Sarà una Traviata struggente.

Nadja, non penso tu dica sul serio, obietta Nikolaj. Devi avere altri progetti che mi nascondi. Altrimenti è una follia.

Credi di ritrovare l'Italia che hai lasciato – le attenzioni, gli ammiratori, l'amore del pubblico. Ma non si deve mai tornare indietro. L'Italia non è piú quella, e neanche tu. Appunto perché è una follia la farò, ride. Anzi l'ho già fatta. Non sono una santa e rifiuto il ruolo di maestra e guida spirituale che pretendi di addossarmi. Voglio vivere un po' anche per me. Ho assunto per corrispondenza un maestro di musica. Ha settantadue anni. Mi è piaciuto il suo curriculum. Ha insegnato al conservatorio, tanti suoi allievi poi sono diventati professionisti e ora è in pensione. Ama la musica e non può vivere senza. Vado a Milano. Sarò felice se vieni con me. Se resti, capirò.

Nikolaj esita. Parigi lo rende nervoso e infelice, si sente scartato e solo. Suo fratello Georgik si è sposato con Sofi'ja e ormai ha la sua vita, Adamovitch e Ivanov si sono trasferiti a Nizza e Hyères, le serate alla Lampada Verde sono un'agonica ridda di fantasmi, Chodasevič lo insulta in pubblico, vomitandogli addosso il suo disprezzo – e gli amici di un tempo lo sconsigliano di vendicarsi, perché ormai sono passati dalla sua parte. Ma che potrebbe fare in Italia? Dare ripetizioni di francese? Quando, nel febbraio del 1937, Nadja si trasferisce a Milano, non ha ancora deciso se la seguirà.

Trasloca in una pensione di Vincennes, di fronte al Bois, all'ultima fermata della linea uno del metrò. Andare a Parigi diventa una prova di volontà. Ma non sa piú vivere senza di lei. Nadja abita i suoi pensieri, i suoi ricordi, i suoi progetti. E dopo tanti anni di sterilità, lo assale la necessità di scrivere. Non poesie, non saggi di filosofia e letteratura. Un romanzo. Modernista quanto basta, tradizionale quanto serve. Coi personaggi, e la trama. Montparnasse, la bohème, gli esuli russi – scrittori, pittori maledetti, alcolisti, cocainomani, ladri. Cambierà i nomi – l'attrice amata dal protagonista si chiamerà Jenny, come l'attrice amata da Gérard de Nerval –, confonderà i luoghi e gli episodi. Ma ci sarà tutto. E ci saranno loro due. Deve raccontare la storia di questo loro strano amore. Per scrivere non gli sono necessarie Parigi né Vincennes. Anzi, la distanza delinea il passato con piú nitore. La raggiunge in Italia.

Si stabilisce sull'altipiano del Renon, sopra Bolzano. Prima a pensione presso una famiglia di Longomoso, poi nel maso isolato dei Regensberger, sul costone sopra Collalbo. Fino al 1919 il Renon faceva parte dell'Impero austro-ungarico. Si parla tedesco. La gente è abituata agli stranieri. Qui veniva in villeggiatura Sigmund Freud. Nikolaj si ambienta rapidamente, al punto di voler protrarre il soggiorno e nel 1938 deve chiedere al podestà di aiutarlo con la burocrazia: gli italiani gli concedono sempre visti turistici brevi. Il podestà di Collalbo garantisce al ministero dell'Interno l'amore del signor Otzup per la cultura italiana. Assicura che «il professore russo» non si occupa di politica.

Le referenze sono buone, ma non esatte. Di politica Nikolaj si occupa – è spaventoso quello che sta succedendo: le leggi di Norimberga in Germania, le leggi razziali in Italia, Praga occupata dai nazisti, Hitler che vuole annettere Vienna e l'Austria al Terzo Reich, Mussolini che si allea con Hitler, Stalin che ha liquidato ogni opposizione e purgato milioni di compagni di strada, carnefici complici e innocenti, le democrazie occidentali vigliaccamente inerti. Ormai è impossibile continuare a proclamarsi apolitici, in Italia sono tutti fascisti, a Parigi quel che resta del gruppo di «Čisla» si è scisso fra simpatizzanti dei nazisti e dei sovietici, bisogna scegliere da che parte stare, e se dici con nessuno dei due ti considerano un mentitore o un ignavo. Ci vorrebbe Dante per rappresentare l'Inferno di questa epoca. E non è nemmeno professore. Non ha cattedra né stipendio né niente da insegnare. Sta appena imparando a vivere.

Scrive, scrive. Nadja canta. Organizza qualche concerto in casa sua, a Milano: faccio le prove per il mio esordio, ho avuto delle proposte interessanti, giura. Lui non capisce mai se lei stia scherzando, se tutta questa storia dell'opera lirica non sia un'altra delle sue messinscene. O una copertura per attività di cui non può parlargli. Ma quando al mattino Nadja fa i vocalizzi davanti allo specchio, quando scalda la voce, quando si accompagna da sola al pianoforte ripetendo un'aria, lui rabbrividisce. Di chi è quella voce chiara e senza tempo? Nadja ha una pronuncia perfetta quando intona Verdi e Puccini. Invece quando conversa sballa ancora gli articoli: nel 1938 l'italiano di Nikolaj è già migliore del suo. Ai conoscenti di Roma lui scrive nella loro lingua. Lo parlava discretamente già nel 1924, perché non ha avuto bisogno di pagare un maestro di grammatica: la letteratura è la miglior maestra di lingua. Legge Leopardi e Dante, declama l'*Inferno* per appropriarsi dei suoni scuri, trascrive elenchi di parole nel quaderno (in quale altra lingua del mondo seicento anni prima si parlava quasi nello stesso modo? in ebraico, forse: c'entra Dio?) Inoltre conversa col podestà, che lo invita in casa sua. Anche per il podestà il professore russo è quasi l'unico interlocutore: a parte i carabinieri, la Polizia e i funzionari dello stato, non ci sono italofoni sul Renon. Incontra Nadja a Milano, a Bolzano, alle terme di Royat e di Mont-Dore dove passano le vacanze. Trascorrono insieme un mese e quattro separati. Né con te, né senza di te vivere posso. Chi lo ha scritto? Catullo? Nec tecum nec sine te vivere possum. È l'adagio piú profondo che sia mai stato scritto sull'amore. Vivere con Nadja distrugge, perché la sua energia travolgente consuma la tua, vivere senza di lei spegne. Trovarsi, partire, attendersi, amarsi, perdersi. Una danza, un carosello. Entrambi, finalmente, hanno trovato un equilibrio quasi perfetto.

Il titolo del romanzo sarà *Beatrice all'Inferno*. Lo decide mentre scrive un brano autobiografico che concepisce come una confessione. Il protagonista suo alter ego tormenta Jenny, del cui fascino femminile fragile e indifeso è succube. Poi smette di telefonarle, perché si rende conto che non sarà mai felice con lui. Nel suo destino di privazioni e disgrazie, non c'è posto per l'arte, senza la quale Jenny non può vivere. Jenny però ritorna. Gli consegna la sua libertà e la sua arte. Acconsente a scendere all'Inferno con lui. Cosa sarebbe accaduto alla Beatrice di Dante – e di Gérard de Nerval – se non fosse morta, se il poeta non avesse potuto idealizzarla fino a farne la sua guida al paradiso? L'avrebbe sposata, forse. L'avrebbe trascinata in esilio – nelle meschinità quotidiane e nelle umiliazioni della convivenza. Fino a farla ammalare, e annientarla. Consapevole di ciò, il protagonista si spara.

Nadja non legge il romanzo manoscritto – a Milano il suo russo già stentato s'arrugginisce ulteriormente. Nikolaj si autotraduce in francese per leggerle qualche pagina: le piú adulatorie nei confronti di Jenny, cioè di lei. Le legge anche quelle in cui Jenny ha lasciato l'amante e il loro comune amico – che adombra Muratov, il quale davvero ha pronunciato queste parole, a Parigi, nel salottino di rue Copernic – la rimprovera di aver perso tanto tempo con lui. Si è nutrito della tua purezza e della tua pietà – le dice. Ma tu, che cosa hai fatto a te stessa?

Non pubblicarlo, gli raccomanda Nadja. Mi riconosceranno, ti riconosceranno – saremo nudi e non ci capiranno, non resterà niente che sia solo nostro. E poi si asciuga una lacrima col mignolo. Ma tu, che cosa hai fatto a te stessa, Diana?

Candida
La santa russa

1940-1946

E tutto il mondo, davanti a noi,
brucia nelle fiamme.
Non è per l'amore, non è per la poesia,
quest'epoca.
La tua voce fievole mi aiuterà,
solo, in questa luce.
Sempre piú selvaggia e oscura, la terra.
Ma pallida, nel fumo, tu ti inchini sulla mia fronte,
angelo, Beatrice.

NIKOLAJ OTZUP

L'ultima volta che qualcuno di noi vede la donna che era stata Dina Rabinovitch, Dina Karren e Diana Karenne è un giorno di dicembre del 1939. Là dove Roma termina e la strada s'impenna verso i Castelli, nuovissimi edifici color ocra si dispongono tra i pascoli verdi della Tuscolana come in un paesaggio cubista. Sull'arco che sormonta l'ingresso corre l'iscrizione: CINECITTÀ.

La pubblicità che appare regolarmente sulle riviste recita: «Il genio di Mussolini fa risorgere la cinematografia italiana». Nell'immagine, dalla grafica accattivante, una donna si eleva fra le nuvole, «perché l'Italia fascista diffonda nel mondo la luce piú rapida della civiltà di Roma». Il Duce ha solennemente inaugurato Cinecittà nell'aprile del 1937, accompagnato da uno stuolo di ministri in orbace, e festeggiato da balilla e piccole italiane in un giubilante sventolio di bandiere e fazzoletti. Da allora, nei nove teatri di posa si alternano produzioni colossali tratte dalla letteratura e dalla storia nazionale, innocue commedie autarchiche, roboanti film coloniali con neri dipinti di fuliggine, drammi intimisti di piccola gente, e pellicole d'avventure, con eroici aviatori e fidanzate trepidanti, che propagandano i valori del regime. Dall'alba al tramonto, lungo la via Tuscolana – poco piú di un viottolo polveroso –, scarpinano operai e comparse, cigolano le biciclette, sobbalzano nere berline che accompagnano gli attori sul set.

Nadejda Belokorska – ma qui i veterani dei tempi d'oro, gli attrezzisti stempiati, gli scenografi calvi e i presbiti direttori di produzione la ricordano come la terribile, divina Diana Karenne – sarà scesa da un'automobile della Società Grandi Film Storici, e l'autista in divisa col berretto a tesa dura le avrà aperto cerimoniosamente la portiera. Solo quando avrà visto che l'organizzatore di produzione, il commendator Federico Curioni, le bacia la mano, e Carmine Gallone in persona le viene incontro raggiante con l'eterna sigaretta fra le dita (ne fuma ottanta al giorno), esclamando gioviale, come usa fare con tutti perché è l'uomo piú cordiale della terra, mia cara, mia delizia, mio tesoro, si sarà reso conto di aver trasportato una passeggera di riguardo. È troppo giovane per sapere chi sia.

La massa delle comparse attende in fila fuori dal teatro di posa, con rassegnata pazienza. Le avrà guardate? Fra loro c'è una donna che si sbraccia verso i delegati della produzione, protendendo un album dalla copertina a fiori. Lo tiene aperto, per far vedere che c'è proprio lei, nelle fotografie e nei ritagli di giornale. Era molto famosa! Aveva una casa di produzione a suo nome! Eppure sono passati poco piú di vent'anni. La donna è lí dall'alba, come gli altri. Spera di essere chiamata, per svoltare la giornata con qualche lira e il buono pasto. È Mary Cleo Tagliarini. Ma Diana Karenne le sarà passata davanti sottobraccio a Carmine Gallone e chiacchierando con lui, per il piacere di ritrovarlo. E se anche avesse notato quella folla cenciosa, difficilmente avrebbe potuto riconoscere la collega, quasi amica, degli anni di Torino. Neanche Mary Cleo riconosce lei e non la ricorda, quando racconta a uno storico del cinema, col brio che nemmeno la miseria le ha tolto, le sue comparsate a Cinecittà.

Carmine Gallone, il vulcanico ed energico regista di *Redenzione*, non solo è sopravvissuto al crollo del cinema italiano del 1922, all'emigrazione in Germania e in Francia, e al traumatico passaggio al sonoro (anzi ha firmato il primo film sonoro tedesco, nel 1929), ma è diventato un pilastro del cinema fascista. È suo il famigerato *Scipione l'Africano*, che ha girato nel 1937 con la speranza di diventare il Cecil B. DeMille italiano e la consapevolezza di celebrare le velleità colonialiste di Mussolini. Ha avuto a disposizione denari e mezzi: per ricostruire la battaglia di Zama è stato autorizzato a saccheggiare tutti i circhi d'Italia e di Germania, poiché non si trovavano abbastanza elefanti (non sono bastati: gli scenografi hanno dovuto costruirne altri di cartapesta). Ma la lavorazione si è trascinata per 232 giorni di immani fatiche e grottesche sfortune (Mussolini non è venuto a vedere la scena della battaglia, a Sabaudia, perché pioveva). Alla fine gli ha guadagnato l'onorificenza di commendatore e una macchia indelebile su una carriera degna di rispetto e perfino simpatia.

Negli ultimi tempi tuttavia si è dato al film d'opera. In concorrenza con l'altro reduce del muto, Augusto Genina, che proprio qui a Cinecittà ha appena finito la *Tosca*, Gallone ha sfornato *Marionette* con Beniamino Gigli, e il *Sogno di Butterfly* – premiato con la coppa del Minculpop (il ministero della Cultura popolare) alla V Mostra del Cinema di Venezia, onorata dalla presenza di Goebbels, che il conte Volpi e il ministro Alfieri hanno accolto con prona deferenza. L'opera è nazionalpopolare. Incassi stratosferici, poche ingerenze. Il film che sta girando è *Manon Lescaut*.

La parte dell'eroina di Puccini l'ha affidata a una giovane diva in ascesa. Istriana di Pola, occhi chiari e capelli biondi – algida, raffinata, di una bellezza suprema. Si chiama Alida Valli. Il romantico Des Grieux è Vittorio De Sica, attore brillante beniamino del pubblico. Bruno, allampanato, sciupafemmine dal sorriso scanzonato e finora reputato inadatto ai film in costume. (In effetti, per renderlo piú credibile in parrucca lo mascherano con un trucco pesante: quando si rivede, giura che d'ora in poi farà meglio a dedicarsi alla regia). Valli e De Sica non hanno mai recitato insieme. Accostare due temperamenti cosí antitetici è un rischio, ma Gallone può permettersi di avere coraggio. *Manon Lescaut* è una grande storia d'amore e giovinezza, e le arie di Puccini faranno il resto. Non aveva una parte da proporre alla sua amica Diana. Se conosce il suo sogno canoro, gli sarà sembrato un patetico capriccio. Per quanto studi lirica con impegno, non potrebbe mai eguagliare Maria Caniglia. Sarà della soprano, la voce del film. A Diana, Gallone ha chiesto un «cameo»: nel gergo del cinema è la comparsata di una celebrità. Un solo giorno di posa. E lei ha accettato. Non si offre alla macchina da presa da dieci anni. E torna sempre volentieri a Roma. Ma non vuole che il suo nome sia menzionato mai. Né sul cartellone né nelle pubblicità. Diana Karenne non esiste piú.

Non risulta che abbia dovuto chiedere un visto d'ingresso, né farsi timbrare il passaporto. La spiegazione è semplice: era già in Italia. In *Manon Lescaut* la cinepresa la inquadra nel ridotto, dove i due amanti giocano a carte, sperando di vincere il denaro di cui hanno bisogno per restare insieme. Davanti alla vetrata, alta, snella, elegantissima, si arieggia con un ventaglio. Manon la oltrepassa, la camera la segue e Diana esce fuori campo. La sua apparizione dura in tutto tredici secondi. Tuttavia è stupefacente. Diana è identica alle foto di scena di *Sofia di Kravonia*, girato ventitre anni prima. Il «raggio luminoso» – l'essenza del cinema, come il suono lo è della musica e il colore della pittura, secondo le sue parole – la accarezza e la rivela. Diana Karenne è l'ombra che prende la forma della luce.

Nikolaj non la accompagna a Cinecittà. Ma in estate ha chiesto al Consolato di Parigi il visto per rientrare in Italia, e il 4 agosto il ministero degli Esteri glielo ha concesso. Tuttavia è sempre schiavo della burocrazia, e prima di partire deve attendere che la Prefettura di Polizia gli rilasci un nuovo certificato d'identità: i documenti degli stranieri sono validi appena un anno. Scelta crudele, ma strategica per limitare la loro mobilità. Gli stranieri rimangono sospetti per sempre. Nel frattempo, però, il 1° settembre Hitler invade la Polonia, e il 17 anche l'Unione Sovietica l'aggredisce da est; nel giro di pochi giorni Inghilterra e Francia dichiarano guerra al Terzo Reich. A chi potrebbe venire in mente di viaggiare «a scopo di diporto», come afferma lui, in un momento simile?

Otzup dichiarerà di essersi arruolato volontario nell'Esercito francese appena appresa la notizia della guerra. Una scelta nobile, e comprensibile. Altri émigrés russi lo hanno fatto, per riconoscenza verso il paese che li ha accolti. Il figlio di Diana, Georges, luogotenente di vascello e militare di carriera, è già operativo in aviazione, e come pilota sperimenta picchiate e decolli in un campo di volo della Francia occidentale. Nikolaj ha quarantacinque anni – e soffre di un'ostinata colite spastica, di origine psicosomatica e perciò refrattaria alle cure. Ma è già stato nell'esercito, in Russia, nel 1914 – sebbene in quanto studente universitario sia stato esentato dalla prima linea e in realtà relegato nel reggimento di riserva e smobilitato con la 5ª Armata nel 1917.

Negli archivi del Ministère des Armées al Castello di Vincennes non vi è traccia del suo arruolamento. Però le autorità francesi ammettono che Otzup avrebbe davvero sottoscritto una dichiarazione «d'engagement dans l'Armée française» nel 1939. Non l'avranno preso in considerazione per addestrarlo come ufficiale o mandarlo a combattere. Era un poeta, è un critico letterario. Parla italiano, frequenta con regolarità il paese almeno dal 1935: potrebbero reputarlo utile e inserirlo nella rete di informatori dei servizi segreti. Nel 1935 lo avevano sospettato di essere un agente del controspionaggio. La storia delle spie rivela che esse «si voltano» con una certa noncuranza.

Comunque il 17 novembre Nikolaj torna al Consolato italiano di Parigi, e l'impiegato di turno gli appone il timbro d'uscita dalla Francia. Può lasciare il paese – di cui i cittadini maschi sono invece praticamente prigionieri.

Sottoscrive di essere diretto a Milano e Aosta. La prima destinazione è comprensibile. A Milano vive Nadja. Invece perché debba passare da Aosta lo ignoro. Otzup sembra avere sviluppato un amore viscerale per le montagne. La montagna va di moda, fra dicembre e marzo le riviste parlano solo di sport invernali e le località d'alta quota si reclamizzano mettendo in posa sugli sci Alida Valli o altri fotogenici divi. Ma Otzup non scia. Tutte le località dei suoi ultimi soggiorni italiani sono al crocevia di strade che conducono ai confini, o in prossimità delle frontiere.

Dopo il cameo a Cinecittà, Nadja – che era già un'ombra – diventa un nastro di pellicola vergine: uno specchio nero che riflette solo chi lo guarda. Possiamo supporla accanto a Nikolaj, che lascia impronte dietro di sé, come camminasse appunto nella neve. Ma mai vederla.

Il 18 dicembre il podestà di Pieve di Cadore consegna alla Questura di Belluno la dichiarazione di soggiorno di Nicola Otzup. In quanto straniero, è tenuto a registrarsi – ovunque vada. Trascorrono insieme il Natale del 1939 – il primo della seconda guerra – nel borgo ai piedi delle Dolomiti? Tranquillo, signorile, appartato: il luogo ideale per scrivere. Per scelta, rassegnazione o necessità, Nikolaj si disinteressa del destino di *Beatrice all'Inferno*. Il romanzo è stato pubblicato in russo a Parigi nella congiuntura piú sfavorevole, il mondo di artisti sradicati e maledetti che racconta è già trapassato remoto: lo condanna all'irrilevanza il silenzio della letteratura e della storia. Se aveva riposto in *Beatrice all'Inferno* la speranza di rinascere come scrittore, ancora una volta il treno gli è sfilato accanto.

Le maligne memorie degli émigrés vogliono che gli altri scrittori lo abbiano scacciato dal funerale di Chodasevič, nel maggio del 1939. Sono andati tutti ad accompagnare il poeta e l'autore di *Necropoli*, il monumento funebre che ha eretto alla letteratura russa nella solitudine sconfortante dell'esilio a Billancourt. L'ultima volta che Chodasevič e Otzup si sono incontrati, in un caffè russo, sono quasi venuti alle mani. Il mediocre non conosce nulla di superiore a sé stesso, ma chi ha talento – o lo ha avuto – riconosce subito il genio dell'altro ed è verosimile che Otzup sia andato a rendere omaggio all'avversario. Invece gli viene impedito. Gli amici di Chodasevič lo escludono, lo allontanano a spintoni come persona non gradita. È impossibile verificare la diceria. Ma Otzup era a Parigi, in quei giorni.

Forse nella pensione all'ombra delle aguzze Dolomiti, cullato dall'illusione che la guerra risparmierà l'Italia, tra i fiocchi di neve e il tepore della stufa, l'odore dolce della resina e dello strudel di mele, la presenza di Nadja lo conforta. Otzup non si arrende alla brutalità della storia. Le montagne gli ispirano un'audacia quasi mistica. Invece di sprofondare, s'innalza. Dalla fine del 1939 tiene un diario – per serbare memoria di questi tempi oscuri. Un giorno lo trasformerà in un poema sull'epoca in cui gli è toccato vivere. Sarà in tre cantiche, come la *Commedia* di Dante. L'odissea di un'anima – la sua – trascinata nella bufera del Novecento, in cerca di redenzione e salvezza. Nadja sarà la sua Beatrice. Lo attenderà alla fine del suo pellegrinaggio.

Nadja dovrebbe spingerlo a ridimensionare le sue ambizioni. Bisogna essere forti, per osare – e lui è appena vivo. Non lo fa. Anzi, lo approva e lo incoraggia. È il dovere della Musa.

Nel giugno del 1940 le terme di San Pellegrino sono meno affollate del solito – perché molti stranieri hanno dovuto rinunciare alle vacanze all'estero. Gli italiani però non tradiscono. Dall'Ottocento l'alta borghesia lombarda viene a rigenerarsi alle «acque». Benché siano raccomandate anche per i calcoli renali e le patologie delle vie urinarie, giovano soprattutto alle malattie dello stomaco, del fegato e dell'intestino. Da quando ha dovuto chiudere «Čisla», Nikolaj è afflitto dalla colite spastica e queste acque sono le piú indicate per lui. Annidata nella Val Brembana,

San Pellegrino Terme non è mai stata Baden-Baden. Ma nella Belle Époque, poi interrotta dalla guerra, era una località alla moda, e ha difeso il suo prestigio.

Un imponente edificio simile a una cattedrale – intonaco ocra, modanature bianche, abbracciato da due ali a semicerchio – incombe sul parco e sulle piscine: vi si accede attraverso un labirinto di gradinate e aiole. Un luogo ameno, come garantiscono i dépliant turistici. Deve averglielo consigliato Nadja. Lo conosce. Ci è venuta anche nell'agosto del 1917 (segnalata al prefetto di Bergamo, non diede luogo a rilievi). Confortevoli poltrone nel giardino, orchestrine nei chioschi, lungo i vialetti villeggianti dalle chiome canute. Cene in abito da sera e sfoggio di gioielli nel ristorante dalle immense vetrate, fra lampadari di cristallo, stoviglie di porcellana, camerieri in divisa bianca, vino invecchiato in botti di rovere. Un luogo vagamente crepuscolare e malinconico. Ma in qualche modo adatto a loro. Nadja sta per compiere cinquantuno anni.

È nella sonnacchiosa località termale, forse dalla voce gracchiante dello speaker della radio, o direttamente da quella di Mussolini affacciato al balcone di piazza Venezia, che li folgora la notizia. L'ora segnata dal destino batte nel cielo della patria. La dichiarazione di guerra è già stata consegnata agli ambasciatori di Gran Bretagna e Francia. Scendiamo in campo contro le democrazie plutocratiche e reazionarie dell'Occidente. Popolo italiano, corri alle armi e dimostra la tua tenacia, il tuo coraggio e il tuo valore.

È la seconda volta che Diana si trova in Italia quando questa si avventura nella guerra. Reagisce come tutti gli altri stranieri sorpresi dal temporale improvviso lontani da casa, in cui temono di non poter far ritorno? Si affollano alla reception, intasano i centralini e occupano le cabine del telefono, tempestano il direttore perché trovi loro una vettura che li riporti a valle, a Bergamo, e da lí alla stazione di Milano, perché possano salire sul primo treno, e andarsene prima che la gabbia si richiuda. Ma dov'è, davvero, la casa di Nadja? Dov'è il posto in cui tornare? In fondo l'Italia è il luogo piú adatto in cui attendere lo sviluppo degli eventi. Hitler, Stalin e Mussolini sono convinti che la guerra durerà poco. In Italia lei si sente al sicuro. Diana Bellokorska (questo il nome che ha usato nel 1927) non è diventata cittadina francese – perché il Garde des Sceaux ha bloccato l'iter della naturalizzazione. Nadejda Belokorska è ancora un'apolide. Una senza patria.

Inoltre il 10 maggio la Wehrmacht ha invaso la Francia, che è stata colta impreparata – e sta per capitolare. I giornali italiani, ligi stampatori delle veline di regime, celebrano con enfasi l'irresistibile avanzata dell'esercito del Terzo Reich verso la Ville Lumière: nel giro di qualche giorno la capitale sarà occupata dai tedeschi.

A Parigi è già il panico. In Val Brembana le linee telefoniche funzionano, e lei non può non sapere che decine di suoi amici hanno lasciato le loro case, prendendo con sé solo il bagaglio indispensabile: fuggono in campagna, oppure scendono verso il Midi. E Gregor? Suo fratello non si farà trovare dai nazisti. Rabinovitch è troppo esposto. Nel 1937 è stato uno dei pochi ebrei a opporsi all'esproprio dei beni e alla cessione forzata della proprietà della sua casa di produzione a un ariano. E quando da Parigi ha imposto ai suoi ex soci dell'UFA di trattare con lui, perché i colleghi francesi lo avevano delegato allo scopo, hanno giurato di fargli pagare la sua improntitudine. I francesi non lo difenderanno. La stampa di destra lo addita da tempo insieme agli altri produttori ebrei di aver corrotto la cinematografia francese.

L'Italia invece non corre il rischio di essere invasa. Coi nazisti si è alleata, come del resto l'Unione Sovietica – che il patto Molotov-Ribbentrop di non belligeranza lo ha siglato nel 1939, suscitando nero sconforto nella comunità di emigrati e finendo per disgregarla. Il segretario di Nikolaj, Kel'berin, è diventato filonazista, come Merežkovskij e

Zinaida Gippius, Ivanov e Irina Odoevceva; Adamovitch invece si è riavvicinato ai comunisti e ora sostiene Stalin. Anche gli impolitici come Nikolaj sono stati chiamati a scegliere. Si può stare né con gli uni né con gli altri, con le democrazie? Adamovitch dice di no – è una follia, una confusione, non si può piú vivere a Parigi. Georgik crede che l'unica via di salvezza sia la fede, frequenta il convento di Madre Maria – la poetessa, pittrice e rivoluzionaria di Pietroburgo diventata suora ortodossa – ed è tornato a Gesú Cristo.

Dal 1938 in Italia sono in vigore le leggi razziali e tutto è precipitato in fretta. Nel giro di due anni gli ebrei sono stati esclusi dalle scuole, dall'insegnamento, dalle professioni – di recente anche dal lavoro culturale. Agli ebrei stranieri che avevano ottenuto la cittadinanza, nel febbraio del 1939 è stata revocata. L'ultimo incontro di Nadja con Félyne, a Milano, è stato lugubre. Era giunta anche a lui la comunicazione della revoca. Félyne ha scritto una supplica al ministero dell'Interno, chiedendo di essere cancellato dalla lista degli ebrei. Sei l'unica cui lo dico – bofonchiava –, è un obbrobrio, come dissotterrare le ossa di mio padre e gettarle ai cani. Ma la persecuzione è cominciata. Nessuno sa come andrà a finire. Lei continuava a ripetere non ti giudico, Ossip, nessuno può farlo. Si è considerata fortunata di non averla chiesta, la cittadinanza italiana. E che sui documenti di Nadejda Belokorska non vi sia alcun riferimento all'origine ebraica. Del resto, lei non ha fatto altrettanto? Félyne – che da quando è sotto contratto con la Mondadori è diventato il traduttore di Tolstoj, tanto che la sua versione di *Anna Karenina* viene ristampata continuamente – non può piú firmare le traduzioni né i suoi libri. Non lo cerca nessuno, neanche il portinaio dello stabile lo saluta.

Quando si sono congedati, sul pianerottolo, le ha messo in mano un cartoncino arrotolato a cilindro e chiuso con un nastrino nero. Tienilo tu, un giorno me lo renderai – le ha detto, e poi ha bisbigliato: cerca di ricordarti a chi altri hai regalato il tuo autoritratto. E poiché lei lo fissava senza capire, le ha spiegato: quello in cui ti sei raffigurata mentre ti fai fotografare, e suoni il pianoforte, scrivi, canti e dipingi, e sul pavimento, tra i fogli di musica e di poesie, c'è la menorah con le candele accese. Ma lei non si ricorda quante copie di quell'acquerello ha regalato in giro. Era il periodo piú esaltante della sua vita. Aveva cosí tanti amici. E le era riuscito cosí bene.

Com'è la prima sera del primo giorno di guerra? L'altra volta, il 24 maggio del 1915, Dina era a Roma, sulla terrazza dell'hotel in cui alloggiava Ernesto. Che ci succederà, adesso? gli aveva chiesto, spaventata dallo scompiglio che sotto di loro trascinava la folla urlante di piazza in piazza. Io diventerò un eroe, aveva pronosticato lui, e tu un'angelica crocerossina. Curerai i feriti, li consolerai e ti appenderanno al collo una medaglia. Lo faccio, gli aveva risposto lei, infervorata. Mi presento volontaria, accompagnami. Stop, ferma, stavo solo scherzando, non partire per un'altra delle tue avventure, Dina! aveva protestato Ernesto. Sei una grande attrice. Ma solo io lo so, per ora. Ti proibisco di buttare via la tua vita.

Nel 1940 è una straniera in compagnia di un apolide – e tutti e due provengono da paese nemico. Non sono piú benvenuti. Il direttore dell'albergo consegna le liste degli ospiti agli agenti della Questura, la Prefettura di Bergamo attende istruzioni dal ministero dell'Interno. Verranno rapidamente: il piano era pronto, tutto previsto. I civili stranieri di paese nemico saranno internati. I pericolosi, nei campi; gli altri, al confino – in residenza coatta. Intanto si procede al rastrellamento degli individui sospetti e degli uomini in età di prendere le armi. Degli altri ci occuperemo in seguito. Le questure di Belluno e di Bergamo – in possesso delle ultime dichiarazioni di soggiorno di Otzup – riferiscono che il predetto straniero «serbò buona condotta».

Nadja e Nikolaj sanno della minaccia? Lei almeno dovrebbe. È già successo nel 1915. I sudditi austro-ungarici furono deportati in Sardegna e nelle isole. Ma il loro comportamento è indecifrabile. Il 15 giugno – il giorno dopo l'ingresso dei nazisti a Parigi – lasciano le terme di San Pellegrino senza avvisare le autorità. Potrebbe anche darsi che lo facciano con leggerezza. A Diana è già capitato di irritare la Polizia a causa della sua noncuranza delle norme. Magari la prenotazione dell'hotel era limitata a un breve periodo, e non immaginavano di doversi trattenere. Dove trascorrano la settimana seguente lo ignoro. Nikolaj riappare il 22 giugno, non molto lontano. Sempre in Lombardia: a Darfo.

Darfo è Boario Terme. Un'altra stazione termale con un grande albergo, le piscine, i chioschi. Oggi l'hotel, fallito da tempo, è un rudere sfigurato dai rovi, con le finestre accecate da imposte cadenti, le balaustre delle terrazze orfane delle colonnine, travi arrugginite che squarciano i pavimenti, mura pericolanti, una recinzione sbrindellata che tiene lontani gli estranei, e cartelli stinti che avvisano del rischio di crollo. Ma nel luglio del 1940 è ancora una meta elegante – che rivaleggia con San Pellegrino. Pure le acque di Boario giovano alla motilità intestinale e alla depurazione del fegato. Nikolaj dichiara infatti di «essere venuto a scopo di cura, perché convalescente». Ma il questore non gli crede. «Il comune di Darfo, ove ora risiede, – scrive al prefetto di Brescia, – non è stazione di cura, bensí zona industriale. La sua presenza in detta località non sembra giustificata».

Ed è vero anche questo. Darfo è la metà oscura di Boario Terme. Un unico comune, due anime. Qui gli stabilimenti termali, le acque, la bella società. Lí le fabbriche e gli altiforni. E non vi si producono merci qualunque. Darfo ospita una delle piú grandi acciaierie d'Italia, che dal 1930 appartiene all'Ilva. Perché Nicola Otzup alloggia a Darfo e non a Boario Terme? Sarà pure malato all'intestino, ma per un poliziotto la risposta piú logica è che il misterioso straniero sia venuto a prendere informazioni sulla capacità produttiva dell'industria metallurgica lombarda. È con l'acciaio che si producono le armi e le munizioni per l'esercito italiano.

Cosí riferisce il questore di Brescia al prefetto, e il prefetto di Brescia al ministero dell'Interno a Roma. Il suo rapporto del 22 luglio tuttavia non viene recapitato: «non pervenuto», annota una mano a margine del successivo telegramma del 29 luglio. COMUNICO AVER SEGNALATO CON MIO RAPPORTO 22 CORRENTE NR. 013817 APOLIDE ORIGINARIO RUSSO NICOLA OTSUP PER INTERNAMENTO IN CAMPO DI CONCENTRAMENTO. RESTO IN ATTESA, PREFETTO CIOTOLA.

Il ministero risponde prontamente, il 3 agosto, che il nominato in oggetto sia internato nel campo di concentramento tale, e che vi sia tradotto a cura della Questura di Brescia. In previsione della guerra, in Italia sono stati allestiti decine di campi di concentramento – la maggior parte nelle province piú sperdute del Sud e sugli Appennini. Molti erano già luoghi di confino, baraccamenti, manicomi o immobili demaniali in disuso; molti altri in verità non sono nemmeno pronti: esistono solo sulla carta e nelle disposizioni dei ministeri. Quello cui è stato destinato Nikolaj risulta in provincia di Bari. Novecentosessantasette chilometri in linea d'aria. Se indigente, raccomanda il ministero, all'internato dovrà essere corrisposto il sussidio giornaliero di lire sei e centesimi cinquanta. In vista dell'arrivo, il prefetto di Bari chiede se lo straniero «dispone di mezzi propri, se sia comunque ritenuto pericoloso o sospetto di spionaggio» e che gli sia trasmessa una copia della sua fotografia. Non riceve risposta.

Con mandato del prefetto di Brescia, il 4 agosto i poliziotti vanno dunque a prelevare lo straniero a Darfo. Ma Nicola Otzup non è piú lí.

Sottolineo la data della fuga. Dal 12 maggio, per tre volte, al chiarore della luna piena, i caccia della Raf hanno bombardato Aachen. Un'artistica cittadina della Germania occidentale priva di infrastrutture belliche, ma in posizione strategica sul confine olandese e belga. E dal potente valore simbolico. Carlomagno ne aveva fatto la capitale del Primo Reich. È nota come Aquisgrana.

La versione ufficiale della storia di Diana Karenne vuole che si trovasse ad Aquisgrana, nel luglio del 1940. Cosa ci facesse, o con chi fosse, non è mai stato spiegato. Alcuni storici del cinema si spingono a scrivere che si fosse trasferita lí col marito tedesco. Ma Diana non aveva un marito tedesco – e nemmeno un amante tedesco. Tuttavia. La vita può essere inverosimile e Diana aveva molti segreti. In quella notte di luglio i caccia della Raf sganciano i loro ordigni sulla città. Colpiscono alcuni depositi e edifici del centro storico, causando qualche dozzina di feriti. Tra questi, Diana Karenne. Estratta dalle macerie della sua casa, è ferita alla testa e priva di conoscenza. Viene ricoverata nell'ospedale della città.

Prendiamola per vera, questa storia. Nikolaj si è appena separato da Nadja a San Pellegrino, e si trova a Darfo per ragioni altrettanto oscure di quelle che hanno condotto lei ad Aquisgrana. Apprende la notizia del bombardamento e delle condizioni gravissime in cui versa la sua donna – la Musa, Beatrice, la Salvatrice. Come può immaginare di raggiungerla? Il confine di stato non è lontano dalla Val Camonica. Ma fra l'Italia e Aachen c'è di mezzo la Svizzera. Se anche riuscisse ad attraversarla – in clandestinità o con documenti falsi – in Germania rischia piú dell'arresto. E i campi di concentramento nazisti sono piú organizzati di quelli di Mussolini. Non può farcela. Non può starle accanto nell'agonia. Non sospetta che il suo arresto sia imminente, ma sa di non dover abbandonare di nuovo il suo domicilio senza comunicarlo alle autorità. Tuttavia è ciò che fa.

Ma l'amata Nadja, Nadežda, Beatrice, non riprende conoscenza e muore ad Aachen il 14 ottobre 1940. Questi il luogo e la data che figurano nei Lexicon, nelle banche dati, nei portali e nelle enciclopedie - italiane, tedesche, francesi, olandesi, americane. In qualunque modo sia riuscito a saperlo, Nikolaj è annientato. Non riuscirà a rivederla, neanche morta. Non si consegna, vuole piangerla. Ancora il 20 ottobre, nonostante le ricerche della Polizia, «il sopraindicato straniero risulta irreperibile».

Poi chi lo ospita - clandestinamente, perché non presenta dichiarazione di soggiorno - lo tradisce, o lo vende. Oppure semplicemente Nikolaj commette un errore. Si è rifugiato in un luogo con pochissimi abitanti: si conoscono tutti, sarà bastato affacciarsi una volta alla finestra per essere notato. Il 30 novembre Nicola Otzup viene arrestato «in Valle Imagna».

Si era infilato in un vicolo cieco: le strade che risalgono la valle non conducono da nessuna parte. Si infrangono contro il baluardo delle Alpi Orobie. Non vi sono industrie né città in Valle Imagna - solo villaggi sparsi, e pastori. L'unico motivo per cui Nikolaj Otzup potrebbe essersi nascosto lí sono ancora una volta le terme: nella bassa Valle Imagna, quelle di Sant'Omobono. Le acque sulfuree sono consigliate per le malattie dell'apparato respiratorio, ma giovano anche a quelle del fegato e gastrointestinali. Forse davvero non voleva interrompere le cure. O forse Diana vi conosceva qualcuno, e gli aveva trovato un rifugio. Ma non lo sapremo: le carte del suo arresto sono state mandate al macero.

Trascorre quattro notti nella cella di sicurezza della Questura di Bergamo, insieme a ladruncoli, criminali comuni, un anarchico e un'ebrea tedesca terrorizzata, che giura si suiciderà se la espelleranno consegnandola ai nazisti. Il 6 dicembre i poliziotti lo ammanettano e lo scortano alla stazione di Brescia. Nessun altro detenuto è diretto alla sua destinazione, e ciò gli risparmia di essere incatenato in fila. Lo spingono su un treno. Nonostante le manette, imposte dalle istruzioni, i poliziotti suoi custodi lo trattano con qualche riguardo, poiché il ricercato è un signore distinto, dall'eloquio forbito e dall'aspetto aristocratico.

Otzup non sa dove sta andando. Il treno sferraglia. Una littorina con due carrozze e scomodi sedili di legno: si ferma a tutte le stazioni. Sulle pensiline, legge nomi che non gli dicono nulla. Poi lo smistano su un accelerato con decine di vagoni. Tuttavia, sempre sedili di legno. Lo straniero viaggia in terza classe. I passeggeri lo scrutano ostili: in manette, fra due poliziotti, potrebbe essere un assassino. Nikolaj deve sforzarsi per impedirsi di piangere. Non è mai stato umiliato cosí. Indossa ancora gli stessi abiti del giorno dell'arresto, ormai intrisi dell'odore della sua paura. Non aveva parenti che potessero portargli il ricambio, e chiunque lo ospitasse non è stato autorizzato a consegnarglielo. Non ha mai sopportato la sporcizia – anche solo la vista delle sue scarpe infangate e di una macchia di zuppa sui pantaloni lo offende. Nei giorni del terrore, a Pietroburgo, si lavava prima di andare a letto: se mi fucilano, pensava, almeno il mio cadavere avrà un buon profumo. Ha il colletto della camicia lurido, e le guance ispide – non ha potuto rasarsi la barba (niente lame). Non ha bagaglio. Nella borsa solo i *Canti* di Leopardi, il volume di Gumilëv da cui mai si separa, e il diario.

Il treno sferraglia, cigola, sobbalza. Un giorno intero, una notte fredda. La sera del 6 dicembre, nella fetida tenebra che avvolge le stazioni (è stato istituito l'oscuramento e tutti i fanali, i lampioni e le fonti di luce sono schermati da drappi o cartoni), alla luce tremula della torcia dei ferrovieri distingue nomi di città che conosce – anche se non c'è mai stato. Sta scendendo sempre piú a sud.

La morte di Diana Karenne, oppure Nadejda Belokorska, non viene annotata nei registri dello Stato civile di Aachen, e nemmeno dei borghi del circondario. Nessuna donna coi suoi vari nomi – e nemmeno con altri, di cui non sono a conoscenza – muore in ospedale in seguito al bombardamento inglese. Le incursioni nemiche vengono scrupolosamente conteggiate: conosciamo il numero delle bombe e la loro natura (esplosive, incendiarie), la localizzazione degli edifici colpiti, l'entità dei danni, e il numero dei feriti (uno nella notte di Ferragosto, in una strada di periferia) e dei morti: quattro, negli attacchi del 12 e del 22 maggio. Non vi fu alcun attacco nel mese di luglio.

Aachen, che si trova sulla linea Siegfried, subirà bombardamenti atroci a partire dal 1941; irrorata da tonnellate di bombe incendiarie che manderanno in fumo anche la magnifica cattedrale, verrà quasi interamente distrutta nell'ottobre del 1944, con un numero mai accertato di vittime. Nemmeno il giornale locale riporta in cronaca l'evento. Eppure i bombardamenti aerei sono ancora una novità, in Germania, nel luglio del 1940, e la notizia di una innocente vittima civile non passerebbe inosservata. Una morte fantasma. Una morte da fantasma.

Non sono riuscita a ritrovare l'origine della notizia – che credo per la prima volta divulgata nel 1991 sulla base di informazioni confidenziali dal principale storico italiano del nostro cinema muto, Vittorio Martinelli. Nell'ultima pubblicazione in cui Diana Karenne veniva menzionata, del 1969, Pietro Bianchi si limitava a dire che dopo il suo ultimo film, *Le collier de la reine*, non si sapeva piú nulla di lei. La notizia della morte non è mai stata messa in discussione dalle fonti occidentali. Eppure è falsa. Col passare degli anni, mi sono convinta che sia stata lei stessa a diffonderla. Se Diana Karenne è morta, nessuno la cercherà. È finalmente libera.

Abbia inventato la notizia della propria morte oppure no, in ogni caso ha condotto a termine il piano di scomparire, iniziato quando si è scelta l'identità anonima di Nadejda Belokorska. Noi diremmo che ha perso tutto, ma lei ritiene di averlo trovato. Ha rinunciato a sé stessa per far vivere e scrivere Nikolaj. La donna che rimane in Italia non è nemmeno un fantasma. Almeno a qualcuno apparirebbe. È nulla. Piú evanescente della sua ombra nei negativi delle pellicole. Nessuno la ricorda, nella sua spettrale esistenza di morta. È ciò che lei ha sempre voluto.

Quello che accade a Diana fra il 1940 e il 1946 lo racconta Nikolaj Otzup. Dobbiamo fidarci di lui? È uno scrittore. Per giunta – nel momento in cui arriva a narrare la guerra di lei – in uno stato d'animo di paranoia religiosa, a causa della psicosi scatenata dalla prigionia. È un narratore omissivo – ma non fantasioso come Diana. In effetti tace molto, ma non inventa niente. Inoltre lei non gli chiederà mai di cambiare la sua versione, e anzi farà di tutto per farla conoscere. Ma Nikolaj non era con lei. E per ricostruire i fatti di cui non è stato testimone ha un'unica fonte: Diana stessa. È la voce di Diana che guida l'agiografia mistica di Nikolaj. Non piú al cinema, né in una sceneggiatura, ma nel racconto a chi ne scriverà lei sigilla la verità della sua storia.

Nadja non è morta ad Aachen, e ovunque sia stata dopo San Pellegrino Terme, non è tornata a Parigi. L'aveva lasciata nel 1935 e non aveva motivo di rientrare. Nessuno dei suoi parenti, o amici pittori, scrittori e cineasti era piú lí. Tranne Rudolf Meinert: in esilio dalla Germania nazista, e costretto a nascondersi (ma non l'ha potuto incontrare né aiutare, perché si è rifugiato in Francia dopo il 1937, quando lei se n'era già andata: lo prenderanno, il regista di *Marie Antoinette* e di *Les roses blanches de Gilmore* scomparirà nel 1943 in un campo di concentramento nazista). E il fratello di Nikolaj, Georgik – che mai le consiglierebbe di raggiungerlo. Si considera lui stesso in pericolo, perché non è cittadino francese e anche se ha adottato lo pseudonimo neutro di Raevskij e professa la religione ortodossa, ha un cognome ebreo. Per i nazisti non conta la religione ma il sangue. La razza, insomma. Perfino Grisha Feyguine si è prudentemente rifugiato a Bandol, nel dipartimento del Var (ma anche lí lo raggiungerà l'implacabile burocrazia collaborazionista: la sua cittadinanza francese viene sottoposta a revisione).

Solo Georges Yoric Feyguine continua a pilotare aerei nella Francia occidentale: a febbraio si è schiantato col suo Morane Saulnier 406 a Étampes, mentre provava viraggi circolari e atterraggi a esse. L'aereo è caduto nella fase di atterraggio, da un'altezza di poco piú di due metri. Molti danni all'elica e al motore, pilota illeso. La zona delle operazioni rientra fra quelle occupate. Yoric si appresta a collaborare coi nazisti: ma la madre non può saperlo. Non esistono l'uno per l'altra.

Gregor invece è riuscito a raggiungere avventurosamente la cosiddetta Francia libera. Bersagliato dalla stampa antisemita, che lo incolpa, con gli altri produttori ebrei padroni dei circuiti finanziari, delle debolezze estetiche e organizzative del cinema francese nel quale hanno inoculato i letali bacilli giudaici, riprende le produzioni negli studi di Marsiglia. Ma nemmeno questo probabilmente Nadja sa ancora.

Nadja vuole restare dove è Nikolaj, e torna a Milano. Comincia per lei l'odissea di tutti i parenti degli internati. Chiedere notizie alla Croce Rossa – ma gli apolidi non rientrano nel novero di coloro cui il diritto internazionale assicura una qualche forma di protezione. E allora cercherà di contattare il ministero della Guerra, dell'Interno, o degli Esteri, giú a Roma, per scoprire cosa sia successo all'uomo che non può nemmeno fingere sia suo marito. Otzup si dichiara celibe.

La definizione «campo di concentramento» gli aveva fatto temere una replica dei desolati campi siberiani in cui gli zar spegnevano i rivoluzionari, i filosofi, i liberi pensatori, i poeti e i romanzieri – ma si è rivelata fortunatamente impropria. Si tratta di un poderoso edificio sulle colline della Murgia, in contrada Albero della Croce, cinque chilometri a sud-ovest di Alberobello. Una grande casa rossa a due piani, che fino a qualche tempo prima ospitava una scuola agraria, e un orfanotrofio, ed è stata frettolosamente adibita allo scopo – nonostante le veementi proteste del podestà, allarmato all'idea che nella sua pacifica comunità rurale piombino stranieri indesiderati e ostili. Ma l'ispettore ministeriale ha vantato l'isolamento e la facilità di vigilanza della Masseria Gigante, nonché il fatto che vi siano già allacciate l'acqua corrente e l'elettricità, e il campo è stato istituito.

Non sono arrivate attrezzature, le forniture lasciano a desiderare e non c'è filo spinato intorno alla proprietà, ma la vigilanza è assicurata dai carabinieri della stazione di Alberobello, fino ad allora dediti a reprimere ubriachezze moleste, abigeato, truffe sui grani e reati di coltello. Carcerieri inesperti, ma zelanti. La disciplina è rigida, come in caserma. Si deve rispondere presente all'appello tre volte al giorno – la mattina, a mezzogiorno e la sera. Col passare del tempo – considerata la docilità degli internati – i sorveglianti decidono che può bastarne uno. Si può circolare solo nel ristretto perimetro della proprietà, e allontanarsi solo se autorizzati. E comunque mai prima dell'alba e dopo l'Ave Maria.

All'ingresso, Nikolaj deve consegnare tutto. Gli internati non possono tenere documenti, passaporti, denaro, gioielli, né leggere giornali o libri in lingua straniera (addio versi di Gumilëv). Possono ricevere visite di familiari solo se il ministero dell'Interno concede l'autorizzazione. Possono corrispondere coi loro congiunti, ma le lettere e i pacchi in partenza e in arrivo sono sottoposti al vaglio della censura. L'amministrazione del campo fornisce la carta e l'inchiostro, e una franchigia: ma dal maggio del 1942, quando il numero di internati esubera, si porranno limitazioni: massimo una lettera (non piú di 12 righe per foglio e massimo 2 fogli) e una cartolina la settimana. I prigionieri di guerra e gli internati civili godono della franchigia postale, ma Nikolaj Otzup non è suddito dei paesi previsti, è un apolide, non rientra nelle categorie protette e deve considerarsi internato per motivi di Polizia: dovrà pagare il francobollo.

Il giorno stesso dell'arrivo, Nikolaj scrive a Nadja. Ma non è la moglie, né la sorella, né la madre, né la figlia – benché per lui sia esattamente tutto questo e molto altro. Non risulta sua congiunta. Per poter corrispondere con la signora – gli spiega cortesemente il direttore del campo che, sensibile ai sentimenti altrui, incoraggia le relazioni affettive dei suoi ospiti – deve chiedere prima l'autorizzazione degli organi di Polizia. Non avrà difficoltà a ottenerla. Ma a lui sembra rischioso fare il nome di Nadežda Belocorska. Sarebbe come denunciarla, in un certo senso. Deve escogitare un altro modo di farle recapitare la corrispondenza. Passa Natale, comincia il 1941. La lettera resta nella cucitura del materasso.

La Casa Rossa può ospitare duecento persone, ma a dicembre ve ne sono ancora appena sessanta, tant'è che potrebbe insediarsi in una stanza singola. Il posto letto nel camerone collettivo costa dieci centesimi al giorno, la cameretta separata nove lire al mese. Meno del sussidio, ma lui non lo riceve e non può pagare la retta.

Il direttore del campo è il podestà di Alberobello, il dottor Donato Giangrande. Nikolaj scoprirà presto che consente all'ebreo Abeles di dar lezioni di musica fuori dalla Casa Rossa ai figli del possidente don Ciccio Nardone (ma in realtà Abeles è un cuoco, e il pianoforte un pretesto: il proprietario terriero lo rimpinza di polpette, arrosti e squisitezze locali), e a un altro, odontoiatra, di esercitare la propria professione con gli internati, e perfino di uscire per lavorare nel suo studio. Ad Alberobello non c'è mai stato uno specialista di impianti dentari, e Fiel attira clientela pure dai paesi vicini. Giangrande verrà denunciato dal segretario del PNF locale, per questo inaudito filogiudaismo, e costretto a dimettersi, ma sarà poi reintegrato e solo quando lo richiamano alle armi dovrà lasciare il posto al suo vice, Giambattista Melchiorre.

Il campo si riempirà, ma non subito: già a dicembre gli arrivi hanno rallentato e nel 1941 si fermano del tutto. Seguiranno l'andamento della guerra – l'occupazione di territori da parte degli italiani, l'avanzata, le sconfitte. Nel novembre 1942 l'Italia conterà 11 735 internati, nell'aprile 1943 19 117. Nikolaj non chiede mai di essere trasferito al piano inferiore: presidia la stessa stanza, lo stesso letto. In verità una branda di ferro su cui è appoggiato uno smilzo materasso. Tutto ciò che possiede ormai sono quel letto, le due ruvide lenzuola di canapa, la coperta, due asciugamani e uno sgabello. Non ha comodino né seggiola, né catino né bottiglia. Neanche un bicchiere. Forse i sorveglianti temevano gesti di autolesionismo. Riuscirà a procurarsi un bugliolo solo a primavera. Sarà sua cura tenerlo pulito. Però almeno può risparmiarsi, di notte, la camminata nel gelo fino all'unico gabinetto (che, pur essendo disinfettato tre volte al mese, emana effluvi rivoltanti).

L'esiguità dei suoi beni lo costringe a una forma di ascetismo spirituale, che gli permette di abituarsi al russare degli estranei che di notte lo assedia. Mentre la ripetitività della sua vita ridotta alla nuda biologia – la zuppa, il sonno, le funzioni fisiologiche – lo calma. Dalla finestrella, alta sulla parete, gli fa compagnia lo spunzone di un ramo d'olivo, che fruscia e crepita nel vento, sempre forte. E il disco della luna che ogni ventotto giorni s'affaccia nel quadrato del cielo. La vede crescere, calare, crescere di nuovo – fra stelle pulsanti, che impara a contare e riconoscere. Non ci sono sbarre. La latitudine meridionale inganna. La Casa Rossa sorge nel punto piú alto e ventoso del circondario, a cinquecento metri di altitudine. D'inverno il freddo morde le ossa e blocca le giunture, e non esiste impianto di riscaldamento. Tutti soffrono di dolori reumatici, cistiti e nefriti. A lui dopo tre mesi lo scianca il mal di schiena: cammina strascicando la gamba, mentre una frustata di dolore lo percorre dai lombi al ginocchio. L'umidità disegna sui bianchi muri spogli chiazze dalle forme oniriche. All'alba la nebbia lo circonda come una muraglia.

Il cibo è scarso e pessimo, mancano il latte e il pane, i legumi e l'olio hanno costi proibitivi. E il campo non può approvvigionarsi alla borsa nera. L'azienda agricola che teoricamente potrebbe provvedere a produrre ortaggi, verdure e frutta non è operativa: nessuno degli internati è adatto ai lavori agricoli. La fame però inasprisce gli animi e gli internati chiedono – e subito ottengono – di autogestire la mensa. Si occupano anche degli acquisti alimentari: con un carretto i carabinieri li accompagnano in paese e nelle masserie a incettare uova, polli e ceci (per i fichi zuccherini e succulenti devono attendere l'agosto del 1941). Un impegno per occupare il tempo, ma anche un'occasione per uscire, incontrare gli abitanti del circondario – piuttosto amichevoli, a quanto riferiscono gli altri internati. Che pure gli hanno raccontato di quando, al loro arrivo in catene alla stazione ferroviaria di Alberobello, li aspettava tutto il paese. Non avevano mai visto un ebreo, e si stupirono di trovarli semplicemente umani. Gli incaricati della spesa tornano al campo di concentramento con forme di caciocavallo e fiaschi di vino occultati sotto le coperte.

Ma Otzup – che pure negli anni della fame, a Pietroburgo, si era rivelato un formidabile cacciatore di provviste – non si offre di entrare nella squadra della cucina.

Né partecipa alle risse, alle liti e agli imbrogli che accompagnano la gestione della mensa: si limita a mangiare quel che il cuoco Abeles prepara e, quando è di turno, a sciacquare le stoviglie (se mi vedessi, Nadja! Sono piú efficiente di uno sguattero). Non protesta mai. Non vuole dare alle autorità pretesti per trattenerlo al campo. Non è indigente e dunque non può godere dell'aumento del sussidio a otto lire decretato nel maggio del 1941 per attenuare il rincaro del costo della vita, ma non può ritirare soldi dalle banche, né guadagnarseli, e integra il rancio indebitandosi. Prima o poi Nadja gli manderà dei soldi.

In qualche momento del 1941, forse tramite il fratello Sasha rimasto a Berlino (fra Italia e Germania, alleate, il servizio postale funziona), Nikolaj riesce a farle recapitare una lettera. Chiede soldi per poter comprare vestiti, perché quelli che indossa sono logori e consumati, sembro un accattone, ho pure le calze bucate; chiede un paio di scarpe nuove, alle mie anche il nostro ciabattino non può riparare le suole, pantofole calde, di feltro se le trovi, un berretto da notte e una sciarpa di lana perché le infezioni ai bronchi mi tormentano, una pomata per i geloni, perdona questo elenco arido di bisogni, ne ho uno solo, davvero, sentire la tua voce che mi sussurra all'orecchio «Kolen'ka», rivedere il raggio blu dei tuoi occhi insonni, lasciarmi guidare dalla tua saggezza acuta, abbracciarti, vieni, anche solo per un giorno, puoi alloggiare in paese, mandami almeno una fotografia, un fazzoletto che hai portato al collo, qualcosa di te, che abbia il tuo profumo, mi basterebbe una forcina dei tuoi capelli, mi sento Cristo dopo la cattura, non chiederò di allontanare il calice, sopporterò, il vento che fischia tra gli ulivi mi porta la tua voce, ti amo, non mi abbandonare. È rinchiuso nel campo di concentramento per stranieri civili di Alberobello. Probabilmente lei non ha mai sentito prima il nome della località. Non mi risulta che sia mai stata piú a sud di Napoli.

Nicola Otzup è uno dei primi involontari ospiti del campo. Lo hanno preceduto solo diciotto «inglesi» di Napoli: un gruppo eterogeneo che comprende un cameriere d'albergo, un meccanico, un idraulico e un fantino, ma anche negozianti, impiegati, ragionieri, avvocati e un commediografo famoso, cultore del teatro napoletano. Nonché un irlandese indipendentista, offeso di essere annoverato tra gli inglesi, e un indiano nazionalista, altrettanto indignato per l'arresto: una personalità di riguardo, non si mescola agli altri internati, vive in disparte e si cucina cibi vegetariani. E una trentina di ebrei stranieri, arrestati a giugno, in Italia di passaggio mentre emigravano in Palestina, in America, in Australia e perfino a Cuba e Santo Domingo, coi passaporti e i visti in regola, e già a bordo dei piroscafi, quando è stata bloccata la navigazione. Adesso si ritrovano coi visti scaduti e i passaporti invalidi e si appellano alle organizzazioni ebraiche perché li tirino fuori da lí. Nonostante la loro situazione sia drammatica, li invidia – perché la loro comunità non li abbandona. Altri ebrei invece erano entrati in Italia illegalmente, per mettersi al sicuro dalle persecuzioni naziste: fino al 1938 Mussolini li lasciava passare, e perfino stabilirsi nel regno. Pure loro di umile estrazione sociale – un falegname, un ciabattino, un panettiere – come imprenditori e borghesi. Un professore di pianoforte, un architetto, un infermiere, un pittore (Victor, profugo lituano, cui verrà consentito di affrescare la cappella del campo), un pellicciaio, un odontoiatra, un fotografo, e un medico chirurgo, Ladislao Schwarz, ungherese, specializzato in craniologia, convinto di poter brevettare un filo di sutura radiopaco. Alcuni ebrei anziani hanno allestito una sinagoga all'aperto, rispettano le feste e rifiutano di svolgere qualsiasi attività di sabato. È il rabbino, che celebra regolarmente i riti, a dargli l'idea di scrivere alla questura perché lo autorizzi a frequentare la chiesa ortodossa di Bari. Per mesi, la prospettiva di andare a Bari a pregare in chiesa lo sorregge nella conta dei giorni. Non gli daranno mai il permesso.

Gli internati ebrei sono spaventati, gli altri stupiti quanto lui di ritrovarsi in campo di concentramento. Si considerano italiani. Il commediografo è iscritto al PNF dal 1921. L'indiano ritiene che il fascismo persegua gli stessi obiettivi del suo movimento indú. Otzup non ha ancora capito cosa i carcerieri sanno di lui, e non si rivela. Si presenta come un professore. Ha cominciato a desiderare di insegnare, da quando gli sembra di sapere qualcosa. Tuttavia, nonostante lo sconforto, la noia, e lo sfacelo di settimane tutte uguali, si ripete che presto sarà liberato. Nadja conosce gente importante – gerarchi, ministri, industriali, attori, scrittori –, l'Italia è casa sua. Non lo lascerà marcire in campo di concentramento. Farà qualsiasi cosa, per lui.

Il cambio della biancheria del letto, delle federe e degli asciugamani è previsto ogni due settimane (Nikolaj non ha mai dormito fra le stesse lenzuola per piú di tre giorni), e per mantenere l'igiene s'accoda piú volte al giorno nella fila ai lavandini: indifferente alla bassa temperatura dell'acqua si scrosta e si deterge fino a squamarsi. È convinto che le punture rossastre che gli irritano la pelle siano morsi di cimici: un insetto che gli ispira una repulsione incontrollabile. Di notte, il crepitio che ribolle nel materasso gli scuote i nervi. Ma non è mai riuscito a uccidere una cimice. Scarafaggi sí, delle dimensioni di una fava. E uno scorpione – nero, lucido, stupendo – che ha dovuto schiacciare col tacco della scarpa, e che ha lasciato sull'intonaco una chiazza di ruggine a forma di moneta.

Tremando nella giacca lisa, attende il suo turno al lavabo. Davanti a lui, Fiel e Lobl parlano delle loro donne. La fidanzata di Fiel è internata a Pescara. Ha presentato istanza per farla trasferire ad Alberobello – e sposarla. Il direttore li aiuterà a convertirsi (è ebrea anche lei), e a fare i documenti. L'architetto Lobl invece ha ottenuto che la moglie venga a fargli visita. La segretaria comunale addetta alla corrispondenza (è lei incaricata di leggere le loro lettere) si è appassionata al loro caso e li ha aiutati. La moglie dell'architetto sta per arrivare. Si fermerà tre settimane. I carabinieri, che Lobl si è accattivato regalandogli vedute dei trulli e altri piccoli dipinti, gli hanno già promesso che potranno stare insieme, nell'alloggio sopra la trattoria. Anche lui vorrebbe presentare istanza per far concedere a Nadja il diritto di vivere vicino a lui. Al campo tutti sono stati separati dai loro affetti. Hanno mogli e fidanzate al confino o internate al Nord, oppure bloccate all'estero. E tutte hanno scritto a Mussolini, a donna Rachele, al ministro dell'Interno, ai preti in Vaticano, di farle internare coi loro cari. Perché lei non lo ha già fatto?

Si ricorda che una volta Nadja gli ha raccontato di un film – uno degli ultimi che aveva girato in Italia. Era tratto dal racconto di quello scrittore di Odessa, Ossip, che gli aveva poi presentato, a Milano. Interpretava la fidanzata di uno studente coinvolto in un attentato terroristico. Quando viene arrestato la fanciulla, fin lí ignara della vera identità del giovane ed estranea alle sue idee politiche, si fa trasferire nella città in cui lui è detenuto, assumere nel carcere come infermiera, e seduce il direttore per convincerlo a restituire la libertà al suo fidanzato. Mediocre letteratura, gli era parso. Il film non sarà stato migliore. Eppure sa che Nadja farebbe altrettanto per lui.

La notte, disteso sul materasso bitorzoluto (è ripieno di scorze di pannocchia: i pochi di crine e di lana erano già stati accaparrati dagli inglesi), la visione di lei gli impedisce di addormentarsi. Si proietta ossessivamente due scene nella mente, senza riuscire a fermare il film. Nella prima, lei, elegante come per una première all'opera, è nell'automobile che trasporta al campo l'ispettore generale di Polizia, il piú alto funzionario OVRA della IX zona: sono nel sedile di dietro, lei ha la testa appoggiata al finestrino, e fissa qualcosa, nella nebbiosa campagna – con quello sguardo sfuggente e misterioso che sempre gli ha pizzicato il cuore. L'ispettore le infila la mano fra le cosce senza neanche togliersi il guanto. Nell'altra, lei è nello stanzino del commissario. Riesce a vederla, sottile, bianca e appassionata – e a sentire perfino le parole suadenti che gli rivolge. Il commissario di Polizia viene ogni settimana per l'ispezione, si aggira torvo nelle camerate e in cucina, e poi si rintana per dormire nello stanzino, infastidito, perché è di Napoli e Alberobello gli pare un esilio: è un fascista sbrigativo e frustrato, che per ostentare autorevolezza ringhia ordini ai sottoposti e tratta gli internati come cani. Le intima silenzio, perché spreca il fiato? le palpa il seno, la fa inginocchiare, si sbottona i calzoni neri, poi le afferra i capelli, le preme la testa, le ficca il sesso turgido tra le labbra e glielo caccia in gola.

Quelle scene immaginarie sono cosí realistiche da scatenargli lancinanti coliche intestinali, che è costretto a scaricare nel gabinetto fetido. Tuttavia pretende quasi che Nadja lo faccia. S'allarma, s'imbestialisce e si dispera perché le settimane passano, e non riceve una lettera né un messaggio né un segno qualunque che la sua donna si sta dedicando a lui – che vive per lui. Eppure non potrebbe mai perdonarla.

Quando in primavera – con un ritardo avvilente – riceve una lettera in cui Nadja gli scrive che andrà a Roma, perché è stufa di risposte vaghe, e ha chiesto appuntamento a un altissimo papavero del regime fascista, per fargli presente il suo caso, lo assale un tale disgusto e odio per lei (come intende convincere il suo interlocutore? vuole ricattarlo?) che appallottola il foglietto, dal quale esala ancora dopo tanto tempo il suo lieve profumo, se lo caccia in bocca, e mastica la carta finché questa si disgrega e gli si incolla fra la lingua e il palato. L'inchiostro viola della lettera di Nadja ha un sapore di veleno.

Dov'è? Cosa fa? Non riesce a immaginarla, né a Milano né a Roma – ma il timbro sulla busta non si decifra. L'avrà ottenuto, l'appuntamento? Il fascista cui si è rivolta non può non essere il fratello del suo marchese, intimo del Duce. Medici non avrà voluto esporsi. Per l'amante dell'amante, poi. Che donna spudorata a immaginare che voglia aiutarla. Dopo tutto il denaro che ha estorto al fratello, e il male che gli ha fatto. Nadja non ha consigli pratici da dargli. Ora che sei cosí infelice mi sei tanto caro – scrive. Devi resistere. Presto potremo riposare. Cerca di essere buono con tutti. E non ti lamentare.

La lettera è datata 20 agosto. Sono già piú di otto mesi che Nikolaj si trascina, abulico, nei corridoi della Casa Rossa. Gli saranno giunte le notizie della guerra, pur filtrate dalla disinformazione e dall'isolamento. I successi del Terzo Reich sono impressionanti. La bandiera con la svastica garrisce in quasi tutta Europa e in Africa del Nord. Gli italiani, dopo la prova imbarazzante in Francia, in ottobre hanno attaccato la Grecia, e il 6 aprile hanno invaso la Jugoslavia, fiancheggiando l'aggressione nazista. Il 22 giugno Hitler ha rinnegato il patto di non belligeranza Molotov-Ribbentrop, ha lanciato l'operazione Barbarossa e invaso l'Unione Sovietica. I migliori generali e ufficiali sono stati decimati da Stalin nelle purghe del 1937 e l'Armata rossa ha ceduto di schianto.

Cosa ha pensato, Nikolaj? Ha creduto – come molti negli ambienti militaristi e nei circoli nobili dei bianchi di Parigi, come alcuni imprenditori, letterati e intellettuali della prima ondata di émigrés – che i nazisti finalmente liquideranno il regime bolscevico? O invece prevale in lui l'amore per la Russia, e si ritrova a sperare che il nemico Stalin riesca a resuscitare l'esercito e il popolo russo gli regali la vittoria? Può parlare con qualcuno di questo dilemma atroce, che dilania la coscienza? Nadja cosa direbbe?

Inoltre, se ha notizie della famiglia, sarà in apprensione anche per loro. Gli Otzup sono dispersi. Solo Sergej è al sicuro, perché – amico e collaboratore di Franco – è rimasto bloccato in Spagna dallo scoppio della guerra, e Mikhail, favorito dalla moglie svedese, mentre Sasha è a Berlino, sulla quale si intensificano i bombardamenti alleati, ed Evgenija e Georgik in paesi occupati dai nazisti – lei a Riga, lui a Parigi. Nessuno di loro può aiutarlo.

Il sottoscritto Nicola Otzoupe scrive in terza persona una concisa biografia, indicando la data e il luogo di nascita (precisa che «Zarskoie Selo» è la ex residenza estiva della corte dello zar). Modifica qualche data e omette qualche passaggio, ma sostanzialmente è sincero. È ancora la lettera colma di dignità e amore per la letteratura di uno scrittore – non di un internato abbrutito dalla prigionia. Evita ogni adulazione verso i suoi carcerieri. Dice di essere stato «costretto ad abbandonare la Russia l'anno 1923, a seguito della fucilazione del fratello Pavel, libero docente dell'Università di Pietroburgo», di essersi recato in Germania e poi in Italia, «dove ha passato un anno». «Neanche poi nella sua vita di emigrato non trascurava la minima possibilità di tornare in Italia, essendo la cultura di Roma obietto dei suoi studi appassionati e fonte di ispirazioni artistiche. Cosí fece anche nell'anno 1939... Ma dopo un anno di soggiorno in Italia è stato arrestato per motivi a lui sconosciuti».

«Sempre refrattario a ogni attività politica», il sottoscritto ha l'onore di pregare il ministero dell'Interno di rivedere il suo caso. «Venuto in Italia questa volta anche per ragioni di salute (ha avuto due polmoniti e soffre di una malattia intestinale cronica), è ora minacciato di perdere il beneficio della cura fatta in montagna durante l'anno 1939-40. Ma soffre soprattutto della necessità di vivere in campo di concentramento. Nelle località d'Italia viveva sempre isolato, assorbito dal suo lavoro (tra l'altro traduzione in russo e in francese dei Canti e delle Prose di

Giacomo Leopardi)». Chiede di essere assegnato al confino. Il medico del campo Antonio Spera conferma la veridicità del testo e chiede che Otzoupe sia trasferito. Il prefetto di Bari trasmette l'istanza allegando il proprio parere favorevole: «L'Otzoupe nel campo di Alberobello non ha mai dato luogo a rilievi, conservando buona condotta».

L'inverno del 1942 è freddissimo. Nikolaj passa il mese di gennaio a letto. Non tanto per la sciatica, i reumatismi o i suoi cronici mali. L'istanza non è stata accolta. Il prefetto di Brescia ha concesso il nulla osta al trasferimento dello straniero in luogo di confino. Ma il prefetto di Bergamo, pur ammettendo che durante la sua breve permanenza Otzup non ha dato luogo a rilievi, trova non opportuno trasferirlo dal campo nella sua provincia. La comunicazione è del 10 settembre. Tuttavia gli è rimasta una flebile speranza. Il ministero ha ordinato al prefetto di Bari di farlo visitare dal medico provinciale, «per verificare se è idoneo a sopportare il regime del campo di concentramento». La visita avviene nel corso dell'autunno. Il medico fiscale certifica che il predetto nel 1933 ha sofferto di colite spastica. «Ma all'atto della visita, all'infuori di un lieve stato di psico-astenia, non ho rilevato nulla di abnorme. La domanda dell'internato non può essere accolta».

Psico-astenia: debolezza, mancanza di forze indotta dalla prostrazione mentale. Deve occupare il cervello, e impedirgli di deragliare. Prega, ma non ha un'immagine sacra né libri liturgici, e alla Casa Rossa non c'è nessuno che conosca i riti ortodossi o intoni un canto. Gioca a scacchi. Il destino di un cavallo o dell'alfiere riesce a distrarlo per qualche ora – poi non riesce piú a concentrarsi, e perde la partita in pochi minuti. Leggere invece è impossibile. Nella biblioteca del campo di concentramento non ci sono libri – a parte antiquati volumi di medicina, forse già della scuola agraria, e di religione, dono del nunzio apostolico, venuto a visitare il campo per ordine di Pio XII. Gli inglesi italofoni sono stati tutti trasferiti. Gli ebrei lituani conoscono il russo. Con Tschernon il frescante potrebbe parlare di pittura, e con Zakashanky dell'Unione Sovietica: è sconvolto dall'occupazione e dalla perdita dell'indipendenza del suo giovane paese. Gli altri parlano tedesco e yiddish. Solo i piú anziani e pii – quelli che custodiscono il tabernacolo e conservano i rotoli della Torah – conoscono l'ebraico. Lui ricorda perfettamente il tedesco. Molti degli internati sono persone colte. Con l'architetto Lobl potrebbe discutere di arte d'avanguardia (si intende di pittura) e con Schwarz di poesia (il chirurgo sa parafrasare alcune strofe del *Prigioniero del Caucaso* di Puškin). Con Cohn, Gottesmann e Windmüller di politica (sono informati sull'andamento della guerra, e vorrebbe capire come facciano).

Una sera, per non soccombere alla noia, con Max, l'addetto alle pulizie, si mette a elencare i nomi delle strade di Berlino, città nella quale entrambi hanno abitato. Un nome ciascuno, fino a ricostruire la mappa intera, da Charlottenburg a Wilmersdorf, da Schöneberg al Tiergarten, fino al Neuer See, in cui a luglio si tuffavano nudi, lasciando le scarpe e gli abiti sull'erba. Nei folli anni Venti – che ora gli sembra di non avere mai vissuto. La lingua tedesca gli evoca ricordi che lo lasciano inebetito.

Preferisce scrivere. O almeno ci prova. Rannicchiato sul materasso, con la boccetta dell'inchiostro sul pavimento e il quaderno sulle ginocchia. Un quaderno di scuola, con la copertina nera e la filettatura rossa nelle pagine a righe. Non farà mai il nome di Nadja. Ma c'è lei in ogni rima, e in ogni verso che gli muore sulle labbra. Nadja non è venuta ad Alberobello. Né col permesso della Polizia né senza.

Lo ha abbandonato. Giorni opachi, sconforto, crisi improvvise di rabbia che sfoga tirando pugni al muro, fino a farsi sanguinare le nocche. Non ha quasi le forze per alzarsi, ma si costringe ogni giorno al «perimetro»: la passeggiata lungo il confine interno del campo, rasente il muro. Conta ogni singolo passo. Il muro dell'edificio, la ghiaia ardente sotto il sole, i rampicanti sfioriti, lo spiazzo con la camionetta delle guardie, l'innaffiatoio di latta, la fontanella, i vasi di basilico, gli agrumi nei vasi di terracotta. Ed è lí che la vede. Fibrilla su una foglia – la livrea celeste cenere nella parte vicina al corpo, rosa in quella piú lontana, le antenne mobili, sulle ali una manciata di puntini neri, come occhi. S'inchioda. Non conosce i nomi delle farfalle. Non saprebbe distinguere un macaone da una polissena, una tecla del rovo, una vanessa, una cleopatra o l'aurora, che porta il sole sulle ali anteriori. A differenza del detestato Sirin – Vladimir Nabokov – non se ne intende e non ha mai capito l'ossessione dell'altro per i lepidotteri. Gli è sempre sembrato futile e assurdo che uno scrittore sprechi il proprio tempo per aggirarsi con un retino fra le siepi e i cespugli. L'idea stessa di catturare una farfalla per infilzarla con uno spillo gli ripugna. Sono cosí inquiete, le farfalle – il minimo movimento o disturbo e fuggono via. Sono nate per succhiare il nettare, accoppiarsi, e morire. Sono effimere, ma libere. Si avvicina all'alberello d'arancio, in punta di piedi, col cuore in gola.

La farfalla, allarmata, sbatte le ali, abbandona il fiore, e si solleva, ma non ha paura di lui. Anzi, gli viene incontro, curiosa. Le ali, ricoperte di un microscopico pulviscolo lanuginoso, emettono un lievissimo fruscio. Trasparenti, vellutate, gli carezzano la tempia, s'impigliano nei suoi capelli. La farfalla striscia sulla sua spalla, poi si posa sulla sua mano – confidente. Le tremano le filiformi antenne, le pulsa l'addome. Non riesce a capire quanti occhi abbia – ma ha l'impressione che lo scrutino e lo conoscano. Sono enormi le ali, rispetto al corpo snello. Lui rimane immobile, con la farfalla sul dorso della mano ferita, senza muovere un muscolo, per un tempo che non saprebbe misurare. Sei tu, sussurra. Sei tu, resta, ti prego. Finché un accesso improvviso di pianto gli fa tremare la mano e la farfalla spaventata frulla le ali, s'innalza oltre il suo naso, e vola via, fragile e azzurra, confondendosi col cielo d'estate.

«Quella farfalla - scrive - mi ha fatto pensare a te». Finché gli resta la certezza che da qualche parte - chissà dove - Nadja sta pensando a lui, Nikolaj Otzup resta un uomo.

All'inizio del 1942 Nikolaj decide di collaborare - o fingere di farlo. Nazismo e fascismo sembrano sul punto di vincere la guerra. Per poter presentare una nuova istanza al ministero, in cui chiedere d'essere prosciolto dai vincoli dell'internamento, cerca documenti che dimostrino la sua appartenenza alla razza ariana. E la sua adesione alle politiche naziste.

Nikolaj scrive la seconda lettera il 7 luglio 1942. L'Armata rossa ha fermato l'avanzata tedesca, ma Leningrado è stretta da un assedio omerico, l'Ucraina devastata, e i nazisti occupano saldamente quasi tutta l'Europa. Nikolaj si dichiara un russo bianco (non lo è mai stato), e in garanzia della sua libertà allega copia di documenti inviati nel gennaio del 1942 da Berlino. Sosterrà di averli ottenuti dal notaio di Rezia che li ha chiesti al parroco di Berlino. Rezia - in verità Resia - è una località della Val Venosta, non troppo distante da Bolzano: sono stati i suoi amici del Renon ad aiutarlo? O è Nadja, libera di muoversi, che ha fatto da messaggera per questo sinistro scambio epistolare?

Dal primo documento risulta l'origine ariana di sua madre, Elisabeth nata Zandler, sepolta nel cimitero russo ortodosso di Pfarrer. L'altro è l'atto di nascita della nipote Ljudmila, figlia di Sasha, che la certifica di religione ortodossa. Gli Otzoupe sono discendenti di ebrei sefarditi, spagnoli o portoghesi, il cui cognome originario era Lopez; il padre di Nikolaj è stato membro della comunità fino alla conversione. Il nome di sua madre è Rakhil Solomonovna, e i documenti sono falsi (li ha fabbricati il figlio di Göring, amico di Sasha), ma non credo che le autorità italiane possano immaginarlo. Non è per questo motivo che nell'agosto del 1942 non ravvisano l'opportunità di rilasciarlo. Hanno bisogno di lui. Nikolaj si è impiccato con le sue stesse mani.

Dall'estate del 1942 sono iniziati i trasferimenti degli ebrei. I destinati ai campi di concentramento del Nord saranno tutti deportati ad Auschwitz, e nessuno tornerà. Non il fotografo Moritz, non Aidler, Feintuch, Urbach, Zaitschek, Zeller. Gli altri vanno invece al campo di concentramento di Ferramonti di Tarsia, in Calabria. Il loro destino è a volte determinato da una sfortunata richiesta esaudita di avvicinarsi ai parenti confinati al Nord, in altri casi dalla scelta del direttore e dei suoi collaboratori, che li segnano in una lista piuttosto che in un'altra. Per qualche giorno la Casa Rossa resta quasi vuota, poi dal 1° agosto affluiscono a decine, quindi a centinaia altri internati – dalla Slovenia, dalla Dalmazia e dalle isole dell'Adriatico annesse dagli italiani. Sono diversi dagli smarriti ebrei tedeschi. Sovversivi, ribelli, antifascisti del Quarnaro, di Zara e di Fiume, irredentisti istriani, simpatizzanti dei partigiani e della Resistenza di Tito, anarchici, disfattisti dalmati che esortavano i soldati italiani alla diserzione, ebrei serbi comunisti, slavofili che aspirano a essere inglobati nell'Unione Sovietica, due cetnici, due nazionalisti croati: oppositori orgogliosi e duri, nemici fra loro, uniti solo dalla comune avversione per il Duce, i fascisti, gli italiani tutti. Sprezzanti dei loro carcerieri, e degli internati veterani conniventi col nemico.

Arrivano anche alcuni ebrei italiani che si sono sottratti al lavoro coatto. Tutti gli israeliti dai 18 ai 55 anni sono stati infatti precettati. Nikolaj riconosce l'accento romanesco di tre giovani che si sono rifiutati di partecipare allo svasamento delle golene del Tevere o di lavorare come muratori in un cantiere stradale. Paga di novanta centesimi all'ora, il venticinque percento di quanto pija 'n italiano. Vaffanculo. Datemi da magnà gratis, adesso. Me ne fotto del campo – concorda Lino –, la guerra sarà la rovina del fascismo e del nazismo. Quasi si accapiglia con un altro, ultimo arrivato, tesserato PNF con la figlia caposquadra delle piccole italiane. Il campo è una polveriera. L'ispettore invoca sbarre alle finestre e un reticolato di filo spinato da disporre lungo il muro della proprietà. Ma non li ottiene. La guerra va male, e si prende tutte le risorse.

A ottobre quasi tutti gli ebrei stranieri sono già partiti. Il dispaccio n. 76102-488/308582 dispone il trasferimento degli ultimi: Lenga Aronne, Majoloch fu Giuseppe, Zlocew Izko, Ladislao Babo, Novak Leo e Otsoupe Nicola di Andrea. Il fatto che sia stato inserito nel gruppo fa ritenere che le sue prove d'arianità non siano state considerate autentiche. La pratica è sbrigata entro novembre. Ma Nikolaj resta ad Alberobello. Il suo trasferimento è stato revocato su richiesta del nuovo direttore del campo, Melchiorre. Il 25 ottobre ha inviato un telegramma al ministero, chiedendo la sospensione per lui, in attesa di comunicazioni riservate.

La ragione, spiega in esse, è che «l'Otsoupe, persona seria, corretta e insospettabile sotto ogni punto di vista, è il mio CONFIDENTE RISERVATO per tutto quanto concerne l'andamento del campo. Elemento perciò necessario ed indispensabile perché io possa esercitare un efficace controllo sugli internati, sulle loro condotte e sui loro sentimenti».

Da quando Nikolaj svolga il ruolo di informatore e spia non è dato sapere. Voglio ipotizzare che sia solo un tassello del doppio e triplo gioco che lui e Diana, forse all'insaputa l'uno dell'altra, conducono da una vita, l'ultima lettera che invia al ministero dell'Interno, il 7 maggio del 1943.

Scrive in ottimo italiano, con qualche neologismo. Si presenta di nuovo, come un laureato in belle lettere. Vanta «un antenato battezzato e allozato nell'esercito ai tempi dello zar Nicola I». Parla del fratello ufficiale bianco fucilato dai bolscevichi, e degli altri fratelli, tutti bianchi e tutti evasi dalla Russia. Residenti in Germania. I loro figli sono al servizio del governo nazista. Dichiara di essere venuto in Italia nel novembre del 1939 entusiasta del movimento fascista, per scrivere un lavoro sulla rinascita del paese. Risiedeva in un piccolo sito di montagna sopra Bergamo. Di essere stato arrestato senza ragione, di essersi ammalato dopo un anno di vita in condizioni severe, di avere ora i bronchi e la pleura lesi e rinnova la richiesta del rilascio.

La lettera viene consegnata a mano dal direttore del campo – che deve essersi rassegnato a compensarlo dei suoi servigi. Riparte la trafila del consulto coi prefetti, e la nuova visita per accertare le sue condizioni sanitarie. La relazione del medico provinciale data 14 giugno 1943. È l'ultima fotografia di Nikolaj al campo di Alberobello. «Trattasi di individuo di anni 49 e di robusta costituzione generale. L'Otzoupe è affetto da lieve bronchite cronica ed enfisema. Data la costituzione robusta e la lieve entità del male da cui è affetto lo giudico fisicamente idoneo al regime del campo di concentramento». L'istanza NON È STATA ACCOLTA. Si prega di renderne edotto l'internato.

Un giorno dovrà dirle ciò che ha fatto, e glielo dirà. Non puoi neanche immaginare le mie colpe. E il male che ho fatto. Accetterà il suo disprezzo e la sua pietà. Ma lei non è internata da due anni e mezzo nel campo di concentramento di Alberobello, e ormai non può piú far nulla per salvarlo. Finora sono riusciti a tenersi in contatto, sebbene i loro scambi siano stati rari, e intervallati da lunghi silenzi. Poi però l'estate del 1943 li separa definitivamente. Meno di un mese dopo la conferma del suo internamento, cade il regime fascista, Mussolini viene arrestato, spostato di prigione in prigione finché lo trasferiscono sulla Majella. Gli alleati sono sbarcati in Sicilia e risalgono la penisola incontrando debole resistenza, o nessuna. L'Italia meridionale non è difendibile. Il 3 settembre il capo della Polizia ordina al prefetto di Bari lo sgombero del campo di Alberobello.

Il 6 settembre del 1943 Nikolaj Otzoupe, l'internato che è stato piú a lungo di tutti alla Casa Rossa, viene scortato dai carabinieri della sorveglianza, in manette, con gli ultimi 67 ospiti del campo alla stazione di Alberobello. Non c'è nessuno a vederli partire. Gli abitanti rintanati nelle case ascoltano Radio Londra, e cercano di capire cosa sta succedendo. Non ci sono piú immagini di Mussolini nell'atrio della piccola stazione, né la fotografia del Duce nell'edicola dei giornali, sulla parete della biglietteria le insegne del fascio sono state rimosse. Non c'è neppure un antifascista ad Alberobello, gli aveva raccontato Melchiorre. Non un sovversivo, un socialista, un anarchico o un dissidente: qui solo consenso. Ma devono aver cambiato idea: il fascio littorio è stato strappato dal muro e l'intonaco sfarina ancora.

Il treno parte alle 16.47, destinazione Bari. Viaggiano ammassati, sulle ostili panche di legno, quasi digiuni perché nelle ultime settimane era diventato difficile approvvigionare il campo, e il caos si propagava inarrestabile, paralizzando le catene di comando. A Bari li fanno scendere. Sulle banchine e lungo i binari nemmeno una camicia nera. Salgono su un nuovo convoglio. Ma solo alle 20.30 il capostazione fischia la partenza. Devono risalire la costa e poi attraversare gli Appennini. La linea è Bari-Pescara-Sulmona-Roma. Nikolaj è nel secondo vagone, ammanettato con Aurelio Schwarz, un taciturno ebreo di Zagabria. Diffidano l'uno dell'altro. Non si parlano. Non sa cosa facesse Schwarz prima dell'arresto. A Melchiorre ha detto di essersi rifugiato in Italia per scampare alle persecuzioni degli ustascia. Aurelio ha trentadue anni. È vigile, teso. Sta cercando di capire se può scappare. Se lo chiede anche Nikolaj.

«Mi pesa tanto, la nostra separazione, – gli ha scritto Nadja nell'ultima lettera. – Io sto lavorando in un ospedale militare. Ora dobbiamo essere tutti uniti, siamo una sola famiglia. Chissà se ti rivedrò. Chissà se il destino sarà clemente con me, oppure con te. Spero tanto con entrambi. Se torni senza una gamba, se torni cieco, ti amerò due volte. Ma ti prego, non ti rassegnare. Scappa». Adesso, mentre le palpebre s'abbassano per la stanchezza, la testa ciondola e traballa, gli sembra che lei gli sia seduta accanto, e quelle parole gliele stia sussurrando. Sente il tocco frizzante delle labbra nell'orecchio. Non ti riconosco in questa rassegnazione da carcerato. Dov'è la tua rabbia? Dove sei tu? Svegliati, Kolen'ka. Il pizzicore che gli vellica il lobo è la stoffa ruvida del pastrano di Schwarz. Però ha aperto gli occhi. Nadja lo ha svegliato.

Viaggiano tutta la notte, ignari che l'armistizio tra l'Italia e gli alleati sia già stato firmato; che Hitler, diffidando di Badoglio, lo abbia capito, abbia fatto affluire dal fronte orientale svariate divisioni delle SS e abbia già dato ordine ai soldati tedeschi presenti sul territorio di predisporsi a disarmare l'esercito italiano e impadronirsi dei luoghi strategici. Aeroporti, caserme, gangli ferroviari, alture, porti. La linea Gustav, che taglia la penisola dal Garigliano a Ortona, e che fermerà l'avanzata degli alleati, è già stata fortificata. Viaggiano nel buio, sfilando accanto a stazioncine deserte. Dai finestrini aperti entra l'odore dell'Adriatico. Alghe marce, sabbia umida, granchi. Aurelio fissa il barbaglio d'argento dell'acqua, colpita da sciabolate di luce. Casa sua è dall'altra parte del mare. Nikolaj non ha piú un posto che possa chiamare casa. Se pure riuscisse a fuggire, dove potrebbe andare? Il treno si ferma spesso, sosta nel buio, a lungo, ma non li fanno scendere, neanche per pisciare. La linea ferroviaria non sembra danneggiata dai bombardamenti. Ma il chiarore dell'alba rivela macerie, crolli, incendi.

Questa volta, Nikolaj sa dove sta andando. Li separano. Gli italiani, di nascita o perché il loro paese è stato annesso nel regno, andranno al campo di Castel di Guido. (Quando ha sentito il nome, Giacomo di Porto si è messo a ridere:

torno a casa mia a piedi, so' manco venti chilometri da Roma). Gli stranieri, ormai solo nove, in un altro paesino del Lazio, ma piú a nord. Ha sentito il nome, Farfa in Sabina, che i poliziotti hanno rivelato a un controllore, senza curarsi di essere ascoltati. Pensavano che gli internati non lo conoscessero. Invece il cuore gli è saltato in gola. Ha visto le fotografie su una rivista di cinema. Nadja le compra ancora. C'è un'abbazia benedettina antichissima, a Farfa. In stato di abbandono fino a poco tempo prima. Poi il conte Volpi – il promotore della Mostra di Venezia – aveva acquistato i terreni e i casali tutt'intorno, aveva iniziato i restauri, voleva farla risorgere. Tuttavia non sa dove sia esattamente.

Prima di essere rimosso, Melchiorre gli ha raccontato che gli alleati hanno accelerato il crollo del regime con una campagna di bombardamenti senza precedenti. A gennaio a Napoli c'era un'incursione al giorno. Le fortezze volanti americane hanno preso di mira Roma, il 16 luglio, e di nuovo Napoli, il 4 agosto, e Genova, il 7, ma alla Superba c'era rimasto poco da distruggere, perché il porto e le industrie erano stati martellati per tre anni. Anche Milano è stata devastata. Nella notte del 13 agosto centinaia di aerei inglesi e americani hanno sganciato piú di mille tonnellate di bombe. Nessuna città italiana è mai stata colpita con tanta violenza. Già a ottobre del '42 gli inglesi avevano sganciato quasi trentamila bombe incendiarie, danneggiando case, negozi, e pure il carcere – e causando un centinaio di morti perché le sirene avevano suonato l'allarme troppo tardi. A febbraio avevano distrutto le acciaierie, le officine, gli scali ferroviari, i depositi dei tram, il mercato, pure la Pinacoteca. Ma ad agosto è stato tremendo. Sono venuti giú i teatri, l'ospedale, il Museo di storia naturale, la Galleria, Palazzo Reale, perfino la Scala e il Refettorio di Santa Maria delle Grazie, dov'è rimasto dritto solo il muro col *Cenacolo* di Leonardo da Vinci. Ci sono stati morti? ha chiesto, sforzandosi di non tradire alcuna emozione. Sí, il numero ufficiale è diciannove, ma pare siano piú di settecento. Un terzo della città rasa al suolo. Ha bruciato per giorni. Ma non era abbastanza. Gli aerei sono tornati due notti dopo, e tornati ancora. Non c'è acqua, luce, gas. Mezza città è sfollata, e l'altra mezza non esiste piú. Nikolaj non sa se Nadja si trovi ancora a Milano. Che sia morta davvero comincia a diventare possibile.

Ogni soldato solo, ferito, disperato, per me eri tu. Quando ho capito che non ti avrebbero lasciato andare mi sono presentata alla Croce Rossa. Non avevo i requisiti chiesti dal regolamento per diventare infermiera volontaria – non la nazionalità italiana, non la tessera del Partito Nazionale Fascista. Non chiedermi come ci sono riuscita. Devi credermi, poiché te lo racconto. Ho seguito il corso per tre mesi – diciassette lezioni, trentaquattro ore, una volta alla settimana. Avrei voluto farlo nel 1915 – e invece ero lí nel 1942, tra fanatiche ragazze di vent'anni, insegnanti di chimica, maestre, ragioniere, dattilografe, ricamatrici, donne di casa con la licenza elementare. Molte nubili. Nessuna della mia generazione. Le donne nate negli anni Ottanta e Novanta dell'Ottocento le ho trovate negli ospedali, erano ispettrici e in ruoli apicali: avevano già prestato servizio durante la Prima guerra. Io invece avevo preferito il cinema: ma mi chiedo se scegliamo davvero la nostra vita, o è lei a scegliere noi. Nessuna parlava tedesco, qualcuna abborracciava qualche frase scolastica in francese. Le piú motivate chiedevano di andare in Africa, sulle navi ospedale oppure in Russia. Io nulla. Avrei accettato qualunque destinazione. Niente di ciò che è umano mi disgusta. Tutto quello che serve, lo farò. Alla fine non so quante di noi fossero in grado di assistere davvero le suore infermiere e i dottori. Il primo ospedale militare cui mi hanno assegnata l'hai visto. Una volta ci siamo passati davanti e io ti ho detto: sembra il collegio in cui mi ha rinchiuso mio padre.

Indosso l'uniforme – tutta bianca. Dalle scarpe alla cuffietta. Il rosso della croce che porto sul petto sembra sangue. L'ispettrice si lagnava di me, che non sapevo fare niente. Disinfettavo gli aghi, pulivo il vomito, i pappagalli e le padelle in cui galleggiavano escrementi molli, striati di sangue. Non ammirarmi e non compatirmi. Non l'ho fatto per te, ma per me stessa. Bisogna spogliarsi di tutto per scoprire la nostra essenza. L'ho sempre pensato, l'ho attuato tardi. La coerenza non è mai stata la mia dote. Ma l'ho conquistata. La rinuncia pretende volontà piú ferma dell'azione.

Me ne sono andata dopo il primo grande bombardamento di Milano, nell'ottobre del 1942. Spero che ad Alberobello non hai dovuto ascoltare gli aerei – prima un ronzio, una vibrazione, poi infine un rombo che annienta ogni altro rumore e ti risuona dentro, fra i polmoni e il cuore. Era un pomeriggio qualunque, ed ero andata al cinema. Mi sono rifugiata in una cantina. Tutto tremava, e io pensavo al pianoforte. Non che potevo morire bruciata o schiacciata come un topo. Il pianoforte. Ci avevo messo tanto a trovarne uno identico a quello sul quale ho imparato a suonare, a Kiev. Il palazzo era lesionato, ma l'isolato totalmente distrutto – mi aggiravo fra ammassi pericolanti di travi e calcinacci e non riuscivo neanche a riconoscere la strada. Il giorno dopo fumavano ancora le macerie, e non si potevano spegnere gli incendi perché le condutture dell'acqua erano state danneggiate. Ma non volevo semplicemente sfollare. Non volevo mettermi in salvo.

I dottori del nuovo ospedale mi hanno permesso di fare le iniezioni, cambiare le garze e somministrare le medicine. Il numero dei feriti superava ogni misura, e per me era l'unico bollettino di guerra cui potevo credere. I ragazzi arrivavano dopo settimane di ospedali da campo e viaggi in barella su tradotte rigurgitanti di corpi straziati. Bendaggi d'emergenza, volti strappati dai proiettili e dal fuoco, amputazioni brutali. Quanti piedi informi, senza piú dita, lasciate nelle steppe e nella neve dell'Ucraina. Loro ignoravano che io sapevo in quale niente avevano vagato – accecati dal riverbero del ghiaccio, assiderati dal vento, con divise troppo leggere, e senza scarpe. I nomi dei villaggi che leggevo sul loro ruolo mi parlavano di mia madre, di mio padre, di me. Erano andati a uccidere i miei parenti, e se non lo hanno fatto è solo perché nessuno era piú vivo – erano già passati i nazisti e li avevano fucilati, bruciati o scaraventati nei burroni. E stavano lí, nei letti, supini, ammutoliti dall'orrore compiuto e subíto. Alcuni avevano perso la memoria. Nessuno sapeva perché respirava ancora. Il loro ultimo ricordo era uno scoppio, una fiammata, un sibilo, uno schianto. Piú un rumore che un'immagine. Ma qualcuno aveva negli occhi la forma della sua morte: per un alpino di diciannove anni, è stata una giovane in bicicletta. Russa, diceva lui, ma forse era una contadina ucraina. Comunista, comunque. Partigiana. Lei gli è passata accanto e gli ha sparato.

Lui si era incantato a fissarla – non ho mai avuto una ragazza, madre, mi ha sussurrato – e non si è accorto della pistola. Non poteva vedermi, sai, perché il proiettile gli aveva trapassato il nervo ottico. Ma mi ha capita dalle mani. Me le stringeva forte, quando mi chinavo sul suo letto, non voleva mai lasciarmi andare. Tutti mi chiamavano madre. Mamma, anche. Non ho mai sopportato questa parola. Ne avevo timore e vergogna. Yoric non mi ha mai chiamata cosí. Mamma, mamma, non mi lasciare, balbettavano. Io cercavo di non piangere.

Molti sono morti. Rimanevo accanto a loro fino all'ultimo istante. Poi gli chiudevo le palpebre e chiamavo il dottore. Non l'ho mai fatto per gli uomini che ho amato. Li ho lasciati morire senza di me. Non tu. Io mi dicevo: se il mio Kolen′ka sta male, e si ritrova solo, ferito, in qualche parte di questo paese, vorrei che una donna come me gli stesse accanto. E ogni volta che uno di loro guariva, e lasciava l'ospedale, mi pareva di averti guadagnato la salute.

Tornavo al mio alloggio sollevata. Kolen'ka sta meglio. E presto lo rivedrò. Non hai mai sentito i miei pensieri? Forse non mi ami davvero. Ti ho scritto decine di lettere. Ti avevo mandato l'indirizzo dell'ufficio postale cui rispondermi. Non ho mai trovato una tua busta per me. Ma sono abituata a cibarmi di lontananza. Amare non è essere amato. Era doloroso, il tuo silenzio. Eppure non ho mai dubitato del mio amore per te. Te l'ho dato, non lo rivoglio indietro. Se anche non lo vedessi mai piú, pensavo, io gli ho offerto la parte migliore di me. Lui mi conosce veramente. Sa chi sono. Al di là del mio nome, della mia storia, del mio passato. Se ha paura di ciò di cui sono capace, se sono troppo – sono sempre stata troppo –, se non tornerà da me, avrò donato me stessa al nulla. E non c'è niente di piú grande di questo.

Il campo non è proprio a Farfa. Ma a Granica di Farfa, nei dintorni. Sono ancora in nove perché, sebbene alla stazione di Roma ci fosse una baraonda, e tutti avessero avuto lo stesso pensiero – i poliziotti sono quattro, se ci mettiamo a correre in direzioni opposte, almeno la metà di noi riuscirà a dileguarsi –, i loro custodi avevano le pistole col colpo in canna. Ed erano molto nervosi. La scalcinata littorina di un solo vagone ha sinuosamente costeggiato il Tevere, un estenuato rivolo verde nella campagna riarsa dall'estate, e li ha deposti alla stazione di Fara in Sabina nel pomeriggio dell'8 settembre 1943. Non si conosce l'ora esatta, perché nessuno ha trovato il tempo di mandare il telegramma alla Direzione Generale di Pubblica Sicurezza. A chi poi? Nel giro di poche ore è crollato tutto.

Hanno proseguito a piedi, lungo una strada di polvere, imprecando e bestemmiando, perché nessun automezzo era venuto a raccoglierli. Non c'è un camion, un carro coi cavalli, un cazzo di niente, al campo di Farfa, bofonchiava il poliziotto, il brigadiere con cui ho parlato ieri dice che mancano le fogne, il cesso non ha l'acqua, non c'è manco la luce elettrica e la linea telefonica non è collegata con Poggio Mirteto, dove ci avrebbero dato il cambio. Per questo gli hanno comandato di scendere a Fara. E gli internati sono tutti zingari, inglesi, francesi e greci, e pure socialisti e froci che stavano al confino a Lipari. Fortuna che una volta consegnati gli stranieri i poliziotti possono tornare indietro. Si farà tardi, ci scapperà una notte a Roma. Sta' zitto, lo ammonisce un altro, il professore russo tiene orecchie pure nel culo.

Il sole ancora alto picchiava sulla nuca come un maglio. Nikolaj non era piú abituato a camminare. Zoppicava, incespicava, gli cedevano le ginocchia. Avrà pure una robusta costituzione, ma da quasi tre anni non percorreva piú del perimetro del campo e i pochi metri che separavano la sua camera dalla mensa e dal gabinetto. E invece deve barcollare, con lo stomaco che romba per la fame, grondante di sudore, assetato, con le scarpe rotte che gli segano i talloni e il frinire isterico delle cicale a trillargli nel cervello, per sedici chilometri. Sbagliano strada due volte, perché non incontrano nessuno cui chiedere la direzione.

Il campo si estende in un'ampia vallata ai piedi di morbide colline, circondato da uliveti e appezzamenti a grano. Covoni di fieno si abbrustoliscono alla luce, come in un quadro di Monet. Sarebbe un posto magnifico, se non fosse ciò che è. Quando arrivano, il sole è tramontato da mezz'ora in un tripudio d'arancio e striature di fuoco, e il crepuscolo ha già inghiottito i contorni, il recinto, la via. Nella campagna esordiscono i grilli. Il cancello è aperto e nel corpo di guardia non si vede nessuno. Dovrebbero esserci diciotto carabinieri, un brigadiere e un vicebrigadiere. Piú sei agenti di Pubblica Sicurezza. Anche i padiglioni sembrano privi di vita. Le porte dei quattordici dormitori completati – gli altri sei sembrano incompiuti, come se l'allestimento fosse stato interrotto – sono spalancate. Un bigio gatto orbo si netta l'ano, acciambellato sulla soglia. I poliziotti si guardano attorno, increduli. Il secchio di latta rovesciato, un mucchio di stracci, bucce di susine e fogli che svolazzano parlano di un abbandono repentino. Eppure il campo può contenere duemilasettecento internati.

C'è un agente di Pubblica Sicurezza, seduto nel locale contrassegnato dalla Croce Rossa, che dovrebbe essere il pronto soccorso o la medicheria. Ma privo di strumenti chirurgici e armadietti, contiene solo una barella con le cinghie pendule. Sono gli arrivi di Alberobello? chiede. Chi cazzo dovrebbero essere? sbotta il poliziotto che ha guidato il trasferimento. Dov'è il direttore? Dov'è il brigadiere?

Panici Antonio, scatta in piedi l'agente. Dei cinque che dovevamo presentarci il 29 agosto sono venuto solo io e quelli che stavano qui se ne sono andati. Gli ultimi, dieci minuti fa. Non li avete incrociati, sulla strada? Si vede che hanno preso su per Rieti. Gli ho gridato fermatevi! che fate, è diserzione, siete pazzi? L'agente Panici è un uomo d'età indefinibile, con le guance paffute e gli occhi piccoli e neri come due olive. Sembra disorientato. Io faccio il mio dovere e resto. Ci sono duecento internati, in giro per il campo. I nuovi arrivati pensano sia strano che non gli abbiano ancora sparato, ma tacciono.

I poliziotti e i nove stranieri ammanettati restano nell'infermeria spoglia, senza sapere cosa fare. Sarebbe ora di cena, ma nessuno ha cucinato. Dalla mensa non vengono odori di cibo né dal comignolo sale il fumo del fuoco. Nel silenzio irreale, ronzano le mosche, e una goccia stilla da un tubo rotto. Ma che sta succedendo? è assurdo! protesta il quarto poliziotto, che durante il viaggio non ha mai aperto bocca. Non avete sentito la notizia? si stupisce l'agente Panici, e non abbassa la voce, perché tanto gli stranieri non capiscono. L'ha appena detto Badoglio alla radio. L'Italia ha firmato l'armistizio con gli alleati. La guerra è finita.

Piangono tutti, i poliziotti e gli internati. Le manette finiscono nella polvere, con le cicche delle sigarette che i primi offrono agli altri. E poi si separano per sempre, e se ne vanno a dormire, divisi, nei padiglioni incompiuti – ammassando per terra coperte che puzzano di piedi. Ma che importa? Sono in campo di concentramento, però sono liberi. Nikolaj dorme sedici ore ininterrotte, come se l'avessero narcotizzato.

Si sveglia solo perché un trapestio di tonfi e scarpate finisce per infiltrarsi nel suo sogno erotico – il primo dopo tre anni di castità penosa – nel quale Nadja, che però è ancora Diana, dieci anni fa, nella gorgogliante vasca delle terme, nuda, coi capelli che sgocciolano sulle guance, lo invita a raggiungerlo, non vieni? che aspetti? ho voglia di fare l'amore. Prova a trattenere il sogno fra le palpebre, ma è svanito, lasciandogli la bocca amara e un prepotente turgore, là in basso. Si leva a sedere. Dei suoi compagni di Alberobello non c'è piú nessuno. Nemmeno le coperte su cui hanno dormito.

Farà come loro. Ma prima ha bisogno di una doccia, di rasarsi, e pettinarsi – e solo dopo tornerà alla stazione di Fara e prenderà il trenino per Roma. Sempre che funzioni ancora. Che cosa implica, esattamente, un armistizio? La pace di Brest-Litovsk coi tedeschi, nel 1918, scatenò il caos e la guerra civile. Tutto fuorché la pace. Giú a Roma conosce solo il poeta Vjačeslav Ivanovič Ivanov e Olga e Angelo Signorelli, e chissà se sono rimasti in città – ma in viaggio gli tornerà in mente l'indirizzo di Carmine Gallone e qualche altro amico di Nadja. Non sarà troppo rischioso salire su un treno? Chi gli assicura che non lo arresteranno di nuovo? Meglio andare a piedi. Roma dista una cinquantina di chilometri. Potrebbero bastare due giorni di cammino. Basta seguire la via Salaria e dovrebbe arrivare a Porta Pinciana. Dove abitava Nadja. Gliele ha mostrate, la strada e la casa.

Non c'è acqua nei lavabi, e mentre vaga nel campo in cerca di una tubatura funzionante, incrocia gli internati che scendono dai dormitori carichi di fagotti, come profughi. Si chiamano gli uni con gli altri, marciano verso il cancello, lo oltrepassano, si disperdono lungo la strada. È una fuga colossale – ma nessuno prova a fermarli. L'agente Panici è seduto nel posto di guardia e manovra la manopola della radio, da cui provengono voci soverchiate da interferenze. Alcuni si fermano e gli chiedono le ultime notizie. Come hanno reagito i tedeschi? Che fanno? Davvero ci lasciano uscire dalla guerra, andate in pace cosí e amen? Non li conoscete, se ci trovano ci ammazzano tutti, noi, e pure voi, dice a Panici un ragazzo lentigginoso, in pessimo italiano. Si siede vicino all'agente, come fosse il padre, e potesse proteggerlo.

Komm Haas, lo esorta il dottor Karph, wir gehen, keine Zeit zu verlieren. Du kanst mit uns kommen. Wir bleiben zusammen, besser wir teilen uns nicht. Ma il ragazzetto non si muove. È come privo di volontà. E il dottor Karph vuole allontanarsi prima che la Polizia si riorganizzi e mandi rinforzi. Fino a ieri era il medico del campo, perché, nonostante sia ebreo e le leggi gli vietino di esercitare, era l'unico disposto a curare gli internati. Le autorità non sono riuscite nemmeno a trovare un medico. Non funzionava piú niente, in Italia, nel 1943. Ma questa pace improvvisa, Karph sa che non durerà.

Il ragazzo è un ebreo slovacco, si chiama Bruno. Si ignora come sia capitato a Farfa. Anche Nikolaj proverà a convincerlo a seguirlo. Ma Bruno Haas preferisce restare col poliziotto di guardia. Assisterà al saccheggio della notte del 10 settembre, quando gli abitanti dei paesi vicini, appreso che il campo di concentramento è stato abbandonato, verranno a rubare il poco che è rimasto. Gli infissi, le maniglie, i sanitari, le ruote delle carriole.

Nikolaj non si lava e non si fa la barba. Ha ragione il dottor Karph. Bisogna andarsene prima che lo stato infartuato si rianimi. Non trova nulla da prendere con sé. Gli internati si sono portati via le stoviglie della mensa, le coperte, gli asciugamani, i sacchi di legumi, i coltelli, le falci, pure i chiodi dei muri hanno staccato. In uno dei dormitori, sotto il telaio di un letto da cui è stato asportato il materasso pesca una lercia bandana. Un copricapo tsigano, o qualcosa del genere. Gli fa pensare a Nadja, e se lo infila in tasca. Poi, sotto il sole rovente e un cielo di lapislazzulo, imbocca l'uscita del campo. Non c'è nulla di eroico nella sua seconda fuga. Se ne va a passo lento, in compagnia di due ebrei, uno greco e l'altro polacco, che giurano di conoscere la strada di Farfa. Venne un monaco madornale, a luglio, a far visita agli internati. Un colosso col cappuccio in testa, la tonaca nera e due occhi che ti trapanavano il cuore. Con una voce da prim'attore, parlò di Dio, della carità di Cristo, roba cosí. Poi nella polvere, col dito, disegnò la mappa della zona – il solco delle strade, un puntino per i centri abitati, una croce per l'abbazia –, e dopo essersi assicurato che qualcuno l'avesse notata, la ricoprí strusciando la punta del sandalo.

Da lontano, appare per primo il campanile. Una tozza torre quadrata con le bifore gotiche, che sembra sorgere dal frontone dell'abbazia. Poi i cipressi, magri, d'altezza diseguale, con la cima scapitozzata dal vento. La circonda un borgo di case color sabbia, col tetto di tegole. Sembra un villaggio del Medioevo. Ma forse perfino anteriore: era già lí nel VI secolo. Qualcosa di anacronistico. L'illustrazione di una fiaba. Questo è il luogo che ti avevo promesso, disse la Madonna a san Tommaso di Moriana, che stava cercando le rovine del monastero distrutto dall'invasione longobarda, per ricostruirlo, e non riusciva a trovarle. Bussano, tempestando di pugni il portale. Aprite! Aprite! Gridano, adesso, in italiano, tutti e tre. Perché non si vede nessuno e il posto sembra disabitato.

Invece i benedettini li hanno visti arrivare (c'è sempre qualcuno sulla torre, di vedetta, ma fingendosi impegnato a costruire una macchina ai raggi X per le ricerche scientifiche del priore) e aprono alla seconda gragnuola di colpi. Benvenuti fratelli, dice un vecchietto decrepito in tonaca nera. Chiude il portale alle loro spalle, attraversa il cortile e li invita a seguirli in una porticina. Nikolaj sorride e s'immette per primo nell'oscurità fresca del monastero. Questo è il luogo che ti avevo promesso. Non morirò.

Lo stato italiano è defunto. Il re è fuggito ignominiosamente con la corte, abbandonando Roma, la monarchia e l'Italia al loro destino. In Puglia. Se fosse rimasto ad Alberobello, Nikolaj sarebbe nella zona libera, dove il governo Badoglio collabora con gli alleati. L'esercito si è dissolto, i pochi militari che hanno opposto resistenza sono stati spazzati via, gli altri – che non hanno ricevuto ordini – hanno consegnato le armi e i tedeschi stanno prendendo il controllo del paese. Le forze dell'ordine non sanno chi comanda e preferiscono l'inazione. L'agente Panici consegna Bruno Haas alla stazione di Polizia di Fara, dove però nessuno vuole prenderlo in carico. Dovrebbe essere internato al campo di Alatri, ma nessuno è disposto a tradurvelo. Gli alleati bombardano i treni, la Roma-Napoli è un mattatoio. Gli aerei si abbassano a mitragliare la gente che scappa dai vagoni. Bruno dorme su una sedia, la moglie del commissario gli porta da mangiare. Vattene, gli consiglia. Sparisci. Ma il ragazzo non sa dove andare, e aspetta che qualcuno lo arresti.

L'abbazia di Farfa appartiene alla comunità benedettina di San Paolo fuori le Mura, a Roma. L'8 settembre c'è stata battaglia davanti a Porta San Paolo – a meno di tre chilometri dalla basilica. Si combatte ancora, ma due divisioni tedesche con una manovra a tenaglia hanno chiuso la capitale in una morsa. E pure se qualche gruppo isolato resiste, domani al piú tardi sarà finita. Non potete andare a Roma. Ciò che basta per noi, basterà per tutti. Qui c'è stato Carlomagno, scherza il priore. Ci toccherà accontentarci di voi.

Il 23 settembre – dalla Germania, dove lo hanno trasportato dopo averlo liberato con un blitz dalla prigionia sulla Majella – Mussolini proclama nel territorio occupato dai tedeschi la Repubblica Sociale Italiana, con capitale a Salò. Non in piazza: tramite la radio, con una voce che pare provenire dall'oltretomba. I piú fedeli lo hanno seguito in Germania, altri lo raggiungeranno sul Garda o al Nord. I gerarchi, i funzionari dei ministeri, gli impiegati pavidi, gli attori convinti, i cineasti, pure le puttane. L'ordine deve essere ristabilito. Il circondario di Rieti passa sotto l'amministrazione della RSI. Si dirama l'ordine di arrestare i fuggiaschi del campo di concentramento di Farfa e avviare le operazioni di recupero. Agenti e milizia hanno le liste: li cercano uno per uno. Rintracciano 19 ebrei stranieri nelle campagne, e li traducono nel campo di Fossoli, vicino Modena. I nomi dei 5 irreperibili vengono segnalati a tutte le autorità competenti. Li cercano nei casolari, nei paesi, negli ovili, nei frantoi, bussano pure all'abbazia di Farfa, dove don Zenoni li accoglie con un sorriso affabile e una battuta ironica, e poi gli chiude la porta in faccia, perché la proprietà dell'abbazia è extraterritoriale, e nessuno è autorizzato a violarla. Nikolaj Otzup non è un ebreo straniero. Ma è suo il quinto nome sulla lista. Non può lasciare il monastero.

Si sistema in una cella vuota, da cui deve sfrattare una colonia di ragni. «Non uccidere i ragni» era l'ultima regola del decalogo di Nadja: per quanto bizzarro, si era impegnato a rispettarlo. Sicché s'ingegna a spaventarli con una torcia di carta in fiamme, a farli salire su uno stecco o infilarli in una bottiglia, perfino a soffiarli verso la porta. Nel corridoio, l'immagine del professore russo che corre verso le scale con le mani protese, nelle quali tiene per le zampe due ragni, suscita ilarità. Non gli chiederanno mai la ragione di quella benevolenza. I ragni di Farfa pizzicano e possono essere velenosi.

A parte don Zenoni, il sacerdote Saverio Pichel e un rubizzo monaco scozzese, vi sono pochi religiosi, perché il monastero di Farfa è stato per decenni abbandonato e solo dal 1921, quando è passato ai benedettini di San Paolo, si è iniziato a immaginarne la rinascita. Il nuovo priore, incaricato della missione, è stato nominato nel 1925. Nikolaj si predispone a diventare lui stesso un monaco. Dio lo ha condotto qui.

La biblioteca possiede cinquantamila volumi. È ricchissima di manoscritti medievali e preziosi incunaboli, ma anche di libri di teologia e scienza, perché l'abate Zenoni sostiene di essere un genio della fisica nucleare, e avrebbe voluto proseguire gli studi sulla disintegrazione dell'atomo, se il suo superiore dell'ordine, il prelato Ildefonso Schuster, glielo avesse permesso. Si può studiare fino a tardi, perché se manca l'elettricità sopperisce l'energia solare, che don Zenoni è riuscito a imprigionare costruendo mirabolanti congegni di sua invenzione. La mensa è abbondante: la campagna sabina è generosa. La chiesa – suggestiva e intima nonostante le tre navate e la selva di colonne – è una specie di museo d'arte e di pittura, tant'è che è stata proclamata monumento nazionale. Contiene opere di epoche diverse – compendio di una storia millenaria. Un sarcofago romano, un altare carolingio, larve di affreschi dell'anno Mille, un'icona della Vergine del XIII secolo, un soffitto a cassettoni del Quattrocento, opere degli Zuccari e di Gentileschi. Ma piú di tutto lo impressiona l'affresco sul Giorno del giudizio in controfacciata – dipinto da un pittore fiammingo che copiava a memoria un telero di Tintoretto nella chiesa della Madonna dell'Orto di Venezia: il maestro l'aveva ideato negli anni in cui era stato suo allievo.

Raffigura la fine del mondo come un maremoto. L'istante in cui i morti ritrovano il loro corpo e la loro carne: gli eletti rapiti in cielo, dove Cristo in trono li attende, mentre gli altri precipitano in un inferno d'acqua e di fango. Il pittore si era raffigurato tra i dannati, in compagnia della sua bellissima donna bionda. Glielo aveva spiegato Pavel Muratov, mentre li accompagnava, Nikolaj e Nadja, in giro per le chiese di Venezia, nell'estate del 1938. Gli eletti quasi non si vedono, aveva osservato Nadja. Cosa voleva dire, Tintoretto? Che saremo sommersi, perché il nostro nome non sarà trovato nel libro della vita, aveva risposto serafico Muratov.

Invece si sbagliava. Saremo salvati, si ripete, accarezzando coi polpastrelli l'intonaco scabro. L'affresco avrebbe urgente bisogno di un restauro. Passa le ore a contemplarlo, si imprime ogni particolare nella memoria, e si lascia pervadere da un'ineffabile serenità. Il pensiero di Nadja è un riverbero luminoso, ma non fa piú male. In verità, non gli manca.

Legge, scrive forsennatamente, passeggia nel chiostro, conversa col priore. Don Agostino Zenoni l'ha preso in simpatia, il professore russo. Un intellettuale, un'anima divisa e buia. Lo accoglie volentieri nella sua cella – che in nulla differisce da quella di Nikolaj, se non per il caotico disordine, le pericolanti colonne di libri, le macchine stravaganti in fase di assemblaggio, tutte fili di metallo e piastre d'acciaio, disseminate sul pavimento, sui cavalletti, perfino sull'altarino sotto il crocifisso. Decifro i battiti del cuore, gli spiega, pretendendo di auscultare il suo. Il ritmo è linguaggio. Capisco, annuisce Nikolaj. Anche Blok e i poeti simbolisti credevano che il ritmo delle parole celasse un significato occulto.

Il vostro cuore, Monsieur Otzoupe, afferma don Zenoni, premendosi nell'orecchio la cannula che lo collega al suo muscolo cardiaco, è ostruito da un grumo nero. Si gonfierà fino a scoppiare, se non lo scioglierete. Nikolaj lo ritiene un giorno un santo, un giorno un impostore. Non capisce la sua ironia e diffida delle sue presunte invenzioni. È stato un nichilista troppo a lungo per credere che davvero il priore stia fabbricando una macchina per generare i fulmini e scaricare tempeste sui carri armati nazisti. Sospetta che nulla di ciò che racconta di sé don Zenoni sia vero. Ma proprio per questo don Zenoni lo capisce come nessun altro mai – a parte Nadja. E gli si arrende. Il grumo nero c'è. Don Zenoni si assegna la missione di convertire al cattolicesimo quell'ortodosso eretico, e Nikolaj è avido di ascoltare le sue lezioni di metafisica elettrica. La parola di Dio è sempre vera.

Per sdebitarsi della generosità dei benedettini insegna il francese. Il tedesco si rifiuta di parlarlo e il russo lo tiene per sé, come un antidoto di cui un giorno avrà bisogno. Non tutti gli ospiti sono clandestini. Alcuni sono stati autorizzati a scontare l'internamento nel monastero. Il suo piú assiduo compagno di discorsi sulla topografia del *Paradiso* di Dante, le armi atomiche e il marxismo diventa l'ultimo arrivato, don Rinaldo Pilkinton, un prete di Liverpool, arrestato dalla Polizia che gli aveva eccezionalmente concesso di rimanere a Firenze per le pressioni dell'arcivescovo. Lo accusano di aver partecipato al tentativo di evasione di un paracadutista inglese ricoverato all'ospedale militare di Caruggi e di essere il burattinaio di una rete di spie. L'aureola di eroismo cospirativo che lo circonda diverte un mondo don Pilkinton. Ma minimizza, sostenendo che in verità sconta la colpa di aver consegnato a un prigioniero di guerra inglese il vecchio numero di una rivista satirica con le caricature del Führer e del Duce. Il prete inglese corrisponde con contesse e marchese antifasciste e parla con sublime accento fiorentino.

I giorni volano via. La neve sbianca l'erba del cortile, adorna i pennacchi dei cipressi. Già è finito gennaio. Nikolaj Otzoupe non si è ancora convertito al cattolicesimo, ma è sulla buona strada. Frequenta le messe, anche se non si confessa e non prende l'ostia. Ha vissuto come un monaco benedettino cinque mesi.

La maggior parte degli ospiti clandestini come lui sono ebrei. Evasi dal campo di Farfa, ma non solo. I poliziotti hanno prelevato quasi tutti gli ebrei confinati dal 1940 nei borghi della Sabina. Erano i non pericolosi. Famiglie con bambini, vedove, donne sole – disperate perché senza piú un soldo. Non ricevevano sussidio, si erano vendute fin l'ultimo gioiello e pelliccia, non potevano comprarsi da mangiare. Si sono fatti arrestare e deportare a Fossoli quasi con sollievo. I poliziotti che li hanno consegnati non sanno che Fossoli non è la loro vera destinazione, solo un transito sulla via di Auschwitz. Ma i benedettini corrispondono col papa, vanno a Roma, entrano in Vaticano. Conoscono il significato dell'espressione «soluzione finale» decretata alla conferenza di Wannsee. Loro sanno.

Per quelle poverette e quei bambini non si è riusciti a far nulla. Ma la figlia dei Krohn – presi a Rivodutri e già tradotti – è riuscita a scampare all'arresto e non si sa dove si trovi. E altri tre ebrei tedeschi catturati a Firenze – anziani il padre e la madre, quarantenne la figlia – li metteranno sul treno per Poggio Mirteto. Un confidente fornirà la data e l'ora. Non devono arrivare a destinazione. Non si tratta di dare da bere agli assetati o vestire gli ignudi. Sono operazioni di cui dovrebbe occuparsi un agente segreto. Qualcuno che possieda un glaciale autocontrollo e sappia mantenere un totale riserbo. Nessuno dovrà mai sapere.

Peccato che siete un professore di letteratura, Monsieur Otzoupe, deplora don Zenoni, fissandolo con quegli occhi di brace che lo fanno sentire un lombrico. Parlate tante lingue. Qui intorno si nascondono dozzine di soldati inglesi evasi dalla prigionia e paracadutisti americani che il vento ha precipitato nel posto sbagliato. Nelle grotte, nelle cisterne dell'acqua, in fosse scavate nei campi e travisate da un misero graticcio: chi gli porta anche solo un tozzo di pane rischia la fucilazione. Perché lo fanno? vi chiederete. Me lo chiedo anche io, perché quelle persone non sono religiose, forse non hanno neppure fede. Cosa spinge un bacchiatore di olive a rischiare la propria vita per un estraneo? L'essere umano è un mistero grandissimo e profondo. Professore lo sarò, se Dio vorrà, padre, risponde Nikolaj.

Dopo l'8 settembre del 1943 parecchi piantoni e caporali infermieri si sono dileguati. Ma il direttore e l'ispettrice sono riusciti a garantire il funzionamento dell'ospedale perfino nei giorni del caos seguito all'armistizio. Alcuni convalescenti, prima di fuggire, col miraggio di tornare a casa, hanno dato fuoco all'archivio per bruciare i loro ruoli militari. Ero di turno al piano dell'ufficio e ho visto spirali di fumo fiottare dal buco della chiave e attorcigliarsi nell'aria stantia del corridoio. Non ho chiamato aiuto. Le fiamme hanno divorato gli arredi e i tappeti. L'ospedale è stato installato in tre grandi alberghi affacciati sul lago. Il mio lo chiamavano ancora Bellavista. La notte, nel silenzio, sentivo le voci dei pescatori e lo sciabordio delle onde contro gli imbarcaderi. Prima della guerra era considerato un albergo di lusso. I soldati mutilati avevano la beffarda consolazione di trascorrere la degenza postoperatoria in camere che fino al 1941 ospitavano banchieri e industriali. La segreteria è bruciata. Pure il mio fascicolo si è accartocciato in un mucchietto di cenere. Il tesserino no. Lo tenevo sempre in borsa. Mi regalava la libertà di circolare, anche dopo il coprifuoco. E mi proteggeva. A Milano, nonostante tutto, mi sentivo al sicuro. Qui, in un luogo cosí pacifico, dove la natura è serena, l'acqua quieta e i villaggi sembrano dipinti da un pittore, la paura non mi abbandonava neanche in sogno.

I tedeschi vigilavano sull'operato dei dottori e delle infermiere, perché l'ospedale era l'ultimo prima del confine con la Svizzera, e volevano impedire che diventasse un ricettacolo di imboscati e fuggiaschi. Purtroppo questa era considerata una zona di capitale importanza strategica. Le fabbriche della pianura e della valle retrostante erano state tutte riconvertite alla produzione di armamenti. E il bivio per il Sempione dista appena qualche chilometro. Nella piccola città c'erano ormai quasi piú militari che civili. Caserme della RSI, della X MAS, delle SS, col teschio sul berretto. Certi parlavano russo, li avevano arruolati di forza in Georgia. Molte ville le avevano requisite per alloggiare i comandi. Tutti i giorni passava il maggiore e pretendeva di farsi tradurre i bollettini medici e le generalità dei ricoverati. Poiché ero l'unica a parlare la sua lingua – lui diceva che gli italiani sono refrattari alla melodia teutonica – hanno affidato a me l'incombenza. Però trovava che ho un accento strano. Francese, forse? O polacco? Ho vissuto a Berlino, gli ho detto, ma è stato vent'anni fa. Ci ho incontrato mio marito, in un club dove recitavano poesie, pensi. Certe volte è meglio dire la verità piuttosto che mentire. Il maggiore si è intenerito. Pure lui aveva dei ricordi sentimentali, a Berlino. Ma piú recenti. Avrà avuto trent'anni. Mi ha chiesto se mio marito è un medico. Un ufficiale, ho risposto. Disperso in Unione Sovietica. E pure questa è la verità, o almeno lo è stata. Es tut mir leid, mi ha detto il maggiore. Non è un paese da cui si torna vivi.

Non ne abbiamo mai piú parlato. Ma il maggiore chiedeva sempre di me. Come tutti i tedeschi, e come Hitler, disprezzava gli italiani e non si fidava neanche del personale della sanità – che pure risultava di provata fede fascista. Sospettava del medico direttore e delle infermiere. Io al contrario lo incuriosivo. Cosí silenziosa, sorella, lei sembra sempre assente e distratta, scherzava, e invece sorveglia tutto, intuisce tutto, e percepisce anche lo scricchiolio dei nostri pensieri. Era troppo educato per chiedermi quanti anni avessi. La divisa candida mi infagotta, la cuffia nasconde i capelli: non mi sono mai truccata, sembravo una delle suore che nell'ospedale svolgono i compiti piú ingrati. Nonostante ciò, temo di averlo affascinato.

Il lago si restringe, fino a diventare una sottile lingua azzurra; curva dolcemente a destra e s'insinua fra le montagne: pochi chilometri ed è già Svizzera. È sempre stata una terra di contrabbando. Ma dal settembre del 1943 i passatori si facevano pagare per accompagnare nel territorio della Confederazione elvetica ufficiali sbandati, ebrei, socialisti e comunisti liberati dal confino ma sorpresi dall'occupazione tedesca. La vigilanza è sempre stata occhiuta, i sentieri sassosi e aspri, molte guide disoneste: li abbandonavano davanti alla rete dopo aver incassato i soldi. Una forma particolarmente ripugnante di rapina. Le solerti guardie di frontiera del Canton Ticino riconsegnavano i fuggiaschi alla Polizia. Ma non si poteva piú fuggire via acqua: il lago era ormai pattugliato e i carabinieri soggetti ai tedeschi. E poi era maledetto. I pescatori quasi non volevano piú uscire in barca. Piú a sud, tra le alghe e le rocce, a chissà quanti metri sul fondo, sono incastrati i cadaveri degli ebrei – una cinquantina, dicono – trucidati fra il 22 e il 24 settembre dalle SS della Leibstandarte Adolf Hitler. Il reggimento scelto del Führer, reduce dal fronte russo. Cinque compagnie erano state dislocate, forse per premio delle loro prodezze in Ucraina, nelle località piú amene dell'Italia del Nord. Gli ufficiali avevano scoperto sbalorditi che le piú ricche famiglie ebree di Salonicco e di Milano erano sfollate negli alberghi e nelle ville dei dintorni. Il borgo del massacro dista meno di dieci chilometri dall'ospedale. Ma l'episodio piú atroce è accaduto quasi davanti a casa mia. Alla famiglia di un industriale di Torino: padre, madre, due figli. Forse li ho conosciuti, nel 1915, ma per quanto mi sforzi, non riesco a ricordarli. Il comando delle SS si era installato nelle scuole elementari femminili di via Rosmini. Dove le bambine imparavano a leggere, c'erano gli uffici, le stanze degli interrogatori, le prigioni. In quelle aule li hanno portati, smembrati e bruciati nella caldaia della cantina. In città non se ne parla. Ma tutti lo sanno. A me lo ha sussurrato il parroco di San Vittore, raccomandandomi prudenza e preghiere. Mi ero rivolta a lui perché mi aiutasse a salvarti.

Dalla fine di ottobre ha cominciato a circolare la voce che nella valle e sulle montagne dietro l'ospedale si erano nascosti i disertori e i ribelli. Non idealisti ingenui come i nostri amici cristiani di Bergamo, che avevano nascosto le armi in casa di un'insospettabile filantropa borghese, sono stati traditi da una spia, arrestati e condannati a morte – pure la donna, anche se finiranno per deportarla in un carcere tedesco per non suscitare troppo chiasso. Questi erano combattenti, guerriglieri. Per i miliziani della RSI e i nazisti, banditi. Attaccavano i posti di blocco, i depositi di munizioni, le caserme. Anche in pieno giorno. All'ospedale ormai arrivavano feriti freschi – coi buchi dei proiettili che ancora sanguinavano. Repubblichini, e tedeschi. A marzo anche un bandito – ma lui si definiva patriota. Benché fosse stato un sergente del Regio Esercito – portava ancora i gradi sulla spallina del cappotto – non veniva piú considerato un militare. Non avrebbe dovuto essere curato al Bellavista, ma non sarebbe arrivato all'ospedale civile, e volevano fucilarlo vivo.

Rantolava: la sventagliata di mitragliatrice gli aveva perforato il polmone. Non mi ha chiamata madre e non mi ha pregato di tenergli la mano. Non era di quelli che temono la morte. Mentre l'anestesista lo narcotizzava perché il chirurgo doveva estrargli il proiettile, altrimenti non sarebbe sopravvissuto fino all'interrogatorio e all'esecuzione, mi fissava con insistenza, come volesse dirmi qualcosa.

Uno sguardo cosí imperativo che ho fatto in modo di essere nella stanza, al suo risveglio. Un miliziano piantonava l'ingresso col moschetto. Non lo perdeva mai di vista. Il prigioniero veniva considerato prezioso. Armeggio con la flebo, impiego tre volte il tempo necessario a sostituire il sacchetto di liquido fisiologico. Devi dire a mia madre che mi hanno preso, bisbiglia il giovane, sta all'ultima baita di Ponte di sopra, si chiama Ambrogia. Digli che mi dispiace tanto, e che vinceremo. Però adesso prendi una siringa e ammazzami, perché ho paura di cantare e siamo trenta lassú. Se non resisto li faccio morire tutti. Ti ho capita, tu sei come me. Regalami la libertà, madre.

Non volevo esaudire il suo desiderio né illuderlo con una promessa bugiarda, ma non ho fatto in tempo a mentire. L'assistente del chirurgo era già chino sul bandito, gli controllava la medicazione. I punti di sutura non tengono, l'emorragia non si arresta. Il bandito teneva ostinatamente gli occhi sul vassoio della siringa. Ma è usata, devo portarla via per disinfettarla. E poi non ho la chiave dell'armadio dei medicinali. Perché ha pensato che avrei potuto farlo? Bisogna rifare la medicazione, ha constatato l'assistente. Vada a prendere le garze, sorella. Le siringhe nuove sono nel terzo cassetto della medicheria, e le chiavi nell'armadietto di suor Claudia.

Non c'è tempo, ha tagliato corto il maggiore, lo vogliono subito. Preparatelo per il trasporto. Mi è tornata in mente la lezione sugli interventi per via endovenosa: se entra aria nella flebo, si può generare un embolo, e causare la morte del paziente. Ma irrompevano già tre miliziani, sbatacchiando contro la lettiera il calcio dei mitra, lo hanno sollevato, scaricato sulla barella e spinto via. L'ambulanza col motore acceso attendeva in fondo allo scalone d'ingresso. L'autista ha sbattuto malamente lo sportello. Non è gradevole trasportare qualcuno a Villa Caramora. Lo sanno tutti cosa succede nelle cantine. Le urla si sentono fino in strada. Immergo la siringa usata nell'acqua bollente del calderone.

Fino a Ponte di sotto arriva il battello. Alla frazione in alto invece si va solo a piedi. Piove, e il sentiero è un rivolo di fango vischioso. Uso l'ombrello non per ripararmi ma per tenere lontani i cani. Ogni baita ne ha qualcuno, e mi abbaiano contro con furore. La madre del bandito – non conosco il suo nome – abita nell'ultima prima del bosco. Sono passate quasi due settimane, ma non l'ho dimenticato. Una ragazzina scalza insegue sparute gallinelle che razzolano fra torsoli di mela e chicchi di mais, e starnazzando rifiutano di farsi spingere nel pollaio. Cerco Ambrogia, dico. La ragazzina è cosí stupita di vedere una sconosciuta a Ponte di sopra che si precipita in casa urlando.

Si può recapitare un messaggio cosí? Assassinare una donna che forse ha la mia stessa età, ma sembra mia madre, coi capelli grigi che sbucano dal fazzoletto, e le calze rattoppate negli zoccoli? Si può. Riferisco, parola per parola. Ambrogia si affloscia, ulula, mi abbraccia le ginocchia. Non aveva notizie del figlio da settembre. La sua fotografia in divisa da artigliere è incorniciata sopra la parete, accanto alla Madonna e una palla di vetro con dentro il duomo di Milano cosparso di fiocchi di neve. Prima di ridiscendere a valle, accetto un bicchiere di latte appena munto e mi pulisco le labbra col dorso della mano. Né Ambrogia né la ragazzina mi hanno chiesto chi sono. Il pilota del battello mi scruta nel riflesso del vetro. Per lui, come per tutti, in città, sono quella tipa strana dell'ospedale militare. Non sarò andata a comprare il burro.

Nelle campagne, non lontano da Farfa, sono sfollati Vjačeslav Ivanovič Ivanov e i suoi figli. Ivanov è stato uno dei piú grandi poeti simbolisti: da ragazzo gli pareva secondo solo a Blok. Si è stabilito a Roma nel 1924, ora Nikolaj interpreta la sua vicinanza come un segno della grazia di Dio. Certe sere varca il portone del monastero e bussa alla loro porta. La luce della casa lo investe mentre è appiattito contro il muro – da cui si stacca bruscamente, con un gesto che spaventa Dimitri e Lidija. Ivanov – anziano, malandato – lo accoglie a tavola e fa servire il tè. Parlano di poesia e si recitano versi. Ai due giovani le loro conversazioni sembrano folli e insensate. Ma pure loro cercano di vivere, nonostante tutto. Lidija Vjačeslavovna è una musicista. Si è diplomata in pianoforte, suona l'organo, ed è anche compositrice. La stimano Respighi e Prokof'ev. I bambini italiani – senza saperlo – la conoscono, perché è sua la musica di una favola che imparano in tutte le scuole. Insegna al conservatorio di Santa Cecilia. L'idea che i suoi studenti siano privati delle lezioni la affligge. Un'intera generazione prenderà diplomi al liceo e ai conservatori senza possedere le competenze necessarie. Una volta la settimana torna a Roma per incontrare gli studenti e fare le prove.

Nikolaj la prega di permettergli di andare con lei. Il desiderio di rivedere Roma prevale sulla paura della morte. È sicuro che Dio farà il miracolo: incontrerà Nadja. Non può non essere a Roma. Espone Lidija e sé stesso a un rischio grandissimo, e il vecchio Ivanov non dovrà saperlo. Lidija rifiuta sempre. Cede solo quando don Zenoni stesso le chiede di accompagnare il suo ospite da un dottore. Il professor Otzup ha la febbre da un mese, respira con affanno, e in monastero non hanno medicine per curarlo. Il dottore di Roma è un amico, è stato preavvisato. Li affida alla misericordia di Dio.

Automobili non ne circolano, perché sono state requisite, oppure manca la benzina. Prendere il treno troppo spudorato. Li accompagna il fattore del monastero, sul carro con cui trasporta ortaggi. Nikolaj, in abito benedettino, tiene lo spartito di Lidija Ivanova fra le mani, come un lasciapassare. Ogni volta che li ferma una pattuglia ed esibisce i documenti di un frate piú vecchio di lui di vent'anni, pensa che lo fucileranno a lato della strada e poi butteranno il suo cadavere nel fosso. Marcirà come la carogna di un cane. Nadja, Diana, proteggimi, anima mia.

Quando, dall'ultima altura prima che la Salaria plani verso il fiume, gli sembra di intravedere nella foschia il barbaglio della cupola di San Pietro, gli occhi gli si riempiono di lacrime. A Roma ogni strada gli parla di Nadja.

Tutto ciò che vede, lo ha visto con lei. Le mura dirute davanti a Porta Pinciana, la discesa di via Veneto, la terrazza del Pincio, i negozi di via Condotti, dove lei comprava i guanti e i cappelli. Il dottor Rocchi gli diagnostica una polmonite bilaterale e gli propone il ricovero. Grazie, ma non posso, risponde: don Zenoni mi aspetta.

Da corso Vittorio, dove ha lo studio il dottore, il conservatorio di Santa Cecilia, in una traversa di via del Corso, non è molto lontano. Rocchi gli ha prescritto riposo assoluto, ma lui vuole vederlo. La sola parola «conservatorio» gli ricorda Nadja, e lo rinfranca. Era un monastero femminile, e ne conserva la struttura: il chiostro, il refettorio, la sala capitolare. Mentre si inoltrano verso la sala delle prove, lo cullano i suoni del flauto e del violino. I giovani hanno seguito troppo saltuariamente i corsi. Le loro mani sono incerte, la melodia si spezza. Lidija lo sospinge nel teatro – dismesso da tempo, perché sul palcoscenico alitano bioccoli di polvere – e da lí in una saletta appartata. Blocca la porta con lo sgabello del pianoforte. Se le succedesse qualcosa, Nikolaj Avdeevič, dice, non potrei mai perdonarmelo. La mia musica non vale la sua vita. La mia vita non vale niente, risponde lui. Suonate.

Torna due o tre volte di nascosto a Roma, con lei. È una donna bella, severa, carismatica. Se fosse ancora l'uomo che è stato, farebbe in modo che Lidija Vjačeslavovna Ivanova si innamorasse di lui. Invece quasi non la guarda. Si limita ad ascoltare la sua musica, e ogni nota lo avvicina a Nadja. Dio non ha voluto condurla da lui. Nessuna passante aveva il suo volto, il suo passo, il suo profumo. Chissà se le piacerebbe questa melodia neoclassica. Amava cosí tanto le stridule sonate di Skrjabin. E Nikolaj non ha mai trovato nessuno che le suonasse come lei. La guerra finirà presto, dice Lidija, fraintendendo la sua espressione nostalgica. Gli americani sono a pochi chilometri da qui. Forse già prima dell'estate si potranno riaprire le sale da concerto. Tornerà tutto come prima. Sarà stato un brutto sogno. Lidija riprende dove si è interrotta. È un delitto che Nadja non sia divenuta una musicista professionista. È un delitto anche averla costretta ad abbandonare il cinema. Non è stato per lei un compagno migliore di Grisha Feyguine. All'unica donna che davvero lo ha amato è riuscito solo a fare del male. Dov'è? Un dolore nel fianco, sotto il cuore, ogni volta che pensa a lei, gli fa ritenere che sia ancora viva.

Puoi nasconderti, ma la vita ti trova. Certe volte la sera restavo coi tedeschi nel salone del Bellavista. Nell'ospedale c'era ancora il pianoforte dell'albergo. Il maggiore suonava – io ho sostenuto di non conoscere la musica – e gli altri canticchiavano canzonette di moda (mi sforzavo di stonare), bevevano liquori, vino e cognac, finché le scorte lo hanno consentito. Mi sono lasciata corteggiare fingendo imbarazzo e ritrosia dal maggiore e dal tenente colonnello. Un errore, perché questo aveva cinquant'anni, e dopo un po' ha cominciato a dirmi che somigliavo tanto a qualcuno, ma non riusciva a ricordare chi. Da allora ho lamentato una congiuntivite, e portavo gli occhiali scuri anche di giorno. Miss Doroty. Non puoi sapere di cosa sto parlando. Ma tutto ritorna.

Il conte Antamoro nel 1943 ha girato un film, a Roma – un'altra ragazza povera sedotta e abbandonata, costretta a rinunciare al bambino: l'ho visto, in un cinema gelido, a marzo. Somiglia alla nostra *Miss Doroty*, Giulio! avrei voluto dirgli. Lui avrebbe succhiato la caramella (mi hanno detto che ha smesso di fumare), e mi avrebbe risposto che finché è sempre la stessa storia, funzionerà. Antamoro si è rifiutato di salire a Venezia, dove hanno spostato le produzioni di Cinecittà. Si è fatto fare un certificato di malattia. E il mio buon Carmine Gallone? Avrà saputo rinunciare al cinema? Io l'ho fatto.

Gli inservienti erano quasi tutti giovanissimi soldati di leva reclutati a forza e trasferiti al Nord a loro insaputa. Mi evitavano. Per loro ero la druda dei nazi. Ricevevo biglietti nei cesti della biancheria, nella cuffietta che tenevo nell'armadietto. Non sapevo cosa pensare. Aveva parlato Ambrogia o all'ospedale c'era qualcuno che aiutava i partigiani? Ma come riconoscerlo? E perché non si manifestava? Ormai si sapeva degli aiuti e delle armi che gli alleati paracadutavano ai ribelli, di un misterioso Comitato di Liberazione Nazionale – ce n'era uno anche in città, ne facevano parte cattolici, socialisti e comunisti; c'erano comitati segreti di solidarietà, bande armate di garibaldini, monarchici, liberali, si favoleggiava perfino di un comandante dannunziano. A gennaio i gappisti avevano saccheggiato addirittura il magazzino della Casa del Fascio e portato via moschetti e bombe a mano; in aprile una squadra aveva fatto irruzione nel bordello, frequentato dalle camicie nere, e si erano fatti consegnare le armi degli avventori. Gli antifascisti formavano una rete fittissima e intricata – qualunque avvocato insospettabile, qualunque prete poteva essere un basista. Ma i volti delle infermiere e dei dottori mi restavano impenetrabili.

Sottraevo una siringa alla volta, confezioni di garze, aspirine, lacci emostatici, bisturi, flaconi di morfina. Lasciavo il pacchetto nel bidone della spazzatura, all'imbarcadero, o nel confessionale: il prete, don Candido, lasciava sempre aperta la chiesa. Quando ho saputo che sulle montagne un'intera compagnia era stata annientata – metà degli uomini morti, gli altri feriti, e neanche un medico per ricucirli – ho pensato che avrei dovuto trovare il modo di caricarla, quella siringa. Sarebbe bastata una puntura. Tutti avevamo le mani sporche di sangue. Un ferito repubblichino mi è morto in braccio. Sul ruolino ho letto che aveva diciassette anni ed era volontario.

Ero riuscita ad affittare solo un pianterreno, in un palazzetto del centro storico, perché sul lago si era già riversata mezza Milano, e non si trovava piú neanche un sottoscala.

La sera, quando finalmente m'infilavo tra le lenzuola umide, non riuscivo a prendere sonno. Mi chiedevo dov'eri. Da quanto tempo non avevo piú tue notizie. Eppure ero sicura che fossi vivo. E mi ritrovavo a pregare perché Dio fosse con te, perché il mio Kolen'ka stesse facendo la cosa giusta. Tutta la vita mi sono chiesta quale fosse, e non avevo mai una sola risposta. Allora sí. Non pensavo piú che un giorno avremmo potuto ritrovarci. Troppo tempo, troppi anni, troppi bivi. Tu non mi hai mai presa sul serio. I miei racconti ti sono sempre sembrati estranei alla letteratura. Non attrice, non regista, non artista, non scrittrice – non dovevo essere niente, io. Ma quando finiremo i miei risparmi, ti prendevo in giro, di cosa vivremo? T'inventerai qualcosa, rispondevi. Conosci tanta gente. Siamo stati insieme per quasi dieci anni, e non ci siamo detti le cose piú importanti. Ho provato davvero a essere la tua Beatrice. Invece vado in giro a distribuire informazioni che servono ad ammazzare persone che fino a un'ora prima giuravano di amarmi e mi cantavano canzoni d'amore. E poi li curo. E li guardo morire. Non mi hai portata tu all'Inferno. L'ho scelto, Kolen'ka.

La primavera del 1944 aspettava, come tutti. Ad aprile la neve bloccava ancora il passo, e l'acqua ghiacciava nelle tubature. Dilagavano l'angoscia e lo scontento – negli uffici, in sala operatoria, nei magazzini, nei letti degli ammalati. Fra i tedeschi, perché avevano perso l'Africa e l'Unione Sovietica, e stavano perdendo l'Italia (gli americani erano sbarcati ad Anzio), e le città dove avevano lasciato le loro famiglie – madri, mogli, fidanzate, a volte figli – erano cancellate da valanghe di fuoco; fra gli italiani, perché il fronte era fermo sulla linea Gustav, quattrocento chilometri piú a sud, gli americani e gli inglesi impantanati nelle paludi pontine e a Montecassino, la guerra ristagnava, il cibo si trovava solo alla borsa nera, una banconota non valeva un sacco di farina e la quotidianità era insicurezza e terrore. I cacciabombardieri alleati non sono mai venuti – sganciavano piú a sud, sulle fabbriche rimaste in funzione –, ma si moriva lo stesso. I partigiani si erano guadagnati il nome, molestavano ogni manovra dei repubblichini e dei tedeschi – volevano scacciarli dalla valle, dal lago, dalla regione. Saltavano le linee telefoniche, le colonne di rifornimenti, i treni, i convogli, le caserme. Le rappresaglie diventavano ogni mese piú feroci. I tedeschi preferivano che a compierle fossero gli italiani. Non ho mai potuto dire a nessuno che conosco la barbarie della guerra civile.

E poi i monaci irrompono nel refettorio gridando che gli americani sono entrati a Roma. Le colonne dei tedeschi in ritirata attraversano per giorni le vie consolari che si diramano dalla capitale verso nord. Passano anche sulla Salaria. Nikolaj li osserva dalla torre del monastero – ordinati, calmi. Non sembrano un esercito allo sbando. Nonostante i rovesci subíti ormai su tutti i fronti e il morale dei soldati, che deve essere assai depresso, la Wehrmacht non ha perso compattezza. Trenta militari inglesi e americani sono nascosti a Farfa, e ricevono dai loro comandi le istruzioni sugli atti di sabotaggio da compiere, per rallentare la ritirata, e causare ai tedeschi piú danni possibile.

Escono dal monastero col buio, prima che sorga la luna. Il professore russo non maneggia armi, ma conosce ogni sentiero, cunetta, altura del territorio. È appostato fra i platani, a una curva della Salaria – col monaco scozzese e un sergente americano – quando vengono avvistati. Il carro armato non rallenta. La mitragliatrice della torretta ruota, li punta, il colpo si schianta sul tronco e li investe una pioggia di schegge. Cadendo, batte la testa. Una beffa morire il giorno prima della liberazione – riesce a pensare, prima di perdere conoscenza.

Anche il territorio di Rieti è ormai libero, e negli edifici di Farfa sono acquartierati i comandi americani e inglesi. Ma la guerra non è finita, nel Nord si combatte, e lui non sa dove si trovi Nadja. Il servizio postale è interrotto ed è impossibile comunicare con chi vive al di là della Linea Gotica – il nuovo confine che divide l'Italia. Nikolaj può circolare liberamente, tornare a Roma a cercare notizie di lei. Ma i suoi conoscenti non sono rientrati dallo sfollamento, e gli altri non sono piú informati di lui. La contusione e la commozione cerebrale si sono riassorbite, «il professore» sarebbe utile come interprete coi prigionieri tedeschi, ma è troppo debole per mettersi al servizio degli americani e degli inglesi e seguirli nella risalita verso nord. La sua salute è compromessa. I polmoni difettosi, l'apparato digerente non funziona, anche la testa gli fa ancora male. Ha le vertigini, fatica a mantenere l'equilibrio. La sua guerra è finita, deve pensare a trovare il suo posto nella nuova Italia. Ma chi crederà ai suoi racconti? I benedettini di Farfa pretendono silenzio su quanto accaduto nell'abbazia fra il 1943 e il 1944. Non si dovrà trovare un solo documento – nemmeno un foglietto di carta. Solo la coscienza avrà memoria. Capisco, padre, dice a don Zenoni. Ma voi siete religiosi, la storia vi assolverà comunque. Io un giorno potrei aver bisogno della sua testimonianza.

Potevo continuare cosí, fino alla fine della guerra. Ma poi i partigiani hanno catturato quarantatre miliziani fascisti. Credo fosse l'inizio di giugno. È stata la scintilla nella polveriera, o forse sarebbe accaduto ugualmente, l'operazione era già stata pianificata. Il comandante regionale delle SS ha trasmesso l'ordine di farla finita, e riprendere il controllo del territorio. Una sera, un serpente di luce si è acceso sulla statale del Sempione. Erano motociclette, side-car, camion, automezzi, blindati. Il rombo dei motori si è sovrapposto al brontolio degli stormi di bombardieri che puntavano le città della pianura. Quattromiladuecento uomini – due battaglioni del 15° SS Polizeiregiment, le SS italiane, i volontari italiani arruolati fra i militari internati in Germania e i miliziani della RSI – hanno circondato la Valgrande, alle spalle della montagna che chiude il lago. Il territorio impervio e quasi inaccessibile, che aveva favorito i partigiani, si è rivelato una trappola. Quando hanno chiuso tutti gli accessi, non potevano ricevere rifornimenti, né soccorso. Volevano prenderli tutti, il rastrellamento non doveva lasciare scampo.

Sul lago nemmeno il vento ha portato l'eco degli spari. Ma il rastrellamento è durato molti giorni. Quanti non so. Venti, forse. La città si era riempita di tedeschi. Occupavano i caffè, gli alberghi, bivaccavano in tutti gli edifici pubblici. Nulla poteva far immaginare cosa stava succedendo. Ma la gente del posto riceveva notizie sconvolgenti dai parenti, dai renitenti: molti avevano i figli o i nipoti lassú. Si sussurrava di centinaia di morti. Cadaveri oltraggiati. Nessuna pietà nemmeno per i civili. Bruciavano le baite, le stalle con gli animali. Pure i contadini e i pastori, complici dei partigiani cui avevano offerto cibo e rifugio. Anche gli aerei ci hanno sorvolato e sono spariti dietro le creste. Hanno raso al suolo villaggi interi.

I rastrellamenti avvenivano pure in città. In due giorni ne presero ottantasei. Alcuni facevano davvero parte delle organizzazioni clandestine, di altri si mormorava vagamente che fossero antifascisti. Li hanno caricati sugli autocarri. Dicono che li hanno portati nei campi di internamento, in Germania. Sui muri delle case i fascisti avevano appeso dei manifesti. Eravamo invitati a presentarci alla caserma Simonetta per vedere «come i ribelli della Valgrande hanno seviziato e vilmente assassinato quattro camerati caduti nelle loro mani». Se passavi da quelle parti per caso, ti obbligavano a entrare. Al corteo funebre, l'autocarro portava i quattro feretri avvolti nel tricolore. C'erano i chierichetti, i militi della GNR, i soldati tedeschi. Il prete mi ha detto di non sapere chi ci fosse davvero nelle bare. Forse partigiani. I morti li affido tutti alla misericordia di Dio.

Quarantatre partigiani catturati in montagna li hanno portati in carcere. Alcuni nelle scuole elementari femminili, altri nelle cantine di Villa Caramora. E poi li hanno incolonnati in fila per tre, e fatti sfilare sul lungolago del parco Cavallotti. Stracciati, con gli indumenti a brandelli, la barba incolta, alcuni scalzi, col volto tumefatto, le palpebre talmente gonfie e peste da sigillare gli occhi. Molti erano ragazzi. C'era anche una giovane donna. Malconcia pure lei, non voglio immaginare cosa avesse subíto. Era vestita da città, le scarpe col tacco, fra le mani reggeva una borsa di tela. Eppure faceva coraggio agli altri e camminava in testa al gruppo, con una fierezza e una dignità che incutevano vergogna. Quel macabro corteo della morte doveva essere un pubblico spettacolo, inscenato per noi. Pedagogia del terrore e della sottomissione. Ma nessuno è uscito dalle case. Il lungolago – sempre animato – era deserto. Tutte le finestre chiuse. Ma eravamo dietro le imposte. E abbiamo visto. Poi li hanno caricati su un camion, e li hanno portati negli altri paesi, per ripetere la scena. Infine li hanno scaricati giú al crocevia di Fondotoce, sul greto del canale che unisce i due laghi. I tedeschi li hanno fucilati tre alla volta. Subito dopo sparavano il colpo di grazia e scaraventavano i cadaveri nell'acqua.

Le avevano quasi eliminate, le bande. Ma non avevano ucciso tutti. I superstiti si sono ritrovati, e poco dopo si sono riorganizzati. Assaltavano i treni blindati e le corriere, tiravano giú i militi e i tedeschi che viaggiavano in borghese, giustiziavano i delatori. Anche le donne. Ad agosto venticinque uomini sono scesi da un camion e hanno fatto un'incursione all'ospedale, per liberare un compagno ferito. Qualcuno li aveva traditi, li aspettavano appostati sul tetto con tre mitragliatori. Li hanno respinti, ma uno lo hanno fucilato sulla piazza e un altro è morto in corsia. Non c'era piú un luogo sicuro. A settembre gli Spitzfire hanno mitragliato i battelli di linea, perché nella stiva trasportavano munizioni. Dall'altra parte delle montagne avevano scacciato gli occupanti e i fascisti e proclamato la Repubblica. Ma i tedeschi hanno organizzato la controffensiva, per riconquistare il territorio perduto. La colonna del capitano Reinke è partita dalla città, sotto i nostri occhi. Li hanno spazzati via in un mese. Tuttavia non è finita. E i miliziani hanno perso la testa. Se li prendevano, i partigiani, li legavano sulle cataste di legna e gli davano fuoco. Gli tagliavano i tendini, gli strappavano gli occhi e nei bulbi vuoti infilavano i ricci delle castagne. Medicavo un ferito della brigata nera, mi pregava di fargli venire la febbre. Mettimi il tabacco sotto le ascelle, sorella, ti prego in nome di Dio, non curarmi, non voglio tornare lassú. Mi ha detto che ne avevano presi una ventina, sul monte. Donne, vecchi e bambini. Li fucilano stanotte se non dicono dove sono le stazioni radio che trasmettono gli ordini degli alleati. Esistono solo due cose – recita un detto russo. La morte e la coscienza.

Ho recitato la mia morte talmente tante volte da non poterle contare. Per veleno, lama, rivoltella, finestra, dirupo, ghigliottina. Una sola volta davanti al plotone d'esecuzione. Urlando «Viva l'Italia!» Ma era un film muto, le parole non si sentivano. E poi non venne bene, quella scena. Un film di propaganda, insincero. Posso fare molto meglio.

Mi sono presentata all'ingresso del comando delle SS, a Villa Caramora. Dimessa, come una donna qualunque: camicetta bianca, gonna al ginocchio, un fazzoletto a fiori in testa e scarpe col tacco di sughero cui si era appiccicato il fango della strada. Ma il rossetto sulle labbra: in tedesco ho spiegato al soldato di guardia di essere venuta a consegnarmi in ostaggio per favorire le trattative sul rilascio degli abitanti del villaggio. Ho le informazioni che vogliono e le darò quando anche l'ultimo sarà stato liberato. Ma Diana Karenne non ha mai mantenuto la parola. E non può parlare. Silenzio.

All'ospedale militare sono rimasti tutti scioccati. I tedeschi come gli italiani. La volontaria piú umile. La buona madre. Impossibile. Il maggiore non riusciva a credere che la vedova bianca dell'ufficiale stesse coi traditori della patria. Diceva che ero innocente, mi ero offerta come agnello sacrificale per motivi religiosi. Negli ultimi tempi gli sembravo esaltata, come una predicatrice, gli parlavo sempre di Dio. Era vero. Gli spiegavo che la conversione è il sigillo del libero arbitrio. Fino all'ultimo istante, ci è dato scegliere. Pure il tenente colonnello era sbalordito. Lui credeva invece che mi avessero ceduto i nervi, e che fossi impazzita. Entrambi hanno presentato istanza all'Obersturmführer per scarcerarmi. Cioè, deportarmi in manicomio. Anche una prigione in Germania sarebbe piú giusta. Ma la cantina di Villa Caramora - dicevano - non è il posto per una signora come lei.

Mi rinchiudono in un loculo di tre metri per due, sotto il livello della strada. Una brandina, un vaso per i bisogni, una ciotola per mangiare e bere - ma io rifiuto il cibo e l'acqua. Avere frequentato i seguaci degli yogi e praticato la meditazione non è stata una frivolezza. Neanche una candela, niente lampadina. Buio assoluto, finché mi portano fuori. Solo gli onischi mi tengono compagnia. Ho sempre provato tenerezza per quegli artropodi paurosi e invertebrati che vivono nell'umidità e nell'oscurità, nel legno marcio e sotto terra, e si appallottolano per difendersi perché la natura non li ha provvisti di armi d'offesa. Vanno in letargo, d'inverno, ma ormai è già estate. Quando ne percepisco la presenza, li cerco a tastoni, e li catturo. Pallottole tremanti, innocue, inermi. Sono circondata da onischi - ma non quelli che tengo nel cavo della mano.

Perché lo fa? mi chiede l'Obersturmführer ogni volta che mi trascinano nella stanza degli interrogatori e i miliziani cominciano a sputarmi in faccia e a prendermi a schiaffi e calci – nel ventre e alla schiena, perché gli ematomi non si vedano. Sono banditi senza onore. Neanche suoi compatrioti. Non so da dove viene ma lei non è italiana, potrei metterci la mano sul fuoco. È polacca, o russa. Ho scopato centinaia di puttane polacche o russe, e parlavano come lei. Poveretto, brutto uomo, gli rispondo, sempre in italiano. Da quando sono nella cantina non ho piú detto una sola parola in tedesco. La vostra obbedienza vi rende piú vile di una pecora. Ribellatevi. Siate libero.

Chi la paga? Stalin? La GRU? Il Service di Losanna? insiste l'Obersturmführer, che non capisce ciò che gli dico, ma sa che io capisco lui. Inutile che continui a tacere. Quando le avrò strappato tutti i denti finirà per dirmelo. Farà male. Il mio corpo non mi appartiene piú – vaneggio. Come la carne vuole separarsi dall'anima, cosí io voglio essere dimenticata. Il mio spirito invece vi benedice. Perché cosí mi manderete in Paradiso.

Don Zenoni lo arruola come professore di lingue straniere nel collegio fuori dalle mura dell'abbazia. Per quasi un anno Nikolaj insegna grammatica e francese a giovanette destinate al matrimonio e alle loro madri che l'avevano appreso in gioventú, e poi dimenticato, ai disoccupati che sperano di trovare un impiego presso i comandi alleati. È benvoluto, il misterioso professore russo. Cosí triste e solo. Gli allievi lo tempestano di domande. È sposato, ha figli? Cosa faceva prima della guerra? Lui sorride e tace. Una volta – alla sua migliore allieva, che sa già sostenere una conversazione – confida di essere un colonnello dell'esercito russo. La ragazza lo racconta a tutti, impressionata.

E poi la guerra finisce davvero. Gli americani sfilano sotto l'Arco di Trionfo, Mussolini penzola a testa in giú da un lampione, nella stazione di benzina di una piazza di Milano, Hitler si spara nel bunker di Berlino, Stalin fa issare la bandiera rossa sulle macerie del Reichstag. Nikolaj è libero, ma non può tornare a Parigi. Le frontiere sono chiuse, milioni di rifugiati, prigionieri e profughi devono attendere che le autorità dei loro paesi – ma quali? i regimi di prima non esistono piú, le organizzazioni internazionali sono sopraffatte – li autorizzino al rimpatrio. Molti decidono di non attendere, e nell'estate del 1945 si incamminano verso le frontiere. A piedi, perché le linee ferroviarie sono distrutte, i ponti crollati, le strade interrotte da frane e crateri. La terra stessa è pericolosa – seminata di mine. Anche una spiga può nascondere un ordigno. Ma lui non prova nemmeno a tornare in Francia.

Gli amici che si erano rifugiati nel Midi sono vivi. Non Fel´zen, il suo ex segretario ebreo. L'hanno deportato e non farà ritorno. Come il poeta Jurij Mandel´štam, i pittori di Montparnasse Baranoff-Rossiné, Bramin, Bronstein, Cheychel, Epstein, Granovsky... E Boris Dikoj, che si era unito alla Resistenza ed è stato ucciso. Anche sua sorella Evgenija è morta. I nazisti le hanno dato fuoco insieme al marito, durante l'occupazione di Riga. Tutti gli altri Otzoupe si sono salvati. Sasha è riuscito a lasciare Berlino con la famiglia nel 1944 grazie ai documenti falsi di Hermann Göring che gli hanno fabbricato una famiglia ariana, e si è rifugiato in Spagna, da Sergej; Georgik si è nascosto da Madre Maria, che ha trasformato il suo convento di rue de Lourmel in un rifugio per gli ebrei: tradita, nel 1943 è stata arrestata, deportata in Germania ed è morta nel campo di concentramento di Mauthausen il giorno di Pasqua; ma il fratello è a casa e gli ha scritto che lo aspetta: lo ospiterà, finché non avrà trovato un posto dove vivere. Nikolaj non riesce a rallegrarsi delle notizie che via via lo raggiungono. Scrive a tutti i conoscenti di Nadja, contatta la Croce Rossa e gli sconquassati ospedali militari. La cerca a Roma, Milano, Bergamo, Bolzano: ovunque un minimo indizio gli fa credere che possa essere passata. La risposta è sempre la stessa. Non risulta nessuna infermiera volontaria di nome Nadia Belocorska.

Passano i mesi, finisce il 1945, e il silenzio che la avvolge lo dispera. A cosa è servito sopravvivere? Dio lo castiga. Non gli interessa il mondo dopo la guerra, ricostruire, risanare. Non sopporta il futuro senza di lei.

Le linee ferroviarie non sono state ripristinate, ma i camion si avventurano lungo la via Salaria, e di buca in buca, di salita in salita, scavalcano gli Appennini e planano sulla pianura emiliana. L'immensità della devastazione gli si rivela solo durante quel viaggio. Il paesaggio è sconvolto. Dove c'è stata battaglia neanche un albero è rimasto dritto. Alcuni innalzano rami inceneriti verso il cielo azzurro dell'Italia. Seduto accanto all'autista – un tipo atticciato che sbrigava servizi per i monaci di Farfa –, fissa la striscia di polvere dietro il parabrezza. Nikolaj non parla con lui, anche se trascorre giornate intere al suo fianco. Chissà dov'era e cosa ha fatto, in questi anni. Un pensiero che comincia a ossessionarlo. Non riuscirà piú a guardare in faccia un uomo senza sospettare di lui. La guerra gli ha tolto il piacere di vivere tra i suoi simili. Lo ha fatto tornare il lupo mannaro che Nadja aveva guarito.

Monotonia della distruzione. Rottami di armi e automezzi abbandonati ai lati della strada. Case incendiate. Borghi intatti dal Medioevo fatti saltare dai tedeschi con la dinamite, o bombardati dagli alleati. Chiese senza piú tetto, mozziconi di campanili. Gente macilenta e pallida che cammina nella polvere, o si ammassa sui pochi mezzi di trasporto – catorci scarcassati degli anni Trenta, coi motori asmatici e le marmitte che sputazzano fumo. Gente allegra, tuttavia. Le ragazze vanno al lavoro nei campi cantando. I ragazzini scalzi masticano gomme americane. Nelle osterie in cui si fermano, la radio trasmette musica americana. Canzonette dal ritmo contagioso, irresistibile. Il caffè è di cicoria, il pane di segatura, le banconote portano scritto AMLIRE. La cameriera si scusa se non hanno altro che patate e serve un bollito pasticciato con la carne di bue salato delle scatolette in dotazione all'US ARMY. Saporito e insieme rivoltante. Sono una vittima e un criminale. Il lupo e l'agnello. L'anticristo e Dio. Vorrei assolvermi, e mi odio.

La prima sera fermano il camion ai bordi di un paese in macerie. Benché siano passati ormai quasi sette mesi dalla fine della guerra, è ancora pericoloso guidare col buio. Circolano troppe armi, e troppe vendette devono essere consumate. Ma non riesce a prendere sonno. In una piazza improvvisata sulla riva del fiume, alcuni giovani suonano le chitarre, e gli altri ballano. Incuranti degli abiti sbrindellati che pendono su corpi denutriti, del vino annacquato, della stanchezza. Anche noi ballavamo cosí, Diana. Lo faremo ancora?

L'indirizzo è questo. L'ufficio postale nel pianterreno di un antico palazzo. Il borgo è intatto, come se la guerra non ci fosse mai stata. Solo le imposte che sbattono alle finestre degli alberghi vuoti rivelano che anche qui la vita si è interrotta. Lo colpisce il silenzio del lungolago – lo spazio, il vuoto. Dietro il vetro opaco l'impiegata preme il timbro nell'inchiostro, poi ammucchia le buste su una pila. Il francobollo reca una scritta che non decifra. L'Italia non è piú una monarchia, non è ancora una repubblica. È un feto in formazione. Buongiorno, esordisce, e il cuore gli martella, riceveva qui le lettere Nadejda Belacorsca?

L'impiegata depone il timbro sul cuscinetto e lo fissa, sorpresa. Nessuno, finora, è venuto a chiedere informazioni. E lei non è tenuta a darne. Indecisa, non risponde. Lo straniero s'appoggia al ripiano del bancone, avvicina il viso al vetro. Ha occhi scintillanti, febbrili – forse è malato. La donna lo fissa senza rivolgergli nemmeno un sorriso. Quest'uomo ansioso e cupo le sembra una minaccia. Qualunque cosa abbia passato, le sue sofferenze non gli sembrano paragonabili. Sono tutti protettivi, con lei. Perché la cerca? Che cosa vuole?

È mia moglie, afferma Nikolaj, sono venuto a prenderla. Non è una menzogna, perché si considera sposato con lei. Anche se la cerimonia non l'hanno celebrata, perché volevano un luogo in cui sentire la presenza di Dio, e non sapevano dove fosse. Mi dispiace ma non sono autorizzata a darle il suo recapito, dice con fermezza l'impiegata della posta. Poi infila la matita e un foglio nella fessura sotto il vetro. Scriva un bigliettino, e me lo lasci, le prometto che glielo faremo avere.

Non andrò via di qui senza l'indirizzo, si spazientisce. Posso aspettare. Anche tutto il giorno, se serve. Un pensiero lo folgora. Sarà invecchiata, sei anni sono un'eternità, e che anni, poi, sarà un'altra – potrò mai amarla ancora? Si vergogna della sua mente nera, sempre capace di concepire un pensiero simile. Sono Saul, sono Caino, non cambierò mai. Vada a parlare con don Candido, lo liquida l'impiegata, riprendendo la matita e il foglio (non è facile trovare la carta, di questi tempi). La chiesa la vedrà appena svolta a sinistra. In canonica a quest'ora non troverà nessuno, ma provi ad affacciarsi in sagrestia. Fra poco dice la messa. Sarà lí.

Sapere cosa è successo gli sembra suo diritto. Anche riaverla, è suo diritto. Lentamente, ma ormai sono diventati uno. A Nizza, quando sono tornati a vivere sotto lo stesso tetto, si sono promessi di morire insieme, come Filemone e Bauci, uno accanto all'altra. Smemorati, avvizziti, bianchi. Sarà cosí. La mia luminosa moglie.

Glielo dirà lei stessa, un giorno, se vorrà, dice don Candido, invitandolo ad accomodarsi su una panca – sotto il corpo straziato del crocifisso. Nikolaj l'ha disturbato mentre si preparava alla messa, e non si è neanche scusato. Si è limitato a stringergli la mano, a farfugliare le sue pretese. Il prete sta perdendo il suo tempo, perché cerca di indurlo a desistere dalla ricerca. Non mi fraintenda, aggiunge il prete. Sono lieto di conoscerla, ho pregato la Madonna per lei. Mi sono anche rivolto in Vaticano. La signora mi aveva raccontato di lei. Una sola volta, ma in modo tale da indurmi a fidarmi. La ricordavo in tutte le mie preghiere. Gliene sono riconoscente, dice Nikolaj, duro, ma non lo meritavo. Sarebbe meglio per lei se fossi morto, si sarà abituata all'idea. Ma Dio mi ha lasciato vivo.

Nessuno di noi le meritava, ribatte il prete. La forza dello spirito era venuta meno. Le bombe, la servitú e la distruzione non erano che metà della disgrazia. Lei invece. Se l'avesse vista come ci gridava vigliacchi. A tutti. I dottori, che avevano paura ad avvicinarsi ai feriti. Le suore. Anche a me. Vigliacchi, vergogna. Nemmeno Savonarola ti fustigava come i suoi occhi. È una donna molto forte. Di mente, e di azione. Lei non ha neppure idea di ciò che ha sopportato. Ma adesso non è in grado di incontrarla, conclude, deponendo su di lui il suo sguardo serafico, vischioso – è troppo esaurita, ci vuole tatto, e cautela, sarebbe uno strapazzo eccessivo. Può fermarsi da noi, abbiamo sempre un letto per un pellegrino. Si riposi cinque o sei giorni. Le farò sapere che lei è qui, la prepareremo. E se ha bisogno di conforto, di parlare un poco, torni, appena finito di dire la messa, sono libero.

Nikolaj si alza. Gli sta montando la rabbia e vorrebbe gridare quel verso di Carducci: «Ho allontanato tutti i preti dalla chiesa, io poeta, autorità delle muse». Se vuole lasciare qualcosa per la parrocchia gliene sarò molto grato, lo rincorre la voce di don Candido. Ci occupiamo di tante persone che hanno perso tutto. Madri, vedove, orfani.

Nikolaj possiede solo un fascio di AMLIRE di cui ignora il vero valore. E una manciata di cioccolatini che i soldati americani gli hanno voluto regalare a un posto di blocco. Lui ha provato a rifiutarli – non siamo tutti mendicanti, in questo paese –, ma loro insistevano. Non lo facevano per umiliare. Volevano davvero distribuire qualcosa che desse piacere. Erano ragazzoni di vent'anni – di tutte le razze. Olivastri, con gli occhi a fessura da indios, rossi di capelli, neri. Avrebbe voluto essere giovane, e aver vinto una guerra. Le sue le ha tutte perse. Depone le banconote e i cioccolatini sul tavolo della sagrestia, vicino al calice. Sono liquefatti dal caldo. Si vergogna della propria miseria. Di nuovo, cosa ha da offrire a Nadja? Povertà, solitudine, declino. Poesia? Chissà. Non ha idea se il suo poema – a Farfa ne ha completate quasi due cantiche – abbia un valore.

La gente del popolo però non è ipocrita come l'impiegata delle poste e il prete. Troverà la santa russa al di là del ponte rotto, gli dice una vecchia, accampata su una seggiola di paglia davanti alla riva del lago, e intenta a sviscerare coregoni. Col dito nocchiuto gli indica un boschetto di salici, dopo l'imbarcadero. Hai presente dove portavano la gente a fucilare?

La santa russa? si stupisce. Perché? Che significa? Accidenti, si vede che sei straniero qui, sorride la vecchia sguainando gengive da cui penzolano radi denti giallastri e acuminati. Lei invece in questa città ci stava come il burro sulla polenta. Caro mio, la picchiarono, la torturarono. Boia, tutti alzarono la mano se portavano il gagliardetto. Ma lei niente. Anche per questo si sono accaniti. Era talmente... che ti devo dire, alla fine neanche il comandante ha avuto il coraggio di dare l'ordine di sparare.

Nikolaj fatica a capire il suo dialetto ostico. Tuttavia il significato delle parole della vecchia non è equivocabile – anzi, talmente limpido da ficcarsi nei suoi polmoni come una coltellata. È quasi sopraffatto da eventi che non sa neanche immaginare. Che c'entra Nadja con tutto questo?

Era strana forte sai, dice la vecchia. Non faceva parte di nessun partito, non veniva alla messa la domenica. Non era della nostra gente. Per lei eravamo degli estranei. Eppure lo ha salvato, Pietro. E anche gli altri.

Non sa cosa pensare. Ha aspettato sei anni il momento di ritrovarla e ci arriva invece impreparato. Si rende conto di avere sperato che pure lei si sia macchiata di qualche colpa. Irredimibile, come la sua. Avanza sul lungolago a passo svelto – e un sudore freddo gli inzuppa la camicia. Nadežda santa? Sarà la sua ultima interpretazione. I suoi amici francesi gli hanno raccontato che era straordinaria nel ruolo di Maria Maddalena – perfino loro, cinefili spocchiosi che detestavano i film pseudoreligiosi, paccottiglia da recita parrocchiale, erano rimasti folgorati dall'intensità di quell'attrice: come poteva immaginare che un giorno sarebbe diventata la sua compagna? Ma magari è un suo delirio. Che vuol dire santa? Le comari chiamano sante le persone che ritengono stupide e che non capiscono. Oppure le puttane, per non dir brutte parole. Si vendeva ai tedeschi e ai fascisti, Nadja? Non è impossibile. A un certo punto anche i suoi soldi saranno finiti. Lei è troppo orgogliosa, non ha mai chiesto niente a nessuno. E poi lo ha già fatto. Nella vita si tende a ripetersi, siamo prigionieri di noi stessi.

S'inchioda e torna indietro. La vecchia sta gettando le interiora dei pesci su un mucchio di rifiuti da cui si leva un odore di vermi. Ehi, dimmi zia, le chiede, scuotendola per il grembiule, aveva qualcuno, qui? Con chi andava a letto? Gli tremano le mani, gli gira la testa – di nuovo le vertigini. Perché sta pensando che la ucciderà, la soffocherà – e non avrà rimorso. La vecchia si rialza, con un cricchiare d'ossa, e lo fissa incredula fra le palpebre cascanti. Esita ad ammettere di aver capito bene: forse il signore straniero, benvestito, certo un avvocato o un dottore, non sa esprimersi in italiano.

Ma che sciocchezze stai dicendo? come ti permetti? sbotta. Lei è luce, noi sterco. Con chi andava a letto vuoi sapere? Con le nostre anime sofferenti. Con quelle dei morti uccisi. Col vento dei campi.

E poi la donna che da ventitre anni lo ossessiona è lí. Nella radura, dietro lo steccato. Talmente magra che all'inizio non la riconosce. Il mio giunco, la mia moglie pura e trasparente. Ha in mano un pennello intriso di vernice, i capelli raccolti sulla nuca, una camicia da uomo, i pantaloni di tela ruvida chiazzati di bianco, e sta dipingendo la recinzione di una casa al limitare del borgo. Ma forse non è una casa, è un monastero. C'è la croce sul cancello, e una campana rintocca. In lontananza, sul prato, figure vestite di nero formano come una macchia d'ombra. Devono essere monache. Lei gli volta le spalle e non sente lo scricchiolio delle pietre sotto i suoi passi. Le si avvicina fin quasi a sfiorarla. Il mio fuscello, la mia farfalla. Se la disturbo, volerà via. Se la tocco, la insozzerò. Lei è lí, e non è lí. È assorta, come assente. Nadja, sussurra, Diana. E deve appoggiarsi allo steccato, perché gli cedono le ginocchia.

Stordito dalla febbre, fissa il globo della lampadina che penzola dal soffitto. Era già fulminata quando lo hanno portato qui. La penombra è diradata solo dal lumino sotto l'immaginetta della Madonna – nel letto accanto. Nella camera gli altri dormono, il vicino ronchisce. Quando lo hanno ricoverato? Quanti giorni sono passati? Tre settimane. Ma potrebbero essere poche ore. Il tempo è esploso. Sa di aver delirato. L'incontro è durato pochi minuti. Sei tornato, caro, gli ha detto Nadja, stupita, prendendogli le mani. Ha lasciato cadere il pennello, che sgocciolava sull'erba. Quella chiazza cremosa – candida, immacolata. Non lo ha abbracciato né baciato. Ma perché sei qui? Ti avrei chiamato, se lo avessi desiderato.

Dio, quanto stai male! – se n'è uscito infelicemente lui – sei pelle e ossa. Poi, consapevole di averla offesa (possibile che invece di dirle che non è mai stata tanto luminosa le ha rivolto un commento inappropriato sul suo corpo?), ha balbettato di aver saputo, che vorrebbe essere come lei, la ammira. Non riconosco questo tono, lo ha rimproverato Nadja, lasciandogli bruscamente le mani. Non tollero piú l'ironia né l'indifferenza. Scusami, scusami, non so cosa dico. Stiamo insieme, di nuovo, non conta nient'altro. Non riesce a distogliere lo sguardo dalle sue mani, che armeggiano coi capelli. Il nodo si è sciolto, le ricadono sulle spalle. Cosí magre, la pelle tanto sottile e trasparente che le sue vene formano un dedalo azzurro. Non stiamo insieme, gli ha detto, allontanandosi di un passo – come le facesse paura.

Un giovane moro, atletico, coi capelli ricciuti e un filo di barba sulle guance, è uscito dall'edificio, con un cestino pieno di chiodi. Le si è avvicinato, premuroso, e anche se non l'ha neanche sfiorata lui ha capito. Il signore chi è? le ha chiesto. Ti sta dando fastidio? No, ha risposto lei, prendendo il martello e conficcando il chiodo nell'asse, con un'energia insospettabile in quel corpo diafano. Non trattarlo male. Credeva di aver ritrovato la moglie. Invece è morta. Devi aver pietà di lui.

Il giovane si chiama Antonio, e viene a trovarlo in ospedale. I dottori gli hanno diagnosticato una recrudescenza della polmonite, degenerata in pleurite: non è contagioso. Si ferma accanto al letto, in piedi, le braccia conserte. Non gli ha portato il giornale, né le arance: non è una visita di cortesia. Lui riesce solo a pensare che ha un bel viso aperto e un sorriso impacciato e generoso. Potrebbe fare l'attore, e sarebbe irresistibile. Avrà trent'anni meno di Nadja. Gli ripugna il proprio corpo malato, i polmoni intasati di siero. I muscoli flaccidi, i capelli radi, le setole grigie sul dorso delle mani abbandonate sulla coperta. Da quanto tempo non l'abbraccia?

Stiamo per sposarci, gli dice, serenamente, Antonio. Andremo a vivere a casa mia. I miei genitori hanno una masseria, dalle finestre si vede la Grecia. Appena sistemo i documenti e ricevo il congedo militare partiamo. Dicono che ho disertato, ma non è la parola giusta. Mia madre e mia sorella già la adorano.

È mia moglie, protesta Nikolaj. Non può farlo. Lo so chi è lei, sospira Antonio. Mi ha raccontato tutto. Le ha distrutto la vita. Non so se se ne è reso conto, ma non importa, non la sto accusando. Neanche Candida, anzi vorrebbe saperla già guarito. Finora sono riuscito a impedirle di venire a trovarla. Ma la conosce, non ascolta consigli e non accetta divieti: prima o poi verrà. Quel giorno, le sto chiedendo di essere un uomo. La convinca di non avere bisogno del suo aiuto. Non deve prendersi cura di qualcuno, adesso – ma che qualcuno si prenda cura di lei. Noi lo faremo. E finalmente avrà una famiglia. Tutti la amiamo.

Deglutisce, ma non ha saliva in bocca. Quasi non respira. Candida? Perché la chiama cosí? Se Diana ha di nuovo cambiato nome, non tornerà con lui. È già successo. Questa stessa scena l'ha già vissuta. Ha dovuto sempre portarla via a un altro – che sicuramente l'avrebbe fatta piú felice. Se dovesse eliminare tutti quegli uomini lo accuserebbero non di omicidio ma di strage. L'ha persa molte volte, ma alla fine lei è sempre tornata. Sono nati per completarsi. Solo insieme sono qualcosa. Non resterà con Antonio, è impossibile. Non hanno nulla in comune. Lui è giovane, sembra un operaio, onesto, concreto, ma privo di psicologia e di interiorità, non potrebbe neanche immaginare chi sia la donna di cui si è innamorato. Nemmeno a sedici anni Diana avrebbe voluto accanto un uomo cosí.

Adesso devo andarmene, perché non le ho detto che sono venuto. Non riesce piú a star sola, e sta facendo buio, dice con garbo Antonio. Spero che la convalescenza non sia lunga, e che possa presto rientrare a Parigi. Se la ama come dice, signor Otzup, deve lasciarla andare.

Madame Otzoupe
1946-1968

La Regina del Silenzio.
«La Stampa», 15 agosto 1919.

Madame Otzoupe è una signora minuta, sottile come una betulla, sempre impeccabile. Le unghie dipinte con lo smalto rosso, i capelli castano dorato in cui mai si indovina l'ombra della ricrescita. Non si trascura polemicamente come Greta Garbo, la quale ai fotografi che la braccano da quando ha lasciato lo schermo si offre in salopette di jeans, davanti al supermercato, spettinata, solo i neri occhiali da sole a proteggerla dalla loro violenza. Ma neanche recita la parodia di sé stessa, come le dive del cinema muto in disarmo che Gloria Swanson ha riassunto nel formidabile *Viale del tramonto* (in una sala di Parigi, quel film l'ha fatta ridere fino alle lacrime). Se le ristrettezze la angustiano, non le lascerebbe mai trasparire, e alle eccentricità esteriori ha rinunciato.

La mattina accompagna il marito alla fermata del metrò – a qualche centinaio di metri da casa. Risalgono la via, superano i negozi ancora chiusi, a quell'ora, inalano il profumo di pane che fuoriesce dalla boulangerie, si immettono sul viale, attraversano la piazza – sempre sottobraccio. Si ferma in cima alle scale, proprio sotto il globo del lampione e l'insegna rossa della M, e lo guarda sparire tra la folla della banlieue che all'ora di punta sciama verso i treni. Poi si volta e, svagata, ripercorre lo stesso itinerario. Dopo altri dieci anni di vagabondaggi – ospedali, monasteri, pensioni e camere d'albergo – ha una casa, in affitto per la modica somma di 24 000 franchi l'anno. Non ha piú desiderato possederne una. A Parigi poi. Nemmeno voleva tornare.

Hanno provato a fermarsi a Nervi: ci sono rimasti due anni, ma non potevano permetterselo. Sono sempre rifugiati apolidi, e l'Italia è troppo povera per offrire a Kolen'ka opportunità di lavoro. Professori di russo non servono a Genova, e ce n'è anche troppi al dipartimento di slavistica di Roma. Neanche Muratov è piú tornato in Italia. I loro contatti sono ormai sporadici, ma sanno che si trova in Irlanda. Vive la stessa vecchiaia del suo amato Casanova, installato come un principe nel castello di un aristocratico, e scrive – purtroppo non le sue memorie, ma libri di strategia militare.

Nel maggio del 1948 sono rientrati entrambi. Per due anni hanno alloggiato in un albergo di rue Troyon, dietro l'Arco di Trionfo. Ma poi hanno deciso di prendere un appartamento, e si sono trasferiti in periferia. Lui insegna al liceo, come assistente di lingua russa: due ore al Condorcet di Parigi e due al Janson de Sailly. Grammatica, declinazioni. «Di caso in caso – scrive – eccomi in Francia, prima della mia fine, | insegnante come nell'infanzia. | Non mi azzardo a scrivere poesie: non c'è volontà. | Nelle orecchie: pecora, della pecora; parola, della parola… | Però ce ne sono alcuni, tra loro, | tra questi giovani e queste fanciulle non russi, | che cosí sentono la Russia attraverso di me…» Gli sforzi degli studenti lo commuovono. Al di là della sintassi, della pronuncia e della letteratura, scopre che la fratellanza si tramanda «non con l'assimilazione di una cultura straniera | ma con l'annuncio che al mondo di straniero non c'è nulla».

Nel 1950 ha terminato il suo poema. L'ha pubblicato a sue spese. Ignora quanti lettori abbia avuto *Diario in versi*, oltre Nadejda. La guerra ha spazzato via il suo mondo. Le case editrici russe di Parigi sono quasi scomparse, i giornali e le riviste hanno interrotto le pubblicazioni. Le nuove generazioni scrivono e leggono in francese. Dovrebbe farlo anche lui, ma la lingua è la Russia che gli resta, l'unica via che lo riporti a casa. Gli è indifferente il luogo in cui cesella la tesi su Gumilëv, con cui intende laurearsi alla Sorbona. Se anche la leggeranno solo pochi felici amanti della poesia acmeista, avrà adempiuto la sua promessa: non lo ha mai dimenticato. «Preferisco avere un maestro cui appoggiarmi – rivendica – che essere un artista inebriato di sé». Ma anche un padre, in un certo senso. Quello di sangue, Avdeej, è morto quando aveva solo nove anni. Non ne serba ormai alcun ricordo. Gli bastano le sue carte, i libri, e una scrivania. Potrebbe essere in un maso dell'Alto Adige, ovunque.

Hanno pensato di emigrare in America. In Canada, precisamente, dove dopo la morte di Sasha, a Madrid nel 1948, si sono trasferite la sua vedova e la figlia Ljudmila. I loro racconti epistolari sono entusiasmanti. Un paese giovane, vitale – ricco di occasioni, anche per voi. Si è formata una comunità russa – forse il tempo ha risanato le incomprensioni, anche quelle che ci hanno diviso. Potrebbero ambientarsi, avere di nuovo degli amici. Si sono informati su come chiedere il visto, e sul costo della traversata. Ma non ci credevano veramente. Troppo lontana Montréal, dall'altra parte dell'oceano. Sono inguaribilmente europei. O forse esausti. A un certo punto anche i migratori devono fermarsi.

Il professor Otzoupe è severo ed esigente. Ma gli studenti restano piú colpiti dalla sua devozione per la lingua russa. Ne parla come se dall'esattezza di una parola dipendesse la sua credibilità. Non sono in grado di apprezzare la purezza della pronuncia e la ricchezza del suo lessico, che anzi ostacolano il loro apprendimento. Non è adatto a insegnare in un liceo. Farà meglio all'École Normale Supérieure di rue d'Ulm, dove gli assegnano il corso di russo nel 1952, tre ore la settimana, dopo che nel mese di luglio è diventato docteur en lettres de l'Université de Paris con la menzione «très honorable». Ha un compito importante: formare i futuri professori francesi.

Nadejda lo aspetta a casa. Non le piace star fuori quando è buio. Gli prepara il tè, conversano. La sera gli suona

Debussy e lui si addormenta con la testa riversa sullo schienale del divano. Lei lo copre premurosamente col plaid. Nella casa d'affitto, un pianterreno ignorato dal sole in rue du Talus du Cours – alle spalle del Boulevard périphérique, sorta di fragorosa autostrada che collega la porta di Montreuil a quella di Vincennes – fa sempre freddo, e i polmoni di Kolen'ka sono rimasti fragili. E il clima di Saint-Mandé non è piú dolce di quello di Parigi – anzi, la vastità del vicino Bois de Vincennes lo rende piú umido e malsano. Per questo a maggio, o giugno, quando Kolen'ka conclude i corsi, scendevano in Italia per trascorrere qualche giorno nella foresteria del monastero di Farfa. Madame Otzoupe resta quasi sempre in chiesa. Lui invece visita gli ex allievi del collegio di Santa Maria e passeggia nei corridoi e nel chiostro con don Zenoni. Non piú ingombri di macchine o congegni – il teatro scientifico è stato chiuso. Forse era davvero solo una messinscena. Il priore gli rimprovera di essersi sposato non nella chiesa dell'abbazia, ma nella cattedrale di Genova – basilica magnifica, per carità, eppure totalmente slegata dalla sua vita interiore. Non è a Genova che il professore ha incontrato il vero Dio. E poi senza invitare nessuno, coi soli celebranti e i testimoni – come due criminali.

Era una cosa nostra, cerca invano di spiegare lui. C'eravamo io, Nadejda e Dio. Nikolaj non può dire a don Zenoni perché si è fatto sposare da un prete di Genova e non da lui – che pure lo aveva accompagnato al battesimo, nella chiesa di Santa Maria di Farfa, appena due mesi prima. Non capirebbe. Li accuserebbe di aver commesso un sacrilegio, perché lei – divorziata – non avrebbe potuto contrarre un matrimonio cattolico. Hanno mentito entrambi, ma lei di piú. Ha pure abiurato la religione ortodossa, che non è mai stata la sua. Tuttavia Candida Maria era davvero nubile, in un certo senso vergine, all'altare di San Lorenzo. E Dio era con lei. La curia lo ha regolarmente registrato, quel matrimonio segreto. Lo stato italiano, però, non lo riconosce.

Nikolaj lo apprende quando raccoglie i documenti per chiedere la cittadinanza francese, nel febbraio del 1953. Passo che compie con trepidante rassegnazione: esito però inevitabile del suo esilio – non sopporta piú di restare provvisorio, e straniero. Nelle indagini avviate dalla République, Nicolas Otzoupe, «homme de lettres», risulta ancora celibe. Neanche l'intercessione del cardinal Fossati, che sollecita in suo favore il vicario generale di Genova, può farci nulla: è la legge. Deve risposarsi – se vuole che anche sua moglie diventi cittadina francese. Ed è necessario: se lui ha ottenuto una carta di residente privilegiato, valida fino al 1963, la «carte de sejour» di lei scade nel 1955. Ma finora ha rimandato, perché teme di profanare uno dei ricordi piú sacri della sua vita. Lui e Candida Maria, l'11 maggio del 1946: diafani come due ombre. Avanzavano nell'oscurità della navata, sottobraccio – indifferenti alle solenni colonne di marmo, alle arcate a strisce bianche e nere, agli stucchi, gli affreschi e le dorature barocche. In ginocchio, davanti all'altare. Lei bianca e pura, come il suo nome. Sí, lo voglio – in italiano, entrambi. Finché morte non ci separi. Entrambi scarnificati dalla guerra e dalle malattie – che a turno li affliggevano. Prima lei, poi lui, poi di nuovo lei. Ospedali, convalescenze, le terme di Acqui. Non avevano quasi nient'altro. Li ha guariti l'aria di mare, il vento salmastro del Tirreno. Nadejda dice: l'amore.

Una sera in cui lei aveva la febbre, si è addormentata col diario sulla coperta. Nikolaj glielo ha sfilato dalle mani. Non gli è sembrato di commettere un'azione riprovevole. Le aveva già confessato tutto, quando l'ha scongiurata di dargli la possibilità di ricominciare, perché la vita è tenebra senza di lei. Lo aveva ascoltato impassibile e poi gli aveva detto, amareggiata: mi hai mentito per quindici anni. Non potevo perderti, si è giustificato. E mi avresti lasciato, se avessi saputo. Quindici anni insieme e ancora non mi hai capita, Kolen′ka, aveva sospirato Nadejda. Sarei venuta a prenderti anche all'Inferno per portarti alla luce.

Il diario si era aperto a una pagina datata 1945. Quando lei era in ospedale, e non pensava di uscirne. «Se torni dal campo di concentramento e io sarò già morta – aveva scritto con la sua calligrafia larga, chiara, lievemente inclinata a destra –, leggi queste righe:

Hai sbagliato a credere che non avrei potuto vivere senza il palcoscenico.

Ho creduto cosí tanto in te che non ho piú paura di lasciarti e ti prego di ricordare questo:

Devi distinguere un vero amico da un semplice vicino di casa. Mi dispiace non aver potuto, soffrendo per i tuoi vizi, non essere diventata come mi avresti voluta».

Lui si era messo a piangere. Perché Nadejda invece lo aveva fatto. Era come l'aveva sempre voluta. Lui invece no. E ciò nonostante aveva lasciato Antonio, ed era tornata con lui.

Comunque è un peccato che non vi siate sposati nell'abbazia di Farfa, insiste don Zenoni. Non si capacita che una donna sia riuscita là dove lui, priore benedettino, ha fallito. Otzoupe si è davvero convertito al cattolicesimo solo quando la signora gli ha rivelato di essersi battezzata. Nella chiesa di San Vittore, a Intra, il 3 novembre del 1945. Dovete perdonarci, padre, dice Nikolaj. Ma ormai per noi non è piú tempo di incenso. Solo silenzio. Don Agostino è perplesso. Il fervore teologico sembra aver abbandonato il professore a favore di un misticismo messianico. Tende a credere sia a causa della moglie. Imperscrutabile, Madame Otzoupe. Distaccata, eterea. Affascinante, tuttavia. In paese le donne le copiano i vestiti. Ma le stoffe che trovano in Italia, alla fine degli anni Quaranta, non hanno morbidezza e le imitazioni risultano scadenti. O forse lei sembrerebbe elegante anche se indossasse un sacco di iuta.

Madame Otzoupe non frequenta piú nessuno a Parigi. Salvo sporadicamente Georgik: Nikolaj ha allentato i rapporti coi fratelli. Benché andasse d'accordo con la prima moglie, pittrice, pure la seconda, Johanna, detta Metka – assai giovane, e di quasi trent'anni minore del cognato –, le piace molto.

Non ha piú una famiglia propria. Gregor è morto all'improvviso, d'infarto, un giorno di novembre del 1953, in una strada di Monaco – dove era andato a organizzare il lancio del suo ultimo film, l'*Aida* con Sophia Loren. Dopo la guerra Gregor era tornato a vivere a Parigi, in un presuntuoso palazzo degli Champs-Élysées, vicino all'Arco di Trionfo, ma ormai lo vedeva poco. Non riusciva a capire perché il fratello si fosse ostinato a tornare in Germania. A che scopo battersi con lo stato tedesco, sprecare energie in una causa legale? Non riavrà mai ciò che gli hanno tolto. Gregor ha piú soldi di quanti potrà mai spenderne, e i suoi film continuano a incassare bene. Al rientro dall'America, per ricominciare si era dato al cinema musicale d'opera. Fra il 1947 e il 1949 aveva firmato *La signora delle camelie*, *Addio Mimí*, e *La leggenda di Faust* – tutti diretti da Carmine Gallone (di cui Gregor aveva già prodotto *Mon cœur t'appelle* in Francia nel 1935 e cui offre la possibilità di ricominciare dopo la sospensione che gli è stata comminata dalla commissione per l'epurazione) e girati nella Roma miserrima dell'immediato dopoguerra. Per il terzo, aveva fatto ricostruire l'Inferno nei teatri di posa della Farnesina, affumicando le comparse, già stremate dal calore. I film piacevano, pure gli americani esaltavano i film-opera. Il processo Gregor lo ha vinto, ma il mezzo milione di marchi che ha dovuto versargli a titolo di indennizzo l'ariano che gli aveva preso la Cine-Allianz non gli ha dato sollievo né pace. Ci sono battaglie che non vale la pena combattere, gli ha detto. Ma questa lo è, ha replicato Gregor. Dovrà costituire un precedente. Siamo milioni. Non dovremo mai concedere l'amnistia della memoria. Il silenzio è complice. Dovresti averlo imparato. Ma il perdono è piú forte della vendetta, gli ha detto lei. È stata l'ultima volta che lo ha visto.

I pochi amici di Nikolaj sono colleghi professori, tutti francesi – perché dopo il dottorato lui ha iniziato la carriera accademica. Tardi – quando gli altri sospirano la pensione. Ma è l'unico degli émigrés ad essere riuscito in questo salto mortale di mestiere, lingua, paese. Anche Nabokov e Berberova, veramente, ma negli Stati Uniti. Parigi è molto piú selettiva. La stima di cui gode all'École Normale Supérieure gli ha restituito la fiducia in sé stesso. Madame Otzoupe lo accompagna ai congressi e ai seminari, ma i colleghi di lui le prestano poca attenzione – come alle proprie mogli, del resto. Non sanno chi è stata, e lei non ne parla. A nessuno viene in mente che possa svolgere una qualche professione. Da quando il 15 aprile del 1950 hanno lasciato Parigi per trasferirsi a Saint-Mandé non vanno piú al cinema. C'è una sola sala, nel sobborgo, fuligginosa e puzzolente nonostante gli stucchi e i velluti. Il fumo di mille sigarette che ristagna sotto la volta irrita i polmoni lesionati di Kolen'ka. Ma i comodi cinematografi dell'Odéon e di Montparnasse sono ormai troppo lontani, e loro non hanno voglia di prendere il metrò dopo le nove di sera.

Madame Otzoupe sposa per la seconda volta il suo secondo marito nella stessa città e nello stesso mese – il 2 maggio alle undici e trenta del mattino – sette anni dopo. Nel 1946 Genova era un cumulo di rovine, da cui il vento soffiava negli occhi e in gola una polvere acre; nel 1953 è in piena rinascita: l'acciaieria di Cornigliano ricostruita e ampliata, la linea ferroviaria riattivata, il bacino del porto di nuovo affollato di navi e di cargo, la saletta della Casa Comunale di sposi. Una superba giornata di primavera, col cielo di cobalto e l'orizzonte incoronato da un arcobaleno. Lei non ha mai amato i matrimoni. Né i suoi né quelli degli altri. La prima volta, a Yurieff, si sentiva oppressa, come la trascinassero in prigione. Non ha mai permesso che si scattassero fotografie. Né nel 1910, né nel 1946, né adesso. Niente festeggiamenti. Vanno dall'albergo al municipio in tram. Testimoni i fratelli Vincenzo e Maria Teresa Cavedoni, impiegato lui, casalinga lei: persone semplici, non scrittori né intellettuali. Nikolaj è diventato loro amico quando viveva sull'altopiano del Renon. Vincenzo è venuto da Bolzano.

Pranzano in quattro a Nervi – in un ristorante con la veranda a picco sul mare che sotto di loro bruca la scogliera. S'è levato un teso vento di ponente, e le onde s'infrangono sulle rocce spruzzando un pulviscolo salso. I camerieri devono ancora servire la torta quando lei si alza e li prega di scusarla, ha bisogno di prendere aria. Apre la porta della veranda, scende la scaletta che conduce alle piattaforme sottostanti, poi si sfila i sandali e sbottona l'abito color cenere. Sotto, indossa solo una sottoveste di raso, col merletto di pizzo. Appoggia l'abito sui sandali e si tuffa. Penetra nell'acqua come una lama, senza far rumore, senza levare uno schizzo. Nikolaj la cerca nel blu ma è scomparsa senza lasciare traccia. Sarà sempre la mia farfalla – cosí lieve. I clienti del ristorante scrutano il signore in cravatta e abito scuro da cerimonia, rimasto al tavolo, interdetto, col bouquet di rose bianche sulla tovaglia. Russi, bisbiglia il vicino. Per loro è già Ferragosto.

Per le autorità francesi, Madame Otzoupe è «sans profession». Ma lei dichiara un reddito di 20 000-40 000 franchi al mese, di poco inferiore a quello di 35 000-50 000 del marito, grazie al vitalizio di 90 000 franchi l'anno che ancora le provvede un milione di lire investite a fondo perduto in Italia nel 1931. I francesi si chiedono come abbia potuto salvare i suoi risparmi dalla Grande Depressione e dalla guerra che ha reso la lira carta straccia, ma lei risponde che una recente legge italiana ha rivalutato le rendite e i funzionari si accontentano. Nel colloquio che sostiene presso gli uffici competenti, viene interrogata sul suo livello di assimilazione, e sui suoi sentimenti verso l'Unione Sovietica – nella quale assicura di non voler tornare. Nulla da eccepire sulla sua moralità.

Gli agenti dei servizi incaricati di approfondire la storia e la personalità dei postulanti scrivono di ignorare le sue idee politiche. Del marito annotano che era stato membro dell'Association des Écrivains et Journalistes russes a Parigi, un raggruppamento anti-sovietico e anti-comunista, ma attualmente non è affiliato ad alcun movimento o partito politico. In generale, i due non esprimono opinioni politiche, comunque opposte alle teorie di estrema sinistra.

Omettono che entrambi sono stati sospettati negli anni Trenta di essere spie sovietiche e possibili agenti del controspionaggio. A loro non sfugge che Nadežda Otzoupe abbia un figlio dal primo matrimonio, tale Georges Feyguine, luogotenente di vascello a sua volta sospettato di spionaggio fin dal 1938, nel 1949 processato dal tribunale militare permanente delle Forze Armate di Metz con l'imputazione di attentato alla sicurezza dello stato e condannato il 18 ottobre a tre anni di prigione e alla confisca dei beni. Pena sospesa per motivi di sicurezza esterna dello stato. Nel 1941 Georges si era iscritto alla Legione dei Volontari Francesi contro il bolscevismo; nell'ottobre del 1942 si era messo in congedo e aveva chiesto ai suoi superiori della Marina l'autorizzazione per arruolarsi nella Legione Tricolore. *Engage-toi dans la Légion Tricolore, pour que la France retrouve un rang digne parmi les nations du continent...* – invitavano i manifesti. CONTRE LE BOLSCEVISME. POUR LA FRANCE, POUR L'EUROPE. I volontari aspiravano a combattere coi nazisti, e a unirsi alla divisione delle SS Charlemagne assegnata alla repressione della lotta partigiana in Bielorussia. In quanto militare, a Feyguine era proibito combattere con uniforme straniera. Nel 1957 avrebbe chiesto la revisione del processo, ma l'istanza verrà respinta. È rimasto colpevole di aver intrattenuto corrispondenza o relazioni con soggetti o agenti di paese nemico. Non credo che Georges sia mai davvero partito per la Russia. La Legione Tricolore – propugnata dai membri del governo di Vichy – fu sciolta nel dicembre 1942, anche perché Hitler diffidava dei volontari francesi. La mitezza della condanna fa ritenere che non sia riuscito a lasciare la Francia: i collaborazionisti piú compromessi furono condannati a morte dopo la Liberazione. Ma la colpa del figlio non può essere di pregiudizio a Madame Otzoupe, che la ignora, poiché da anni «ha interrotto ogni rapporto» con lui.

Nikolaj ha allegato alla loro domanda di naturalizzazione un corposo fascicolo di documenti. Il primo è un attestato di buona condotta, su carta intestata dell'Imperiale Badia di Farfa, datato 15 giugno 1944, firmato dal priore di Farfa don Agostino Zenoni e timbrato dal Civil Affairs Officer dell'Allied Military Government. Certifica che il professore, sfuggito al campo di concentramento di Farfa, fu da lui ricoverato in questa abbazia, e ricorda che «dal lato politico mi è stato di valido aiuto nell'assistenza prodigata ai molti prigionieri inglesi dispersi in Sabina, servendomi di lui anche in missioni rischiose». Seguono gli attestati di H. R. Alexander, comandante supremo delle forze alleate nel teatro mediterraneo, e di Joseph McNarney, comandante generale dell'esercito degli Stati Uniti nel teatro di operazioni mediterraneo: entrambi rilasciati «as a token of gratitude for and appreciation of the help given to the sailors, soldiers and airmen of the British Commonwealth of Nations (and of the United States)», che lui aiutò a fuggire, o evadere dalla cattura del nemico. Seguono le referenze positive dei dirigenti dei licei di Parigi e dell'École Normale Supérieure, nei quali il professore ha insegnato o tuttora insegna. Il postulante allega perfino il certificato d'iscrizione alla facoltà di diritto nell'anno scolastico 1913-14 e l'esito positivo del primo esame di licenza, sostenuto il 18 luglio 1914, prima di rientrare in Russia e interrompere gli studi a causa della guerra.

Ma gli attestati onorevoli non sono bastati: la loro domanda non è stata ancora accolta. Di solito la risposta arriva in un anno al massimo: ne sono già passati tre. Nonostante il nulla osta del ministero, concesso nel marzo del 1954, l'assenza di processi e condanne penali, il comportamento virtuoso durante la guerra, la moralità ineccepibile, nonostante gli Otzoupe siano persone «corrette», che amano la «vita tranquilla e borghese», le rendite congrue e l'assimilazione agli usi e costumi francesi, tenendo conto dell'età e del criterio demografico il funzionario del ministero incaricato della valutazione ha proposto il rigetto.

Tuttavia la lettera formale di diniego non è stata ancora compilata, e nel gennaio del 1956 il prefetto di Polizia di Parigi ordina ai servizi una nuova indagine. Da cui risulta che Monsieur Otzoupe è un «poeta fecondo, che non esercita alcuna influenza sociale e politica sui rifugiati russi». Non so se lui possa considerare positivo questo giudizio – in fondo liquidatorio: non conta piú nulla. I due vengono convocati di nuovo: si presentino il 28 marzo 1956 alle ore 17 negli uffici di rue Scribe numero 15.

Il postulante fornisce ulteriore documentazione sul proprio conto, fra cui una vibrante lettera di don Zenoni. Il priore di Farfa ricorda di nuovo la doppia polmonite contratta da Otzoupe per aver dormito nelle grotte, la contusione durante la missione col monaco scozzese, il rischio di essere fucilato sul posto che ha affrontato piú volte: insomma, «ha servito la Francia non soltanto con le sue parole e la cultura ma anche con la partecipazione coraggiosa. Sono fiero di considerarmi suo amico personale». Per il resto, nella situazione degli Otzoupe non sono sopraggiunte novità. Tranne una: nell'ottobre del 1953 hanno acquistato una casa, proprio di fronte al Bois de Vincennes. Un appartamento da 200 000 franchi, con grandi finestre vetrate, e vista invidiabile sul parco.

Chaussée de l'Étang è la strada piú bella del sobborgo di Saint-Mandé. Ma troppo distante dal capolinea del metrò perché Madame Otzoupe possa restar fedele al loro rito. Scendono insieme, la mattina, quando lui ha lezione, ma poi lei attraversa la strada: pochi passi ed è come se entrasse in un'altra dimensione. Alberi, ghiaia, silenzio. E lo stagno – in verità un laghetto – che dà il nome alla via. Sulla lastra verde dell'acqua – immobile poiché la barriera degli alberi la ripara dalle brezze, e rigata appena dai filamenti delle alghe che frusciano sotto la superficie – si specchiano le nuvole, i rami, le ombre – e quale realtà sia piú consistente, se l'originale o il suo riflesso fluttuante, lo ignora. Gli elementi si confondono, il cielo e l'acqua assumono una solidità quasi fisica, mentre il suo corpo perde il peso della materia – diventa una foglia accartocciata, un pugno di terra, una piuma. Cammina per ore in quel labirinto verde, solitario le mattine dei giorni feriali – accompagnata solo da qualche scoiattolo scontroso e dal cinguettio di passeri invisibili. Vivere come un uccello – cantare, librarsi e morire le sembra adesso quasi l'unico scopo dei suoi giorni. È come se fosse tornata all'infanzia. Alla luce screziata, al silenzio crepitante delle foreste del Caucaso, all'abbraccio della natura.

Il palazzo al civico 94, architettura classicheggiante del primo Novecento, è il meno appariscente del quartiere – che ne possiede invece di spettacolari, costruiti alla fine dell'Ottocento. A Nikolaj sembra di abitare nelle pagine del romanzo di Proust. Un edificio bianco, semplice, spoglio – senza erme, cariatidi, volute, separato dalla strada da un fazzoletto di ghiaia e da una siepe. Ma l'arzigogolato ferro battuto del cancello è di ottima manifattura e l'insieme signorile. Chissà se anche i vicini lo sono. Gli Otzoupe non vanno d'accordo con nessuno. Interrogati dalla Polizia, gli abitanti dello stabile di rue du Talus du Cours, tutti operai e impiegati piccolo borghesi, avevano trovato i due stranieri bisbetici, suscettibili. Si lamentano sempre del rumore, dei cani, del chiasso dei bambini. Distinti, per carità. Tipica coppia senza figli. Anime simbiotiche. Vivono uno per l'altra, in un mondo tutto loro.

Madame Otzoupe non ha allegato invece né prima né poi alcuna prova della sua rispettabilità. Non invoca testimoni che certifichino il suo eroismo. Non scrive al CNEL per farsi rilasciare il cedolino da partigiana. Né alla Croce Rossa Italiana per chiedere una medaglia al valor civile o militare, una benemerenza della salute pubblica, un attestato di merito, l'elenco delle ore di lavoro, o il foglietto verde che certifichi la partecipazione alla guerra, alla guerra di liberazione o ad azioni di guerra in servizio nel territorio nazionale e dà il diritto di fregiarsi del distintivo e mettere due o quattro stellette sul nastrino. Non può farlo perché non può spiegare chi, come e per quali ragioni le ha permesso di circolare con la copertura della divisa bianca negli ospedali militari d'Italia negli anni piú tragici della sua storia? O perché non è mai stata un'infermiera volontaria?

Negli archivi della Croce Rossa Italiana non esiste neanche un brandello di carta relativo a lei, a nessuno dei nomi che ha portato: e nemmeno ad altri. Le uniche due Dina sono ragazze rubiconde, dietro le varie Merope, Berenice, Afra, Ebe, Ester non c'è lei. Ho letto migliaia di fascicoli personali e stati di servizio (di tutta Italia), visionato centinaia di fotografie: le volontarie la accludevano alla domanda, insieme a una lettera (a volte), o ai dati biografici. Nessuna infermiera volontaria fra il 1942 e il 1945 – nemmeno tra le fasciste ospedaliere – ha le sue sembianze, o la sua anagrafe, o alcuna caratteristica che possa ricordarla. L'unica Nadežda infermiera è una suora tedesca nata nel 1911, residente a Brescia e cittadina italiana dal 1937. Esiste perfino una fotografia delle infermiere volontarie nell'ospedale militare di Baveno, sul lago Maggiore. Correda le biografie di Giovanna (Giannina) Ottolini – medaglia di bronzo al merito della CRI, nastrino di guerra 1940-45, nastrino della guerra di liberazione.

Il direttore dell'ospedale, dottor Chiappa, sapeva chi fosse davvero l'ispettrice e sua capo infermiera: era un membro del CLN di Verbania. Anche altre infermiere facevano parte della Resistenza. Maria Peron già mentre operava al Niguarda di Milano si era unita ai GAP e collaborava alla fuga degli ebrei verso la Svizzera. Con l'aiuto di un medico lui pure membro della Resistenza, fabbricava falsi certificati di malattia, che richiedevano il ricovero dei falsi pazienti. Poi organizzava il trasporto oltre confine.

Il Comitato della CRI di Verbania Pallanza – di cui dal 1938 Ottolini era ispettrice – gestiva un ospedale militare dislocato in tre sedi: gli alberghi requisiti Sempione, Lido, Bellavista. Dall'autunno del 1943 l'attività divenne sempre piú rischiosa. Si trattava di aiutare i militari guariti, reduci dal fronte greco e jugoslavo, che non volevano arruolarsi nella RSI, prestare loro indumenti civili, trovare persone disposte a nasconderli, e poi avviarli sul Mottarone, in modo che potessero raggiungere le brigate partigiane, sempre piú numerose e meglio armate, che controllavano le valli e le montagne alle spalle del lago e contrastavano le attività dei tedeschi e della RSI. Bisognava curare clandestinamente i partigiani feriti, fornire loro materiale sanitario. Grazie al tesserino, le infermiere potevano spostarsi fra una località e l'altra, raggiungere chi aveva bisogno di loro o le aspettava. Le piú giovani usavano la bicicletta, le altre il battello. A volte trasportavano volantini e materiale proibito, oppure facevano da staffette, consegnando ordini e disposizioni del CLN.

Se la rete veniva scoperta, anche le infermiere dovevano fuggire. Maria Peron lasciò in tutta fretta Milano e si nascose in un convento di suore sul lago Maggiore prima di raggiungere la Valgrande. Nel borgo di Intra la notizia suscitò stupore, e ammirazione. Maria continuò a svolgere la sua professione anche in montagna. Era talmente brava che riusciva a operare in luoghi di fortuna – senza anestesia. Nel giugno del 1944, nei drammatici giorni del rastrellamento, salvò la vita di molti uomini gravemente feriti. Nel territorio retrostante il lago Maggiore, nel settembre del

1944 fu perfino proclamata l'effimera Repubblica dell'Ossola. Durò poco piú di un mese, poi i miliziani della RSI e i tedeschi riuscirono ad abbatterla. La guerra civile continuò nell'inverno e fino agli ultimi giorni di aprile del 1945.

Nella fotografia, scattata forse nel 1944 davanti all'ingresso dell'ospedale di Pallanza, figurano una ventina di infermiere. È il gruppo cui soprintendeva Giannina Ottolini. Orgogliose e allegre, come studentesse l'ultimo giorno di scuola. Tuttavia sono donne di mezza età, alcune perfino anziane. In divisa bianca, sembrano tutte uguali. Ma i volti sono riconoscibili. E nessuna di loro è Nadežda Belocorsca.

La storia di Maria Peron e di Giovanna Ottolini sembra la storia di Dina, e forse lo è. Provo allora a immaginare in modo diverso la sua guerra, in una versione feriale dei fatti. Una straniera, che dice di avere quarantasei anni ma ne ha cinquantaquattro, è sfollata in un appartamentino al numero 1 di via Petrioli, nel centro storico di Intra. Non un grande albergo vista lago, né una villa – come il suo passato potrebbe fare supporre. Non dispone, evidentemente, di grandi risorse. Vive sola. Dovrebbe trovarsi al soggiorno coatto, poiché ha un passaporto Nansen da apolide. Ma in qualche modo è riuscita a sfuggire ai controlli. Forse le sue conoscenze le sono servite e il podestà di Intra è stato sollecitato a ignorarla. Eppure non si trova lí clandestinamente. Nel dicembre del 1942, al Comune di Verbania si registra col suo nome corrente: Nadežda Belocorsca. Si dichiara nubile e di professione «scultrice».

È una fantasia? Una copertura? La verità? Si è occupata di scultura nel 1917, quando ha modellato il David di Bernini per i gadget della sua David Karenne Film. Ma sul finire degli anni Venti aveva ripreso a coltivare la sua antica passione, come negli anni Trenta fece poi col canto, lo testimoniano i rapporti con Barjansky e la statuetta inviata a D'Annunzio. Forse perfino la scelta di rifugiarsi a Intra era legata a quest'arte. A Intra era nato il principe scultore Paolo Trubetzkoj, di famiglia russa: allievo di Rodin, come l'altro amico di Diana, Serge Youriévitch. «Impressionista» ma estraneo alle tendenze artistiche a lui contemporanee, era noto per i ritratti in marmo di nobili e ballerine della bella società parigina (e di D'Annunzio e Tolstoj). Nel mondo dell'arte lo consideravano un dilettante, a causa della sua appartenenza all'aristocrazia, tuttavia Trubetzkoj aveva un notevole talento. Possedeva una splendida villa a Pallanza: vi abitava, e vi era morto, nel 1938. Diana c'era stata? Sul lago Maggiore, sparpagliati fra le ville dei borghi della riva piemontese c'erano poi gli impiegati della Mondadori – poiché Arnoldo aveva trasferito la casa editrice ad Arona. Scrittori, vignettisti, traduttori. Nessuno annota di averla mai incontrata.

La «scultrice» non partecipa all'orrida festa di compleanno che fascisti e nazisti organizzano per il tenente colonnello delle SS Weiss la sera della strage dei partigiani a Pian di Toce del giugno 1944 nell'albergo Bellavista di Baveno – dove hanno installato insieme il carcere e il loro alloggio. Il comandante Stamm invita le belle signore di Intra e Pallanza. Alcune vanno per affinità ideologica e convinzione; altre le fa convocare dal podestà. Nelle memorie dei testimoni, fra i delatori e le spie che contribuirono all'arresto, alla deportazione e alla morte di ebrei, partigiani e resistenti, non figura il nome Belocorsca, né il suo pseudonimo né alcun alias che possa riferirsi a lei. Nemmeno le descrizioni di ambigue figure femminili non identificate presentano il minimo indizio per ritenere che avesse in alcun modo collaborato. Qualunque cosa abbia fatto, tra il 1943 e il 1945, Belocorsca stava dall'altra parte.

La chiesa di San Vittore – monumentale, rispetto alle dimensioni da presepio degli altri edifici – dista pochi passi dal vicolo in cui si è rintanata. In quei tre anni tremendi, solo il prete, le suore e Dio le sono vicini. Ebrea, protestante, ortodossa, cattolica. Dina transita attraverso le religioni come nelle sue identità. Dio è sempre uno, e ora crede. Il parroco, don Candido Moirani, diventa il suo padre spirituale, e poi semplicemente il padre: al battesimo, Nadežda sceglie di prendere il suo nome. Il 3 novembre del 1945 diventa Candida Maria. Moirani è il padrino; la garante suor Claudia.

Potrebbe essere nel suo convento che Nadja ha trascorso il 1945 – moribonda dopo le torture –, come racconta Nikolaj. Sarebbe questa suora ad averle salvato la vita. Le suore aiutavano – con discrezione – i membri della Resistenza. Il convento della Carità per esempio funzionava come stazione di transito nella fuga verso la Svizzera, ricovero e ospedale per i feriti che non potevano essere curati all'ospedale. Il nome della sua garante è l'unico appiglio che può autenticare la storia raccontata da Diana. Si chiamava proprio suor Claudia la religiosa che lavorava nell'ospedale militare e che aiutava i partigiani.

Forse, con le suore, li aiuta anche lei, ed è per questo che entra in contatto con «Antonio», il giovane che nel 1946 avrebbe dovuto sposare. Però, dato il suo temperamento e la sua intransigenza, avrebbe preferito agire – come Maria Peron. Rischiare l'arresto, la tortura, perfino il martirio – disobbedendo, come ha sempre fatto. Cosí, a guerra finita, quando Nikolaj la rintraccia, potrebbe anche essersi appropriata della storia dell'altra, ormai nota a tutti gli abitanti di Intra. E tutto quello che ha raccontato sarebbe la versione epica, il romanzo tragico di tre anni di solitudine, misticismo e sgomento. La storia di ciò che Diana avrebbe voluto essere, e non è stata.

Eppure il marito, Otzoupe, dichiara alle autorità francesi di poter produrre attestazioni circa il servizio di Nadežda Belocorska come infermiera volontaria in vari ospedali militari italiani fra il 1942 e il 1945 e sembra certo di poterle ottenere in poco tempo. Le autorità francesi però non raccolgono la proposta, e mi impediscono di capire chi fra loro stia mentendo. Forse nessuno dei due. Gli archivisti sanno che a volte l'assenza di un documento è essa stessa una prova. Lei poteva davvero essere lí. Ma nessuno doveva saperlo.

Il suo passato di attrice – si definisce «artista del cinema» – deve bastare a qualificarla. I servizi segreti francesi del resto confermano, considerandola una delle piú grandi «tragédiennes» del cinema muto, e ricordando le sue interpretazioni di Maria Maddalena, Maria Antonietta e la zarina di Russia.

Ma non deve esserle piaciuto il ritratto che disegna di lei il formulario – con domande alle quali non sono previste risposte anomale. Ha dovuto biffare la casella «sans profession»: come fosse una casalinga, una massaia. Negli incontri si definisce fieramente autrice di sceneggiature, collaboratrice e redattrice di riviste di cinema. E romanziera. Sta completando – afferma – un importante romanzo. Che presto verrà pubblicato.

È del 30 ottobre 1956 l'ultima impennata d'orgoglio di Diana Karenne. Perché è frutto della sua volontà, e non di quella della dolce Madame Otzoupe, la lettera che invia alle autorità francesi. La coppia scrive «noi», per la prima volta, ma lei la firma per prima: riconosco la sua voce.

«Monsieur le Chef, – esordisce, rivolgendosi al capo della sottodirezione delle naturalizzazioni del ministero della Salute pubblica e della popolazione. – Sono già quattro anni che mia moglie e io abbiamo fatto domanda di naturalizzazione. Questo ritardo non abituale ci obbliga a concludere che la vostra risposta favorevole è ostacolata da qualche considerazione che ci sfugge e che solamente la delicatezza e lo scrupolo dell'umanità vi incitano a rimandare una decisione. Cosí la coscienza del dovere e la dignità ci impongono di facilitare il vostro compito. Malgrado il nostro desiderio di essere francesi e la volontà ferma di finire i nostri giorni in Francia, vi preghiamo di non occuparvi piú della nostra domanda. Vogliamo sperare che vorrete comprendere la nostra attitudine, dettata dalla determinazione di evitare il prolungamento di una situazione che deve darvi fastidio come infastidisce noi stessi. Credete, Monsieur le Chef, che nulla ci impedirà di amare la Francia lucida e ospitale che resta la nostra patria d'adozione e nella quale saremo felici di continuare i nostri sforzi per esserle utili nella misura dei nostri mezzi. Vogliate credere, Monsieur le Chef, ai nostri sentimenti rispettosi».

Nadejda Otzoupe.
Nicolas Otzoupe.

Se è una mossa tattica, funziona. Se non lo è, le autorità raccolgono la sfida: lo stesso giorno, il segretario di stato scrive al prefetto di Polizia perché riesamini il caso degli Otzoupe. Qualcuno sollecita l'interesse di tre ex ministri, i deputati Tanguy-Prigent e Raymond Triboulet, e il senatore Jean Bertaud, che chiedono ragguagli. Socialista il primo, repubblicano sociale il secondo, entrambi membri della Resistenza. Bertaud, pure lui repubblicano sociale, è il sindaco di Saint-Mandé. Il 20 luglio del 1957 il segretario di stato Maroselli informa gli illustri politici che la procedura è andata a buon fine. Gli Otzoupe ricevono il decreto che li rende francesi alla fine del 1957.

Ma uno straniero è straniero per sempre. La condizione è irreversibile. Nel settembre del 1956, Nikolaj ha presentato al Ministère des Anciens Combattants et Victimes de guerre la domanda per l'attribuzione del titolo di «internato politico». Il riconoscimento permette infatti l'assegnazione di una pensione. Forse Otzoupe lo fa per tutelare la moglie (vorrebbe lasciarle una rendita, se muore prima di lei). Forse per sé stesso: per dare un significato alla detenzione in campo di concentramento, e al suo riscatto. Compila l'ennesimo formulario, allega i soliti documenti.

Stavolta, oltre alle attestazioni dei comandanti alleati, aggiunge LUX IN TENEBRIS, un documento rilasciato il 1° gennaio del 1947 a Roma dalla Confédération Nationale des Persécutés Politiques antifascistes (lo ha fatto tradurre in francese dall'interprete ufficiale del tribunale della Senna). Nikolaj, che a quella data risulta risiedere a Roma, nel quartiere operaio del Casilino, è membro effettivo della Confederazione in qualità di ex internato politico antifascista. Il sindaco di Castelnuovo di Farfa Andrea Sinibaldi, il maresciallo dei carabinieri della locale stazione, l'abbazia imperiale di Farfa e il collegio di Santa Maria attestano il suo internamento. Don Zenoni loda la sua vasta cultura, le sue qualità morali, il soccorso ai prigionieri inglesi e la sua partecipazione a missioni rischiose. I pericoli e le privazioni della lotta clandestina hanno compromesso la sua salute. Tutto ciò non viene ritenuto sufficiente: il 22 gennaio 1957 la Commissione Nazionale dei Deportati e Internati politici esprime parere DEFAVORABLE. Le sieur Otzoupe non ha i requisiti. Si tratta di un «soggetto straniero arrestato all'estero».

In quel momento anche la cittadinanza francese gli viene negata. Nikolaj deve essere sconfortato, umiliato e offeso. Presenta ricorso al tribunale amministrativo di Parigi. Nell'agosto del 1958 il medico capo del Centro di Riforma chiede al postulante ulteriori prove del danno fisico subíto: Nikolaj allega un certificato del dottor Filippo Rocchi, l'infettivologo degli Ospedali Riuniti che gli curò la polmonite, a Roma, nella primavera del 1944. Ma a settembre del 1958, il «pourvoi» (l'appello) risulta ancora in corso di istruzione.

Se Dina ha scritto davvero un grande romanzo russo, il finale è questo. È una mattina di dicembre, tre giorni dopo il Natale del 1958. Calendario gregoriano, ma ormai sono francesi. Il professor Otzoupe, che ha da poco compiuto sessantaquattro anni, lo ha trascorso con la moglie dal fratello, dalla cognata e dalla loro figlia. Ai Raevskij pareva troppo triste il loro Natale solitario, e li hanno invitati a un ricevimento con l'albero, i regali e le canzoni. Madame Otzoupe ha regalato alla nipotina un paio di pattini da ghiaccio. Un giorno ti insegnerò le piroette, le ha promesso, sognante, mentre strusciava il dito sulla lamina. Ti librerai nell'aria senza peso, come una libellula. Metka ha pensato che il senso della realtà di Nadejda stia diventando labile – perché la piccola ha pochi mesi e quando sarà in grado di pattinare probabilmente Nadejda non potrà piú insegnarle nulla. E comunque sia le bambine sia le donne non piú giovani hanno le ossa fragili, e se le rompono, cadendo sul ghiaccio. Dovrà tener conto che le zie affettuose e stravaganti sono una calamità. Ma i festeggiamenti sono durati poco, perché i Raevskij sono una famiglia troppo normale per le abitudini di Monsieur e Madame Otzoupe – affetti e affanni con frigno di bambino in sottofondo. Fino all'Epifania, il professore potrebbe stare a casa, e leggere in poltrona, mentre la moglie batte a macchina nell'altra stanza. Non ha lezioni all'ENS. Potrebbe riposare. Semplicemente stare con lei. Invece prende il metrò e in una mattina madida di pioggia e nebbia se ne va a Parigi.

In biblioteca, sostiene, si concentra meglio. Lei sa che da quando ha iniziato a scrivere il suo romanzo, Kolen'ka non ha piú preso la penna in mano. Controlla ogni sera, dopo che lui è andato a letto. Niente. Il fascio dei fogli è intatto. La letteratura lo ha lasciato.

I marciapiedi larghi e animati di Parigi lo incantano ancora. Non si può amare davvero una città se non abbiamo consumato le suole sul suo selciato, se non abbiamo lasciato nei passaggi, nelle piazze, sui ponti, le nostre illusioni. È uscito soprappensiero, infastidito perché non ha dormito bene. Negli ultimi tempi si sveglia alle quattro e quaranta di mattina (l'ora della psicosi, secondo Nadejda), col cuore accelerato – forse per un brutto sogno o ricordi che lo assalgono a tradimento, mentre la sua luminosa moglie respira piano, accanto a lui, con la bocca sul cuscino e la gamba contro la sua (perché neanche quando la mia anima si assenta posso starti lontana). Stanotte era su un treno. Stava andando a Berlino e smaniava di passare la frontiera. Ma ogni volta che guardava il nome della stazione, sulla pensilina leggeva quello di Pietroburgo. Qualcuno, nel corridoio, ripeteva il suo nome. Nikolaj Avdeevič Otzup, Nikolaj Avdeevič... Allora era stato assalito dalla frenesia di scendere, perché il treno stava andando nella direzione sbagliata. E correva lungo il vagone, cercando una porta che si aprisse – ed erano tutte bloccate. Ma quando si è ritrovato finalmente sul binario, era a Pietroburgo, e un soldato con la stella rossa sul berretto lo ha artigliato per la manica.

Aveva le labbra aride, il cuore sfasato, e una fitta alla schiena, poco sopra il rene. Colpa degli spifferi. Nadejda tiene sempre aperte le finestre che affacciano sul parco. Vuole sentire gli uccelli, all'alba, e l'odore del bosco. Forse hanno perfino discusso. Invecchiando, si diventa egoisti, e testardi. E lei, che sembra cosí delicata, è invece infrangibile, e non arretra di un passo. Deve essere sempre sua, l'ultima parola. Nikolaj ha dimenticato i documenti e la tessera della biblioteca nel portafogli. Quando se n'è reso conto, era già sulla banchina della stazione, dalla galleria il vento gli faceva svolazzare la coda del cappotto e stava arrivando il metrò. La linea 1 passa spesso, ma non aveva voglia di tornare indietro. Tutta quella strada, e sotto la pioggia. Alla biblioteca dell'École lo conoscono, lo faranno entrare lo stesso.

Cammina svelto, perché non ricorda a che ora ha dato appuntamento al suo allievo prediletto, Louis Allain, e gli sembra di essere in ritardo. Deve cambiare piú volte linea di metropolitana, e l'attesa delle coincidenze gli fa perdere tempo. Inoltre né la fermata della 7 né quella della 10 sono davvero vicine a rue d'Ulm. La passeggiata però lo ha sempre tonificato. Ama questa zona di Parigi. Deve attraversare la strada, ma il semaforo è rosso. Un mastodontico autobus intrappolato fra le macchine ingombra le strisce. Scatta il verde, deve aggirarlo. L'autobus è mezzo vuoto, perché le scuole e le università sono chiuse. I radi passeggeri sono sagome confuse dietro i vetri, velati dall'acquerugiola. E lei è lí. Seduta, la testa contro il finestrino, guarda la strada. I suoi occhi chiari, immensi e luminosi, si posano su di lui. Non sembra riconoscerlo. Ma è lei – Dina! A diciassette anni, appena arrivata a Parigi. Con un semplice cappotto di lanetta azzurra, un cappellino di feltro sui capelli biondi, sulle ginocchia la cartella di cuoio con gli spartiti. Non sorride. Sta pensando che appena entrerà in classe, le compagne grideranno con scherno «Vive la Russie!», e lei dovrà fingere di trovare divertente la loro monotona presa in giro. E non avrà pace finché non iniziano a suonare. Nella musica, nessuno è straniero. Dina! grida. La ragazza, assorta, non sente la sua voce. Tamburella con le dita sul vetro. Dina! Dina!

Ma l'autista intravede un varco fra le automobili, e ingrana la marcia per incunearvisi. Lui rinuncia ad attraversare la strada. Segue l'autobus, camminando lungo l'orlo del marciapiede. Saltella, perché il finestrino è posto piú in alto di lui. Dina! Dina! Deve richiamare la sua attenzione. Lei deve scendere subito dall'autobus. Deve incontrarlo. A diciassette anni, non nell'autunno del 1923. Se Dina resta sull'autobus, andrà a lezione, preparerà con rabbiosa diligenza l'esame di ammissione (è straniera, deve essere la migliore per entrare in graduatoria), al saggio del Conservatorio, nel teatro in cui si esibiscono le allieve del secondo anno, incontrerà Grigoryj Jerisimovič Feyguine, che è venuto coi suoi compagni di università – ai corsi di Giurisprudenza sono tutti maschi, invece il Conservatorio è una serra di fanciulle in fiore: sono tutti francesi, tranne lui, si riconoscono alla prima frase, e si appartano per parlare in russo, lo troverà fascinoso come un cosacco, con quegli occhi orientali e l'accento odessita, e accetterà il suo invito a cena – non è mai andata al ristorante da sola con un uomo – e per sembrarle interessante (lei fantastica di essere un'artista universale), Grisha non le dirà che si sta specializzando in diritto francese e che quando torna in Russia eserciterà la professione di avvocato alla corte di Pietroburgo, ma le dirà di essere un pittore, e le darà appuntamento sabato in una galleria d'arte di Montparnasse, dove la convincerà di essere una sprovveduta perché le piacciono i fiori tremuli di Monet, mentre il pittore del momento è un andaluso che dipinge saltimbanchi e zingari, un certo Picasso, e la farà sentire una ragazzina ignorante e provinciale, mentre lui è un giovane cosmopolita, e uscirà altre due volte con lui, una per andare a teatro, a vedere la divina Sarah Bernhardt nel *Procès de Jeanne d'Arc* (a sessantacinque anni interpreta la pulzella di diciannove: insuperabile), e un'altra al Bois de Boulogne, dove la zittirà mentre gli spiega perché preferisce Fauré, il direttore del Conservatorio e professore di composizione, a Ravel – parli troppo, Dina – baciandola in bocca sotto un salice piangente, mordendole le labbra fino a farle male, e la quarta volta finirà a letto con lui, ancora vestita perché non le lascia il tempo di spogliarsi, nell'appartamento che il padre gli paga vicino all'università, e dovrà tornare al pensionato con una sciarpa legata intorno al cappotto, perché si è macchiato di sangue, e comincerà a saltare le lezioni, e prendere voti mediocri, perché il pensiero di Grisha annienta le note – la ama davvero? o si limita a fare l'amore con lei, impetuoso ma sempre di fretta, perché l'università e gli amici sono piú importanti – e dorme sempre meno, e mangia sempre peggio, non è mai stata prosperosa, ma dimagrisce ancora, e poi vomita, non riesce piú a tenere un boccone dentro di sé, e ad aprile partorirà da sola nella maternità dell'ospedale pubblico di Port-Royal, dove l'ha accompagnata la padrona della pensione di rue d'Alésia in cui si è trasferita, perché l'hanno cacciata dal collegio e non può farlo sapere a Kiev, e per mantenersi suona il pianoforte e canta in un locale di Montparnasse dove gli uomini le mettono le mani dappertutto, e le dicono che è troppo carina per fare la vita miserabile di una musicista da caffè, e se quando chiude il locale li accompagna in un posto che sanno loro non dovrà piú preoccuparsi di come pagare l'affitto, e Grisha Feyguine sarà sparito, perché si vergogna di avere messo incinta una ragazzina ebrea di Kiev, di famiglia cosí trascurabile che se non le avessero assegnato la borsa di studio non avrebbe mai potuto studiare a Parigi, i suoi genitori hanno ben altri progetti per lui e lo hanno fatto battezzare appunto per questo, e non le manderà neanche i soldi per comprare un vestitino e le scarpette al neonato, e diventerà la ragazza madre di un bastardo, non darà mai l'esame di ammissione al conservatorio, non sarà una compositrice, né una musicista, e neanche una madre, e poi andrà tutto com'è andato, ed è lui a doverla salvare dalla sua vita, e non lei, come ha sempre creduto – Dina! urla – e i passanti si voltano, perché quel signore distinto, col cappello in testa e un cappotto foderato di pelliccia come usava vent'anni fa, rincorre come un ragazzino l'autobus, che invece accelera, e lo lascia indietro, e lui barcolla, ed è come se di nuovo una scheggia gli trafiggesse il polmone, un dolore cosí lancinante che si piega, quasi si accartoccia su sé stesso, ma il dolore non passa, anzi aumenta, perché un artiglio vuole squartargli il cuore, e deve mettersi a sedere, proprio lí dov'è, sull'orlo del marciapiede, con le scarpe di vernice nella pozzanghera, e le macchine che gli passano accanto, sfiorandolo – un taxista strombazza il clacson, il conducente di una bicicletta impreca, il camioncino del latte lo innaffia di melma oleosa – e solo quando scatta di nuovo il rosso, e il traffico si acquieta, l'edicolante che armeggia con la tela cerata per proteggere i giornali dalla pioggia si accorge di quell'uomo – che è caduto, supino come una foglia, gli occhi che sembrano fissare i rami spogli degli alberi, i contorni dei palazzi corrosi dalla nebbia e le nuvole di cenere sopra di lui, e invece si sforzano di trattenere nelle pupille l'incanto di Dina a diciassette anni, ignara e innocente, Dina che non ha mai conosciuto.

Madame Otzoupe si preoccupa solo la sera, quando il marito non rientra a casa. Telefona all'ENS, ma la biblioteca è già chiusa, e negli uffici non risponde nessuno. Telefona ai numeri della rubrica trascritti da Kolen'ka sull'agendina in rigoroso ordine alfabetico: colleghi e allievi, una ventina appena. Ma nessuno lo ha visto, oggi. Louis Allain era in rue d'Ulm, avevano un appuntamento, ma il professore non è venuto. Alle nove di sera esce, sconvolta. I negozi e l'edicola vicino alla fermata del metrò sono già chiusi. Ferma i passanti, chiede se hanno visto un incidente, un'ambulanza – la Polizia, qualunque cosa. Ma nessuno ha notato niente, non possono aiutarla, désolés.

Nikolaj giace su una barella, nel corridoio dell'ospedale in rue Gérard. Non ha documenti né qualcuno si è presentato per registrarlo. Un trasporto d'urgenza. Raccolto in strada, ma non un senzatetto né un alcolizzato. Abiti di buona sartoria. In tasca aveva un centinaio di franchi, al polso un orologio placcato in oro. Gli infermieri che lo hanno consegnato al pronto soccorso ipotizzano un infarto al miocardio. Dovrebbe visitarlo un cardiologo. Ma i dottori sono in ferie, durante le vacanze, e i pochi in servizio sopraffatti. Ogni tanto qualcuno passa accanto alla barella, e si stupisce di vederlo ancora lí. Dopo il tramonto un inserviente lo copre col lenzuolo ma un lievissimo alito solleva la tela. Il paziente è ancora vivo.

Il 29 dicembre l'allievo del professore accompagna Madame Otzoupe in giro per gli ospedali di Parigi. Poiché non è sicuro che sia venuto davvero all'ENS – i suoi spostamenti sono sempre stati un po' misteriosi – lo cercano anche nei piú lontani. Ma Nicolas Otzoupe non risulta ricoverato in nessuno di essi. Madame Otzoupe è agitata, perde la pazienza, insulta gli addetti alle relazioni col pubblico, insinua che suo marito è stato assassinato, o rapito, succedono queste cose nella vostra città, anche se non volete saperlo; urla perfino che i francesi lo lasciano senza cure, un poeta, un genio, come fosse un mendicante; il giovane cerca di calmarla, ma senza successo, gli sembra che lei non sappia quello che dice.

Mia moglie non sta bene, gli ha confessato il professore. Scrive tutto il giorno, si dimentica quasi di sé stessa. E mi preoccupa il cuore. Se le poggio l'orecchio sul seno, certi momenti sento cavalli al galoppo, senza freni. Suo fratello è morto d'infarto in strada. Temo possa succedere anche a lei. Ma non vuole farsi visitare. Per questo le ho proibito di uscire da sola. Louis Allain non aveva replicato né approfondito. Aveva anzi cambiato discorso.

Non ha confidenza col professore, né vuole averla. È il suo maestro, preferisce ignorare le debolezze della sua vita privata. Come del resto lui gli ha confessato di aver fatto col proprio, di maestro. Gumilëv poteva essere scorretto, con le poetesse esordienti. A volte venivano a piangere nella sua camera, e lui fingeva di non capire. Ha notato però l'attaccamento morboso per la moglie. Una dipendenza simile a una droga. E il silenzio assoluto sulla figura di sua madre. Mai neppure nominata quando racconta della sua complicata famiglia. Ma non vuole psicanalizzarlo. Se il professore ha sostituito una madre con un'altra, sono fatti suoi.

Nel pomeriggio passano anche all'ospedale del faubourg Saint-Antoine – il piú vicino all'ENS. Nicolas Otzoupe è ancora sulla barella, in agonia, a pochi passi da loro, dietro la porta a vetri. Ma il nome non risulta, e l'addetta all'accettazione non era di turno, ieri, quando hanno portato lo sconosciuto. No, conclude, chiudendo il registro, Monsieur Otzoupe non è ricoverato qui.

La telefonata arriva a Saint-Mandé il 30 dicembre. Lei si è intontita di sonniferi per calmarsi, e fatica a comprendere ciò che le sta dicendo la voce neutra di un uomo. Madame Otzoupe? chiede di nuovo. Sí! quasi grida. Il giovane medico è stato incaricato dell'incombenza: fa parte del tirocinio alla professione imparare a rapportarsi coi familiari dei pazienti. Componendo la salma, gli inservienti gli hanno sfilato la fede dal dito, e nell'oro è inciso il nome di Candida Otzoupe. Cognome raro. Otzoupe Nicolas figura tra gli abbonati, nel comune di Saint-Mandé.

Purtroppo devo informarla che suo marito ha avuto un attacco cardiaco. Nonostante le sollecite cure, non ha mai ripreso conoscenza. Il corpo si trova all'obitorio, a disposizione dei parenti. Devo chiederle se è in grado di pagare il trasporto funebre o se deve farsene carico il comune di Parigi. Sono categorie diverse, e devo scriverlo nel registro.

La burocrazia non rispetta i sentimenti. Devo chiederle anche in quale cimitero intende seppellirlo.

A Sainte-Geneviève des Bois, nell'Île de France. Nel cimitero ortodosso russo, in cui riposano il divo Mosjoukine e il principe assassino Jusupov, ma che è soprattutto la necropoli della letteratura russa. Vi sono Merežkovskij, e Osorgin, la Teffi, Bunin, Zinaida Gippius e – ultimo – il suo ex amico Ivanov. Lei non c'è mai andata. Fa incidere sulla lapide alcuni versi di Nikolaj. «La morte è arrivata e | il corpo è pronto: | una festa per i vermi. | Lo spirito, nella Verità e nella Parola | vive per Dio e per tutti gli uomini». Di un tetro pessimismo barocco, ma frutto della fede che in questi anni lo ha sorretto – e insieme distrutto.

Ripete a tutti che sta bene: per chi crede, la morte è solo una separazione passeggera; agisce con insospettato spirito pratico ed efficienza, affronta addetti alle pompe funebri, impiegati comunali e marmisti, firma documenti, paga, organizza un funerale degno di lui – cui partecipa tutta l'ENS, nonostante sia il 2 gennaio, e professori e studenti sono ancora storditi dalle feste di capodanno. Nicolas Otzoupe ha formato i professori delle migliori università di Francia. Tutti si stanno facendo onore. Deve esserne orgoglioso. È stato un grande maestro. I russi invece non sono venuti. Alcuni perché non ci sono piú. I pittori di Montparnasse svaniti nel fumo di Auschwitz, come il filosofo Fondaminski; Lidija Červinskaja emarginata dopo aver trascorso due anni in carcere per aver contribuito alla peggiore strage di resistenti francesi nel 1944, trucidati al Bois de Boulogne. L'avvocato Rabinovitch (omonimo, non parente) si salvò per miracolo. Al processo si è difesa dichiarando di non sapere che il suo amante fosse un agente dell'Abwehr infiltrato nell'organizzazione dell'esercito ebraico che trasferiva ebrei in Spagna e l'hanno assolta. Ma trentacinque uomini sono morti a causa sua. La poesia non rende innocenti. E il suo maestro e complice di Čisla,

Adamovitch, non si è preso la pena di comprare il biglietto del treno per venire dal Sud della Francia a congedarsi da lui – che pure gli ha votato il suo tempo, la reputazione, la giovinezza. Saranno gli intellettuali francesi a ricordarlo sui giornali. «Le Monde» gli concede molto spazio, Kolen´ka non se lo sarebbe mai immaginato.

Madame Otzoupe regge fino all'inumazione. Poi, dopo che il corpo di lui è sparito sottoterra, e la lapide nera è stata collocata sulla tomba, cede come un albero schiantato dal fulmine. «Sono in fiamme, – scrive alla cognata. – Il mio corpo va a fuoco». Fugge in Italia, ma dopo qualche settimana torna a Saint-Mandé perché non sopporta di vedere attorno a sé gente felice – e in Italia ormai lo sembrano tutti. Il medico le suggerisce di ricoverarsi in clinica, poiché la sua psiche non è in grado di sostenere un urto simile. Da sola, poi. Non sono sola, quasi urla, vivo con lui. Il dottore desiste.

Tiene la radio accesa tutto il giorno, suona il pianoforte – per ingannare la solitudine. I vicini si lamentano. Vorrebbe strangolare i loro cani, e i loro figli. Tiene le tende sempre accostate. La cognata la invita a raggiungerli in Germania. Georgik si è trasferito a Monaco, scrive programmi per la radio locale. Potrebbe stare con loro. Ma a Monaco aleggia lo spettro di Gregor – che è morto inconciliato, colmo di rabbia per l'ingiustizia subita. Lei sa che gli è scoppiato il cuore. Anche a Nikolaj.

Deve essersi completamente dimenticata del ricorso del marito al Tribunale amministrativo di Parigi. Non ha comunicato al ministero degli Anciens combattants né ai giudici la notizia del suo decesso. La seduta si tiene il 9 aprile del 1959. Viste le leggi, le note, eccetera, considerando che il signor Otzoupe desiste dal ricorso mentre l'affare era sul punto di essere giudicato, il richiedente viene condannato al pagamento delle spese processuali, liquidate nella somma di 1450 franchi. La sentenza conferma che le sieur Otzoupe non ha diritto ad alcun riconoscimento o pensione. È un

SUJET ÉTRANGER, ARRÊTÉ À L'ÉTRANGER. La sentenza viene trasmessa al Tribunale della Senna. La corrispondenza fra il direttore delle pensioni del 4° bureau e quello dei servizi medici prosegue fino al luglio del 1960. Non so se Madame Otzoupe abbia letto queste raggelanti comunicazioni. Non risulta che abbia pagato le spese del processo.

Resta nelle stanze in cui ha vissuto con lui, tra i suoi libri, i suoi oggetti, le sue carte – che Kolen′ka ha lasciato in un disordine caotico. Non apre piú le finestre. Le dispiace aver ritenuto che fosse cosí importante. Al Bois de Vincennes non va piú e la sola vista delle timide foglie che spuntano sui rami degli alberi la fa piangere. A Louis Allain – l'unico che viene a trovarla ancora – giura che troverà la forza di portare a termine la sua missione. Quando ne ha avuta una, non ha mai fallito. Pubblicare gli scritti inediti di Nikolaj. Far ristampare le sue poesie migliori. Solo allora potrà raggiungerlo. Del suo romanzo, invece, né a lui né all'editore parla mai.

La Maison Internationale che pubblica libri in russo lamenta che la letteratura dell'emigrazione non ha mercato. Interessa solo la letteratura sovietica. I libri di suo marito non avrebbero lettori. L'ultimo suo parto, l'astrusa commedia religiosa *I tre re*, aveva dovuto stamparsela da solo, poiché nessun editore aveva osato pubblicarla. Insomma, deve pagare. Non è un problema, spiega. Purché vengano belli, accurati, stampati su carta di qualità.

Non ha competenze di filologia, né di poesia contemporanea (comprava «Čisla» per finanziare la rivista, ma trovava gli articoli mortalmente noiosi e preferiva le illustrazioni), però si arroga il potere di scegliere quali poesie inserire nell'antologia e quali escludere. Non pubblicherà mai il suo romanzo, dunque trasforma in romanzo gli scritti di lui. Elimina la prima moglie, Polina Aronovna – perché nella loro storia è un antefatto senza rilevanza. Le uniche poesie d'amore del volume saranno quelle per lei, «la mia luminosa moglie». Riscrive la vita di Nikolaj come se il loro incontro tardivo potesse modificare il passato, e trasformarlo. Taglia e omette i passi che non le piacciono. Ma lascia tutti quelli su di lei, anche i piú offensivi e volgari. Ha già accettato che Nikolaj insinui che si sia prostituita – nei versi del poema relativi al suo calvario durante la guerra.

L'antologia in due volumi e i saggi di critica letteraria escono nel 1961. Acquista quasi l'intera tiratura. Spedisce le copie agli amici italiani di Nikolaj, agli slavisti di Roma, ai cristiani russofili di Bergamo, ai preti ecumenici, alle università americane in cui qualche studioso ha cominciato a riscoprire i suoi libri degli anni Venti. Una volta, sbadatamente, Louis Allain l'ha informata che gli émigrés parlano male di Otzoupe nelle loro memorie: vigliaccamente, quando ormai non può difendersi. Tutti, da Berberova a Janovskij, lo ritraggono come un fallito, anzi l'emblema stesso della «dilapidazione impetuosa» di un talento. «Gli incontri con quest'uomo, nel corso di vent'anni, furono per me sempre penosi: era come se volesse disperatamente essere qualcun altro» scrive Berberova. Avvertiva la sua tensione, il suo dispetto per il mondo, inacerbito in moralismo. Entrambi si chiedono come sia stato possibile. Non lo scrivono esplicitamente, ma sottintendono che lei – «la concubina», la definisce con sprezzo Berberova – gli sia stata fatale.

Le dice anche questo, Louis Allain? O glielo tace, per misericordia? Lei è convinta di avergli eretto un monumento tale da restaurare per la posterità l'immagine di Nikolaj Avdeevič Otzoupe. Non era Dante, il suo uomo, né Gumilëv, e i suoi saggi letterari non hanno forse il valore critico di quelli di Šklovskij. Ma è stato qualcuno. E perfino nei suoi versi piú scombinati affiora qualche lampo di bellezza.

Quando anche le ultime copie sono state spedite, sigilla sedici scatole con le carte di lui e le dona all'istituto di studi slavi. Poi vende l'appartamento di Saint-Mandé, nel quale, pure dal cappotto sempre appeso all'attaccapanni, e dai guanti che le hanno restituito in ospedale, ogni profumo di Nikolaj è ormai del tutto svanito, e parte per l'Italia. Evita di annunciarsi, e nessuno degli amici di un tempo è al corrente della sua presenza.

Madame Otzoupe soggiorna alle terme, nelle città e nei villaggi di montagna in cui hanno vissuto insieme. Torniamo sempre nei luoghi in cui abbiamo lasciato il cuore, per cercare di recuperarlo. Ma finisce per perdere quel poco che le restava, e la nostalgia la spedisce in clinica. Vi trascorre ciclicamente svariati mesi, e i soggiorni si susseguono sempre piú ravvicinati. Non si è piú ripresa, pensano le poche persone che ancora la incontrano. I medici non sanno se sia piú fragile la sua mente o il suo cuore. Sono come attraversati da una crepa, entrambi. Le deliziose figlie di Georgik (ne è arrivata una seconda nel 1961) le sono affezionate, insistono perché si trasferisca vicino a loro, dove potrebbero vederla piú spesso e farle compagnia. Zia Nadejda non è fatta per stare da sola. Sono la sua unica famiglia, ormai. Il figlio è andato in America e ora vive in Portogallo – ma da decenni sono morti l'uno per l'altra. Non hanno saputo perdonarsi.

Resiste finché può – perché, nonostante tutto, il mondo che cambia intorno a lei la incuriosisce. Le minigonne, le motorette, i capelloni, le droghe, la musica rock, la contestazione giovanile, il vento di ribellione e libertà che si leva dalle strade e dalle università. Poi sceglie la Svizzera. È il paese in cui si muore meglio. E lei non potrebbe morire in Italia, o in Francia – dove è stata cosí viva. Meglio un luogo senza memoria, impersonale e anonimo – dove nessuno sa di lei e le strade, i paesaggi, le cose, sono nuove, incontaminate.

Sceglie Losanna, nel Vaud – poco oltre il confine con la Francia. Una città francofona, a picco su un lago profondo e cupo, incassato fra rive scoscese; le ville bianche – con grandi finestre – allineate a rispettosa distanza su una ripida collina ricoperta di boschi. L'acqua barbaglia giú in basso – una falce scura, increspata dal vento. Le foglie cambiano colore ogni stagione, e le ricordano che il tempo scorre ancora. La tradisce il cuore, alla fine, in un letto d'ospedale. Ormai era logoro come uno straccio. Il battito si ferma il 18 ottobre del 1968.

Anna Gorskaja compila un rispettoso ricordo per «Il pensiero russo», una rivista in lingua russa di Parigi. Due colonne, neanche una fotografia. Accenna alla sua carriera di attrice, alla stupefacente bellezza che non aveva perduto, ma si sofferma sulla sua infinita afflizione dopo la scomparsa del marito. Aveva pochi amici, non aveva molta fiducia e non sapeva mantenere buoni rapporti formali con le persone. Non sopportava la solitudine. Nessun altro, a parte gli abbonati (lettori cristiani della comunità ortodossa), viene informato. Quando il necrologio appare sul numero di novembre, il funerale si è già celebrato, e alla presenza della vedova di Georgik e delle sue figlie, Madame Otzoupe, nom de fille Nadejda Belokorska, è stata inumata nel cimitero di Bois-de-Vaux, sulla collina di Losanna.

Vengo a salutarla dopo aver trascorso con lei – e la sua ombra – anni entusiasmanti e disperanti. La visita non è l'ultima tappa, ma il primo incontro. In qualche modo, vorrei che sapesse che la sto cercando. Nonostante reiterate richieste, e la necessità scientifica di correggere un grave errore nelle biografie di un'artista significativa nella storia culturale d'Europa, l'inflessibile responsabile dell'ufficio di Stato civile del Comune di Losanna mi nega di leggere l'atto di morte. Per ragioni di privacy, secondo la legge della Confederazione elvetica. Non sono una parente, né una discendente. Benché la relazione che lega una scrittrice al suo personaggio sia qualcosa di ancora piú intimo del sangue. Ma non saprei spiegarlo. E la legge non ammette deroghe. Però io, come lei del resto, conosco il modo di aggirare i muri. Lei farfalla, io geco. Trovo sempre una crepa in cui infilarmi, una sporgenza cui aderire.

Ascoltata con stupore crescente dallo statuario concierge somalo, telefono dalla reception del mio albergo al centralino del cimitero. Resto in attesa, passo per vari filtri, ripeto piú volte la mia richiesta. Infine un impiegato consulta il database e mi conferma che la signora in questione riposa nel settore A, riquadro 31, tomba n. 5377. Bois-de-Vaux è poco fuori città, l'autobus numero 25 ha il capolinea proprio a pochi passi dall'ingresso.

È un buio mattino di fine ottobre, e piove a dirotto. Forse c'era lo stesso clima, il suo ultimo giorno su questa terra: ho mancato l'anniversario di nemmeno una settimana. Le nuvole basse avvolgono la collina sul lago, e nel viale di tigli che si diparte dall'arco non c'è nessuno. Solo foglie verdi e gialle cadute dagli alberi, macchie d'oro disposte sull'asfalto e sul fango scuro con l'armonia di un quadro. Capisco perché abbia scelto questo luogo. Sparire nella nuda terra, come voleva Tolstoj, non si può. Ma Bois-de-Vaux sembra un parco privato. Lei ha avuto una tenuta solo nei suoi racconti. Belogorska. Questo nome, che non è mai stato il suo, l'ha protetta per tanti anni. Da cosa, in fondo, non saprò mai. Non riesco ancora a capire perché abbia voluto cancellare Diana Karenne – quale donna sia stata piú vera, in quale delle sue vite si sia davvero riconosciuta. C'è un silenzio tale, a Bois-de-Vaux, che sento solo la pioggia scrosciare sulla tela sdrucita dell'ombrello, e il mio respiro lungo la salita.

All'ingresso non vi sono fiorai, ma non mi presento a mani vuote. Volevo portarle «il ramo verde» di Tolstoj – il segreto della felicità. Davanti agli uffici cimiteriali, in un edificio all'ingresso del settore A, su scaffali di metallo, come in un vivaio, sono allineati vasi di fiori di ogni specie, costo e dimensione. L'etichetta del prezzo è attaccata al mobiletto. Venti franchi, trenta, cinquanta. Anche i morti a Losanna sono benestanti. Il visitatore può scegliere, e prendere il vaso con sé, lasciando il denaro dovuto in una cassetta appesa accanto alla porta. Gli svizzeri presuppongono l'onestà degli esseri umani. E c'è qualcosa di nobile in questa fiducia. Scelgo un'azalea – dai piccoli fiori rosati. Non ho idea di quanto sia grande la tomba, e la misura intermedia mi sembra congrua. Le azalee poi mi ricordano un quadro di Romaine Brooks. La pittrice, americana di Roma, amica di D'Annunzio, abitava a Parigi, può darsi che lei l'abbia conosciuta. Depongo l'obolo nella cassetta. La banconota e le monete tintinnano – cadendo. Nessun altro ha acquistato un vaso per i morti, oggi.

Mi inoltro nel settore A, raggiungo il reparto 31. Sono tutti uguali, rettangoli con un numero identico di tombe a terra, recinti da un basso muretto di contenimento. Lungo quello esterno, ricoperto da una soffice peluria di muschio, sono incastonate le tombe piú antiche: con una semplice lapide e l'urna delle ceneri. Vi sono croci e stelle di Davide. I morti non sono separati dalla religione, qui. Anche questo deve esserle piaciuto: è molto inconsueto. Le tombe a terra piú recenti sono ingentilite da vasi di fiori freschi (tutti acquistati all'ingresso: riconosco le varie categorie di prezzo). Ma le piú antiche e abbandonate sono curate e manutenute come le nuove. Non vi è neanche una cicca, un'erbaccia, un pezzo di carta. Col vaso in mano e l'inutile ombrello sbilenco malamente appoggiato sulla spalla, cammino avanti e indietro nei tre vialetti del reparto 31, compio tre volte il perimetro del riquadro, ripasso davanti alle stesse tombe. Ma la n. 5377 non riesco a trovarla. Inizialmente penso mi sia sfuggita perché sono troppo emozionata, ma poi mi rendo conto che non posso trovare il numero: sono tutti a due cifre. La pioggia sferza l'azalea, che perde qualche petalo. Alla fine devo rassegnarmi alla saggezza di Luigi – che è rimasto sul viale principale, per non intromettersi nel nostro incontro. La tomba di Nadejda Otzoupe non c'è.

Torno all'edificio all'ingresso del settore A, e suono il campanello, anche se un cartello specifica chiaramente che l'orario di apertura è passato da un pezzo. Tuttavia subito mi aprono due operai in tuta. Spiego confusamente cosa sto cercando, e mi rispondono di non saperne niente, devo parlare con gli uffici centrali. Che però non si trovano qui, ma in città. A Bois-de-Vaux ci sono solo giardinieri. Il mio telefono non è abilitato alle chiamate internazionali, mi concedono di comporre il numero dall'apparecchio appeso al muro – di una forma stranamente antiquata. Depongo il vaso dell'azalea sul ripiano dove i giardinieri differenziano i rifiuti raccolti nell'ultima perlustrazione. Foglie accartocciate, gambi stecchiti, petali marci di crisantemi. I fiori rosa di Dina stillano perle iridescenti. Mi sforzo di ricordare quali fiori avesse dipinto nel suo autoritratto, ma non riesco a visualizzarli. Sbocciavano rossi dal vaso azzurro in cima a un lungo stelo – rose, o tulipani, forse.

L'impiegato si stupisce, e prova a liquidarmi spiegando di non essere autorizzato a divulgare informazioni riservate. La privacy, lo so, lo interrompo. Ma cosa c'è di privato in una tomba? Se voleva davvero sparire, si sarebbe gettata nel lago. Non è morta all'improvviso. Era malata, e aveva quasi ottant'anni. Il mio francese è arrugginito come i cardini della porta, ma la concitazione della mia voce deve convincerlo che si tratta di una cosa importante. Sí, ammette, consultando lo schedario. L'informazione che le ha dato stamani il mio collega è corretta, la tomba n. 5377 esisteva, la trovo nel vecchio registro, ma è stata désaffectée il 1° gennaio del 2007. Se nessuno si presenta, alla scadenza della locazione, lo spazio viene assegnato ad altri.

Je comprends – dico. Non è un luogo comune. Capisco i parenti, i discendenti lontani, se ne ha ancora. Il figlio deve essere stato informato della sua morte, probabilmente in ritardo. Nel 1970 ha ingaggiato una battaglia legale: temo per accedere all'eredità. La sua unica figlia, Nathalie, appena trentatreenne, era malata e sarebbe morta di lí a poco in un paesino della Gironda: non posso giudicarlo. Ma lo stato francese gli chiedeva di dimostrare che Madame Belokorska fosse sua madre. Quel nome però non figura sul suo atto di nascita, e nulla prova che Dina Rabinovitch sia Nadežda Belokorska o Madame Otzoupe. Non mi risulta che la domanda abbia avuto buon esito. Georges Yoric se n'è andato a ottantotto anni, nel 1996, a Parigi: sono trasalita, leggendo il registro dell'État Civil del 12° arrondissement. Yoric è morto il 18 ottobre. Lo stesso giorno della madre che lui non ha voluto – o troppo tardi. Sono segreti e piú resistenti dell'acciaio i fili che intrecciano le nostre vite. Io – come lei – non credo nel caso.

I responsabili dei cimiteri non ci cercano, non ci trovano, e noi non ricordiamo. Anche io forse ho dimenticato la scadenza dei 99 anni concessi alla tomba delle mie bisnonne paterne, e ho lasciato che i loro resti finissero nell'ossario. Probabilmente succede lo stesso a Losanna. Dov'è l'ossario? chiedo, nel mio francese impacciato (ossuaire? sarà poi questa la parola?)

Devo assolutamente lasciarle la mia azalea. Solo per dirle: ti cerco da tanto tempo, Dina. Non fuggire, non nasconderti piú, ora che sei polvere cui non sarà fatto alcun male. Lasciati ritrovare. Lascia che qualcuno faccia per te ciò che tu hai fatto per Nikolaj. Tu ne vali la pena, lui forse meritava il tuo amore, ma non la tua vita. Oh, no, niente ossario, risponde l'impiegato, e poi aggiunge, comprensivo: ma non si preoccupi, i resti vengono trattati con rispetto. Anche quelli di nessuno. Dove vengano portati, però, non sa. Inceneriti? On enterre (oppure dice: en terre?) Non dirà nient'altro.

E allora, l'ha trovata? mi chiede il giardiniere piú maturo, che ha ascoltato la stramba conversazione spazzando il pavimento dagli sterpi delle siepi. L'altro non si è interessato a una straniera che cerca una vecchia tomba, è troppo giovane. No, rispondo. Il giardiniere parla con accento slavo. È un immigrato. Per questo mi ha aperto nonostante fosse orario di chiusura, mi ha permesso di telefonare e non ha rispettato le regole con lo zelo degli svizzeri. Vorrei chiedergli se lui e il suo assistente sono russi o ucraini, ma se avesse voluto dirmelo lo avrebbe fatto. Mi ha sentito pronunciare quel nome, Belokorska. E mentre guardo i suoi capelli biondicci increspati sulla fronte, mi viene in mente che ha almeno quarant'anni e forse già lavorava qui, nel gennaio del 2007. Non è passato cosí tanto tempo. Allora, io già sapevo di Diana Karenne – e avevo perfino scritto qualcosa su di lei, ma non immaginavo di poterla davvero cercare. La sua morte in Germania nel 1940 mi aveva fatto temere che fosse diventata nazista, e mi aveva trattenuta a distanza.

Il giardiniere c'era infatti, e si ricorda di quando il reparto 31 del settore A fu dismesso. Prima tolsero le lapidi, poi venne la ruspa e rivoltò la terra, si formò una gran catasta di legna. La pala meccanica la mise sul camion. Un camion, sí, come quello della spazzatura. Temo di non aver capito bene. Gli chiedo cosa succede quando smantellano le tombe. Non alle lapidi, ai vasi, alle casse da morto. Intendo: alla persona che era lí. Il giardiniere mi scruta – sta valutando se sono degna di conoscere la verità. Poi vede l'azalea, intrisa di pioggia, i fiori tristi sul ripiano, che hanno cominciato a perdere petali. I miei capelli zuppi, il cappottino troppo leggero per l'autunno della Svizzera. I suoi occhi trasparenti dicono che avrei dovuto risparmiarmi tanta strada. Se nessuno la reclama, dice, viene smaltita.

Dina Rabinovitch, Diana Karenne, Nadejda Belokorska, Candida Maria Belocorsca, Madame Otzoupe – io non so piú che nome darti – è ovunque, la sento vicina; ma non nella terra scura, nella nebbiolina umida che adesso fiotta fra i tronchi e sale verso le chiome, non nell'acqua torbida delle pozzanghere, nell'odore di terra fradicia, di lago e di pioggia che aleggia nel Bois-de-Vaux. Scendo il pendio che riconduce all'ingresso del cimitero con l'azalea in braccio, e l'ombrello inclinato in avanti. Da quattro soldi, comprato all'uscita della metropolitana, minuscolo. Non posso riparare entrambe, e scelgo l'azalea. Neanche un attimo ha smesso di piovere.

E il tuo romanzo, che ne hai fatto, Dina? Lo hai bruciato? Lo hai chiuso in una delle sedici scatole, fra le carte di Nikolaj, che un giorno forse qualcuno si prenderà la pena di esplorare? (Io ci ho provato, ma è scoppiata la pandemia, e poi la guerra, nel paese e nella città in cui sei nata, le relazioni con la Russia sono diventate difficili, e l'istituto di Parigi è stato chiuso). Lo hai mai fatto leggere a un amico, un'amica, una parente – o davvero alla fine eri talmente sola che morire in ospedale sarà stato piú dolce, perché almeno avrai sentito tante voci, attorno a te? Ne hai mai parlato a qualcun altro, oltre ai funzionari francesi che ti interrogavano per capire chi fossi? Esisteva poi davvero? O era il tuo sogno – una bugia, un desiderio, l'ultima delle tue storie?

Ti lascio in queste pagine la mia azalea, Dina. Perdonami se mi ribello al silenzio. E se ho provato a donarti la settima vita. Il romanzo che non hai scritto vorrei che fosse questo.

Gratitudine.

Ho scritto per la prima volta di Diana Karenne nel 2000, in un saggio (*Donne e cinema*) per l'Enciclopedia del Cinema dell'Enciclopedia Treccani, curata da Gabriella Nisticò. Quello studio pionieristico – a quel tempo vi era pochissimo su di lei – non fu mai completato né pubblicato, ma il diniego dell'Istituto mi è stato di stimolo per migliorare i miei metodi di ricerca. Da quando ho deciso di riprendere e sviluppare quell'antico progetto, ho coinvolto nell'indagine su Dina/Diana/Nadežda un'infinità di persone. A causa dell'elusività del personaggio, della sua tendenza all'invenzione, all'occultamento e alla riscrittura della propria biografia, si è indubbiamente trattato di un'inchiesta. Si è svolta in Italia, in Francia, in Germania, in Svizzera, in Russia, in Ucraina, negli Stati Uniti, in Israele. Senza l'aiuto – quasi sempre volontario – di amiche/i, studiose/i, archiviste/i, bibliotecarie/i, storiche/ci, perfino semplici conoscenti occasionali, non avrei potuto scrivere il romanzo. Chiedo comprensione a tutti coloro che dimenticherò di nominare. A volte dal nostro contatto sono passati vent'anni, e carteggi e indirizzi sono andati perduti.

Nonostante l'appassionata volontà e la lunga durata dell'elaborazione, non sono riuscita a imparare il russo quanto bastava per poter leggere le intricate poesie, il romanzo e il poema di Nikolaj Otzup. Per quanto ne so, nessuna sua opera è stata tradotta in italiano. In anni diversi, li hanno letti per me Ljuda Greco, Giovanna Barroero, Khatuna Tskhadadze, Anna Zalewska. Sono di loro mano le traduzioni delle frasi citate fra virgolette. Dei brani del poema di Otzup che riguardano Dina ho dunque quattro versioni. Ma era necessario decifrare con certezza i passaggi piú sconcertanti e controversi. Si sono dedicate alla lettura e alla traduzione in periodi travagliati delle loro esistenze: a tutte va la mia riconoscenza.

Giovanna Barroero ha tradotto anche i racconti di Sergej Gorny (Aleksandr Avdeevič Otzup, Sasha), che mi sono stati utili per ricostruire l'infanzia di Nikolaj a Czarskoe Selo, e tutte le poesie su Diana che Nikolaj Otzup ha scritto dal 1928.

Ho coinvolto la preziosa Khatuna Tskhadatze, già traduttrice in georgiano del mio romanzo *Vita* e fine conoscitrice della letteratura russa. Con premura ha esplorato le fonti e mi ha segnalato – e talvolta tradotto – articoli apparsi negli ultimi decenni su Otzup nelle riviste accademiche russe, per me inaccessibili.

Un dono immenso mi ha fatto poi Anna Zalewska, traduttrice in ucraino de *L'architettrice*. Ho dovuto cancellare due volte il viaggio a Kyiv – nel 2020 per la pandemia, nel 2022 per l'invasione. Senza di lei, dunque, la prima parte della prima vita di Dina mi sarebbe rimasta incomprensibile. Nonostante la guerra, le bombe, l'esilio dalla sua casa di Zaporizhzhia, Anna è riuscita a fare ricerche negli archivi della città di Kyiv, a trovare l'atto di nascita di Dina e di suo fratello Grigoryj – e, con l'aiuto di storici locali e membri della sinagoga, anche a interpretarli. Inediti, smentiscono le fantasiose cronologie inventate da Dina e riprodotte in tutti gli scritti su di lei. Finalmente garantiscono certezza sulla biografia sua e del fratello. Contengono inoltre informazioni importanti sull'origine delle famiglie Rabinovitch e Menasciè e rappresentano un punto di partenza fondamentale per comprendere la storia dei fratelli Rabinovitch, e l'itinerario – altrimenti indecifrabile – delle loro vite. Oltre ad alcune cantiche del poema di Nikolaj, Anna ha poi tradotto articoli, note e scritti saggistici su Otzup. La lettura è stata a volte dolorosa per lei. Spero che *Silenzio* possa farmi perdonare.

In Italia, ho un debito di riconoscenza con: Giordano Bruno Guerri, presidente della Fondazione Il Vittoriale degli Italiani, e gli archivisti Alessandro Tonacci e Roberta Valbusa, che hanno rinvenuto la parte mancante del carteggio di Diana con D'Annunzio conservata alla Cinémathèque française di Parigi; Andrea Tarella, artista e illustratore, che ha trovato il tempo di tornare nella sua Intra e cercare la casa di Diana; padre Costantino Manea, parroco della chiesa di San Vittore a Intra; Marilisa Morandi dell'Archivio di Stato di Verbania; Luigi Residori, dell'Archivio dell'«Eco di Bergamo»; Laura Businaro, dell'Archivio di Stato di Bergamo; Doriana Offredi, del Centro studi Valle Imagna; Luana Frescura, dell'Ufficio Protocollo del Comune di Pieve di Cadore; Carla Giacomozzi dell'Archivio di Stato di Bolzano, e specialmente

Alessandra Spada, che si è recata all'Archivio storico del Comune di Renon a Longomoso, e ha rintracciato la corposa corrispondenza fra il podestà e la questura, indispensabile a integrare le mie conoscenze in merito al misterioso soggiorno di Otzup sull'altopiano. A Genova, sono grata alla mia amica filosofa Nicla Vassallo, che mi ha accompagnata nelle peregrinazioni negli uffici comunali e alla ricerca della chiesa in cui Diana e Nikolaj si sono sposati, e al prete Paolo Farinella, che li ha trovati, nei registri dei matrimoni della cattedrale cattolica, dove non potevo pensare di cercarli; la rapidità ed efficienza del dottor Capizzi dell'Ufficio di Stato civile mi hanno sbalordita. A Torino, sono stati fondamentali Matteo Fontanone e Angela Rastelli; a Bologna Anna Fiaccarini della Cineteca di Bologna mi ha supportata nell'esplorazione dei fondi sul cinema muto e Barbara Abbondanza mi ha permesso di visionare l'unica copia di *Manon Lescaut*; a Gemona, la responsabile della Cineteca del Friuli ha reperito un raro volume di studi su Rabinovitch; a Milano Giulia Carpinelli si è avventurata nei fondi del Jewish Gen; Francesca Tumiati, scrittrice e astrologa, ha scritto l'oroscopo di Dina, usando i pochi elementi a sua disposizione e senza conoscere neppure il nome della persona: la sua lettura dei pianeti e delle stelle è stata cosí stupefacente che l'ho citata letteralmente; Rosaria Carpinelli mi ha sostenuto in ogni tappa di questa avventura.

A Roma ringrazio per l'orientamento alla ricerca gli storici Agostino Bistarelli, Maurizio Di Ruzza, curatore del fondo Ricompart dell'Archivio centrale dello Stato, Paola Busonero e Federica Onelli dell'Archivio storico diplomatico del ministero degli Affari esteri, e Raffaele Pittella, che mi ha illuminato sul significato del silenzio e delle lacune degli archivi. Il dottor Mirco Modolo, responsabile dei fondi della Direzione Generale dello Spettacolo, mi ha assistita nella ricerca, purtroppo vana, dei documenti cartacei del Protocollo della Censura (cercavo i giudizi dei censori dei film di Diana, alcuni dei quali nomi importanti della cultura italiana, per esempio Luigi Pirandello). Eugenio Semboloni e il personale della Biblioteca di Storia moderna e contemporanea hanno, come sempre, facilitato in ogni modo le mie ricerche. Con generosità Chiara Scoccola, direttrice dell'Archivio Storico centrale della Croce Rossa Italiana, mi ha guidato nel mare dei fascicoli e della corrispondenza sulle infermiere volontarie, e altrettanto ha fatto a Milano Chiara Montefusco, responsabile dell'Archivio Storico della Croce Rossa di Milano, che ha condotto la ricerca lei stessa, scovando svariate infermiere senza documenti, dal passato incerto e dalla condotta ambigua: pur non essendo nessuna di loro la nostra Dina, la loro esistenza ci ha rivelato come fosse possibile insinuarsi – durante una guerra mondiale e poi durante la guerra civile – nelle strette maglie dell'organizzazione. Infine stimolante è stato lo scambio di opinioni con Claudio Piccionne della Biblioteca dell'abbazia di Farfa: ma sono lieta di aver trovato le prove documentarie che confermano l'impegno antinazista e antifascista del leggendario don Zenoni.

La mia cara amica scrittrice Zeruya Shalev ha rintracciato l'unica copia in Israele del volume in russo sulla famiglia Otzup di Rudolf, un discendente che ha avuto accesso agli archivi privati di famiglia. Benché la sua biografia di Nikolaj contenga svariate inesattezze, rappresenta una fonte importante: che Zeruya – dopo anni di ricerche – l'abbia infine trovata mi sembra ancora un miracolo. Spero di poter ricambiare la sua sollecitudine. Meir Ouziel e Yossi Bar mi hanno supportato nella ricerca e hanno sopportato domande sulle comunità ebraiche della Russia meridionale alla fine dell'Ottocento. Da Gerusalemme la professoressa Claudia Rosenzweig mi ha fornito un'importante consulenza linguistica sull'yiddish parlato nelle famiglie ebree ucraine.

A Zurigo ho potuto contare come sempre sul mio fratello d'anima Alexis Schwarzenbach; a Basilea su Stefan+ Krauss dell'Historische Sammlungen dell'Universitätsbibliothek; a Ginevra sull'eccellente italianista Francesca Serra, Doyenne della Facoltà di Lettere dell'Università; a Losanna sugli impiegati del cimitero di Bois-de-Vaux, di cui non conosco i nomi, ma senza i quali non avrei mai conosciuto la storia postuma di Dina. In Germania sono grata ad Angelika Pauels dello Stadtarchiv di Aachen e Jürgen Hülsmann della Stadtbibliothek di Aachen (che hanno eseguito per me lo spoglio del quotidiano locale del 1940). Negli Stati Uniti, a New York, Tanya Chebotareff, curatrice dei Bachmeteff Archives, mi ha fornito la corrispondenza di Diana e Nikolaj con Ekaterina Nikolaevna Otzup; la storica e amica Teresa Bertilotti ha verificato sulla stampa specializzata le notizie su Harry Raver e sul film americano di «Diana Kareni». Chiunque scoprirà cosa è accaduto a *The Virgin of Paris* potrà aggiungere un altro tassello a questa storia.

A Parigi ho potuto contare sul supporto di Piero Andrea Martina e Giulia Zagrebelsky, delle archiviste Sophie Lévy del Conservatoire National Supérieur e Léa Nguyen-Commo degli Archives Nationales, e soprattutto dell'incantevole Pierre Riquier, archivista di immenso acume, competenza e premura. È stato il mio saggio Virgilio nel labirinto degli Archives Nationales.

Dina ha lasciato Kiev nel 1906, e definitivamente la Russia nel 1914: almeno a quanto ha dichiarato e a quanto ho potuto verificare non vi è mai tornata. Ma il russo non era la sua lingua madre. Ho trovato un solo documento autografo in un russo antiquato e letterario, gli altri sono in francese o in italiano. Nikolaj dichiara che Diana sentí l'esigenza morale di re-imparare il russo a Parigi, alla metà degli anni Trenta. Non ha mai detto di essere ebrea (ma non l'ha neanche nascosto, tant'è che si è auto-ritratta con la menorah), rifiutava di essere definita polacca, era orgogliosa di essere russa, ha creduto di essere italiana, negli anni Venti si sentiva a casa a Parigi e Berlino, non ha voluto essere sovietica, è diventata apolide, poi di nuovo italiana, infine francese, ed è morta svizzera. Nei suoi nomi e nella sua esistenza è tatuata a fuoco la storia d'Europa.

Spero che un giorno, quando la pace avrà vinto, Dina possa tornare a Hnativka, il villaggio dove è nata, nella devastata provincia di Buča, a Kyiv, e a Pietroburgo – e anch'io con lei. La comunità ebraica di Hnativka (già Ignatovka) è stata sterminata durante la seconda guerra mondiale, ma a Pietroburgo la casa in cui ha vissuto prima del 1914 esiste ancora. E negli archivi dei servizi segreti russi (zaristi e sovietici) cui non sono riuscita ad accedere, forse si nascondono documenti che potranno svelare qualcuno dei suoi misteri.

Mi piace inoltre credere che non tutti i film che Diana Karenne ha scritto e diretto siano definitivamente perduti. Negli ultimi anni, una copia incompleta ma abbastanza esaustiva di *Passione tsigana* e una piú mutila di *Smarrita!* sono riemerse dai fondi della cineteca di Mosca e sono state proiettate al Festival del cinema ritrovato di Bologna nel giugno del 2023. Altre copie, magari frammentarie, forse giacciono ancora in Sud America, in Cina, in Africa – ovunque i suoi film siano stati distribuiti a partire dal 1916. Dina/Diana aveva fede nel «raggio luminoso». Anche io: da quei negativi graffiati e logori, trafitti dalla luce, un giorno lei risorgerà.

Roma 2024.

Fonti

Fonti delle illustrazioni

Tra le pp. 308 e 309

Diana Karenne, *Autoritratto*, acquerello.
Iconothèque de la Cinémathèque française, Parigi.

p. 59 Da «La cinematografia italiana ed estera», n. 9, 15 maggio 1915.
Collezioni Museo Nazionale del Cinema, Torino.

245 Da «In Penombra», n. 2, luglio 1918, p. 64.
Collezioni Museo Nazionale del Cinema, Torino.

246 Da «In Penombra», n. 2, luglio 1918, pp. 63-64.
Collezioni Museo Nazionale del Cinema, Torino.

267 Da «In Penombra», n. 6, giugno 1919, p. 5.
Collezioni Museo Nazionale del Cinema, Torino.

292 Da «In Penombra», n. 6, giugno 1919, p. 4.
Collezioni Museo Nazionale del Cinema, Torino.

301 Locandina per *Sleima*, regia di Diana Karenne, 1918.

309 Da *La peccatrice casta*, regia di Gennaro Righelli, 1919.
(Foto Cineclassico/ Alamy/Ipa Images).

337 Da «Cinéa», n. 80, 1° dicembre 1922, p. 16.
Iconothèque de la Cinémathèque française, Parigi.

348 Da «In Penombra», n. 6, giugno 1919, p. 6.
Collezioni Museo Nazionale del Cinema, Torino.

411 Da «Cinemalia», n. 19-23, ottobre-dicembre 1928, copertina.
Collezioni Museo Nazionale del Cinema, Torino.

415 Foto Jaro von Tucholka.
Fondazione Il Vittoriale degli Italiani, Gardone Riviera.

421 Da «Pour vous», n. 4, 15 dicembre 1928, p. 9.
Collections La Cinémathèque de Toulouse, Tolosa.

435 Da «Cinémonde», n. 39, 18 luglio 1929, p. 669.
Iconothèque de la Cinémathèque française, Parigi.

p. 440 Da «In Penombra», n. 6, giugno 1919, p. 3.
Collezioni Museo Nazionale del Cinema, Torino.

591 Da *Passione tsigana*, 1916.

Tutte le altre immagini riprodotte appartengono alla Collezione dell'autrice.

Fonti d'archivio e a stampa

1. *Fonti archivistiche.*

Prima vita: DINA RABINOVITCH.
Seconda vita: DINA FEYGUINE, DINA KARREN.
Terza vita: DIANA BELOKORSKA, DIANA KARENNE.
Quarta vita: NADJA/NADEŽDA BELOKORSKA.
Quinta vita: CANDIDA MARIA BELOCORSCA.
Sesta vita: NADIA OTSOUPE.

Le informazioni relative alle sei vite della protagonista di *Silenzio* non sono distribuite nella narrazione in ordine cronologico. Qui vengono fornite le fonti seguendo i capitoli del romanzo. I rimandi tra le note che seguono e le fonti riunite tematicamente nella seconda parte di questa appendice sono organizzati citando prima il nome dell'autore, poi, tra parentesi, la sezione corrispondente (bibliografica, cinematografica, online...) e l'anno.

a. Dina 1914-1915

Arrivo di Dina Karren a Roma e prima denuncia: Roma, Archivio Centrale dello Stato, Pubblica Sicurezza, A4, b. 50, Belokorska Diana detta Karenne, sospetta di spionaggio.

I diplomatici russi dell'ambasciata imperiale di via Gaeta a Roma: Roma, ministero degli Affari Esteri, Archivio Storico Diplomatico:
Affari Politici. Fascicoli Passaporti 1919-1930, Russia, b. 1542 (1924); b. 1551 (1928);
Direzione Generale Personale – Rappresentanze estere in Italia, b. 32 (1884-1917); b. 33 serie X R2 (1914-1917).

Il diplomatico Giuseppe Medici: Roma, ministero degli Affari Esteri, Archivio Storico Diplomatico:
Diplomatici e Consoli 1860-1972, I-M 73, Giuseppe Medici;
Annuario diplomatico del Regno d'Italia, 1909, Medici Giuseppe.

La relazione fra Diana Karenne e il marchese Medici del Vascello era nota alle fonti di polizia e ai loro conoscenti romani. L'unico riferimento esplicito sulla stampa d'epoca si deve al malizioso accenno di un giornalista, il quale scrive che Diana è «la beniamina dell'aristocrazia romana». Un'allusione discreta in Campanile Mancini (4, 1941). Giuseppe ha forse prestato alcune caratteristiche al personaggio di «Roland», il misterioso benefattore amante di Jenny di cui racconta Nikolaj Avdeevič Ocup (7a, 1939).

Per la data di nascita di Dina Rabinovitch: Archivio Centrale Statale Storico dell'Ucraina, città di Kyiv, fondo 1164, fascicolo 71, libro delle nascite per gli anni 1889-90, numero della trascrizione 243, https://cdiak.archives.gov.ua/spysok__fondiv/1164/0001/0064/#lg=1&slide=278

Notizie non necessariamente veritiere sulla famiglia di Dina: Parigi, Archives Nationales, Naturalisation, Bellokorska/Belokowska Diana, dite Karenne, divorcée Feyguine, dossier n. 83451X28.

Per la figura di Knotterus-Meyer, direttore del Giardino zoologico di Roma: Archivio Centrale dello Stato di Roma, sez. Galla Placidia, Prefettura, Gabinetto, Stranieri A-L, b. 1030. Ne ho scritto anche sulla rubrica *Xenia* per la rivista «Azione», n. 18, 2022, www.azione.ch

Sul barone Fassini e la Casa Cines si vedano anche Redi (9, 2009) e Bernardini (9, 2015).

b. Diana 1916

Residenze e spostamenti di Diana: Roma, Archivio Centrale dello Stato, Pubblica Sicurezza, A4, b. 50, Belokorska Diana detta Karenne, sospetta di spionaggio.

Per la conoscenza di Ernesto Maria Pasquali, sono fondamentali le lettere custodite a Torino, Museo Nazionale del Cinema, Fondo E. M. Pasquali, EMPA 55, A 1099. Tutti i riferimenti alla sua reputazione di bandito – citati alla lettera – sono desunti dalla stampa specialistica contemporanea, a lui ferocemente ostile.

Per la sua biografia si vedano Giuseppe Gallico, *In ricordo di EMP*, Torino, Museo Nazionale del Cinema, Fondo E. M. Pasquali, EMPA 55, A 1099, 31 gennaio 1931, manoscritto, pp. 1-3; Prolo (8, 1939), Friedemann (8, 2004), Laurenti Rosa (8, 2016).

La relazione fra Diana Karenne ed Ernesto Maria Pasquali viene ipotizzata da Martinelli (4, 1998), poi anche da Jandelli (4, 2006). La stampa d'epoca tuttavia vi allude con ironia, quando Karenne abbandona la Casa.

Per le vicende dell'Aquila Film, si vedano Poncino (9, 1995) e Bernardini (9, 1999); per la biografia di Emilio Ghione: Lotti (9, 2008); per Annie Vivanti: Brosio (9, 1983).

Per la data di nascita di Grigoryj Rabinovitch: Archivio Centrale Statale Storico dell'Ucraina, città di Kyiv, fondo 1164, fascicolo 71, libro delle nascite per l'anno 1887, numero della trascrizione 146, https://cdiak.archives.gov.ua/spysok_fondiv/1164/0001/0064/#lg=1&slide=167

Non vi è certezza che Dina e Grigoryj Rabinovitch fossero a Kiev durante il pogrom del 19 ottobre 1905. L'episodio è ispirato da un fatto: Dina lascia per sempre Kiev subito dopo. Per la ricostruzione degli eventi: Monaco, Bayerische Staatsbibliothek, *Kyiv's Bloody October. Archival Documents of the Jewish Pogroms of 1905*, fonds n. 442, 684, 1522. Si vedano anche Schneersohn (11, 1956), Khiterer (11, 1992, 2015 e 2016), Hamm (11, 1993), Meir (11, 2010).

L'episodio del ritorno del proprietario ignaro nella villa in Liguria trasformata in un set è accaduto nel 1916 a una troupe della Gloria Film e non della Sabaudo. Che Diana avesse acquistato una villa a Rapallo lo afferma Martinelli (4, 1991): non ho trovato riscontro documentario. Tuttavia, poiché Diana aveva un conto presso un'agenzia del Credito Italiano di Genova, e mantenne duraturi legami con la città (nel 1946-48 vi andò addirittura a vivere), ho accettato l'ipotesi.

Per la ricostruzione della cronologia dei film girati da Diana nel 1916, e delle loro traversie, si rimanda alla banca dati della revisione cinematografica del progetto «Italia Taglia» (5).

c. Diana 1917

Per la casa di produzione di Diana: Milano, Archivio storico della Camera di Commercio, fascicoli nominali delle ditte, David Karenne Film; Torino, Museo Nazionale del Cinema, Fondo Galli e Grazia, corrispondenza. Lettera di Scipione D'Amico, 13/8/1917.

Per gli spostamenti di Diana, ancora: Roma, Archivio Centrale dello Stato, Pubblica Sicurezza, A4, b. 50, Belokorska Diana detta Karenne, sospetta di spionaggio.

Per la carriera di Giuseppe Medici: Roma, ministero degli Affari Esteri, Archivio Storico Diplomatico:
Personale Diplomatici e Consoli 1860-1972, I-M 73, Giuseppe Medici;
Passaporti, b. 136;
Annuario diplomatico del Regno d'Italia, 1926, Medici Giuseppe;
Elenchi del personale, 1926, 1927, 1928, 1929, 1930, Medici Giuseppe;
Ruolo organico del personale diplomatico, 1918-1925;
Fondo personale, Archivio riservato uffici del personale, Medici Giuseppe, I M/73.

Per i rapporti fra Diana e Matilde Serao, oltre alla stampa contemporanea (2b), si vedano Soro (9, 1935) e Annunziata (9, 2008).

Per la nascita del figlio Georges Yoric: Parigi, Archives de Paris, État civil, 14ème, Naissances, Act de naissance de Georges Yoric, 18 avril 1908, con aggiornamenti (Grégoire Feyguine et Dina Rabinovitch ont reconnu l'enfant, 27 juin 1908); Parigi, Archives Nationales, Naturalisation, dossier Feyguine Grégoire, cote BB/11/10220, n. 24756X27 (légitimation par le père Grégoire Feyguine, Saint-Pétersbourg 1912).

Per i presunti studi musicali di Diana: Parigi, Archive du Conservatoire National Superiéur de Musique, fichier des élèves, listes des lauréats; Parigi, Archives Nationales, Conservatoire National Supérieur de Musique, Registre d'inscription des élèves des années 1897-1914; Enseignements; Tableaux annuels des classes première, deuxième, série 1905-1909.

d. Diana 1918

Per la Medusa Film e l'ambiente del cinema romano, si veda D'Ambra (9, 1989). Episodi della vita romana di Karenne nel 1918 si trovano in Campanile Mancini (4, 1941). Ho modificato la fantasiosa cronologia della passeggiata alle catacombe, che non corrispondeva ai fatti.
Per la conoscenza di Carmine Gallone, si veda Iaccio (9, 2003).

Informazioni sul matrimonio di Dina e Grisha Feyguine e sulla legittimazione di Georges Yoric: Parigi, Archives Nationales, Naturalisation, dossier Feyguine Grégoire, cote BB/11/10220, n. 24756X27.

Per l'infanzia francese di Georges Yoric: Parigi, Archives Nationales, Naturalisation par decret, dossier n. 15436X27 (déclaration en vue de réclamer la qualité de français de Georges Yoric Feyguine, 13 avril 1927).

Per la comprensione della figura di Fausto Maria Martini, si veda il suo memoir *Verginità* (11, 1920).

e. 1919-1921

Sulla malattia e la morte di Ernesto: Paradisi (8, 1919); *La morte di Ernesto Maria Pasquali* (8, 1919).

Per la figura di Giulio Antamoro rimando a Capasso (9, 1961).

L'intervista di Orlando Calvi compare sulla rivista «In Penombra» (2b, 1919).

Su Tatiana Pavlova: voce a cura di Annalisa Guizzi, in *Dizionario biografico degli italiani*, vol. LXXXI, Istituto della Enciclopedia Italiana, Roma 2014; Ruocco (9, 2000).

Molto scarsa la bibliografia su Ossip Félyne. Si rimanda a www.russinitalia.it; Giuliano (7b, 2020) e Accattoli (7c, 2013).

Notizie sulle produzioni di Harry Raver in Slide (11, 1998).

f. 1921-1924

Sui cineasti russi emigrati in Francia si vedano Thompson (10, 1989), Christie e Graffy (11, 1993), Albera (11, 1995), Bulgakova (10, 1995), Nusinova (10, 1999).

Notizie sui primi film tedeschi di Diana Karenne: Berlino, Deutsches Filminstitut und Filmmuseum (DFF), Zensurentscheidung der Film, *Das Spiel mit der Feuer*, Jugendverbot Zensur, 11.05.1921, B02269; DFF, Zensurentscheidung der Film, *Marie Antoinette*, Jugendverbot Zensur, 21.19.1922, B06656; Film-Oberprüfstelle 16.04.1922, OA2923.

Il contratto di Diana con la Societé Européenne Cinégraphique (con lettera autografa): Parigi, Archives Nationales, Intérieur, Fichier central de la Sûreté Nationale, dossier individuel (Diana Feyguine), 19940445/21, n. 10440 (1921-1928); Parigi, Archives Nationales, Fonds de Moscou, Contrôle des étrangers, Feyguine Diana dite Diana Karenne, artiste cinématographique à Paris (17 novembre 1921), 19940508(831).

Sono ignote la data e le modalità dell'espatrio dalla Russia di Grigoryj Rabinovitch, che appare a Berlino nel 1923. Il racconto in questo romanzo è d'invenzione, ispirato alla fuga da Yalta della troupe di

Ermolieff e Mosjoukine, e dei produttori Kamenka e Bloch coi quali Rabinovitch iniziò a lavorare fra Parigi e Berlino nel 1923.

Sulla morte di Pavel Otzup e sulla vita di Nikolaj Otzup a Pietroburgo (1917-22): Tchoukovski (7b, s. d.) e Berberova (7b, 1989). Su Gumilëv e Blok: Chodasevič (11, 1985) e Remizov (11, 1981).
Informazioni sui primi tempi del soggiorno di Nikolaj Otzup a Berlino in Allain (7b, 1996) e Odoevceva (11, 1988 e 1989).
Notizie discordanti sulla fuga dei fratelli Otzup dalla Russia in Chiriaeff (7c, 2006), Otzoup Guliaeff (7c, 2006), Rudol′f Ocup (7c, 2004), Teffi (11, 2017).

Nikolaj Otzup in Italia: Roma, Archivio Centrale dello Stato, ministero dell'Interno, Direzione generale della Pubblica Sicurezza, Divisione Affari generali e riservati, 1924, cat. A16, b. 33, f. 218, n. 13184 (Polina Otzoup); Venezia, Fondazione Giorgio Cini, Archivio Angelo e Olga Signorelli, due lettere a Ol′ga, 1924; parzialmente pubblicate in *Platone russo. Italofoni russi a Berlino*, in «Europa Orientalis», n. 2, 1995, pp. 209-25.

Su Polina Aronovna Ufljand, prima moglie di Nick: Mec e Kaščeeva (7b, 2021).

Per l'affascinante biografia di Pavel Pavlovič Muratov si rimanda a Deotto (11, 2021) e a www.pavelmuratovcentre.org

Memorie degli emigrati russi a Roma in Lo Gatto (7b, 1976).

g. Karenne 1925-1929

Nuova identità di Diana: Roma, Archivio Centrale dello Stato, Pubblica Sicurezza, A4, b. 50, Belokorska Diana detta Karenne, sospetta di spionaggio.

Una disamina della carriera di Gregor Rabinovitch produttore cinematografico in Distelmeyer (10, 2004).

Notizie sulla guerra di Feyguine: Parigi, Archives Nationales, Naturalisation, dossier Feyguine Grégoire, cote BB/11/10220, n. 24756X27. Si veda anche *La nuit russe par un volontaire de deux campagnes* (11, 1922).

Le sorelle medico di Feyguine in Blandinières (11, 2021).

Il divorzio di Diana: Parigi, Archives de Paris, Archives judiciaires, Tribunal civil de la Seine, Justice, serie D.U5 2305, jugement civil, 15 décembre 1925 (divorce Feyguine).

Georges Yoric diventa francese: Parigi, Archives Nationales, Naturalisation par decret, dossier n. 15436X27 (déclaration en vue de réclamer la qualité de français de Georges Yoric Feyguine, 13 avril 1927).

Il nuovo matrimonio di Feyguine: Parigi, Archives Nationales, Archives privés, Fonds Delpech, 661 AP/25, DI J 64 (Feyguine). Si veda anche *Le monde et la ville*, in «Le Figaro», 24 luglio 1927.

Per i rapporti di Diana con Abel Gance: Parigi, Cinémathèque française, Fonds Abel Gance, Lettres d'Abel Gance à Diana Karenne, GANCE 665-B 141.

Sulla lavorazione del *Casanova*: Parigi, Cinémathèque française, Fonds Alexandre Volkoff, Journal intime de Volkoff (in russo), Volkoff 16-B3.

Per i rapporti di Diana con D'Annunzio: Parigi, Cinémathèque française, Correspondances de Gabriele D'Annunzio à Diana Karenne, Collection jaune, CJ 2479-B323; Gardone Riviera, Brescia, Fondazione Il Vittoriale degli Italiani, Archivio personale, KARENNE; Archivio generale, fascicolo Karenne Diana (AG - XXVI, 3).

Mikhail Avdeevič Otzup (Snarski) e Rasputin in Amal′rik (7c, 1994) e Radzinskij (7c, 2000).

La lavorazione de *Le collier de la reine* in Tual (11, 1987). Ho modificato l'episodio dello schiaffo, che l'autrice fa assestare da Batcheff alla sostituta di Pola Negri.

h. Nadia 1930-1939

Nuovi sospetti su Diana Karenne: Parigi, Archives Nationales, Intérieur, Fichier central de la Sûreté Nationale, dossier individuel (Belokorska Diana), 19940434/216, n. 18012.

L'«ami» di Diana nel 1930 è un pittore russo che ha l'atelier in place de la Sorbonne. Il suo nome non figura nella denuncia alla polizia. Un unico pittore russo aveva l'atelier a quell'indirizzo. Era un uomo di una certa età, felicemente sposato, e non corrisponde all'immagine maledetta che ne darà Otzup in *Beatrice all'Inferno*. Cosí ho preferito assegnargli il nome fittizio di Šulim. Tuttavia il personaggio del romanzo non è il pittore ebreo ucraino Šulim Vladimir Baranoff-Rossine, poi scomparso ad Auschwitz.

Sui pittori russi di Parigi si vedano Nieszawer, Boyé e Fogel (11, 2000) e Nieszawer e Princ (11, 2015).

Per la vita di Diana a Parigi: Parigi, Archives Nationales, Naturalisation, Bellokorska/Belokowska Diana, dite Karenne, divorcée Feyguine, dossier n. 83451X28.

Parigi, Archives Nationales, Fonds de Moscou, C. E. (contre-espionnage), dossier Belokorska dite Karenne Diana (Feyguine Diana), cote 19940508/200 (dossier individuale distrutto o non restituito).

Parigi, Archives Nationales, Naturalisation, dossier Feyguine Grégoire, cote BB/11/10220, 24756 x 27 (1927).

Parigi, Archives Nationales, Intérieur, Fichier central de la Sûreté Nationale, dossiers individuels de BAS à BER, Belokorska, Karenne Diana (1931), cote 19940434/216, dossier 18012.

Parigi, Archives de la Préfecture de Police de Paris, Belokorska Karenne, n. 21731 (1930-31).

Nikolaj Otzup a Parigi: Fontenay-sous-Bois (Val-de-Marne), Parigi, Office français de protection des réfugiés et apatrides (OFPRA), Nicolas Otzoupe, OR027, certificat, 23 avril 1929.

Su «Čisla»: Yanovsky (7b, 1987), Hagglund (7b, 1985), Berberova (7b, 1989), Cvetaeva (7b, 1989).

Gli ultimi anni del diplomatico Medici: Roma, ministero degli Affari Esteri, Archivio Storico Diplomatico, Annuario diplomatico del Regno d'Italia, 1926, Medici Giuseppe, p. 300. Si veda anche *Morte di S. E. Giuseppe Medici del Vascello*, in «La Stampa», 28 gennaio 1931.

La sorprendente carriera del pittore Feyguine in Salon des indépendants (11, 1929 e 1930).

Otzoup sospettato di spionaggio: Parigi, Archives Nationales, Fonds de Moscou, Otzoupe Nicolas, journaliste, voir Dobrinsky Alexandre (Police judiciaire, 26 novembre 1935), 19940508/1681 (dossier non restituito nel 1994 o distrutto).

Ricordi su Diana e Nikolaj a Parigi in Yanovsky (7b, 1987) e Berberova (7b, 1989). Si vedano anche Nabokov (11, 1934) e il racconto *Labbra contro labbra* (11, 2008). Per la storia di *Romanzo con cocaina*: Ageev (11, 1984).

Il matrimonio di Gregor: Berlino, Landesarchiv Berlin, Standesamt, Berlin III (Charlottenburg), n. 743, Heiratsregister 1934, n. 199 (atto di matrimonio di Gregor Rabinovitch e Helene Schluper [Galina Joffe geboren Schluper]), 24 März 1934.

Sulle produzioni francesi degli anni Trenta di Gregor Rabinovitch: Parigi, Cinémathèque française, Lettres à Marcel Carné, CARLES 335-393; 426-B110; Parigi, Cinémathèque française, Collection jaune, CJ2307-B301.

Per le misteriose sorelle «russe» di Diana si veda Parigi, Archives Nationales, Naturalisation, Bellokorska/Belokowska Diana, dite Karenne, divorcée Feyguine, dossier n. 83451X28. Episodi dell'infanzia di Diana e il racconto della visita della sorella a Parigi nel 1935 in Nikolaj Avdeevič Ocup (7a, 1939). Altri episodi anche in 7a, 1950.

Viaggi, affari italiani di Diana e suo progetto di dedicarsi al canto: Roma, Archivio Centrale dello Stato, Pubblica Sicurezza, A4, b. 50, Belokorska Diana detta Karenne, sospetta di spionaggio.

Otzup sulle montagne italiane: Collalbo, Renon, Gemeinde Ritten Archiv (Archivio Comune di Collalbo, prov. Bolzano), Kategorie XIII-XIV-XV, 1937, 1938; Otzoupe Nicola, corrispondenza Comune di Renon/Questura di Bolzano, 21 luglio 1937-31 novembre 1938.

i. Candida. La santa russa 1940-1946

Otzup in Italia durante la seconda guerra mondiale: Roma, Archivio Centrale dello Stato, ministero dell'Interno, Direzione generale della Pubblica Sicurezza, Divisione Affari generali e riservati, Ufficio Internati, cat. A 4 bis, Internati stranieri e spionaggio, fascicoli personali 1940-45, Otzoupe Nicola di Andrea, b. 266 (contiene fonogrammi, telegrammi, veline, lettere, istanze autografe).

Sulla Casa Rossa si vedano anche Terzulli (7b, 1990, 1991 e 2003) e Capogreco (7b, 2004).

Georges Yoric Feyguine pilota: Caen, Ministère des Armées, Service Historique de la Défense (SHD), carton 2B144.

Ostilità antisemite nei confronti di Gregor Rabinovitch in *Les étrangers en France: l'invasion* (10, 1935), Rebatet (10, 1941), Belot (10, 1994) e Taguieff (10, 1999). Si veda anche Parigi, Cinémathèque française, Fonds Roger Richebé, dossier du COIC (Comité d'organisation de l'industrie cinématographique), 1941, RICHEBE 304-B60 (con lista di ebrei).

L'emigrazione di Gregor negli Stati Uniti in www.ellisisland.org

I bombardamenti su Acquisgrana in Bernhard Poll, *Geschichte Aachens in Daten*, Stadtarchiv, Aachen 1965.

Vita e martirio di Diana durante la guerra in Nikolaj Avdeevič Ocup (7a, 1950, II e III parte).

Vita di Otzup al monastero di Farfa: Rieti, Archivio di Stato, Prefettura, Ufficio di Gabinetto, b. 11, Centro raccolta profughi stranieri Farfa Sabina, f. 5 (corrispondenza 1955, oggetto Atzoupe Nicolas).

Rieti, Archivio di Stato, Questura di Rieti, Ufficio di Gabinetto, Titolario rapporti informazioni riservate, b. 9 (F-Z, 1944); b. 10 (A-Z, 1945); b. 49 (A-Z, 1943); b. 50, Stranieri - Dichiarazioni di soggiorno scadute, lettere A-Z (1944-1945); b. 61, Corrispondenza in genere non contemplata nelle precedenti categorie.

Caen, Ministère des Armées, Service Historique de la Défense (SHD), dossier individuel de personnel de Otzoupe Nicolas AC 21 P 654094.

Si veda anche D'Angeli (7b, 2014 e 2018).

Sospetti sul figlio di Diana: Parigi, Archives Nationales, Fonds de Moscou, C. E. (contre-espionnage), Feygines Georges, lieut. vaisseau à bord de la Garonne, n. 35963 is (Toulon 12/11/1936); Feyguine Georges Geric, lieutenant de vaisseau-aviateur à Cherbourg, n. 41988 is (Cherbourg 17/19 juin 1939, suspect a p. sa femme née Gvoztavo-Golenko), cote 19940508/831 (dossier distrutti o non restituiti).

Georges Yoric filonazista: Parigi, Archives Nationales, Justice. Direction des affaires criminelles et des grâces; Sous direction de la justice criminelle (1925-1986), fiche n. 495 (Feyguine).

La guerra a Intra in Fini, Giannantoni, Pesenti e Punzo (11, 1975), Nozza (11, 2008), Rues (11, 2018), Tordini (11, 2021).

l. Madame Otzoupe 1946-1968

Certificato di battesimo di Candida Maria Nadya Belacorsca: Verbania-Intra, Archivio della parrocchia della Collegiata di San Vittore.

Copia del certificato di battesimo: Genova, Curia arcivescovile, Cancelleria. Il fascicolo contiene anche il certificato di stato libero rilasciato dal sindaco di Verbania, che attesta la sua residenza a Intra dal 1942, e il certificato di battesimo di Nicola Otzoupe rilasciato dalla parrocchia di Santa Maria di Farfa, diocesi di Sabina Poggio Mirteto. La raccolta degli indici custoditi presso la Curia conferma che «Nicola Otzonpe e Nadyesda Belacosca si sono uniti in matrimonio nella chiesa metropolitana di San Lorenzo» (foglio registro n. 145).

Progetti di emigrazione: New York, Columbia University, Bakhmeteff Archive, Fonds Gorny, Sergej Gorny papers, Correspondence 1941-49, subseries I,2, letters to Ekaterina Nikolaevna Otsup, from Diana Otsup, Nikolaj Otzup, 1948.

Matrimonio civile di Diana e Nikolaj: Genova, Archivio Storico del Comune di Genova, Stato civile, Matrimoni, Atti di matrimonio, parte I, n. 88 (Nicolas Otzoupe e Nadejda Belocorski), 2 maggio 1953.

Vita di Diana e Nikolaj a Parigi dal 1948: Parigi, Archives Nationales, Naturalisation, Otzoupe Nicolas, dossier n. 16747X53 (contiene anche Nadejda Belocorska).

Parigi, Archives Nationales, Naturalisation, Nadejda Belocorska, dossier n. 1963X-016747.

Parigi, Archives Nationales, Naturalisation, Nikolas Otzoupe, dossier n. 1953X-016747.

Diana infermiera volontaria? Si veda Roma, Croce Rossa Italiana, Archivio Storico Centrale, fascicoli personali (infermiere volontarie decorate; medaglie e attestati al merito; corrispondenza; partecipazione guerra).

Roma, Archivio Centrale dello Stato, Croce Rossa Italiana, Ispettorato nazionale infermiere volontarie (1908-1950), b. 7, Infermiere diplomate A-Z 1914-1943; b. 8, Infermiere diplomate A-Z 1908-1949; b. 9, Infermiere ausiliarie 1944-1948 (fascicoli personali); b. 15, Fascicoli personali allieve 1942-1943; b. 24, Corrispondenza 1942 (fascicoli personali diplomate A-Z 1941); b. 27, Infermiere non diplomate A-Z 1940-1941 (fascicoli personali).

Milano, Archivio Storico della Croce Rossa di Milano, corrispondenza, fascicoli personali.

Morte di Gregor Rabinovitch: Monaco, Stadtarchiv, Standesamt München IV 2180/1953, StANM-4380, Sterberegistereintrag von Gregor Rabinovitch n. 2180 (12 November 1953).

Morte e funerale di Nikolaj Otzoupe: Parigi, Archives de Paris, État civil, Décès, 1958, 28 décembre (atto di morte di Nikolaj Otzoupe);

Parigi, Archives de Paris, État civil, Pompes funèbres, 1959, lettres M-O, cote 2484W84, p. 17 (type de convoi; payant).

Strazio di Diana: Basilea, Öffentliche Bibliothek der Universität Basel, Nachlass Georges Raevskij, NL 380, lettera di Nadejda a Johanna von Matt, non consultabile, parzialmente pubblicata in Rudol′f Ocup (7b, 2015).

Il necrologio di Diana in Anna Gorskaja, in «Russkaja mysl′» [«Il pensiero russo»], 14 novembre 1968, p. 11.

Ultime notizie sul figlio di Diana: Parigi, Archives Nationales, Naturalisation par decret, dossier n. 15436X27 (Georges Feyguine, corrispondenza marzo 1970 per prova di filiazione materna).

Parigi, Archives Nationales, Justice. Direction des affaires criminelles et des grâces; Sous direction de la justice criminelle (1925-1986), fiche n. 495 (Feyguine).

Parigi, Archives de Paris, État civil, Act de décès, XII arrondissement, 18 octobre 1996, n. 1698 (Georges Feyguine).

2. *Fonti a stampa.*

a. Articoli di Diana Karenne

Diana Karenne, *La missione del cinematografo*, in «Lux», I (1918), n. 1, pp. 10-11.

– *Charlie Chaplin*, in «Cinemalia», 15 dicembre 1928, pp. 17-20.

b. Articoli su Diana Karenne

Diana Karren protagonista del grande dramma moderno «Passione tzigana», in «La cinematografia italiana ed estera», n. 6, 31 marzo 1915; ivi, n. 9, 15 maggio 1915 (con servizio fotografico).

I grandi drammi passionali del 1916 saranno interpretati da Diana Karren, ivi, n. 23, 15 dicembre 1915.

Diana Karren, ivi, n. 1, 15 gennaio 1916 (servizio fotografico, recensioni spagnole a *Passione tsigana*).

«Passione tsigana», ivi, n. 2, 30 gennaio 1916, pp. 61-64.

Diana Karren al Modernissimo, ivi, n. 6, 31 marzo 1916.

«Passione Tsigana», in «La Stampa», 3 e 8 aprile 1916.

Note critiche. «Passione tzigana», in «La cinematografia italiana ed estera», n. 7, 15 aprile 1916.

DK ha abbandonato la Pasquali film, in «Cinemagraf», n. 9, 14 maggio 1916, p. 21.

«Film», n. 15, 15 maggio 1916, p. 2 (il cavalier Pasquali deve partire per il fronte).

«La contessa Arsenia», in «La Stampa», 18 maggio 1916.

L'arte di Diana Karenne, in «Cronache d'attualità», I (30 giugno 1916), n. 4, p. 10.

«Film», n. 21, 20 luglio 1916 (Salvatore Aversano richiamato in servizio militare).

«Cinemagraf», n. 130, 29 luglio 1916 (voci su DK).

«Film», n. 22, 31 luglio 1916 (*Nanà* di Zola con DK e annuncio di *Lea*: direzione scenica curata dall'insigne protagonista, Diana Karenne).

«Film», n. 25, 31 agosto 1916, p. 19 (chi ha visto *Lea* è restato entusiasta).

«Cinemagraf», n. 15, 5 settembre 1916 (DK fra le attrici dell'Ambrosio).

«La Tribuna», 11 ottobre 1916 (*Lea* di Cavallotti domani al Modernissimo).

«Cinemagraf», n. 25, 25 ottobre 1916 (Alberto Megale monopolizza DK).

«Film», n. 34, 5 novembre 1916 (*Catena!* e *Quando l'amore rifiorí*).

Cavallaro, *«Oltre la vita, oltre la morte»*, in «La vita cinematografica», 22-30 novembre 1916.

«Oltre la vita, oltre la morte» con Diana Karenne e Alberto Capozzi, in «La Stampa», 27 novembre 1916.

Karenne e Capozzi al Modernissimo, in «La Tribuna», 3 dicembre 1916.

Angelo Menini, *«Oltre la vita, oltre la morte»*, in «Film», n. 39, 16 dicembre 1916.

«Film», n. 42, 31 dicembre 1916 (la nuova combinazione David Karenne pianta le proprie tende a Milano).

Tito Alacevich, *Diana Karenne*, in «Film», n. 1, 10 gennaio 1917, p. 2.

Il notiziario di C., in «Cinemagraf», n. 1-2, 15-31 gennaio 1917 (la David Karenne Film inizierà a funzionare fra qualche giorno).

«Film», n. 3, 27 gennaio 1917 (DK e Matilde Serao).

Giuseppe Lega, *Diana Karenne: una intervista*, in «La cine-gazzetta», I (10 febbraio 1917), n. 1, pp. 1-2.

Intervista a Diana Karenne, ivi.

Tito Alacevich, *«Quand l'amour refleurit»*, in «Film», n. 5, 10 febbraio 1917.

«Film», n. 6, 20 febbraio 1917 (DK a Napoli).

«Film», n. 7, 28 febbraio 1917 (DK a Napoli all'Hotel Vesuvio; annuncio di *Circe*).

«Film», n. 8, 10 marzo 1917 (DK in Brasile, in Egitto).

«Film», n. 9, 19 marzo 1917 (DK in Messico).

Tito Alacevich, *Cronaca cinematografica di Roma*, in «Film», n. 11, 8 aprile 1917 (*Sofia di Kravonia* e *Catene*).

Piccola posta, ivi (risposte alle lettrici su DK).

Diana Karènne e la David-Karènne, ivi, n. 13, 30 aprile 1917.

Piccola posta, ivi (risposte alle lettrici su DK).

È nata la Karenne film, ivi, n. 15, 19 maggio 1917.

Esterni milanesi, in «Il Contropelo», n. 20, 19 maggio 1917.

David Karenne e Karenne Film, in «Film», n. 16, 27 maggio 1917.

Tina Zaninetti, *Bionda polacca dallo sguardo fiero*, ivi, n. 17, 4 giugno 1917.

Continuano trionfali le repliche del «Romanzo di Maud» al cinema Ambrosio, in «La Stampa», 6 giugno 1917.

Ugo Ugoletti, *«Il romanzo di Maud»*, in «La cine-gazzetta», 30 giugno 1917.

Tina Zaninetti, *A te Diana Karenne, altera audace Diva!*, in «Film», n. 21, 4 luglio 1917.

«Il romanzo di Maud», in «Il cinema illustrato», I (7 luglio 1917), n. 4, p. 2.

Angelo Menini, *«Il romanzo di Maud». Il fallimento di un sistema*, in «Cine», I (19 luglio 1917), n. 1, pp. 1-2.

Tito Alacevich, *Cronaca cinematografica di Roma*, in «Film», n. 23, 30 luglio 1917 (*Il romanzo di Maud* al teatro delle Quattro Fontane).

Tina Ziannetti [Zaninetti], *Impressioni ingenue*, in «Cinemagraf», II (15 ottobre 1917), n. 14-15, pp. 15-19.

«Pierrot» al teatro Vittoria, in «La Stampa», 22 e 24 ottobre 1917.

Diana Karenne va inscenando «La damina di porcellana», in «Film», n. 33, 4 novembre 1917.

«La damina di porcellana» è finita, ivi, n. 36, 20 novembre 1917.

«Film», n. 3, 31 gennaio 1918 («Arte y Cinematografía» su DK).

Tito Alacevich, *«Justice de femme!»*, in «Film», n. 8, 31 marzo 1918.

Tina Zaninetti, *«Justice de femme!»*, ivi.

«La damina di porcellana», in «La Stampa», 22 aprile 1918.

«Film», n. 10, 23 aprile 1918 (successo di *Les demi-vierges* in Spagna).

Il successo straordinario della Karenne in «Justice de femme!», in «La Stampa», 6 maggio 1918.

Il mondo che gira e il mondo che si gira. Taccuino di Hec, in «In Penombra», I (giugno 1918), n. 1, p. 51 (su DK con caricatura di Memmo Genua); annuncio di *Maria di Magdala*, ivi, p. 59.

Fausto Maria Martini, *L'esule delusa: Diana Karenne*, ivi, I (luglio 1918), n. 2, pp. 61-64.

Per chi non abbia mai veduto Diana Karenne fuori dello schermo..., ivi, I (agosto 1918), n. 3, p. 109 (ritratto/caricatura di Memmo Genua).

Annita Parodi, *Di qual paese sei, bellezza esangue*, in «Film», n. 22, 7 agosto 1918.

Fausto Salvatori, *La veste del sogno*, in «In Penombra», I (settembre 1918), n. 4, pp. 143-46 (disegni di Camillo Innocenti).

«La peccatrice casta», in «La vita cinematografica», n. 37-38, 7-15 ottobre 1918.

Il mondo che gira e il mondo che si gira. Taccuino di Hec, in «In Penombra», II (gennaio 1919), n. 1, p. 39 (sull'appartamentino di Diana Karenne).

«Redenzione», in «Film», n. 2, 19 gennaio 1919.

«Film», n. 3, 24 gennaio 1919 (Diana Karenne: presto verrà a scadere il suo contratto).

Il gran successo di «Redenzione», in «Film», n. 6, 23 febbraio 1919.

La prima rappresentazione di «Redenzione», in «La Stampa», 9 e 11 aprile 1919.

Il trionfale successo di «Redenzione», ivi, 15 aprile 1919.

Diana Karenne nel capolavoro «Redenzione», ivi, 18 e 23 aprile 1919.

Italian news, in «Cinemundus», n. 5, maggio 1919, p. 29.

Orlando Calvi, *Diana Karenne*, in «In Penombra», II (giugno 1919), n. 6, pp. 3-6.

«Film», numero speciale, 19 giugno 1919 (*Redenzione* e *Maria di Magdala*).

«Redenzione» al cinema Itala da oggi, in «La Stampa», 25 e 28 giugno 1919.

Prima della «Peccatrice casta», ivi, 18 agosto 1919.

Al Ghersi grande successo della «Peccatrice casta», ivi, 19 agosto 1919.

«La Dépêche de Brest», 7 settembre 1919 (lettera di rettifica per il suicidio di un ufficiale).

Alla Tespi Films, in «Il Contropelo», n. 38, 20 settembre 1919.

«Indiana» della Tespi film, in «Film», n. 34, 30 ottobre 1919 (febbrile attività con cui mena innanzi la riduzione).

«Sleima», in «Cronache dell'attualità cinematografica», 7 dicembre 1919.

«La signora delle rose», ivi, 25 dicembre 1919.

Il Rondone, *«Sleima»*, in «La vita cinematografica», n. 9-10, 7-15 marzo 1920.

«Sleima», in «La Stampa», 15 marzo 1920.

«Sleima» al salone Ghersi, ivi, 16 marzo 1920.

«The Moving Picture World», 27 marzo 1920.

Diana Karenne, l'émouvante interprète de «Rédemption», in «Ciné pour tous», 3 aprile 1920, p. 3.

Note e notizie, in «La decima musa», maggio 1920, p. 29 (Diana Karenne ha subito in questi giorni un'operazione di appendicite).

«La fiamma e le ceneri», in «Fortunio», I (15 maggio 1920), n. 5.

Filming «Sophia», in «Variety», 6 agosto 1920, p. 31.

Harry Raver now Filming Anthony's Hope «Sophia», in «The Moving Picture World», 14 agosto 1920, p. 1882.

Al Salone Ghersi «La fiamma e le ceneri», in «La Stampa», 16 agosto 1920.

«Virgin of Paris», in «Motion Picture News», 2 ottobre 1920, p. 2621.

L'otturatore, *«Ave Maria»*, in «Le Maschere», n. 40, 17 ottobre 1920.

Giovanni Margellini, *«Zoya»*, ivi.

Ver Halen Joins Raver in Selling Campaign, in «Motion Picture News», 23 ottobre 1920, p. 3205.

«Motion Picture News», 6 novembre 1920, p. 3484.

«The Moving Picture World», 13 novembre 1920, p. 152.

Dioniso, *«Ave Maria»*, in «La vita cinematografica», numero speciale, dicembre 1920, p. 322.

«Il Romanzo film», II (26 febbraio 1921), n. 5 (Diana Karenne ha lasciato Roma).

La lima, *«Indiana»*, in «Le Maschere», n. 15, 16 aprile 1921.

R. Piccozzi, *«Miss Dorothy»*, ivi, n. 18, 7 maggio 1921.

Sandro Properzi, *Le caricature di attrici e attori, Diana Karenne*, ivi, n. 26, 10 luglio 1921.

Diana Karenne in «La veggente», in «La Stampa», 23 settembre 1921 (anche 24, 25, 28 settembre).

Guerrando de Vigny, *«Dante»*, in «Le Maschere», n. 32, 10 ottobre 1921.

La signorina Zoya, in «La rivista cinematografica», II (25 ottobre 1921), n. 20, p. 50.

Emilio Pastori, *Corriere veneziano*, in «La vita cinematografica», n. 5-6, 7-15 febbraio 1922 (*La studentessa*).

G. Berna, *Corriere veronese*, ivi, n. 11-12, 22-30 marzo 1922 (*Ave Maria* e *La studentessa di Gand*).

Corriere napoletano, ivi (*Miss Dorothy*).

P. Merciai, *«Dante nella vita de' tempi suoi»*, in «Le Maschere», n. 16, 29 aprile 1922.

Diana Karenne l'aristocratica trionfa in «Smarrita», in «La cine-fono», n. 451, 10-25 giugno 1922.

«L'ombre du peché», in «Cinéa», n. 80, 1° dicembre 1922, p. 16.

«L'ombre du peché», in «Cinémagazine», n. 48, 1° dicembre 1922, p. 305.

«L'ombre du peché», ivi, n. 2, 12 gennaio 1923, p. 67.

«Dante nella vita dei tempi suoi», in «Al cinema», II (18 febbraio 1923), n. 7.

Che ne dice lei?, ivi, II (4 marzo 1923), n. 9 (rubrica di curiosità, risposte ai lettori su Diana Karenne).

Che ne dice lei?, ivi, II (20 maggio 1923), n. 20.

Che ne dice lei?, ivi, II (8 luglio 1923), n. 27.

Che ne dice lei?, ivi, II (15 luglio 1923), n. 28.

Angelo Menini, *La vagabonda Diana Karenne*, in «Figure mute», I (15-28 luglio 1923), n. 3, p. 8.

Che ne dice lei?, in «Al cinema», II (11 novembre 1923), n. 45.

«La vita cinematografica», n. 22, 30 novembre 1923 (*Maria Antonietta*).

Che ne dice lei?, in «Al cinema», III (23 marzo 1924), n. 12.

The Incomparable Picture of the Season, in «Hong Kong Telegraph», 27 novembre 1924.

«The Martyr Queen», in «Hong Kong Daily Press», 27 novembre 1924.

«The Martyr Queen», in «China Mail», 27 novembre 1924.

«Die Frau von vierzig Jahren», in «Der Kinematograph», n. 946, aprile 1925.

Che ne dice lei?, in «Al cinema», IV (1° novembre 1925), n. 44.

«Casanova», in «Mon Ciné», 3 febbraio 1927.

«Pour vous», n. 136, 1° luglio 1927, p. 21.

«Casanova», in «Al cinema», V (30 ottobre 1927), n. 44.

«Pour vous», n. 23, 25 aprile 1928, p. 6.
«Pour vous», n. 45, 26 luglio 1928, p. 6.
Il notiziario, in «Cinemalia», 1°-16 agosto 1928.
Cinelandia, in «Cine Mondo», n. 21, 5 agosto 1928.
Guglielmo Zorzi, *Perché tradussi per lo schermo la «Vena d'oro»*, in «Cinemalia», n. 19-23, 1° ottobre - 1° dicembre 1928, pp. 18-21.
Roger Régent, *Une tragédie historique à l'écran: «Raspoutine»*, in «Pour vous», n. 4, 15 dicembre 1928, pp. 8-9.
On tourne «Fécondité», in «Cinémagazine», n. 2, 11 gennaio 1929, p. 76.
«Raspoutine», in «Pour vous», n. 9, 17 gennaio 1929, p. 6.
«Le collier de la reine», in «L'intransigeant», marzo 1929.
Notizie da Hollywood, notizie dall'Europa, in «Il cinematografo», n. 5, 3 marzo 1929, p. 14.
Georges Fronval, *«Le collier de la reine»*, in «Cinéa-Ciné pour tous», n. 131, 15 aprile 1929, p. 8.
«Film-Kurier», n. 400, 27 aprile 1929 (articolo/recensione su *Die weißen Rosen von Ravensberg*).
«Le collier de la reine», in «The New York Times», 30 aprile 1929.
«La vita cinematografica», n. 5, maggio 1929 (*La vena d'oro*).
«Cinéa-Ciné pour tous», n. 132, 1° maggio 1929 (*Le collier de la reine*).
«Le collier de la reine», in «Pour vous», n. 24, 2 maggio 1929.
Roger Régent, *«Madame l'Ambassadeur»*, ivi, n. 26, 16 maggio 1929, p. 6.
«Les roses blanches de Gilmore», ivi, n. 31, 20 giugno 1929, p. 6.
«Les roses blanches de Gilmore», in «Cinémagazine», n. 25, 21 giugno 1929, p. 509.
Édouard Pasquié, *«Le collier de la reine»*, in «Cinémonde», n. 36, 27 giugno 1929, p. 618.
«Les roses blanches de Gilmore», in «Cinéa-Ciné pour tous», n. 136, 1° luglio 1929, p. 21.
«Pour vous», n. 33, 4 luglio 1929, p. 6.
«Les roses blanches de Gilmore», in «Cinémonde», n. 38, 11 luglio 1929, p. 654.
«Fécondité», in «Cinéa-Ciné pour tous», n. 137, 15 luglio 1929, p. 27.
Sabine Bernard Derosne, *Diana Karenne. Une artiste, une metteur en scène, une musicienne, une cantatrice et un confrère*, in «Cinémonde», n. 39, 18 luglio 1929, pp. 669-70.

«Pour vous», n. 45, 26 luglio 1929, p. 5.
«Cinémonde», n. 41, 1° agosto 1929, p. 724
«Les roses blanches de Gilmore», in «Pour vous», n. 38, 8 agosto 1929, p. 5.
«Cinémagazine», n. 32-33, 9-16 agosto 1929, p. 229.
«Cinémagazine», n. 39, 27 settembre 1929, p. 470.
Marcel Carné, *La sonorisation du «Collier de la reine»*, in «Cinémagazine», n. 41, 11 ottobre 1929, p. 67.
«Pour vous», n. 48, 17 ottobre 1929, p. 12.
René Olivet, *«Le collier de la reine»*, in «Cinémonde», n. 54, 31 ottobre 1929, p. 940.
«L'homme aux yeux verts» (Raspoutine), ivi, n. 62, 26 dicembre 1929, p. 1083.
«L'homme aux yeux verts», in «Pour vous», n. 58, 26 dicembre 1929, p. 5.
«Fecondità», in «Cinema-teatro», VIII (15 marzo 1930), n. 4-5, p. 2.
La Russia è di moda, in «Cine sorriso illustrato», VII (20 aprile 1930), n. 16, p. 2.
«Pour vous», n. 75, 24 aprile 1930, p. 5.
La grande beauté de Diana Karenne, in «La Charente», 3 gennaio 1931.
«La collana della regina» al cinema Ambrosio, in «La Stampa», 4 aprile 1931.
Après un long voyage en Europe..., in «Paris-Film», 20 giugno 1931.
«L'Action française», 12 aprile 1935, p. 4 (Diana Karenne soprano lirico).
«Manon Lescaut», in «L'eco del cinema», gennaio 1940, p. 5.

3. *Film di Diana Karenne.*

Passione tsigana, Pasquali Film, Italia, 1916 (Gosfilmofond of Russia).

Redenzione, regia di Carmine Gallone, Medusa Film, Italia, 1919 (EYE Filmmuseum; frammenti).

Miss Dorothy, regia di Giulio Antamoro, Nova Film, Italia, 1921 (Roma, Cineteca Nazionale).

Smarrita!, regia di Giulio Antamoro, Nova Film, 1922 (Gosfilmofond of Russia; incompleto).

Dante nella vita e nei tempi suoi, regia di Domenico Gaido e Valentino Soldani, Visioni Italiane Storiche, Italia, 1922-1923 (Cineteca di Bologna).

Marie Antoinette, regia di Rudolf Meinert, International Film AG, Germania, 1922 (EYE Filmmuseum).

Casanova, regia di Aleksandr Volkov, Ciné Alliance, Francia/Germania, 1927 (YouTube).

Eine Frau von Format/Madame l'Ambassadeur, regia di Fritz Wendhausen, Terra Film-Cinéromans, Germania, 1928 (Lobster Film).

Rasputin, regia di Martin Berger, Martin Berger Film, Germania, 1928 (Bundesarchiv-Filmarchiv).

Die weißen Rosen von Ravensberg/Les roses blanches de Gilmore, regia di Rudolf Meinert, Omnia Film, Germania, 1929 (Gosfilmofond of Russia).

Le collier de la reine, regia di Gaston Ravel e Tony Lekain, Aubert-Franco Film, Francia, 1929 (Cinémathèque de Toulouse).

Tutti i film di DK menzionati nel romanzo che non figurano in questo elenco sono – al momento – da considerarsi perduti.

4. *Saggi e libri su Diana Karenne.*

Alacci [Alacevich], Tito, *Diana Karenne*, in Id., *Le nostre attrici cinematografiche*, Bemporad, Firenze 1919, vol. I, pp. 56-57.

Bianchi, Pietro, *Diana Karenne ovvero il fascino slavo*, in Id., *La Bertini e le dive del cinema muto*, UTET, Torino 1969, pp. 189-93.

Campanile Mancini, Gaetano, *Cinema italiano del tempo che fu*, in «Il Piccolo», 14 aprile 1941, ristampato in «Immagine», n. 14, 1990, pp. 9-17.

Chiti, Roberto, *Diana Karenne*, in Id., *Dizionario dei registi del cinema muto italiano*, Museo Internazionale del Cinema e dello Spettacolo, Roma 1997.

Gariazzo, Pietro Antonio, *Il teatro muto*, Lattes-Bemporad, Torino-Firenze 1919.

Ginex, Giovanna (a cura di), *Divine. Emilio Sommariva fotografo: opere scelte 1910-1930*, Nomos, Busto Arsizio 2004.

Jandelli, Cristina, *«La piú intelligente di tutte». Diana Karenne*, in Ead. (a cura di), *Le dive italiane del cinema muto*, L'epos, Palermo 2006, pp. 52-59.

Martinelli, Vittorio, *Le metteuses-en-scène*, in «Cinemasessanta», n. 141, 1981, p. 22.

– *I cineasti russi esuli in Italia*, in «Griffithiana», n. 35-36, ottobre 1989, pp. 4-12.

- *Diana Karenne*, in «Immagine», n. 18, 1991, p. 13.
- *Le donne del cinema torinese*, in Paolo Bertetto e Gianni Rondolino (a cura di), *Cabiria e il suo tempo*, Museo Nazionale del Cinema, Torino 1998, pp. 350-51.
- *Diana Karenne*, in Id., *Le dive del silenzio*, Le Mani, Recco 2001, pp. 142-43.

Modugno, Ottorino, *Diana Karenne*, in Id., *Le donne mute*, Cecconi, Firenze 1920, pp. 103 e 120-21.

Pier Antonio Gariazzo pittore, Bestetti & Tumminelli, Milano-Roma 1926.

Savio, Francesco, *Diana Karenne*, in *Enciclopedia dello Spettacolo*, *ad vocem*, Le Maschere, Roma 1959.

Shvediuk, Tamara e Striuli, Federico, *Diana Karenne*, in *Il cinema ritrovato*, catalogo della XXXVII edizione, Cineteca di Bologna, Bologna 2023, pp. 86-97.

5. *Risorse online su Diana Karenne.*

Banca dati della revisione cinematografica della Direzione generale per il Cinema del ministero per i Beni e le attività culturali, in «Italia Taglia», www.italiataglia.it

Dagna, Stella, *Diana Karenne: cineasta sperimentale?*, in «Arabeschi», 2020, www.arabeschi.it/32-diana-karenne-cineasta-sperimentale/

D'Amelia, Antonella, *Diana Karenne*, 2020, https://www.russinitalia.it/dettaglio.php?id=1153

Jandelli, Cristina e Del Gamba, Lidia, *Diana Karenne*, Women Film Pioneers project, 2017, https://wfpp.columbia.edu/pioneer/diana-karenne/

6. *Documentari.*

Le pioniere della macchina da presa, regia di Paola Faloja, Rai, Italia, 1993 (Mediateca Toscana, Firenze).

Ivan Mosjoukine or The Carnival Child, regia di Galina Dolmatovskaja, Institute of Cinema Arts, Russia, 1999 (YouTube).

7. *Nikolaj Avdeevič Ocup (Otsup, Otzup, Otzoupe).*

a. Opere consultate

Grad [Grandine], Cecha poėtov, Petrograd 1921.
V dymu [Nel fumo], Petropolis, Paris 1926.
Vstrěča [Incontro], T-vo «N. P. Karbasnikov», Paris 1928.
Die neueste russische Dichtung [La nuova poesia russa], Priebatsch, Breslau 1930.
Beatriče v adu [Beatrice all'Inferno], Dom knigi, Paris 1939.
Dnevnik v Stichah, 1935-1950 [Diario in versi, 1935-1950], s. e., Paris 1950.
Žizn´ i smert´ [Vita e morte], 2 voll., Imprimerie coopérative étoile, Paris 1961.

b. Note biografiche

Allain, Louis, *Une personnalité russe des années 50: le poète Nikolaj Avdeevič Ocup*, in Irina e Gilles Forgeron (a cura di), *Études russes. Mélanges offerts au professeur Louis Allain*, Presses Universitaires du Nord, Villeneuve-d'Ascq 1996, pp. 117-21.
Berberova, Nina, *Il corsivo è mio* [1969], trad. it. di Patrizia Deotto, Adelphi, Milano 1989, pp. 113-14, 131, 160, 171, 212-13, 226-27 e 423.
Capogreco, Carlo Spartaco, *I campi del Duce. L'internamento civile nell'Italia fascista (1940-43)*, Einaudi, Torino 2004.
Cvetaeva, Marina, *Deserti luoghi. Lettere 1925-1941*, a cura di Serena Vitale, Adelphi, Milano 1989, pp. 133 e 456-57.
D'Angeli, Roberto, *Il Campo di Farfa*, in Roberto Lorenzetti (a cura di), *La normalità colpevole. Il campo di Farfa e i riflessi della Shoah nei documenti dell'Archivio di Stato di Rieti*, Archivio di Stato di Rieti, Rieti 2014, pp. 17-47.
– *Il campo di Farfa*, Funambolo edizioni, Rieti 2018.
Giuliano, Giuseppina, *Nikolaj Avdeevič Ocup*, 2020, https://www.russinitalia.it/dettaglio.php?id=386
Hagglund, Roger, *«Numbers» and the Russian Émigrés in the 1930s*, in «The Slavic and East European Journal», XXIX (primavera 1985), n. 1, pp. 39-51.
Lo Gatto, Ettore, *I miei incontri con la Russia*, Mursia, Milano 1976.

Lorenzetti, Roberto (a cura di), *La normalità colpevole. Il campo di Farfa e i riflessi della Shoah nei documenti dell'Archivio di Stato di Rieti*, Archivio di Stato di Rieti, Rieti 2014.

Mazon, André, *Mort du poète Nicolas Otzoupe*, in Nikolaj Otzoupe, *Žizn´ i smert´*, Imprimerie coopérative étoile, Paris 1961.

Mec, Aleksandr G. e Kaščeeva, Tat´jana K., *Petrograd, 1920-e: o tenevyx personažach vospominanij Jurija Kamenskogo* [Pietrogrado, anni Venti: sui personaggi ombra nelle memorie di Jurij Kamenskij], in «Literaturnyj fakt», XX (2021), n. 2.

Ocup, Rudol´f [Rudolf Otzup], *Nikolaj Avdeevič Ocup*, 1° febbraio 2015, https://club.berkovich-zametki.com/?p=15256

Tagliaferri, Assunta, *Don Agostino Zanoni, monaco benedettino e scienziato*, Velar, Ponteranica s. d.

Tchoukovski, Korneï [Kornej Čukovskij], *Journal 1901-1929*, Fayard, Paris s. d., pp. 114-16, 144, 146-48, 167, 189-90, 194 e 483.

Terzulli, Francesco, *Alberobello: 1940-1943. Internati ebrei a Masseria Gigante*, in «Riflessioni. Umanesimo della pietra», luglio 1990, pp. 59-79.

– *Alberobello: 1942-1946. Internati slavi ed ex fascisti a Masseria Gigante*, ivi, luglio 1991, pp. 7-21.

– *La casa rossa*, Mursia, Milano 2003.

Yanovsky, V. S. [Vasilij S. Janovskij], *Elysian Fields. A Book of Memory* [1982], trad. ingl. di Isabella e V. S. Yanovsky, Northern Illinois University Press, Dekalb (Ill.) 1987, cap. 11, pp. 212-19.

c. Sulla famiglia Otzup e i fratelli di Nikolaj

Accattoli, Agnese, *Rivoluzionari, intellettuali e spie: i russi nei documenti del Ministero degli Esteri italiano*, Europa Orientalis - Università di Salerno, Salerno 2013.

Amal´rik, Andrej, *Rasputin. Il monaco nero e la corte dell'ultimo zar* [1992], trad. it. di Vera Dridso, Einaudi, Torino 1994.

Chiriaeff, Ljudmila, *Danser pour ne pas mourir*, Québec-Amérique, Montréal 2006.

Díez Puertas, Emeterio, *Historia social del cine en Espana*, Fundamentos, Madrid 2003.

Gornyj, Sergěj [Sergej Gorny, Aleksandr Avdeevič Otzup], *Vsjakoe byvalo* [Tutte le cose successe], Izdatel´stvo Pisatelej, Berlin 1927.

Ocup, Rudol´f [Rudolf Otzup], *Ocupj – moja sem´ja* [Gli Otzup, la mia famiglia], Peterburg-XXI vek, Sankt-Peterburg 2004.

Otzoup Guliaeff, Tatiana [Tat´jana Guliaeva], *A Patchwork Quilt of Memories*, Shoppe Foreman Publishing, Guthrie (Okla.) 2006.

Radzinskij, Edvard, *Rasputin. La vera storia del contadino che segnò la fine di un impero* [2000], trad. it. di Luisa Agnese Dalla Fontana, Mondadori, Milano 2000.

8. *Ernesto Maria Pasquali.*

Acer, *Pasquali Films*, in «Cinemagraf», n. 8, 30 aprile 1916.

«Film», n. 34, 14 novembre 1917 (contro la Casa Pasquali).

Friedemann, Alberto, *Note su Ernesto Maria Pasquali, giornalista, regista, produttore cinematografico*, in «Studi Piemontesi», XXXIII (2004), n. 2, pp. 461-70.

La morte di Ernesto Maria Pasquali, in «La Stampa», 20 maggio 1919.

Laurenti Rosa, Silvio, *Un regista che si confessa*, a cura di Sergio Toffetti, Edizioni Centro Sperimentale di Cinematografia, Roma 2016.

Paradisi, Umberto, *In morte di Ernesto Maria Pasquali*, in «La vita cinematografica», n. 17-18, 7-15 maggio 1919, p. 86.

Prolo, Adriana, *Un ricordo di Ernesto Maria Pasquali*, in «Torino. Rassegna mensile municipale», n. 6, giugno 1939.

9. *Cinema muto italiano.*

Annunziata, Gina, *Matilde Serao e il cinematografo*, in Monica Dell'Asta (a cura di), *Non solo dive. Pioniere del cinema italiano*, Cineteca di Bologna, Bologna 2008, pp. 249-55.

Bernardini, Aldo, *Aquila Film. Profilo di una casa editrice*, in «Bianco & Nero», n. 2, 1999.

– *Le imprese di produzione del cinema muto italiano*, Persiani, Bologna 2015.

Brosio, Valentino, *Tre ritratti segreti. Annie Vivanti, Filippo De Pisis, Alex Ceslas Rzewuski*, Fogola, Torino 1983.

Capasso, Riccardo, *Antamoro Giulio*, in *Dizionario biografico degli italiani*, vol. III, Istituto della Enciclopedia Italiana, Roma 1961.

D'Ambra, Lucio, *Gli anni della feluca*, a cura di Giovanni Grazzini, Lucarini, Roma 1989.

Iaccio, Pasquale, *Non solo Scipione. Il cinema di Carmine Gallone*, Liguori, Napoli 2003.

Lotti, Denis, *Emilio Ghione. L'ultimo apache. Vita e film di un divo italiano*, Cineteca di Bologna, Bologna 2008.

Martinelli, Vittorio, *Il cinema muto italiano*: *1916*; *1917*; *1919*; *1920*; *1921*; *1922-1923*, numeri speciali di «Bianco e Nero. Rivista del centro sperimentale di cinematografia», 1991-96.

Poncino, Paolo, *Le case di produzione torinesi del cinema muto*, in «Studi Piemontesi», XXIV (1995), n. 2, p. 457.

Redi, Riccardo, *La Cines. Storia di una casa di produzione italiana*, Persiani, Bologna 2009.

Ruocco, Danilo, *Tatiana Pavlova diva intelligente*, Bulzoni, Roma 2000.

Soro, Francesco, *Splendori e miserie del cinema*, Consalvo, Milano 1935.

10. *Gregor Rabinovitch*.

Barrot, Olivier e Ory, Pascal (a cura di), *Entre deux guerres. La création française entre 1919 et 1939*, F. Bourin, Paris 1990, pp. 218 e 282.

Belot, Robert, *Lucien Rebatet. Un itinéraire fasciste*, Seuil, Paris 1994.

Bulgakova, Oksana, *Russische Film-Emigration in Deutschland. Schicksale und Filme*, in Karl Schlögel (a cura di), *Russische Emigration in Deutschland 1918 bis 1941*, Akademie, Berlin 1995, pp. 379-98.

Distelmeyer, Jan, *Alliierte für den Film. Arnold Pressburger, Gregor Rabinowitsch und die Cine-Allianz*, Text + Kritik, München 2004.

Les étrangers en France: l'invasion, in «Je suis partout», 16 febbraio 1935.

Nusinova, Natal'ija, *I Russi in Europa. Il cinema della prima emigrazione*, in Gian Piero Brunetta (a cura di), *Storia del cinema mondiale*, vol. I: *L'Europa. Miti, luoghi, divi*, Einaudi, Torino 1999, pp. 359-77.

Phillips, Alastair, *City of Darkness, City of Lights. Émigré Filmmakers in Paris 1929-1939*, Amsterdam University Press, Amsterdam 2004.

Prawer, Siegbert Salomon, *Between two Worlds. The Jewish Presence in German and Austrian Film 1910-1933*, Berghahn Books, New York - Oxford 2007.

Rebatet, Lucien, *Les tribus du cinéma et du théâtre*, Nouvelles Éditions Françaises, Paris 1941.

Taguieff, Pierre-André, *L'antisémitisme de plume 1940-1944*, Berg, Paris 1999.

Thompson, Kristin, *Il gruppo Ermolieff a Parigi. Esilio, impressionismo, internazionalismo*, in «Griffithiana», n. 35-36, ottobre 1989, pp. 40-47.

Yagil, Limore, *Au nom de l'art 1933-1945. Exils, solidarités et engagements*, Fayard, Paris 2015.

11. *Altra bibliografia.*

Ageev, M., *Romanzo con cocaina* [1934], trad. it. e prefazione di Serena Vitale, Mondadori, Milano 1984.

Albera, François, *Albatros. Des russes à Paris 1919-1929*, Cinémathèque française, Paris 1995.

Andreoli, Annamaria, *Il vivere inimitabile. Vita di Gabriele D'Annunzio*, Milano, Mondadori 2000.

Approdo di peregrinazioni. Eterna Roma. La comunità russa nella capitale d'Italia 1900-1940. Catalogo della mostra, a cura di Stefano Garzonio, Antonella d'Amelia e Bianca Sulpasso, Europa Orientalis, Salerno 2011.

Barjansky, Catherine, *Portraits with Backgrounds*, Macmillan, New York 1947.

Blandinières, Léna, *Feyguine, Hélène (dite Lola)*, in «Les femmes de sciences en Occitanie (XVe-1968)», database online, INU Champollion, 2021, https://poolcorpus.univ-jfc.fr/node/14754

Bourcart, J. R. D., *Lo spionaggio sovietico* [1962], trad. it. di A. Cvechic, Edizioni Paoline, Roma 1963.

Boyd, Brian, *Vladimir Nabobov. The Russian Years*, Princeton University Press, Princeton (N. J.) 1993.

Bruers, Antonio, *Il Vittoriale degli Italiani. Breve guida*, Il Vittoriale degli Italiani, Roma 1941.

Bunin, Ivan, *Giorni maledetti* [1936], trad. it. di Marta Zucchelli, Voland, Roma 2021.

Cendrars, Blaise, *Œuvres autobiographiques complètes*, a cura di Claude Leroy, Gallimard, Paris 2013.

Chodasevič, Vladislav, *Necropoli* [1939], a cura di Nilo Pucci, Adelphi, Milano 1985.

Christie, Ian e Graffy, Julian, *Protazanov and the Continuity of Russian Cinema*, National Film Theatre, London 1993.

Chupin, Yannicke, *Vladimir Nabokov et la France*, Presses universitaires de Strasbourg, Strasbourg 2017.

Ciani, Ivanos, *Fotogrammi dannunziani. Materiali per la storia del rapporto di D'Annunzio col cinema*, Ediars, Pescara 1999.

Deotto, Patrizia, *Pavel Pavlovič Muratov*, 2021, https://www.russinitalia.it/dettaglio.php?id=129

Ehrenburg, Ilia, *Uomini e anni*, trad. it. di Giovanni Crino e Giuseppe Garritano, Editori Riuniti, Roma 1960.

Field, Andrew, *Vladimir Nabokov. His Life in Art*, Little, Brown & Co., Boston 1967.

Fini, Marco, Giannantoni, Franco, Pesenti, Roberto e Punzo, Maurizio, *Guerriglia nell'Ossola. Diari, documenti, testimonianze garibaldini*, Feltrinelli, Milano 1975.

Fuller, William C., *The Foe Within. Fantasies of Treason and the End of Imperial Russia*, Cornell University Press, Ithaca (N. Y.) 2006.

Gance, Abel e Pathé, Charles, *Correspondance 1918-1955*, Gallimard, Paris 2021.

Guerri, Giordano Bruno, *Il Vittoriale degli Italiani. Guida alla visita*, Silvana Editoriale, Cinisello Balsamo 2015.

Hamm, Michael F., *Kiev. A portrait 1800-1917*, Princeton University Press, Princeton (N. J.) 1993.

Karetnyk, Bryan (a cura di), *Russian Émigré Short Stories from Bunin to Yanovsky*, Penguin, London 2017.

Khiterer, Victoriya, *The October 1905 Pogrom in Kiev*, in «East European Jewish Affairs», n. 22, 1992.

– *Jewish Pogroms in Kiev during the Russian Civil War (1919-1920)*, The Edwin Mellen Press, Lewiston (N. Y.) 2015.

– *Jewish City or Inferno of Russian Israel? A history of the Jews in Kiev before February 1917*, Academic Studies Press, Newton (Mass.) 2016.

La nuit russe par un volontaire de deux campagnes, in «Le Petit Oranais», 22 dicembre 1922.

Lapierre, Alexandra, *La donna dalle cinque vite* [2016], trad. it. di Alberto Bracci Testasecca, e/o, Roma 2023.

La strage dimenticata. Meina settembre 1943. Il primo eccidio di ebrei in Italia, Interlinea, Novara 2001.

Leving, Yuri, *Keys to «The Gift». A Guide to Vladimir Nabokov's Novel*, Academic Studies Press, Newton (Mass.) 2019.

Lo Gatto, Ettore, *Russi in Italia*, Editori Riuniti, Roma 1971.

Mariano, Emilio, *Il Vittoriale degli italiani. Guida alla visita*, Sovrintendenza Il Vittoriale degli Italiani, Verona 1956.

Martini, Fausto Maria, *Verginità*, Bemporad, Firenze 1920.

Meir, Natan M., *Kiev, Jewish Metropolis. A History 1859-1914*, Indiana University Press, Bloomington (Ind.) 2010.

Nabokov, Vladimir, *Chambre obscure* [1932], trad. fr. di Doussia Ergaz, Fayard, Paris 1934.
– *Labbra contro labbra* [1956], in Id., *Una bellezza russa e altri racconti*, trad. it. di Franca Pece, Ugo Tessitore, Dmitri Nabokov e Anna Raffetto, Adelphi, Milano 2008, pp. 295-310.
– *Letters to Véra*, Penguin, London 2014.
Nieszawer, Nadine, Boyé, Marie e Fogel, Paul, *Peintres juifs à Paris 1905-1939. École de Paris*, Denoël, Paris 2000.
Nieszawer, Nadine e Princ, Deborah (a cura di), *Artistes juifs de l'École de Paris 1905-1939*, prefazione di Claude Lanzmann, Somogy Éditions, Paris 2015.
Nietzsche, Friedrich, Salomé, Lou von e Rée, Paul, *Triangolo di lettere* [1970], a cura di Ernst Pfeiffer e Mario Carpitella, Adelphi, Milano 2019.
Nozza, Marco, *Hotel Meina. La prima strage di ebrei in Italia*, il Saggiatore, Milano 2008.
Odoevceva, Irina, *Na beregach Nevy* [Sulle rive della Neva] [1967], Chudožectvennaja literatura, Moskva 1988.
– *Na beregach Seny* [Sulle rive della Senna] [1983], Chudožectvennaja literatura, Moskva 1989.
Remizov, Aleksej, *Russia scompigliata* [1927], trad. it. di Igor A. Sibaldi, Bompiani, Milano 1981.
Rues, Raphael, *SS-Polizei. Ossola Lago Maggiore, 1943-1945*, Insubrica historica, Minusio 2018.
Salon des indépendants, *Catalogue de la 40ᵉ exposition*, Société des artistes indépendants, Paris 1929.
– *Catalogue de la 41ᵉ exposition*, Société des artistes indépendants, Paris 1930.
Schneersohn, Isaac, *Le pogrom de Kiev*, in «Le Monde Juif», LXXI (1956), n. 4.
Sciltian, Gregorio, *Mia avventura*, Rizzoli, Milano 1962.
Štif, N. I., *Pogromi na Ukraine* [I pogrom in Ucraina], Vostok, Berlin 1922.
Slide, Anthony, *The New Historical Dictionary of American Film History*, The Scarecrow Press, Lanham (Md.) 1998; notizie su Harry B. Raver *ad voces*: *Allied Production Corporation*, *Apollo Pictures Inc.*, *Artco Production*, *Exclusive Supply Corporation*, *Italia Film Corporation*, *Planet Film Corporation*, *Raver Film Corporation*.
Šmelëv, Ivan, *Il sole dei morti* [1923], a cura di Sergio Rapetti, Bompiani, Milano 2021.

Struve, Nikita, *Soixante-dix ans d'émigration russe 1919-1989*, Fayard, Paris 1996.

Teffi, *Da Mosca al Mar Nero* [1931], trad. it. di Serena Prina, Neri Pozza, Vicenza 2017.

Tordini, Nico e Lino, *Partigiani di Valgrande. Ricostruzione critica del rastrellamento del giugno 1944. Contesto storico, fatti, protagonisti*, Alberti Libraio Editore, Verbania 2021.

Tual, Denise, *Au cœur du temps*, Carrère, Issy-les-Moulineaux 1987.

Venditti, Michela, *Il volo sospeso di Gajto Gazdanov. Vita e opere di uno scrittore russo emigrato a Parigi*, Mimesis, Sesto San Giovanni 2018.

Per la grafia dei nomi dei personaggi si è seguito un criterio narrativo, tenendo conto delle fonti consultate, degli spostamenti tra diversi paesi e della volontà di nascondere o modificare la propria identità da parte dei personaggi stessi.

Indice

p. 3 Dina. 1914-1915
63 Diana. 1916 (Prima parte)
135 Diana. 1916 (Seconda parte)
173 Diana. 1917
221 Diana. 1918
273 1919-1921
323 1921-1924
383 Karenne. 1925-1929
429 Nadia. 1930-1939
477 Candida. La santa russa. 1940-1946
563 Madame Otzoupe. 1946-1968

607 *Gratitudine*
613 *Fonti*

Einaudi usa carta certificata PEFC
che garantisce la gestione sostenibile delle risorse forestali

PEFC
PEFC/18-32-03

Certificato PEFC
Questo prodotto è realizzato con materia prima da foreste gestite in maniera sostenibile e da fonti controllate
www.pefc.it

Stampato su carta HOLMEN con fibra vergine
proveniente da foreste sostenibili
www.holmen.com/paper

Stampato per conto della Casa editrice Einaudi
presso ELCOGRAF S.p.A. - Stabilimento di Cles (Tn)
nel mese di novembre 2024

C.L. 25572

Ristampa						Anno			
0	1	2	3	4	5	2024	2025	2026	2027